DÍAS DE SOL,
NOCHES DE VERANO

Estos relatos son obras de ficción. Personajes, entidades y acontecimientos son producto de la imaginación de los autores o tienen carácter ficticio.

Título original: *Summer Days & Summer Nights*
Primera edición: mayo de 2017

Printed in Spain – Impreso en España

ISBN: 978-84-204-8587-4
Depósito legal: B-6.463-2017

Compuesto por Javier Barbado
Impreso en Romanyà Valls, S.A., Capellades (Barcelona)

A L 8 5 8 7 4

Penguin
Random House
Grupo Editorial

DÍAS DE SOL, NOCHES DE VERANO

Doce historias de amor

Edición a cargo de Stephanie Perkins

Traducción de Victoria Simó

ALFAGUARA

Para Jarrod, mi mejor amigo y verdadero amor

ÍNDICE

CABEZA, ESCAMAS, LENGUA, COLA

LEIGH BARDUGO

CABEZA

Abundan los rumores acerca de Annalee Saperstein y los motivos que la llevaron a trasladarse a Little Spindle, pero la historia favorita de Gracie era la que hacía referencia a la ola de calor.

En 1986 Nueva York sufrió un verano tan espantoso que todo aquel que tenía donde ir abandonó la ciudad. El asfalto se ablandó a causa del calor, un hombre apareció muerto en la bañera con un ventilador eléctrico medio sumergido entre las peludas rodillas y la luz se iba y venía como una trampa luminosa para insectos atestada de polillas. En el Upper West Side, sobre las panaderías y los colmados, sobre los supermercados Woolworth's y Red Apple Market, la gente dormía destapada, chupaba hielo y abría las ventanas de par en par, rezando para que corriera la brisa. Esa fue la razón de que, una asfixiante noche de julio, cuando el Hudson se saltó los márgenes y se largó de juerga por ahí, el río encontrase abierta la ventana de Ruth Blonksy, trabada con una caja de zapatos Candie abollada.

Ruth había pasado la tarde en Riverside Park con sus amigos, tomando granizados de limón y luciendo un vestidito color membrillo, aunque en realidad se trataba de un camisón de estilo retro que había teñido con dos cajas de Rit y un resultado dudoso. Las predicciones anunciaban lluvia desde hacía varios días, pero el cielo todavía se cernía plomizo sobre la ciudad, como una barriga hinchada de nubes grises que se negaban a rasgarse. Con la piel perlada de sudor, Ruth se inclinó sobre la barandilla del parque para contemplar el creciente caudal del río, opaco y casi negro bajo el tapado cielo, y experimentó la inquietante sensación de que el agua le devolvía la mirada.

Una gota de helado de limón resbaló de la cucharita rosa que llevaba en la mano y Ruth se sobresaltó, como si una lengua fría le hubiera lamido la cara interna de la muñeca. En ese momento Marva Allsburg gritó:

—¡Vamos a Jaybee a mirar discos!

Ruth lamió la gota de limón de su muñeca y no volvió a pensar en el río.

Sin embargo, por la noche, cuando despertó con las sábanas empapadas de sudor y una maraña de juncos a los pies de la cama, el pegajoso rastro del azúcar fue lo primero que le vino a la cabeza. Se había dormido vestida y llevaba el camisón color membrillo enrollado a la altura de la barriga. Debajo, su cuerpo era presa de un calor febril. Recordaba a medias haber soñado con el dios del río, una potente fuerza que serpenteaba bajo las profundas corrientes del sueño con su piel grisácea salpicada de verde y azul. Notaba aún la caricia de un beso en los labios y tenía la cabeza embotada, como si acabara de ascender muy deprisa de una gran profundidad. Sus oídos tardaron un poco en despabilarse y ella en reconocer el olor musgoso y metálico del cemento húmedo, y luego le costó un rato más identificar el murmullo que entraba por la ventana abierta: el golpeteo rítmico de la lluvia en las calles todavía sumidas en la quietud previa al alba. El calor había remitido al fin.

Nueve meses más tarde, Ruth dio a luz a una niña de ojos color verde alga y el pelo como sargazos marinos. Cuando el padre de Ruth la echó a patadas por las escaleras del apartamento insultándola en polaco y en inglés y farfullando improperios sobre el puertorriqueño que había llevado a Ruth al baile de fin de curso, Annalee Saperstein la acogió, sin hacer caso de los susurros ni de las muecas de incredulidad que se prodigaban por el barrio. Annalee trabajaba en la lavandería autoservicio de la calle Sesenta y nueve, abierta las veinticuatro horas. Nadie tenía muy claro cuándo dormía, porque si pasabas por delante siempre la veías sentada al mostrador haciendo crucigramas bajo las luces fluorescentes, rodeada de máquinas que zumbaban y traqueteaban, fuera la hora que fuese. Joey Pastan le contestó mal una vez que se quedó sin monedas de veinticinco, y juraba que las secadoras le gruñeron, así que a nadie le pilló por sorpresa que Annalee creyera a Ruth Blonsky. Y el día que Annalee, en la cola del colmado Gitlitz, atizó al padre de Ruth en el pecho con el medio kilo de cecina cortada muy fina que acababa de comprar y le espetó que los espíritus del río son impredecibles, nadie se atrevió a contradecirla.

La hija de Ruth rechazaba la leche. Se limitaba a beber agua salada y a comer kilos y kilos de ostras, almejas y minúsculos cangrejos de río, que llegaban en grandes cajones al atestado apartamento de Annalee. Pero la dieta debió de sentarle bien, porque la niña de ojos verdes se convirtió en una jovencita tan hermosa que un cazatalentos la abordó mientras cruzaba la avenida Ámsterdam. Llegó a ser una famosa modelo, conocida por sus labios carnosos y sus andares lánguidos, y le compró a su madre un ático en Park Avenue que decoraron con cuadros de rosas del desierto y lechos de arroyos secos. Le entregaron a Annalee Saperstein una buena suma de dinero, que le permitió dejar el trabajo en la lavandería y mudarse a la ciudad de Little Spindle, donde abrió una franquicia de la heladería Dairy Queen.

Al menos, eso contaba una de las historias que corrían por ahí acerca de la llegada de Annalee Saperstein a Little Spindle, y a Gracie le gustaba porque cuadraba con el personaje. ¿Por qué, si no, iba a comprar Annalee ejemplares del *Vogue* italiano y francés, si siempre se vestía con prendas de estar por casa y sandalias Birkenstock con calcetines?

La gente decía que Annalee SABÍA cosas. Por eso acudió a verla Donna Bakewell el verano que un coche atropelló a su terrier y no podía parar de llorar, ni siquiera para dormir, o comprar una lata de judías verdes en el Price Chopper, o contestar al teléfono. La gente la llamaba y la oía sollozar e hipar al otro lado. Sin embargo, a saber por qué, una charla con Annalee obró lo que ningún médico ni pastilla había logrado y secó las lágrimas de Donna de una vez y para siempre. Y por eso Jason Mylo, que tenía la impresión de que su exmujer había echado una maldición a su nueva camioneta Chevrolet, acudió a la heladería a horas intempestivas para hablar con Annalee. Y también por eso, cuando Gracie Michaux vio emerger algo sumamente parecido a un monstruo marino de las aguas del lago Little Spindle, no dudó en acudir en busca de Annalee Saperstein.

Gracie había estado descansando a orillas de la que consideraba SU cala, un entrante rocoso en la ribera sur del lago que nadie más parecía conocer o considerar digno de atención. Se trataba de un paraje demasiado umbrío para que la gente acudiera a tomar el sol, y carecía de las mesas campestres o de las cuerdas para columpiarse que atraían a los veraneantes como moscas durante la temporada turística. Estaba lanzando piedras para que rebotaran en la superficie del agua y recordándose que no debía rascarse la costra de la rodilla, porque quería estar guapa con los pantalones cortos que había cortado aún más al cumplir catorce años, aunque siguió haciéndolo igualmente, cuando oyó un chapoteo y vio una, dos, tres jorobas asomar de la superficie azul del agua, una sierra pequeña y reluciente que estaba allí y al momento siguiente ya no estaba, precedidas del azote de —la mente de Gracie se negaba a aceptarlo y a la vez lo gritaba a los cuatro vientos— una COLA.

Gracie se retiró a rastras hacia los pinos y luego se puso de pie. El corazón le latía desbocado según esperaba un nuevo revuelo en el agua, o que algo enorme y escamoso se arrastrara hasta la arena, pero no fue así. Notó en la boca el sabor salobre de la sangre. Se había mordido la lengua. Escupió una vez, montó en su bici y pedaleó a toda velocidad por el desigual camino de tierra hacia el liso asfalto de la carretera principal. Le ardían las piernas según cruzaba el pueblo a toda pastilla.

No llegó muy lejos, porque Little Spindle no era gran cosa. Había un supermercado, una gasolinera con el único cajero automático del pueblo, una clínica veterinaria, una serie de tiendas de recuerdos y el antiguo centro cultural que se había convertido en biblioteca pública cuando la de Greater Spindle se inundara diez años atrás. A Little Spindle no habían llegado el tráfico, los bloques de apartamentos ni las elegantes villas que se prodigaban en Greater Spindle, tan solo unas cuantas casitas de alquiler y la fonda Spindrift. Si bien el lago era casi tan grande como el de Greater Spindle y estaba rodeado de tierras igual de bonitas, Little Spindle emanaba algo que ahuyentaba a la gente.

De lejos, la laguna ofrecía un aspecto agradable. Vibrantes destellos azules asomaban entre los pinos y la luz del sol se reflejaba en la superficie igual que astillas de cristal, relucientes como diamantes. Sin embargo, a medida que te ibas acercando, tu humor empezaba a cambiar y para cuando alcanzabas la orilla te sentías profundamente deprimido. Tal vez te exhortaras a acercarte a la playa a pesar de todo, y puede que incluso te columpiaras en el viejo neumático, pero después de soltar la cuerda, mientras planeabas una fracción de segundo sobre el agua, comprenderías que habías cometido un terrible error, que cuando traspasaras la superficie nadie volvería a verte, porque el lago no era un lago, sino una boca: ávida, azul y lúgubre. Algunas personas parecían ser inmunes a los efectos del lago de Little Spindle, pero otras se negaban a mojarse siquiera los pies.

El único negocio que marchaba viento en popa durante todo el año era la heladería Dairy Queen, y eso que Stewart se encontraba a pocos kilómetros de allí. Sin embargo, la respuesta al enigma de por qué Annalee había instalado su local en Little Spindle en lugar de hacerlo en Greater Spindle solo ella la conocía.

Gracie no se encaminó directamente a la heladería aquel día, no. Tardó un rato. De hecho, pedaleó hasta su casa, tiró la bici en el jardín y tuvo la mano en la puerta mosquitera antes de cambiar de idea. A su madre y a Eric les gustaba pasar los sábados en el jardín trasero, tirados en sendas tumbonas de plástico, donde dormitaban con las manos unidas como dos nutrias. Ambos trabajaban largas horas en el hospital de Greater Spindle y se echaban la siesta como quien practica un deporte.

Gracie se detuvo en la puerta de su casa, con la mano tendida. ¿Qué le iba a decir a su madre, en realidad? ¿A su agotada madre, que siempre mostraba una expresión preocupada, incluso cuando dormía? Por un instante, a orillas del lago, Gracie se había sentido como una niña, pero ya tenía catorce años. Su reacción no era propia de una chica mayor.

Montó nuevamente en la bici y pedaleó despacio, con aire meditabundo, sin rumbo fijo, y su certeza empezó a evaporarse como si el mismo sol se la arrancara a golpe de sudor. ¿Qué había visto en realidad? ¿Un pez quizás? ¿Unos cuantos peces? Pese a todo, alguna intuición más profunda debió de guiarla, porque cuando llegó a la altura de la heladería se desvió hacia el aparcamiento medio lleno.

Annalee Saperstein, como de costumbre, estaba sentada en una mesa de la ventana, haciendo un crucigrama. Delante de ella se derretía un helado de vainilla con cacahuetes. Gracie conocía a Annalee principalmente por las historias que se contaban de ella, y también porque su madre le pedía con frecuencia a Gracie que invitase a Annalee a cenar.

—Es mayor y está sola —decía la madre de Gracie.

—No parece importarle.

La madre agitaba un dedo en el aire como si dirigiera una orquesta invisible.

—A nadie le gusta estar solo.

Gracie intentaba no poner los ojos en blanco. Lo intentaba.

Ahora tomó asiento en el duro banco rojo, enfrente de Annalee, y le dijo:

—¿Sabe usted algo de Idgy Pidgy?

—Buenas tardes a ti también —gruñó Annalee sin alzar la vista del crucigrama.

—Perdón —se disculpó Gracie. Se planteó si explicarle que había tenido un día muy raro, pero en vez de eso optó por añadir—: ¿Cómo está?

—Viva, de momento. ¿Sabes para qué sirve un peine?

—Es inútil. —Gracie intentó devolver su lacio cabello negro a la coleta—. Mi pelo va a su bola. —Aguardó un momento antes de añadir—: Pues eso... ¿Qué sabe del monstruo del lago?

Gracie sabía que no era la primera persona que había visto algo raro en las aguas de Little Spindle. En los años sesenta y setenta se habían multiplicado los avistamientos, aunque la madre de Gracie les echaba la culpa a las drogas que tan en boga estaban en aquel entonces. El ayuntamiento trató incluso de convertir al monstruo en una atracción turística apodándolo Idgy Pidgy, «el monstruito de Little Spindle», y pintando una simpática serpiente marina de enormes ojos saltones en el cartel de «BIENVENIDOS A LITTLE SPINDLE». La historia no había cuajado, pero aún se veían los contornos del monstruo en el cartel y, algunos inviernos atrás, alguien le había añadido un enorme falo con pintura de grafiti. Durante los tres días que tardó el ayuntamiento en percatarse de la broma y borrarla, el cartel mostraba a Idgy Pidgy tratando de mantener relaciones con la última «E» de SPINDLE.

—¿Te refieres al monstruo del lago Ness? —preguntó Annalee a la vez que miraba a Gracie a través de sus gruesas gafas—. Te has quemado la piel.

Gracie se encogió de hombros. Siempre se estaba quemando la piel, recuperándose de las quemaduras solares o a punto de quemarse.

—Me refiero al monstruo de NUESTRO lago.

El ser que ella había visto no se parecía al monstruo del lago Ness. La forma era totalmente distinta. Recordaba bastante, de hecho, a la ridícula serpiente del cartel.

—Pregúntale al niño.

—¿A qué niño?

—No sé cómo se llama. Es un veraneante. Viene cada día sobre las cuatro a tomar un helado con salsa de cereza.

Gracie adoptó una expresión de asco.

—La salsa de cereza es repugnante.

Annalee señaló a Gracie con el boli.

—Pues la gente la pide.

—¿Y cómo es?

—Delgado. Lleva una mochila muy grande, morada. Pelo rubio, casi blanco.

Gracie se hundió en el asiento. Todo su cuerpo emanaba decepción.

—¿Eli?

Conocía a casi todos los chavales que llevaban algún tiempo veraneando en Little Spindle. Solían relacionarse entre ellos nada más. Los padres organizaban barbacoas y los hijos iban de acá para allá en sus bicis de montaña, armando jaleo. Se apoderaban de los lagos, tomaban algo en Rottie's Red Hot o en Dairy Queen y acudían a Youvenirs, la tienda de recuerdos, el último día de vacaciones, para comprar una gorra o un llavero. Pero Eli siempre estaba solo. La casa que alquilaba su familia debía de quedar al norte del lago, porque cada mes de mayo lo veías recorrer la carretera hacia el sur, vestido con un pantalón corto a cuadros de colores y cargado con su mochila morada. Se pateaba todo el camino hasta la biblioteca, enfundado en unas Vans machacadas, y pasaba allí la tarde entera, solo, hasta que recogía su enorme mochila y se arrastraba de vuelta a casa como una cochinilla rubia siniestra, no sin antes pasar por la heladería… a tomar un helado con salsa de cereza, por lo visto.

—¿Por qué no te cae bien?

Era difícil de explicar. Gracie se encogió de hombros.

—Es un poco «lo peor».

—¿La salsa de cereza de las personas?

Gracie se rio con ganas y luego se sintió fatal, porque Annalee la escudriñó a través de sus gafotas y le espetó:

—Tú, en cambio, eres la reina del pueblo, ¿verdad? No te vendría mal hacer amigos.

Gracie se estiró el borde deshilachado de sus pantalones recién cortados. Tenía amigos. Mosey Allen le caía bien. Y Lila Brightman. Se sentaban juntas a comer, la esperaban antes de entrar al colegio. Pero sus amigas vivían en Greater Spindle, igual que casi todos sus compañeros de clase.

—Además, ¿qué puede saber Eli Cuddy de Idgy Pidgy? —le soltó Gracie.

—Se pasa la vida en la biblioteca, ¿no?

Algo de razón tenía Annalee. Gracie hizo tamborilear los dedos sobre la mesa y se rascó aún más el desconchado esmalte lila de la uña del pulgar. Recordó la historia de la niña de ojos verdes y el dios del río.

—Entonces ¿nunca ha visto nada parecido a Idgy Pidgy?

—Apenas puedo ver el boli que tengo en la mano —rezongó Annalee.

—Pero si una persona viera un monstruo, uno de verdad, no una especie de… metáfora, esa persona estaría mal de la cabeza, ¿verdad?

Annalee se empujó las gafas al puente de la nariz con un dedo retorcido. Detrás de las lentes, sus ojos marrones mostraban la congestión de la artritis.

—Hay monstruos por todas partes, *tsigele* —dijo—. Nunca está de más conocerlos. —Tomó una cucharada del charco en que había mudado su helado y se relamió—. Ahí tienes a tu amigo.

Eli Cuddy estaba plantado junto al mostrador, con la mochila a cuestas, pidiendo un helado. El problema de Eli no era únicamente que pasara más tiempo en la biblioteca que al aire libre. Eso a Gracie le traía sin cuidado. El problema era que nunca hablaba con nadie. Y que siempre parecía un poco... mojado. Como si la ropa se le adhiriese al escuálido cuerpo. Viéndolo tenías la sensación de que, si tocaras su piel, la notarías pegajosa.

Eli tomó asiento en un reservado para dos y apoyó un libro en la pendiente de la mochila para leer mientras comía.

Vaya forma de comerse un cucurucho, se exasperó Gracie mientras lo veía tomar minúsculos mordiscos. Y entonces recordó la silueta del lago. *El reflejo del sol en el agua,* protestó su mente. *Escamas,* insistió su corazón.

—¿Qué significa *tsigele*? —le preguntó a Annalee.

—Cabra pequeña —respondió esta—. *Bee, Bee,* todo el día balando. Venga, vete ya.

Bueno, ¿y por qué no? Gracie se secó las manos en los pantalones y se encaminó al reservado con parsimonia. Se sentía más audaz de lo normal. Tal vez porque nada de lo que le dijera a Eli Cuddy tendría la menor trascendencia. Si Gracie quedaba en ridículo, ¿a quién se lo iba a contar Eli?

—Qué tal —dijo. Él alzó la vista y parpadeó. Gracie no sabía qué hacer con las manos, así que puso los brazos en jarras, pero luego pensó que parecía una animadora a punto de hacer su bailecito y las dejó caer—. Eres Eli, ¿verdad?

—Sí.

—Yo soy Gracie.

—Ya lo sé. Trabajas en Youvenirs.

—Ah —respondió ella, lacónica—. Sí.

En verano, Gracie trabajaba un ratito por las mañanas en la tienda de recuerdos del pueblo, donde Henny, por pena más que nada, le dejaba quitar el polvo por unos pocos dólares la hora. ¿Había visto a Eli por allí alguna vez?

Eli estaba esperando. Gracie se maldijo por no haber preparado de antemano lo que le iba a decir. Soltarle a bocajarro que creía en los monstruos se le antojaba tan patético como confesar que duermes con peluches, igual que anunciar: *Sigo siendo una niña. Todavía me da miedo que algo se me enrosque a la pierna y me arrastre debajo de la cama.*

—¿Conoces al monstruo del lago Ness? —le espetó.

Eli frunció el entrecejo.

—En persona, no.

Gracie se lanzó de lleno.

—¿Crees que podría existir realmente?

Eli cerró el libro con parsimonia y la miró con unos ojos muy serios, muy azules. El ceño de su frente se acentuó. Tenía las pestañas tan claras que casi parecían de plata.

—¿Has mirado mi ficha de la biblioteca? —la acusó—. Porque eso es un delito.

—¿Qué? —Ahora le tocaba a Gracie escrutar a Eli—. No, no te he estado espiando. Era solo una una pregunta.

—Ah. Bueno. Vaya. Porque tampoco estoy seguro de que sea delito.

—¿Y por qué te preocupa tanto que la gente sepa lo que haces en la biblioteca? ¿Lees porno?

—Sin parar —respondió él con idéntica seriedad—. Todo el porno que puedo. La colección de la biblioteca de Little Spindle es pequeña pero exquisita.

Gracie resopló y Eli esbozó una sonrisa mínima.

—Vale, pervertido. Annalee me ha dicho que a lo mejor sabías algo de Idgy Pidgy y todo ese rollo.

—¿Annalee?

Gracie señaló con la cabeza el reservado de la ventana, donde un hombre de expresión agobiada, vestido con una camisa hawaiana, se había sentado delante de Annalee. El desconocido le hablaba en susurros y rompía a trocitos una servilleta de papel.

—La dueña del local.

—Me gusta la criptozoología —explicó Eli—. Bigfoot. El monstruo del lago Ness. Ogopogo.

Gracie titubeó.

—¿Y crees que todos existen de verdad?

—No todos. Es poco probable. Pero nadie estaba seguro de que el calamar gigante existiera hasta que empezaron a aparecer por las playas de Nueva Zelanda.

—¿De verdad?

Eli asintió con seguridad.

—En el Museo de Historia Natural de Londres hay un espécimen que mide ocho metros y medio de largo. Y piensan que es de los pequeños.

—No fastidies —resolló Gracie.

Otro asentimiento rotundo.

—No fastidio.

En esta ocasión Gracie se rio con ganas.

—Espera —le dijo—. Voy a pedir una tarrina Blizzard. No te marches.

Eli no se marchó.

El verano dio un giro sinuoso, perezoso y radical para Gracie. Por las mañanas «trabajaba» en Youvenirs arreglando los cachivaches de los escaparates y señalando a los escasos clientes dónde estaba la caja registradora. A mediodía se reunía con Eli y acudían juntos a la biblioteca o iban en bici a la cala de Gracie, aunque Eli pensaba que había pocas probabilidades de que el avistamiento se repitiera.

—¿Por qué iba a volver? —preguntaba él mientras escudriñaban las sombrías aguas.

—Vino una vez, ¿no? A lo mejor le gusta la sombra.

—O puede que solo pasara por aquí.

Casi siempre hablaban de Idgy Pidgy. O, al menos, ese era el tema con el que iniciaban casi todas sus conversaciones.

—Es posible que fuera un pez —arguyó Eli. Estaban sentados bajo una sombrilla de Rottie's Red Hot hojeando un libro sobre mitos norteamericanos.

—Pues sería un pez muy grande.

—Las carpas pueden llegar a pesar veinte kilos.

Gracie negó con la cabeza.

—No. Las escamas eran distintas. Parecían joyas. Como un abanico de orejas marinas. Como nubes que se desplazaran por el agua.

—¿Sabes? Todas las culturas poseen su propia megafauna. En Brasil ha sido avistado un cuervo azul gigante.

—Seguro que no era un cuervo azul. Y eso de «megafauna» suena a grupo musical.

—No será un grupo muy bueno.

—Yo iría a verlo. —Gracie negó con la cabeza—. ¿Por qué comes así?

Eli se quedó de una pieza.

—¿Cómo?

—Como si tuvieras que escribir una descripción de cada bocado. Estás comiendo una hamburguesa con queso, no desactivando una bomba.

Eli, sin embargo, lo hacía todo de la misma manera: despacio, concienzudamente. Era así como montaba en bici. Así era como escribía en su libreta azul de espiral. Tardaba cosa de una hora en escoger lo que iba a tomar en Rottie's Red Hot, aunque el menú únicamente ofrecía cinco platos que nunca cambiaban. Era un chico raro, desde luego, y Gracie se alegraba de que sus amigas del cole pasaran casi todo el verano en Greater Spindle para no tener que hablarles de Eli. Y sin embargo, en parte, también le gustaba que Eli se tomara las cosas tan en serio, como si todo mereciera su plena atención.

Redactaron una lista con todos los avistamientos de Idgy Pidgy. Menos de veinte en toda la historia del pueblo, el más antiguo de los cuales se remontaba a la década de 1920.

—Deberíamos compararlos con los avistamientos del monstruo del lago Ness y de Ogopogo —propuso Eli—. Para ver si existe una pauta. Así sabríamos cuándo montar guardia en el lago.

—Guardia —repitió Gracie al mismo tiempo que garabateaba una serpiente marina en el margen de la lista—. Como si fuéramos policías. Podríamos establecer un perímetro.

—¿Y para qué?

—Es lo que hacen en las series policíacas. Establecen un perímetro. Para cercar al criminal.

—No veo la tele, ¿te acuerdas?

Los padres de Eli eran antipantallas. Eli podía usar los ordenadores de la biblioteca, pero no tenía internet en casa, ni móvil ni televisor. Por lo visto, también eran vegetarianos, y Eli engullía tanta carne como podía cuando podía elegir. Las patatas fritas eran lo más parecido a verduras que Gracie le había visto comer. Gracie se preguntaba a veces si sería más pobre que ella. Nunca le faltaba dinero para el salón recreativo o para comprarse un bollo, pero siempre llevaba la misma ropa y parecía constantemente hambriento. Las personas adineradas no veraneaban en Little Spindle. Pero también es verdad que la gente sin dinero no veraneaba en ninguna parte. Gracie no estaba segura de querer saberlo. Le gustaba eso de que nunca hablaran de sus padres o del colegio.

Recogió la libreta de Eli y preguntó.

—¿Cómo vamos a montar guardia si no conoces los procedimientos policiales?

—Hay montones de libros protagonizados por buenos detectives.

—¿Como Sherlock Holmes?

—Conan Doyle es un poco aburrido. A mí me gustan Raymond Carver, Ross Macdonald, Walter Mosley. Durante mi fase negra leí todos sus libros.

Gracie añadió unas burbujitas al dibujo de Idgy Pidgy.

—Eli —dijo sin mirarlo—. ¿De verdad crees que vi algo en el lago?

—Es posible.

Ella lo presionó.

—¿O me sigues la corriente para tener alguien con quien pasar el rato?

No pretendía imprimirle un tono tan duro a la pregunta, pero lo hizo, quizás porque le daba mucha importancia a la respuesta.

Eli ladeó la cabeza con ademán pensativo, como si buscara la respuesta más franca posible, como si estuviera despejando la incógnita de una ecuación.

—Puede que sí, en parte —respondió por fin.

Gracie asintió. Le agradó que no intentara contentarla.

—Me parece bien. —Se levantó de la mesa—. Tú serás el veterano amargado que bebe demasiado y yo el joven de gatillo fácil.

—¿Puedo llevar un traje barato?

—¿Tienes un traje barato?

—No.

—Pues lleva esos estúpidos pantalones a cuadros que te pones siempre.

Se acercaron en bici a todos y cada uno de los rincones en los que Idgy Pidgy había sido avistado, desde su pueblo a Greater Spindle. En algunos parajes daba el sol, otros estaban en sombras, unos eran playas despejadas, otros estrechos cordones de roca y arena. No había ninguna pauta. Cuando se cansaban de Idgy Pidgy se encaminaban al centro recreativo a jugar a los bolos o al minigolf. A Eli se le daban fatal ambos juegos, pero parecía encantado de perder una partida tras otra según anotaba escrupulosamente sus patéticas puntuaciones.

El viernes anterior al Día del Trabajo almorzaron delante de la biblioteca: sándwiches de tomate y mazorcas de maíz frías que la madre de Gracie había preparado a principios de semana. Sobre la mesa campestre que habían escogido se extendía un mapa de Estados Unidos y Canadá. El sol caía a plomo sobre sus hombros, y Gracie se sentía pegajosa y apática. Quería ir al lago, a nadar, no a buscar a Idgy Pidgy, pero Eli alegó que tenía demasiado calor para moverse.

—Seguro que hay alguna barbacoa por ahí —comentó Gracie mientras se tendía en el banco y rascaba con los dedos de los pies la hierba seca de debajo de la mesa—. ¿De verdad quieres pasar tu último viernes de vacaciones mirando mapas en mitad del pueblo?

—Sí —le aseguró él—. De verdad que sí.

Gracie se sorprendió a sí misma sonriendo. Su madre, por lo visto, quería pasar con Eric todo el tiempo que pudiera. Mosey y Lila vivían prácticamente puerta con puerta y eran amigas íntimas desde los cinco años. Resultaba agradable eso de que alguien prefiriese tu compañía por encima de cualquier otra, aunque fuera Eli Cuddy.

Se tapó los ojos con el brazo para protegerlos del sol.

—¿Tenemos algo para leer?

—He devuelto todos los libros.

—Léeme los nombres del mapa.

—¿Por qué?

—Porque no quieres ir a nadar y a mí me gusta que me lean en voz alta.

Eli carraspeó.

—Burgheim. Furdale. Saskatoon…

Así leídos, todos seguidos, casi tenías la sensación de estar escuchando una historia.

Al día siguiente, cuando quedó con Lila y Mosey para ver los fuegos artificiales de Okhena Beach que marcaban el fin de las vacaciones, Gracie pensó en invitar a Eli, pero no sabía muy bien cómo explicar todo el tiempo que había pasado con él y le pareció más conveniente quedarse a dormir en casa de Mosey. No quería sentirse totalmente desplazada cuando se reanudaran las clases. Se le antojaba una inversión para el año escolar que se avecinaba. Pero cuando llegó el lunes y no vio a Eli recorriendo la carretera principal de camino a la heladería, se sintió un poco vacía.

—¿Ya se ha marchado el chaval? —le preguntó Annalee a Gracie, que estaba empujando un cucurucho volcado en un plato. Había decidido rebañarlo en salsa de cereza. Era tan asquerosa como recordaba.

—¿Eli? Sí. Ha vuelto a la ciudad.

—Parece majo —observó Annalee, que retiró el platito de Gracie y tiró el helado a la basura.

—Mi madre me ha pedido que la invite a cenar el viernes por la noche —se zafó Gracie.

Aunque también habría podido admitir que quizás Eli Cuddy era algo más que majo.

El mes de mayo siguiente, justo antes del Día de los Caídos, Gracie se acercó a su cala de Little Spindle. Había acudido a menudo a lo largo del año escolar. Estuvo haciendo los deberes allí hasta que el aire se tornó demasiado frío como para permanecer sentada a la intemperie y luego, cuando llegó el invierno, se acercaba a observar como los bordes del agua se congelaban. Se pegó un susto de muerte cuando la rama de un abedul se partió bajo el peso del hielo y cayó a las someras aguas con un gemido resignado. Y aquel último viernes de mayo, se aseguró de encontrarse en la orilla lanzando piedras que rebotaban en el agua por si acaso la fecha era mágica, o Idgy Pidgy llevaba un reloj en el corazón que lo despertaba ese día. No sucedió nada.

Pasó por Youvenirs, pero había estado allí el día anterior ayudando a Henny a prepararlo todo para el verano y no quedaba nada que hacer. Al final terminó en Dairy Queen pidiendo unas patatas fritas rizadas que en realidad no le apetecían.

—¿Esperando a tu amigo? —le preguntó Annalee mientras buscaba el crucigrama en el periódico.

—Solo me estoy comiendo unas patatas.

Cuando vio a Eli, Gracie experimentó una embarazosa oleada de alivio. Había crecido, mucho, pero seguía igual de delgado, y húmedo, y tan serio como siempre. Gracie no se movió; tenía un nudo en el estómago. ¿Y si ya no quería ser su amigo? *Pues vale,* se dijo a sí misma. Pero Eli echó un vistazo al local antes siquiera de acercarse al mostrador y, cuando la vio, su pálido semblante se iluminó como fuegos artificiales de color plata.

La risa de Annalee sonó sospechosamente burlona.

—¡Eh! —saludó Eli a Gracie según se acercaba. Parecía como si las piernas le brotaran de la barbilla—. He descubierto una cosa alucinante. ¿Te apetece una tarrina?

Y así, sin más, el verano volvió a empezar.

ESCAMAS

El hallazgo alucinante era una sala polvorienta en el sótano de la biblioteca que estaba repleta de viejos álbumes de vinilo. Albergaba también un tocadiscos y un montón de auriculares embutidos en un nido de cables negros en espiral.

—Menos mal que siguen ahí —suspiró Eli—. Los encontré justo antes del Día del Trabajo y tenía miedo de que alguien hubiera hecho limpieza durante el invierno y los hubiera tirado.

Gracie se sintió una pizca culpable por no haber pasado aquel fin de semana con Eli, pero también la complació descubrir que él llevaba esperando todo el año para mostrarle su hallazgo.

—¿Funciona? —preguntó señalando la torre del estéreo.

Eli pulsó un par de interruptores y al momento brillaron unas lucecitas rojas.

—Allá vamos.

Gracie extrajo un disco de los estantes y leyó el título: *Jackie Gleason: Music, Martinis and Memories.*

—¿Y qué pasa si a mí solo me apetece la música?

—Pues escuchamos un tercio del disco.

Eligieron un montón de álbumes, compitiendo para encontrar el que tuviera la portada más rara —tostadoras con alas, hombres en llamas, princesas bárbaras en bikinis de metal— y los escucharon todos, tendidos en el suelo, con los auriculares negros encasquetados en las orejas. Casi todo era horrible, pero unos cuantos álbumes les encantaron. *Bella Donna* mostraba a Stevie Nicks en la carátula vestida como un ángel de Navidad y con una cacatúa en la mano. Lo oyeron de principio a fin, dos veces, y cuando llego *Edge of Seventeen,* Gracie se imaginó a sí misma surgiendo de un lago envuelta en un largo vestido blanco, volando entre los bosques, con la melena ondeando al viento.

Solo mientras pedaleaba de vuelta a casa, tan hambrienta que le gruñía el estómago, cantando *Ooh baby ooh baby ohh,* Gracie cayó en la cuenta de que Eli y ella no habían mencionado a Idgy Pidgy ni una sola vez.

Si bien Gracie no les había ocultado exactamente a Mosey y a Lila la existencia de Eli, tampoco les había hablado de él. No estaba segura de que les fuera a caer bien. Una tarde, sin embargo, mientras Eli y ella tomaban algo en Rottie's Red Hot, un claxon se dejó oír en el aparcamiento. Cuando Gracie se volvió a mirar, allí estaba Mosey en el Corolla de su padre, acompañada de Lila, que viajaba en el asiento del copiloto.

—Pensaba que tenías carné de principiante —observó Gracie cuando Mosey y Lila se apretujaron con ellos en el banco redondo.

—A mis padres no les importa si solo cojo el coche para venir a Little Spindle. Así no me tienen que traer ellos. ¿Dónde te habías metido? —Mosey miró a Eli con expresión elocuente.

—En ninguna parte. En Youvenirs. Ya sabes.

Eli no hizo el menor comentario. Se limitó a crear una torcida montaña de kétchup junto a sus patatas fritas.

Picaron algo. Hablaron de tomar el tren a la ciudad para ver un concierto.

—Es muy raro que tu familia veranee aquí y no en Greater Spindle. ¿A qué se debe? —le preguntó Mosey a Eli.

Él torció la cabeza a un lado, como si meditase a fondo la respuesta.

—Siempre hemos venido aquí. Creo que les gusta la paz.

—A mí también —asintió Lila—. El lago no tanto, pero en verano se está bien aquí, cuando Greater Spindle se llena de gente.

Mosey se embutió una patata frita en la boca.

—El lago está encantado.

—¿Ah, sí? —preguntó Eli, y se inclinó hacia ella.

—Una mujer ahogó allí a sus hijos.

Lila puso los ojos en blanco.

—Menudo cuento.

—La Llorona —asintió Eli—. Hay leyendas parecidas por todas partes.

Genial, pensó Gracie. *A partir de ahora cazaremos fantasmas todos juntos.*

Trató de hacer caso omiso de la sensación rara que notaba en la barriga. Se había dado la excusa de que no quería que sus amigas conocieran a Eli porque él era un tanto rarito, pero ahora no estaba tan segura. Quería mucho a Mosey y a Lila, pero en su compañía siempre se sentía un poco sola, incluso cuando se sentaban las tres juntas alrededor de una hoguera o se acurrucaban en la última fila del Spotlight a ver una sesión matinal. No quería sentirse así en presencia de Eli.

Cuando Mosey y Lila se fueron a Greater Spindle, Eli apiló las cestitas de plástico en una bandeja y dijo:

—Ha sido divertido.

—Sí —convino Gracie, quizás con demasiado entusiasmo.

—Mañana podríamos ir a Robin Ridge en bici.

—¿Todos?

Un ceño se dibujó entre las cejas de Eli.

—Bueno, sí —respondió—. Tú y yo.

Todos.

Gracie no habría sabido señalar el momento exacto en el que Eli dejó de estar mojado, únicamente el instante en el que ella se percató. Estaban tumbados en el suelo de la habitación de Mosey y la lluvia azotaba las ventanas.

Gracie se había sacado el carné de conducir ese verano, y al novio de su madre no le importaba dejarle la ranchera de vez en cuando para que pudiera desplazarse a Greater Spindle. El dinero para gasolina era otro cantar. Había mejores trabajillos para estudiantes en Greater Spindle, pero ninguno le garantizaba que sus horarios coincidieran con los turnos de su madre, así que Gracie seguía trabajando en Youvenirs, a donde podía acudir en bici.

Tenía la sensación de que Little Spindle se cerraba en torno a ella, como una playa que se estrecha más y más según sube la marea. La gente hablaba de los exámenes de selectividad, de solicitar plaza en esta universidad o la otra, de prácticas veraniegas. Parecía como si la vida acelerase por momentos y todo el mundo cogiera carrerilla, listo para salir disparado hacia el futuro en trayectoria calculada al detalle. Gracie, en cambio, no sabía por dónde tirar.

Cuando la asaltaba esa horrible sensación, corría a reunirse con Eli en la heladería Dairy Queen o en la biblioteca. Bajaban a la fonoteca y colocaban en fila todos los álbumes de Bowie para poder admirar ese rostro tan frágil y misterioso que tenía, o escuchaban discos de los teleñecos, al mismo tiempo que trataban de descifrar las pistas que aparecían en la portada del *Sgt. Pepper's.* Gracie no sabía qué haría cuando empezara el año escolar.

Viajaron a Greater Spindle en la ranchera de Eric sin un plan concreto en mente, con la radio a toda pastilla y las ventanillas bajadas para ahorrar la gasolina del aire acondicionado, sudando contra los asientos de plástico. Cuando estalló la tormenta decidieron refugiarse en casa de Mosey a ver películas.

Sentadas en la cama, Lila y Mosey se pintaban las uñas de los pies y se ponían canciones la una a la otra. Gracie estaba tirada en la moqueta con Eli, que le leía en voz alta un libro muy aburrido sobre cauces de ríos. Gracie no prestaba demasiada atención. Tumbada de bruces con la cabeza sobre los brazos, escuchaba la lluvia en el tejado y el murmullo de Eli. Se sentía bien por primera vez en mucho tiempo, como si le hubieran remojado en agua fresca el nudo que siempre le oprimía la boca del estómago.

Los envolvía el constante fragor de los truenos. En el exterior reinaba un ambiente cargado y electrizado. Gracie tenía la piel de gallina por culpa del aire acondicionado, pero le daba pereza levantarse para quitarle potencia o pedir un jersey.

—Gracie —dijo Eli, y le empujó el hombro con un pie descalzo.

—¿Mmm?

—Gracie. —Eli se levantó y, cuando siguió hablando, se había acercado mucho y estaba susurrando—. Esa cala que te gusta no tiene nombre.

—¿Y?

—Todas las playas y las ensenadas tienen un nombre, pero tu cala no.

—Pues pongámosle uno —murmuró ella.

—¿Roca…, Media Luna?

Gracie se dio media vuelta en el suelo y miró las estrellas amarillas que salpicaban el techo de Mosey.

—Es horrible. Parece el nombre de una urbanización, o de una pasta. ¿Qué te parece el archipiélago de Gracie?

—No es un archipiélago.

—Pues algo potente. Algo sobre Idgy Pidgy. La cala del Dragón o la Serpentina.

—No tiene forma de serpiente.
—La Boca del Monstruo.
—¿LA BOCA DEL MONSTRUO? ¿Quieres que la gente salga corriendo?
—Pues claro. Playa de la Espalda Plateada.
—Los Espalda Plateada son gorilas.
—Escamas Plateadas. Algo que empiece por «es».
—Escollo.
—Perfecto.
—Pero no es un escollo.
—Lo podemos llamar la cala de Eli el Ahogado cuando te ahogue allí. Así no hay manera.

Gracie recuperó la postura anterior y lo miró. Eli estaba apoyado sobre los codos, detrás del libro abierto. Ella tenía otra idea en la punta de la lengua, pero se le escurrió como un pez que escapa del sedal.

Mosey y Lila hablaban en murmullos quedos. La música sonaba bajita en el teléfono de Lila. La camiseta de Eli le marcaba los hombros y la luz de la lamparilla de Mosey creaba una especie de halo en torno a su cabeza. Gracie percibió en su amigo el aroma de la tormenta, como si se hubiera traído el rayo a casa, como si estuviera hecho de la misma lluvia densa que las nubes. Su piel ya no parecía húmeda, sino que emitía un delicado fulgor. Eli sostenía la página con un dedo y a Gracie le entraron ganas de acariciarle los nudillos, la muñeca, el finísimo vello rubio del antebrazo. Se apartó una pizca según intentaba sacudirse de encima esas ideas.

Eli la miraba con aire pensativo.

—Tendría que ser un nombre descriptivo —dijo con una expresión tan seria y concentrada como de costumbre. Tenía un rostro encantador. El ademán pensativo proyectaba su barbilla hacia delante y le abultaba el entrecejo.

Gracie soltó lo primero que le vino a la cabeza.

—Podríamos llamarla la cala Pedro.

—¿Por...?

—Porque siempre tiramos piedras.

¿Tenía sentido lo que estaba diciendo?

Él asintió como si lo meditara y luego esbozó una sonrisa absurda, radiante, preciosa a más no poder.

—Es perfecto.

El viaje a casa se le antojó a Gracie una especie de tortura: el aire fresco que entraba por las ventanillas, la música bajita de la radio, ese extraño y desapacible sentimiento que le marcaba un nuevo ritmo en el pecho. La oscura carretera se estiraba ante ellos. Deseaba llegar a casa. Deseaba que el trayecto durara para siempre.

La transformación de Eli fue una traición, un timo como una casa. Siempre había considerado a Eli Cuddy territorio seguro, y de repente se había convertido en arenas movedizas. Buscó a su alrededor a alguien más en quien pensar. Se había encaprichado de Mason Lee en noveno curso y le pidió a Lila que la llevara a Okhena Beach, la playa en la que él trabajaba de socorrista, con la esperanza de que al verlo renacieran los viejos sentimientos. Por desgracia, lo único que le llamó la atención de Mason fue su aspecto cuando se quitó la camisa. Parecía un golden retriever. Tenía su encanto, pero eso no significaba que quisiera adoptarlo.

Las horas que precedían a sus encuentros con Eli se tornaron súbitamente palpitantes y llenas de posibilidades. Se compró una camisa nueva de un morado exuberante, color ocaso, escogió unos pendientes de plata en forma de pequeñas plumas, se encaprichó de un brillo de labios con sabor a manzana porque emanaba un aire mágico en su tubito rosa y dorado, y cuando se tocó los labios con los dedos tuvo la sensación de estar practicando un hechizo. *Mírame. Mírame como yo te miro.*

Gracie sabía que se estaba portando como una boba. Si Eli la consideraba algo más que una amiga, jamás se lo había insinuado. Tal vez tuviera una novia en la ciudad a la que le escribía largas cartas y con la que se liaba entre clases. Él nunca le había contado nada parecido, pero Gracie tampoco había preguntado. Antes nunca le importó. No quería que le importase ahora.

El verano adquirió una forma distinta, una forma tormentosa y abrupta, como el lomo aserrado de un dragón. La vida cotidiana se tornó peliaguda. Cada canción de cada álbum contenía una profecía. Se sorprendió a sí misma tratando de comunicarse a través de los discos que escogía, e interpretando los que elegía él como si albergaran un mensaje secreto. Se obligó a pasar más tiempo con Mosey y Lila, y en Youvenirs, limpiando objetos que no precisaban ser limpiados, luchando contra esa nueva ansia de la compañía de Eli. Pero ¿de verdad era nueva? Desde el principio, las horas que pasaba con Eli se le habían antojado islas de arena cálida, el refugio que hacía soportable su torpe chapoteo por el fango del resto del año.

Se sentía dividida entre la necesidad de decir algo, de expresar eso que llevaba dentro antes de que terminase el verano, y la convicción de que debía evitar a toda costa un acto tan desastroso. Por primera vez se descubrió a sí misma contando los días que faltaban para el mes de septiembre. Si conseguía llegar al Día del Trabajo sin que el corazón se le escapase por los labios, tendría todo el año escolar para superar esa desafortunada y absurda locura que se había apoderado de ella.

Un sábado, la víspera del Día del Trabajo, Gracie y Eli miraban los fuegos artificiales que cubrían el cielo de Greater Spindle. Se sentaron juntos en la caja de la ranchera con las rodillas casi pegadas y los hombros en contacto.

—Ojalá tuvieras teléfono —soltó Gracie sin pensar.

—Sí, ojalá. En parte.

—¿Solo en parte?

—Me gusta ir tomando nota mental de todas las cosas que te quiero contar.

Con eso me basta, pensó Gracie mientras una luz azul y plata bañaba los resplandecientes rasgos de su amigo. *Con eso tengo más que suficiente.*

Gracie lo llevaba mejor. Añoraba el verano. Añoraba a Eli, pero también la aliviaba saberse libre de la posibilidad de verlo. Acudió al baile de fin de curso con Ned Minnery, que era muy gracioso y tocaba la trompeta. Le encantaban los juegos de palabras. Llevaba tirantes y pantalones a rayas, y hacía trucos de magia. Era el anti-Eli. No se tomaba nada en serio. Fue una noche divertida, pero Gracie acabó pensando que tal vez la diversión no fuera lo suyo. Bebió suficientes chupitos de licor de melocotón como para convencerse de que le apetecía besar a Ned, y luego vomitó a un lado de la carretera.

Cuando llegó el Día de los Caídos, estaba preparada para ver a Eli, pero no se concedió permiso para acercarse a la heladería. No quería pasar un verano como el anterior. No lo haría. En vez de eso, acudió a Okhena Beach, se tendió junto a Mosey y Lila en la arena y se quedó allí hasta que el sol bajó y prendieron la hoguera que daba comienzo a las celebraciones del fin de semana. Cuando alguien sacó una guitarra, se acomodó sobre una mesa de pícnic algo retirada, con los pies descalzos sobre el banco y temblando bajo la sudadera. *Estoy bien,* pensó, y se prometió que dentro de un momento se reuniría con los demás en la fogata. *Estoy bien.* Pero cuando vio a Eli caminando hacia ella con sus largas zancadas, el cabello brillante a la luz de la hoguera y la impaciencia grabada en el rostro, cargado con la estúpida mochila de siempre, el esfuerzo de todos esos meses se fue a pique. ¿Cómo se las había arreglado Eli para llegar a Greater Spindle? ¿Acaso este año sus padres le prestaban el coche? La nostalgia se desplegó en su interior, como si hubiera estado esperando la llegada del calor para emerger.

Eli se sentó a su lado y dijo:

—No te vas a creer lo que he encontrado hoy. En la fonoteca hay una colección entera de discos hablados, detrás de la sección de Navidad. Es alucinante.

Gracie se obligó a soltar una carcajada.

—Me muero por escucharlos.

¿Me has echado de menos? ¿Has besado a alguna chica? Yo besé a un chico y fue horrible.

No podía. Gracie no podía pasar otro verano en ese plan. Se volvería loca. Idearía alguna excusa; mucho trabajo en Youvenirs, un brote de cólera. Lo que sea. Extrajo el tubo de crema labial con sabor a manzana del bolsillo. Estaba casi vacío, pero no se había molestado en comprar más. Le daba demasiada vergüenza recordar las cosas que había pensado cuando lo pagó en la tienda.

Eli se lo arrancó de la mano y lo lanzó a la oscuridad del lago.

—¡Eh! —protestó Gracie—. ¿Por qué has hecho eso?

Él inspiró profundamente. Alzó los hombros, los dejó caer.

—Porque llevo nueve meses pensando en manzanas.

El silencio cayó sobre ellos como un telón. A lo lejos, Gracie oía a la gente charlando, los perezosos acordes de la guitarra, pero todo eso procedía de otro país, de otro planeta. Eli Cuddy la miraba con toda su atención, sus ojos azules casi negros en la penumbra de la fogata. La desesperada sensación que la embargaba se agitó en su pecho, mudó en otra cosa, se atrevió a florecer.

Los largos dedos de Eli le rodearon el rostro, se desplazaron a su nuca y se detuvieron allí, como si el gesto precisara hasta la última brizna de su concentración, como si quisiera aprender el lenguaje de Gracie, seguir su trayectoria. Eli besó a Gracie igual que si ella fuera una canción y él quisiera escuchar todas y cada una de las notas. La besó igual que hacía todo lo demás: reflexivamente.

Ahora el verano se había tornado redondo y lleno, una fruta a punto de reventar, un sol que emerge orondo, amarillo y feliz del mar. Se besaban detrás de Youvenirs, en los asientos de terciopelo rojo del cine Spotlight, en el suelo de la fonoteca con los auriculares en el cuello y un ruido blanco de fondo, según una canción o la otra llegaba a su fin.

—¿Por qué no vamos a tu casa? —proponía ella.

—¿Por qué no vamos a la tuya?

No se movían del sitio.

Por las tardes, cuando salían de la heladería, los labios de Eli estaban fríos y sabían a cereza. En las aromáticas noches, cuando se tendían en la orilla de la cala llamada Pedro, sentían las manos calientes e inquietas. Gracie flotaba sobre sus sandalias. Se sentía cubierta de joyas. Su bicicleta era un caballo alado.

Pese a todo, hacia finales de julio, Gracie notó que el zumbido de los insectos se tornaba lúgubre. A pesar del calor y de la cara posterior de sus muslos quemada por el sol, a pesar de que el neón seguía encendido en la carretera, notó que el verano empezaba a despedirse.

Por la noche oyó a su madre y a Eric riendo en el salón, la televisión de fondo como una música gris, y Gracie se acurrucó de costado según se adueñaba de ella el miedo asfixiante de antes. Estando con Eli, Gracie podía olvidar que tenía diecisiete años. Podía olvidarse de Little Spindle y de lo que vendría después. Un calco de la vida de su madre, con suerte. Pedir un préstamo para pagar un coche y la matrícula en el centro de estudios superiores. Ver a sus compañeros de clase marcharse a otras ciudades, a sitios mejores. *Ojalá Eli tuviera teléfono,* pensó. Ojalá pudiera charlar con él en la oscuridad. *Podríamos escribirnos cartas. Podría ir en tren a Nueva York los fines de semana.* Pensaba todo eso por las noches, pero luego, al día siguiente, Eli aparecía radiante a la luz del sol y únicamente le apetecía besar su aplicada boca.

Los días y las noches se fundían, y Gracie esperó a la víspera del Día del Trabajo para decir:

—Mosey está pensando en pedir plaza en la Universidad de Nueva York.

Eli se recostó sobre los codos. Estaban tendidos sobre una manta en la cala llamada Pedro y el sol creaba estrellas jaspeadas entre las ramas de los robles y los abedules.

—¿Ah, sí? —preguntó él.

—Probablemente. Es tan lista que seguro que la admiten. —Eli no dijo nada, y Gracie añadió—: Sería divertido trabajar en Nueva York.

El ceño de siempre se dibujó entre las cejas de Eli.

—Claro —asintió—. Aunque es un gran cambio.

No digas nada, se ordenó ella. *Déjalo correr.* Pero el precipicio estaba ahí. Qué podía hacer sino saltar.

—¿No quieres que vaya?

Eli se inclinó hacia delante y lanzó un guijarro al lago.

—Deberías ir donde tú quieras.

La herida se extendió por el pecho de Gracie como un ser vivo, una planta sacada de un filme de ciencia ficción, toda tentáculos y ortigas.

—Ya —respondió con un hilo de voz.

Gracie no podía reprocharle nada. El suyo era un rollo de verano. Además, a Eli no le faltaba razón. Podía ir adonde quisiera. No necesitaba a Eli para trasladarse a la ciudad. Podía dormir en el sofá de Mosey hasta que encontrara un trabajo. ¿Había sofás en los dormitorios de la universidad?

—Gracie —dijo Eli, y buscó su mano.

Ella se levantó de un salto.

—He quedado con mis amigas.

Eli se puso de pie. Los rayos del sol prendidos al cabello, a la piel. Brillaba demasiado como para mirarlo.

—¿Quedamos más temprano mañana? —propuso él—. Solo me queda un día antes de...

—Vale.

Ella se había cargado la mochila a la espalda y ya había montado en la bici, decidida a alejarse de Eli antes de que llegara a ver cómo el orgullo le rodaba por las mejillas en forma de gruesos lagrimones. Pedaleó con fuerza, temiendo que la siguiera. Deseando con toda su alma que lo hiciera.

Al día siguiente, Gracie no fue a trabajar. No lo planeó. Los minutos transcurrieron sin más. Eli no acudió a buscarla. Nunca había visto su habitación ni habían visto la tele en el sofá. Se limitaba a esperarla en el camino de los coches, montado en su bici, mientras Gracie entraba a buscar un jersey o a cambiarse de zapatos. Ella ni siquiera había llegado a conocer a los padres de él. Porque esto era la vida real y ellos vivían en otro mundo.

Eres tonta, se regañó. *Dentro de dos días se habrá marchado. Disfrútalo mientras dure. Diviértete.* Pero a Gracie no se le daba bien divertirse, no como lo hacían los demás. El chico que le gustaba no la correspondía, y no quería fingir que no se sentía fatal. Gracie era el cucurucho bañado en salsa de cereza, un viejo libro de bolsillo, vinilos clasificados en estantes polvorientos. Algo que despertaba el interés de Eli, que quizás incluso le gustaba de verdad, pero una historia de verano al fin y al cabo, no del todo real cuando los días empezaban a refrescar.

Leyó. Vio la tele. El fin de semana terminó y Gracie supo que Eli se había marchado. Y qué. El verano que viene no lo estaría esperando en la heladería ni trabajaría en Youvenirs. Se graduaría, se mudaría a Nueva York, a Canadá o donde fuera. Pero no estaría en Little Spindle.

COLA

Una semana después de que empezaran las clases, Gracie acudió a ver a Annalee. No sabía qué se proponía en realidad, pero de todos modos acabó bajo los fluorescentes de la heladería Dairy Queen.

No pidió nada. No tenía hambre. Se deslizó en el banco del reservado y preguntó:

—¿Qué hago para sentirme mejor? ¿Qué hago para que deje de doler?

Annalee dejó su crucigrama.

—Deberías despedirte de él.

—Es demasiado tarde. Ya se ha marchado.

—A veces ayuda despedirse de todos modos.

—¿Tú sabes… si alguna vez sintió lo mismo que yo?

—Ay, *tsigele.* —Annalee le propinó unos golpecitos con el boli en la mano—. Algunos tenemos corazón. Otros cargamos con él a cuestas.

Gracie suspiró. ¿De verdad esperaba que Annalee la ayudara a sentirse mejor? Ese pueblo estaba lleno de monstruos de pega, de brujas falsas, de relatos que no eran sino cuentos. Pero lo intentaría de todos modos.

Aunque todavía hacía buen tiempo reinaba el silencio en la carretera, y cuando Gracie torció por la pequeña senda de tierra que llevaba a su cala los bosques se le antojaron casi tristes, como si ellos también se despidieran del verano. Se sintió culpable. Aquella siempre fue su cala, acogedora y anónima antes de Eli. «¿Dónde has estado?», le susurraron las agujas de los pinos.

Apoyó la bici contra un árbol del claro y se acercó a la orilla. Ya no le parecía un santuario. ¿No fue Mosey la que dijo que el lago estaba encantado? La cala parecía llena de fantasmas que le habría gustado ahuyentar. Guardaba tan buenos recuerdos de Eli. ¿Iba a perderlos también?

En ese momento oyó algo: un soplido suave y aislado que tal vez fuera una brisa. Luego otro: un aliento entrecortado. Miró más allá de la sombría margen. Un cuerpo yacía en el agua.

Gracie no recordaba haberse movido, tan solo haber estado de pie, petrificada en la orilla, y encontrarse al momento siguiente arrodillada en el agua.

—Eli —lloró.

—Has venido.

—¿Qué haces aquí? ¿Qué te pasa?

Estaba tan pálido que su piel parecía casi azul y las venas se le transparentaban.

—No debería haber esperado. Se me conceden tres meses. Son las normas.

—¿Qué normas?

—Quería despedirme.

—Eli...

—He sido egoísta. No quería que te marcharas a Nueva York. Quería vivir con la ilusión de que volveríamos a encontrarnos. Lo siento. Lo siento mucho, Gracie. Los inviernos son tan largos.

—Eli, llevo el teléfono. Puedo llamar a...

—Me estoy muriendo, así que ya puedo decirte que...

—NO TE ESTÁS MURIENDO —se angustió Gracie—. Estás deshidratado o sufres hipotermia.

Sin embargo, según lo decía, se dio cuenta de que el agua estaba más caliente de lo que debería.

—Era yo, aquel día. Estabas lanzando piedras al agua. Te rascabas la rodilla. Te vi solamente un segundo. El último día de mayo. —Pestañeó y sus ojos se cerraron—. No debería haberte besado, pero lo deseaba desde hacía tanto tiempo. Fue mejor que el helado. Mejor que los libros.

Gracie lloraba ahora.

—Eli, por favor, deja que…

—Es demasiado tarde.

—¿Quién lo dice? ¿QUIÉN?

Él se encogió de hombros a duras penas. El gesto mudó en un estremecimiento.

—El lago. Tres meses para caminar sobre la tierra. Pero siempre debo volver a él.

La mente de Gracie viajó al día aquel en la cala, al extraño ser del agua. Era imposible.

—No hay libros allá abajo —prosiguió él—. Ni palabras, ni lenguaje.

Ni Dairy Queen. Ni bicicletas. Ni música. No podía ser.

Gracie parpadeó y el contorno de Eli titiló con una luz casi fantasmal, en parte chico y en parte otra cosa. Recordó el momento en que Annalee le había propinado unos golpecitos con el boli en la mano. *Algunos tenemos corazón. Otros cargamos con él a cuestas.*

Los ojos de Gracie escudriñaron la playa, la maraña de zarzas donde comenzaba el bosque. Allí, un bulto oscuro entre las hojas. Nunca lo había visto sin ella —la fea mochila morada— y, en ese momento, lo comprendió.

Corrió hacia ella, se cayó, se incorporó y descorrió la cremallera. Se abrió como una boca. Estaba llena de basura. Entradas de la bolera, tarjetas de puntuación del minigolf, un tubito de brillo labial rosa y dorado. Pero en el fondo, brillante como una luna escondida…

La sacó de la bolsa, una capa de escamas muy fina que parecía no acabar nunca, reluciente y áspera al tacto, sorprendentemente pesada. La llevó como pudo hacia Eli, arrastrándola tras de sí, y chapoteó por la orilla. Atrayendo el cuerpo de Eli hacia el suyo lo envolvió con la capa.

—Toma —sollozó—. Póntela.

—Tres meses —musitó él—. Nada más.

—Pero si solo han sido unos días…

—Márchate de Little Spindle, Gracie. Sal de este sitio.

—No —le gritó ella al lago, a nadie en absoluto—. Hagamos un trato.

Eli la agarró de la muñeca.

—Basta.

—Llévame a mí también.

—Gracie, no.

El agua le lamió los muslos con su pulso pausado, cálida como sangre, cálida como un útero, y Gracie comprendió lo que tenía que hacer. Se envolvió con la capa de escamas acurrucada junto a Eli y dejando que los filos le cortaran los brazos y su sangre se fundiera con el agua.

—Llévame a mí también —susurró.

—Demasiado tarde —suspiró Eli. Cerró los ojos. Sonrió—. Valió la pena.

En ese momento, la mano que rodeaba la muñeca de Gracie se tensó, la carne retrocedió. Gracie la vio alargarse y transformarse en una garra afilada.

Eli abrió los ojos. El olor de la lluvia inundó a Gracie. A continuación resonó el fragor de un trueno, el rugido de un río desatado. El rumor del agua anegó los oídos de Gracie según se transformaba el cuerpo de Eli, se emborronaba, titilaba a la luz del atardecer. Eli se irguió ante ella, tambaleándose sobre los musculosos anillos de su cuerpo, una gran serpiente, una serpiente de relucientes escamas blancas con cabeza de dragón y la espalda traspasada por aletas iridiscentes que se desplegaban tras él como alas.

—Eli… —intentó decir Gracie, pero el sonido que surgió de su boca no fue humano.

Se llevó una mano a la garganta, pero tenía los brazos demasiado cortos y habían adquirido una forma extraña. Se dio la vuelta para mirarse y, según torcía la espalda, notó cómo su cuerpo, fuerte y extraño, agitaba el agua.

Atisbó su reflejo en la superficie iluminada por el sol, sus escamas de un gris oscuro salpicadas de arcoíris, las aletas del tono morado del ocaso, un velo de luz de estrellas contra el cielo oscurecido. Era monstruosa. Era maravillosa.

Aquel fue su último pensamiento humano. Se estaba hundiendo en el agua. Estaba acurrucada en torno a... ¿quién era? Eli. El pálido eco de un nombre más antiguo e impronunciable resonó en la base de su cerebro. Daba igual. Notó el tacto de las escamas de él sobre las suyas según se internaban más profundamente en el lago, con el impulso de la corriente, juntos.

CORAZÓN

Cuando encontraron la bicicleta de Gracie contra un pino cerca de Little Spindle, Annalee trató de explicarle a la madre de Gracie lo sucedido. Ella llamó a la policía de todos modos, como es natural. Incluso enviaron a unos cuantos submarinistas a bucear por el lago. La búsqueda fue infructuosa, aunque uno de ellos afirmó que algo demasiado grande para ser un pez le había rozado la pierna.

A Gracie y a Eli les quedaban los veranos, tres meses perfectos al año para notar la hierba bajo los pies y el beso del sol en los desnudos hombros humanos. Escogían una ciudad distinta cada vez, pero a menudo se acercaban a Manhattan, donde recibían a Annalee y a la desconcertada madre de Gracie en un ático del Upper East Side, e intentaban no mirar con demasiada atención a su hermosa anfitriona de piel mojada y ojos verde río.

Con la llegada del otoño, mudaban de nombre y de cuerpo y viajaban por las aguas del mundo. El lago odiaba dejarlos marchar. Amenazaba con helarse para encerrarlos allí, pero ahora eran dos monstruos de las profundidades, musculosos y relucientes, de colas como látigos y ojos rutilantes, y la fuerza que sumaban aplastaba viejas reglas y nuevas discusiones. Se deslizaban del Mohawk al Hudson, más allá de los encorvados hombros del dios del río y salían al Atlántico. Visitaron a los osos polares del Ártico, asustaron a los manatíes cerca de los cayos de Florida. Se anudaron el uno al otro mientras contemplaban las luces de ensueño que proyectaban las medusas en las costas australianas.

De vez en cuando, si atisbaban a un pasajero contemplando el mar desde la barandilla de un carguero, tal vez se dejasen ver. Se asomaban entre las olas, exponían la piel a la caricia de la luna, y el extraño se inclinaba hacia delante, boquiabierto, con el corazón despierto y la soledad olvidada por un fugaz instante.

EL FINAL DEL AMOR

NINA LACOUR

No caigo en la cuenta de que llego muy temprano hasta que abro la puerta. Las sillas están vacías detrás de los pupitres alineados, reina el silencio en el aula, y los ojos del señor Trout me escudriñan desde la tarima.

—Cuánto tiempo —me saluda—. Me han dicho que vas a asistir de oyente a esta clase.

—Sí. Quiero repasar un poco.

—¿Para qué?

—No sé. ¿Para el día de mañana?

Se ríe con ganas.

—En teoría no debería decirte esto, pero tu futuro no depende de que asistas o no a esta clase. Tu título de secundaria, sí. Es un trámite, y tú ya lo has superado. Con CRECES, si no recuerdo mal.

—A lo mejor solo me apetece hacer algo que se me da bien. —Cruzo el aula y me adueño de un pupitre de la primera fila—. O puede que sencillamente me encante la geometría.

—Muy bien. Tú misma, Flora. Pero jamás, en todos mis años de profesión, había visto a un alumno repetir una asignatura por gusto. Y menos en VERANO.

Se vuelve hacia la ventana, por la que se filtra la brillante luz de la mañana como para demostrar lo tonta que soy. Yo prefiero mirar los libros de geometría que se apilan sobre su mesa y, lo juro, nada más verlos el corazón me da un brinco de alegría.

—¿Quiere que los reparta? —me ofrezco.

—Claro —asiente—. Gracias.

Mientras los voy depositando en el centro de cada pupitre, sin olvidarme de introducir el impreso amarillo de préstamo en la guarda, le doy gracias para mis adentros a Jessica por haber accedido a que me matriculara en esta clase. Corría la última semana del curso y solo de pensar que tendría que pasar el verano en casa con mis padres, sabiendo que mis dos mejores amigas estarían ausentes durante todas las vacaciones —Rachel trabajando en un campamento de verano en Tahoe, Tara en Barcelona con sus primos—, ya me estaba entrando ahogo. Como si una niebla insidiosa avanzase hacia mí. Un agobio insoportable. «¿Qué crees que te ayudaría?», me preguntó Jessica. Ni siquiera ella estaría accesible durante las vacaciones de verano, y mis visitas semanales a su despacho habían terminado siendo lo mejor del curso escolar. Echaría de menos su manera de unir las manos cuando me formulaba una pregunta, las plantas junto a la ventana, incluso la caja de pañuelos de papel, plantada a mi lado como si me invitara a llorar. Le dije que no lo sabía.

Y luego añadí: «En realidad, me vendría bien matricularme en un curso de verano. Así tendría una excusa para salir de casa cada día. Y deberes, para poder encerrarme en mi habitación mientras esté allí».

«No sé qué oferta tenemos este año… —Meditó al mismo tiempo que abría su portátil y buscaba el programa—. Lástima que no haya cursos de pintura o de teatro».

«¿Y de geometría?», pregunté.

Ella ladeó la cabeza. «¿No estás matriculada en trigonometría?»

«Podría asistir como oyente».

Tecleó algo. «Tim… El señor Trout da un curso de repaso en el instituto Potrero».

Sonreí. Todavía mejor. Lo tuve en primero de secundaria. Él fue la primera persona a la que oí hablar de ejes y simetría.

«Perfecto», dije, y ella me matriculó allí mismo. Lo hizo sin darle importancia, aunque cualquier otro adulto me habría puesto mil pegas.

Termino de repartir los libros y el señor Trout y yo charlamos del tiempo durante unos minutos, hasta que me dice:

—Vale, ve a dar una vuelta. Necesito un ratito para preparar la clase.

Dejo mi mochila en el pupitre de la primera fila y me encamino al pasillo. No conozco bien las instalaciones. Durante un par de semanas, en primero, acudía en autobús después de clase para pasar un rato en el patio con Blake. A él le gustaba pasarme el brazo por la cintura y a mí me gustaba hacerme la interesante, ser la chica del instituto Baker. Los alumnos se acercaban a mí y me preguntaban si conocía a sus primos, a sus ex o a sus amigos, y yo decía «sí, sí y sí», y Blake me rodeaba la cintura todo el tiempo y a mí casi siempre me gustaba que lo hiciera.

Nunca llegué a entrar más allá del patio en aquel entonces, así que doy un paseo ahora. Los edificios principales son bajos, de un azul desvaído y detrás hay onduladas colinas, doradas de verano. Bordeo la zona exterior, paso junto a la pista de baloncesto, la piscina y el área de oficinas. Hace una mañana radiante y yo me alegro de estar aquí, a punto de aprender algo que ya sé. Llego al aparcamiento. Veo a un grupo de tres caminando hacia las escaleras de la entrada y me quedo sin aliento.

Se han hecho mayores. Parecen más salvajes. Más ruidosos.

Travis se detiene y me mira entornando los ojos.

—Hola —me saluda Mimi. Lleva el pelo igual de largo que entonces, pero ahora se ha rapado un lado de la cabeza. Va vestida con un peto cortado a la altura de los muslos y solo se ha abrochado un tirante; le cuelga la hebilla izquierda. Noto un calorcillo en la cara al verla—. Pero si eres tú. La exnovia de Blake.

Suelto una carcajada forzada.

—Vaya, no pensé que un mes de mi vida fuera a marcarme para siempre.

Hope, tan amable como siempre, exclama:

—¡Flora ha vuelto a casa!

—Hola, chicos —contesto.

—Por favor, dime que te has apuntado a geometría —interviene Travis.

Yo asiento con la cabeza porque he perdido la capacidad del habla. La idea de asistir a clase con ellos fue lo último que pasó por mi mente cuando se me ocurrió matricularme en estas clases de verano. Al escoger esta asignatura estaba eligiendo formas y lógica, ángulos y números, extraños y anonimato. No a una banda de tres a la que creí que nunca volvería a ver. Ni a esta chica cuya presencia me provoca mareo y temblor de manos. Aunque intento mirar a cualquier otra parte, me fijo sin poder evitarlo en la piel desnuda que le asoma a Mimi entre la cintura del peto y el principio del top, según los sigo escaleras arriba.

Cuando tenía trece años y quedaba en este mismo patio con Blake, ya sabía que lo nuestro no duraría. Lo sabía incluso cuando me agradaba notar su brazo en mi cintura. Incluso cuando me gustaba su manera de mirarme, como se mira a una novia. Porque, ya entonces, ciertas verdades acerca de mí misma empezaban a emerger de las profundidades de mi corazón. Y ahora mismo, mientras espero que empiece una clase a la que no necesito asistir, esas verdades vuelven a manifestarse. Porque fue Mimi Park la primera persona que las hizo emerger.

En aquellos tiempos, Mimi solía llevar puestos los auriculares, uno como mínimo, y a menudo nos miraba de lejos, y asentía con un gesto tan leve que nadie se habría percatado de no haber sido objeto de su atención. Una vez me preguntó si conocía tal canción y yo dije que no, y ella se extrajo el auricular derecho y me lo hundió, con delicadeza, en el oído. Era *Come as*

You Are, de Nirvana. Kurt Cobain llevaba muerto veinte años, como mínimo, y yo había oído hablar de él, pero nunca había escuchado sus temas. Y allí estaba él, cantándonos a la dos al mismo tiempo. ÚNICAMENTE a nosotras. La voz de Kurt Cobain en su oído izquierdo, y en mi derecho. Oímos la canción entera allí mismo, en el patio, y yo sonreí y asentí al principio del tema para que me dejase escucharla hasta el final, pero después de eso ya no pude seguir mirándola a los ojos. Sucedían demasiadas cosas cuando nuestras miradas se encontraban. Yo miraba mis Converse y un envoltorio de chicle. Miraba sus Vans y una flor amarilla que crecía entre el asfalto. La guitarra sonaba igual que si la estuvieran tocando debajo del agua. La letra me parecía confusa y contradictoria, muy parecida a notar el brazo de tu novio en la cintura al mismo tiempo que compartes auriculares con una chica a la que te mueres por besar.

Cuando el tema terminó, acercó la mano a mi oreja y me extrajo el auricular.

—¿Qué te parece? —me preguntó.

—Es buena —asentí.

Y ahora estamos en plenas vacaciones del penúltimo año de instituto y yo recuerdo lo que se siente cuando te eligen a ti, de entre todo un patio repleto de gente, para que escuches una canción. Recuerdo haberle preguntado si iría al baile de bienvenida, y me dijo algo de que se iba de acampada. Recuerdo lo desconsoladamente que lloré cuando rompí con Blake, y lo mucho que eso tuvo que ver con la idea de renunciar a esas tardes en los patios del instituto Potrero, y al derroche de luz que me inundaba cada vez que veía a Mimi a lo lejos.

Acabamos de llegar a la puerta del aula. Ellos la cruzan delante de mí y se encaminan al fondo. Si llevara mi mochila al hombro, los seguiría y me sentaría con ellos, pero mis cosas siguen en el pupitre de la primera fila, donde las he dejado. Tendría que cruzar la clase, recogerlas y volver atrás para comprobar si hay algún asiento vacío en sus inmediaciones. No sé si quieren que me siente con ellos, si les apetece añadir un cuarto miembro al trío, así que tomo asiento donde están mis cosas. Siempre puedo cambiarme mañana de sitio.

El señor Trout aguarda delante de la pizarra. Pensaba que iba a preparar la clase, pero parece ser que ha empleado el tiempo en dibujar un pez gigante en la pizarra, cubierto de escamas. Cuando está seguro de que todo el mundo le presta atención, escribe «señor» delante de la boca del pez. Trout significa «trucha» en inglés.

—Bienvenidos a las clases de repaso —dice, pero no me invade la calma, como pensaba que me sucedería cuando estuviera allí, porque Mimi también se encuentra presente, a cinco filas de mi asiento.

Cuando llego no hay nadie en casa. Me dispongo a colgar la mochila en el perchero de la entrada, pero veo pegada una notita amarilla que dice «Dejar». El perchero es de latón y cada gancho tiene la forma de un animal distinto. Palpo el cuerno del rinoceronte, la trompa del elefante. Me cuelgo la mochila al hombro y me encamino al salón, pero allá donde mire hay más papelitos amarillos. El reloj de la repisa dice «Craiglist». El retrato de la abuela lleva un interrogante. La mesa auxiliar, cuya superficie exhibe mil huellas redondas de tazas, dice «Beneficencia».

Miro al suelo, piso más pósits amarillos prendidos a las alfombras con imperdibles. Recorro la casa y subo las escaleras hacia mi habitación. Dejo la mochila en el suelo. Me despojo de las sandalias. Retiro el edredón y me tumbo en la cama. Intento hacerme pequeñita. Me obligo a dormir.

Hoy es lunes, otra vez. Mimi, Hope y Travis están charlando delante de la puerta abierta del aula cuando me acerco, intentando reunir valor para hablar con ellos. Creo que he metido la pata. Debería haberme unido a este grupo el primer día de clase, o al menos el segundo. Ahora ha pasado demasiado tiempo, no me han pedido que me siente con ellos y nuestras conversaciones se limitan a «hola» y «adiós».

Pero el valor no me hará falta, al final, porque Hope me llama en cuanto me ve:

—¡Flora, ven a ver el tatuaje de Mimi!

Así que me reúno con ellos. Es una enorme amapola en la cara interior de su antebrazo derecho.

—No me puedo creer que tu madre te haya dado permiso —dice Travis.

—¿Qué le voy a hacer? Soy la hija de una rebelde.

—Es precioso —observo yo—. Los pétalos... son tan perfectos.

Y me sonrojo al decirlo, porque se parece mucho a decir que ELLA es perfecta. La verdad es que el tatuaje me parece precioso, pero ni siquiera ese naranja y ese verde tan vivos se pueden comparar con su rostro ni con sus rodillas, ni con su postura ahora mismo, con el brazo extendido hacia nosotros sin la menor traza de timidez.

—Yo también me quiero hacer un tatuaje —comento—. Ya tengo pensado cómo será.

Les enseño dónde, en la cara interna del bíceps.

—¿Y qué te vas a tatuar? —pregunta Travis.

—Una frase. «El final del amor».

Mimi me mira entornando los ojos.

—¿De dónde la has sacado?

—Se me ha ocurrido a mí.

Es una idea que duele, pero que no me puedo quitar de la cabeza; una frase que me mantiene despierta hasta la madrugada. Creo que si pudiera hacer algo con ella, si me la escribiera en el cuerpo para siempre, me la podría arrancar del corazón.

—Parece el título de una canción —opina Hope—. O de un libro, quizás. No me la imagino en un tatuaje.

—A mí me parece algo así como una señal de advertencia para las tías —dice Travis—. Las chicas entenderán que tienen que guardar las distancias.

Me sonrojo nuevamente. Ignoraba que yo fuera tan importante como para que la gente del instituto Potrero intercambiara cotilleos sobre mí, pero parece ser que es así. Cuando alzo la vista descubro que Mimi me está mirando.

—Eh, chicos —nos llama el señor Trout desde el aula—. Puede que vuestras inmaduras mentes alucinen con el concepto, pero la clase se imparte DENTRO del aula.

Estoy a punto de seguirlos a la última fila, pero, antes de echar a andar, me fijo en que solo quedan tres pupitres libres allí detrás, así que me siento delante, en mi sitio de costumbre.

Hoy el señor Trout va a explicar los polígonos, aunque todavía no lo ha dicho. Lo sé por las formas que ha dibujado en la pizarra. Conozco todos los nombres. Triángulo, cuadrángulo, pentágono, hexágono, heptágono, octógono, eneágono, decágono…

—¿Qué tienen todos estos dibujos en común? —nos pregunta.

—¿Que son formas? —murmuran los alumnos—. ¿Con líneas rectas?

—Sí —dice el señor Trout—. ¿Qué más?

Yo escribo todo lo que sé acerca de polígonos en mi libreta. Que están formados por una secuencia limitada de segmentos. Escribo sobre los lados y los vértices en los que estos convergen. Que el espacio interior se llama área.

Escribo sobre convexidad y concavidad, sobre polígonos simples y polígonos complejos. Escribo sobre igualdad y simetría, y cada una de las palabras apacigua mi corazón. El señor Trout habla de todo eso que ya sé. No muestra demasiado entusiasmo, pero da igual. Las palabras salen de sus labios, se proyectan hacia el aula, y a mí me embarga el asombro, porque ELLA las está escuchando también.

Mis padres están en el comedor cuando llego a casa, delante del aparador de la porcelana, pertrechados con sus papelitos amarillos.

—Mira esto —dice mi madre en tono burlón. Acaba de echar mano de una fuente de servir—. ¿En qué estábamos pensando?

Es la misma fuente que llevan usando toda mi vida. Yo no veo qué tiene de malo, pero mi padre se ríe también y levanta las manos.

—Yo qué sé —responde—. Eran los noventa.

—¿Para la beneficencia? A menos que tú la quieras.

—No, no, para la beneficencia, claro —asiente.

La lleva a la mesa de la cocina, donde tres notas adhesivas etiquetan los montones. Para mi madre, para mi padre y para la beneficencia. El tercer montón no deja de crecer; ahora ocupa casi toda la mesa.

—¿No os vais a quedar nada? —les reprocho.

—Ah —reacciona mi padre—. Hola, Flora.

Mi madre me saluda desde la otra punta de la habitación.

—¡No te he oído entrar! —grita.

En mi cuarto, abro el libro de texto y empiezo a hacer los deberes que, como alumna oyente que soy, no estoy obligada a presentar. El señor Trout nos ha dicho que hiciéramos únicamente los ejercicios impares, pero yo decido hacerlos todos. Cuando voy por la mitad, justo mientras estoy dibujando un cuadrilátero cíclico perfecto con el transportador, llaman a la puerta.

Se abre una pizca, aunque no he dado permiso para entrar.

—¿Qué tal te va? —pregunta mi madre.

—Bien. Estoy haciendo los deberes.

—¿Es interesante la clase?

Me encojo de hombros.

—¿En qué te habías matriculado?

—Geometría.

Asiente, ladea la cabeza.

—No sé por qué, pero pensaba que ya la tenías aprobada.

No le contesto, pero a ella le da igual. Ya está observando mi habitación. Noto una opresión en el pecho y un nudo en el estómago. Prácticamente oigo a Jessica decirme que exprese en voz alta esos sentimientos.

—¿Ya sabes lo que te quieres quedar?

—Todo —digo.

—¿Por qué no compramos un escritorio más bonito? Algo más moderno.

—Dentro de un año me marcharé, de todas formas.

—Bueno. A ver cómo queda en tu habitación nueva y luego ya lo pensaremos.

—Estaba concentrada en esto —le insinúo a la vez que señalo el libro de texto.

—¡Uy! Ya te dejo en paz. Estoy deseando que llegue el sábado. Una amiga me ha dicho que hay una tienda nueva en Berkeley. Podríamos ir a echar un vistazo.

—¿Seguro que quieres comprar cortinas antes de saber dónde viviremos?

—Es que ya sé cómo las quiero. De estilo turco. Nos podemos acercar a ver qué tienen.

—Vale —accedo.

—Genial. Vuelve al trabajo. Tu padre y yo vamos a ponernos con el armario del recibidor. ¿Sabes qué? Lo estamos pasando muy bien. —Esboza una sonrisa fugaz como para demostrarlo—. Cerrar los procesos es importante, y a nosotros nos está sirviendo para reír y recordar. Nos estamos deshaciendo de un montón de cosas, y la sensación es GENIAL.

De repente, lo veo todo torcido, pero enseguida mi visión vuelve a la normalidad. Tengo un enjambre de abejas en el cuerpo, bullicioso y letal, pero lo aprisiono dentro.

—Me alegro mucho. De verdad que tengo que acabar esto.

Devuelvo la atención al libro, pero ya ni siquiera veo lo que tengo delante. Me quedo muy quieta hasta que la puerta se cierra. Los pasos de mi madre se alejan por el pasillo. Paso la página para empezar otra nueva y coloco encima el transportador, pero lo aprieto con demasiada fuerza y la guía se rompe.

Dejo los deberes a un lado y abro el portátil. Busco tejidos de estilo turco y creo un nuevo tablero de Pinterest. Colecciono motivos y colores, imágenes de mosaicos como inspiración. Investigo acerca de los distintos motivos tradicionales —animales, flores y árboles— hasta que estoy agotada y sucumbo a la tentación de la cama.

En mitad de una charla sobre el teorema de Pitágoras, el señor Trout ve algo por la ventana. Todo su semblante se transforma: una sonrisa se apodera de sus rasgos. Me vuelvo a mirar qué ha atrapado su atención. Es una mujer, y lleva una cesta de pícnic.

—Flora —dice—. Hazme un favor y termina este ejercicio, ¿quieres? Y luego el siguiente. —De camino a la puerta se da media vuelta—. Y el otro también.

Así que me acerco a la pizarra y me apropio del rotulador. Echando una ojeada a la ventana, veo al señor Trout abrazando a la mujer. Cuando se separan, ella saca una manta campestre que lleva debajo del brazo y la extiende allí mismo, sobre la hierba del jardín.

Termino el dibujo del señor Trout, explico lo que estoy haciendo y me doy media vuelta. La clase al completo está mirando cómo la mujer saca bocadillos de la cesta, que ha envuelto en papel encerado y ha decorado con lazos también. A continuación, aparece un plato de fresas y dos copas altas de champán. Con un ademán teatral, extrae una botella de agua con gas y dice algo. Los dos se ríen con las cabezas echadas hacia atrás.

Me siento incómoda ahí plantada sin hacer nada, así que miro por encima las notas del profesor para saber que debería hacer a continuación, borro el ejercicio que acabo de resolver y empiezo el siguiente.

—Vale, esta es la demostración algebraica —explico—. *A* al cuadrado, más *b* al cuadrado es igual a *c* al cuadrado.

Dibujo el cuadrado grande con otro inclinado en el interior y etiqueto cada parte. Ni siquiera me vuelvo a mirar, porque sé que nadie me presta atención. Cuando termino, dejo el rotulador y miro por el cristal. El señor Trout y la mujer están sentados tranquilamente en la manta, comiendo y charlando como si merendaran en mitad del parque un sábado por la tarde. La clase al completo también está girada hacia la ventana, contemplando la escena.

Todo el mundo excepto Mimi, que me mira a mí.

Me asalta un recuerdo de sopetón: la primera vez que la vi. Yo esperaba a Blake junto al árbol y ella pasaba pasquines de la Alianza Gay-Hetero.

«¿Eres alumna del instituto? —me preguntó. Yo negué con la cabeza—. Ya me parecía —añadió—. Lástima».

Me pasó un pasquín de todas formas.

Un par de semanas más tarde, debajo del mismo árbol, el corazón se me desbocó nada más verla.

«¿Qué tal el club?» le pregunté.

Se encogió de hombros. «No muy bien, la verdad. Demasiados heteros, muy pocos gays. Así pierde la razón de ser».

Travis y Hope estaban allí, a su lado.

«No nos culpes a nosotros —protestó Travis—. Solo intentamos prestar apoyo».

«No creo que los clubes sean lo mío, de todas formas», reconoció Mimi.

Ahora, casi tres años más tarde, mientras el profesor almuerza en el jardín y el resto de la clase lo observa, ella levanta la mano.

—¿Sí? —pregunto.

—¿Por qué asistes a esta clase?

Y puede que se deba a la peculiaridad del momento. O a que, rodeadas de veinte alumnos que no nos prestan atención, tengo la sensación de que Mimi y yo estamos solas en el aula. Sea cual sea el motivo, decido responder con sinceridad.

—Porque necesitaba salir de casa.

—Vamos a ir de camping —me comenta Mimi dos horas más tarde—. ¿Te quieres venir?

Estamos en el mismo sitio en el que el señor Trout acaba de compartir almuerzo con su amiga, pero todas las pruebas del delito han desaparecido. Ha regresado al aula como si nada y nos ha dado permiso para salir a comer.

—¿Cuándo? —le pregunto.

—Mañana por la mañana. La idea es pasar un par de noches en Muir Beach, nada más.

—No creo que pueda —respondo—. Me gustaría, pero ya tengo planes.

—¿Una fiesta del Cuatro de julio?

—No exactamente. Tengo que comprar cortinas y rollos así. Con mi madre.

—Qué pena, porque seguro que nos vendría bien un poco de ayuda con la geometría.

—Ah —bromeo—. ¿Solo me invitas para sacarme unas clases gratis?

—No solo por eso —protesta Mimi.

—¡El descanso ha terminado! —grita el señor Trout desde el aula—. ¡No debería estar diciendo esto! ¡Vuestros móviles también marcan la hora!

—¡Pero si usted acaba de hacer un pícnic en horas de trabajo! ¡Qué morro! —se indigna Travis.

—Es verdad —reconoce el señor Trout—. Pero yo soy el que manda.

Doy media vuelta sobre mis talones y me encamino al aula.

Cuando termina la clase, de camino a la salida, Mimi me tiende una nota. En todo el tiempo que abarca nuestra historia, es la segunda hoja de papel que me pasa. Esta es más grande que el pasquín de la AGH, está escrita en papel cuadriculado y doblada en cuadraditos. «Por si al final te fallan los planes», dice. A continuación ha dibujado una tienda, un par de árboles, la luna y las estrellas y una fogata. Debajo ha escrito: «Muir Beach, parcela 12».

—Primero, los cafés con leche —decide mi madre—. ¡Luego las cortinas!

Ha querido llevar los dos coches porque tiene otros recados que hacer, y a mí me parece genial. Mientras pide en nuestra cafetería de costumbre, yo escojo una mesa y abro el portátil para enseñarle el tablero que he creado.

—Qué divertido —comenta cuando se sienta—. ¡Mira ese! Me encanta el color.

—A mí también —asiento, y me desplazo hacia abajo en la página para que vea otros parecidos—. Estaba pensando que a lo mejor sí que podríamos comprar las cortinas antes de saber cómo será el espacio. Así marcarían la pauta del resto de la decoración.

—Qué lista eres. Creo que el camarero acaba de llamarnos —dice mi madre—. Vamos.

Nos encaminamos a la tienda de tejidos y apuramos los cafés en el exterior. Al ver el escaparate comprendo que habrá montones de opciones y me digo que el hecho de que esté emocionada es algo positivo, no una traición a mí misma. «Los sentimientos son complicados», me dice siempre Jessica. A veces se contradicen entre sí. No hay que buscarles la lógica.

Me asomo por el escaparate y me fijo en uno de los estampados expuestos en la pared.

—Creo que he visto uno bonito —le digo.

—¿Dónde? —me pregunta.

—A ese lado, el tercero.

El rostro de mi madre junto al mío en el cristal, la sensación de mostrarle algo… Una emoción se agita dentro de mí, una emoción anterior a que *el final del amor* apareciera y empezara a obsesionarme, incluso en sueños. Tiramos las tazas a la papelera y entramos en la tienda.

—Hola, ¿qué tal? —nos saluda la mujer que atiende el mostrador—. Ahora mismo le saco su encargo.

—¿Qué encargo? —pregunto yo.

Mi madre se encoge de hombros como una niña.

—¡Me has pillado! No me pude resistir a echar un vistazo rápido. Me acerqué hace un par de días y me enamoré locamente de un estampado.

—Y entonces ¿qué hago yo aquí?

—Necesitaremos más de un juego de cortinas. Venga, enséñame las que estabas mirando.

Nos acercamos al tejido que he visto a través del escaparate, pero de cerca la tela no me gusta tanto.

—Los colores son preciosos —observa ella—. Ven a ver la que he escogido yo.

La vendedora despliega un rollo sobre el mostrador para que mi madre la inspeccione. Es azul y blanca, de estampado Ikat, para nada de estilo turco, nada que ver con los colores cálidos de los que habíamos hablado.

—¿No te parece preciosa? A lo mejor con una mesa baja de estilo rústico y un sofá de cuero… —Enarca las cejas y sonríe mientras espera mi respuesta.

—Quedará bien —musito.

—Vale —continúa ella—. Tengo una sorpresa para ti. Una parada más. Sígueme.

La sigo por la autopista y a través del túnel, hasta el racimo de minúsculas urbanizaciones en el que está nuestra casa. Tuerce por una calle residencial y yo doblo detrás de ella. Aparcamos delante lo que parece ser un complejo de apartamentos. Mi madre lleva una llave en la mano y la bolsa con las cortinas colgada del brazo.

—¿De qué va esto? —pregunto.

—Pasa y mira —canturrea. Me guía por cuatro escalones de hormigón hasta una puerta roja. Gira la llave y aparece un salón vacío al otro lado—. ¡Sorpresa! Bienvenida a casa, Flora.

El enjambre ha vuelto, alas que zumban y revolotean dentro de mí. Se me nubla la visión.

—¿TE ESTÁS QUEDANDO CONMIGO?

Una expresión de desconcierto asoma a su rostro.

—¿No te gusta?

—«¿Sorpresa, bienvenida a casa? ¿Ayúdame a escoger cortinas?»

—Flora…

Yo ya he dado media vuelta. Ya estoy bajando las escaleras y he subido al coche, y ni siquiera la miro cuando arranco y me alejo. Ni siquiera sé a dónde voy, y pronto tengo que parar de lo intenso que es mi llanto.

Pensaba que cuando uno se divorciaba se peleaba por todo. Por la casa, por los coches y por los muebles. Por los regalos de boda que aún se conservan. Por los cuadros, si eres de esas personas que tienen obras de arte en casa, como mis padres. Pensaba que uno quería aferrarse a los pedazos de su vida. Pensaba que los años anteriores importaban.

Quiero el sofá confidente. Quiero las tazas de las margaritas. Quiero las hueveras. Quiero el felpudo, el retrato de la abuela, el caballito balancín y el papel de las paredes. Quiero el piano y la alfombra de los Navajos. Quiero mi habitación, quiero a mi padre y quiero, quiero, QUIERO.

—¡Pero si te caemos bien! —exclama Travis cuando me apeo del coche y salto de la gravilla al césped.

—Pues claro que me caéis bien.

—No te sientas con nosotros en clase —me acusa Hope—. Nos sentimos heridos.

Los tres están descansando en sendas sillas plegables de distintos colores. Mimi apoya los pies, calzados con unas sandalias rojas, en un tocón de árbol. Se retuerce el tirante suelto del peto y me sonríe. Me sonrojo, y me siento otra vez como una alumna de primero. Pero ahora somos mayores y nos cuesta menos expresar lo que queremos.

—Esperaba que vinieras —confiesa.

Abro la boca para hacerle una broma insinuante y desenfadada, pero en vez de eso me echo a llorar. Las lágrimas caen. No me lo esperaba. Me tapo la cara con las manos.

—Ay, Dios mío —me disculpo—. Qué vergüenza.

Por suerte ahora me estoy riendo y el llanto ha cesado.

—¿Te encuentras bien? —me pregunta Hope.

—Es que he tenido un… ¿día? ¿Un mes? ¿Un par de años muy duros?

—Nos preguntábamos qué te pasaba. Te sientas delante y nunca hablas con nadie a menos que, en plan, te arranquemos las palabras.

—Marcas las distancias a tope —añade Travis.

—Pareces triste —señala Mimi—. Recuerdo que antes sonreías más.

—Mis padres se van a divorciar —confieso. Nunca antes había pronunciado las palabras en voz alta, a menos que estuviera en el despacho de Jessica. El divorcio me parece un problema tan banal, tan esnob si piensas en las personas que se enfrentan a cosas verdaderamente horribles. Pero una vez que empiezo, lo vomito todo—. Llevan dos años separándose y volviendo juntos. Separaciones de prueba, lo llaman. Se han pasado todo ese tiempo comportándose como si se odiasen, con toda su alma, pero ahora que es permanente, ya no hay odio que valga. Están la hostia de contentos. Mi padre ha empezado a SILBAR.

—Por eso te matriculaste en geometría, aunque podrías ser la profesora —concluye Mimi—. ¿Y qué ha pasado con el rollo ese de las cortinas?

Niego con la cabeza.

—Un desastre.

—Bueno —me consuela Travis—, si querías escapar, al menos has ido a parar al lugar adecuado: el paraíso.

Es verdad. Estamos en el bosque, pero noto la fragancia del mar. Las secuoyas se yerguen sobre nosotros; una bandada de pájaros azules sale volando de una rama cercana. Los veo desplazarse por el cielo, descender, desperdigarse y volver a reunirse hasta que se pierden de vista. Me doy la vuelta para mirar el camping y me fijo en todo. Hay dos tiendas plantadas y la fila de mochilas pulcramente dispuesta en el centro. Han colocado las sillas alrededor de una fogata, y allí cerca hay una enorme nevera portátil forrada de adhesivos de parques naturales, todos de California.

Salta a la vista que tengo delante a unos auténticos expertos.

—Chicos —me avergüenzo—. He venido con lo puesto. He pasado por Walgreens de camino, pero no he comprado nada más que un cepillo de dientes.

—En mi tienda caben dos —apunta Hope.

—Y yo tengo una manta de sobra —me ofrece Mimi.

Travis señala el viejo Volvo que está aparcado allí delante.

—Y yo llevo en el coche sudaderas suficientes como para vestir a un regimiento.

Qué bien sienta reír a carcajadas.

—¿Y a qué se debe que te hayas animado a venir de camping con este grupo de inadaptados?

—¿Inadaptados? ¿Por qué?

—Bueno, pues, para empezar —explica Mimi—, se nos dan fatal las mates.

—Y estamos todos mezclados —añade Travis—. Mimi es medio coreana-americana y medio blanca, yo soy medio mexicano y medio blanco y, ¿Hope? Bueno, Hope lo tiene más crudo que nadie.

Hope asiente con simulada solemnidad y dice:

—Medio francesa y medio holandesa.

—Y por si fuera poco —prosigue Mimi— somos, en plan, el único grupo de amigos en toda la historia de la secundaria cuyos miembros nunca se han peleado, nunca se han enamorado entre sí y nunca se han enrollado con alguien que le gustase a otro.

—Nos sentimos más cómodos de acampada que en nuestras propias casas —declara Hope.

—En los últimos tres años nos hemos cruzado con cuatro osos y ninguno nos ha devorado.

—Y —concluye Mimi— jamás, ni una sola vez, hemos asistido a un baile del instituto.

—¿Por qué no? —pregunto.

—Preferimos salir de acampada —responde Hope—. Instauramos la tradición en primero, con el baile de bienvenida. Pero nuestros padres no nos dejaban ir solos, así que los padres de Travis plantaron la tienda a unas pocas parcelas de distancia y venían a controlar de vez en cuanto.

—Qué monos —sonreí yo.

Mimi añade:

—En segundo, acampamos en el jardín de Hope.

—Fue una medida desesperada —aclara Hope—. No querían que fuéramos de camping en diciembre.

—¿Te gusta el pescado? —pregunta Travis—. Llevamos trucha en honor al profe.

—¿En serio? —pregunto yo.

—Bueno, siempre asamos una trucha, pero esta vez tiene un significado especial.

—Malas noticias en cuestión de priva —me informa Hope a la vez que abre una de las mochilas—. Solo he podido echar mano de los restos de una botella.

Travis examina la etiqueta.

—Bourbon.

—Yo prefiero el té cuando voy de camping de todas formas —dice Mimi, y me enseña su taza.

—¿Has traído té? —pregunta Travis.

—Aquí crece menta por todas partes —responde ella.

—¿La coges y te la echas en la taza?

—Sí.

—Qué asco.

—No sé a qué viene eso, en serio —replica Mimi—. Siempre lo hago. ¿Y qué tiene de asqueroso un té de menta?

—Pero ¿de verdad es TÉ? —insiste Travis—. Porque, según tengo entendido, el té son hierbas secas.

Mimi niega con la cabeza, agranda los ojos y se queda mirando la taza.

—Ni siquiera podemos buscarlo en internet —se lamenta Hope.

—Nunca sabremos la verdad —añade Travis.

—Quiero probarlo —intervengo—. El té.

Mimi me mira.

—Entonces ¿me das la razón a mí?

Yo le sonrío y me encojo de hombros.

—Tendré que probarlo para saberlo.

Se levanta y deja la taza en su asiento. Tiene pequeñas marcas en los muslos por la textura de la piedra en la que se ha sentado. Recorre el sendero hacia la mata de menta y la veo arrancar un tallo.

Vierte agua de la botella en la olla y la deposita sobre las llamas.

—¿Has traído una taza? —me pregunta.

Niego con la cabeza.

Entra en su tienda y sale al cabo de un momento con un tazón verde, y yo no puedo evitar pensar que ella ha posado los labios en el borde infinidad de veces, y que pronto los míos estarán allí también. Añade la menta que ha arrancado para mí. Vierte el agua caliente y me planta el tazón en las manos.

—Déjala reposar unos minutos —me instruye.

—He estado pensando en tu tatuaje —dice Hope después de comer—. Si al final te decides, deberías hacerte uno a juego en el otro brazo que dijera: «El principio del amor». Así, dependiendo de si los lees de izquierda a derecha, o de derecha a izquierda, significarían que el amor empezó y ahora termina, o que el amor terminó y ha vuelto a empezar.

La fogata arde ahora con más fuerza. Les ilumina las caras.

—Pero yo pensaba que el amor era eterno —objeto.

Travis suspira.

—Esa es otra de las trolas que nos cuentan de pequeños. Pero al menos lo están llevando bien.

—NO lo están llevando bien —protesto—. Se están engañando a sí mismos.

Una noche del pasado mes de enero sucedió algo que mi madre y yo fingimos que nunca ocurrió. Las navidades habían transcurrido con mucho estrés y ajetreo arriba y abajo. Durante todo el trayecto a Portland, donde siempre pasábamos las fiestas, tuve el corazón en un puño por los nervios de pensar que iba a salir del armario delante de mis primos, mis tíos y mi abuela. Alguien me preguntaría si tenía novio —como cada año—, y yo no quería limitarme a decir que no. Estaba tan pendiente del tema que apenas me di cuenta de que entre mis padres reinaba más hostilidad que de costumbre, hasta que volvimos a casa y me relajé. Pasaron juntos buena parte de enero, pero mi hogar bien podría haber sido un campo de minas: un paso en falso y los cuchillos habrían caído del techo o el salón se habría llenado de gas venenoso.

Hacia finales de mes, mi padre se había mudado a casa de un amigo suyo, que vivía a un par de urbanizaciones de la nuestra. Una noche me quedé haciendo los deberes hasta muy tarde, porque me costaba concentrarme, y pensé que comer algo me tranquilizaría.

Mi madre estaba allí abajo, a solas, sentada a la mesa de la cocina.

—No nos facilitó las cosas —me espetó sin venir a cuento— que se lo soltaras a la familia cuando lo hiciste. No te culpo, pero ya estábamos muy tensos antes de eso, y sumar aún más estrés… Y en NAVIDAD.

Les cuento el incidente.

Mimi dice:

—Y supongo que le contestaste: «Qué mala leche, mamá».

—No —respondo—. No dije eso.

—Bueno, pues espero que lo hagas. —Toma un sorbo de té. Yo bebo un sorbo del mío—. Espero que se lo digas en un futuro cercano.

—En un futuro muy cercano —asiente Hope.

—Mañana por la noche, a poder ser —añade Travis—. Díselo en cuanto entres por la puerta.

—Un momento —propone Hope—. ¿Por qué no se lo dices ahora mismo?

Se pone de puntillas y agita el teléfono en el aire, buscando cobertura, hasta que le suplico:

—No, ahora no, esta noche no.

El fuego empieza a languidecer. Sigue ardiendo, pero no con tanta fuerza. Mimi vierte agua hirviendo en mi taza.

—¿Y qué tal está? —me pregunta Travis.

—¿El qué?

—El té.

—Sé sincera —me pide Mimi.

—Sabe a té de menta. Tal cual.

Travis enarca las cejas sorprendido.

—Vaya, pues qué bien.

Hace demasiado frío para seguir a la intemperie. Extraigo mi nuevo cepillo de dientes del paquete, desenrosco la tapa de un tubo de pasta tamaño viaje. Veo a Travis saliendo de la tienda de Hope con un saco de dormir y una almohada.

—Oh, no —me apuro—. ¿Te voy a quitar el sitio?

—Tranquila —dice—. Mejor así. Siempre intenta liarse conmigo.

—Oh, por favor —resopla Hope—. Pero si eres prácticamente mi hermano.

Travis se refugia en el saco.

Mimi se disculpa con él:

—Te invitaría a mi tienda, pero tendríamos que dormir el uno encima del otro.

—Mira, guapa —le espeta Travis—, ya sabes que no me apetece pasarme toda la noche oyendo tus ronquidos.

Corre la cremallera del saco hasta que solo le asoman los ojos.

—No te ahogues —le pide Mimi—. ¿Qué haríamos sin ti?

—Lo prometo —dice Travis, y entonces incluso sus ojos desaparecen.

—¿Necesitas algo más? —me pregunta Mimi.

Me ha prestado dos mantas, y Travis me ha dejado asaltar su coche para abrigarme. Por suerte para mí, es uno de esos chicos que huelen bien.

Niego con la cabeza.

Añade:

—Me alegro mucho de haberte dado el dibujo.

—Yo también —le digo.

—Nos vemos por la mañana, ¿vale? ¿No irás a cambiar de idea y marcharte mientras dormimos?

—Para nada.

Me roza la muñeca.

—Bueno, pues buenas noches.

Nos encerramos en la tienda. En cuanto Hope se esconde en el saco y yo estoy bien envuelta en varias capas de sudaderas, el rumor del movimiento se apaga y empiezo a oír la noche. El viento y los grillos. Una risa lejana, procedente de otra parcela.

Hope susurra:

—Mis padres se divorciaron cuando yo tenía doce años.

—Ah —digo—. Lo siento.

—Tenía la sensación de que el suelo se hundía bajo mis pies. Fue horrible. Me acostumbré, pero estar en casa no es lo mismo desde entonces.

El techo de su tienda es transparente. Veo la luna y las estrellas, y sus palabras se me antojan igual de vastas y verdaderas. Por más que te digan que le busques el lado bueno, o que te aferres a la idea de que muy pronto todo irá bien, no por eso desaparece este momento concreto en el que te cuesta respirar, ni la sensación de impotencia. Te sientes como si estuvieras gritando sin que nadie te oyera, y el mito del futuro feliz no es nada a lo que te puedas aferrar, y la única palabra que tiene sentido es «evasión».

El final del amor. El final de la familia. Dejar de ser la hija de dos personas que se levantan juntas en la misma cama, que dejan los cepillos de dientes en el mismo vaso, que ponen los ojos en blanco y suspiran y tal vez se odian, pero de todos modos regresan cada noche a la misma casa y se sientan a la misma mesa.

—Solo nos queda un año —continúa Hope—. Y luego tendremos nuestros propios hogares.

—Sí —respondo.

—Y, hasta entonces, podemos ir de acampada.

Hope se duerme, pero yo sigo despierta. Me quedo muy quieta e intento oír los ronquidos de Mimi. Su tienda está muy cerca, pero no surge ningún sonido del interior. Paso así tanto rato que empiezo a temer que amanezca y yo no haya pegado ojo.

Inspiro.

Me dio un dibujo.

Espiro.

Quería que viniera.

—Hay un árbol mágico —me dice Mimi por la mañana—. Me gustaría llevarte. Después de desayunar, claro.

Aparecen de la nada salchichas, patatas y huevos, todo repartido en cuatro platos al mismo tiempo, aunque únicamente tenemos una sartén y un hornillo. Comemos en silencio, sorbemos el café que Hope ha preparado taza por taza. La luz de la mañana se filtra entre las secuoyas. El aire huele a hoguera, a tierra y a mar, y yo no tengo palabras para describir cómo me siento excepto VIVA, quizás.

Y entonces, Mimi y yo vamos camino de su coche, nos sentamos dentro, únicamente ella y yo, y acaricio los cristales que lleva en el salpicadero: uno transparente, uno rosa, otro amarillo.

—¿Para qué son? —pregunto.

—Mi madre quiere que los lleve siempre en el coche. Cree que me protegen.

Yo no sé qué decir. No me imagino qué se siente teniendo una madre que cree en algo así.

—Menos mal que son bonitos, ¿verdad? —añade Mimi, y yo asiento.

Conduce despacio por el camino de tierra que sale del camping y se detiene un momento para dejar pasar a un grupito de niños. Aguarda un instante cuando ya se han ido, y pronto un niño pequeño aparece corriendo tras ellos. Sonríe.

—Tenía el presentimiento —explica—. Siempre hay uno o dos rezagados.

Cuando detiene el coche, diez minutos después, estamos en un ensanchamiento que parece escogido al azar. No hay principio de camino, ninguna señal, nada que indique que desde allí se accede a algún otro sitio. Intuyo que me va a decir que se ha perdido, pero, en vez de eso, apaga el motor y me mira.

—¿Lista? —pregunta, y pronto estamos andando por una estrecha senda. Me lleva colina arriba, entre árboles y helechos, matas de hierbas y flores silvestres. Nos agachamos para evitar las ramas y esquivamos zarzamoras. Por fin la tierra se nivela en un claro más allá del cual, justo debajo de nosotras, está el océano.

—Este —declara Mimi— es mi lugar favorito del mundo entero.

Me conduce al árbol mágico. No se trata de una secuoya ni de un roble, un pino o un arce. Yo jamás había visto nada parecido. Es viejo —lo noto— pero no majestuoso como las secuoyas. Tengo delante un árbol más ancho que alto, con gruesas ramas que se expanden a los lados y un tronco cubierto de nudos.

Se encarama a una rama que se encuentra a poca altura, sube un poco más. Yo palpo la corteza y encuentro una zona donde asoma un minúsculo brote.

—Tengo una historia que contarte —le digo.

Mimi asiente.

Me recuerda a Alicia en el árbol, antes de ir al País de las Maravillas. Me subo a una rama y me siento con las piernas colgando. Si nos diéramos impulso con las piernas podríamos lanzarnos al océano, pero en ese árbol también experimento más seguridad, más serenidad, de las que he experimentado en mucho tiempo.

Me siento como pensé que me sentiría en las clases de verano.

—Es acerca de mi madre, de mí y de nuestra casa.

—Cuéntamela —me anima Mimi.

Ahora me siento igual que cuando estoy en el despacho de Jessica a punto de contarle algo sin saber por qué voy a contárselo. Pero, como Jessica siempre dice, por algo hay que empezar.

—Compramos la casa cuando yo estaba en séptimo curso —comienzo—. Era el sueño de mi madre desde hacía mucho tiempo. Antes vivíamos en una casa que no estaba mal, pero tampoco era una maravilla, y mi madre quería las cosas típicas: porche delantero y luz natural. Espacio para plantar un jardín y huequecitos. Le encantan los huequecitos. A mí también.

Mimi sonríe.

—Lo recordaré.

—Mi padre trabaja muchos fines de semana, así que mi madre y yo nos encargamos de visitar las casas. Buscamos durante meses la casa ideal y por fin la encontramos. Tenía todo lo que queríamos, estaba en una calle bonita flanqueada de robles y costaba solo un poquito más de lo que mis padres querían gastar. Hicieron una oferta, los vendedores la aceptaron y fue entonces cuando mi madre y yo empezamos a trabajar de verdad.

Se levanta una brisa y yo me detengo un momento para contemplar las ramas que oscilan debajo de nosotras. Intento recordar lo que sentía en aquel entonces, antes de todo esto, cuando aún deseaba estar con mi madre a todas horas.

—Planeamos la decoración de las habitaciones: los colores de la pintura, la disposición de los muebles. Plantábamos los cuadros contra todas y cada una de las paredes hasta encontrar el sitio perfecto para cada uno. Redactamos largas listas de todos los objetos que queríamos comprar. Escogimos papel pintado para cada huequecito. A mí me dejó elegir el papel del hueco de la escalera. Escogí un motivo retro, dientes de león sobre un fondo rosa. Colocamos una butaca y una mesita de lectura allí, y durante mucho tiempo fue mi rincón favorito de la casa.

»Visitábamos los mercadillos en busca de antigüedades. Acudíamos a subastas para comprar obras de arte. Visitábamos galerías, tiendas grandes y salas de muestras. Aprendí a combinar colores y a mezclar motivos. Cada vez que alguien hacía un comentario halagador sobre la casa, ella decía: "Flora y yo la decoramos juntas"».

Y ahora lo están tirando todo. TODO. Como si nunca hubiera importado. Pero yo soy incapaz de expresar lo mucho que significa para mí. Las lágrimas corren por mi rostro y yo ni siquiera me había dado cuenta de que estaba llorando. El final del amor. El final del amor.

Mimi baja de su rama y se sienta en la mía. Toma mis manos entre las suyas, pero no es un gesto de consuelo. Es más que eso.

—Me acuerdo de la primera vez que te vi —dice—. Eras una chica alegre, segura de ti misma. Y me entraron ganas de apartar el brazo de Blake para rodearte la cintura con el mío.

—Me habría gustado.

—¿Ya entonces?

—¿No te diste cuenta? Yo tenía la sensación de que se me notaba muchísimo. Siempre la he tenido.

—Sabía que sentías algo.

Me suelta una mano y me acaricia la mejilla.

Yo recuesto la cara contra su mano. Quiero que la deje ahí para siempre.

—Tenía ganas de besarte entonces, cuando eras feliz. Y tengo ganas de besarte ahora, mientras estés triste.

Se limita a mirarme. No se mueve.

—A mí también me gustaría —confieso—. Mucho.

Inclinamos el rostro, nos acercamos la una a la otra.

Estoy besando a Mimi Park dos años después de conocerla. La estoy besando, aunque a menudo me lamenté pensando que nunca volvería a verla. A veces, por las noches, cuando no podía dormir y me dedicaba a recordarla, me decía que tal vez no estuviéramos hechas la una para la otra. Puede que me hubiera confundido. Únicamente porque una persona te haya revelado algo acerca de ti misma no significa que tenga que pasar algo más. Así pues, por más que al ver a Mimi de lejos aquella primera vez —y todas las veces posteriores— todo mi ser hubiera resplandecido y hubiera sentido deseos de arrimar mi cuerpo al suyo, eso no significaba que fuera el amor de mi vida. Puede que tan solo implicase que necesitaba algo distinto a lo que tenía. Quería estar con una chica.

Pese a todo, han pasado tres años desde entonces. Hoy por hoy ya he besado a unas cuantas chicas. Creo que incluso me he enamorado. Pero nunca había experimentado nada comparable a esto.

Ahora estoy pegada al tronco, sus manos en mi rostro, en mi pelo, a lo largo de mis costillas y luego al final de mi espalda. Yo me agarro a una rama pequeña, por miedo a caer.

—Nos vamos a caer del árbol —murmuró con su boca en mi cuello.

Se aparta. Quiero que vuelva. Salta a la hierba y yo salto tras ella. El mar resplandece debajo. El cielo es azul y está despejado. El árbol sigue siendo mágico. Me arrastra a la tierra y vuelve a besarme, y aún otra vez, y yo desplazo al cuerpo hasta tenerla debajo, su cabello contra el musgo, sus ojos abiertos, sus labios húmedos y sonrientes.

—No estoy triste —declaro.

—Bien. Yo tampoco.

—Son Flora y Mimi —grita Travis cuando nos ve de lejos. Y basta esa frase, nuestros nombres unidos por una «y», para que la felicidad vuelva a inundarme.

—Hora de salir de excursión —anuncia Hope.

Mimi levanta el pie.

—¡Solo he traído sandalias!

—Por favor —dice Travis—. No habla de esa clase de excursión.

Nos internamos en el bosque de secuoyas, donde entra tan poca luz como si hubiera caído la noche y el aire es mucho más fresco, y luego volvemos a salir a la luz del sol. Recorremos el camino que bordea el precipicio, con el océano rompiendo al fondo y las flores silvestres creciendo entre las rocas, hasta llegar al prado más diminuto del mundo, donde nos sentamos en corro a descansar.

Descubro una mata de amapolas a mi lado.

—Te regalaría una —le digo a Mimi— si no fuera ilegal.

—Las leyes están para romperlas.

Se inclina sobre mi regazo y corta un tallo. Me adorna el pelo con la amapola.

Me mira.

—Perfecto —asiente, y Hope está de acuerdo, pero Travis entorna los ojos y niega con la cabeza.

—Hace falta otra para que haya simetría.

Arranca una segunda amapola y se la tiende a Mimi, y yo no me puedo explicar cómo la suerte me ha sonreído hasta el punto de estar aquí con ellos tres. Es increíble que volviéramos a encontrarnos como lo hicimos, en unas clases de verano, los únicos alumnos mayores en un aula llena de niños de quince años.

—Tengo una pregunta —digo.

—Suelta —me azuza Hope.

—¿Por qué os habéis matriculado todos en geometría?

—Somos un caso perdido en mates —me explica Hope—. Siempre hemos ido rezagados.

Mimi añade:

—Era la única clase a la que asistíamos juntos el semestre pasado. Al principio el profe nos separó porque siempre estábamos hablando…

—No exagera —la interrumpe Travis—. Nos resultaba, en plan, físicamente imposible dejar de hablar.

—Y luego nos pasábamos el rato enviándonos mensajes.

Hope sacude la cabeza.

—Fue brutal. Yo intentaba pasar del teléfono, pero no paraban de lanzarme miraditas. Cateamos los tres. Así que ahora asistimos a clases de repaso y volvemos a estar juntos.

Travis concluye:

—Es la segunda vez que nos explican la materia y todavía no hemos aprendido nada.

—Chicos —les digo—, lo que aún no habéis entendido es que la geometría es lo más interesante de las mates.

Hope se ríe con ganas. Travis objeta:

—Usar «mates» e «interesante» en la misma frase… Me desconciertas.

Mimi se acaricia el tatuaje y sonríe.

—Guarda relación directa con las personas. Se refiere a nuestros cuerpos. —Me levanto y extiendo los brazos—. Simetría. Proporción. ¿Conocéis el dibujo de Leonardo da Vinci? ¿Ese que muestra a un hombre en esta postura, aunque también puedes ver sus extremidades en esta otra?

Separo las piernas y levanto los brazos más arriba.

—Sí, el tío desnudo —recuerda Travis.

—Me parece que casi todos sus tíos están desnudos —apunta Mimi.

—Pero el que tú dices tiene un círculo alrededor, ¿verdad? —pregunta Hope.

—¡Sí! Y también un cuadrado. Ese dibujo es pura geometría. Y también la naturaleza. Se expresa cuando lanzas una piedra al agua y las ondas se expanden más y más. O en las vetas de una hoja. O en el dibujo de las escamas de un pez. O cuando miras un árbol y puedes ver cómo ha crecido. ¡Los panales! ¡Las plantas crasas!

—Lo que no entiendo —protesta Travis— es por qué no nos lo explican ASÍ. ¿Quieren que suspendamos o qué?

—Lo que yo no entiendo —replico— es que me matriculara en geometría pensando en hacer algo intrascendente y previsible y haya acabado aquí.

—Eso parece un cumplido —apunta Mimi.

—Lo es.

Me siento de nuevo y la beso, un besito rápido y desenfadado, justo en la comisura de los labios.

—Vaya, parece ser que se ha creado una nueva dinámica —observa Travis a la vez que enarca las cejas—. Cuando volvamos, me adelantaré y llevaré mi saco a la tienda de Hope. Ayer por la noche casi me MUERO DE FRÍO.

La noche empieza a caer. Hope se acerca un momento al coche a buscar un ukelele. Travis desaparece entre la maleza y regresa con dos puñados de hojas.

—Voy a preparar el té —informa—. Una mezcla especial. Menta y otras cosas.

—¿No será venenoso? —pregunta Mimi.

—Venga ya —resopla él—. Nadie se ha muerto nunca por tomar un té.

Yo no pruebo ni un sorbo, pero el té me calienta las manos según empieza a refrescar.

—Esta noche, en tu honor, Flora, solo voy a cantar canciones de amor —anuncia Hope.

Mimi calienta sopa minestrone en la fogata y la reparte en cuatro tazones. Me fascinan todos y cada uno de sus movimientos. Le cae una gota de sopa en el pulgar y se la recoge con la lengua. Me tiende un tazón y nuestros dedos se rozan.

No dice gran cosa, pero me habla igualmente. Me dice que sí, que los meses de enero están ahí y también las cosas horribles que hacen las personas cuando ya no están enamoradas. Me dice que «el final del amor» no está mal como frase en la que meditar, pero que no es una buena elección como tatuaje. Porque igual que existen las notas adhesivas y las puertas de apartamentos rojas, también existen las ramas de los árboles y los bosques junto al mar. Hay sacos de dormir y tiendas y cielos tachonados de estrellas. Hay personas como ella y como la persona que yo seré.

Mañana tendré que volver a casa. Es posible que mis padres me griten por haberme marchado sin decir nada. Puede que me sonrían y me pregunten si lo he pasado bien. En cualquier caso, dolerá.

Dentro de dos semanas nuestra casa estará vacía. Y luego unos decoradores la prepararán para venderla. Llegarán con camiones llenos de muebles y cuadros que no son de nadie y tratarán de fingir que allí vivió una familia distinta, una familia imaginaria sin fotografías ni correo ni comida en la nevera. En la vida real, a veces éramos desordenados. No siempre lavábamos los platos. Dejábamos cazuelas en remojo. En el recibidor había papeles amontonados y demasiados zapatos junto a la puerta, y no pasábamos el aspirador tan a menudo como habríamos debido.

No siempre fuimos felices, pero éramos nosotros.

Mañana entraré y ya no seremos una familia, seremos personas distintas; ya no nos perteneceremos mutuamente como antes. Aún no sé cómo sobrellevarlo, pero sé que es verdad.

Pese a todo, Hope está cantando otra canción de amor, tal y como ha prometido. No toca demasiado bien, pero tiene una voz bonita y se sabe las letras de memoria. Cuando termina, anuncia que se va a dormir. Poco después, Travis y ella desaparecen.

Mimi se arrima a mí. El aliento le huele a menta, no a pasta de dientes o a chicle, sino a algo real que procede de la tierra. Sus labios se acercan a mi oído y me está susurrando:

—En realidad no ronco.

Yo estoy sonriendo.

Nuestras cabezas se vuelven hasta que pego los labios a su oído y le digo:

—Ya lo sé.

Ahora estamos solas junto al fuego, se ha levantado viento y me toma la mano, y nos encaminamos juntas a su tienda. Lo oigo todo: el tronar de mi pulso. El susurro de nuestros pasos. El roce de su ropa cuando se agacha para alcanzar la cremallera de la tienda. Y entonces empieza: el rumor de la cremallera, que sube por un lado, sube y sube y luego vuelve a bajar por el otro. Cierro los ojos, aunque ya está oscuro para concentrarme en el sonido. Es como si mi vida se abriera.

Y entonces cesa.

Y entramos.

ÚLTIMA SESIÓN EN EL CINEGORE

LIBBA BRAY

La última noche del Cinegore, el cielo mostraba el color macilento de un enfermo obligado a guardar cama, todo verde amarillento, y tan tumefacto como un corte infectado, anuncio de una tormenta estival de las buenas. Al otro lado de la carretera, las excavadoras aguardaban su momento como un ejército que tiene las de ganar. El lunes a primera hora reducirían a polvo la vieja sala Cinegore, y un complejo de apartamentos, una tienda de móviles y un Starbucks sustituirían al cine. Toma ya.

—¡Kevin! Justo a tiempo.

Según me contoneaba por debajo del mostrador de las palomitas, mi mejor amigo, Dave, me agarró para marcarse un *selfie* conmigo. Sostuvo el teléfono a la altura de nuestras caras.

Suspiré.

—No, por favor.

—Venga, tío. Tenemos que inmortalizar este momento.

—¿No puede ser un momento y en paz?

—Chss. Tú procura salir guapo. —Dave hizo un mohín ridículo. Yo exhibí mi expresión habitual, algo entre la resignación y el desdén; *resignadén.* La cámara parpadeó y Dave me soltó para ponerse a escribir.

—*Hashtag: ÚltimaNocheEnElCinegore.*

—Sí —dije yo a la vez que comprobaba la presión del dispensador de refrescos—. Y si te he visto, no me acuerdo.

—Exacto. ÚLTIMA noche —repitió Dave con segundas. Señaló con un gesto la otra punta del vestíbulo, donde el objeto de mi amor no correspondido, Dani García, había colocado el cono amarillo que sugiere «NI SE TE OCURRA CAER DE CULO Y DENUNCIARNOS», delante del servicio de señoras, según limpiaba el piso con el mocho. Se había cortado el pelo, teñido de turquesa, a lo Bettie Page, solo que luego se había rapado un lado por encima de la oreja, que albergaba una larga fila de pendientes semejantes a vértebras plateadas. Yo llevaba varios meses filmando en mi mente la película que me gustaría protagonizar con ella. En mi peli, luchábamos contra monstruos varios y salvábamos el mundo libre. Lo celebrábamos con una sesión de sexo desenfrenado. Lo que implicaba una narrativa previa según la cual habíamos tenido una cita. Cosa que no era verdad. Ni de lejos.

—¿Ya has dado el paso? —me preguntó Dave con la boca llena de ositos de goma a medio masticar. Un hilo de baba color arcoíris le resbalaba por la barbilla.

Hice una mueca y le tendí una servilleta.

Dave gimió.

—Te has acojonado otra vez, ¿no?

—«Acojonarse» es una expresión sexista. Prefiero hablar de «optar firmemente por la cobardía».

—*Keviiin…*

—Tío. Cállate. —Lancé una ojeada en dirección a los baños. Dani y su mocho habían entrado. La puerta estaba cerrada—. Lo haré —le aseguré con voz queda, y me empujé las gafas al puente de la nariz—. Otro día.

Dave me tiró dos ositos, uno detrás del otro.

—¿Por qué? ¿No?

—Ay.

Mi amigo me amenazó con un tercer osito. Levanté la mano para defenderme.

—Es que... no me parece el momento propicio.

—Tío, ¿acaso Lincoln esperó al momento propicio para pronunciar el discurso de Gettysburg?

—Sí, Dave. Lo pronunció después de la batalla de Gettysburg.

—Da igual. —El tercer osito de goma rebotó en mi mejilla y aterrizó en el «sartresiano» territorio que se extendía bajo la cubeta del hielo—. La cuestión es que tú decides cuál es el momento propicio. Y después de esta noche no volverás a tenerla cerca, en carne y hueso. Dentro de dos meses el verano habrá terminado y ella se marchará a la universidad, y cuando vayas a la reunión de exalumnos, te tirarás de los pelos, porque se habrá casado con una estrella del rock que se paseará por ahí en un Bentley presumiendo de tatuajes, y ella ni siquiera se acordará de tu nombre. Te saludará en plan: «Ah, hola, Kyle, ¿verdad? ¿No trabajábamos juntos o algo así? Ah, sí, eres aquel pelirrojo tan patético ¡que no tuvo las pelotas de pedirme salir!».

Estiré mis escuchimizados y pecosos brazos para ajustarme las mangas del uniforme rojo del Cinegore, que me hacía parecer el perturbado miembro de un grupo homenaje a Michael Jackson.

—Gracias por los ánimos, Dave. Tú siempre tan comprensivo.

Dave pasó por alto el sarcasmo.

—Solo intento rescatarte de ti mismo. Y de una vida de masturbación perpetua.

—Dave.

—¿Sí, bomboncito?

—Cómprate un bosque y piérdete.

—Qué guapo estás cuando te enfadas —replicó Dave, y me plantó un besito en la mejilla—. Pregúntaselo.

—¿Preguntarle el qué?

Dani salió de los baños. Se secó las manos en una servilleta de papel, hizo una bola con ella y la lanzó a la papelera. Cuando encestó limpiamente, proyectó el puño en alto con ademán victorioso.

—Ah, hola. Estábamos hablando de *Camino sobre la Tierra* —respondí a toda prisa a la par que vertía polvos de mantequilla artificial marca «Cuidado, no te envenenes» en la máquina de palomitas.

Dani resopló. Se me antojó un gesto adorable. En mi película mental, lo hacía a menudo. El público se volvía loco en cada ocasión. Tomó las pinzas y toqueteó con desinterés las recocidas salchichas que sudaban bajo las lámparas infrarrojas.

—*Yaaa.* La película maldita. ¡Uy, qué miedo!

—¿No has visto *Showgirls*? Hay películas que están malditas. —Dave levantó la mano derecha—. De verdad de la buena.

Dani puso los ojos en blanco.

—No he dicho *mala*. He dicho *maldita*. O, dicho de otro modo, que el ojo humano no debería contemplar. Nunca. ¿Y cómo se agenció Scratsche una copia, por cierto? Pensaba que la guardaban escondida en una caja forrada de plomo en alguna parte.

Abrí una caja de pajitas y procedí a introducirlas a puñados en el dispensador del mostrador.

—A saber. En cuanto a la maldición, según ese ejemplo de integridad periodística conocido como el *Deadwood Daily Herald,* cuya tirada roza los ochocientos dos ejemplares a no ser que alguien haya muerto esta tarde, *Camino sobre la Tierra* abre, presuntamente, una puerta al infierno según avanza la proyección. Igual que si vieras *El mago de Oz* con la banda sonora de *Dark Side of the Moon*, pero sin las drogas y con unos cuantos demonios.

Dani sonrió de oreja a oreja, lo que desató mi propio montaje fílmico.

Escena 12: Dani y Kevin corren por un prado de acianos mientras, en una colina cercana, un sentido grupo de folk-rock toca una mordaz pero conmovedora canción de amor. Dani lleva un vaporoso vestido blanco que deja a la vista un tatuaje muy chulo, un cerezo con el nombre de su hermano pequeño escrito debajo, que decora la parte superior de su hombro.

—Toma esta taza que modelé para ti en clase de Cerámica Irónica —dice ella, y me tiende una taza maciza, sin hueco.

—Gracias. El café irónico es mi favorito —respondo, y la cámara capta la barbita de dos días que matiza mi cuadrada mandíbula.

Nuestros labios se aproximan para fundirse en un beso. Ninguno de los dos repara en la horda de zombis que avanza hacia el grupo folk de aspecto *emo.*

Salí de mi ensueño y me di cuenta de que Dani me estaba mirando con las cejas arqueadas.

—En cualquier caso —proseguí, sonrojándome—, lo lógico sería que Scratsche apareciera esta noche, siendo como es la última sesión del Cinegore.

Dani echó mano de dos pajitas y se las hincó en los incisivos como si fueran colmillos.

—Estará en casa asando niños.

Dave se encogió de hombros y empapó un nacho en salsa de queso.

—Más carnaza para la máquina de rumores.

Desde hacía décadas, el señor Scratsche constituía la leyenda urbana favorita de Deadwood, Texas. Se mudó al pueblo en 1963, cuando la nación todavía lloraba la pérdida de su prometedor presidente, y de inmediato adquirió el Cinemore, una decadente sala de los años veinte. Al cabo de un año la transformó en un cine de películas de terror apodado «El Cinegore» por su sangrienta selección de películas. El Cinegore incorporó tecnología tan sofisticada como la «visión olfativa», pequeñas descargas eléctricas al estilo de *The Tingler,* esqueletos colgados de un alambre invisible que pasaban zumbando sobre las cabezas del público y la única pantalla que admitía 3D en sesenta kilómetros a la redonda. La gente acudía desde poblaciones tan remotas como Abilene para asistir a los estrenos. Personalmente, no concibo cómo es posible que nadie quisiera comprar cualquier cosa en Deadwood, Texas, un pueblo que hace honor a su nombre, «leña muerta». Si vives en Deadwood, lo mejor que puedes hacer es largarte. Si es que eres tan afortunado como para tener posibilidades de hacerlo.

En fin.

El caso es que hace años que nadie ve a Scratsche, ni siquiera nosotros. Cuando nos contrataron, tuvimos que rellenar un breve cuestionario, muy raro, acerca de nuestras esperanzas, sueños y miedos. Unos días después de enviarlo recibí una breve nota por correo, escrita en una caligrafía sumamente formal que decía: *Felicidades. Posee usted las cualidades necesarias para trabajar en el Cinegore, señor Grant. Atentamente, Nicholas Scratsche.*

Su ostracismo alimentó las especulaciones: había nacido en Transilvania. Procedía de un circo de Florida. Era muy alto. Era muy bajito. Se trataba de un cura expulsado del sacerdocio que practicaba exorcismos apócrifos. Había asesinado al hijo de un noble en el viejo continente y se escondía en el pueblo. Los rumores se contaban por decenas, pero las pruebas palpables de que realmente existiera se limitaban a tres. La primera era el Cinegore. La segunda, su firma en los cheques que recibíamos cada mes. Y la tercera, una fotografía enmarcada, en blanco y negro, que colgaba en la penumbrosa pared de la escalera que llevaba a la cabina de proyección, un retrato que mostraba a Scratsche cortando la cinta roja del Cinegore el día de la inauguración, el 31 de octubre de 1964.

Nunca me ha gustado esa foto. En ella, el señor Scratsche lucía un traje brillante, estilo «piel de tiburón», uno de esos tejidos que deben de estallar en llamas al contacto de una cerilla. Sin embargo, no era el dudoso criterio estético del señor Scratsche lo que me ponía los pelos de punta; eran sus ojos. Tenía unos ojos negros como la boca del lobo. Podías clavar la vista en ellos y no ver nada salvo tu propio reflejo. Cada vez que pasaba por delante de esa fotografía, los ojos me buscaban, me escudriñaban. Me provocaban unos escalofríos que me llegaban al alma. Me obligaban a devolverles la mirada.

En lo alto, las bombillas de la lámpara gótica de araña parpadearon y se atenuaron; una bajada de tensión, un capricho más de las nefastas peculiaridades que rodeaban al Cinegore. Al cabo de un momento, volvieron a brillar a plena potencia. Soltamos un suspiro de alivio colectivo.

—¡Salvados por la campana! —exclamó Dani, y me chocó los cinco.

Me regodeé en el tacto momentáneo de su piel contra la mía, aunque fuera una triste palmada. Inciso: cuando pasas casi todas las noches bobinando viejas películas de terror a través de un proyector escacharrado, cualquier contacto humano te emociona. ¿Os parece patético? Será porque SOY un poco patético. En la vida como en el cine, busca tu nicho y trabájatelo.

John-O, nuestro becario, nos indicó mediante frenéticos gestos que estaba listo para soltar la cinta de terciopelo que contenía a los espectadores en el exterior. John-O era un canijo de quince años que tenía la manía de reventarnos todas las películas que queríamos ver. A modo de pequeña venganza, Dave, Dani y yo fingimos no entender sus desesperados gestos. Imitamos sus ademanes y los convertimos en un bailecito hasta que, frustrado, John-O abrió la puerta y gritó:

—Esto, ¿chicos? Voy a dejar entrar a la gente, ¿vale?

—Hazlo, melón. ¡Sé tú mismo! —Dave fingió disparar con el dedo a John-O, que se puso de los nervios, corrió hacia el cordón y empezó a toquetear nervioso el gancho de latón. Dave suspiró—. Dios bendiga a los becarios.

—Allá vamos. Última sesión en el Cinegore —declaré según los espectadores se apiñaban en torno a la puerta—. Los que van a morir os saludan.

Apenas una tercera parte de los asientos estaban ocupados. Por más que fuera la última noche y proyectáramos una película supuestamente embrujada, la gente no acudía en masa al Cinegore. Con razón iban a derribar la sala. Dave recordó a los asistentes que apagaran los móviles justo antes de ponerse a retratar a los espectadores, que, a su vez, se inmortalizaban y subían las imágenes a la red deprisa y corriendo.

Había llegado el momento de pronunciar mi discursito.

—Bienvenidos a la última noche del Cinegore, una experiencia cinematográfica sin parangón de terror retro.

—¡Cierra el pico y pon la película! —gritó Bryan Jenks desde la última fila. Por algo lo llamaban Bryan el Capullo.

Inspiré hondo.

—Como ya sabéis, *Camino sobre la Tierra* es un filme maldito…

—¡Que empiece ya, que el público se va! —corearon Bryan y sus colegas. Una pareja de hípsters intentaron hacerlos callar con un displicente «¡Venga, tíos!», pero el intento únicamente sirvió para animar a Bryan aún más si cabe.

—Eh, capullo, ¿tu madre todavía te corta la corteza del pan de molde?

De repente, Dani se encontraba a mi lado, proyectando el haz de su linterna directamente a los ojos de Bryan.

Él se protegió con una mano.

—Jo, tía. Baja eso.

—No me cabrees y la bajaré —le soltó ella—. Yo te cubro, güey —me susurró al oído. Su aliento en el cuello me provocó un estremecimiento de placer.

—Todos aquellos que trabajaron en esta película murieron en extrañas circunstancias —proseguí—. La protagonista, Natalia Marcova, se ahorcó en la habitación de un motel barato. El ídolo juvenil Jimmy Reynolds murió decapitado cuando su coche se estampó contra un árbol. ¿Queréis saber cuántos kilómetros marcaba su cuentakilómetros? Seiscientos sesenta y seis.

—¡Ay, madre! —exclamó una chica de la primera fila, que intercambiaba risitas nerviosas con sus amigas. El aliento le apestaba a alcohol hasta tal punto que se me saltaron las lágrimas.

—El protagonista, Alistair Findlay-Cushing…

—Se llamaba así de verdad, no se trataba de un nombre artístico —apuntó uno de los hípsters que estudiaban en la universidad con aire de enterado.

Dani musitó en mi dirección:

—*Wikidiota.*

Reprimiendo a duras penas una sonrisa, dije, ahora en voz más alta:

—ALISTAIR FUE HALLADO MUERTO EN SU CAMA, tendido de bruces. Encontraron un pentagrama dibujado en el suelo de su habitación y su corazón clavado en el centro. —Callé un instante para disfrutar viendo cómo los espectadores se retorcían en sus asientos—. Pero ¿queréis saber qué es lo más espeluznante de todo? Cuando el director, Rudolph Van Hesse, estaba en su lecho de muerte, confesó que había vendido su alma al diablo para poder grabar la película, y que el filme poseía la capacidad de condenar a todo aquel que lo viera. Esta película destila maldad por los cuatro costados. Una poderosa oscuridad resplandece en cada uno de los fotogramas. ¡EL OJO HUMANO debería abstenerse de contemplarla!

—¿Cómo es posible que la oscuridad «resplandezca»? —preguntó *Idiohípster.*

En mi película, Idiohípster moriría despacio y dolorosamente a manos de una malévola barba dotada de consciencia propia. Hice caso omiso a la pregunta.

—Puede que Van Hesse pasara los últimos diez años de su vida en una institución mental, pero eso no le impidió destruir todas y cada una de las copias de esta película... excepto una, que ha permanecido guardada bajo llave durante los últimos cincuenta y cinco años. Esa única copia existente es la que estáis a punto de contemplar.

—*Ohh* —exclamó el público.

—Así que poneos vuestras demoniacas gafas 3D y disfrutad del espectáculo. Nos vemos al final de la peli... si sobrevivís.

Las luces de la sala se atenuaron y yo me tropecé con Dani en la puerta de salida.

—Perdona, ¿estás bien? Por Dios, cuánto... lo siento.

El aroma de su perfume de vainilla me embriagó hasta tal punto que me entraron ganas de hundir la cara en la curva de su cuello. Ella enarcó una ceja y me di cuenta de que seguía aferrado a su cuerpo. Retrocedí de un salto.

—Perdona.

—No pasa nada —me aseguró Dani, y cruzó las puertas de la sala hacia el iluminado vestíbulo. Yo me rezagué un momento para recuperar la compostura.

—Perdón —repetí en la oscuridad. Pero lo que de verdad lamentaba era haberla soltado.

Conocí a Dani hacia mitad del segundo curso de secundaria, cuando se mudó de San Antonio a Deadwood y fue a parar a mi clase por obra y gracia del alfabeto (A-G, Dani García, Kevin Grant). Exhibía unas coletas teñidas de rosa y el aplomo de alguien procedente de la gran ciudad. Además, llevaba una camiseta de Bikini Kill. Me quedé muerto.

—Eh. Bonita camiseta —le dije señalando la prenda.

—Ay, por favor —gritó Lana French—. Kevin acaba de señalar las tetas de la nueva.

Durante dos semanas enteras, tuve que soportar el apodo de McTetas. Tras eso, mis conversaciones con Dani se limitaron a los estrictos *Ehcómoestás/Biengracias.* Observé desde las líneas de banda cómo transitaba por una serie de relaciones breves con diversas parejas sentimentales: Paul Peterson (alias «cualquier superficie se puede recorrer en monopatín»), Ignacio Aguilar (una relación extraña, basada principalmente en los mensajes de texto), Martha Dixon (su fugaz incursión en el mundo bi, documentada a través de un amplio despliegue de camisetas con mensajes explícitos) y la verdadera película de terror, Mike Everett, que rompió con Dani tres días antes del baile de San Valentín para poder asistir en compañía de Talisha Graham, un gesto feo lo mires como lo mires; o sea, tan horrible como las fiestas en pañales para adultos.

Y entonces, como por arte de magia, Dani entró a trabajar en el Cinegore.

—Quería ver a qué venía tanto jaleo —alegó—. Además, es mejor que servir cestas de patatas fritas en el Whataburger.

Llevábamos los últimos cuatro meses ganándonos el pan codo con codo, y nuestras noches de sábado se desplegaban como un fotomontaje de las peores películas de adolescentes jamás filmadas: dedos despistados que se rozan en los vastos prados de las palomitas. Cabezas que se inclinan al unísono según reponemos las pasas cubiertas de chocolate. Ojos que se miran fugazmente mientras discutimos con Dave qué adaptación de la novela de Richard Matheson es mejor, si *El último hombre sobre la Tierra* (yo), *El último hombre vivo* (Dani) o *Soy leyenda* (Dave, que sentía debilidad tanto por Will Smith como por los pastores alemanes). Cuando salíamos de trabajar, a las dos de la madrugada, nos arrastrábamos hasta IHOP en busca de tortitas esponjosas e infinitas tazas de café recalentado. Allí, sentado entre mi mejor amigo del mundo y la chica a la que amaba en secreto, me sentía igual que un vampiro: contemplando los solitarios camiones de la interestatal a través de las ventanas pintadas de noche, y rezando al mismo tiempo en secreto para que el alba se demorase un poco más y así poder absorber tanta vida como fuera posible.

Cuando las primeras pinceladas rosadas teñían la maleza del oeste de Texas, nos arrastrábamos a nuestros coches. «Hasta luego. A menos que alguna fuerza maléfica nos asesine en sueños», decía yo. Dani se reía y me saludaba con un gesto vago y, durante todo el trayecto a casa, yo daba vueltas y más vueltas al significado de ese saludo aislado, empeñado en extraer esperanza del más mínimo aleteo de sus dedos. Entraba en casa y sorteaba con tiento las botellas vacías de vodka que mi madre había dejado esparcidas por el suelo. Luego me acostaba y dejaba que Dani y Kevin se enfrentaran a un monstruo tras otro en mi mente, hasta el inevitable final romántico-victorioso.

—Y… allá… vamos —anuncié cuando la dramática música orquestal empezó a atronar en los altavoces del Cinegore. Desde la ventana de la cabina de proyección, apenas atisbé los granulosos créditos iniciales antes de darme la vuelta.

—¿No vas a contemplar esa maravilla del séptimo arte? —se burló Dave desde el suelo, encorvado sobre su bolsita de maría.

—A lo mejor más tarde. —Miré a Dani de reojo con ademán elocuente, pero Dave ya estaba absorto en el delicado arte de liarse un porro.

—Ojalá hubieran escogido algo bueno para la última sesión. Como *Destino final 12: Esta vez va en serio*. Esa peli sí que es guay —declaró.

A diferencia de mí, Dave despreciaba el terror *vintage*. No percibía el encanto de las salpicaduras de sangre fabricadas con sirope de chocolate, ni de un hombre lobo que se transforma gracias a una laboriosa animación foto a foto. Si la peli no incluía explosiones multimillonarias y un número considerable de cadáveres, a Dave no le interesaba.

—O sea, ¿por qué venir hasta aquí, pagar doce pavos, comer palomitas rancias y acabar con un chicle pegado a tus zapas nuevas —prosiguió Dave conteniendo el humo en los pulmones— si puedes ver la misma peli en el móvil sin salir del baño?

Puse los ojos en blanco.

—Qué delicado.

—Ese es el futuro, colega. Esto… —Dave abarcó con un gesto la exigua cabina de proyección según exhalaba un penacho de humos de hierba—. Esto es un cementerio.

Me ofreció el porro. Negué con la cabeza y se lo tendió a Dani.

—No, gracias. Me conformaré con el inevitable colocón pasivo.

Dave se encogió de hombros y dio otra calada.

—Sí, pero ¿qué me dices del ritual de sacar la entrada, comprar las palomitas, encontrar el sitio perfecto…? —argüí—. El hecho de compartir la peli con un montón de extraños transforma tu percepción, ¿sabes? De otro modo te pierdes los gritos contenidos, las risas, los roces cuando alguien se retuerce en el asiento. Es una experiencia comunal. Eso no te lo proporcionan el portátil ni el móvil. Implica compartir, que es la base misma de la ficción. Nos recuerda que somos…

—¿Qué?

—Seres humanos. Seres humanos que necesitan a otros seres humanos —concluí, y miré a Dani de reojo.

—Qué bonito, Kevin. —Dave me estrujó entre sus brazos y me plantó un besazo en la coronilla—. Madre, nuestro pequeño Kevey se ha hecho mayor.

Aparté a Dave de un empujón.

—No todo es cosa de risa.

—Si te empeñas, sí —replicó Dave, y aunque lo quería mucho, también me entraron ganas de atizarle un puñetazo. Porque me hacía polvo que cerraran el Cinegore. Amaba esa sala con locura. El motivo de rosas de la moqueta, aplastada por miles de zapatillas; la destartalada cabina de proyección que siempre olía vagamente a hierba y a sudor; las horteras lámparas de araña con sus bombillas parpadeantes e impredecibles; las filas de asientos de cuero rojo, salpicadas de palomitas; la enorme marquesina de la fachada, cuyas letras manipulaban los borrachos para escribir porquerías en plan de broma. Después de que mi padre se marchara y el problema de mi madre con la bebida se agravara, el Cinegore se había convertido en mi refugio. Lo consideraba un hogar, más seguro que mi propia casa.

—Ya lo pillo —intervino Dani. Atendí, sorprendido—: Cuando ves una película antigua en un sitio como este, entras en contacto con todas las personas que la han visto antes que tú. Prácticamente notas su presencia.

—Pues espero que hayáis traído condones —soltó Dave, y tomó el cabo del canuto con dos dedos para aplastarlo—. La seguridad ante todo, chicos.

—Ay, por Dios. —Dani puso los ojos en blanco. Fue un gesto digno de ver.

—Dave —le espeté yo, con cierta brusquedad—. Haz algo útil. Saca la basura. Huele igual que si la hubieras llenado de pedos.

—Kev, ¿cómo voy a condenarme si no me dejas ver la peli? ¿Por qué no sacas tú la basura?

—Porque yo soy el encargado, por eso.

Dave suspiró con aire dramático según se ponía de pie con dificultad y se encaminaba a la puerta.

—El poder absoluto llama a la corrupción. Piensa en ello. Ah, y otra cosa. —Volvió el trasero hacia nosotros, soltó un ruidoso pedo y cerró la puerta. Le oí gritar, de camino al vestíbulo—: ¡Proletariado al poder!

—Reconócelo: es tu proyecto de servicios a la comunidad —dijo Dani al mismo tiempo que agitaba la mano delante de su nariz.

—Por desgracia, nadie me va a poner buena nota por ser amigo de David Wilson. Solo voy a conseguir un montón de anécdotas penosas que contarles a mis nietos el día de mañana.

Dani, que llevaba una camiseta de los Misfits sin mangas, se estremeció. En el Cinegore, el aire acondicionado alcanzaba siempre temperaturas árticas. Dani se negaba rotundamente a llevar la chaqueta ribeteada de acomodador alegando, alternativamente, que «no pienso ir hecha un adefesio», «los uniformes son una imposición básicamente fascista», o «como si estuviera aquí mi jefe para despedirme».

Me sonrió como pidiendo disculpas y yo noté mariposas en el estómago.

—Perdona. Otra vez se me ha olvidado traer un jersey. ¿Me dejas…?

Al momento me despojé de la chaqueta y se la eché sobre los hombros, igual que hacía en casi cada turno.

—Gracias.

Dani se acomodó las mangas y olisqueó disimuladamente la prenda. Yo rogué al cielo que no oliera mal, pero ella sonrió, así que la cosa no debía de ser para morirse, supuse. Cogió un peluche de Cthulhu que formaba parte del complejo diorama de terror que llevaba meses creando. En su actual encarnación, Cthulhu llevaba un vestidito estilo Tarta de Fresa.

—¿Es normal que me dé tanta pena perder este cine?

—Pues claro que es normal. —No pude evitar ansiar estar incluido en la lista de cosas que Dani echaría de menos—. A lo mejor tenemos que quedar los sábados por la noche, vestirnos con los uniformes y tirar refrescos por el suelo para recrear la experiencia.

Procuré decirlo en tono de guasa, por si la idea no la seducía.

—Yo rociaría ambientador con olor a palomitas dulces para revivir la extraña sensación de tener náuseas y apetito al mismo tiempo.

—Claro —añadí, embriagado por la esperanza—. Y luego uno de los tres gritaría: «Por favor, depositen la basura en las papeleras. Gracias. Buenas noches».

Mi película imaginaria arrancó nuevamente. Ahora viajábamos en un viejo Mustang por el desierto, como una pareja de interesantes forajidos.

—Hazlo, Kevin —grita Dani, que se desplaza al asiento del conductor mientras yo trepo al techo y apunto con mi recortada al camión repleto de no muertos que intenta obligarnos a abandonar la carretera—. ¿Cómo es posible que un puñado de fantasmas conduzca tan bien?

La pregunta tiene lógica. Dani es una chica lista.

—No sé, nena. Ya lo resolveré en postproducción —respondo, y tiro a la carretera una granada de mano, que proyecta una gloriosa bola de fuego zombi—. ¡Eso por la nueva versión de *Psicosis* con Vince Vaughn! —grito.

Dani jugueteaba nerviosa con el vestidito de Cthulhu.

—Esto, eh... Nunca te he dado las gracias.

—¿Por qué?

Usó el Cthulhu para señalar el diorama.

—Fuiste la primera persona que se tomó mi obra en serio.

Me encogí de hombros con timidez.

—Porque es alucinante. Tú eres alucinante. O sea, una artista alucinante. Tus obras son… alucinantes.

POR DIOS.

—De todos modos, te lo agradezco infinitamente —insistió Dani, que por suerte pasó por alto mis balbuceos—. Gracias a ti pedí plaza en la Universidad de Texas y conseguí la beca.

Fui yo el que la indujo a marcharse de Deadwood. Genial.

—Me gustaría dibujarte algún día.

Me sonrojé solo de imaginarme posando para Dani, en su cama quizás. Mierda. No quería ponerme palote ahora mismo.

—Mmm, ¿como en *Titanic*? —Estampé la mano en la pared—. ¡Jack! ¡Jaaack!

Dani se rio con ganas.

—Por decir eso, me voy a quedar con tu chaqueta. Ahora es mía.

Se la ciñó al cuerpo. El desafío brillaba en sus ojos. El interior de mi pecho era una jaula en la que bregaban el corazón y la respiración, y los dos iban perdiendo.

—Faltaría más —dije—. Quédatela.

Dani asintió, pero su sonrisa se esfumó.

—Es muy triste que las cosas desaparezcan sin más.

Yo sabía que no se refería únicamente al Cinegore.

Seis meses antes de que Dani aterrizara en mi mundo, su madre y su hermano habían emprendido un viaje a Ciudad de México para asistir a una boda. Hacía un tiempo horrible y las tormentas azotaban el golfo de punta a punta. Acababan de sobrevolar Corpus Christi cuando uno de los motores fue alcanzado por un rayo. El avión planeó a la deriva y luego se desplomó. Los restos acabaron esparcidos a lo largo de un kilómetro y medio de las bonitas playas tropicales de la isla del Padre Sur. Alguien encontró entre las dunas el regalo de bodas que llevaba la madre de Dani. La corriente lo había arrastrado a la orilla, intacto.

Rebusqué en la polvorienta caja de cartón un par de esas gafas con la montura negra que se usan para ver películas en 3D.

—¿Sabes lo que dicen? Que estas gafas te ayudan a ver cosas invisibles a simple vista —comenté, esperando arrancarla del umbral de la tristeza—. En teoría, la película incluye un efecto especial que te induce a ver demonios saliendo de la pantalla; así comenzó el rumor de las puertas del infierno. Parece ser que el efecto es brutal. Y nadie sabe cómo lo hicieron.

—¿De verdad? —Dani hizo girar unas gafas asiéndolas por la patilla—. ¿Probamos esa visión demoniaca?

—A la de tres —propuse yo—. Uno.

—Dos.

—Tres —exclamamos al unísono, y nos las pusimos.

En la pantalla tan solo se veía el plano de una vieja mansión decorada al estilo de la década de los años sesenta. Frisos de madera, óleos enmarcados y trofeos de caza. Un Jimmy Reynolds a lo James Dean se recostaba contra una chimenea en actitud rebelde, aunque llevaba un traje de principios del siglo XIX, con chalina. Inciso: nadie está ultracañón con chalina. La hermosa Natalia Marcova descansaba en un diván y su espléndida melena negra como el carbón se ondulaba sobre los hombros de su vestido de baile. A su lado, Alistair Findlay-Cushing y su rotunda mandíbula bebían lo que debía de ser un whisky muy varonil en un vaso *old fashioned.* El tipo recitaba su papel con ese deje entre británico y americano que delata a un hombre de mundo. «He oído los rumores acerca de su familia. Llevan la locura en la sangre. Proceden de los Cárpatos, si no me equivoco».

Estalló un relámpago en el filme iluminando a unos seres semejantes a estatuas de cera que espiaban por las ventanas. Y entonces, súbitamente, Jimmy Reynolds corrió hacia la pantalla aterrado: «¡Por favor, salgan mientras puedan! Tiren las gafas y abandonen esta sala cuanto antes. ¡Corren un grave peligro!».

—Hala. *Superpuntazo* —musitó Dani.

—Sí. Muy a lo *Invasión de los ultracuerpos.*

Nuestros hombros se rozaron y deseé que existiera una palabra capaz de describir la descarga eléctrica que me recorrió el brazo, algo así como *Hombroexplosión* o *Casisexo.*

«Por favor, tienen que creerme», prosiguió Jimmy Reynolds. «Dentro de nada irán a por ustedes. Ya ha pasado otras veces. No sobrevivirán. ¡No sigan mirando, se lo suplico! ¡Es su única posibilidad!».

Natalia Marcova lanzó una ojeada nerviosa a los espectadores antes de devolver la vista a Jimmy Reynolds.

«Pero, Thomas, ¿qué estás diciendo? No pareces tú mismo».

—Tío, esto es *malíiísimo.* Por otro lado..., tiene su encanto —comentó Dani en un tono de voz una pizca adormilado.

—Me encanta la creatividad que requerían los efectos especiales en aquel entonces, ¿sabes? Las maquetas, las superposiciones, las pantallas partidas y la animación foto a foto. Usaron espuma de látex para fabricar el disfraz de *La mujer y el monstruo.* ¿Y sabes qué hacían para crear los efectos sonoros de las puñaladas? Estrellaban fruta contra el suelo.

—¿Sí? Qué guay —respondió Dani.

Por primera vez en mi vida, la película me traía sin cuidado. Solo quería estar allí con Dani, charlando de tonterías que se tornarían significativas según avanzara la noche, y luego, si todo salía bien, nos quedaríamos despiertos hasta el alba y veríamos salir el sol sobre las planicies, un amanecer que teñiría el paisaje de un rosa dorado mientras compartíamos nuestro primer beso.

Me sudaban las palmas de las manos y me las froté contra los vaqueros.

—Oye, esto, ¿estarás por aquí este verano y tal?

Dani seguía absorta en la película, así que la despabilé con unos toques en el brazo.

—¿Eh? Ah. Perdona.

Se volvió a mirarme. Con esas enormes gafas 3D parecía un bicho mutante. Molaba.

—Sí. Sí, estaré por aquí. Me han contratado para cuidar a los gemelos de los Cooper. Unos pirómanos comemocos. Pero me pagan bien.

Los diálogos cutres se sucedían en el interior de la sala. «Sabes que esta vieja casa alberga secretos…». «¿Por qué seguimos con esta pantomima? Ya sabemos cómo acaba. Quiero rescindir mi contrato. ¡Quiero salir de aquí!». «Chss, Jimmy. Te va a oír».

—Bueno, pues este verano, cuando no estés cuidando a los chicos del maíz… —Me sentía como si me estuviera ahogando con el mismo aire—. Estaba pensando si a lo mejor te gustaría…

La puerta de la sala de proyección se abrió de improviso y Dave entró como un vendaval sosteniendo contra el pecho tres Coca-Colas gigantes y varias cajas de golosinas, seguramente robadas.

—¡La merienda!

—Genial. —Dani se quitó las gafas. Se apropió de una caja de caramelos recubiertos de chocolate, le arrebató a Dave un empañado vaso de papel y clavó la pajita en la tapa de plástico.

—Sí. Gracias. Qué oportuno —le solté con sarcasmo a la vez que echaba mano de mi refresco.

Dave tomó asiento en un taburete, junto al proyector, y se apropió de las gafas que Dani acababa de abandonar.

—Hala. Os veo verdes. ¡No, rojos! Verdes y rojos. ¡Eh, sois tridimensionales!

Dani resopló.

—No como tú.

—¡Eso ha dolido, García! —Dave se llevó la gafotas al nacimiento del cabello como una joven promesa del cine—. ¿Sabéis qué? Alistair Findlay-Cushing no está nada mal. No me importaría tener un rollo con él.

—La lista de hombres con los que tendrías un rollo no es demasiado exclusiva, que digamos. Te gustaba el entrenador Pelson —lo acusé.

—El entrenador Pelson está buenísimo. Al estilo de un luchador venido a menos. Apuesto a que dice obscenidades en la cama.

—¡*Aaah,* calla! —se rio Dani—. Estás echando a perder mis preciosos recuerdos sepia de la clase de gimnasia.

Así era Dave; a todo el mundo le caía bien. Incluso su mal gusto destilaba cierto encanto, como aquella vez que se llenó la boca de gelatina roja y fingió «vomitar Ébola» sobre una aterrorizada Lyla Sparks, que estaba acosando a Jennifer Trujillo por tener un «principio de bigote, como un bebé lesbiano». En primero de secundaria, cuando Dave salió del armario, su popularidad se disparó. Era mi mejor amigo desde séptimo. Dentro de dos meses se marcharía a Stanford, y yo no sabía cómo iba a superar su ausencia.

En la sala, la película continuaba, indiferente a mi destino:

«Es la pezuña hendida, la tarjeta de visita de aquel que no debe ser nombrado. El mismísimo Lucifer».

—Tío, acaba de decir que no debe ser nombrado y se pone en plan: «Espera, que voy a decirlo: Lucifer». Eh, ya sabes de qué palo iba el viejo Alistair, ¿no? —Sus gruesas cejas suben y bajan como un puente levadizo. Dave era un Google con patas a la hora de buscar cotilleos procaces sobre las estrellas de Hollywood—. Un fan de «Dorothy» total. Una vez intentó suicidarse.

Levanté mi vaso a modo de brindis.

—Tú sí que sabes animar una fiesta. Gracias, Dave.

—Para el carro, Holmes. No intentó matarse en plena crisis de autodesprecio gay. No. Antes del intento, Alistair le suplicó a un sacerdote que llevara a cabo un exorcismo para limpiar su alma. Afirmó que había hecho un pacto con el diablo a cambio de fama y que, desde entonces, no había experimentado ni un solo momento de paz. Afirmaba que *Camino sobre la Tierra* no era una película; era un ser vivo que exigía almas y sacrificios conscientes. ¿No te parece raro que, las dos únicas veces que se proyectó la película, las salas se incendiaran?

—Sí. Es siniestro, vale —concedió Dani, columpiando el Cthulhu Tarta de Fresa por el cordel—. Pero no estamos aquí para hablar de tragedias del pasado, sino para evitar desastres en el futuro. —Me miró directamente a los ojos. Me embargó el deseo de ser mejor persona—. Los antiguos dioses exigen una respuesta a la pregunta que quedó en el aire la semana pasada.

La semana anterior, Dani había accedido a hacer el papel de la Siniestra Niña de los Globos en *Tedio zombi,* la cuarta entrega de mi serie de cortos de terror, todos de seis minutos. Sinceramente, apenas tenía guion, porque lo improvisé sobre la marcha como excusa para pasar más tiempo con ella. En mitad de la grabación, una especie de ardilla loca nos pegó tal susto que salimos corriendo del cementerio, y luego no podíamos parar de reír el tiempo suficiente como para ponernos manos a la obra otra vez. Aturdidos y sudorosos, nos retiramos al parque del pueblo con un par de bebidas y nos refugiamos del calor de Texas bajo la escasa sombra de un roble reseco.

Dani aspiró el helio de uno de los globos desinflados.

—Soy yo, tu asesor académico, Titus Andróginus. ¿Qué planes tienes para el futuro, Kevin? —me preguntó con voz de Minnie Mouse. A continuación, me pegó el borde del globo a los labios, sus dedos cálidos y suaves contra mi piel.

Yo titubeé tanto rato como me fue posible, ávido del contacto de sus dedos. Por fin, inhalé.

—Me quedaré en mi planeta natal de Mierdatopía, es decir, sirviendo en la heladería Froyo de Deadwood.

Di gracias de que el helio convirtiera la respuesta en algo divertido en vez de patético.

Dani se frotó los ojos, que seguían rodeados del maquillaje de teatro.

—¿Y eso?

Me habría gustado recurrir a la típica broma de emergencia. Pero le dije la verdad.

—Me hace falta dinero, para empezar. Mis notas no son nada del otro mundo, en segundo lugar. Y en tercero… —Tomé un trago de Dr Pepper—. Tengo que cuidar de mi madre. Tiene problemas… de salud.

—¿Y tu padre? ¿No te puede echar una mano?

—Mi padre está en Arizona —respondí.

Cada Navidad recibíamos una elegante postal en la que aparecían él y su Nueva y Mejorada Familia 2.0 con camisas y sonrisas a juego, ofreciéndonos reconciliación delante de un enorme árbol exquisitamente decorado. Nada que ver con las amarillentas paredes teñidas de nicotina del apartamento cutre que mi madre y yo compartíamos, donde ella pasaba buena parte del tiempo durmiendo la mona en la cama o tirada en el sofá con resaca, viendo televisión diurna. La priva había causado estragos en su diabetes y ahora se estaba bebiendo los cheques de incapacidad tan pronto como llegaban. En sus escasos momentos de sobriedad, me besaba en la frente y murmuraba: «No te merezco. Deberías marcharte». Pero yo no quería dejarla colgada como había hecho mi padre con nosotros.

—Bueno, como asesora académica tuya que soy, me siento obligada a recordarte que hay otras opciones —me dijo Dani, y me miró de un modo, con tal expresión de aliento, que quise creerla. Si de algo estaba seguro era de mis sentimientos por Dani. Cuando me atrevía a imaginar un futuro que no fuera un asco, la fantasía siempre nos involucraba a nosotros dos: ella pintando y yo filmando películas de terror *indie*. Pero trabajar en la industria del cine quedaba fuera de mis posibilidades, atascado como estaba en Deadwood. Y ni en sueños iba Dani a perder el tiempo con un pringado como yo, en cualquier caso. Hablando claro: Dani SÍ tenía opciones y estaba seguro de que yo no era una de ellas.

—¿Kev? —apuntó ella—. ¿Planes?

Eché mano del Cthulhu Tarta de Fresa para rehuir la mirada de Dani.

—Me han dicho que como asesino a sueldo te puedes ganar bien la vida.

—Mi colega Kev va a dirigir la primera película de terror hípster —declaró Dave, y me tiró un esqueleto.

—Ya lo creo. —Bebí un poco más para deshacer el nudo que tenía en la garganta—. La gracia radica en que no se podrá distinguir quién es zombi y quién no porque ¿quién diferencia a los rematadamente irónicos de los no muertos? Se llamará, atentos, *Los sí muermos*. Los unos dirán: «Narghhhzzmnnn», y entonces, los sí muermos, que estarán haciendo cola en una sala de conciertos con cínicas gorras baratas manchadas de sangre, dirán: «Mnnnggggrrrr», que significa: «Esa carne era demasiado comercial».

Dani asintió.

—Lo pillo. Venga, el argumento de *Los sí muermos*: ¿qué pasa entonces?

Me encogí de hombros.

—Nada.

Dave sonrió con sorna.

—¡Y por eso es la película de Kevin perfecta!

Bromeaba. Ya sabía que sí. Pero el comentario se alojó en mi pecho como un trozo de metralla. Me guardé a Cthulhu Tarta de Fresa en el bolsillo.

—Eso no ha molado, Dave.

Me miró, largo y tendido, y eso fue casi peor.

—Dani tiene razón. No es demasiado tarde para subirte al tren del futuro. Ya viene, colega. Estés preparado o no.

—Sí —repliqué yo—. Y me han dicho que contará con un Starbucks.

Las luces empezaron a bailotear otra vez. Las voces del filme se ralentizaron de un modo siniestro y entonces la película se detuvo del todo. La oscuridad cayó sobre nosotros. Se había cortado la luz. Esta vez de verdad.

—Mierda —solté hacia la nada.

Un coro de protestas estalló en la sala. La gente empezó a gritar. Por Dios. Menuda panda de gilipollas. En aquel momento, los odié a todos.

Dave negó con la cabeza.

—Tío, la última vez me tocó bajar a mí.

Suspiré.

—Ya voy yo.

A lo mejor me quedaba en el sótano durante lo que me quedaba de turno.

Dani echó mano de la linterna que pendía de un gancho clavado en el marco de la puerta.

—Te acompaño. Ya sabes, por si Scratsche guarda su ataúd ahí abajo y necesitas refuerzos.

Y así, tal cual, las esperanzas que había puesto en esa noche se reavivaron.

Bajamos con sumo cuidado las escaleras que llevaban al vestíbulo. Las pequeñas luces de emergencia que flanqueaban el suelo estaban encendidas, y la moqueta había adquirido un tono oscuro como la sangre. Cuando llegué a la altura de la fotografía, me detuve. Aun en la profunda penumbra, los ojos me llamaban: *Mírame, Kevin. Veo tu corazón. Te conozco.* Bajé los últimos cuatro peldaños de un salto, con el corazón desbocado.

En el exterior, los rayos hendían el oscuro cielo y una lluvia densa caía sobre el aparcamiento casi vacío del Cinegore. Mientras seguía el rayo de la linterna de Dani, John-O nos salió al paso como un cachorro hiperactivo.

—Eh, ¿qué le ha pasado a la peli? Ahora que empezaba lo bueno... Es raro, pero he tenido la sensación de que estaba dentro.

—Hala. Qué fuerte, colega. —Pasé por su lado, abrí la puerta de la sala y grité—: Lo siento, amigos. Se ha interrumpido el suministro eléctrico. El pase se reanudará en unos minutos. Gracias por la paciencia.

Me preparé para la típica letanía de quejas, pero lo que oí fue más bien un extraño gemido general y esperé no tener que cortar una sesión de sexo duro en las últimas filas.

—Ha sido espeluznante —prosiguió John-O—. Me ha parecido ver...

—Tío, tenemos que arreglar las luces. Volvemos en cinco minutos —lo corté.

Dani y yo abrimos la puerta de detrás del mostrador y descendimos como pudimos al apestoso y húmedo sótano. El subsuelo no estaba refrigerado y el calor del verano se había adherido a las paredes. Reinaba el mismo ambiente caldeado que en una cocina tras todo un día a pleno rendimiento. La temperatura contrastaba enormemente con la helada sensación del piso superior, pero no resultaba desagradable.

—¿Dónde está la caja de los fusibles?

El haz de la linterna proyectaba en los bloques de la pared círculos de luz a lo George Romero.

—A la derecha —le indiqué—. Más arriba.

Levantó el rayo y yo estiré la tapa de metal para abrir la caja. Empujé el interruptor principal hasta que oí el *glurg-clong* del generador al ponerse en marcha, junto con el ahogado murmullo de los diálogos de la película según *Camino sobre la Tierra* recuperaba la velocidad normal. En el techo, los fluorescentes parpadeaban como niños que se despiertan asustados y entonces, todos a la vez, volvieron a brillar. Un enfermizo resplandor azul inundó el sótano. Sabía que teníamos que subir, pero quería pasar más tiempo a solas con Dani.

—Hala. —Me interné un poco más en las profundidades—. Esto parece un episodio de *Enterrado en mi basura: Edición terror.*

Estanterías de metal repletas de viejísimos ejemplares de la revista *Fangoria* se extendían de punta a punta de una pared. Una réplica de la cosa del pantano, de metro ochenta de alto, se pudría en un rincón olvidado detrás de unas butacas rotas. En el suelo yacía una caja de polvorientos regalos promocionales: ratas de goma con los ojos rojos y cortapuros en forma de guillotina. Dani hojeó los enmohecidos carteles montados en cartón pluma de películas ¡en glorioso tecnicolor!

—*Las monjas satánicas, El diabólico señor Lamphrey* —leyó—. *Los cinco dedos del asesino del tiempo.*

—Mira este. —Extraje un póster de los años setenta en el que un vampiro enfundado en un chándal intentaba cargarse a dos traficantes de droga de un golpe de karate. Detrás, un hombre lobo asomaba su peludo torso por la ventanilla de un Cadillac plateado, al tiempo que enseñaba sus enormes colmillos como si pretendiera devorar al camello. Leí el lema de la película como quien lee un anuncio: «Llegan el doctor Drac y el señor Lobo dispuestos a hincarle el diente al crimen». Vale, en serio. ¿Quién puede considerar esto una película de terror?

—Son Drácula y el Hombre Lobo. El no va más de los clásicos —replicó Dani. Me propinó un toque de hombro y juro que lo noté en todo el cuerpo al mismo tiempo.

Sonreí como un imbécil.

—No. Para nada. Es una aberración. En plan, *Ley y Orden: Transilvania.* Pero si el Hombre Lobo lleva pistola... Por todos los dioses del Averno, ¿en qué cabeza cabe? ¡SI NI SIQUIERA TIENE PULGARES!

Dani se rio con ganas y, no voy a mentir, me entraron ganas de seguir haciendo chistes para que no se apagaran sus carcajadas.

—Mola. —Dani tomó un arco y una flecha de aspecto realista, obsequio especial de *Robin Hood: príncipe de la oscuridad*—. Con esto te puedes cargar a alguien. En serio, ¿se lo regalaban a los niños?

Pegó la flecha a la cuerda del arco y me apuntó al corazón en plan de broma.

Levanté las manos.

—Cuidado con eso.

—No te preocupes. —Dani bajó el arco—. Mis conocimientos de tiro con arco se limitan a un semestre. Mi mayor hazaña fue acertarle en el trasero al entrenador Pelson.

—Hala, ¿fuiste tú? Deberías protagonizar la inevitable adaptación de *Hipólita se levanta de la tumba,* Estudios Pinewood, 1966.

Dani se dio impulso para sentarse en la réplica de una lápida, con cuidado.

—Te encantan estas viejas películas, ¿verdad?

—Sí. El verdadero terror se construye a partir de materia genuinamente humana: tristeza, miedo, duda, ansiedad. Deseo. —Tragué saliva con dificultad—. Pero las películas nuevas... Cinco minutos de trama y ya están troceando a un personaje con una sierra mecánica o desollándolo vivo. No juegan con tus emociones. Son del todo impersonales, como el porno de internet.

Mierda. ¿Por qué habré dicho «porno»?

—¿Alguna vez te he contado que mis padres, en su primera cita, fueron a ver una película de terror? —me preguntó Dani, y yo negué con la cabeza—. Pues sí. Mi abuela es católica practicante y no quería que mi madre saliera con un chico a no ser que mi tía Yoli los acompañara de carabina. Mi padre me contó que mi tía gritaba tanto que el encargado la obligó a esperar en el vestíbulo. Y entonces mi padre se puso en plan: «¡Al carajo, nos largamos de aquí!». Escaparon por la salida de incendios y se fueron a bailar a un club que estaba en la misma calle. Así que, indirectamente, debo mi existencia a una película de terror.

Me sonrió y mi corazón empezó a latir a ritmo punk.

—Hala. Qué guay —atiné a decir. El calor empezaba a pasarme factura. Me enjugué la película de sudor que me cubría la nuca.

Dani volvió a mirarme a los ojos.

—En la Universidad de Texas hay una escuela de cine muy buena, ¿sabes? Y no está lejos de Deadwood. No, espera. No pongas esa cara. Hablo en serio.

—Claro, claro...

—¡Kevin! —Ya no sonreía—. ¿Qué te da tanto miedo? De verdad.

¿De verdad? Las arañas. Que me abandonen. No dar la talla. El rechazo. El exceso de responsabilidades. Que un psicópata fugitivo me entierre vivo. Perder la posibilidad de salir con la chica más enrollada que conozco. Parecerme a mi padre. La lista era infinita. Pero lo que más me asustaba de todo era un futuro de incierta inmensidad, que me estrujaba con sus implacables dedos hasta el punto de robarme el aliento. Me asustaba quedarme en Deadwood mientras que Dani y Dave agarraban ese futuro por los cuernos. No obstante, tenía la sensación de que admitir ese miedo solo serviría para otorgarle aún más poder sobre mí.

—Yo no tengo miedo de nada —respondí con acento alemán—. Porque soy Van Termal, un asesino de esperma de vampiros a una temperatura exacta de cuarenta grados centígrados.

Dani torció la boca con una mueca de decepción.

—*Mmmm.* Vale. Bueno, da igual. Subamos —propuso en un tono apagado y abandonó la lápida de un salto.

Mierda. Proyecté una nueva película en mi cabeza: *La noche de los idiotas vivientes:*

INT. Sótano. La noche no podría ir peor.

La horda de zombis ataca a Kevin, pero se detiene cuando comprende que matarlo sería redundante. Corte. Créditos. Fin.

Cuando subimos, las luces funcionaban a media potencia. El aire acondicionado, en cambio, seguía enfriando a toda mecha. El súbito cambio de temperatura me arrancó un estremecimiento. John-O llevaba puestas las gafas de visión demoniaca. Mantenía la puerta entreabierta con el pie y miraba la película a través del resquicio.

—John-O —lo llamé. No me contestó—. Eh, Tierra a John. ¿Has preparado otra remesa de palomitas? ¿John?

Hice chasquear los dedos junto a su oído. Por fin le arranqué las gafas de la nariz y él parpadeó unas cuantas veces.

—Ah. Hola. ¿Cuándo habéis llegado?

—Hijo, ¿no te hemos advertido tu madre y yo de los peligros de la marihuana? —le solté. John-O todavía parecía aturdido—. En serio, tío, ¿te pasa algo?

—No. Creo que no. Ha sido muy raro. Estaba mirando la peli y, no sé, por un momento he tenido la sensación de que formaba parte de ella.

—*Vaaale.* —Dani introdujo una nueva ración de granos transgénicos en la máquina de palomitas. Con el arco colgado del hombro y la flecha asomando de la parte trasera de los pantalones, tenía una pinta alucinante.

—Lo más raro es que me apetecía estar allí. No quería marcharme —prosiguió John-O—. Y entonces me ha parecido ver a esos monstruos al otro lado de la ventana de la mansión.

—Claro, John-O. Es lo que tienen las películas de terror.

Se reunió con Dani detrás del mostrador. Yo no tenía nada que hacer, en realidad; únicamente quería estar cerca de ella. Para disimular, removí el hielo de la gran cubeta plateada y desmenucé los trozos grandes con la pala, deseando al mismo tiempo poder rebobinar esa noche que tan deprisa estaba transcurriendo.

—No. No me refiero a eso. —John-O parecía molesto—. Antes de que me diera cuenta, los monstruos esos habían entrado en la mansión. Y alguien me llamaba por mi nombre. Me dijo que los seres necesitaban permiso para salir. Y me preguntó si les daba permiso.

Dani lo miró preocupada.

—¿Qué le dijiste?

—Le dije… —John-O se retorció como si se sacudiera de encima bichos imaginarios. Su voz se fue tornando más profunda, como la pubertad fotografiada a intervalos—. He dicho: «Claro. Pasad».

John-O empezó a transformarse. El azul de sus ojos mudó en un rojo brillante y la carne de la cara se le arrugó como por efecto de un ácido. Todo su cuerpo sufría convulsiones según se acercaba a la barra con un paso sincopado.

—La madre que me parió —susurró Dani, retrocediendo.

John-O seguía avanzando.

De un salto, me planté delante de Dani, a la par que le lanzaba a John cajas de bolitas recubiertas de chocolate como si fueran granadas de caramelo.

—¡Atrás, becario del demonio!

La esquina de una caja se le clavó en un ojo. Aullando, se la arrancó, llevándose con ella la órbita ocular.

—¡Maldita sea! ¡No hay cobertura! —A mi lado, Dani agitaba el móvil por encima de la cabeza como si intentara atrapar la conexión al vuelo. ¡Verizon, compañía de mierda!

Dos demonios más salieron de la sala. Uno de ellos llevaba la gorra de béisbol que antes cubriera la cabeza de Bryan Jenks, y si ese capullo me daba miedo antes, ahora estaba muerto de canguelo. Mostraba una boca redonda y enorme, atestada de agudos dientecillos. El endemoniado Bryan Jenks empujó al aullante John-O al suelo y le mordió el cuello con tanta fuerza que por poco le corta la cabeza medio derretida en que había mudado la del becario.

—¡Corre, corre, CORRE! —empujé a Dani hacia la cabina de proyección. Subimos las escaleras y cruzamos la puerta en un tiempo récord.

—¡No mires la película! —le grité a Dave, y lo tiré del taburete de un empujón.

—¿Qué te pasa? —Dave alzó la vista, atontado—. Eh, pero si ahora empezaba lo bueno. He tenido la sensación de que estaba dentro del filme…

—Me parece que estabas allí de verdad —confirmé según intentaba desesperadamente recuperar el aliento y no desmayarme—. Dicen que la película está maldita, ¿verdad? Pues va en serio. Creo que te roba el alma y te convierte en una especie de demonio zombi.

Dani asintió con los ojos como platos.

—Es verdad. Acaba de pasarle a John-O. ¡Su cara se ha derretido como si fuera una *fondue,* en nuestras narices! ¡Y entonces ha salido Bryan el Capullo y lo ha devorado a mordiscos!

A través de la ventana, la oscura sala destellaba en blanco y negro. Dave dobló los dedos y luego los estiró. Se trataba de la técnica de relajación que sus padres, terapeutas los dos, le habían enseñado a poner en práctica cada vez que su trastorno obsesivo compulsivo se manifestaba.

—Kevin. Dani. Me estáis dando un miedo que te cagas.

Los gritos resonaban por la sala como en un karaoke infernal.

—Tenemos que salir de aquí. Ahora —los apremié yo.

—Pero ¿y si el vestíbulo se convierte en el baile de fin de curso de los demonios zombis? —se apuró Dani.

—Plan A: corremos a la salida trasera y pedimos ayuda en el Taco Bell de la carretera.

—¿Cuál es el plan B? —quiso saber Dave.

Yo había visto montones de películas de terror. Me las sabía de memoria, los motivos y los clichés, las tropecientas mil maneras en que los personajes meten la pata y acababan muertos. Viéndolas, me sentía seguro y superior, convencido de que nunca cometería unos errores tan estúpidos. Ahora lo sabía: hay situaciones imprevisibles. En esos casos tienes que reaccionar sobre la marcha y confiar en que baste con eso.

—Ya lo pensaremos. —Me volví a mirar a Dani—. Sígueme. Si, ya sabes, me pasa algo, si una de esas cosas me atrapa, corre como el viento. —Cuando se dispuso a protestar, le expliqué—: Tu padre ya lo ha pasado bastante mal. Y te han concedido una beca.

—¿Y tú qué?

Me encogí de hombros.

—¿Quién me va a echar de menos?

Dani contuvo una exclamación indignada. A continuación hizo un mohín y puso los ojos en blanco.

—Eres un idiota de mierda, ¿vale?

Me agarró la mano y, de no haber estado a punto de desmayarme de miedo, habría sido el tío más feliz de todo el planeta.

Despacio, abrí la puerta de la cabina de proyección. La salida estaba despejada. Bajamos la escalera sin hacer ruido, escuchando el golpeteo de la lluvia en el tejado. En ese momento reparé en la foto de la pared. Scratsche había desaparecido. ¿Sería un efecto visual? Quise preguntarles a Dani y a Dave si veían lo mismo que yo, pero Dani me susurró en tono apremiante:

—VENGA, Kevin.

Al fondo de las escaleras nos detuvimos en seco. Cuatro de los no muertos caminaban de acá para allá por delante de la puerta trasera entre conatos de mordiscos.

—Qué putada —susurró Dave, presa de un terror palpable—. Mierda. ¿Cuál es el plan B?

—Las puertas delanteras. Que no os vean.

Me desplacé pegado a la pared. Cuando llegamos a la zona del mostrador, levanté una mano y señalé con la cabeza el cartel de *Camino sobre la Tierra,* delante del cual dos demonios arrodillados seguían masticando los restos de John-O.

—Seguid andando —ordené al tiempo que presionaba con suavidad la mano de Dani—. No llaméis la atención.

Clavé los ojos en las puertas. La lluvia caía sesgada en rachas de tonos metálicos. Cinco metros. Tres. Uno. Cero. Con cuidado y procurando no hacer ruido, empujé. No se movieron.

—Deja de hacer el tonto, Kevin —susurró Dave.

—Yo NO hago nada.

Un grito estrangulado, como una moribunda sirena antiaérea, se dejó oír a nuestra espalda. Los demonios que bloqueaban la salida trasera habían regresado al vestíbulo. Abrieron las inmensas bocas, ofreciéndonos un primer plano de las pulsátiles membranas de sus gargantas de anaconda. La estampa era más terrorífica que cualquier efecto especial, e infinitamente más real. Los devoradores de John-O se alejaron de su cadáver a trompicones y proyectaron hacia nosotros unos dedos garrudos.

—Tío. Tú eres el encargado. Diles que se marchen. El espectáculo ha terminado. Todos a casa.

—Dave. Se te empieza a ir la OLLA, en serio —gruñó Dani.

—No. Ya se me ha ido. Del todo. Intento no cagarme encima.

—Seguidme. —Corrí hacia el mostrador. Los demonios nos rodearon, curiosos, pero no podía contar con que esa actitud se prolongase mucho rato—. Pillad cualquier cosa que se pueda usar como arma.

—¿Como qué? —gritó Dave.

—¡No sé! Es la primera vez que me enfrento a unos demonios, ¿vale? ¡Improvisa!

Dani les tiró paletadas de hielo. Dave empezó a lanzar platos de nachos. Yo miré a mi alrededor. Saleros de palomitas. Vasos de refresco. Dispensadores de servilletas. Pastas. Cubas de mantequilla. CUBAS de mantequilla…

—¡Eh! Ayudadme.

Usé dos trapos de cocina para protegerme las manos del calor y retiré los dos recipientes metálicos parecidos a sartenes que servían para empapar los granos resecos en grasa rancia.

Dave me miró como si me hubiera vuelto loco.

—¿Qué vas a hacer con eso? ¿Esperar a que el colesterol acabe con ellos?

—¿Os acordáis de cuando vimos *Los alienígenas del planeta 11 se comieron mi cerebro*? —pregunté mientras aflojaba la tapa—. ¿Recordáis cómo mataron finalmente a los monstruos alienígenas?

—Los extraterrestres no pudieron soportar el calor. Se derritieron.

Dani se apresuró hacia mí para ayudarme con el cubo.

El ser anteriormente conocido como Bryan Jenks saltó al mostrador y se quedó allí, en cuclillas, listo para atacar.

—¡Eh, Bryan! ¿Quieres mantequilla con eso? —grité, igual que si fuera el héroe de una película de acción. Juntos, Dani y yo le lanzamos la burbujeante cubeta de porquería amarilla. Bryan chilló y se revolvió según la grasa caliente le arrancaba la piel a tiras, y aunque era un cretino de marca mayor al que me habría gustado liquidar a menudo a base de espectaculares golpes de kárate que no sabía ejecutar, me puso malo presenciar su sufrimiento, por muy demonio que fuera.

Dave lo celebró con una carcajada un tanto desquiciada.

—«Eh, ¿quieres mantequilla con eso?» —me imitó—. Tío, ha sido brutal.

Intentó chocar los cinco.

Yo dejé su mano flotando en el vacío.

—Ahora no.

—*¡Nggzzzzzraaahssss!* —chilló el ser antes conocido como Bryan.

El miedo atragantó la voz de Dave.

—Me parece que se ha cabreado.

Agarré a Dave y a Dani de la mano.

—Plan C: sala, a la de tres. Uno. Dos…

Lanzando un grito de guerra, Dave salió disparado y nos arrastró con él al interior de la sala. Empujamos las puertas con el cuerpo. Dani echó mano de la escoba que descansaba contra la pared trasera, la partió ayudándose de una rodilla e introdujo el palo roto a través de los grandes tiradores dorados.

Empujé a Dave.

—¡He dicho a la de TRES, idiota!

—No podía soportarlo más. Esos bichos parecen cecina congelada. Y qué peste —jadeó Dave. Pateó un vaso de refresco vacío—. No quiero morir así, tío. Maldita sea, tenía entradas para el Salón del Cómic.

No era esta la noche que había planeado. Se suponía que le iba a pedir a Dani que saliera conmigo. Y ella, con un poco de suerte, diría que sí. Y ahora estábamos quemando nuestro último cartucho en el Cinegore contra una horda de demonios devoradores de carne y ladrones de almas que habían escapado de una película maldita. Las puertas empezaron a crujir según los zombis-demonios se estampaban contra las hojas. Dentro de nada romperían el frágil palo de la escoba.

—Esto es real, Kevin. Piensa —me ordené a mí mismo. Tantas películas de terror que había proyectado mentalmente y ahora, cuando la cosa iba en serio, no era capaz de discurrir la manera de salir del atolladero. Y entonces tuve una idea loca.

—¡Eh! —le grité a la película—. ¡Eh, aquí! Prestadme atención.

—¿Qué haces? —Dani posó la mano en mi brazo y, de haber sido otra noche, me habría regodeado en la levedad de sus dedos.

—No me rendiré sin luchar —le prometí. Volví a gritar a la pantalla—: Sé que me oís. ¡MIRADME!

Natalia Marcova volvió la vista hacia mí. Llevaba cinco décadas muerta, pero su imagen había pervivido, un ser de luz en la pantalla, como un hermoso fósil preservado.

—¡Te he visto! ¡Sí! ¡Aquí! —grité a la vez que agitaba los brazos.

Ella me dedicó un pequeño saludo con la mano.

—Hola.

—Ayudadnos. Por favor —les pedí—. Esto ya ha pasado otras veces. Tú lo has dicho antes, ¿no, Jimmy?

—Por Dios. Supongo que sí. —El ídolo adolescente se mesó un cabello ondulado, al estilo de los sesenta, de los que tiran de espaldas—. Me he dejado llevar por la emoción del momento, ¿sabes? Soy un actor de método.

—¿Y por qué íbamos a ayudaros, mocosos? Ni siquiera vais vestidos como Dios manda —nos espetó Alistair Findlay-Cushing desde el sofá, donde estaba arrellanado con el vaso de whisky apoyado en el pecho.

—Porque somos el futuro —respondí—. En toda película tiene que quedar alguien vivo para contar la historia. Si no..., no tendría sentido.

—No necesariamente —objetó Jimmy Reynolds—. ¿Qué me dices de *El crepúsculo de los dioses*? El narrador es un muerto.

—Otro que nos revienta las pelis —susurró Dave irritado.

—Ay, cielo. Me gustaría decírtelo —ronroneó Natalia, dejando entrever el acento de su Brooklyn natal—. Pero si lo hago, me enviará a un sitio horrible.

—¿Quién? —quise saber.

Los ojos de Natalia se desplazaron a un punto situado a mi espalda.

—Él.

Unos aplausos pausados se dejaron oír al fondo de la sala. El hombre surgió de entre las sombras, luciendo el mismo vestido de piel de tiburón que en la fotografía.

—Bravo. Bien hecho. Reconozco que esto no me lo esperaba.

—¿Señor Scratsche?

Forcé la vista para mirarlo a través de la neblina del proyector y escudriñé esos ojos negros y sin alma. No había envejecido ni un día desde 1963.

El señor Scratsche hizo una reverencia.

—A tu servicio. Es un decir.

Alzó la mano como un director de orquesta. El palo de escoba roto salió disparado. Las hambrientas y rugientes criaturas entraron a trompicones, se deslizaron entre las filas de asientos y se sentaron, hipnotizadas por las titilantes imágenes.

Scratsche sonrió.

—Ay, cómo sois. Nunca os cansáis de mirar la pantalla, de imaginar que formáis parte de la magia; mejores, más hermosos, inmortales. Siempre sucede lo mismo, en todas partes: gente sentada en la oscuridad, ávida de luz, de seguridad, de saber que el bien vence al mal, del fatuo convencimiento de que al final ellos serán los vencedores.

—¡Tú deberías estar aquí con nosotros, Scratsche, y lo sabes! —gritó Jimmy Reynolds, que cayó de rodillas—. ¡Si escapaste, fue porque nos condenaste a todos!

—Eh, tranqui, Marlon Brando —musitó Dani.

—Jimmy, Jimmy. —El señor Scratsche sacudió la cabeza como un maestro irritado—. Es verdad, os ofrecí en sacrificio a todos a cambio de mi salvación. Pero firmasteis por propia voluntad. —Como por arte de magia, apareció en la mano de Scratsche un pergamino enrollado que se desplegó para mostrar cientos de firmas. Otro chasquido y el papel volvió a enrollarse antes de regresar a su bolsillo—. Antes te he oído, Jimmy. Has tratado de avisar a los espectadores. ¿No te dije la última vez que hacerlo traería consecuencias?

—Lo siento, señor Scratsche, estoy harto de seguir atrapado en esta película. —Jimmy hablaba en un tono entre asustado y agotado—. Hace cincuenta y seis años que llevo esta chalina. Tengo pinta de gilipollas.

—Entendido. —El señor Scratsche hizo chasquear los dedos en dirección a la pantalla y unas súbitas llamas consumieron a Jimmy Reynolds. Unos instantes más tarde, la estrella juvenil había quedado reducida a una chalina chamuscada y a una mancha requemada en la moqueta—. ESO por salirte del guion.

Los ojos de Dave se habían vuelto vidriosos. Empezó a canturrear el tema principal de *Los osos amorosos*. Lo hacía siempre que la situación le superaba.

—¿Qué quiere de nosotros? —grité.

—Me parece que la pregunta correcta sería qué quieres TÚ, Kevin. ¿Qué queréis todos? Bueno. Es una pregunta retórica. He leído vuestros cuestionarios.

El señor Scratsche recorrió el pasillo central con la elegancia de un leopardo. Entrelazó los dedos. Exhibía unas uñas largas y curvadas.

—Llevo un tiempo pensando que quizás ha llegado el momento de retirar la película de la circulación. Tienes razón al decir que alguien debe mantener viva la historia. Convertirse en su custodio, ¿no? *Camino sobre la Tierra*: una nueva versión para el público actual, dirigida por Kevin Grant. ¿Qué tal te suena eso?

Nadie se había dirigido jamás a mí en ese tono, como si realmente me viera. Como si yo fuera alguien digno de tener en cuenta.

—¿Yo? ¿Por qué yo?

—Llevo observándote desde hace meses. Sé lo que habita en tu corazón. El anhelo que te consume. —Sus ojos se posaron en Dani y ella me miró con perplejidad. Me puse colorado—. El mundo ansía nuevas emociones. En el pasado, la distribución suponía un problema. Pero ¡Dios mío! La de posibilidades que ofrecen esos artilugios vuestros. Imagínatelo, Kevin: tu versión de *Camino sobre la Tierra* accesible a demanda. Descargable. Compartible. Únicamente requiere un pequeño sacrificio.

El rollo apareció de nuevo. En la otra garra Scratsche sostenía un bolígrafo.

—A esos no les ha ido demasiado bien. —Señalé la pantalla con el pulgar.

Dave asintió.

—Bien dicho, hermano.

—Carecen de tu lucidez. —Scratsche sonrió. Yo sabía que pretendía enredarme, pero muy en el fondo me sentía igual que si abrieran la caja fuerte de un banco delante de mí y me dijeran: «Adelante. Echa mano de lo que quieras». Su sonrisa se endureció—. ¿O prefieres quedarte en casa y cuidar de tu madre, como un buen chico? ¿Quizás ahogar tus penas en una botella, como ella?

—Que te jodan —le solté, aunque me temblaba la voz—. Tengo otras opciones. —Aunque no sabía si era verdad o solo quería que lo fuera.

El señor Scratsche se rio con ganas.

—¿Acaso no me estás escuchando, Kevin? El vampiro regresa de la tumba. El científico revive el cerebro del asesino. La horda de zombis se infecta otra vez. El tema de todas esas secuelas y nuevas versiones es siempre el mismo: ES IMPOSIBLE VENCER AL MAL. Ah, claro. Si destruyeras esta última copia de la película antes de vender tu alma, lo lograrías. Pero el proyector está ahí arriba. —Scratsche señaló el grueso cristal de la exigua cabina de proyección—. Fuera de tu alcance. Igual que tus sueños. —Los oscuros ojos del hombre destellaron—. Hace rato que se agotaron tus opciones, señor Grant. Muy en el fondo, lo sabes. Únete a mí… o todos moriréis. ¿Alguna vez has sido despedazado por un grupo de demonios? Me han dicho que duele. Mucho.

En la pantalla, el fuego de la chimenea siseó. Miré por encima del hombro las turbulentas llamas y el vacío infinito que se abría al otro lado, informe, igual que mi futuro sin futuro. Clavé los ojos en los de Natalia.

—Por favor —le supliqué—. Solo una pista.

Ella bajó los ojos. A continuación susurró:

—La película se alimenta de vuestro miedo. De ahí extrae su poder.

El señor Scratsche se llevó una mano al pecho. Unos minúsculos cuernos le habían brotado de la frente y ahora mostraba unos dientes alargados.

—Ay, qué tonto soy. Debería haber elegido a Yvonne de Carlo.

Hizo chasquear los dedos una vez más y Natalia gritó aterrada según salía disparada de espaldas para acabar pegada a la pared con una daga flotando a pocos centímetros del cuello.

—Sé buena, querida mía —le aconsejó Scratsche—. Estoy seguro que no te gustaría nada cumplir el resto del contrato con la garganta abierta. Qué porquería.

Dave cerró los ojos con fuerza y empezó a balancearse.

—Deja de sentir miedo. Deja de sentir miedo. Deja de sentir miedo.

Tiré de mis amigos para formar una piña y les rodeé los hombros con los brazos. Nunca antes había tenido a Dani tan cerca. Nuestras narices prácticamente se rozaban y de repente me inundó el deseo de vivir ese futuro que ella me había ofrecido debajo del árbol. Un futuro con ella.

—La película extrae su poder del miedo, ¿no? Así que tenemos que dejar de alimentarlo. ¡Deprisa! ¿Qué es lo contrario del miedo?

—¿Taylor Swift? —propuso Dave. Dani y yo lo fulminamos con la mirada—. ¿Qué? Taylor Swift me hace feliz.

Me volví a mirar a Dani.

—¿Qué es lo contrario NORMAL del miedo?

Dani soltó un tembloroso suspiro.

—Mmm, ¿el valor? Alegría. Amor. Altruismo. Esperanza.

—Eso es —dije.

—¿El qué? He dicho, o sea, cinco cosas.

La sombra y la luz bailaban en su rostro. Le retiré una gota de grasa de palomitas que tenía en la mejilla.

—La esperanza —respondí.

El brumoso resplandor de la vieja película me transformó en un fantasma de mí mismo cuando avancé hacia la pantalla.

—Si estos van a ser mis últimos minutos de vida en la Tierra, tengo algo que decir.

—Oh. Eres de esos que se reserva una frase trascendente para el final. MARAVILLOSO —murmuró Alistair a su vaso.

—¿Sabes? Eres un capullo —le espetó Dave—. Retiro lo dicho. De tío bueno, nada. Hasta es posible que aplauda cuando vayas al infierno.

Alistair se encogió de hombros.

—Soy un actor de serie B. En mi caso, el infierno es redundante, niño. —Apuró el vaso, que volvió a llenarse al instante—. Este líquido ni siquiera es priva de verdad.

—Señor Grant. Este dilatado desenlace empieza a aburrirme. Y no soy agradable cuando me aburro —amenazó Scratsche.

—Un momento, ¿vale?

En las películas que proyectaba en mi mente yo siempre me mostraba frío y arrogante porque no había nada en juego. Había incurrido en el mismo error que tanto criticaba. Pero ahora, al mirar los grandes ojos castaños de Dani —al ver el miedo, la rabia y la preocupación que reflejaban—, las emociones estallaron en mi interior. Me reventaba haber perdido tanto tiempo y deseé, por encima de cualquier otra cosa, poder comportarme como el héroe que quería ser, un héroe que la mereciera.

Carraspeé.

—Dani, ya sé que no es el momento más oportuno para decir esto, teniendo en cuenta que estamos a punto, o bien de ser devorados por unos demonios, o bien condenados al infierno, y que ninguna de las dos cosas me parece un plan ideal para una primera cita. Pero la verdad es que estoy loco por ti. Total, absoluta, perdidamente. Y ya sé que es una tontería, pero tengo que saberlo: si esta fuera una noche de sábado cualquiera y te pidiera que salieras conmigo, ¿dirías que sí?

Dani me miró con atención. No habría sabido decir si estaba enfadada, triste, contenta o las tres cosas a la vez.

—Hala. Qué inoportuno.

—Sí, sí, ya lo sé. —Mi corazón latía desbocado—. Perdona. No he dicho nada.

—¿Te quieres callar un momento, Kevin? —Caminó hacia mí—. Llevo algo así como TODA LA VIDA esperando que me lo pidas, pero tú nunca lo hacías. Si entré a trabajar en este estúpido cine fue por ti. Y ahora, ahora, cuando estamos a punto de ser condenados al infierno, ¿reúnes el valor por fin?

—Yo… Espera. ¿Te gusto?

—Ay. Dios. Mío. —Dani levantó los brazos con ademán desesperado y los dejó caer de nuevo a los costados—. ¿Va en serio? ¿Me estás diciendo que no te habías dado cuenta?

—En realidad…, no.

—Jo, los chicos son tontos.

—Sexista.

—Perdona, quería decir: «Jo, Kevin es tonto».

—Eso está mejor. ¿Y por qué no me lo pediste tú?

—Porque… —Dani frunció el ceño—. ¿Porque da miedo ponerse en evidencia?

—Sí —respondí, y sonreí a pesar de todo—. Da mucho, mucho miedo.

—*Ohhh.* Qué monos sois —intervino Natalia—. Me sabe fatal que estéis destinados a acabar devorados por demonios o, lo que es peor, condenados para toda la eternidad.

—Pues… gracias —dije, y luego añadí «señora», porque me encontraba en un cine repleto de aparecidos y regentado por un adorador del diablo el día de mi primera, y seguramente última cita, con la chica de mis sueños, y mi boca ya había renunciado a buscarle el sentido a nada.

—¡Kev! —gritó Dave en tono aterrado—. ¡La esperanza no funciona!

El señor Scratsche soltó una carcajada.

—Ya ves, Kevin. No hay modo de detenerlo. —Me tendió el pergamino otra vez—. Acepta tu destino.

—¡No! ¡Esperad! —Caminé. Me detuve—. A menos que destruyamos la película.

—Claro, claro, pero no podéis —replicó Scratsche con impaciencia—. Y aunque pudierais, dudo mucho que alguien como tú destruyera la última copia de un filme raro. Al fin y al cabo, sabes bien lo que significa que te ninguneen.

Nunca quise ser como mi padre, alguien que corta los lazos y se marcha sin nada más que su propia esperanza en el bolsillo. Pero ahora opinaba de otro modo. Es posible que, en ocasiones, quemarlo todo y volver a empezar sea lo mejor que puedes hacer. Si sobrevivía a esta noche, pediría plaza en la Universidad de Texas. Diablos, pediría plaza en doce universidades.

Me acerqué corriendo a Dani.

—Eh —le susurré—. ¿Tienes buena puntería?

—Para ser alguien que solo ha practicado un semestre y que acabó disparando sin querer al entrenador Pelson en el trasero, sí, supongo que sí.

—¿Y quién dice que solo hay un modo de destruir una película maldita? —Esbocé una triste sonrisa—. Opciones.

—¿Me va a contestar o no, señor Grant? Su público se impacienta.

Scratsche señaló con un gesto a los hambrientos demonios.

—Le voy a contestar. Me gustaría mostrarle el tráiler de mi primera película, titulada *Tú no decides sobre mí,* en maravilloso 3D. —Me extraje a Cthulhu Tarta de Fresa del bolsillo—. Dave... Mechero, por favor.

Dave me tendió el Bic azul.

—¿Seguro que sabes lo que haces, tronco?

Inspiré profundamente.

—Espero que sí.

A mi espalda oía las apagadas y extrañadas voces de Natalia y Alistair. «¿Qué hace?». «¿Será costumbre entre los adolescentes de hoy?». «Qué raro». Pero esos rumores procedían del pasado y se debilitaban por momentos.

Clavé el primigenio dios de peluche en la punta de la flecha.

—Perdona, Tarta de Fresa.

—¡Ya basta, señor Grant! —rugió la voz del señor Scratsche.

—¡Por favor! No se habla durante la proyección —lo reprendí, y con mano temblorosa, prendí fuego a Cthulhu Tarta de Fresa. A Dani le susurré—: Apunta a la chimenea.

Ella asintió y la flecha salió volando igual que en *Robin Hood: príncipe de la oscuridad.* Se clavó en la pantalla, humeó y se apagó.

—Mierda —rezongó Dani, y a mí me dio un vuelco el corazón.

—No pasa nada —la tranquilicé, y me pregunté si la madre de Dani le habría dicho eso mismo a su hermano menor segundos antes de que el avión se estrellase.

—Vaya, que me aspen. —Alistair Findlay-Cushing miraba el suelo de la mansión del viejo filme. El fuego que instantes antes había traspasado la pantalla se había colado en la película. Natalia y Alistair tosieron según su cinemática tumba se llenaba de humo.

El señor Scratsche se incorporó de un salto.

—¡No!

—Seguro que este giro no te lo esperabas —me burlé.

Sonó un fuerte estrépito. Los destartalados muros de la mansión temblaron. Natalia gritó cuando el turbulento hueco de la chimenea se abrió y la absorbió. Alistair, visiblemente nervioso, fue en busca de su bebida, pero recordó en el último segundo que era falsa.

—Oh, mierda —farfulló, y luego desapareció también.

El humo se expandió alrededor de la pantalla y empezó a inundar la sala. El señor Scratsche nos señaló con un dedo nudoso.

—¡Comed! ¡Comed! —rugió a sus demoniacos sirvientes. Pero ellos no entendieron bien la orden y procedieron a devorarse mutuamente con sangrienta avidez.

El pergamino salió volando del bolsillo de Scratsche y se quedó flotando en el aire. Mientras él trataba de agarrarlo desesperadamente, el rollo desapareció. Se abrió un hueco en el centro de la pantalla, un vacío sin fondo semejante a los oscurísimos ojos de Scratsche, que se agrandaban más y más por momentos. Unos sonidos espantosos surgían del interior de ese abismo: aullidos de dolor y tormento, pero también de pesar y arrepentimiento.

—No —jadeó Scratsche—. No, espera, yo…

Una gigantesca mano en llamas surgió del negro vacío y encerró entre sus ardientes dedos al apurado Scratsche, que trató de zafarse sin conseguirlo. Se había quedado sin opciones. Según la llameante mano lo arrastraba de vuelta a su no descanso eterno, se dejó oír un último gemido. El hueco se cerró.

Por un instante, reinó el silencio. Y entonces todo enloqueció.

Vomitando fuego, la pantalla se esfumó. El desvaído papel pintado burbujeó y se ennegreció. El techo caía a pedazos, igual que si la sala se irguiera sobre una falla que hubiera cedido al fin.

—¡Estamos atrapados! —gritó Dave al mismo tiempo que esquivaba cascotes.

El alma se me cayó a los pies ante la idea de que Scratsche hubiera encontrado el modo de reírse el último, de que nos hubiera sorprendido con el clásico golpe de efecto, el giro de última hora que te pilla desprevenido.

—¡Dani! —Tosí a la vez que le aferraba las manos—. Te quiero. Siento mucho que esto vaya a acabar así.

Ella apretó los labios con fuerza.

—¡Y una mierda que va a acabar así!

Se arrancó el borde de la camiseta, envolvió la tela alrededor de la flecha, la extrajo de la pantalla y la usó para forzar la salida de incendios.

—¡Venga! —aulló—. Nos vamos.

Esta vez fue ELLA la que me tomó la mano, y sin perder un segundo corrimos a los brazos abiertos de la noche.

Dani y yo nos recostamos contra el maletero de su coche y, a la difusa luz del incendio, contemplamos cómo las llamas devoraban el Cinegore. Las sirenas de los camiones de bomberos ulularon a lo lejos. Por debajo de los aullidos, oí cómo Dave hablaba por el móvil.

—Tío, no te vas a creer lo que me ha pasado esta noche. Para empezar, tengo sesos en la chaqueta...

El infierno intensificaba la opresiva canícula de la noche texana. Nos habíamos despojado de todo salvo la camiseta y los vaqueros. Si hubiera podido quitarme la piel, lo habría hecho. Dani me depositó unos caramelos recubiertos de chocolate en la mano. Estaban medio derretidos, pero era así como más me gustaban. Se echó a reír y yo la imité. Lo atribuí al estupor. Te asaltan unas emociones muy raras cuando acaban de perseguirte unos demonios y te ves obligado a devolver a tu jefe al infierno.

—La hostia bendita —dije yo mientras trataba de serenarme.

—Y que lo digas.

—Vale. La hostia bendita.

Dani se plantó delante de mí. Enmarcada por las llamas del fondo, me recordó al ángel vengador de una película que nunca me cansaría de contemplar.

—Solo para estar segura: todo eso ha pasado de verdad, ¿no?

—Sí. Casi todo.

—Vale. —Dani asintió, más para sí misma que para mí—. Vale.

—¡Qué locura! —Dave había cortado la llamada y ahora se marcaba *selfies* como un loco delante del moribundo Cinegore—. ¡Ya tengo ciento cincuenta *retuits* y más de sesenta favoritos en cinco minutos!

—Tengo que sentarme.

Dani desbloqueó el coche y se desplomó en el asiento del conductor. Dejó la portezuela abierta para que escapase el calor. Yo tomé asiento en el lado del copiloto. El vehículo desprendía un aroma parecido al suyo: a palomitas, perfume de vainilla y a algo que todavía no conocía, pero que ya ansiaba con toda mi alma.

Dani aferró las llaves del coche con el puño.

—Entonces, en teoría, esta es nuestra primera cita.

Ahora que el terror empapado de adrenalina había cedido, otro tipo de miedo me embargó. Le había abierto mi corazón allí dentro, cuando pensaba que iba a morir. Había llegado el momento de afrontar las consecuencias de mi honestidad. Pero no me arrepentía. Ni mucho menos.

—Sí. —Me recosté contra el reposacabezas de cuero—. Supongo que sí. Siento que sea tan rara…

Dani se inclinó hacia mí e interrumpió mi disculpa con un beso. Y cuando lo hizo, todas las películas se borraron de mi cabeza, porque ningún relato inventado podía competir con la sensación de notar sus labios sobre los míos en la vida real. De mala gana, me despegué de ella.

—Espera —le pedí, y recliné mi asiento.

Sonriendo, Dani hizo lo propio. Y entonces nos besamos en serio. Nos convertimos en una maraña de bocas y lenguas, manos y piernas y, por un momento, la desafortunada intromisión de un freno de mano. Fue un beso de «recuperemos el tiempo perdido». Un beso de «te ha sido concedida una segunda oportunidad, no la desaproveches». Un beso rebosante de opciones.

Jadeando con fuerza, Dani se despegó de mí y miró al techo.

—Hala. Puf. ¿Por qué demonios no lo habíamos hecho antes?

—¿Verdad? —atiné a decir entre bocanadas de aire. Me moría por besarla de nuevo. El negro pasado se estaba esfumando con los últimos retazos de lluvia. Me embargaba una extraña euforia. Puede que cuando construyeran el Starbucks, me tomara un Frappuccino. A lo mejor durante las vacaciones de Navidad, cuando Dani y yo acudiéramos de visita antes de regresar a la universidad.

El sonido de las sirenas se intensificó. Devolvimos los asientos a su posición normal. En el espejo retrovisor, Dave seguía mirando el móvil.

—¡Más de trescientos y sigue subiendo! ¡Es la caña!

Negué con la cabeza.

—¿Sabes si en Stanford existe un doble grado en inconsciencia y narcisismo?

Dani sonrió.

—¿Crees que se enfadará si nos vamos?

—En pocos minutos este sitio estará lleno de bomberos macizos. No, no creo.

Dani giró la llave de contacto. El primer soplo del aire acondicionado me envolvió como una bendición.

—¿IHOP?

—Ajá.

Prácticamente noté el sabor de las tortitas, ricas y azucaradas. Sabían igual que el futuro. Dani arrancó y tomó la carretera en la que dormían las excavadoras. Al otro lado del parabrisas del Mustang, el horizonte era un bosquejo borroso de nubes y estrellas, una larga línea de apacible oscuridad que aguardaba el momento de cobrar forma. Todavía faltaban horas, largas horas para el alba.

PLACER MALSANO

FRANCESCA LIA BLOCK

Para A y U

Corría la primera noche de las vacaciones estivales cuando me apretujé junto con mis amigas M y L en el Volkswagen Escarabajo de J y pusimos rumbo a Phases, un club para adolescentes del valle de San Fernando, donde pensábamos escapar de la melancolía y encontrar lo que estábamos buscando.

Habíamos pasado todo el día en la playa y el sol nos había quemado la piel, incluso a M y a L, que eran morenas naturales. Irradiábamos calor, y en el coche de J se respiraba el fuerte tufo a coco y química del aceite bronceador Bain de Soleil. Yo era la más pálida de las cuatro, y hacia el final del verano tendría ampollas en la zona del pecho de tanto tomar el sol. Más tarde, las ampollas cicatrizarían. En la radio, la música *new wave* sonaba a todo volumen y nosotras botábamos en los asientos y gritábamos la letra —sobre cristales rotos, verano y coches, deseo y ritmo— por las ventanillas. Según nos azotaba el cálido viento de la autopista 101, estrellas que llevaban muchos años muertas perforaban la noche con su brillo.

Mis amigas y yo también albergábamos la intención de brillar esa noche. Acabábamos de graduarnos en el instituto y dentro de pocos meses partiríamos a la universidad. Ya no teníamos que preocuparnos por los exámenes de selectividad, ni por encontrar universidad. Pero sí por muchas otras cosas.

Yo me sentía segura cuando era J la que conducía. De niña, si le preguntaban a qué se quería dedicar de mayor, respondía: «superhéroe», pero más tarde decidió que se conformaría con sacarse el título de policía de tráfico después de graduarse en la universidad. Aprendió a esquiar a la edad de tres años y a los diez se desplazaba en monopatín como una profesional, así que me sabía en buenas manos cuando ella iba al volante. Una vez, regresando de un concierto de Knack, su Volkswagen Escarabajo se averió en el carril rápido de la autopista. J conservó la calma mientras las demás gritábamos y mirábamos por el parabrisas trasero los faros que se aproximaban y que por fin viraron justo a tiempo. Un agente de la policía de tráfico de California nos rescató. A lo mejor por eso J quería entrar en el cuerpo.

Yo conocía a J y a M desde el jardín de infancia. Coincidimos el primer día de clase. M y yo estábamos haciendo sendos dibujos cuando la maestra se acercó a echar un vistazo. Yo estaba acostumbrada a que mis obras de arte despertaran grandes elogios. Pero la maestra se fijó en el caballo que dibujaba M y lo mostró a la clase.

—Es precioso —declaró.

La situación se repitió en ballet. A mí me volvía loca bailar al son de los discos de mi madre en el salón, pero en clase de ballet no era capaz de seguir los pasos. M sí.

—Tu *en-dehors* es maravilloso —le dijo la profesora.

También sacaba mejores notas que yo.

M, J y yo conocimos a L en las clases para alumnos «superdotados» del último ciclo de primaria. Era tan callada y misteriosa, con esa piel y cabello oscuros, y el aire plácido de su semblante. Incluso cuando se enfurruñaba estaba guapa. Viendo su minúscula nariz, su frente despejada y sus pequeñas orejas en punta no podías dejar de pensar en un gato un poco irritado. Tenía a todo el mundo medio enamorado, pero ella no se daba cuenta, y tampoco le habría dado importancia de haberse percatado. O puede que se hubiera agobiado o estresado.

A L y a mí nos tocó preparar juntas un proyecto de ciencias. La asignatura de naturales era su favorita, aunque se negaba rotundamente a hacer experimentos con animales. Le gustaban los animales más que nada en el mundo, seguramente más que las personas.

Empecé a frecuentar su casa para trabajar en el proyecto. Sus padres eran norteamericanos de origen mexicano, amables pero un tanto estrictos, y tenía dos hermanos que estaban locos por el béisbol. L y yo preparábamos bandejas enteras de galletas de chocolate, nos las zampábamos todas, y luego salíamos a correr un buen rato para quemar calorías. Más tarde, M y L se aficionaron a montar a caballo o a patinar sobre hielo después de clase y los fines de semana. A mí no me invitaban, así que J y yo salíamos juntas.

Una vez J me llevó a esquiar con sus padres, unos anticuados inmigrantes polacos cuya casa estaba atestada de minúsculas figuras de porcelana. Mientras J esquiaba por las pistas más empinadas, yo tomaba clases para principiantes. Todo iba bien mientras me deslizaba aferrada a la cintura de un monitor muy mono, pero cuando me tocó esquiar por mi cuenta, perdí el equilibro y caí rodando por la pista. Nunca volví a intentarlo. Para mitigar el dolor de nuestros fatigados músculos, y de mis moratones, J y yo decidimos darnos un baño en el jacuzzi exterior del hotel. El vapor flotaba sobre el agua, la nieve resplandecía a nuestros alrededor, y yo empecé a relajarme por fin.

Unos chicos escuálidos de pelo largo, enfundados en anoraks de esquí, se habían apiñado junto a la piscina para observarnos. Percibimos el tufo de la hierba; estaban fumando. J y yo salimos del jacuzzi y pasamos corriendo por su lado, en dirección al vestíbulo, muertas de frío, pero sin molestarnos en vestirnos.

Más tarde, escribí un poema sobre aquella noche. El dolor plateado del frío, la sensación cálida que me provocó la mirada de aquellos chicos, como si yo fuera de oro.

Yo no sabía esquiar, montar a caballo ni patinar sobre hielo, pero había heredado de mi padre, que era guionista, y de mi madre, poeta, un don para ensartar palabras. Puede que nunca fuera una heroína como J, ni una científica como L, ni una artista como M, pero quería hacer algo en la vida que ayudara a los demás a sentirse mejor. Las palabras albergaban la respuesta, pero todavía no sabía de qué modo.

Como dentro de nada nos iríamos a la universidad, esa noche en Phases se nos antojaba distinta a todas las anteriores. Ya entonces éramos conscientes de la trascendencia del cambio. Y esa consciencia hacía que el brillo de las luces fuera más azul, otorgaba a la música una cadencia urgente y melancólica.

Mis amigas y yo llevábamos zapatillas de lona, unas Keds retro de tela acabadas en punta que habíamos encontrado en la tienda Cowboys and Poodles de Melrose. La boutique estaba especializada en ropa *vintage* de la década de los cincuenta y, por arte de magia, tanto los vestidos como los zapatos que vendían estaban sin estrenar. Lucíamos las Keds con minifaldas y camisetas de hombre blancas, que habíamos transformado cortándoles cuellos y mangas y escribiendo en la tela las palabras «Placer sano» con rotulador rosa. La frase era un guiño a la banda de punks que frecuentaban ese mismo club, y cuyas camisetas rezaban la frase «Placer malsano», escrita con rotulador permanente negro.

Nunca habíamos intercambiado palabra alguna con esos chicos, pero sus pelos cortos de punta y sus tatuajes nos fascinaban. Si bien desconocíamos sus verdaderos nombres, M los había apodado Ratero, Pequeña Italia, Caballo, Ken (por el muñeco) y Mohicano. Estaban en su esquina de costumbre, bajo las luces psicodélicas, vertiendo vodka de botellitas tamaño avión en sus refrescos y mirándonos con sonrisillas sardónicas.

No solo los habíamos bautizado, sino que también habíamos inventado una historia para cada uno. Ratero vivía con su madre, que era soltera y alcohólica, cerca de Phases. Empezó a frecuentar la discoteca cuando tenía doce años. A esa edad también comenzó a fumar y a beber. En Phases, conoció a Ken y a Caballo, que eran mayores, más altos, más guapos. Pero Ratero era más listo y se convirtió en el cabecilla. Nos imaginábamos que Pequeña Italia, siempre un poco desastrado, era un chico sin hogar, y los demás cuidaban de él. Lo consideraban su mascota. No intentamos inventar una historia sobre Mohicano. No parecía demasiado unido a los demás; se sentaba algo apartado, y siempre llegaba y se marchaba antes que el resto del grupo. Mohicano aparecía impecable en todas las ocasiones, sin una sombra de pelo en la zona rapada del cráneo, al menos que pudiéramos distinguir en la oscuridad, y tampoco llevaba la camiseta de Placer Malsano.

Empezó a sonar *Think pink,* de los Fabulous Poodles, y mis amigas y yo corrimos a la pista enloquecidas. Meneábamos el cuerpo, agitábamos los brazos, sacudíamos la melena como posesas. Sabíamos que los chicos nos estaban mirando, pero fingíamos no darnos cuenta, como de costumbre.

Más canciones: los B-52, las Go-Go's, Blondie. La música es poderosa y misteriosa, porque hace aflorar emociones que llevabas enterradas muy adentro. Bailar te brinda un modo de experimentar esas emociones y liberarlas, para que no se te anuden en la garganta, en el estómago o en el pecho. En aquella época, la música era lo único que me ayudaba a olvidar todo lo demás. Yo me convertía en un mero latido, en parte de la música. Me sentía completamente libre.

Cuando oímos los primeros acordes de la balada *Keep on Loving You,* de REO Speedwagon, corrimos a sentarnos en los bancos enmoquetados que rodeaban la pista. A veces, si estábamos de humor, bailábamos a nuestro aire las canciones lentas. A mí, en secreto, me seducía el romanticismo de ese tema, por más cursi que fuera y a pesar del insufrible solo de guitarra, pero nunca habría reconocido ante nadie esa debilidad.

Yo estaba recostada en el hombro desnudo, oscuro y huesudo de M, todavía cálido por el sol. J apoyaba su fuerte espalda contra mis rodillas y L se encontraba sola, en el lado opuesto de M. Yo miraba la bola de discoteca como hipnotizada cuando noté una presencia que me observaba y alcé la vista. Vi a Mohicano plantado delante de mí, tan cerca que podría haber alargado el brazo y tocado su manaza. Esbozó una sonrisa que dejó a la vista unos dientes torcidos, bajo una gran nariz que sin duda había sufrido alguna que otra fractura. A mí me daba vergüenza el puente abultado de la mía y tenía pensado operármela en cuanto pudiera.

—Hola —dijo Mohicano—. ¿Quieres bailar?

Estaba sonando otra lenta, y yo titubeé. M me propinó un codazo. Todas acatábamos siempre los deseos de M. Iría a Yale en otoño. Era la más rápida del equipo de atletismo. Había sido elegida la chica mejor vestida del cole, aunque sus pantalones Fiorucci ajustados con estampado de leopardo, su cazadora de cuero y su bolso de vinilo decorado con dos querubines pertrechados con gafas de sol resultaban demasiado extremos como para crear tendencia en el valle. Me levanté sin pensarlo dos veces y seguí a Mohicano a la pista de baile.

Me rodeó la cintura con un brazo y me atrajo hacia sí. Le olía bien el aliento, no a alcohol como yo esperaba, y tenía una mirada cálida y chispeante.

—¿Por qué tus amigas y tú nunca habláis con nosotros? —me preguntó.

—Vosotros tampoco nos habláis.

Sonrió, y de nuevo asomaron sus dientes de rebelde.

—¿De dónde eres?

—De Studio City —respondí. Era una pequeña urbanización del valle, situada al otro lado de uno de los cañones de Hollywood—. ¿Y tú?

—De Calabasas.

Se refería a una zona adinerada del norte. El dato, al igual que su aliento y sus ojos, me sorprendió.

—¿Por qué vienes por aquí? —le pregunté.

—Me encanta bailar —respondió.

—Pero si nunca bailáis.

Noté cómo su hombro se alzaba debajo de mi mano. Su voz se tornó más profunda.

—Ya. Te veo bailar a ti.

Me estrechó un poco más contra su cuerpo. Ahora nuestras caderas se rozaban.

—Sube —me dijo.

—¿Que suba dónde?

No sabía si me hacía gracia el cariz que estaba tomando la situación.

—A mis pies.

Bajé la vista y descubrí que lleva unas recias botas de motorista.

—Las puntas son de acero.

Me planté sobre sus botas y busqué el equilibrio, aferrándome a su espalda y a su hombro. Él se desplazaba con sorprendente facilidad, transportándome consigo.

Vi que M me hacía señas desde la orilla de la pista.

—Nos vamos —me llamaba.

Me bajé de las botas de Mohicano.

—Eh —me dijo—. ¿Cómo te llamas?

—I.

—Yo soy A —respondió. Y entonces tuve que marcharme.

Cuando regresamos a Phases unas noches más tarde, los chicos de Placer Malsano no estaban allí. Una corriente fría me recorrió todo el cuerpo, desde la base de la garganta hasta la pelvis. Me moría por ver a A. Me había pasado los últimos días imaginando que bailábamos juntos de nuevo. La solidez de sus músculos debajo de mis manos. La fina capa de sudor que le pegaba la camiseta a la espalda.

Bailé con mis amigas, pero lo hacía a desgana. Si los chicos de Placer Malsano no nos miraban, A en particular, la música no me inspiraba. La misma tristeza fría volvió a recorrer mi cuerpo y ya no me la pude quitar de encima.

La música cambió. Punk *hardcore. Creatures,* de los Adolescents. Mis amigas y yo abandonamos la pista. En ese momento, los Placer Malsano entraron en el club. Tomaron la pista por asalto y empezaron a botar y a chocar los unos contra los otros. El DJ subió el volumen a tope. Me pitaban los oídos y las luces psicodélicas me estaban mareando. ¿Estaba A con ellos?

Ahí estaba.

Me limité a mirarlo, hasta que me agarró del brazo y me arrastró al mogollón. Yo imité los movimientos de los chicos, pero ninguno me hacía caso, excepto A, que me empujó varias veces con el cuerpo hasta que me aferré a sus hombros, me subió a su espalda y bailó conmigo a cuestas. La sala giraba y yo cerré los ojos y pegué la cara a su sudoroso cuello. Es un modo de olvidar tu vida durante un ratito.

La canción llegó a su fin y empezó la siguiente. *Wild in the Streets,* de los Circle Jerks. Y luego otra. *Holiday in Cambodia,* de los Dead Kennedys. Yo conocía los temas porque a veces

Rodney los pinchaba en el programa Roq's de la emisora KROQ. Rodney era un tanto rarito, con esa voz de pito y el peinado *mullet* que se gastaba, corto por delante y largo por detrás, pero de música sabía un rato.

Seguí bailando con A hasta que la música retomó el ritmo *new wave* al que yo estaba acostumbrada, y entonces A y yo nos desplomamos en uno de los bancos enmoquetados. Me enseñó un pequeño panfleto fotocopiado que había confeccionado.

—Es un fanzine —me explicó. Yo fingí saber de lo que me hablaba, pero no tenía ni idea, todavía. Mostraba *collages* de entradas y pasquines de conciertos punk, y dibujos a tinta de un chico con un mohicano, muy parecido a A, bailando en los márgenes. La revistilla incluía reseñas de álbumes, listas de canciones y anuncios de conciertos punk.

—¿Lo has hecho tú? —le pregunté.

Respondió que sí. Iba por el número nueve y se llamaba *Kaos suburbano.* Le dije que me parecía muy chulo. Me gustaban los dibujos, más que nada.

Él sonrió con sus dientes raros y sus ojos cálidos.

El DJ anunció que la noche siguiente se celebraría un concurso de baile inspirado en la década de los cincuenta.

—Eh, ¿por qué no nos apuntamos? —sugirió A.

Me sorprendió que me lo propusiera delante de sus amigos. Acepté.

Encontré en un armario un viejo vestido de mi madre, el mismo que había llevado para casarse con mi padre en los juzgados del centro. Se trataba del segundo matrimonio de ambos, así que el blanco no habría sido apropiado, me había explicado ella. Desde que se casaron, mis padres no habían pasado ni una sola noche separados.

El vestido era de damasco dorado, de raso, con la falda de vuelo. La cintura y el pecho me quedaban un poco anchos, y la falda era demasiado larga para mi estatura, porque mi madre siempre fue más alta y voluptuosa que yo. Me apreté el cinturón y me calcé unos zapatos de salón color crema acabados en punta y con botones de perlas.

En Phases, encontré a A sentado junto a la cabina del DJ. Lucía unos vaqueros negros, una camisa blanca de manga corta y unos *creepers* de cuadros blancos y negros con suelas de goma gruesas. Sabía bailar swing; alucinabas solo con verlo. Aparte de nosotros, únicamente concursaron una pareja de *heavies,* que se movían como si estuvieran borrachos, y una chica punk con mechas blancas entre el cabello teñido de negro, y un pendiente plateado en la nariz. Bailaba sola sin dejar de mirar a A de soslayo. Ganamos. El DJ nos entregó un espejito que llevaba la palabra «Phases» escrita en la luna. M me explicó que era un espejo de coca. Los Placer Malsano se quedaron sentados en una esquina durante toda la historia, sin hacernos caso.

—¿A tus amigas y a ti os gustaría venir a una fiesta en mi casa este fin de semana? —me preguntó A antes de que M me avisara de que teníamos que marcharnos.

La noche en Calabasas se me antojó muy oscura. Había menos farolas y más árboles que en el barrio del que procedíamos mis amigas y yo. La casa de A estaba rodeada de enormes setos. Aquel sábado por la noche, M, J, L y yo recorrimos el sendero iluminado que conducía a una mansión de tres plantas. Al otro lado de las altas puertas nos recibió el estruendo de la música punk, y supimos al momento que habíamos llegado a nuestro destino. Chicos y chicas vestidos y peinados al estilo punk charlaban y tomaban cerveza en vasos de plástico. Me pregunté a qué se dedicarían los padres de A para poderse permitir una casa tan impresionante.

¿Dónde se había metido?

Vi a Ratero y a Ken sentados juntos en el sofá, con una chica a cada lado. Ratero nos miró con los ojos entornados. En ese instante me sentí incómoda, enfundada en el ajustado vestido Betsey Johnson a rayas rosa y lavanda que tanta ilusión me hacía lucir. Todas las chicas llevaban vaqueros cortados o falditas lisas y camisetas rotas decoradas con imperdibles, el pelo decolorado o cardado.

Fuimos a buscar cerveza a la cocina y J nos llenó los vasos. Yo no estaba acostumbrada a beber y la cerveza sabía amarga, pero me la tomé de todos modos con la esperanza de que me ayudara a vencer la timidez.

Unas manos cálidas en la cintura. Di media vuelta y allí estaba A, sonriendo.

—Has venido —dijo.

—Eh, qué casa tan bonita.

Me tomó la mano con firmeza.

—Ven, te la enseñaré.

M me miró mal, L se enfurruñó y J sonrió mientras A me conducía al otro lado de unas puertas acristaladas. El azul de la piscina titilaba. Más allá se extendían unos jardines sumidos en la oscuridad. Una fragancia dulce inundaba el aire, jazmín quizás, o rosas, y al fondo se dejaba oír el canto de los grillos y las ranas.

—Qué chulo es esto.

—Gracias. Y tú estás muy guapa.

—Gracias. Pensaba que a lo mejor el vestido desentonaba.

—No. Vas muy bien.

Nos quedamos parados y nos miramos fijamente. De improviso me invadió la timidez. Nunca había besado a un chico. Tampoco J ni L, pero M había tenido relaciones el año anterior. Afirmaba que no fue nada del otro mundo, pero que se había sentido distinta después. Cuando le pregunté en qué sentido, se limitó a encogerse de hombros y respondió: «madura», y su forma de decirlo me hizo sentir una niñata estúpida.

—Eres la que mejor baila de todas tus amigas —me elogió A. Yo no estaba acostumbrada a ser la mejor en nada.

Una vez, cuando teníamos quince años, M, J y yo pasamos un fin de semana en el apartamento de la playa de nuestra amiga S. L no nos acompañó. Sus padres no la habrían dejado aunque hubiera querido, cosa que no se dio. M, J y yo ocultamos en nuestras casas que los padres de S estarían ausentes. Mi familia nunca me preguntó nada acerca de aquel viaje; confiaban en mí.

M, J, S y yo pasamos todo el día en la playa. Luego, después de una ducha, nos enfundamos unos vaqueros ajustados y nos encaminamos a un restaurante con vistas al mar. Unos chicos mayores se acercaron a charlar y S empezó a coquetear con ellos. Los chicos nos invitaron a cervezas y a ostras. Tenían una limusina y propusieron que los acompañáramos a su apartamento para seguir bebiendo. S aceptó sin pensarlo dos veces y las demás le seguimos la corriente, nerviosas. El piso estaba decorado en negro y plata, con el techo forrado de espejos. Los chicos se apoltronaron en el sofá y se dedicaron a mirarnos mientras bailábamos para ellos.

—Veamos. Sí, tú eres la más guapa —dijo el rubio al mismo tiempo que me señalaba con un gesto de borracho.

A continuación se quedó dormido, su amigo salió un momento al baño y nosotras nos largamos entre risitas. En aquel entonces, no teníamos ni idea del peligro que podríamos haber corrido. A mí tan solo me importaba que, por una vez, me hubieran elegido a mí.

Yo estaba preocupada por S, pero no sabía qué hacer al respecto, ni siquiera cómo hablar de ello. Su padre emanaba un rollo extraño. No me gustaba su manera de mirar a S. Me llamaba la atención que S se mordiera las uñas hasta hacerse daño. También su risa nerviosa y su manía de coquetear con cualquiera. El hecho de que en ocasiones saliera de casa sin ropa interior. Al final, sus padres se divorciaron y ella se mudó a otra ciudad. Me arrepentí de haber guardado silencio.

Ahora A me estaba diciendo:

—Bailas como si te fuera la vida en ello. Como si te sintieras obligada a bailar o algo así.

—Me va la vida —respondí.

—¿Por qué?

—Porque si no me deprimiría.

—¿Y eso?

Me encogí de hombros y traté de sonreír. No quería que me tomara por una persona depresiva.

—Vamos a nadar —propuso A.

Se despojó de la camiseta y los vaqueros y saltó a la piscina enfundado en unos calzoncillos tipo bóxer. Yo me quedé allí, mirando cómo se sumergía y luego volvía a emerger, cómo escupía agua por la boca.

—Ven.

Apuré mi cerveza de un trago, me quité las zapatillas y el vestido y salté al agua. Estaba fría, y, cuando empecé a temblar, A se acercó nadando y me rodeó con los brazos. La cresta se le había aplastado contra la cabeza. Sentí curiosidad por saber qué aspecto tendría si se dejara crecer todo el pelo. No le veía los ojos en la oscuridad, pero mi piel rozaba la carne suave y fresca de sus brazos, de su pecho. Notaba los latidos de su corazón. Su pene tenso contra mi muslo, mis músculos laxos contra su cuerpo.

Yo nunca había visto un pene de cerca y experimentaba sentimientos contradictorios al respecto. Miedo. Aversión. Curiosidad. Un agradable cosquilleo.

—¿Puedo besarte? —me preguntó A.

Asentí. Me pasó la mano por detrás del cuello y me atrajo hacia sí. Cerré los ojos y acerqué los labios a los suyos. Su boca. Su lengua, firme y sedosa. Luego más insistente. Acaricié la abultada nariz, los pómulos huesudos, el cráneo. Me dejé arrastrar por el agua y la noche. Los adolescentes no se diferencian demasiado de los niños y les falta un buen trecho para ser hombres. A la mayoría. A se encontraba muy cerca de ambos.

—Nos vamos —gritó M—. Date prisa o te dejaremos aquí.

Me separé de A, súbitamente consciente de que tan solo llevaba encima el sujetador y las bragas, y ambas prendas mojadas, de modo que la tela se transparentaba.

—Tengo que irme —me disculpé saliendo del agua.

Cuando A propuso venir a recogerme a casa, le pedí que me esperara fuera, porque sabía que mi madre nunca me dejaría montar en moto. Era la única regla estricta que realmente me habían puesto, y aunque ella andaba distraída por el asunto de mi padre, sabía que si se daba cuenta me prohibiría salir.

Me reuní con A en mi misma calle, unas cuantas casas más abajo. Llevaba una cazadora de cuero y estaba recostado en el asiento de la moto con las piernas y los brazos cruzados, como James Dean. Había traído dos cascos y me ayudó a abrocharme el mío. Nos subimos a la moto. Cuando me senté a horcajadas, noté a A entre mis piernas. Las motos son peligrosas y calientes. Muerte y sexo. Supongo que por eso despiertan tanta pasión. O tanto odio. Aceleró y nos pusimos en marcha.

Recorrimos el cañón Laurel, que se retuerce como el río que seguramente lo forjó, entre las abruptas laderas sembradas de flores silvestres. Las enredaderas se habían apoderado de los cables del teléfono y colgaban como lianas sobre nuestras cabezas. Una chica enfundada en un vestido de tafetán negro con botas camperas y un mechón magenta en el pelo hacía autoestop. Deseé ir vestida como ella.

Bajamos por Sunset hasta llegar al Whisky y aparcamos. Me ayudó a bajar de la moto y entramos en el local, un club pequeño y oscuro que olía a humo. Yo tenía un carné falso. Me lo había facilitado un pardillo de mi clase que los fabricaba con fotos del fotomatón, pero nunca me había atrevido a usarlo. A diferencia de A, que también tenía uno y lo empleaba a su antojo.

El club estaba a reventar. En el escenario, cinco chicas ataviadas con vestiditos retro raídos tocaban sus instrumentos deprisa y mal. Me parecieron increíbles. La cantante tenía una carita redonda, la mar de graciosa, que me recordó a la de J. *We've Got the Beat,* cantaba. Había oído ese tema en la radio y en Phases, pero escucharlo en directo no tenía nada que ver. Pensé: *¿las chicas también pueden tocar punk?* Jamás lo habría imaginado. Creo que mi vida cambió en aquel instante.

—¿Verdad que son alucinantes? —me preguntó A, y me sonrió en la oscuridad—. La bajista me recuerda a ti.

Era menuda y llevaba una falda escocesa con mocasines. El cabello corto, rizado y moreno. Pensé que era la chica más guapa que había visto jamás. Cuando cantaba los coros, su voz chirriaba un poquito.

—Es Jane —me informó A—. Mi favorita.

Jane. Yo quería ser Jane. A me invitó a una cerveza, pero dijo que él no bebería porque tenía que conducir. La bebida estaba fría y cada vez me gustaba más. Me la bebí toda entera. A dejó por ahí la botella vacía. Bailamos juntos en el foso, y él me protegía con su cuerpo de los empujones de los chicos. Sabía que estaba a salvo con él. El cabello se me pegaba a la cara mientras sudaba por todos los poros. Cerré los ojos. Estaba cayendo, flotando a la deriva. A me rodeó los brazos y acercó su rostro al mío. Nos besamos. Lo noté muy duro contra mi cuerpo. Su cresta, oscura y majestuosa en la oscuridad. Estaba con el mejor chico del mundo. El mejor.

Salimos. Hacía una noche cálida. Yo no quería marcharme a Berkeley y abandonar Los Ángeles. Deseaba beberme la ciudad como una cerveza. Deseaba empaparme en ella y guardármela dentro. Subí a la moto de A y pusimos rumbo al Strip. En las vallas publicitarias, las modelos nos miraban con sus enormes ojos. Hacían mohines con sus labios sensuales. Yo notaba la cuidadosa atención que A dispensaba a todo cuanto le rodeaba. Su cuerpo vibraba; estaba alerta, cuidaba de mí igual que en la pista de baile.

Paramos en un semáforo con la intención de desviarnos a la gasolinera que había en la esquina de Crescent Heights con Sunset. Dije:

—No sé por qué la gente les tiene tanto miedo a las motos. Son el invento más alucinante del mundo.

Doblamos la esquina y un coche que cruzaba en ámbar nos propinó un golpecito. Nada más. Con suavidad pero con sorprendente precisión. Caímos.

No nos hicimos daño. Ni un arañazo. Me llevó a casa.

—Oye —me dijo A al despedirse—. Quiero contarte una cosa.

Una fragancia a eucalipto inundaba el aire. Oí el grito de un búho a lo lejos.

—La casa que viste no es mía. Mi madre trabaja allí. Para un actor, John Davidson. Él estaba de viaje cuando di la fiesta, y mi madre pasaba unos días con su novio. Vivimos en la casa de invitados. A veces mis amigos se quedan a dormir cuando sus padres no les dejan entrar.

—Ah —respondí.

—Lo siento.

—No pasa nada. —Yo también quería confesarle algo—. Mi padre tiene cáncer y yo me marcharé a la universidad en otoño.

—Vaya, qué mal. —Me escudriñó con aquel gesto apenado suyo a lo James Dean.

—Sí. —Me encogí de hombros e intenté sonreír. ¿Por qué le había contado lo de mi padre a A? ¿Por qué lo había dicho en voz alta?

—¿A qué universidad irás? —me preguntó.

—A Berkeley.

Me disponía a preguntarle lo mismo, pero entonces me di cuenta de que ni siquiera sabía si él seguiría estudiando, o si la pregunta lo incomodaría.

Cuando me besó para despedirse, mis labios permanecieron inertes; no respondí. No porque el enorme caserón no le perteneciera ni por no saber si A estudiaría en la universidad, ni porque el accidente de moto podría haber tenido terribles consecuencias. Más bien porque acababa de comprender que yo me marcharía pronto y que seguramente no volvería a ver a A cuando lo hiciera. Porque no era tan guapa como L ni tan mona como J ni tan poderosa y guay como M, y puede que A se diera cuenta. Porque el cáncer se estaba extendiendo por el cuerpo de mi padre y al final nos lo arrebataría a mi madre y a mí, dejándonos desconsoladas y solas. O algo así.

Entré en mi pequeña casa y me acosté. Oí a mi madre a través de la pared. Estaba llorando. Pensé: *Cuando mi padre muera, ella no lo superará. Y entonces yo moriré también.*

No supe nada más de A. Mis amigas y yo regresamos a Phases. No vimos a los chicos de Placer Malsano por ninguna parte. En cambio, había un grupo de surfistas que yo no conocía de vista. Chicos rubios y bronceados que llevaban pantalones cortos con camisetas y zapatillas Vans, o Levi's con camisas lisas de manga corta y náuticos sin calcetines.

M comentó:

—Esos tíos sí que están buenos.

Yo no opinaba lo mismo. O sea, ninguno de ellos era A.

J dijo:

—Ay, Dios mío, ese para mí.

Y señaló al más bajito, que tenía cara de niño y unos angelicales tirabuzones rubios.

—Tuyo —asintió M—. Lo llamaremos Ángel. Yo me quedo con Fantástico. —Señaló con un gesto al más alto y guapo del grupo—. Tío Bueno para L. I, para ti el Hombre de Bronce.

Yo no quería al Hombre de Bronce. Quería a A. ¿Por qué no me había llamado? ¿Pensaba que ya no me gustaba? ¿Había perdido el interés en mí? Ojalá le hubiera devuelto el beso. No había podido explicarle por qué me había comportado así; ni siquiera podía explicármelo a mí misma. Pero quizás si me diera otra oportunidad podría besarle como es debido. Podría hacerlo bien.

M ordenó que bailáramos y todas nos encaminamos a la pista. Los surfistas nos observaban. Yo no sentía la música con la misma intensidad que antes. No dejaba de pensar en A y en el sabor a cerveza y a cloro de mis labios cuando me besó en la piscina.

Fantástico se acercó a M bailando y empezó a contonearse a su alrededor. Se movía con tanto entusiasmo que parecía pura energía eléctrica. Tenía hoyuelos en las mejillas y una deslumbrante sonrisa de dientes blancos y perfectos, como el hijo de un dentista. O como John Davidson. J y Ángel compartían el mismo estilo de baile travieso e idénticas sonrisas tímidas. L bailaba con Tío Bueno, pero sin hacerle demasiado caso. Yo solo pensaba en A mientras fingía estar pendiente del Hombre de Bronce. Recordé mi vaivén sobre las botazas de A con punta de acero, el tacto de sus grandes manos en mi cintura, el aroma limpio de su aliento. El Hombre de Bronce apestaba a alcohol y a colonia Brut asquerosamente fuerte. Más que contonearse, saltaba a mi alrededor, igual que Fantástico, pero Bronce carecía de la gracia de su amigo. Me estaba mareando.

En aquel momento, vi a Ratero plantado al borde de la pista, mirándome. M le había puesto ese mote por sus facciones alargadas y su cuerpo enjuto. Despegué los ojos de Bronce para buscar a A con la vista. Lo encontré. Estaba de pie junto a una chica. La misma punk de mechas blancas que había participado en el concurso de baile de los cincuenta. Salieron fuera juntos.

Una parte de mi alma se desprendió de mí e intentó seguirles, pero se estrelló contra la puerta, como un alcohólico o un animal herido y aturdido, y se quedó allí, en el suelo.

Me volví a mirar a Bronce. Y me puse a bailar con toda mi alma.

Más tarde descubrí que Bronce se llamaba B. Sus amigos y él procedían de Camarillo. Yo no sabía nada de esa ciudad, salvo que albergaba una famosa institución mental.

Sí, los chicos eran surfistas, tal como habíamos intuido. Bronce se trasladaría a la Universidad de California San Diego en otoño. Tenía previsto estudiar Derecho.

—Eh —dijo Bronce—. Vamos a dar una fiesta. ¿Por qué no os venís tus amigas y tú?

J nos llevó en el Volkswagen a Camarillo. La fragancia del mar y de los campos de fresas impregnaba el ambiente. Se trataba de una ciudad bonita formada por edificios de tamaño medio y grandes extensiones de césped. Aparcamos y nos encaminamos a una casa. La música *new wave* a todo volumen nos indicó que habíamos llegado a nuestro destino. En el interior había chicas de piel bronceada enfundadas en ajustados vestiditos a rayas o pantalones cortos blancos y bikini, apalancadas en los sofás con surfistas. Mis amigas y yo debíamos de llamar la atención; las exóticas chicas de Los Ángeles. Yo llevaba camiseta, vaqueros Levi's y zapatillas Converse, lo mismo que me había puesto para ir al Whisky con A. Comprendí que mi atuendo desentonaba en esa fiesta.

Fantástico corrió hacia M, le ciñó la minúscula cintura con las manos y la hizo girar en el aire. Ella gritó. M no solía gritar.

Fantástico se la llevó al jardín, en brazos, y ella perdió las chanclas —M, cómo no, había escogido el atuendo ideal para la ocasión—. J y L me miraron. Entonces apareció Ángel con una cerveza para cada una. J y él se habían vestido más o menos igual: polos de manga corta, pantalones cortos y chanclas. Él la tomó de la mano y se alejaron juntos. Aun estando en la otra punta de la habitación, distinguía los hoyuelos de J y el brillo de sus ojos.

L llevaba náuticos y un vestido blanco de tirantes que le iluminaba la piel. Nos miramos; L frunció el ceño, como de costumbre. Tío Bueno se acercó a saludarla y entonces se enfurruñó con él, que se encogió de hombros y se marchó. L y yo nos sentamos en un sofá. El Hombre de Bronce acudió y se acomodó a nuestro lado.

—Las veo muy guapas, señoritas —dijo a la vez que posaba una mano en mi rodilla.

Comprendí entonces que quería perder la virginidad. Y A no estaba allí. Habíamos ganado un concurso de baile de los años cincuenta. Besaba de maravilla. Vivía en la casa de invitados de John Davidson. Tenía una moto. Habíamos sufrido un accidente. ¿Y si me hubiera hecho daño? Mi madre se habría enfadado muchísimo, creo. O puede que no se hubiera dado cuenta, porque el asunto de mi padre la tenía demasiado preocupada. Puede que morir en una moto con A fuera mejor que ver cómo el cáncer me arrebataba lentamente a mi padre y cómo mi madre moría de pena poco después.

Bebí unos tragos de cerveza.

—Mi padre tiene cáncer —le dije a Bronce.

Él se arrimó más a mí e inclinó la cabeza para acercar el oído a mi boca.

—¿Qué?

—Da igual —respondí.

—Eh, ¿quieres ver el piso de arriba?

—Claro.

Dejamos a L sentada en el sofá y poniendo los ojos en blanco. Vaya con L. Era la más lista de todas. La habían aceptado en Harvard. Quería ser veterinaria.

Bronce me llevó a un dormitorio. Extrajo un vial lleno de un polvo blanco, que espolvoreó en un espejo. Yo me acordé del espejito que había ganado en Phases. Lo tenía guardado en una cómoda bajo una maraña de collares de bisutería.

Bronce esnifó y me pasó el espejo. Yo le imité. Noté en las fosas nasales un dolor blanco y brillante. No experimenté nada más, únicamente la aceleración del pulso y una especie de pánico eufórico. Puede que la coca fuera mala. Luego abandoné mi cuerpo en silencio, mientras él me bajaba los pantalones y las bragas y entraba en mí. No me dolió demasiado, quizás de tanto bailar. Es posible que el himen ya se me hubiera roto a esas alturas. O puede que la coca atenuara mis sensaciones. O tal vez tuviese una gran tolerancia natural al dolor. O porque en realidad no estaba allí.

M tenía razón; después me sentí distinta. Pero no más madura. Al día siguiente me puse enferma. Jamás en mi vida me había encontrado tan mal. Mi cuerpo ardía de fiebre, de la cabeza a los pies. Es posible que mi reacción tan solo fuese la expresión de una metáfora: estaba jodida.

Añoraba a A con un anhelo tan intenso como los cálidos vientos que nos azotaron ese verano, como el ardiente sol que me quemó hasta hacerme ampollas en la piel. Pero no había escogido a A. Por alguna razón, llevada por la pena, la confusión y el miedo, por años de sordas pero persistentes ideas negativas sobre mí misma, que habían trazado un indeleble camino en mi cerebro, elegí que me jodiera el Hombre de Bronce.

A veces el amor es tan triste y extraño. Cuesta entender por qué saltamos a los brazos de ciertas personas y nos alejamos de otras en distintos momentos de la vida. Por qué perseguimos con tanto ardor eso que estamos buscando y luego escapamos a toda prisa cuando lo encontramos.

Pasarán los años.

M se casará felizmente y trabajará como directora de arte en la industria del cine. Nos pelearemos cuando por fin le suelte que estoy harta de que me mangonee. Replicará: «Tú no sabes lo que es querer a alguien. He sido la mejor amiga que tendrás jamás». Puede que tenga razón.

J se convertirá en una heroica policía de tráfico, casada y con dos hijos.

L será una conocida veterinaria, todavía soltera, todavía hermosa, siempre inteligente.

Ninguna de nosotras seguirá en contacto con las demás.

Es posible que A esté viviendo en una casita baja de Hollywood y trabajando de diseñador gráfico, que siga escribiendo y dibujando fanzines, escuchando música punk. Si se está quedando calvo, o aunque aún conserve el pelo, llevará el cráneo rapado. A lo mejor todavía se calza los *creepers* de vez en cuando. Puede que tenga hijos. Un niño que toque en un grupo de garaje. Una niña con talento para el arte. Es posible que A se haya divorciado y se esté planteando empezar a salir con gente otra vez.

Yo habré perdido a mis padres, el uno a causa del cáncer, la otra por el cáncer y la pena. Tendré dos hijos a los que adoraré y, pocos años después de divorciarme, me estaré planteando volver a salir con alguien. Me gustaré a mí misma mucho más que cuando conocí a A, pero todavía tendré que trabajármelo a diario.

Las palabras serán la respuesta. Siempre lo fueron.

Escribiré un relato sobre A para ti. Puede que te haga sentir mejor. O sentir, como mínimo. Algo. Y la historia será para A también. Es posible que la lea.

DENTRO DE NOVENTA MINUTOS, GIRE AL NORTE

STEPHANIE PERKINS

Marigold odiaba esa época del año. Para empezar, julio era más caluroso —y puede que incluso más lluvioso— que el resto del verano. La humedad impregnaba el ambiente. El sudor le empapaba todos los pliegues del cuerpo. Y los chaparrones, tan frecuentes por las tardes, suponían más un engorro que un alivio. Los nubarrones acababan convirtiéndose en una imagen cansina.

Detestaba la loción solar y las pegajosas manchas blancas que le dejaban en la piel cuando se la untaba. Detestaba los parásitos: las furtivas garrapatas, con su amenazante enfermedad de Lyme, y los incansables mosquitos, con ese zumbido que te taladraba el oído y su manía de escogerla a ella antes que a los demás. Detestaba la textura de su melena, que se hinchaba y se encrespaba a su antojo. Y detestaba, por encima de todo, los aparcamientos calientes como un horno.

Como ese al que acababa de llegar.

Dos aparcamientos marcaban la relación de Marigold Moon Ling con North Drummond. Se conocieron en el parking del supermercado Ingles el pasado invierno, y North rompió con ella en un aparcamiento de Bed Bath & Beyond, una tienda de artículos para el hogar, en primavera. En aquel momento, Marigold iba cargada con un pequeño microondas comprado con el descuento del veinte por ciento de un enorme cupón azul. Era su primer electrodoméstico para su primer piso. Estaba a punto de marcharse de la tranquila ciudad de Asheville, en el estado de Carolina del Norte, para trabajar en el agobiante extrarradio de Atlanta, en el estado de Georgia. Atlanta estaba a tres horas y media de Asheville. A Marigold, un viaje de tres horas y media le parecía razonable. A su novio, no.

Exnovio.

Ay, Dios. Ese prefijo todavía le escocía, aunque solo lo pronunciase mentalmente.

Sin embargo, ese resquemor en concreto —ese pesar que aumentaba por momentos, ese opresivo sentimiento de culpa— era el motivo de que Marigold estuviera plantada en un aparcamiento del monte Mitchell, el pico más alto al este del Mississippi, a punto de cometer el que bien podría ser el error más humillante de sus diecinueve años de vida, recientemente adulta.

Marigold estaba allí para salvar a su exnovio.

No para salvarlo en un sentido religioso, sino en otro menos dramático y más específico. Marigold había acudido para convencer a su ex de que la acompañara a su apartamento de Atlanta, le pagara la mitad del alquiler y se matriculara en la universidad.

Era todo un reto. Lo sabía. Pero lo consideraba una misión platónica. Se trataba de ayudar a un amigo que la había ayudado en su momento, de reparar una inmensa deuda cósmica. Le parecía tan intolerable como injusto que ella fuera capaz de hacer su vida mientras North se quedaba atrás, creyendo que cumplía con su deber.

Lo que no entendía era qué hacía North ALLÍ. Marigold había regresado a Carolina del Norte con la excusa de visitar a su madre, pero, antes siquiera de dejar en casa el equipaje para el fin de semana, había viajado otros cincuenta kilómetros para acercarse al vivero de abetos de Navidad que la familia de North poseía cerca de Spruce Pine. La madre de él la había recibido con la sorprendente noticia de que su hijo ya no trabajaba allí.

Pero North había repetido una y otra vez que se quedaba en casa para ayudar a su padre enfermo a dirigir la propiedad, y ahora se encontraba a una hora de allí —pasados interminables puertos de montañas, más allá de infinidad de campamentos y ermitas abandonados—, en lo más profundo del bosque del parque nacional del monte Mitchell.

Mientras contemplaba su destino, la prevención de Marigold en relación a lo que se traía entre manos alcanzó un nuevo y angustioso nivel. Estaba agotada del largo viaje, pero, lo que es peor, su rabia y su amargura no habían hecho sino aumentar a lo largo de la última hora. Si Marigold hubiera sido sincera consigo misma —cosa que no estaba dispuesta a ser— habría definido esos sentimientos como despecho puro y duro. Le había dicho a North todo lo habido y por haber, pero él, o bien le había mentido, o bien le había ocultado la verdad. No recordaba haberle oído mencionar ni una vez, ni una sola, un plan que no involucrase trabajar en el vivero familiar (el sueño de sus padres) o estudiar en la universidad (el sueño de North).

Así pues, ¿a qué demonios venía esto?

Considerando la cifra pura y dura, los cuatro meses que habían pasado juntos parecían más un breve encuentro que una relación de verdad. Sin embargo, el vínculo que los unía había sido siempre algo más que un romance, un calentón o mera conexión sexual. North se había convertido casi al instante en su mejor amigo. Se enviaban mensajes a lo largo del día, a diario, incluso después de que Marigold se marchara. Hasta que los mensajes empezaron a espaciarse, en mayo. Hasta que se interrumpieron del todo, en junio.

Marigold había imaginado infinidad de razones para explicar esta ausencia textual: envidia de su evolución vital, tristeza por haberse quedado atrás, una nueva novia posesiva, pérdida de memoria por un accidente automovilístico, pulgares cortados por una excavadora. Pero jamás se le había pasado por la cabeza que él estuviera trabajando en otra parte. Que hubiera pasado página y que ese cambio no la incluyese a ella.

¿Qué hago aquí?

El calor ascendía del suelo del aparcamiento.

¿Qué? ¿Hago? ¿Aquí?

El calor. Era asfixiante. Marigold no podía respirar. Retrocedió hasta el Kia y cerró la portezuela. Giró la llave del motor para que el aire acondicionado la refrescara y su teléfono atronó a través del equipo. Había estado escuchando *Mistery Show,* uno de los *podcasts* favoritos de North. Antes de conocerle apenas sabía lo que eran los *podcasts.* Ahora los oía a todas horas.

Que te jodan, North. Que te jodan por no responder a mis mensajes. Que te jodan por sumirme en la preocupación, por hacerme sentir culpable, por obligarme a conducir al culo del mundo, por haberme arruinado los putos podcasts.

¡Que te jodan!

Echó mano del teléfono, conectó la aplicación de música y los altavoces estallaron con el rugido *soul* de Beyoncé, pero eso no bastó —ni muchísimo menos—, porque North había contaminado el mundo entero. Antes fingía odiar a Beyoncé, pero en una ocasión, después de que discutieran por un asunto sin importancia, él se detuvo en mitad de una frase y le recitó *Halo* de principio a fin. Ella se rio con tantas ganas que se le saltaron las lágrimas y le dolió la barriga. North la hacía reír con cualquier cosa. Tenía ese tipo de voz.

Marigold golpeó el volante con los puños, una y otra y otra vez, hasta que presionó el claxon sin querer. Sobresaltada, dio un respingo en el asiento. La familia de seis miembros que salía de una furgoneta aparcada allí cerca botó también. Marigold se disculpó por señas, avergonzada.

Que te jodan también por esto, North.

Pero su rabia había disminuido.

Marigold bajó el volumen de la música y escondió la mirada. Fingió toquetear el teléfono hasta que la familia echó a andar. Se concentró en la respiración como su madre hippie le había enseñado a hacer. Inspirar. Y espirar. Inspirar. Y espirar. Las voces de la familia se fueron apagando y luego se esfumaron por completo. Levantó la cabeza.

El monte Mitchell se cernía ante ella.

A Marigold le dio un vuelco el corazón. La montaña no daba la sensación de ser demasiado escarpada ni peligrosa —más bien practicable— pero sí... sombría. Entre las piceas y los abetos abundaban los árboles muertos. La ladera parecía salpicada de palillos rotos. Los esqueletos de los árboles secos resultaban tan blancos en comparación con la frondosa vegetación que casi creaban un espacio negativo a pesar de su presencia física. Planteaban un interrogante. Faltaba algo.

—¿Qué haces aquí? —preguntó Marigold en voz alta. Pero esta vez no hablaba consigo misma ni con los árboles muertos.

Había llegado hasta allí. Ya puestos, por qué no preguntárselo a él.

El andén del funicular se encontraba en la otra punta del aparcamiento. Consistía en una vía inclinada por la que circulaban dos lentos vagones arrastrados por un cable —uno ascendente, el otro descendente—, y lo habían construido para transportar a la gente que no quería hacer a pie todo el camino hasta la cima. A juzgar por la cantidad de turistas que hacían cola en el andén, sugerir eso equivalía a afirmar que lo habían construido para llevar a la cima a casi todo el mundo.

Marigold llevaba desde primaria sin subir al monte Mitchell. Recordaba el destartalado vagón verde, que ascendía a trompicones por la vía, como si la desafiara a afirmar que no tenía ni un POQUITÍN de miedo a las alturas. Marigold no sufría vértigo, pero cruzaba y descruzaba los brazos mientras oía aproximarse el vagón descendente. Lanzó una ojeada nerviosa al reflejo que le devolvía la ventana de la oficina del parque —donde había pagado la desorbitada suma de doce dólares por el viaje en funicular— y, asustada, se despojó de las gafas de sol para verse mejor.

Tenía el rostro congestionado, el centro de la frente brillante de grasa, y el cabello negro tan encrespado que la trenza no era capaz de contenerlo. Marigold siempre se pasaba una gruesa trenza por la parte alta de la cabeza como si fuera una diadema. El resto de la melena se la recogía detrás. Por lo general, esta apariencia tan característica la ayudaba a sentirse descarada, un poco a lo Heidi, y mona.

Ahora mismo, no se sentía tan mona.

Vibraciones. A su espalda. El traqueteo de las poleas aumentó de intensidad hasta mudar en chirridos y repiqueteos. El vagón descendente se estaba acercando. Según la madre del chico, North manejaba uno de los vagones. Había un cincuenta por ciento de posibilidades de que estuviera a punto de llegar.

Marigold notó un vacío en el estómago. Estaba allí para ayudar a un amigo, pero eso no implicaba que quisiera presentarse ante él como un monstruo de la basura humano. Al fin y al cabo, iba a reunirse con una persona que la había visto desnuda. En un acceso de pánico se arrancó los pasadores, se deshizo la trenza, se peinó con los dedos y luego, deprisa y corriendo, rehízo todo el peinado.

El campaneo sonó más cerca. Mientras los padres con sus hijos y las parejas se incorporaban despacio —ella era la única persona de los presentes que había acudido sola—, Marigold se quedó sentada y extrajo un neceser del bolso. Le hicieron falta tres toallitas antibrillos (TRES, por el amor de Dios) y una capa de polvos para tener un aspecto presentable. Tanta maniobra no le sirvió para tapar las pecas, pero nada lo hacía. Se le notaban más en esa época del año y, en su opinión, desentonaban con sus facciones chinoamericanas. Antes las detestaba, pero North le había asegurado que eran monas. Una vez incluso le dibujó líneas entre los puntos de la mejilla derecha con un rotulador para crear un corazón torcido.

La sombra del vagón se proyectó a su espalda. Algunos niños aplaudieron, y Marigold percibió que la veintena aproximada de personas que estaba allí esperando echaba a andar hacia la puerta.

Un cincuenta por ciento. El corazón de Marigold, el de verdad, se torció.

Los engranajes se detuvieron del todo y le azotó una fuerte corriente de aire. Las banderas que ondeaban junto a la oficina del parque —Estados Unidos y Carolina del Norte— se agitaron un instante con más fuerza, y un intenso aroma a abeto inundó la nariz de Marigold. Cerró los ojos y aspiró. *Navidad en julio.* La razón le decía que el aroma procedía de la montaña. El corazón le decía que emanaba de él.

Marigold volvió a ponerse las gafas de sol, agradecida de contar con una mínima protección —por pequeña que fuera— contra los elementos. Con sus pantalones cortos y su ajustada camiseta de tirantes, se sentía súbitamente vulnerable.

Únicamente has venido a hablar con él. Nada más. Pase lo que pase, *todo irá bien.*

En ocasiones, la verdad es difícil de creer.

Le temblaban las rodillas cuando se levantó y se dio media vuelta. Un vagón verde bosque aguardaba junto al andén. Llevaba un nombre sobre el enorme parabrisas delantero: «MARÍA». Estaba escrito con letras doradas. No veía al conductor.

Y entonces… ENTONCES…

Una única voz se alzó por encima de todas las demás a través de una anticuada megafonía que sonaba como a lata. Un escalofrío recorrió la espalda de Marigold cuando la reconoció.

La voz de North era siempre lo primero que percibías de él. Una voz profunda, que destilaba seguridad en sí mismo. Sardónica y desdeñosa también. Pero el timbre albergaba igualmente un inesperado deje de guasa y calidez que le permitía decir las mayores barbaridades sin que nadie se ofendiera. Sencillamente, daba gusto oírle hablar. Era solo unos meses mayor que Marigold, pero hablaba ya con el mismo timbre que un hombre adulto. Solo que... ni siquiera eso era del todo verdad. Nadie poseía el mismo timbre que North. Fue su voz lo que la atrajo desde el principio.

—Por favor, cuidado con el hueco al salir —advirtió a través de la megafonía—. Me sentiría fatal si se cayeran y se partieran la cara. Usted no, caballero —añadió—. Su cara es un desastre. Nadie se daría cuenta.

Los pasajeros —los que bajaban y los que subían— soltaron alegres risas.

Marigold enarcó las cejas.

Una puerta se abrió y North Drummond apareció ante sus ojos. El corazón de Marigold empezó a latir con fuerza. Él saltó ágilmente de una plataforma que había al final del vagón al andén principal, y luego alargó la mano para ayudar a apearse a una anciana.

—Adiós —dijo. Ya no usaba la megafonía, pero Marigold oía hasta la última palabra—. Por favor, hábleles a sus amigos de nosotros. Estamos atrapados en el quinto pino y nos sentimos muy solos. Nos vendría bien algo de compañía.

La mujer soltó una risita y le dio unas palmaditas cariñosas en la mano.

Marigold no estaba segura de por qué se había sobresaltado tanto. Tal vez la sensación se debiera a que llevaba desde abril sin verlo, pero parecía como si la expresión de North se hubiera congelado en el tiempo. A pesar de la sonrisa guasona, sus ojos mostraban la misma fatiga plomiza. Idéntico ramalazo exasperado. O tal vez le hubiera llamado la atención su uniforme, que le daba el aspecto de un joven guarda forestal. Iba vestido de azul claro de la cabeza a los pies. Azul PASTEL. Una camisa azul pastel de manga corta, unos pantalones cortos del mismo color, que le llegaban justo por encima de las rodillas, y una gorra azul pastel, parecida a una de béisbol pero más alta. Y más engorrosa. Llevaba tres palabras bordadas en pulcras letras blancas: «OPERADOR DEL FUNICULAR».

Cuando el último pasajero se apeó, North volvió a saltar a la plataforma usando la barandilla para darse impulso como si lo hubiera hecho cientos de veces. Marigold comprendió, con desconcierto, que quizás fuera así.

—Damas y caballeros, niñas y niños —anunció—. Necesito que embarquen de uno en uno. Con educación. No en plan salvaje como hacen normalmente.

La gente volvió a reír según formaban una fila de a uno. Marigold titubeó cerca del final de la cola, escondida entre dos moteros de brazos gruesos y barbas de mago. Intentando ser invisible. Tratando de PENSAR. Había creído que le resultaría fácil abordarlo a solas, pero no esperaba encontrarlo… ¿en plena rutina diaria? ¿Era eso lo que estaba presenciando?

Una guardabosques vestida de caqui se acercó corriendo al tiempo que le señalaba algo a North. Él asintió. La mujer de mediana edad ocupó su lugar y él trotó hacia la oficina del parque.

Marigold observó nerviosa cómo North desaparecía en la cabaña de piedra y troncos. La fila avanzaba mientras los pasajeros seguían embarcando. ¿Volvería? ¿Debía esperarlo fuera? No podía verlo a través de la ventana de las oficinas.

—Venga, cariño. Sube.

Marigold miró hacia atrás, sin saber qué hacer, y se encontró con la mirada de la guardabosques, que le indicaba por gestos que embarcara.

—Mmm —balbuceó—. Eh…

Los gestos de la mujer se tornaron más impacientes.

—¿Ese… chico va a volver?

La guardabosques asintió con brusquedad.

—Ya viene hacia aquí.

Marigold miró por encima del hombro y vio a North a mitad de camino del andén principal, caminando hacia el vagón con paso vivo. Ella se apresuró a entrar en el coche como un conejo asustado. El vagón no era plano como los tranvías. Estaba construido de manera que se adaptase a la pendiente de la montaña, y los bancos de madera miraban hacia atrás, en dirección a las vistas. La parte delantera —los mejores asientos— ya estaba ocupada, así que Marigold correteó por el pasillo en pendiente y tomó asiento en un banco situado hacia la mitad. Tan alejada de la zona superior —donde North conduciría— como le fue posible.

—Gracias, Kathy. —La voz de North sonó por la megafonía y Marigold le oyó cerrar la puerta—. Ya estoy aquí.

Al menos podría haberle saludado por señas para que conociera su presencia. ¿Por qué su primer impulso había sido esconderse? Marigold se hundió en el asiento, arrepentida a más no poder. Un tufo a sudor y a maquinaria vieja impregnaba el interior del vagón. Las ventanas estaban cerradas y mostraban restos de la lluvia caída hacía un rato. El ambiente se le antojó asfixiante. Claustrofóbico. Era demasiado tarde, eso era lo peor de todo. En algún momento —muy pronto— North la descubriría y, durante el resto de su vida, ella se convertiría en una anécdota tonta que él les contaría a sus amigos y a sus futuras novias.

—Saludos, buenas tardes y bienvenidos al parque nacional del monte Mitchell —saludó North—. Como son ustedes tan perezosos, han decidido subir a la cima sentados, cuando podrían haber optado por ascender a pie sin cansarse ni un poquito.

Mientras los pasajeros gemían amistosamente, Marigold le oyó apretar botones y accionar un interruptor. El pequeño vagón se puso en marcha.

—Por la ventana delantera, pueden admirar las espectaculares vistas de la cordillera Black Mountain, que forma parte de otra cordillera mayor, la Blue Ridge, integrada a su vez en los Apalaches. Y si miran por las ventanas laterales descubrirán que estamos ascendiendo por una pendiente casi horizontal. Insistiré en este punto: la caminata no entraña ninguna dificultad. Denali, la montaña más alta al oeste del Mississippi, tiene 6.194 metros de altura. Ahora mismo nos dirigimos a una altitud de 2.037 metros. Este funicular ni siquiera debería existir. Por desgracia, existe, así que estaremos aquí atrapados durante los próximos diez minutos.

Más risas y carcajadas. Los padres, cansados del viaje, parecían aliviados de que alguien más entretuviera a sus hijos, por más fugaz que fuera el respiro. Pero Marigold se sentía cercada por su voz. Arrinconada por ella. A su lado, una pareja de veintitantos con irónicos peinados al estilo vagabundo se hacían *selfies* informales. Marigold se hundió aún más si cabe y miró por las rendijas de la parte trasera del asiento.

North había apoyado una bota de montaña en una caja de metal. Con la mano izquierda sostenía el micro de la megafonía mientras que la derecha descansaba sobre su muslo. Sorprendía esa pose tan masculina en alguien que mostraba las rodillas y las pantorrillas con tanto desparpajo bajo unos absurdos pantalones cortos.

—Los primeros raíles se pusieron hace un siglo, y en todo ese tiempo apenas han precisado reparaciones. Pero no tengan miedo; esta cafetera es sólida y segura.

Golpeó la pared del vagón para demostrarlo. Apenas resonó.

El destartalado coche repiqueteaba y se sacudía debajo y alrededor de Marigold, pero nada más encajaba con sus recuerdos de infancia. North tenía razón: la montaña no parecía muy empinada. Y tampoco recordaba que el conductor hubiera soltado una perorata digna de un vendedor ambulante. Hablaba igual que un capitán del *Crucero por la selva* de Disney World.

—Me alegra poder decirles que han pasado casi tres semanas desde nuestro último descarrilamiento —prosiguió North—, y solo perdí a la mitad de los pasajeros.

Marigold admiró su pierna expuesta. Salieron juntos durante los meses más fríos, meses de pantalones, así que nunca había visto sus piernas a la luz del sol. Las tenía bronceadas, musculosas y peludas. Siempre había supuesto que las piernas peludas se le antojarían más bien repulsivas, pero no. Eran masculinas.

Todo en North le hacía parecer mayor de lo que era. No solo la voz o las piernas. Era alto y fuerte —*cachas* era la palabra que más a menudo acudía al pensamiento de Marigold—, tras años de duro trabajo en el vivero. Escuchaba la radio pública y soñaba con llegar a ser locutor algún día. Tenía un vocabulario considerable y había limado conscientemente su acento rural desde muy temprana edad. También tendía a mostrarse un tanto cascarrabias, aunque, a la hora de la verdad, sus actos destilaban tanta ternura y consideración que su talante gruñón resultaba encantador, en opinión de ella. Marigold bromeaba diciendo que había nacido para ser abuelo.

Los hípsters de su lado habían dejado de subir fotos a Instagram. Consciente de sus recelosas miraditas, Marigold devolvió la vista al frente al mismo tiempo que hacía una mueca avergonzada. Se echó hacia atrás nuevamente, despacio, hasta adoptar una postura casi normal. Fingiendo que no se había percatado de que a la parejita le llamaba la atención su conducta. Fingiendo que no se estaba comportando como una tía siniestra.

—El día que inauguraron el ferrocarril bautizaron los vagones —dijo North, y Marigold notó un dejo de despiste en su voz. No como si la hubiera visto, sino más bien como si tuviera la cabeza en otra parte. Había puesto el piloto automático—. El primer vagón se llama *Elisha,* en honor al reverendo Elisha Mitchell, el científico que demostró que esta montaña era la más alta de los Apalaches. La afirmación del doctor Mitchell despertó grandes controversias y, por desgracia, el hombre murió durante la expedición que organizó para verificar sus cálculos originales. Cayó de una cascada cercana. Más tarde, tanto la montaña como la cascada fueron bautizadas con su nombre, y su tumba fue trasladada a la cima. —Un golpe metálico señaló que el pie de North había aterrizado en el suelo—. Bueno. ¿Alguien se ha fijado en el nombre del segundo vagón, o sea, de este, mientras embarcábamos?

—¡María! —gritó un hombre.

—Cuidado, señor. A nadie le caen bien los listillos. —Tras hacer una pausa para las inevitables risas, North prosiguió—. Pero tiene razón. Este vagón fue bautizado en honor de la viu...

Calló. En mitad de la frase.

A Marigold se le erizó el vello de la nuca. Notaba que la estaba mirando, que la escudriñaba, y la sensación era tensa, eléctrica e intensa. Marigold cerró los ojos y le rogó en silencio que siguiera hablando. No lo hizo.

Los demás pasajeros se volvieron en los asientos para averiguar qué pasaba. El silencio de North resultaba ensordecedor. A Marigold le ardía todo el cuerpo de la vergüenza cuando se retiró las gafas de sol. De repente, el trenecito de montaña se le antojaba precario. Se volvió, mareada, a mirarlo.

North la observó largo y tendido. Permaneció impertérrito. Inexorable.

Ella esbozó una especie de mueca y levantó una mano, con timidez, para saludarlo.

Él le sostuvo la mirada durante un último y dilatado instante. Parpadeó. Y entonces apartó la vista y exhibió una alegre sonrisa para la concurrencia.

—La viuda del doctor Mitchell. La que lo sobrevivió.

Se oyó un suspiro colectivo mientras los presentes volvían a acomodarse en sus asientos. North no volvió a perderse y Marigold supo que no se dignaría a posar los ojos en ella nuevamente. Giró el cuerpo hacia la ventanilla más cercana haciendo caso omiso de las miraditas de los pasajeros más curiosos. North era su amigo. Estaba allí para AYUDARLE. ¿Por qué la situación le resultaba tan penosa y humillante?

Después de mudarse, Marigold debió de decir o hacer algo horrible sin querer, pero no tenía la menor idea de cómo lo había ofendido. North seguía hablando. A Marigold le zumbaba la cabeza y tenía el sujetador empapado de sudor. La vía se dividió en dos y se cruzaron con el otro vagón —sonó la campana mientras los pasajeros intercambiaban bromas y saludaban con la mano—, y luego las dos vías volvieron a fundirse en una. Habían recorrido la mitad del trayecto. Más despacio, imposible.

Cuando por fin llegaron a la cima, ella se quedó atrás mientras los demás salían. Varias personas le expresaron a North su gratitud.

—Ya me darán las gracias en el viaje de vuelta —respondió él con impostada alegría—. Todavía es posible que les ataque un oso negro.

Todos los pasajeros habían desembarcado.

Por un momento surreal, Marigold pensó que de verdad se había olvidado de ella. Pero entonces le oyó saltar de vuelta a la plataforma. Sus andares parecían ahora más pesados, no los movimientos livianos que había presenciado hacía un rato. North volvió a entrar, levantó una mano hacia la cola que se estaba formando —una señal para indicarles que esperasen— y cerró la puerta.

Marigold se levantó.

North la miró con la misma expresión precavida que antes.

—Solo tengo un momento.

—Ya lo sé.

—¿Has venido a verme?

—Pues claro que he venido a verte. —Marigold avanzó hacia él por el pasillo inclinado—. Tenemos que hablar.

—No.

Ella se detuvo. Se le cayó el alma a los pies.

—¿No?

North desvió la vista.

—O sea… No me toca descanso hasta dentro de una hora y media. Y ahí fuera hay un montón de turistas esperando oír mi fantástico discurso de despedida.

—Ah. Sí, ya lo veo. Pues claro.

Se miraron de nuevo con atención. A Marigold se le anudó la garganta. Hizo esfuerzos por recuperar la compostura y se apresuró hacia la puerta. Aguardó a que North se la abriera. No lo hizo. Ella lo miró, herida y titubeante *—¿se supone que lo tengo que hacer yo?—*, y fue en ese momento cuando la expresión de North se desmoronó y el remordimiento inundó sus ojos.

—¿Por qué no me esperas? —le pidió él—. ¿Tienes tiempo? Lo siento. No hay nadie más que me pueda sustituir.

El nudo se deshizo.

—Te esperaré.

North alargó la mano hacia la puerta, pero entonces, como si hubiera cambiado de idea, abrió la caja de metal de una patada, extrajo un objeto del interior y se lo lanzó a Marigold.

—Para que te entretengas mientras tanto. —Frunció el ceño como si hubiera dicho una idiotez—. ¿Quedamos delante del museo a las cuatro?

Marigold atrapó el objeto contra su pecho y asintió.

Era un bocadillo. Para que se entretuviera. North acababa de darle un bocadillo vegano de beicon, lechuga y tomate, con aguacate, el beicon vegetal.

El gesto le extrañó por cuatro razones. En primer lugar, North se había aturullado tanto como para quedarse sin palabras. Él casi nunca se aturullaba, y aún menos se quedaba sin palabras. En segundo lugar, le había dado parte de su comida. No debía de odiarla tanto. Tercero, había olvidado la aversión que desde la infancia le inspiraba a Marigold la textura del tomate crudo. El detalle la decepcionó hasta tal punto que se sintió una boba. Cuarto, indicaba que North se había hecho vegetariano tal vez. Él siempre había querido ser vegetariano, pero necesitaba las proteínas complejas de la carne para poder trabajar en el vivero sin fatigarse. Sin duda su nuevo trabajo le requería menos energía.

Marigold suspiró mientras envolvía nuevamente el bocadillo. Cuando se enterase, su madre se emocionaría. La madre de Marigold regentaba un restaurante vegano muy conocido en el centro de Asheville, y North ya le parecía el no va más. La conversión de North la afianzaría en su opinión. Marigold no era vegana ni vegetariana —le encantaba la carne, seguramente porque siempre la habían privado de ella—, pero se mostraba comprensiva con aquellos que lo eran. Sin embargo, el beicon de tempeh la entristeció. Representaba otro cambio en la vida de North que desconocía.

Observó cómo el vagón *María* bajaba traqueteando por la ladera hasta perderse de vista. Al menos la temperatura ahí arriba era varios grados más baja. La brisa la refrescó mientras se acercaba a un grupo de edificios de aspecto anticuado: servicios, un museo, un puesto de comida y una tienda de regalos. Un ancho camino —asfaltado para que pareciera de piedra— discurría entre las construcciones y proseguía hacia lo que solo podía ser la cima de la montaña. Marigold tenía mucho tiempo por matar, así que decidió echar un vistazo a cada una de las edificaciones, empezando por el servicio de señoras. Había sido un viaje muy largo.

Concluido ese trámite, se encaminó tranquilamente al puesto de comidas, cuya oferta le pareció típicamente sureña. Había botellas de agua y de Gatorade, latas de refrescos, barritas de cereales, chucherías varias y esas galletitas de mantequilla de cacahuete color naranja. Pero también vendían frascos de compota de manzana, verduras encurtidas, ocra en vinagre y melaza, y tenían un estante entero para la sidra de frutas: fresa, melocotón y uva, tanto muscadinias como scuppernongs.

Marigold no había comido nada desde el desayuno, hacía más de ocho horas. North había acertado en su suposición; se moría de hambre. Se compró un pack de excursionista y lo devoró. Miró largo y tendido el bocadillo de North hasta que le retiró el tomate y se lo comió también. Sabía mejor que el pack de excursionista.

A continuación, llegó al museo, que constaba de una única sala mal iluminada. Los plafones describían la flora, fauna, geología y topografía del parque. Marigold leyó cada cartel de principio a fin, pero sin la concentración necesaria para asimilar ninguna de las frases, hasta que llegó al rincón dedicado al doctor Elisha Mitchell. Una sola palabra destacó entre las demás y al verla le dio un vuelco el corazón.

North. El apellido de soltera de la esposa, María, era North.

Tenía que ser una coincidencia. Un nombre contra un apellido, y a North lo habían llamado así —Norte— por el polo norte, nada menos. La pasión invernal de sus padres se había extendido también al hermano mayor, Nicholas, y a la hermana, Noelle. La cosa era todavía peor que la decisión de su madre de bautizarla a ella con el nombre de Marigold Moon, flor maravilla y luna. Pero Árboles Drummond e Hijos llevaba plantando y vendiendo árboles de Navidad desde hacía dos generaciones, y tenían intención de seguir haciéndolo una tercera. Cuando al padre de North le diagnosticaron párkinson, la presión recayó sobre Nick, cuya respuesta consistió en marcharse de casa. Noelle quería el vivero, pero sus padres cometieron el error de ofrecérselo a North y no a ella, solamente porque él era un chico. Y entonces Noelle también se marchó. North no quería hacerse cargo del negocio, pero no les quedaba nadie más. Sus padres no eran malas personas. Sin embargo, habían metido la pata hasta el fondo, y ahora North lo estaba pagando. Aunque… puede que ya no.

María. S. North.

No significaba nada. Pero parecía una señal. La palabra *norte* estaba cargada de connotaciones para ella. Marigold se preguntó cuándo las perdería, cuándo dejaría de sentirse fatal cada vez que la enlatada voz femenina de Google Maps le indicara que girara al norte en la interestatal.

Por eso estás aquí, se recordó. *Para dejar de sentirte tan triste y culpable.*

Pese a todo, Marigold salió del museo a toda prisa y se encaminó a la tienda de regalos contigua. Un oso de madera tallada con un cartel de «BIENVENIDOS» la recibió en el umbral. El aroma de la Navidad se tornó más intenso, hasta el punto de resultar abrumador.

¿Significa esto que la Navidad también *perderá su encanto a partir de ahora?*

La tienda constaba de una única sala, igual que el museo, y un vistazo autoimpuesto le mostró los típicos cachivaches: postales de recuerdo, imanes, broches, libros, puzles, camisetas y sudaderas, todos con una imagen de la montaña o de la carretera Blue Ridge. Una chica más o menos de su edad atendía el mostrador, vestida con un polo azul pastel y unos pantalones del mismo color. Delante de la caja registradora se alineaban unos frasquitos marrones con cuentagotas integrados en el tapón. Marigold echó mano de uno. Aceite esencial de abeto balsámico.

—Es el aroma que estás oliendo ahora mismo —le explicó la chica.

—Mmm, huele bien. —Pero según la mentira salía de sus labios, se convirtió en verdad. Marigold quería uno de esos frasquitos. Lo NECESITABA.

Lo compró.

Se arrepintió en cuanto dejó atrás la magia de la tienda. Ya había gastado demasiado en la entrada combinada del funicular y el camino, por no mencionar la gasolina que había necesitado para llegar allí. Pero le dio reparo devolverlo. Para compensar, tendría que sustituir unas cuantas comidas de la semana próxima por fideos chinos. Marigold comía fideos chinos a menudo. Tenía dos empleos en Atlanta: unas prácticas en un estudio de animación, que esperaba cobrar algún día, y un trabajillo de camarera en un Outback Steakhouse. De ahí procedían el resto de sus comidas; los platos más baratos del menú, comprados con su descuento de empleado. En ocasiones, sus abuelos, que regentaban un conocido restaurante chino a las afueras de Decator, le dejaban comida en la entrada mientras ella trabajaba. El hallazgo siempre la hacía llorar.

Marigold echó un vistazo al móvil y se desesperó al comprobar que solamente habían pasado cuarenta y cinco minutos. La pantalla mostraba dos barras con señal 1x —para el caso, como si estuviera muerto—, así que no podía llamar a su madre ni conectarse. Sus ojos se posaron en las vías del funicular cuando otro vagón verde coronó la cumbre. Tras unos rápidos cálculos, dedujo que North no viajaba a bordo. Su coche estaba en el andén inferior.

Se estremeció y se frotó los brazos desnudos. Ahora que la sensación de bochorno la había abandonado, el aire se le antojó frío y otoñal. Casi todos los turistas llevaban pantalón largo y chaqueta, como si hubieran previsto —claro— que iban a pasar el día en la montaña.

Para ser justos, yo no sabía que iba a pasar el día en la montaña.

Lo único que le quedaba por ver era la propia cima, de modo que Marigold procedió a remontar la cuesta. Entre los árboles hacía más frío si cabe, pero la tranquilidad también era mayor. El aire emanaba pureza, y cuando inspiró profundamente, se dio cuenta de que había estado conteniendo el aliento. Pero allí la envolvían la corteza cubierta de liquen, los troncos tapizados de musgo, las flores silvestres de un rosa violáceo y las monardas con sus erizadas flores, e incluso un gorjeante pajarito de arrufadas plumas azules. No habría desentonado en el dedo de Blancanieves.

Un perro moteado con un pañuelo vaquero a modo de collar pasó por su lado, seguido de una mujer mayor cargada con una mochila grande y unos bastones de excursión que parecían palos de esquí. Era la primera excursionista de verdad que Marigold veía por allí. Sin embargo, cuanto más se acercaba a la cima, más poblada estaba la zona. El abrigo de los árboles desapareció y los apacibles cantos de la naturaleza se transformaron en la algarabía del juego infantil. Los niños chillaban y reían al abandono de las vacaciones estivales. Apareció una extraña estructura de piedra. Parecía un torreón achaparrado y estaba repleto de turistas.

Marigold caminó entre el gentío, cruzó un puente y dio una vuelta por el atestado observatorio. Las vistas de 360 grados eran indudablemente hermosas —si se hubiera sentido en paz y armonía, tal vez las habría descrito como «impresionantes» o quizás incluso como «sobrecogedoras»—, pero no se sentía en paz y armonía precisamente. El viento silbaba y le azotaba la piel, así que se marchó pasado un minuto. Se refugió debajo del puente. Apoyada contra uno de los pilares de hormigón, se deslizó hasta el suelo. En la grava brillaban las motas de mica y las flores amarillas del diente de león salpicaban la hierba. Marigold se abrazó las rodillas contra el pecho.

Esto está mejor, pensó.

Delante de ella se extendían las ondulantes sierras y cordilleras cubiertas de niebla. Debajo, los vagones gemelos del funicular subían y bajaban. Y a su lado, bajo tierra, descansaban los restos del doctor Elisha Mitchell. Su tumba no era gran cosa —un montón de piedras planas en el interior de una estructura rectangular construida con rocas similares—, pero sabía que se trataba de la tumba, porque la gente que pasaba sentía curiosidad y leía la placa informativa en voz alta.

Marigold hizo cálculos nuevamente. El vagón de North tenía un viaje entero por delante antes de que volviera a verlo. Hurgó en su bolso buscando papel y algo para distraerse, pero tan solo encontró la receta del aceite esencial. Despacio, quizás sin darse cuenta, dibujó su personaje favorito en el reverso, un perezoso, cascarrabias pero adorable, llamado South.

South era North, por supuesto. Pero… ERA él de verdad.

North le había dado voz al personaje. Marigold creaba cortos de animación para YouTube y quería que se emitieran por la tele. Por eso se había mudado; Atlanta albergaba varios estudios de animación. Había tenido la suerte —y el talento— de conseguir unas prácticas, aunque el trabajo de oficio solía ser una porquería. Confiaba en que las cosas mejorasen.

Un niño que llevaba la nariz manchada de tierra apareció a su lado.

—Hago mi propio eco.

Marigold no estaba de humor, pero sonrió de todos modos por mostrarse educada.

—¿Ah, sí?

—Mira esto. —Se rodeó la boca con las manos y gritó—: Monte, monte, monte, monte.

Marigold asintió.

—Mola, mola, mola, mola.

Ella volvió a sonreír, ahora de verdad.

El niño señaló el dibujo.

—¿Me lo das?

—Perdona. —Su madre, una mujer aturullada con el estrés grabado entre las cejas y unos gigantescos aros de plata en las orejas, llegó corriendo y agarró a su hijo—. Emiliano Navarro Castellanos. ¿Qué te he dicho de molestar a los desconocidos?

—No pasa nada. No me estaba molestando. —Marigold dibujó una flor en la mano del perezoso y le tendió la caricatura a Emiliano—. Se llama South. Solo come flores de color naranja y tomates de herencia.

Emiliano alzó la vista hacia su madre. Ella asintió y él tomó el dibujo a toda prisa.

—¡Gracias!

La madre del niño le dio las gracias también a Marigold, pero Emiliano ya se alejaba brincando y la arrastraba consigo.

Marigold experimentó una inexplicable tristeza al verlos partir; un sentimiento vago y mal canalizado de miedo y soledad. No sabía cuánto tiempo había pasado mirando la tumba del doctor Mitchell, cuando un pánico súbito y agudo le encogió el corazón. Miró el teléfono. Y se puso de pie a toda prisa. Según bajaba de la cima, esquivaba paseantes y a un grupo de turistas que llevaban camisetas de color fosforito a juego. Eran las cuatro en punto. Los funiculares eran puntuales. Él sería puntual. ¿Y si se marchaba, pensando que Marigold había cambiado de idea?

Durante los últimos noventa y tres minutos, la confianza en sí mismo de North había entrado en una espiral descendente. Su talante desenvuelto próximo a la arrogancia había mudado en unos hombros caídos y unos brazos derrotados. Cuando Marigold contuvo un grito y corrió resollando hacia el museo, él estaba de espaldas, pero la derrota seguía grabada en su cuerpo.

Ella redujo el paso. Su propio aplomo asomó la nariz.

Los oídos de North reaccionaron como si hubieran percibido algo a lo lejos y se volvió a mirarla. Echó los hombros hacia atrás. Levantó la barbilla.

Marigold se detuvo a pocos pasos, presa de la timidez.

—Perdona por llegar tarde. Gracias por esperar. —Le faltaba el aliento.

—Lo mismo digo —respondió North.

—Y gracias por el bocadillo.

Él hizo una mueca apenada.

—En serio, estaba bueno. Tenía mucha hambre.

—Perdona por el ya sabes qué. Cuando he caído en la cuenta, ya te habías marchado.

Una sonrisa se filtró entre la cautela de Marigold. North SÍ que se había acordado.

—Entonces ¿he acertado en mis conclusiones? —preguntó ella—. ¿Eres oficialmente vegetariano?

—Tu madre estaría orgullosa.

—Preguntaría por qué sigues tomando lácteos.

La carcajada de North la pilló por sorpresa. El corazón de Marigold vibró en respuesta. El chico tenía una risa fantástica, risueña y profunda.

—¿Y cómo le va, por cierto?

—Bien. Muy bien, por fin.

—Me alegro —declaró él. El sentimiento era sincero. North y la madre de Marigold se llevaban muy bien, lo cual era sorprendente, porque la mujer no solía encariñarse de ningún hombre. El padre de Marigold siempre había sido un tipo un tanto desagradable, pero no supieron hasta qué punto hasta un año y medio atrás, cuando su OTRA mujer llamó a la puerta.

La herida estaba tardando en cicatrizar.

Su padre nunca había pasado mucho tiempo en casa —la venta de productos de ortopedia le obligaba a pasar fuera semanas enteras, decía—, pero la madre de Marigold jamás había puesto pegas. Se aferraba a su identidad inconformista hasta extremos que rozaban la ironía. Y nunca llegó a ser su esposa, únicamente su compañera. Por eso, Marigold llevaba el apellido chino de su madre y no el irlandés de su padre. Por desgracia, esa fue también la razón de que, cuando su verdadera esposa apareció, Marigold y su madre perdieran la casa y casi todos los ahorros. Esas cosas tampoco les habían pertenecido nunca.

North tuvo un papel crucial en el proceso de reconstrucción de sus vidas. Cuando lo conoció, Marigold y su madre vivían en un apartamento mugriento y abarrotado, y estaban ahorrando para comprar una casa. North no solo les había limpiado y organizado el apartamento para hacerlo mínimamente acogedor, sino que las había ayudado a encontrar otra vivienda. Y luego, cuando hubo que dejarse la piel para acondicionar el nuevo hogar, él acudió cada noche con su furgoneta y, durante las tres semanas anteriores a la mudanza definitiva, pintó las viejas paredes, reparó los escapes, arrancó las mohosas moquetas, retocó la tarima dañada y llevó los muebles más grandes. Y lo hizo a sabiendas de que, en cuanto su madre estuviera instalada, Marigold se marcharía. Daba igual lo que él quisiera. North las ayudó porque sabía que lo necesitaban.

Esa era la deuda que nunca podría pagarle. Por ESO Marigold estaba allí.

Y también por eso se comprendían. Marigold respetaba el sentido del deber de North hacia su propia familia. Ella jamás habría dejado su casa si hubiera pensado que su madre no podía quedarse sola. Pero Marigold también sabía que es importante forjarse una vida propia —cosa que su madre siempre la había animado a hacer, incluso en los peores momentos—, y le preocupaba que North hubiera dejado de intentarlo.

La voz de North recuperó el tonillo de autosuficiencia.

—Te voy a dar un consejo.

Marigold arqueó una ceja.

—La próxima vez que quieras espiar a alguien que te conoce, ponte sombrero. —North señaló la trenza de Marigold—. Esa trenza te delata.

—No te estaba espiando.

—Ya lo creo que sí. Al cien por cien.

Ella se encogió de hombros con desdén.

—Puede que te estuviera espiando… en un diez por ciento, pero en un noventa me preguntaba qué demonios haces aquí.

—Estoy trabajando. ¿Y qué demonios haces tú aquí?

—Tu madre me dijo dónde te encontraría, así que he venido.

Era más terco que un mulo.

—¿Por qué?

—Porque quería hablar contigo.

—¿Y ya estás contenta?

Marigold lo fulminó con la mirada. Lo fulminó. Y entonces se echó a reír a carcajadas.

North desvió la vista para disimular una sonrisa.

—Muy bien. Vale.

—Eres imposible.

—Ya lo sé.

—Y tienes un aspecto ridículo con ese uniforme —añadió ella.

—Tengo un aspecto increíble.

—Increíblemente ridículo.

—Increíblemente alucinante.

Marigold volvió a reír y él sonrió abiertamente —durante un instante breve y luminoso— antes de dar media vuelta y echar a andar.

—Ven —dijo—. Conozco un sitio.

Marigold seguiría a North a cualquier parte.

Enfilaron el camino, pero en lugar de llevarla a la cima, North tomó una desviación que se internaba en el bosque. Un cartel indicó que se encontraban en el «Camino de las plantas balsámicas».

—Has escogido un buen día —comentó North—. Ya ha llovido. Normalmente llueve por la tarde.

—¿Cuánto tiempo de descanso te queda?

North ni siquiera echó un vistazo al reloj.

—Veintidós minutos.

—Pues no los perdamos hablando del tiempo.

Él no respondió, así que Marigold interpretó su silencio como un asentimiento. Penetraron en el santuario de los bosques. Los guijarros crujían a sus pies.

—Pero, vale —cedió Marigold unos segundos después—. Tengo una pregunta. ¿Por qué hay tantos árboles muertos? ¿Es por culpa de la lluvia ácida o algo así?

North se detuvo y la miró con atención.

—¿Qué? —Ella siguió andando.

—Tú —la acusó el chico—. ¿No escuchas o qué?

A Marigold se le encendió una bombilla.

—Lo has explicado en el funicular, ¿verdad?

—Lo he explicado en el funicular.

—Bueno, después de esa mirada de perturbado que me has echado, he estado un poco distraída.

—Agallígenos de la picea. —North echó a andar tras ella otra vez—. Son unos pulgones que están atacando a los abetos Fraser. Pero… sí. También la lluvia ácida.

Marigold esperó a que North llegara a su altura antes de volver a intentarlo.

—Por favor, dime qué haces aquí. Y no te atrevas a soltarme otra vez: «trabajando».

—No estoy trabajando.

La presión sanguínea de Marigold subió de golpe.

—No estás trabajando.

—No.

Ella apretó los dientes, harta de los juegos verbales. Pero North, por lo visto, ya se había cansado de hacerla rabiar, porque señaló un parche que llevaba en la manga. Marigold abrió unos ojos como platos al leerlo.

—¿Voluntario? ¿Eres VOLUNTARIO?

—Los guardabosques van de caqui. Los voluntarios y los trabajadores temporales de azul.

—¿Ni siquiera eres un trabajador temporal? ¿No te pagan? ¿Por manejar maquinaria pesada que transporta vidas humanas?

—Es del todo ilegal.

—¡Pero este parque lo administra el gobierno del estado!

—Ya. Qué locura, ¿verdad?

—¿Qué? O sea… ¿Qué? ¿A santo de qué?

Él se encogió de hombros.

—Me enchufó un amigo de mi padre.

—North Drummond. —Marigold se detuvo en seco—. Sabes perfectamente que eso no explica nada.

North se detuvo también. La miró con la misma expresión imperturbable… y poco a poco su mirada se suavizó.

—Sí, ya lo sé. —Esbozó una leve sonrisa—. Vamos. Llegaremos enseguida.

Las voces de los demás visitantes desaparecieron mientras él la guiaba por una ruta marcada con un diamante azul, un triángulo blanco y un círculo también blanco. Marigold alzó la vista. Se habían internado debajo de un inmenso saliente de roca.

North se volvió a mirarla y ella le devolvió una sonrisa.

—¿Vas bien? —preguntó él.

Marigold asintió a modo de respuesta.

Un poco más adelante, llegaron a un peñasco que sobresalía de la ladera de la montaña. Pendía como una bóveda sobre otra losa de roca, y el conjunto creaba un irresistible lugar de descanso que parecía creado exprofeso para las personas. El cobijo de piedra seguía mojado, pero había una zona que parecía casi seca, así que se sentaron y cruzaron las piernas. Los pantalones de Marigold se mojaron casi al instante, pero ella apenas se percató. Tenía los nervios de punta otra vez, pero ahora la ansiedad se mezclaba con la emoción.

Se alegraba de estar allí con él. A solas. En aquel paraje apartado.

North se despojó de la gorra y la tiró a un lado. Se frotó el cabello castaño para ahuecar la zona aplastada. El gesto ayudó solo en parte.

A Marigold siempre le había gustado el cabello de North. Tenía el mismo tono castaño y cálido que sus ojos. Volvió a sonreír, y él le sonrió a su vez. Y luego las sonrisas se desvanecieron al unísono. Él parecía a punto de decir algo, pero le costaba encontrar las palabras adecuadas. Por primera vez Marigold consideró la posibilidad de que a North le costase explicar por qué estaba allí. Tal vez no tenía una respuesta clara, ni siquiera para sí mismo.

Por fin, habló.

—Mi hermana volvió. En mayo.

Marigold se sorprendió. No ganaba para sorpresas ese día.

—Estuvimos hablando, Noelle y yo, y… regresó. Y por fin mis padres la escucharon.

Marigold no quería interrumpirlo, pero no pudo evitarlo.

—¿Quieres decir que le han dejado el vivero? ¿Ahora lo lleva ella?

North asintió.

—Vaya, es… genial.

Otro asentimiento. El chico mantenía la mirada fija en sus botas de montaña.

¿Cuál era el misterio? Noelle había regresado —algo inesperado y maravilloso había sucedido—, pero North había cortado el contacto con Marigold.

—Vale —probó—. Tu hermana se hizo cargo del vivero… ¿Y necesitabas otro trabajo? Pero, como bien has señalado, tú no trabajas aquí.

—Estoy aquí porque necesitaba estar ocupado hasta que supiera qué quiero hacer en realidad.

—Quieres ir a la universidad. Quieres ser locutor de radio.

North arrancó una piedrecita puntiaguda de la suela de su bota derecha.

—El mejor amigo de mi padre trabaja aquí como guardabosques y nos comentó que había un puesto vacante de voluntario. Me destinaron al museo, pero la primera semana me oyó improvisar un discurso para un grupo de turistas y se quedó de una pieza. Impresionado —añadió, con un dejo de timidez.

»Dos de los conductores acababan de marcharse y los guardabosques estaban desesperados. No les gustan los funiculares, eso de soltar el mismo rollo una y otra vez, cada dos horas. El amigo de mi padre sabía que yo tenía experiencia en el manejo de maquinaria pesada así que… me pidió que me hiciera cargo. El mismo día. No me costó nada aprender a manejar el vagón y yo ya conocía las historias de la zona, porque había trabajado en el museo. Y como no me pagaban, no creí que tuviera que atenerme al monólogo de rigor…».

—A ver si lo adivino —apuntó Marigold—. ¿Los visitantes les hablaron tan bien de ti a los guardabosques que decidieron destinarte al funicular de manera permanente?

—Más o menos.

—Hala. —Ahora era Marigold la que se miraba los zapatos, unas deportivas rojas—. Hala —repitió—. Deberías estar orgulloso. Felicidades.

—Los otros voluntarios no me tienen mucho cariño.

Marigold alzó la vista.

—¿Porque te ofrecieron un puesto mejor?

North se encogió de hombros.

—Casi todos se marcharán cuando acabe el verano, de todas formas.

—Entonces… tú te quedas.

Como él no respondía, Marigold estalló indignada.

—¡Pero deberían pagarte! Deberías tener contrato, seguro de salud y un plan de pensiones.

North titubeó. Como dudando si decir lo que venía a continuación.

—Lo van a hacer. Si te pasas por aquí la semana que viene, me verás con pantalón largo.

Marigold parpadeó.

—Únicamente los voluntarios llevan pantalón corto —explicó él—. Si te pagan, te dan pantalones largos.

Con la misma rapidez con que había llegado, la indignación de Marigold mudó en decepción. Se abrazó las rodillas.

—Ah.

North se frotó la nuca.

—Me lo han dicho hoy. Justo antes de verte, en realidad.

—¿Por eso te han llamado a las oficinas?

North asintió.

—Me han ofrecido un empleo a jornada completa. He aceptado.

—Ah —repitió Marigold. El viento zarandeó las copas de los árboles. Una gota de agua cayó de una rama y aterrizó junto a ella. Se estremeció.

—¿Qué pasa? —le preguntó North con voz queda.

Marigold negó con la cabeza.

Él no la presionó, pero advirtió que tenía la piel de gallina.

—Estás helada. ¿Por qué no te has traído una chaqueta?

Ella le lanzó otra mirada agresiva.

—Bonitos pantalones.

North se rio con ganas y se desabrochó la camisa. Debajo llevaba una camiseta blanca. Le tendió a Marigold la camisa del uniforme.

Ella todavía lo fulminaba con la mirada.

—Póntela —insistió él.

Marigold le obligó a esperar otros cinco segundos antes de aceptarla.

—Gracias.

North se mostró satisfecho por la victoria.

—De nada.

Marigold se tapó los brazos y las piernas con la camisa como si fuera una manta, y cerró los ojos con un gesto tembloroso. La camisa olía al sudor de North, a su detergente y a su vivero de árboles de Navidad. Y a algo más, también de North, que le llegó más adentro, que penetró en su cuerpo físico y desplegó recuerdos igual que un mago desplegaría un mazo de cartas recién estrenadas.

Recordó el primer beso que compartieron en el viejo apartamento, a la luz del árbol que él la había ayudado a decorar. Los viajes nocturnos en la camioneta de North, bajo la nieve, con las manos entrelazadas en la guantera central. Las horas que habían pasado frente al ordenador de Marigold mientras él grababa la voz que insuflaría vida a sus animaciones. La primera vez que hicieron el amor. Él estaba dando de comer a las alpacas de los vecinos, que se habían marchado a Florida, y la invitó a entrar en la casa. Acabaron con quemaduras en la piel por culpa del roce con la moqueta del comedor. Fue más romántico de lo sonaba. Y luego el último recuerdo: aferrada a ese estúpido microondas en un estúpido aparcamiento mientras North le decía que no le interesaban las relaciones a distancia. *Es mejor que acabemos ahora con esta pantomima.* Usó esa palabra. *Pantomima.*

—¿Qué estás pensando? —le preguntó North.

Marigold abrió los ojos. Todavía fruncía el ceño, pero el gesto se había transformado en uno de preocupación.

—¿Dónde vas a vivir cuando te marches de casa de tus padres?

North hizo una mueca compungida.

—No te vas a marchar —adivinó ella.

—Lo haré.

—Mentira.

North no la miró a los ojos, y la frustración de ella aumentó.

—¿Es por una buena causa, al menos? —le preguntó—. ¿Todavía necesitan que les ayudes o algo así?

—Mis padres siempre necesitarán mi ayuda.

—Mentira —repitió ella.

North giró todo el cuerpo hacia Marigold, furioso.

—¿A qué has venido? ¿A qué?

—¡He venido porque no podía hablar contigo!

—¿Y no se te ha ocurrido pensar que por algo sería? ¿Qué a lo mejor yo no QUERÍA hablar contigo?

Marigold se sintió igual que si la hubiera abofeteado en toda la cara.

—IDIOTA.

North se desinfló al comprender hasta qué punto la había herido.

—Sí. Es posible. Seguramente.

Marigold se sentía una boba. Se le saltaban las lágrimas, pero no quería llorar delante de él. Se las tragó.

—He venido…

North aguardó.

Ella volvió a empezar.

—He venido… a rescatarte.

Ahora el sorprendido fue North. Frunció el ceño mientras ella se levantaba, un manojo de nervios en forma de Marigold, que se estrechaba la camisa contra el pecho y caminaba de un lado a otro.

—El plan consistía en ayudarte a encontrar a alguien que dirigiera el vivero de tus padres. Pensaba convencerte de que te vinieras a vivir a Atlanta y te apuntaras en un centro de estudios superiores. Y entonces ahorraríamos, o pedirías una beca o un crédito, o las tres cosas, y tú podrías acabar los estudios en la universidad. A esas alturas ya estarías considerado residente del estado, con lo cual la matrícula se reduciría drásticamente. Atlanta es el estado con más universidades después de Boston, ¿sabes?

North la miraba boquiabierto.

—¿Ahorraríamos?

—Tú. Tú ahorrarías. —Marigold se sonrojó—. Pero sí. Mi apartamento tiene dos habitaciones, y necesito que alguien me ayude a pagar el alquiler porque estoy arruinada. Nos ayudaríamos mutuamente, ¿no lo ves?

Atando cabos, North torció el gesto con sorna.

—Ya. Quieres que te ayude a pagar el alquiler.

Pero no había atado cabos, para nada.

—Si me diera igual un compañero de piso que otro no estaría aquí. ¡Me habría apuntado a una página web! —Marigold alzó los brazos con ademán desesperado—. Quiero que TÚ seas mi compañero de piso.

North se limitó a mirarla con atención hasta que ella dejó de caminar.

—¿Qué? —le temblaba la voz.

—Quieres que sea… tu compañero de piso.

—Sí.

Él tragó saliva y negó con la cabeza.

—Marigold. No puedo.

—¿Porque has aceptado este trabajo?

—Por TI.

—Ah. —Ahora la camisa de North le colgaba de un lado. Marigold echó un vistazo al camino según hacía esfuerzos por no llorar—. Vale. Sí. Supongo que te resultaría raro vivir con una exnovia. Con una chica a la que has dejado.

El comentario, por alguna razón, hirió a North. Se levantó a trompicones.

—No.

—¿No? ¿Qué significa «no»?

—Yo no te dejé.

—North, estaba allí. Rompiste conmigo.

—¡Porque tú te marchabas y yo no podía acompañarte! No quería.

Marigold sacudió la cabeza, confundida.

—¿No querías marcharte?

—No quería romper contigo.

—Pero…, pero lo hiciste.

Él hundió los hombros con ademán desesperado.

—Ya lo sé.

—Ah. —Fue un susurro.

North se cruzó de brazos para proteger la poca dignidad que le quedaba.

—Dejé de enviarte mensajes porque era un asco, ¿vale? Era un asco oírte hablar de tu nueva vida y de tu nuevo trabajo, sabiendo que cualquier día me hablarías de tu nuevo novio también.

—Pero éramos AMIGOS. Me lo podrías haber dicho. Me dejaste en la inopia.

—Tú siempre me pedías que hablara con Noelle, pero yo estaba furioso con ella. No me puse en contacto con mi hermana hasta después de que te marcharas, así que cuando volvió... me sentí aún peor si cabe. Porque ya era demasiado tarde.

Todo iba mal dentro de Marigold. El corazón se le encogía, le brincaba, se le rompía, se le expandía. Todo al mismo tiempo.

North le arrebató la camisa, hundió los brazos en los huecos de las mangas y se la abrochó.

—Te estoy diciendo que no puedo irme a vivir a Atlanta contigo, porque no quiero ser tu compañero de piso. Ni tu amigo. Nunca me gustaste en ese sentido. O sea, obviamente sí, pero... —Recogió la gorra del suelo—. Siempre fue más complicado para mí que para ti. A mí me gustabas más.

Marigold estaba petrificada. Jamás en la vida había estado tan enfadada. Ni tan desolada.

North se caló la gorra.

—¿Entiendes lo que te digo?

Ella se limitó a asentir con la cabeza.

—Ahora tengo que volver al trabajo. —North se inclinó y le plantó un besito en la mejilla—. Deberías tomar el otro vagón para bajar.

Marigold se llevó la mano a la mejilla según lo veía desaparecer en el bosque. North no miró atrás. Aquel beso era el primer contacto que compartían piel con piel en tres meses.

Las yemas de sus dedos todavía conservaban el aroma de North. Olerlas no le sentó bien. Y el beso tampoco le había sentado bien. Algo trazaba círculos en su interior, vertiginoso y nauseabundo, una conclusión tan tremenda, aterradora y destructiva como un tornado.

Con el fin de reunir las fuerzas que necesitaba para marcharse, Marigold había canalizado todas sus energías en ayudar a su madre, buscar un trabajo, encontrar un apartamento, embalarlo todo y despedirse del único hogar que había conocido. La partida requería determinación, así que había dejado en suspenso todo lo demás. Desde su primer encuentro con North, la relación había tenido fecha de caducidad. No le había parecido inteligente considerar la posibilidad de algo más. Ni admitir nada en voz alta.

Marigold se había dicho a sí misma que estaba allí para rescatarlo, pero había actuado movida por el egoísmo.

Si deseaba que North viviera con ella no era porque quisiera empujarlo a luchar por algo que le gustaba (aunque quería), ni tampoco porque necesitara ayuda con el alquiler (aunque la necesitaba), sino porque no podía pasar ni un solo día más separada de él.

Estaba claro. Era tan obvio que le dolía.

Le dolía darse cuenta de que estaba perdida, arrebatada, locamente enamorada de North Drummond. ¿Cómo era posible que no se hubiera dado cuenta hasta ese momento?

North la quería. La QUERÍA.

Marigold lloró en voz alta —un llanto extraño, estrangulado— mientras la información la inundaba otra vez. *Es eso lo que ha intentado decirme, ¿no?* Marigold sacudió la cabeza para librarse de las últimas sombras de duda. Echó mano del bolso y bajó dando tumbos por el sendero, saltando piedras y troncos. El mundo se tornó más ruidoso. Charlas, juegos, risas, gritos. Corrió al camino principal con el pulso en la garganta. Dobló el último recodo…

En el instante en que el vagón verde se perdía de vista montaña abajo.

El último viaje del funicular era a las seis. Eso significaba que North recogería a la última remesa de viajeros pasados otros noventa minutos.

Marigold llevaba todo el día esperando. Podía esperar un rato más.

Se encaminó hacia los edificios con la intención de entrar en calor. Según el termómetro que había junto al puesto de comida rápida, estaban a trece grados. Se frotó los brazos enérgicamente, sin saber muy bien qué parte del temblor se debía a la temperatura y qué parte al miedo a lo que aún estaba por llegar. No la ayudó darse cuenta de que llevaba el trasero de los pantalones mojado y manchado de barro. Pasó un rato en el servicio, tratando de dejar la tela tan limpia y seca como fuera posible con toallitas de papel, al mismo tiempo que rogaba en silencio que North no hubiera visto el desastre mientras se paseaba por delante de él.

North. *North.*

Mientras el reloj contaba los minutos, segundo tras agónico segundo, su mente repetía el nombre como una balada. Ambos sentían lo mismo. No era demasiado tarde. Seguro que no.

Fueron los noventa minutos más largos de su vida.

A las seis en punto, Marigold todavía temblaba de frío, pero el cielo seguía azul y radiante. El sol del verano tardaría aún unas horas en esconderse. Los guardabosques habían hecho un buen trabajo despejando la cima, porque la zona de espera estaba atestada cuando llegó el *María.* North saltó al andén. Parecía agotado. Hizo entrar a los pasajeros en silencio mientras Marigold se escondía al final de la cola, incapaz de resistirse a darle una última sorpresa. La esperanza y las mariposas revoloteaban en su estómago.

Cuando el hombre alto que la precedía subió al vagón, los ojos de North se clavaron en los de Marigold. La expresión del chico se animó un instante antes de mudar en otra aún más aplatanada que antes y, por fin, transformarse en ira. North levantó una mano para detenerla.

—Ay, Dios mío —le espetó—. Tú escuchas aún menos de lo que pensaba.

North todavía la quería. Lo que sentía por ella no se había apagado. Su reacción la envalentonó.

Marigold sonrió con dulzura. Sabía muy bien cómo ejecutar su jugada maestra.

—Por favor, déjame embarcar.

—¿Ves o no ves la mano de un agente gubernamental que te lo impide?

—La mano de un voluntario gubernamental. Y es tu obligación dejarme subir.

—Me estás volviendo loco. —Pero apartó el brazo, sacudió la cabeza y le cedió el paso—. Y ahora me estás chinchando adrede.

Marigold pasó por su lado con una gran sonrisa en el rostro.

—Pues sí.

North tomó aire a su espalda, preparándose para replicar, pero entonces... nada. Como si se hubiera quedado sin palabras. Marigold tomó asiento en el banco que quedaba más cerca del cuadro de mandos. Él cerró la puerta. Ella lo miró por encima del hombro y le dedicó otra sonrisa afectada.

North frunció el ceño, pero le brillaban los ojos cuando echó mano de la megafonía.

—Damas y caballeros, niñas y niños. Estimados invitados e insistentes intrusos.

Risas por parte de los pasajeros.

Marigold apoyó un codo en el respaldo del banco y le clavó los ojos. Estaba a menos de medio metro de distancia. Pestañeó.

La mirada de North no se despegó de ella mientras accionaba los anticuados controles del funicular y el coche iniciaba su traqueteante descenso.

—El personal de los parques nacionales de Carolina del Norte desea que hayan disfrutado la visita al monte Mitchell...

Marigold sonrió y asintió.

—... pero no tanto como para sentir el impulso de volver. Estamos muy ocupados y tenemos otros turistas que atender. Hay turistas para dar y tomar en el mundo. No queremos pensar en ustedes, así que deberían dejar de pensar en nosotros. Ahora mismo.

Las risas proseguían en el coche.

Marigold le dedicó un exagerado mohín.

—Ya lo sé. Es duro. —El brillo travieso de los ojos de North se intensificó—. Esta montaña es fantástica. Alta, imponente y, según algunos, increíblemente apuesta.

Marigold disimuló un resoplido con la mano.

—En sus futuros viajes visitarán montes mucho menos fascinantes, pero... es demasiado tarde. —North sacudió la cabeza con pesar—. Han decidido bajar. No hay vuelta atrás.

El resto del pasaje no se había percatado de que sucediera nada anormal, hasta que Marigold habló con voz alta y clara:

—¿Y qué pasa si el monte que nos gusta es ESTE? ¿Qué pasa si ni siquiera somos capaces de ver otras montañas porque estamos colados por este en concreto?

Notó como un número creciente de miradas se le clavaban en la nuca, pero ella mantuvo los ojos fijos en North. El semblante del chico adoptó una expresión solemne. En broma, al principio. Pero luego más genuina.

—Parece ser que este monte le gusta mucho —insinuó.

—Pues sí.

—Ya veo.

—Ya lo conocía de antes. La última vez que me marché, me quedé hecha polvo, pero no sabía por qué. Sencillamente... no podía parar de pensar en él. En el monte —aclaró—. Por eso he vuelto. Para averiguarlo.

North guardó silencio un instante.

—¿Y qué ha descubierto?

—Que me inspira sentimientos más fuertes de lo que pensaba.

—¿Y hasta qué punto son fuertes esos sentimientos… exactamente?

—Muy fuertes.

—Ya veo —repitió North.

El público profirió un «oooh» colectivo. Nadie miraba las vistas del exterior cuando Marigold se llevó una mano al pecho.

—Y ahora mismo tengo el corazón partido de pensar que vuelvo a estar en la misma situación. En plena despedida. —El tono de su voz se tornó suplicante—. Ojalá la montaña se viniera conmigo, pero hasta yo sé que eso es imposible. Hacen falta millones y millones de años para que una montaña se mueva. Hace falta un movimiento de placas. Terremotos violentos.

—La dinamita ayuda. —North había olvidado usar la megafonía.

Ella sonrió con tristeza.

—Se me ha terminado.

—Tal vez hayas usado más de la que crees.

Las venas de Marigold latían con fuerza cuando North alargó la mano y le acarició el codo, que seguía colgado sobre el respaldo del banco. Notó la calidez de sus dedos.

—Además —prosiguió él—, este monte no es tan grande. No es el Denali ni nada parecido.

Marigold desplazó el brazo para tomar la mano de North. Le estrujó los dedos. Él se los estrujó a su vez. Ambos sonreían.

North tomó el micro con la otra mano y devolvió la atención a los visitantes.

—Damas y caballeros, niñas y niños, por si se lo estaban preguntando: sí, esto sucede en cada descenso.

—¡Que se besen! —gritó alguien.

—Como pueden ver en la inscripción de mi camisa —respondió North—, solo soy un voluntario. No me pagan para ofrecer ese tipo de entretenimiento.

La gente volvió a reír.

Cuando se embarcó en el monólogo que recitaba a diario, North estaba de un humor radiante que los enzarzó a todos en bromas y discusiones. Pasaron junto al segundo vagón, vacío salvo por el conductor, y North hizo repicar la campana del *María* con entusiasmo. El conductor del *Elisha* respondió al instante. Marigold se regodeaba en el resplandor de North. Una suave brisa entraba por las ventanas abiertas y el coche no se le antojaba ni de lejos tan incómodo como en el ascenso. No era incómodo en absoluto.

North no le soltó la mano hasta que llegaron al final del trayecto y tuvo que ayudar a los pasajeros a desembarcar. Varios bromearon con ella al pasar por su lado. Por fin, North regresó al coche. Se despojó de la gorra y se arrodilló a su lado para mirarla a los ojos.

—Hola —dijo.

Marigold notó un calorcillo en las mejillas.

—Hola.

—Me alegro de que hayas esperado a mi coche.

—Me alegro de que te alegres. ¿Has terminado por hoy?

—Te he visto —confesó él, haciendo caso omiso de la pregunta—, justo después de que bajaras de la cima.

Marigold ladeó la cabeza. No sabía a qué se refería.

—He visto el dibujo que le has regalado a ese niño. Iba sentado en la segunda fila y lo sostenía en el regazo. Me sostenía a mí en el regazo. Lo he considerado una señal.

—¿Buena o mala?

—No estaba seguro.

Marigold sonrió.

—Siempre has sido mi personaje favorito.

North le sostuvo la mirada. Una sonrisa se insinuaba también en sus labios.

—Enseguida podré marcharme. —Era la respuesta a la pregunta anterior—. Solo me queda una cosa por hacer.

Marigold se inclinó hacia delante. El corazón le latía como un timbal. Cerró los ojos… al mismo tiempo que él se incorporaba de un ruidoso salto. Marigold abrió los ojos de golpe.

Él sonrió y le ofreció la mano.

—Eres malo —lo acusó ella, colorada como un tomate. Pero la tomó.

Salieron del funicular caminando tranquilamente. A diferencia de las tardes de verano, los anocheceres eran mágicos. Los rayos del sol se alargaban en todas direcciones como lánguidas caricias, las cigarras chirriaban y zumbaban como un coro de insectos y el asfalto desprendía un calor soñoliento y delicioso.

North señaló con un gesto la zona más alejada del aparcamiento, donde Marigold había dejado el coche.

—Llegaré en cinco minutos. Antes tengo que pasar por las oficinas del parque. —Su cálida mano estrujó la de ella una vez más, con fuerza, como si no quisiera soltarla, antes de alejarse hacia el edificio.

Marigold se encaminó sin prisa a su coche y desbloqueó la portezuela. Cuando la abrió, una ola de aire caliente la golpeó con la fuerza de una explosión nuclear. Bajó las ventanillas y volvió a cerrar la puerta.

A lo largo del borde discurría una balaustrada, así que Marigold se sentó allí de un salto, con las piernas colgando. La luz del sol poseía una cualidad balsámica. La brisa transportaba la fragancia de la madreselva. Marigold todavía no sabía lo que iba a pasar, pero al menos ahora entendía por qué estaba allí.

Diez minutos más tarde, apareció North. Llevaba la camiseta blanca y unos vaqueros. Los pantalones cortos habían desaparecido. ¿Significaba eso que pensaba aceptar el pantalón largo? ¿El nuevo empleo? Un pánico repentino azotó a Marigold con tanta fuerza como el aire del coche.

North se dirigía hacia ella en línea recta. El aparcamiento se había vaciado ya y ahora estaban solos. Los latidos del corazón de Marigold se tornaron erráticos. *Su reticencia a besarme. Su reticencia a soltarme la mano.*

¿Era esto un principio o un final?

Él se detuvo a unos pasos, como si notara el miedo que la embargaba. O puede que también él estuviera asustado.

—He tenido que devolver el uniforme. Voy a echar de menos esos pantalones, en serio.

Marigold hizo esfuerzos para que no le temblara la voz.

—Porque… vas a llevar pantalón largo. Te van a ascender.

Él negó con la cabeza. Esbozó una sonrisa mínima.

—Porque… ¿lo dejas? ¿Acabas de dejarlo?

La sonrisa de North se ensanchó. Asintió.

Marigold rompió en sollozos. North saltó hacia delante y la envolvió en un abrazo. Ella seguía encaramada en la balaustrada y le clavaba las rodillas en el pecho a North, pero él se limitó a estrecharla con más fuerza. Marigold seguía llorando. Y también se reía.

—Eres un idiota —lo regañó con los labios pegados a su cuello.

—Perdona. —North rompió a reír a su vez—. Pensaba que era evidente.

—¡Pues no!

—Lo siento —volvió a disculparse él.

—Yo también.

North retrocedió para mirarla a los ojos.

—No tienes que disculparte por nada. Necesitaba que vinieras. Necesitaba que me rescataras.

Marigold sonrió mientras se secaba las lágrimas. Abrió las piernas y él se deslizó en el hueco, pegado contra los barrotes. Pegado a ella.

—Me alegro de haberte devuelto el favor —dijo ella—. Tú fuiste el primero en rescatarme, ¿sabes?

North le acarició las piernas desnudas y su sonrisa mudó en una mueca traviesa.

—Yo tampoco te había visto nunca con pantalón corto.

Marigold se rio con ganas.

—El verano te sienta bien.

Ella suspiró, disfrutando del contacto después de tanto tiempo privada de su presencia. Sus esbeltos brazos rodearon los fuertes hombros de North.

—A ti también.

Sin embargo, mientras se miraban a los ojos —de cerca, embargados por la emoción y el asombro—, la expresión de North dejó entrever fragilidad. Ella ladeó la cabeza con ademán de pregunta.

—Marigold —empezó North. Cualquier nota de ironía había abandonado su voz—. Antes de que esto llegue más lejos… Antes de que me vaya a vivir contigo, necesito decirte una cosa. En voz alta.

Ella asintió. Notaba los latidos del corazón en los oídos.

—Por si acaso no he sido absoluta e inequívocamente claro cuando me he despedido de ti en la cima de la montaña…

Ella asintió. Una vez más.

—Estoy enamorado de ti.

Los ojos de Marigold se agrandaron.

—Llevo mucho tiempo enamorado de ti. Así que, si la idea te abruma, si te parece demasiado…

Marigold lo atrajo hacia sí para besarlo y se fundieron en un abrazo dotado de una apertura, franqueza y pasión que nunca antes habían experimentado. Las piernas de ella rodearon la cintura de North hasta encerrarlo contra su cuerpo. Las manos de él avanzaron por dentro de la camiseta de Marigold. Estaban hambrientos. Se devoraron mutuamente. El sudor les empapaba los cuerpos, pero sudar juntos se les antojaba ahora sincero y sugerente.

Ella se despegó, jadeando.

—¿North?

—¿Sí? —North apenas si podía pronunciar la palabra.

—Antes de que esto llegue más lejos, necesito decirte una cosa. En voz alta.

Él asintió. Sonriendo.

—Por si acaso no he sigo absoluta e inequívocamente clara…

Él asintió. Una vez más.

—Yo también estoy enamorada de ti.

Y entonces North volvió a besarla. Y cuando por fin sus cuerpos se despegaron —minutos, horas, días, años, toda una vida más tarde—, lo tenían claro. Por fin viajaban en la misma dirección.

—Vamos a casa —dijo Marigold. Se sentía inundada de felicidad y luz del sol.

Entre los cipreses se materializaron las primeras luciérnagas de la noche. Parpadearon al sol poniente, como para recordar al mundo que la luz es un estado recurrente.

North la ayudó a bajar de la baranda.

—Vamos a casa.

RECUERDOS
TIM FEDERLE

Puede que últimamente esté leyendo demasiado a Charles Dickens, pero hoy no me parece un día tan gris y deprimente como para romper, ¿sabéis?

Ya, en relación a Dickens: no lo he escogido por decisión propia. Forma parte de la lista de lecturas avanzadas propuestas para el verano, y yo quiero entrar en una buena universidad, y el verano está a punto de terminar. Dicho esto, el día de la ruptura tampoco lo he elegido yo exactamente. Pero ha llegado la fecha —la de la ruptura— que Kieth y yo acordamos en su momento y que llevamos todo el verano observando de lejos como dos zopilotes gays. A menos que, un momento, ¿es mejor que diga como dos buitres? ¿Un zopilote es lo mismo que un buitre? ¿También espera a que los animales hayan muerto para abalanzarse sobre ellos?

Si os parezco exagerado, echadle la culpa a Kieth, el chaval que me ha hecho tilín este verano. Es actor. Por el amor de Dios, firma como «Kieth», aunque nació siendo un Keith normal y corriente. Lo que no significa que Kieth sea normal y corriente en absoluto.

Fue idea suya, por ejemplo, escoger el día de la ruptura de antemano, igual que algunas parejas celebran el aniversario o planean una acampada. Yo qué sé. Para mí, todo esto es nuevo. Es mi primer novio. (Yo soy el tercero de Kieth, como le gusta recordarme).

¡Clientes!

Una madre pertrechada con una gorra de los Pittsburgh Pirates se acerca a mi caseta seguida de dos niñas enfundadas en idénticas camisetas de tirantes color turquesa. Son de por aquí cerca; pero, bueno, todos los clientes de este parque son de por aquí cerca. Nadie viaja más de sesenta kilómetros para venir a Mundo Mágico. Somos tan rurales y destartalados como el que más, a solo un paso de la feria ambulante.

—Buenas tardes —digo, haciendo lo posible por comportarme con naturalidad—. ¿Qué desea?

Me ha pillado hojeando con el pulgar *Historia de dos ciudades* para ver si descubría cómo un tocho como este se puede considerar un clásico.

—¿Sería tan amable de decirnos —empieza la mujer (está a punto de preguntarme dónde están los baños)— dónde están los bañ...?

—Pasado el tobogán de los troncos —le indico— verán el cartel de los cucuruchos de granizado hawaiano. Pasen por debajo y giren a la derecha a la altura de una glorieta llena de gente fumando, aunque no está permitido. ¡No tiene pérdida!

Ya se han ido. ¡Puf! A comienzos del verano habría intentado endilgarles un llavero, una gorra, un algo. Es mi trabajo y a mí me gusta hacerlo bien. Pero si algo se aprende vendiendo recuerdos en un parque de atracciones rural es que la mayoría de gente se acerca a preguntar dónde está el baño, nada más. En cambio, casi nadie quiere comprar una camiseta de veinte dólares, y menos aún una sudadera de treinta, y ¿quién se lo puede reprochar? La temperatura media de por aquí es algo así como infierno con posibilidad de truenos.

Escudriño el cielo en busca de ese día nublado y dickensiano que no acaba de llegar.

—La buena noticia —le murmuro a una gaviota— es que ya he superado desengaños amorosos otras veces.

Sí, quiero a Kieth. O por lo menos me encanta. Pero, oye, también me encantaba la pizza antes de desarrollar intolerancia a la lactosa y ahora apenas la echo de menos. Apenas pienso en la pizza, quiero decir.

Un grupo de adolescentes pasa gritando por delante de mi caseta sin detenerse. Uno arrastra un globo de propaganda de Mundo Mágico que revolotea tras él como una cometa metalizada. Abro *Historia de dos ciudades* e intento leer el párrafo que llevo tres días tratando de terminar. Puede que cuatro.

Y entonces:

—Disculpe, señor.

Y, por raro que parezca, sonrío.

Es Kieth, que acaba de acercarse sigilosamente a mi chiringuito. ¿Quién sino él me llamaría «señor»? Los señores no tienen granos. Los señores se pueden dejar crecer unas patillas como Dios manda.

—¿Podría —prosigue— indicarme dónde está el Túnel del Amor?

Cierro el libro. Ya se me saltan las lágrimas. Si mis ojos son los perros de Pavlov, la voz de Kieth es la campana.

—En este parque no hay Túnel del Amor —le digo, igual que hice el día que nos conocimos. Está recreando toda la escena: cómo se acercó de puntillas a mi puesto para «preguntar por el Túnel del Amor», tras haberse tirado una semana entera intercambiando miraditas conmigo en el mugriento vestuario de los empleados. Incluso a la fría luz de los fluorescentes, tenía un aspecto adorable. Y a diferencia de los chicos de mi clase de deporte, Kieth me devolvía las miraditas. Me robó el corazón.

—¿Cómo que no hay Túnel del Amor? ¿Y qué clase de parque de atracciones es este? —me suelta, haciendo muchos aspavientos. Monta un numerito ALLÁ donde va—. Quiero hablar con el encargado.

Kieth planta la mano en mi libro, pero yo se lo impido por razones secretas.

—Ja, ja —le digo—. Ya puedes parar. —Ha salido vestido para el espectáculo. Contraviniendo el reglamento del parque. Aprovecho la circunstancia—. ¡No puedes salir con esa ropa!

Lo digo solo por cambiar de tema, por enfadarme con él. Cuando me enfado con Kieth, me gusta menos.

Echo un vistazo a la hora en el móvil. Su próxima función empieza dentro de diez minutos.

—¡Ni siquiera vas maquillado!

Tres veces al día, Kieth actúa en un festivo espectáculo temático. El numerito es cursi a más no poder. Mundo Mágico no se puede permitir pagar los derechos de ninguna canción buena, así que recurre a una serie de popurrís inspirados en distintos estilos. El popurrí de la década de 1950 no recuerda para nada a los cincuenta. Tan solo las pelucas te ayudan a adivinar vagamente en qué época se ubica el número.

—Ya. —Kieth se frota la barbilla como si buscara golpes en un melocotón—. Hoy es el último día. Voy a pasar del maquillaje para darle un descanso a mi piel.

Tiene una piel impecable.

Me cruzo de brazos. Detrás de Kieth se ha formado una pequeña cola.

—La gente necesita saber dónde están los baños —le espeto a la vez que señalo a los apurados clientes, que se abanican con el célebremente obsoleto plano del parque—. ¡Y tú tienes que actuar! —Vuelvo a mirar el móvil—. ¡Dentro de siete minutos!

Pero él no se da por aludido. Me sujeta las manos y me obliga a interrumpir el improvisado ritmo que le estoy arrancando al mostrador de cristal. Cada vez que Kieth me roza, me embarga el mismo sobresalto que sentí a los siete años cuando enchufé el secador de mi madre y el dedo se me quedó enganchado entre el enchufe y la toma de corriente.

—La verdad, Matty —dice— es que venía a invitarte a la fiesta de tacos que damos dentro de un rato. Entre bastidores.

Arg. Llevo todo el verano evitando esas reuniones. Tantos actores y actrices juntos, esas voces tan altas, todos esos ABRAZOS; me sobrepasan. Con Kieth ya tengo bastante. Kieth, me recuerdo, es casi demasiado.

—¿Y por qué no me has enviado un mensaje? —le espeto. Porque, en serio, es muy grave salir del anfiteatro disfrazado. Podrían amonestarlo. No es que yo sea un quisquilloso, pero detesto romper las reglas sin motivo.

—Porque tenía la sensación de que me dirías que no, por eso —confiesa Kieth—. Ya sabes, tantos actores juntos... Así que he preferido preguntártelo en persona. Además, me gusta verte la carita.

Detesto que me conozca tan bien. No... Me encanta que me conozca tan bien y detesto que hoy vaya a terminar todo.

Por poneros en antecedentes: mañana, Kieth se marcha a la universidad, a empezar primero, y yo pondré rumbo al instituto, a dar comienzo al último curso, cada uno en una dirección contraria del mapa. Sería literalmente imposible planear una ruptura más geográfica.

Chunda, chunda, chunda.

La música enlatada atruena ya en el interior del anfiteatro semicubierto, situado a seis metros de nuestra falsa Maine Street. Antes se llamaba Main Street, pero por lo visto Disney nos denunció en los años noventa, así que los dueños pintaron una *e* en *Main,* aunque nada en Maine Street recuerda al estado de Maine. No hay merenderos de langosta. Ni pescadores. Estamos en Pennsylvania. Aquí no hay nada más que mi puesto de recuerdos, el anfiteatro y una docena de «bazares» con marquesinas a rayas que ofrecen golosinas Mundo Mágico, las mismas una y otra vez.

—Que es para hoy, chicos —grita un joven papá desde la cola.

—El deber me llama —le digo a Kieth.

Él me suelta la mano.

—¿Y bien? ¿Nos vemos en la fiesta de tacos, a la hora de comer? ¿Quieres ser mi acompañante?

Por favor, fijaos en que ni siquiera dice «mi pareja», aunque llevamos cinco semanas y dos días, ya sabéis, saliendo.

—Pensaba que comeríamos juntos —objeto—. Los dos solos.

No pretendía soltarlo en un tono tan enfático. HA SONADO IGUAL QUE UN MENSAJE DE TU MEJOR AMIGO ESCRITO EN MAYÚSCULAS.

Pum-chi, pum-chi, pum-chi.

La música ha mudado en el estridente chirrido que señala la cuenta atrás: quedan tres minutos para que comience lo mejor del espectáculo de Kieth. Varios clientes potenciales abandonan mi cola de una vez y para siempre. Me asesinan con la mirada abiertamente según se largan a buscar el baño por su cuenta. Adiós a mi comisión.

Kieth echa un vistazo a la entrada del anfiteatro —una desnuda pared de hormigón sembrada de chicles pegados (un rito de paso en Mundo Mágico)— y luego a mí otra vez.

—¿Nos vemos después del espectáculo… por favor?

Jo, deberíais ver las estrellitas de sus ojos. Kieth sabe derrochar encanto como quien abre, no sé, un grifo. Un grifo alimentado por un géiser.

—¿*Por fi,* por favor?

Echo mano de *Historia de dos ciudades* y la uso para propinarle un suave golpe en la frente.

—Vale.

Se echa hacia delante para darme un beso, cosa que nunca hacemos en público. Va contra las normas de la empresa que los empleados salgan juntos; pero le dejo. Tengo que ponerme de puntillas porque es más alto que yo. ¿Y si nunca llego a conocer a otro chico con la altura ideal para besarme, una diferencia de 11,4 centímetros si llevo puestas mis Converse blancas favoritas (que en teoría ya no me caben, pero que ostentan el grado de desgaste ideal)?

Compartimos nuestro primer beso bajo una luna turbia, entre mosquitos que zumbaban a mi alrededor como un halo. Todos mis sentidos hicieron *boing*. Percibía el aroma del desodorante de Kieth, notaba el sabor de su chicle, veía aletear sus pestañas. Yo no cerré los ojos porque ¿y si estaba soñando ese momento, el más erótico y feliz de mi vida? Cuando nos separamos para tomar aire y dijo: «Hostia, Matty, qué bien besas», todavía no estaba seguro de estar despierto.

Pero hoy, cuando nuestro beso en público llega a su fin y ve la expresión de mi rostro se limita a decir:

—¡Ni se te ocurra! —Siempre me está tomando el pelo (de buen rollo, creo) por ser tan emotivo. A estas alturas, ya se ha dado cuenta de que, cuando empiezo a llorar, más le vale largarse o buscar unas gafas de bucear—. ¡Guárdate las lágrimas para el aparcamiento, al menos!

Se refiere al momento en que nos despedimos hasta el día siguiente. Cada noche. Es una tradición.

—Bien —digo—. Mira, ya está, no estoy llorando.

Pero ya no me escucha. Ha entrado en modo actuación, un estado que debo respetar. Me encanta un trabajo bien hecho.

—Chao, *pescao* —me grita según se aleja a toda prisa, a un minuto escaso de su salida a escena.

Y mientras miro ese culo enfundado en pantalones negros de poliéster, tan increíblemente mono, caigo en la cuenta, por absurdo que parezca, de que quizás sí echo de menos la pizza. Con toda mi alma. De que tal vez, si soy sincero conmigo mismo, nunca he dejado de pensar en pizza desde el día en que el alergólogo me la prohibió tras señalar mi hipersensibilidad a la lactosa.

Hoy se respiran unas vibraciones extrañas en Mundo Mágico. Ningún parque temático es el sumun del civismo precisamente, pero noto una onda anárquica en el aire que me sorprende, aun para unos patrones tan relajados como los nuestros.

Los adultos se esconden detrás de las descuidadas esculturas topiarias (¿qué es eso, un hipopótamo, un dragón?), con la intención de abalanzarse sobre sus amigos y empaparlos con el agua de sus pistolas. Los *skaters* recorren la acera de Maine Street a toda pastilla, formados en V. Por dos veces consecutivas he visto al encargado de los bazares de golosinas persiguiendo a niños que huían con dulces robados, los bolsillos abultados como los carrillos de una ardilla.

El mes pasado, Kieth me regaló una bolsa llena de esos labios gigantescos que venden en la tienda de caramelos y escribió: «Pero tus besos son más dulces» en la etiqueta del precio con rotulador morado.

Al otro lado del anfiteatro, la función, de treinta y cinco minutos de duración, ha llegado a la mitad. El número en que todas las chicas se ponen a cantar *du duá* alcanza su punto álgido. Kieth no volverá a salir hasta dentro de cuarenta y cinco segundos, así que abro el libro tranquilamente y…

En serio, ¿a quién quiero engañar? No me voy a enterar de nada. Hoy no, al menos.

Así que me quito las gafas de sol y extraigo el punto de libro, que no es un punto en realidad, sino una lista supersecreta que llevo un tiempo redactando. Una lista de todos los defectos de Kieth que me sacan de quicio. Supongo que me resultará más fácil relegarlo al olvido si consigo recordar lo mucho que me altera en el presente.

Defecto número uno: *Cuando yo hablo, siempre parece estar esperando a que termine.* En plan, los ojos se le nublan cada vez que le cuento algo. En momentos así, Kieth me recuerda a un niño que espera su turno para montar en una atracción de

Chiquiland. Pero lo malo de los niños que aguardan turno en Chiquiland —y lo sé, porque trabajé como operador de atracción el verano pasado, ganando tres dólares a la hora— es que tienen cero paciencia. Igual que Kieth.

Entorno los ojos para protegerlos del sol y miro el escenario. Las chicas se están tomando toda clase de libertades vocales en el popurrí, que adquiere un aire absolutamente contemporáneo. Están haciendo el gamberro, porque es su último día en el parque. «Día de las travesuras —lo llamó Kieth ayer por la noche, para ponerme sobre aviso—, porque ¿qué van a hacer? ¿Despedirnos? Ninguno de nosotros quiere volver a trabajar en este parque de mala muerte, de todas formas».

Y me lo soltó, por cierto, sin acordarse de que el menda trabaja en este parque por segundo verano consecutivo. Porque Kieth se olvida de todo.

Me muerdo la lengua sin querer y me tomo la rabia que acaba de embargarme como una señal para que siga repasando mi lista.

Defecto número dos: *Kieth no siempre se muestra considerado con mis sentimientos.* Tiene la manía, típica de actor, de enarcar las cejas constantemente y enjuiciar a todo aquel que pasa por delante. A veces te partes de risa con Kieth; no conozco a nadie más divertido, ni más agudo. Pero, como siempre dice mi madre, «hay una línea muy fina entre ser encantador y ser un manipulador».

Ah, mi madre. Es enfermera y una sentimental como la copa de un pino. En plan, llevaba pegatinas «Coexiste» en el coche antes de que se pusieran de moda, etcétera. La única persona que conozco más amable que ella es mi padre, al que mis amigos han apodado «el único vegetariano cachas». Mis padres son tan simpáticos que, cuando llevé a Kieth a cenar a casa hace un par de semanas, mi padre sacó tres temas de conversación inofensivos distintos —el tiempo, los enrevesados medios de transporte de Pittsburgh y «¿Qué me dices de tus padres, Kieth? ¿A qué se dedican?»—, antes de darse por vencido, porque Kieth no permite que nadie salvo él controle la conversación. (Kieth quería hablar de religión, porque está orgulloso de haber abandonado recientemente la Iglesia católica. Mi madre se levantó tres veces de la mesa, a buscar la sal, a buscar la pimienta y luego a buscar un tipo distinto de sal).

Defecto número tres: *Kieth no pronuncia la palabra «amor».*

Pero yo sí. Todos mis abuelos eran hippies. El amor circula entre los miembros de mi familia sin complejos. Intercambiamos amor como si fuera dinero, como si fuéramos las personas más ricas del mundo.

Defecto número cuatro: *¡Nunca me pregunta por mi trabajo!* Puede que mi empleo no le parezca interesante, pero yo creo que sí lo es. Veréis, me pagan por vender camisetas y cantimploras —y mis ventas han superado las de cualquier otro puesto del parque durante cinco semanas consecutivas, gracias—, pero yo considero que mis jefes están financiando mi futuro como científico social. Soy un investigador de las costumbres humanas. Un primatólogo de Pittsburgh.

Veréis, desde mi perspectiva de investigador del comportamiento humano, Mundo Mágico cuenta con cuatro categorías de clientes susceptibles de estudio: (1) parejas mayores que están hartos el uno del otro; (2) parejas de adolescentes que se pasan el día el uno encima del otro; (3) grupos grandes vestidos con camisetas fosforito a juego y que se mueven por el parque con un aire triunfal que Colón debió de reservar para el descubrimiento de América; y (4) punks.

El típico grupo de cuatro se acerca ahora a mi chiringuito y me pongo de los nervios. Kieth está a punto de volver al escenario y me encanta su manera de, o sea, bailotear enfundado en el traje espacial del popurrí «Futuro y más allá». No me lo quiero perder. Nunca me lo pierdo, aunque me toca alargar el cuello a tope para poder atisbar medio escenario.

—Qué pasa, MATTHEW —me dice un chico. Un punk de la cabeza a los pies. Ha leído el nombre en mi credencial, para hacer reír a sus amigos. (Por favor, tomad nota de que los empleados que llevan identificación —en el supermercado, en el parque de atracciones— odian que te dirijas a ellos por el nombre. Consejo desinteresado)—. ¿Cuánto valen los fuegos artificiales?

Finjo rascarme el hombro.

—No tenemos fuegos artificiales. ¿Quieres una camiseta?

Como si ese chaval pudiera permitirse una camiseta de veinte dólares.

Una ojeada fugaz al escenario del anfiteatro —a Kieth, llevando a cabo un alucinante *spagat* en el aire, tan difícil de describir como me resultaría ejecutarlo— y todos y cada uno de los puntos de mi lista pasan a la historia.

O sea, solo hay que ver cómo se le ilumina el rostro cuando hace esa pirueta... Mi novio es muy mono, y eso dice algo en mi favor, ¿no? El hecho de que sea capaz de atraer a un chico que es una monada lo mires como lo mires —a pesar de mi piel impredecible y de unos pies desproporcionadamente grandes, y de que haya dejado las lecturas para la última semana del verano— debe de decir algo en mi favor.

—¿Seguro, Matthew? —dice el número cuatro del grupo—. Porque juraría que he visto unos fuegos artificiales ahí detrás.

Ahora mismo estoy algo así como hipnotizado por Kieth, así que cuando el punk amigo del punk se echa hacia delante y me grita «¡bum!» en las narices, pego un chillido. (Chillar es una de mis especialidades, después de mi tendencia a desarrollar sarpullidos sin causa médica aparente).

La banda de los fuegos artificiales choca los cinco según se aleja con parsimonia, antes de desaparecer por la maraña de cuerdas que decora la entrada de una antigua y peligrosa atracción pirata.

—¡Punks! —les grito como si tuviera noventa años. Ojalá usara bastón para poder amenazarlos con él.

Como mínimo, aún me queda tiempo para disfrutar de lo «peor de lo mejor» del espectáculo. Kieth, al final de su actuación en solitario enfundado en el traje espacial, salta al público, arrastra a un desconocido al escenario y le pregunta su nombre. Y monta un número alucinante. Nueve veces de cada diez el desconocido se muestra semihorrorizado, pero también semiencantado de estar ahí, subido a un escenario a pleno sol, obligado a bailotear con Kieth.

En ocasiones, no sé, me parece que escoge a la persona MÁS patosa que encuentra solo para destacar aún más si cabe.

A pesar de todo, hay que reconocerlo. Hoy brilla más que nunca.

¿Queréis que os dé una buena razón? ¿Una de las cualidades de Kieth que me empujan a volver a por más, a pesar de que nunca me pregunta por mi trabajo y de que parece físicamente incapaz de pronunciar la frase «TE QUIERO»?

Porque se ríe de mis horribles chistes.

Ah, otra cosa: porque una noche de junio yo me estaba pelando de frío y me prestó su cazadora en el aparcamiento, y el cuello conservaba el aroma de su acondicionador Aveda, así que me la llevé a casa y todavía no se la he devuelto. (Hasta esa noche, nunca me habían gustado los chicos con cazadoras vaqueras).

Y también: porque la tercera vez que nos besamos en mi coche, olvidé que llevaba el retenedor puesto y no se apartó diciendo «puaj». Se apartó diciendo «qué risa». Y cuando yo respondí: «No, qué mal», me interrumpió y dijo: «De todas formas pienso que besas muy bien».

Kieth acababa de salir de una relación a comienzos del verano y tenía pensado permanecer «obstinadamente soltero» durante todo el tiempo que durara su contrato en el parque. Pero, por lo visto, pasó por mi lado el primer día, de camino al ensayo, y le dijo a una de sus compañeras: «Si ESE chico es gay, voy a tener problemas».

Nunca antes me habían considerado un «problema». ¿A quién quiero engañar? Nunca antes me habían considerado «ESE chico», tampoco.

Pero la razón principal por la que empecé a salir con Kieth este verano es la siguiente: no permite que me rebaje a mí mismo. Nunca.

Yo soy el objetivo fácil incluso entre mis supuestos amigos del cole: el borrico del juego en el que nadie más lleva los ojos vendados, y todo el mundo ha puesto la cola menos yo. Pero cuando estoy con Kieth y caigo en los clásicos comentarios del estilo «arg, qué mal he salido en esta foto», o «no tengo ningún sentido de la orientación», siempre me hace callar y me pregunta: «¿Y por qué no te enorgulleces de todas las cosas que se te dan de maravilla, Matty?».

Nunca me ha dicho qué cosas son esas exactamente, pero resulta agradable saber que tiene su propia lista. ¿Sabéis?

Y ahora, demos un graaan *aplauso a los cantantes y bailarines de «Música de hoy y de siempre».*

Ay, tío. La función ha terminado y el público está saliendo. Eso significa almuerzo. Eso significa la chorrada esa de la fiesta de actores.

Guardo *Historia de dos ciudades* en el hueco de debajo del mostrador, miro a través de la humedad del patio la puerta del escenario, que Kieth está a punto de cruzar, y pronuncio una pequeña oración. Lo malo es que rezar se me da fatal.

Mis padres me educaron en el budismo.

Pues bien, es la mejor de las fiestas, es la peor de las fiestas.

Incluye mi sabor favorito de refresco light y un surtido nada desdeñable de galletas, es verdad. Pero también incluye un montón de desconocidos con los que en teoría tendría que charlar.

Pero bueno, diréis. *Te dedicas a vender camisetas. Te pasas el día hablando de trivialidades.* No exactamente. Yo atiendo un puesto, que es distinto. Intento cerrar ventas, un objetivo que me brinda un refugio. Aquí me siento como si tuviera que venderme a mí mismo. (Todavía no conozco el producto tan bien como para venderlo).

Además, el ambiente apesta a pies y a comida basura. Los bloques de hormigón prestan al espacio un dramático aire de cárcel de baja seguridad. Además, ¿por qué llaman «salón verde» a la habitación en la que se reúnen los actores antes de salir al escenario, si todo está pintado de negro? No entiendo nada.

—¿Quieres otra gaseosa? —me pregunta Kieth. Yo me estoy bebiendo la mía a toda pastilla en lugar de hablar del tiempo, cosa que odio.

—No sé qué es una gaseosa —le digo—, pero si te refieres a otro refresco, claro.

Estoy obsesionado con las diferencias dialectales. Kieth es de Delaware. Llama «gomas» a las cintas elásticas. A los refrescos los llama «gaseosas».

Y a mí me llama «Matt» —no Matty, como hace normalmente— cuando me dice que lo estoy «haciendo genial, Matt», como si nunca hubiera ido a una fiesta. Pero cuanto más rato paso aquí —el único introvertido del grupo, que cabecea patéticamente al ritmo de la música (no sé bailar; la gente siempre piensa que estoy haciendo el payaso cuando lo intento)—, más consciente soy de que no me va a presentar a nadie. Y eso me fastidia.

Hemos mantenido la relación en secreto durante todo el verano —en plan Romeo y Romeo, para no tener problemas con nuestros jefes. Al principio, eso de reunirnos en la última cabina de los baños, debajo del Laberinto del Monstruo, para meternos mano, prestaba a los encuentros un aire clandestino, erótico incluso, que me gustaba. Las risas cuando no llegábamos a desabrocharnos la bragueta de los vaqueros tan deprisa como queríamos. Pero ahora —eso de pulular por aquí como un fantasma invisible; percatarme de que Kieth y yo apenas si nos vemos, nunca, fuera del trabajo— acabo de caer en la cuenta de que el final de *Romeo y Julieta* es un tanto trágico. (Formaba parte de la lista de lecturas recomendadas para las vacaciones del año pasado).

—¡Atención, todos! —grita una chica que lleva pendientes de aro y pestañas postizas. Pide por gestos que paren la música, se lleva el puño a los labios y sopla una débil pedorreta, como un pregonero que toca la trompeta.

Kieth pide silencio.

—¡Ha llegado el momento de entregar los premios del final de temporada! —anuncia, y muestra el fajo de tarjetas de colores que llevaba escondidas a la espalda.

Los aplausos resuenan por toda la sala.

Ay, Dios. Voy a buscar más hielo para añadir a mi bebida, por hacer algo.

—Bueno, todos hemos votado —prosigue encaramada a un raído sofá marrón—. Y el primer premio, y algunos dirán que el más importante, para la persona con más posibilidades de ser la primera en aterrizar en Broadway es, cómo no, para…

—¡Un momento! —grita el único hetero del grupo (según Kieth)—. ¡Falta el redoble!

Y así, el elenco al completo, golpeándose los muslos al unísono, improvisa un estrepitoso redoble de tambores que hace parpadear una bombilla.

Yo los miro, estupefacto, tratando de imaginar que estoy llevando a cabo una investigación social no subvencionada. Como si acabara de descubrir una tribu inca cuyo lenguaje consiste en armar más jaleo del necesario.

—Por unanimidad, el premio para la persona con más posibilidades de ser la primera en aterrizar en Broadway es para... ¡Erica!

Erica, supongo, se embarca en lo que solo puedo describir como un numerito de baile, haciendo piruetas por la arañada tarima del suelo y casi derribando un aspirador que no debería estar ahí, y toma un tarjeta que lleva impresas las palabras «LA MÁS PROMETEDORA» como si fuera una beca para la escuela Juilliard, el conservatorio de Nueva York.

Yo, y únicamente yo aplaudo, sin darme cuenta de que todos esperan un discurso por parte de Erica, de lo que deduzco que debería hacer caso de mi pusilánime intuición y no participar en nada, nunca.

—Cuando llegué a este parque, a comienzos de verano... —empieza Erica. Y, al cabo de un momento, está llorando. De hecho, todo el mundo suelta alguna que otra lagrimita, excepto Kieth y yo. En vez de eso, Kieth me planta la mano en mi inexistente culo y se inclina hacia mí.

—Estás siendo muy buen tío —susurra.

—Pues sí —respondo yo.

Y cuando me pellizca la inexistente nalga, magia: si pudiera elegir un superpoder ahora mismo, sería el de parar el tiempo.

Al cuerno la invisibilidad.

Erica vocifera durante algo así como mil años (en cierto momento, sin la menor ironía, da las gracias a «Dios y a la libertad»), y a continuación pasamos a los premios más chorras, mientras la hora de la comida se esfuma ante mí y el estómago me gruñe al olor y a la vista de un montón de pizzas prohibidas que nadie se molesta en tocar siquiera.

Y apuesto a que ninguno de ellos es intolerante a la lactosa.

Una chica pertrechada con un *walkie-talkie* y enfundada en una camiseta rota de color negro aparece de la nada. Es la única persona que va menos maquillada que Kieth o yo.

—Diez minutos para la próxima función, chicos —anuncia—. Así que id liquidando el guateque.

Al momento, Kieth le ofrece el premio a la directora de escena más mordaz, que extrae de su macuto. Supongo que Kieth forma parte del… ¿comité de premios? O sea, ¿cómo es posible que sepa tan poco de la vida de Kieth?

Cuando le piden a la chica del *walkie-talkie* que pronuncie su discursito, ella dice:

—Mi contrato no incluía haceros de canguro a todos, pero os quiero mucho, y como no sigáis en contacto conmigo os mataré.

Suelta sus propias lagrimillas y la puerta de metal que lleva al escenario se cierra tras ella. Solo quedan dos premios por entregar cuando el destartalado aire acondicionado se pone en marcha con un repique metálico.

Y, en serio, ¿debería sorprenderme? Kieth ha ganado el premio al chico más coqueto. Cuando le toca pronunciar su discurso, dice:

—Vale, vale, qué le voy a hacer. Me gusta poner ojitos a todo el mundo. —Descorre la cremallera de su macuto y busca algo en el interior—. Pero el único chico que me ha robado el corazón este verano…

Me mira a los ojos. Yo me debato entre dar un paso adelante y darme a conocer, o seguir en la sombra y cederle a Kieth todo el protagonismo. Así que opto por no hacer nada.

¿He mencionado ya que dejé el club de debate del instituto porque soy lento en reaccionar?

—Pero, bueno, mejor… —titubea Kieth y deja caer el macuto al suelo— me callo los nombres para no poner en evidencia al culpable.

Todo el mundo profiere una especie de *ohhh* decepcionado, pero al momento pasamos al premio a la chica más coqueta. En esta categoría, Erica arrasa también.

Si la habitación tuviera ventanas, miraría al cielo en busca de nubes de tormenta.

El caso es que Kieth sabe que odio ser el centro de atención…, pero podría haber dicho mi nombre, ¿no? Soy consciente de que albergo sentimientos contradictorios, pero qué le voy a hacer. Estoy acostumbrado a ser el último de la fila. O sea, mi apellido empieza por una puñetera «V». No soy ni alto ni bajo. Destaco por mi mediocridad en deporte, dibujo y materias académicas. Soy Matt «del montón», una media de 7,8 andante. Pero hoy, durante esa estúpida celebración entre bastidores, tenía la oportunidad de destacar en algo. Este verano, al menos.

—Bonito premio —consigo decir cuando Kieth se acerca y apura los últimos restos de mi gaseosa.

—Estúpido premio —replica él, y se acerca a besarme la mejilla justo en el momento en que voy a estornudar.

Cuando me recupero (porque el gesto se convierte en una serie de CUATRO estornudos; soy irresistible, ¿verdad?), Kieth me sujeta por la cadera, me atrae hacia sí y me suelta:

—¿Otra vez te has olvidado de tomarte las pastillas de la alergia, jovencito? —Como si fuera mi madre o algo así.

El caso es que sí, me he olvidado. Y me ENCANTA que se preocupe por mí. Resulta tan agradable que alguien se preocupe por ti. Quizás sea lo mejor de tener una relación: saber que puedes compartir con otro la pesada carga de estar vivo.

—Las pastillas de la alergia me ponen nervioso —arguyo al tiempo que desvío la vista y me concentro a tope en no estornudarle encima—. Sobreviviré.

Suena un timbre, y las luces del techo se encienden-se apagan, se encienden-se apagan, se encienden. Se deja oír un zumbido —ese sonido que emiten los fluorescentes—, y ha llegado la hora de que los actores vuelvan a las bambalinas y se preparen para la siguiente función. La fiesta ha terminado.

La pizza sigue intacta.

Agarro un puñado de Pringles y relleno el vaso de refresco, pero no queda hielo. Estoy buscando una metáfora que describa la situación cuando Kieth me dice:

—Ya sabes que coqueteo con TODO el mundo, ¿no? —Ahora me arrastra hacia la puerta del escenario. Supongo que se ha percatado de que mi reacción se debe a algo más que a la alergia—. Chicos, chicas. No es nada personal.

—Puede que no sea personal para TI.

—Mat…

—No pasa nada. Ya sé que coqueteas con todo el mundo. —Salgo al ardiente hormigón—. Eres actor.

Por Dios, si pensaba que dentro hacía calor, me equivocaba, porque el sol acaba de apostarlo todo a que me envía de vuelta al instituto con quemaduras en la piel.

—Eh. —Kieth me sacude el hombro con la mano—. Al menos nunca nos convertiremos en esos. Señala al camino de hormigón, más allá de los árboles falsos cuyas hojas de vinilo brillan de humedad—. ¿Sabes?

Lo sé, porque los hemos visto al mismo tiempo: una muestra del número uno. Una pareja de mediana edad que caminan juntos pero desacompasados, muertos de calor y sencillamente… aburridos el uno del otro.

—Sí, supongo —contesto con voz queda.

Debo reconocer que Kieth me dijo de buen comienzo que no quería ser mi pareja. Ni nada. Todo ha sido cosa mía.

—¿Podemos prescindir de etiquetas este verano? —Me pidió de un modo que no era una petición en realidad, apenas una semana después de que nos liáramos—. ¿Podemos divertirnos sin más?

Días después, cuando mencionó que sería supermaduro señalar el día de la ruptura de antemano —con el fin de ahorrarnos el «trance» de la gran despedida—, sentí que me quitaba un peso de encima. Al menos una ruptura señalaría el fin de algo real.

Por poco estornudo otra vez.

—Tengo que irme —me disculpo, a la vez que me quito de encima la mano de Kieth—. Hay un montón de números tres rondando mi puesto.

Una multitud de personas y, sin embargo, soledad.

Lo leo nuevamente: «Una multitud de personas y, sin embargo, soledad». Es una cita de mi libro, subrayada y rodeada con un círculo de tinta azul claro. Yo no la he subrayado, ni la he rodeado con un círculo. Lo encontré así en el cubo de saldos de una librería de segunda mano. Seguramente un profesor de Literatura inglesa avanzada le pidió a algún otro chico que marcase las citas importantes de *Historia de dos ciudades.* Me pregunto si yo tengo buenos profesores. Mis profes no nos obligan a hacer eso.

Cada vez que un grupo pasa por delante de mi caseta dejo el libro a un lado con el fin de simular que estoy por la labor. Pero hoy nadie se detiene. Hoy pasan por delante con parsimonia y, si acaso alguien hace un alto, se limita a propinar un golpe al cartel colgante que anuncia «CHURROS DE TODA LA VIDA».

Una multitud de personas y, sin embargo, soledad.

Así pues, cuando agacho la cabeza una vez más, me desafío a mí mismo a sumergirme en la prosa y a seguir adelante. Durante más de dos frases. Sin mirar el móvil. Por raro que sea, funciona. La prosa de Dickens me, o sea, atrapa durante varios párrafos, que son cortos en realidad y, lo creáis o no, legibles. Algunos hasta divertidos. De ahí que me quede de una pieza —y todos los sinónimos que queráis añadir del adjetivo «atónito»— cuando noto un soplo cálido en las mejillas, seguido del característico aroma a hierbabuena del chicle marca blanca que suele mascar Kieth.

—¿Qué haces? —le pregunto, pero ya ha levantado el listón de madera y me estira la mano. El espectáculo está a punto de terminar y lleva puesto su traje espacial. Ya SÉ lo que está haciendo.

—¡Venga! —me dice con urgencia, casi de mala manera.

Yo opongo resistencia, pero Kieth es muy fuerte —una cualidad suya que siempre me ha parecido sexy hasta este momento— y me arrastra por la accidentada plaza de Maine Street, más allá de la pared de chicles masticados y entre el público del anfiteatro.

Soy el único varón que ha escogido en todo el verano para su número en solitario.

Reparo en el detalle mientras corremos entre las filas y filas de chicas que se sientan en las gradas bajo las diáfanas cintas de una carpa como de circo. La música atruena a todo volumen en el interior del anfiteatro.

Soy el único varón que ha escogido en todo el verano, y estoy muerto de miedo.

—¡Tú déjate llevar! —me dice Kieth justo cuando llegamos al borde del escenario. Justo cuando su coro al completo me pide por gestos que me una a ellos ahí arriba y el público (veinte personas a lo sumo) aplaude con desgana.

Yo nunca me «dejo llevar». Estudio el fin de semana para los exámenes del miércoles siguiente. Planifico las comidas de toda la semana con mi madre (en una hoja de cálculo). Me hago un millón de *selfies* antes de subir el que me parece más chulo. Y aun entonces, casi siempre lo borro.

De algún modo, sin embargo, ahora estoy en el centro de la escena sobre una desvencijada tarima mucho menos estable de lo que parecía desde mi caseta. Y, en plan, el brillo de los labios de Kieth bajo las luces y la emoción de sus ojos por hallarse en plena actuación y la capacidad de la guitarra sintetizada para proyectarnos a otra dimensión… no sé. Cierro los ojos, empiezo a botar y de verdad intento dejarme llevar.

Finge que estás en tu boda, me repito como un mantra. *Finge que es tu marido.* Como si me hubiera casado con un astronauta y este fuera nuestro primer baile.

Si no fuera porque, cuando vuelvo a abrir los ojos, sobresaltado por las escandalosas risas del público, mi astronauta no baila conmigo. Kieth se ha retirado a un lado. Exhibe una nueva clase de sonrisa, no sé si presumida o autocomplaciente. Kieth nunca deja a nadie bailando a solas —en todo caso, se esfuerza todavía más cuando tiene competencia—, y cuando miro a la multitud, advierto que los punks número cuatro de antes se están partiendo de risa. A carcajadas. Y me señalan. Y yo me siento tan acalorado y desorientado que de verdad no sé si se ríen conmigo o de MÍ.

Me doy media vuelta y busco instintivamente la cremallera de la bragueta, pero antes de que pueda comprobar siquiera si la llevo bajada, Kieth me obliga a mirar al público otra vez. Y cuando me acerca el micro a la boca, la vergüenza y la confusión de, bueno, todo, me golpean como un pájaro que se estrella contra la ventana. El detalle de no presentarme a sus compañeros en la fiesta, el hecho de que no me haya invitado a acompañarlos al cine ni una sola vez en todo el verano, y de que ahora me obligue a hacer el ridículo delante de ellos, yo solo, como un mono de feria. Tenga la bragueta bajada o no, me siento desnudo.

—¿Y CÓMO —me pregunta Kieth, cuya voz resuena en los altavoces de sonido envolvente— se llama USTED, caballero?

—Ya conoces mi puto nombre —le suelto al mismo tiempo que empujo el micro, con fuerza, y desde luego sin hacer la reverencia de rigor. Abandono el escenario de un salto y subo los escalones del anfiteatro de dos en dos hacia la salida. Pero me detengo en la parte más alta para acuclillarme delante de los punks de los fuegos artificiales. Y esta vez les grito: «¡Bum!». Y ya no se ríen.

«Eso no ha tenido ninguna gracia», le escribo a Kieth mientras troto renqueando hacia mi caseta, ni cinco segundos más tarde, para poner el cartel de «CERRADO» y esconderme. Y enfadarme.

Cuando me enfado con Kieth, le quiero menos.

Me cuesta tres intentos, pero al final mi madre se pone al teléfono.

—Hola, cielo. ¿Va todo bien?

—Más o menos. —Pero mi voz ya me está traicionando. Tiene la manía de ponerse a lloriquear antes que mis ojos. Es irritante.

—Ay, cariño, ¿qué ha pasado? ¿Estás bien?

La música que marca el final del espectáculo suena a tanto volumen que los adoquines se estremecen bajo mis zapatillas. Yo me doy media vuelta y enfilo en línea recta hacia los colores pastel de Chiquiland, donde al menos no seré la única persona que llore a mares. (Ningún niño de pañal sale de Chiquiland sin llevarse como mínimo un disgusto. Es mucho menos estresante vender recuerdos).

—Ahora no me apetece contártelo. O sea, no me he hecho daño ni nada. Aparte de, ya sabes.

—El día de la ruptura —adivina mi madre. ¿Os he dicho ya que es lo más?

—Espera, ¿te pillo en plena faena? —le pregunto, súbitamente consciente de que podría estar preparándose para una intervención.

—Sí, pero me viene bien un descanso. Hoy ha sido un no parar.

Llego al puesto de comida que lleva todo el verano fuera de servicio a causa de un dispensador de algodón de azúcar averiado. Cuando una máquina se estropea en Mundo Mágico, no se repara. Se queda ahí al sol, oxidándose con la lluvia hasta convertirse en una especie de monumento a sí misma.

—Mamá… ¿Tú crees que algún día, o sea, conoceré a alguien que de verdad sea alucinante?

Ya sé que no puede adivinar el futuro, pero a veces ayuda soplarle a tu madre lo que necesitas oír.

—¡Pues claro que sí! Eres tan listo y tan guapo. Y tan JOVEN.

—Lo dices porque eres mi madre.

—Bueno, sí, pero es cierto. Ya sé que no te lo puedo demostrar, pero es la pura verdad.

En la relativa calma que reina detrás del abandonado puesto de azúcar de algodón, oigo los regulares pitidos y las chirriantes ruedas del hospital de mi madre. En parte me consuela saber que la opinión que acaba de expresar procede de un entorno relativamente objetivo como es el clínico. Creo que tuvo que firmar algún tipo de documento jurando que nunca le mentiría a un paciente para acceder al cargo de enfermera.

—¿Cielo? —pregunta mientras yo agacho el trasero para sentarme en la acera. Podría decirse que estoy llorando a lágrima viva.

—¿Sí? —consigo decir.

—¿Qué puedo hacer para que te sientas mejor?

—A lo mejor escucharme llorar unos diez segundos más y luego decirme que sea fuerte.

Y lo hace. Me oye llorar durante diez segundos, puede que veinte, es posible que un minuto entero, y luego interviene.

—¿Cariño?

—¿Sí? ¿Ya es hora de que sea fuerte?

—No. Yo creo que no hay mayor signo de fortaleza que mostrar las emociones. Eso te hará mucho bien, a la lar…

—¿Sabes? El caso es que —digo, y me callo porque no puedo respirar. Convierto el ruido en una risa para que no se asuste—. Ni siquiera creo que Kieth sea el hombre de mi vida. Es que estoy, o sea, DISGUSTADO en general.

—No es el chico más considerado del mundo —opina mi madre—. Eso seguro. —Es tan raro oírla criticar a alguien, a quien sea, que me aferro al comentario como otro chico lo haría al último cuarto de un partido de fútbol.

Y sin embargo, sigo siendo un mar de lágrimas.

Alzo la vista y veo a un niño de la mano de su padre. Tiene ocho años, puede que nueve; mayor que yo cuando dejé de darle la mano a mi padre en público. (Mi padre y yo estamos muy unidos, pero el afecto no es nuestra especialidad; el respeto sí.) En la otra, el niño lleva un globo de Mundo Mágico y un cucurucho sobrecargado de helado. Hablo de tres bolas. La combinación es excesiva. Solo es un niño, no un ninja o un mago. El helado resbala por el borde y el padre se abalanza hacia él —como un superhéroe enfundado en bermudas de pinzas— y por poco lo rescata, pero no lo hace. El helado cae al suelo, prácticamente a cámara lenta con el calor, y se estrella convertido en una fea pasta verde.

Mi padre lo habría cogido.

—¿Matty, cariño? —pregunta mi madre—. ¿Has oído lo que te he dicho? ¿No debería haber acusado a Kieth de ser desconsiderado? —Pitidos, chirridos, tantas cosas suceden al otro lado—. ¿Quieres llorar un poquito más?

Me quedo esperando a que el niño del cucurucho vacío rompa a llorar, pero no lo hace. Ladea la cabeza para mirar el estropicio con curiosidad, como si viera a una oruga convertirse en mariposa. Y entonces alza la vista hacia su padre y le pregunta:

—¿Me compras otro?

Y cuando su padre responde: «Pues claro», comprendo que ha llegado el momento de sobreponerse.

A estas alturas un tono morado tiñe el cielo, porque en esta parte de Pittsburgh nunca oscurece del todo, ni siquiera a las once y cuarto de la noche. Las alas de los grillos y el chirrido de las cigarras otorgan al aire una vibración sónica. A estas horas, ya debería estar en casa. Me había propuesto marcharme temprano y bloquear a Kieth en el móvil para que no pudiera enviarme un mensaje. Aparcar en la entrada, descubrir que mi madre ya había llegado a casa y confiar en que se le hubiera ocurrido prepararme buñuelos de maíz, mi comida favorita cuando estoy hundido en la miseria. Es el plato más graso del mundo. La grasa ahoga los sentimientos.

Pero no he podido.

—Estás vivo —dice Kieth cuando me encuentra en el aparcamiento, sentado en el capó del oxidado Honda de mi padre e intentando finalizar otro capítulo de Dickens. Me ha parecido una buena pose para recibirlo, interesante pero imparcial. Pero no sé.

—Estoy vivo.

Doblo y desdoblo la cazadora de Kieth en mi regazo. Había marcado en mi calendario que hoy tenía que devolvérsela y acordarme de que mi madre la lavara antes de eso. He cumplido la primera parte, pero no le pedí a mi madre que la lavara. Supongo que quería aspirar su aroma de camino al trabajo, una vez más.

—Has desaparecido —me acusa—. Y ahora el día ha terminado.

Kieth es mayor que yo, pero ahora mismo parece un crío.

—¿Por qué me has obligado a subir al escenario? —Hago esfuerzos para que no me tiemble la voz—. Ya SABES que sufro, en plan, un pánico escénico estratosférico.

Empiezo a resbalar por el capó sin querer, pero Kieth me sujeta por la barbilla y me quedo columpiándome en el borde como el malabarista menos temerario del mundo.

—Mi chaqueta —dice en el mismo tono que si se alegrara de ver a un viejo amigo—. Se me había olvidado que la tenías tú.

Porque se olvida de todo, por eso. No lo voy a echar nada de menos.

—¿Por qué me has obligado a subir al escenario? —insisto.

—He visto la cara que has puesto cuando no he dicho tu nombre en la fiesta. Me ha sabido fatal. Así que he pensado, no sé, he pensado que sería, en plan, mono y memorable o algo. O descarado. Subirte al escenario. Sacarte de tu zona de comodidad.

—El día de la ruptura se te ocurre bailar conmigo en público. —Miro la Vía Láctea con atención. Durante una de mis fases obsesivas de friki, cuando nunca salía de casa, memoricé las constelaciones que veía desde la ventana—. Y yo sería tan estúpido como para quedarme anonadado, cómo no. Tan patético como para…

—Matt, ya sabes que no soporto que te rebajes a ti mismo. Así que, por favor, ci…

—Vale, vale, ya lo pillo. Me callo.

Dejo la chaqueta y el libro en el capó y, cuando vuelvo a mirar a Kieth, está buscando algo en la gran caja de cartón que lleva debajo del brazo, que contiene sus trastos del camerino. Saca una hoja de papel de color azul fosforito y me la tiende.

—¿Qué es?

—Léelo.

Le doy la vuelta.

Pone «Premio al mejor novio» —igual que los premios cutres que han repartido hace unas horas— y debajo, con la letra de Kieth, pone: Matty Vukovich. (Estampa su firma siempre que puede. Seguramente su caligrafía es más bonita que la de tu abuela).

—¿Qué significa esto? —pregunto, presa de la emoción. Resbalo del capó y aterrizo sobre los pies. La gravilla protesta.

Todavía me duele el tobillo del salto que he pegado al bajar del escenario—. ¿Qué es?

—Significa tan solo que has sido el mejor partido que he cazado nunca —responde Kieth.

Dejo el premio encima del coche.

—Con los verbos en pasado.

—Matt. Hoy es el día de la ruptura. Es un homenaje a tu gran sensibilidad. Te lo iba a dar durante la entrega de premios del final de la temporada (te lo preparé ayer por la noche y toda la pesca), pero no me he atrevido. Delante de tanta gente.

—Y entre tantos abrazos.

Tiende la mano libre, como para demostrarme que no lleva una pistola.

—Supongo que me daba miedo que el premio te hiciera, ya sabes, llorar.

Arrancan unos cuantos coches entre guijarros y humo. La música suena a todo volumen en la Isla del Diablo, la sección del parque para mayores de dieciséis. Se supone que a las once cierran las instalaciones, pero parece ser que la gente está apurando hasta el último minuto.

—Bueno, pues GRACIAS —digo, volviendo la vista hacia el premio. Puede que adopte un periquito, para poner el cartón en el fondo de la jaula—. No acabo de entender cómo es posible que sea el mejor novio que has tenido nunca, si estás rompiendo conmigo…

Kieth me toma la mano. Hace eso de bajar la voz a tope, poco frecuente en un actor, y yo tengo que inclinarme hacia él para oírlo.

—Estamos rompiendo los dos, Matt. Quedamos así. Es lo más inteligente. Yo me marcho y…

Le planto el impreso en la cara. Se arruga alrededor de su (hermosa, perfecta) nariz. Se ríe.

—Calla —le digo—. Ya lo sé. Lo entiendo.

No quiere engañarme. Ese es el motivo de la ruptura, por cierto. Entrará en el conservatorio, estará rodeado de (hermosos, perfectos) actores y no quiere ponerme los cuernos. Y lo sabe desde comienzo del verano. Desde que empezó nuestro *showmance* sin nombre.

Introduzco el premio al mejor novio por la rendija de la ventanilla y cae en el asiento delantero como una pluma gigante. Me planto las manos en las caderas y dejo hablar a Kieth. Funciona.

—O sea, escúchame. Podría redactar una lista de todas las razones por las que eres el mejor.

—¿Ah, sí?

—Siempre me miras a los ojos —empieza al momento—. Eso es nuevo para mí. Ninguno de los chicos con los que he salido me miraba a los ojos.

—Qué raro. Nunca lo había pensado.

Estoy a punto de cambiar de tema, porque no quiero ver cómo sale corriendo para no tener que seguir discurriendo supuestas razones por las que soy lo más de lo más.

Pero, por raro que parezca, no ha terminado.

—Tus padres son alucinantes, eso también. Y me encanta que tengas los pies tan grandes. Y el último chico con el que salí siempre quería beber conmigo, pero tú y yo nunca nos hemos emborrachado juntos, ni una vez. Y no lo he echado de menos, nada en absoluto.

Odio la cerveza. Odio la cerveza y me encanta que Kieth siga enumerando mis cualidades.

—Y te tomas tu trabajo en serio, Matty, y eso me pone. —Ahora está moqueando. Mucho. Pero no da asco—. ¿Quieres que continúe?

—Sí.

—Vale. —Inspira hondo—. No te asusta mantener conversaciones de verdad sobre la vida. A veces, parece que tengas treinta años, y eso me asustaba. Pero me estaba acostumbrando. O sea, has puesto el listón muy alto para todo aquel que venga después.

Desplazo esos enormes pies que, por lo visto, tanto le gustan, pero no digo nada.

—Así pues, por unanimidad de un solo voto —declara— has ganado el premio al mejor novio. Lo que supera al del chico más coqueto en todos los aspectos, lo mires como lo mires.

Vuelvo la vista hacia el coche, porque de no hacerlo intentaría que me besara. Y, en broma, supongo —pensando que aligerará el ambiente— recojo *Historia de dos ciudades* del capó.

—Bueno, yo también tengo algo para ti —digo, remoloneando y medio apartándome de Kieth. Disimuladamente, arranco una página al azar y se la tiendo igual que si fuera un regalo muy trascendente—. Toma.

Kieth se queda mirando la hoja como si fuera un mapa del tesoro y, cuando alza la vista, las lágrimas empañan sus ojos. La tormenta ha llegado por fin.

—Hay en la desesperación una fuerza prodigiosa —dice.

Y no sé por qué, pero lo vuelve a decir. Y luego otra vez, como si quisiera memorizarlo. Actor ante todo. Y entonces me percato de que, claro, lo está leyendo del libro. Sostiene la página en alto para mostrármela y esas palabras —«Hay en la desesperación una fuerza prodigiosa»— están rodeadas tres veces con tinta azul claro.

—Es precioso, Matty —opina Kieth, ahora llorando a mares. O sea, un llanto digno de mí. Estoy encantado y desconcertado al mismo tiempo. Llevo todo el verano esperando que perdiera los papeles, una sola vez, y ahora me siento en plan: *Eh, que ese es mi papel*—. Gracias, en serio.

Buda bendito. Piensa que yo lo he subrayado. Y que he escogido la página especialmente para él, como si fuera un regalo de verdad.

—Te he regañado demasiado por ser tan emotivo.

Agita la hoja, se ríe de sí mismo, se seca la nariz con los brazos. Son largos y delgados, tocados con un solo adorno, la pulsera de cuentas color turquesa que gané para él en el salón recreativo y que, en teoría, no debería haber llevado durante los espectáculos…, pero que nunca jamás se ha quitado.

Yo guardo silencio.

—Llorar no es de piltrafas, tenías razón. Perdona por haberme puesto tan pesado con eso. Enmarcaré esta frase para ponerla en mi dormitorio, puede.

Adelante, montañas rusas. Adelante, escandalosas multitudes. No es el momento de guardar silencio. Pero hasta las famosas cigarras de Pennsylvania se han callado.

—¿Podrías no ser el chico más mono del mundo precisamente hoy? —le digo por fin—. Llevo desde junio esperando esto.

No es justo. Ahora que él se ha inflamado y yo me he desinflado, estamos al mismo nivel. Por fin compartimos la misma sintonía emocional. Justo a tiempo para despedirnos.

La caja que Kieth lleva debajo del brazo se desplaza —*cling, plam*—, el sonido de una barra de labios, un enjuague bucal y una chancla Adidas, intempestiva y solitaria. Se le está cayendo la caja entera, así que lo ayudo a sujetarla. La dejo en el suelo y veo brillar algo envuelto en papel de aluminio sobre sus, por lo demás, intrascendentes pertenencias.

—¿La quieres? —me pregunta, justo cuando vuelvo a estar enamorado.

—¿Qué es?

—Pizza, de la fiesta de los premios. Sobras. No tengo hambre. Deberías llevártela.

Vaya, maldita sea.

Tomo la porción de pizza y estoy a punto de soltarle mi discurso de: «¡Soy intolerante a la lactosa y lo sabes! Te lo dije la primera y la segunda vez que quedamos», cuando Kieth me abraza.

Desprende el mismo aroma que esa chaqueta vaquera que he acabado por asociar con el concepto «novio». Los novios huelen a detergente Tide, a desodorante Degree y un poco a sudor, una pizca a Aveda y otro poco solo a Kieth. Pero puede que esté equivocado. Puede que los novios no huelan a eso.

—Saber que estabas ahí fuera cada día me ha ayudado muchísimo este verano —confiesa. Todavía nos estamos abrazando. Cómicos—. O sea, me ofrecías un aliciente para darlo todo en el escenario. Nadie más en todo el elenco tenía algo así.

Kieth se despega de mí. No sé qué decir. Me duele el corazón. Me duele el tobillo. Espero que nada de esto duela tanto una vez que estemos en zonas horarias distintas.

—Buena suerte —le deseo—. En el conservatorio.

—En teoría, deberías decir «mucha mierda». Trae mala suerte desear buena suerte.

Le tiembla el labio. Tiene el rostro congestionado. De verdad soy el mejor novio que ha tenido nunca. Eso me honra.

Ambos hacemos ademán de besar al otro y entonces ninguno de los dos lo hace.

—*Bisbis* —digo. Una broma escolar para mí mismo.

—Debería ir tirando. —Kieth recoge la caja del suelo—. El avión sale muy temprano, y es una faena porque…

—Te han dado asiento de pasillo y encima no podrás reclinarlo porque está delante de la salida de emergencia.

Él sonríe y asiente.

—Te acuerdas de todo. Es espeluznante.

Y tú no te acuerdas de nada, estoy pensando. *Es irritante.*

Sin embargo, me limito a decir:

—Lárgate ya.

Y lo hace.

Echa un vistazo al Honda de mi padre, se detiene un instante y luego desaparece entre dos Volkswagen Escarabajo. Y yo me acuerdo de cuando Stacy Hoffner, mi mejor amiga en tercero de primaria, se marchó a vivir a Youngstown, en el estado de Ohio. Íbamos a ser los mejores amigos del mundo toda la eternidad, y no lo fuimos. Yo creía que el vacío de mi corazón nunca jamás desaparecería, y sí lo hizo. Pasé página; aunque el abandono de Stacy me dejara una marca. Pero lo bueno de las marcas es que, por más que nos machaquen, también nos hacen más fuertes. Reúne una buena cantidad de cicatrices y conseguirás una capa de piel extra, y gratis.

Agito la mano en dirección a la nuca de Kieth, aunque puede que esté alucinando a estas alturas.

Sí. Se ha marchado.

Sin embargo, cuando me doy la vuelta para entrar en el coche, la cazadora de Kieth sigue en el capó, al lado del libro, a un palmo de distancia, como una pareja de esas que llevan demasiados años juntas. Saco el teléfono para mandarle un mensaje: «*has olvidado algo*». Y justo cuando estoy a punto de tocar el icono de «enviar», entra uno suyo.

«*Quédate la cazadora* —dice—. *De todas formas, te queda mejor que a mí* ☺».

Y, contra todo pronóstico, estoy sonriendo.

Envuelvo el libro y el trozo de pizza con la chaqueta y me deslizo al asiento del conductor, donde mi trasero aplasta algo que no debería estar ahí. Es el maldito premio al mejor novio. Lo aliso y lo deposito en el asiento del copiloto, y de repente el silencio se me antoja excesivo. Un silencio estrepitoso. Así que, cuando arranco el coche y un tema clásico se deja oír en la radio, lo dejo sonar. Subo el volumen a tope, de hecho, como si el coche de mi padre fuera el anfiteatro del parque. Solo que aquí estoy a salvo.

La canción no está mal, para ser de la década de 1960. Como mínimo es el tema original. Y no lo digo porque sea nieto de un montón de hippies, pero el alegre ritmo de la guitarra acústica me hipnotiza y, como en trance, alargo la mano, retiro el papel de aluminio y —supongo que por los viejos tiempos— tomo un bocado enorme y despreocupado de la pizza prohibida.

El sabor es infinitamente más delicioso de lo que la memoria es capaz de evocar.

Veréis, la memoria no recuerda el intenso sabor de la salsa de tomate, que cobra vida cuando la muerdes. Ni el sabor de la masa grasienta recuerda a fiestas de pijama, bromas privadas o toques de queda. Ni la textura del queso, que lo mantiene todo en su sitio.

Me va a doler el estómago, pero vale la pena. Es pizza. ¿Qué sería la vida si no te arriesgaras a comer pizza de vez en cuando?

Tras devorar la porción, conecto las luces, arranco y —sin pararme a pensar— alargo la mano, echo mano del premio al mejor novio y uso el reverso para limpiarme la boca. Ya estoy fuera, dejando atrás la segunda montaña rusa más alta del estado y circulando por la comarcal que tantas veces he recorrido. Dos canciones más tarde, me interno en la autopista con suma facilidad. Por lo general se me da fatal ceder el paso, pero esta noche lo clavo. Tomo la curva del desnivel con suavidad, al tiempo que me relamo con una sonrisa culpable y, conteniendo el aliento, me interno en el túnel de montaña que siempre me lleva de vuelta a casa.

INERCIA

VERONICA ROTH

—Debe de haber algún error —protesté.

Mi reloj —un antiguo despertador digital de números cuadriculados en color rojo— indicaba las 2:07 de la madrugada. La oscuridad en el exterior era tan profunda que ni siquiera veía el patio delantero.

—¿Qué quieres decir? —preguntó mi madre con aire distraído mientras buscaba ropa por mi armario. Vaqueros, camiseta, sudadera, calcetines, zapatos. Corría el verano y yo acababa de despertar con un charco de sudor en la barriga, así que no veía razón para llevar la sudadera, pero no se lo mencioné. Me sentía como un pez en un acuario que parpadease tratando de distinguir a las personas que lo miran desde fuera.

—Un error —repetí, conteniendo la impaciencia. En circunstancias normales, me habría incomodado que mi madre me viera en ropa interior, pero no llevaba nada más puesto cuando me había dormido encima de los deberes de verano, pocas horas atrás, y el hecho de que mi madre viera el piercing que adornaba mi ombligo desde hacía un año era la menor de mis preocupaciones en ese momento—. Matt lleva meses sin hablarme. Es imposible que haya preguntado por mí. Debía de estar delirando.

La paramédica había grabado los momentos posteriores al accidente automovilístico con la cámara que llevaba en el chaleco. En la grabación, por lo visto, se veía cómo Matthew Hernández —antes mi mejor amigo— requería mi presencia en la Última Visita, un ritual que se había convertido en una práctica habitual en casos como ese, cuando las analíticas del hospital revelaban que una vida llegaría a su fin por más que mediara una intervención quirúrgica. Calculaban las probabilidades, estabilizaban al paciente lo mejor que podían y avisaban a los últimos visitantes, que entraban de uno en uno para conectarse a la consciencia del moribundo.

—Lo había pedido antes también, Claire, ya lo sabes. —Mi madre intentaba adoptar un tono amable, lo notaba, pero todas sus palabras rezumaban tensión. Miró fugazmente mi ombligo al tenderme la camiseta, pero no dijo nada. Me enfundé la prenda y eché mano de los vaqueros—. Matt ya tiene dieciocho años.

A los dieciocho, aquel que desease participar en el programa Última Visita —o sea, todo el mundo hoy en día—, debía redactar un testamento con la lista de sus visitantes postreros. A mí me tocaría redactarla en primavera. Matt era de los mayores de la clase.

—Yo no… —Apoyé la frente en la mano—. No puedo…

—Puedes rehusar, si quieres. —La mano de mi madre se posó en mi hombro con suavidad.

—No. —Sacudí la cabeza contra la palma de mi mano—. Si fue uno de sus últimos deseos…

Dejé de hablar antes de que me fallara la voz.

No quería compartir consciencia con Matt. Ni siquiera quería estar en la misma habitación que él. Fuimos amigos un día —íntimos—, pero las cosas habían cambiado. Y ahora no me dejaba elección. ¿Qué iba a hacer, negarme a honrar su voluntad?

—El médico dice que te des prisa. Las visitas se llevarán a cabo mientras preparan la operación, así que únicamente os podrán conceder una hora a su madre y a ti.

Mi madre estaba agachada delante de mí, atándome los cordones igual que hacía cuando yo era niña. Llevaba la bata de seda con flores bordadas. La prenda tenía los codos gastados y los puños deshilachados. Había visto esa bata a diario desde que mi padre se la regaló por Navidad, cuando yo tenía siete años.

—Ya.

Lo entendía. Cada segundo era precioso, igual que cada gota de agua en época de sequía.

—¿Seguro que no quieres que te acompañe? —me preguntó. Yo miraba con atención la flor rosa de su hombro; absorta, por un instante, en ese motivo que tan bien conocía.

—Sí —repetí—. Estoy segura.

Me acomodé sobre la frágil lámina de papel, que se rasgó cuando cambié de postura. La camilla no se parecía a otras en las que me había sentado para un análisis de sangre, una revisión ginecológica o una prueba de reflejos; esta era más blanda, más cómoda. Diseñada para lo que estaba a punto de hacer.

En los pasillos del hospital me había cruzado con enfermeras enfundadas en pijamas de color turquesa y cargadas con tablillas sujetapapeles. Había pasado junto a familias sumidas en la inquietud, personas que se estrujaban las manos ante sí o escondían puños debajo del jersey. Tendemos a protegernos ante la primera señal de dolor; nos encorvamos para salvaguardar nuestras partes más vulnerables.

Yo no era una más. Ni estaba preocupada ni asustada; me sentía vacía. Había llegado allí como el fantasma de una película: flotando.

La doctora Linda Albertson entró pertrechada con un termómetro y un medidor de presión arterial para comprobar mis constantes vitales. Me dedicó una sonrisa tranquilizadora. Me pregunté si practicaría la expresión ante el espejo, su mirada más dulce y su gesto más tierno, para no empeorar el dolor de sus pacientes. Así de delicado debía de ser el proceso.

—Doce sobre cinco —leyó en el monitor. Siempre te lo dicen como si supieras lo que significan las cifras. Y entonces, como si me hubiera leído el pensamiento, añadió—: Estás un poco baja. Pero bien. ¿Has comido?

Me froté los ojos con la mano libre.

—No sé. No... Estaba durmiendo.

—Claro. —Llevaba las uñas pintadas de azul cielo. El resto de su apariencia era impecable, la almidonada bata blanca, el cabello recogido en un moño, pero las uñas desentonaban. Las manos captaban mi atención cada vez que las movía—. Bueno, seguro que todo irá bien. No es una intervención complicada. —Debí de mirarla mal, porque añadió—: Físicamente, me refiero.

—¿Y dónde está? —quise saber.

—En la habitación contigua —respondió la doctora Albertson—. Está listo para el procedimiento.

Miré atentamente la pared como si mis ojos pudieran desarrollar rayos X por pura fuerza de voluntad. Traté de imaginar el aspecto que tendría Matt, tendido en una cama de hospital y tapado con una manta verde pálido. ¿Estaría irreconocible a causa de las heridas? ¿O serían estas del peor tipo, de las que permanecen ocultas bajo la piel y te llevan a albergar falsas esperanzas?

La doctora me conectó a los monitores como si bailara, uñas azul cielo que cerraban, pulsaban, apretaban. Me prendió los electrodos a la cabeza como una corona, me introdujo una vía intravenosa en el brazo. Era una dama de compañía que me arreglaba para una fiesta.

—¿Hasta qué punto conoces esta técnica? —me preguntó la doctora Albertson—. Algunos de nuestros pacientes mayores necesitan que los pongan en antecedentes, pero la mayoría de los jóvenes no.

—Sé que reviviré recuerdos que ambos compartimos, que visitaré lugares en los que estuvimos, pero nada más. —Las puntas de mis pies rozaron las frías baldosas—. Y que sucederá más deprisa que en la vida real.

—Exacto. Tu cerebro generará la mitad de la imagen y el suyo la otra mitad. El programa rellenará los espacios en blanco, determinando, mediante las respuestas eléctricas de tu cerebro, qué detalles son los más apropiados para completar el vacío —aclaró—. Es posible que le tengas que explicar a Matthew lo que está pasando, porque lo visitarás antes que su madre, y los primeros minutos resultan confusos a veces. ¿Podrás hacerlo?

—Sí —dije—. O sea, en realidad no tengo elección, ¿verdad?

—No, supongo que no. —Apretó los labios—. Tiéndete, por favor.

Me tumbé enfundada en la bata hospitalaria, temblando, y el frágil papel tembló conmigo. Cerré los ojos. El procedimiento duraría media hora, nada más. Le iba a conceder media hora de mi vida a la persona que una vez fuera mi mejor amigo.

—Cuenta hacia atrás desde diez —me indicó la doctora.

Como quien cuenta pasos en un vals. Lo hice en alemán. No sé por qué.

No fue igual que dormirse; más bien como hundirse, como si algo tirara de mí hacia abajo. Tuve la sensación de que el mundo desaparecía por partes: primero la vista, luego el oído, a continuación el tacto del papel y de la mullida camilla hospitalaria. Noté un sabor amargo, parecido al alcohol, y entonces el mundo apareció otra vez, pero no el que me rodeaba.

En lugar de estar en la sala de reconocimiento me encontraba en medio de una multitud, rodeada de cuerpos cálidos, de alientos que latían hacia mí, los ojos vueltos hacia el escenario y todo el mundo esperando mientras los encargados del equipo preparaban el lugar para la actuación. Me volví a mirar a Matt y sonreí al tiempo que rebotaba sobre la punta de los pies de la emoción.

Sin embargo, era un recuerdo nada más. Noté que algo no iba bien antes de comprender qué era y clavé los talones en el suelo. Se me cayó el alma a los pies al recordar que me encontraba en la Última Visita y que había escogido este recuerdo, porque fue entonces cuando, por primera vez, tuve la sensación de que Matt y yo éramos buenos amigos. Que el Matthew que estaba allí conmigo, plantado sobre sus gastadas zapatillas y con el flequillo negro caído sobre la frente, era el de verdad, el real.

Sus ojos buscaron los míos, muy abiertos y extrañados. A nuestro alrededor, el gentío seguía siendo el mismo y los plomos continuaban montando la batería y probando los amplificadores.

—Matt —le dije con una voz desencajada como una puerta vieja—. ¿Estás ahí?

—Claire —respondió.

—Matt, esto es una visita —expliqué. No tuve corazón de pronunciar la palabra «última». Él ya lo entendería—. Estamos compartiendo un recuerdo. ¿Lo entiendes?

Él miró a su alrededor, a la chica de su izquierda de cuyos labios colgaba un cigarrillo manchado de carmín y al chaval delgaducho que tenía delante con una camiseta ajustada y una barbita rala.

—El accidente —dijo con voz adormilada y ojos desenfocados—. La paramédica me recordó a ti.

Tendió la mano hacia el escenario por delante del chico y retiró un poco de polvo con las yemas de los dedos. Y sonrió. Yo no solía pensar de ese modo, pero Matt estaba tan guapo aquel día, con su piel tostada aún más oscura tras todo un verano al sol, y su sonrisa tan brillante.

—¿Te encuentras... bien? —le pregunté. Para ser alguien que acababa de descubrir que estaba a punto de morir, parecía sumamente tranquilo.

—Eso creo —contestó—. Pero seguro que se debe más al cóctel de drogas que llevo encima que a «la paz interior que surge de la aceptación de lo inevitable», o algo así.

Algo de razón tenía. Sin duda, la doctora Albertson administraba a sus pacientes la combinación de sustancias exacta para que un moribundo se sintiera en paz y fuera capaz de apreciar sus últimas visitas en lugar de pasarse todo el rato aterrado. Por otro lado, Matt nunca había mostrado las reacciones que yo consideraba lógicas, así que no me habría extrañado que, ante una muerte inminente, estuviera más tranquilo que la superficie de un estanque.

Me miró.

—Estamos en el primer concierto que vimos de Chase Wolcott, ¿verdad?

—Sí —respondí—. Lo sé porque esa chica que tienes al lado te quemará con el cigarrillo dentro de un momento.

—Ah, sí, menuda joya. Lapislázuli. Puede que rubí.

—No hace falta que especifiques a qué joya te refieres.

—Eso me dices siempre.

Mi sonrisa se esfumó. Algunos gestos de la amistad son idénticos a la memoria muscular; siguen ahí cuando todo lo demás ha cambiado. Yo recordaba nuestras bromas, nuestros ritmos, la coreografía de nuestra amistad. Sin embargo, todo eso no cambiaba el hecho de que ahora fuéramos otros. Una persona normal estaría balbuceando la segunda disculpa de la noche a estas alturas, desesperada por arreglar las cosas antes de que se nos terminara el tiempo. Una persona normal estaría llorando, también, al verle por última vez.

Sé normal, me ordené, e hice esfuerzos por llorar. *Por esta vez, por él.*

—¿Qué hago aquí, Matt? —le pregunté.

Con los ojos secos.

—¿No querías verme?

—No es eso.

No mentía. Quería y no quería verlo; quería porque sería una de las últimas veces que podría hacerlo, y no quería porque…, bueno, por lo que le hice. Porque dolía demasiado y sufrir nunca se me ha dado bien.

—Pues yo no estoy tan seguro. —Ladeó la cabeza—. Quiero contarte una historia, por eso. Y tú vas a tener que apechugar, porque ya sabes que este es todo el tiempo que me queda.

—Matt…

Pero no tenía sentido discutir con él. Tenía razón; seguramente no le quedaba más tiempo que ese.

—Venga. La historia no empieza aquí.

Me cogió de la mano y la escena cambió.

Reconocí el coche de Matt por el olor: a galletas saladas rancias y a un ambientador con aroma a «coche nuevo» que colgaba del espejo retrovisor. Mis pies arrugaban recibos y derramaban patatas fritas de una vieja bolsa en el hueco del asiento delantero. A diferencia de los coches nuevos, que funcionaban con electricidad, este era un viejo híbrido, así que emitía algo entre un silbido y un zumbido.

El salpicadero le iluminaba la cara desde abajo, de tal modo que el blanco de sus ojos parecía resplandecer. Había llevado a los demás a casa —a toda la gente de la fiesta que vivía por la zona—, pero a mí me había dejado para el final porque era la que vivía más cerca de su hogar. Nunca habíamos hablado demasiado antes de aquella noche, cuando habíamos coincidido en una partida de Strip-póker. Yo había perdido un jersey y dos calcetines. Él había estado al borde de perder los bóxers, cuando declaró que si no se marchaba llegaría tarde a casa. Qué oportuno.

Aun en el recuerdo me sonrojé, pensando en su piel desnuda ante la mesa de póker. Tenía uno de esos cuerpos que acaban de sufrir un estirón, larguirucho, desgarbado y una pizca encorvado, como si se sintiera incómodo con su altura.

Recogí uno de los recibos del hueco de los pies y lo aplasté contra mi rodilla.

—¿Te gustan Chase Wolcott? —le pregunté. Era un recibo del último álbum del grupo.

—Me gusta —me corrigió, y me miró fugazmente—. Me lo compré el mismo día que salió.

—Ya, bueno, yo lo reservé tres meses antes de que saliera.

—Pero ¿te compraste el CD?

—No —reconocí—. Qué *retroguay* por tu parte. ¿Debo inclinarme ante «un auténtico fan»?

Se rio con ganas. Tenía una risa bonita, una octava más alta que su profunda voz. Emanaba un rollo tranquilo que me hacía sentir a gusto, aunque no solía sentirme cómoda con personas que apenas conocía.

—Solo acepto reverencias —dijo.

Tocó unas cuantas teclas en el salpicadero y el álbum empezó a sonar. El primer tema, *Pánico tradicional,* tenía un ritmo más rápido que los demás, una extraña mezcla de campanillas y guitarra eléctrica. Cantaba una mujer, una auténtica contralto que a veces parecía un hombre. Yo me había caracterizado como ella para las últimas dos fiestas de Halloween y nadie había reconocido mi disfraz.

—¿Qué te parece? El álbum, quiero decir.

—No es mi favorito. Es mucho más animado que los demás, un poco…, no sé, como si se hubieran vuelto más comerciales o algo así.

—Leí un artículo sobre el guitarra solista, el que compone los temas. Por lo visto, lleva toda la vida luchando contra la depresión y cuando compuso este álbum estaba dejando atrás una crisis. Ahora está... colado por su esposa y esperando un hijo. Así que, cuando lo escucho, lo único que oigo es que se siente mejor, ¿sabes?

—A mí siempre me ha costado conectar con la música alegre. —Hice tamborilear los dedos contra el salpicadero. Llevaba todos mis anillos: uno creado a base de gomas, otro del humor, otro de resina con una hormiga conservada en el interior y el último con pinchos por la parte superior—. No me provoca sentimientos tan intensos.

Él enarcó las cejas.

—La tristeza y la rabia no son los únicos sentimientos que existen.

—No dijiste eso —lo acusé, arrancándonos a ambos del recuerdo y llevándonos al presente otra vez—. Te quedaste callado un rato hasta que llegamos a mi casa y entonces me preguntaste si quería ir a un concierto contigo.

—He pensado que querrías saber lo que me pasó por la cabeza en aquel momento concreto. —Se encogió de hombros sin soltar el volante.

—Sigo sin estar de acuerdo contigo respecto a ese álbum.

—Bueno, ¿y cuánto hace que no lo escuchas?

No contesté enseguida. Hacía dos meses que había dejado de oír música del todo, desde que se me empezó a clavar en el pecho como agujas. La radio hablada, en cambio, la dejaba encendida todo el día. Las tranquilizadoras voces me hacían compañía, aunque no prestara atención a lo que decían.

—Un tiempo —respondí.

—Pues escúchalo ahora.

Lo hice, al mismo tiempo que miraba nuestro barrio por la ventanilla. Yo vivía en el lado bueno y él, en el malo, según la gente los definía. Pero la casa de Matthew, por pequeña que fuera, emanaba un aire cálido, con todos esos objetos cursis que atesoraban del pasado de sus padres. Conservaban las vasijas de barro que Matt había modelado de niño en clase de cerámica alineadas en la repisa de una ventana, aunque estaban esmaltadas en colores chillones y muy —pero que muy— torcidas. La pared de alrededor estaba decorada con las labores de su madre, frases sobre el hogar, bendiciones y motivos familiares cosidos en punto de cruz.

Mi casa —todo recto a la derecha— era de estilo señorial, con focos que iluminaban la fachada y columnas en la entrada como intentando imitar un Monticello en miniatura. Me asaltó, procedente de algún lugar enterrado en mi memoria, la misma sensación de miedo que experimenté cuando aparcamos en el camino. No quería entrar. Tampoco ahora.

Me quedé un rato escuchando el segundo tema —*Inercia*—, una de las pocas baladas del álbum. Hablaba de que la inercia había empujado al guitarrista hacia su esposa. La primera vez que la oí me pareció el sentimiento menos romántico del mundo, esa idea de que la había conocido y se había casado con ella como impelido por una fuerza ajena en la que él no había intervenido. Ahora, en cambio, interpretaba esa inercia como una energía imparable que indefectiblemente te arrastra a un objetivo, como si toda su vida cobrara sentido porque lo había conducido hasta allí. Incluso sus errores o sus momentos más oscuros formaban parte del camino que lo había llevado a ella.

Se me saltaron las lágrimas, a mi pesar.

—¿Por qué haces esto, Matt?

Él levantó un solo hombro.

—Solo quería revivir los buenos tiempos con mi mejor amiga.

—Bien. —Asentí—. Pues llévanos a tu momento favorito.

—Tú primero.

—Bien —repetí—. Es tu fiesta, al fin y al cabo.

—Y lloraré si quiero —canturreó al mismo tiempo que el coche y el olor a galletas saladas desaparecían.

Yo lo conocía de nombre y poco más, como conoces de nombre a tus compañeros de clase, aunque no hayas hablado con ellos. Coincidíamos en un par de asignaturas, pero nunca nos sentábamos juntos ni habíamos mantenido una conversación.

En el espacio en blanco entre nuestros recuerdos, pensé en la primera vez que lo vi, en el pasillo del colegio, la mochila colgada de un hombro, el flequillo sobre el rabillo del ojo. Tenía el cabello oscuro, lacio y agradecido en la zona de las orejas. Sus ojos castaños destacaban contra la piel oscura —los había heredado de su madre, que era alemana, no de su padre, mexicano—, y tenía espinillas en las mejillas que más tarde se transformaron en cicatrices de acné, recuerdo de cuando nuestras hormonas se desmadraron a los catorce años.

Ahora, viendo cómo se materializaba ante mí, me pregunté cómo era posible que no me hubiera percatado nada más verlo del cariño en potencia que albergaba en su interior, como la llama de una vela. Durante tanto tiempo fue simplemente uno más. Y luego se convirtió en el único, en la única persona que me entendía, y más tarde en la única que me soportaba. Ahora ya nadie lo hacía. Ni siquiera yo misma.

Al principio noté los granos de arena entre los dedos de los pies, todavía caliente tras un día de sol, aunque hubiera anochecido varias horas atrás. Luego noté el intenso aroma de la hoguera y oí su crepitar. Estaba sentada sobre una rugosa corteza, en un tronco tumbado, y Matt se encontraba a mi lado con unos bongos en el regazo.

Los bongos no eran suyos —por lo que yo sabía, Matt no tenía nada parecido—, pero se los había arrebatado a nuestro amigo Jack y no paraba de tocar redobles de tambor como quien anuncia la llegada de un chiste. Ya le habían hecho callar tres veces. Matt poseía el don de fastidiar a los demás y hacerles reír al mismo tiempo.

A mi derecha, las olas se estrellaban contra las rocas, grandes piedras en las que a veces la gente pintaba mensajes de amor con aerosol, cuando bajaba la marea. Algunos de esos mensajes estaban tan gastados que habían quedado reducidos a fragmentos de letras. En primero de secundaria escogí esos mensajes como tema para un proyecto de arte. Fotografié cada frase y las mostré en clase, de la que parecía más nueva a la más antigua. Una prueba palpable de que el amor se desvanece con el tiempo. O algo parecido. Ahora me avergonzaba recordarlo. Qué ingenua era y qué pagada de mí misma estaba.

Al otro lado del fuego, Jack tocaba la guitarra y Lacey —mi amiga de la infancia— se partía de risa cantando una lúgubre versión de *Brilla, brilla, estrellita*. Yo sostenía un palo que había encontrado entre la maleza, al borde de la arena. Le había pelado la corteza y le había clavado una nube de azúcar en la punta; ahora la nube era una bola de fuego.

—¿Y qué? ¿Tienes pensado quemar muchas nubes más? —me reprochó Matt.

—Bueno, ¿tú sabes lo que les pasa a las nubes cuando las dejas demasiado rato al fuego? —respondí yo—. No. Porque eres demasiado goloso, así que nunca lo sabrás.

—Hay preguntas que no precisan respuesta, ¿sabes? Yo, por mi parte, me conformo con seguir comiendo nubes tostadas durante el resto de mi vida.

—Por eso dejaste la asignatura de arte.

—¿Por qué las nubes quemadas no me inspiran curiosidad?

—No. —Me reí—. Porque prefieres estar plenamente satisfecho a… instalado en una duda constante.

Enarcó las cejas.

—¿Me estás llamando cabeza hueca? ¿No me estarás comparando con un golden retriever o algo así?

—No. —Negué con la cabeza—. O sea, para empezar, si fueras un perro, serías obviamente un labradoodle.

—¿Un LABRADOODLE?

—Y en segundo lugar, si todos fuéramos iguales, este mundo sería muy aburrido.

—Sigo pensando que me estás tratando con condescendencia. —Calló un momento y me sonrió—. Pero te lo perdono, porque obviamente todavía estás en la típica fase idealista del estudiante de arte adolescente.

—¡Serás hipócrita! —le grité señalándolo al mismo tiempo con un dedo acusador—. Decirle a alguien que está atravesando una fase es la definición misma de la condescendencia.

La respuesta de Matt consistió en arrancarme el palo de la mano, soplar las llamas de la nube medio desintegrada, arrancarla y pasársela de una mano a otra hasta que se enfrió. Y entonces se la llevó —chamuscada pero todavía blandita por dentro— a la boca.

—El experimento ha concluido —anunció con la boca llena—. Venga, vamos.

—¿A dónde?

No respondió. Se limitó a agarrarme por el codo y a arrastrarme lejos de la fogata. Cuando encontramos el camino que discurría por delante de las rocas, echó a correr y yo no tuve más remedio que seguirle. Lo perseguí por el sendero, riendo, mientras notaba el cálido aire estival contra las mejillas, entre el pelo.

Y entonces me acordé.

Nos encaminábamos al acantilado de arena; una duna alta que asomaba sobre el agua. Estaba prohibido saltar al mar desde allí, pero la gente lo hacía de todos modos, sobre todo los chicos y chicas de nuestra edad, que todavía no han desarrollado esa parte del cerebro encargada de sopesar las consecuencias. Un don en la misma medida que una maldición.

Vi a Matt saltar del acantilado agitando los brazos y las piernas de pura emoción antes de hundirse en el agua.

Yo me detuve a pocos pasos del borde. Y entonces oí su risa.

—¡Venga! —me gritó.

Yo me sentía más cómoda en el papel de mirona, viendo las payasadas de los demás con el fin de convertirlas en materia de un mito en mi mente, en una leyenda. Miraba la vida para buscarle la narrativa interna; eso me ayudaba a entender las cosas. Pero a veces me cansaba de mi propia mente, instalada en la duda perpetua.

Esa vez no me limité a mirar. Retrocedí unos pasos, sacudí mis temblorosas manos y salí corriendo. Me precipité directamente al borde del acantilado, con zapatos y vaqueros.

Un instante de infarto, ingrávido y liberador.

El viento en los tobillos, vértigo en el estómago, y corté el agua como un cuchillo. La corriente me envolvió. Yo pateé como una rana toro buscando la superficie.

—¿Ves? A eso me refería —me dijo Matt cuando emergí.

Cuando nuestros ojos se encontraron a través del agua, recordé dónde estaba en realidad. Tendida en una habitación de hospital. Sin saber cuánto tiempo había transcurrido ya.

—A mí también me gusta este recuerdo —me dijo sonriendo, esta vez en el presente y no en la memoria—. Menos cuando me di cuenta de que llevaba la vieja cartera de mi padre en el bolsillo. Quedó inservible.

—Ay, mierda —exclamé—. No me lo dijiste.

Se encogió de hombros.

—Solo era una cartera.

Era mentira, claro que sí. Ningún objeto que hubiera pertenecido al padre de Matt era «solo tal cosa», después de que el hombre muriera.

Me preguntó:

—Entonces ¿este es tu recuerdo favorito?

—Es... Yo... —Callé y di unas patadas para mantenerme a flote. El agua estaba fresca pero no fría—. Nunca habría hecho algo así de no ser por ti.

—¿Sabes qué? —Se echó hacia atrás para hacer el muerto—. Yo tampoco lo habría hecho de no ser por ti.

—Te toca —le dije—. Tu recuerdo favorito. Adelante.

—Vale. Pero que conste que tú lo has querido.

Siempre había pensado de Matt que era mono; era imposible obviarlo, la verdad, a menos que te taparas los ojos cada vez que anduviera cerca. Sobre todo después de que se cortara ese flequillo tan largo y dejara sus facciones más a la vista, mandíbula cuadrada incluida. Se le marcaba un hoyuelo en la mejilla izquierda, pero no en la derecha. Sonreía de medio lado. Tenía las pestañas largas.

Es posible que me hubiera colado por Matt si él no hubiera estado saliendo con una chica cuando nos conocimos. Y, por lo que parecía, siempre estaba saliendo con alguien. De hecho, en el tiempo que duró nuestra amistad, me pidió consejo acerca de tres relaciones exactamente. La primera, con Lauren Gallagher, una gimnasta minúscula pero muy exigente que lo llevaba por el camino de la amargura; la segunda, con Lacey Underhill, mi amiga de la infancia, que no tenía nada en común con él salvo la risa contagiosa; y la tercera, con nuestra conocida mutua Tori Slaughter (un apellido poco afortunado que significa «matanza» en inglés), que se emborrachó en una fiesta de Halloween y se lio con otro, poco después de su quinta cita. Literalmente: dos horas después de su quinta cita tenía la lengua de otro tío en la boca. Esa fue la ruptura más dura, porque ella se puso muy triste después y Matt no pudo enfadarse con ella ni siquiera mientras rompía. Matt era incapaz de guardarle rencor a nadie, ni aunque tuviera todo el derecho del mundo; el resentimiento se le escapaba como agua entre los dedos. Excepto en mi caso. Llevaba enfadado conmigo más tiempo que con cualquiera de sus novias.

Por mi parte, yo había vivido un pequeño escarceo con Paul (apodado el abominable Paul, cortesía de Matt), que consistió en unos cuantos magreos estivales en la playa antes de que descubriera una colección de pelotillas de mocos secas en la guantera de su coche, cosa que, como es natural, me desinfló. Por lo demás, prefería la soledad en ese aspecto.

A juzgar por lo que Lacey me había contado mientras estaban saliendo, las chicas tenían problemas para conseguir que Matt dejara de bromear durante más de cinco segundos seguidos, lo que se tornaba irritante cuando intentaban conocerle mejor. Yo nunca tuve ese problema.

Oí el golpeteo de la lluvia y el tañido de un carrillón de viento; el que colgaba junto a la puerta principal de Matt. Yo tenía el pelo pegado a la cara. Antes de llamar al timbre, me aparté las greñas con los dedos y me recogí la melena con un nudo. Llevaba el pelo largo entonces y su peso se me antojó extraño en el presente. Ahora estaba acostumbrada a que las puntas me rozasen la mandíbula.

Abrió la puerta, pero dejó la mosquitera interpuesta entre los dos. Llevaba puestos los pantalones cortos de gimnasia —con su nombre escrito en la parte delantera, encima de la rodilla— y una camiseta vieja que le quedaba corta. Tenía ojeras, más oscuras que de costumbre, pues Matt siempre mostraba una expresión adormilada, como si acabara de levantarse de la siesta.

Echó un vistazo a la sala por encima del hombro, donde su madre veía la tele sentada en el sofá. Matt salió al porche y cerró la puerta a su espalda.

—¿Qué quieres? —me preguntó, y al oír su voz, tan tomada por la pena, se me hizo un nudo en la garganta a mí también. En el recuerdo como en el presente. Nunca me acostumbré a verle así.

—¿Puedes salir una hora? —le pedí.

—Lo siento, Claire. Es que... no me apetece salir ahora mismo.

—No, si no vamos a salir. Tú acompáñame, ¿vale?

—Vale. Se lo diré a mi madre.

Un minuto después apareció calzado con sus viejas chanclas (con la tira desprendida y vuelta a pegar a la suela) y me acompañó al coche bajo la lluvia. Su camino de grava era largo. Con el calor del verano, la maleza había crecido tanto que había inundado los bordes; de ahí que yo hubiera dejado el coche en la calle.

La casa de Matt era vieja, pequeña y húmeda. Había tenido habitación propia una vez, antes de que su abuela se mudara a la casa, pero ahora dormía en el sofá de la sala. A pesar de lo apretujados que vivían, las puertas de su hogar siempre estaban abiertas y, si alguien quería quedarse a dormir, le hacían un sitio. Su padre se había referido a mí como una «hija» tantas veces que había perdido la cuenta.

Su padre había muerto tres días atrás. El día anterior habían celebrado el funeral. Matt ayudó a transportar el ataúd, vestido con un traje demasiado grande para él, con los puños roídos por las polillas, que había pertenecido a su abuelo. Yo había acudido acompañada de Lacey, Jack y todos nuestros amigos, enfundada en pantalones negros en vez de un vestido

—odiaba los vestidos—. Picoteamos en la recepción y le dimos el pésame. Me pasé todo el rato sudando, porque los pantalones eran de lana y en casa de Matt no había aire acondicionado; seguro que él lo notó cuando nos abrazamos.

Matt nos dio las gracias a todos por haber ido, con aire distraído. Su madre se pasó todo el tiempo deambulando de acá para allá con lágrimas en los ojos, como si hubiera olvidado dónde estaba y qué se suponía que debía hacer.

El caso es que Matt y yo subimos a mi coche, cuyos asientos empapamos de agua de lluvia. En el portavasos había dos tazas, una con un granizado de cereza (la mía) y la otra con un batido de fresa (la suya). No mencioné su presencia y él tampoco se molestó en preguntar antes de empezar a beber.

Me llenó de asombro, mientras presenciaba aquel recuerdo, que en aquel entonces nos resultase tan fácil estar juntos en silencio, escuchando el chaparrón y el chirrido de los limpiaparabrisas, sin comentar a dónde íbamos ni qué nos pasaba por la cabeza. Ese tipo de silencio entre dos personas es menos frecuente si cabe que una comunicación fluida. Yo no lo compartía con nadie más.

Enfilé despacio por las calles empapadas hacia el aparcamiento de la playa. Al llegar allí, aparqué. El cielo se oscurecía por momentos, no porque estuviese anocheciendo, sino porque la tormenta arreciaba. Me desabroché el cinturón de seguridad.

—Claire, yo…

—No hace falta que hablemos —lo interrumpí—. Si prefieres quedarte aquí sentado, terminar el batido y luego volver a casa, no pasa nada.

Agachó la vista.

—Vale —dijo.

Se desabrochó el cinturón también y echó mano del batido. Observamos el agua, las olas que se alzaban con la tormenta. Un relámpago iluminó el cielo y yo noté el trueno en mi pecho y en la vibración del asiento. Apuré el jarabe del granizado, la boca teñida de color cereza.

Un rayo cayó en el agua, una larga línea de luz que se dibujó de la nube al horizonte, y esbocé una pequeña sonrisa.

La mano de Matt se desplazó por el compartimento central, buscando la mía, y se la tomé. Noté una descarga eléctrica cuando su piel encontró mi piel, y no estaba segura de si la había sentido entonces, en mi recuerdo, o si la estaba sintiendo ahora. Sin duda, habría reparado en algo así en su momento, ¿verdad?

El llanto se proyectaba a su brazo y las lágrimas inundaron mis ojos también, pero no le solté la mano. Se la sostuve, con fuerza, aunque nos sudaban las palmas, aunque el batido se le derritió en el vaso, sobre el regazo.

Al cabo de un rato me di cuenta de que el recuerdo había terminado; Matt me soltó y yo lo llevé de vuelta a casa. Sin embargo, en el presente, Matt nos mantuvo allí, con las manos unidas, cálidas y fuertes. Yo no retiré la mía.

Dejó el batido a sus pies y se enjugó las mejillas con los dedos.

—¿Este es tu recuerdo favorito? —le pregunté con voz queda.

—Entendiste perfectamente lo que necesitaba —respondió en un tono tan bajo como el mío—. Todos los demás esperaban algo de mí… que les asegurase, de algún modo, que estaba bien, o incluso que no lo estaba. O me querían consolar, como si hubiera consuelo posible a la muerte de un padre. —Sacudió la cabeza—. Pero tú solo quisiste que supiera que estabas ahí.

—Bueno —objeté—. No sabía qué decir.

Fue algo más, claro que sí. A mí me reventaba que los demás intentaran animarme cuando me sentía mal. Tenía la sensación de que intentaban guardar el dolor en una cajita para luego devolvérmela en plan: ¿Lo ves? En realidad no es para tanto. Yo no quería hacerle eso a Matt.

—Nadie sabe qué decir —contestó Matt—. Pero lo intentan, ¿verdad? Maldita sea.

Todo el mundo compartía una misma opinión de Matt. Lo consideraban el típico chico que anuncia con un redoble un chiste que no lo es, el que te toma el pelo y te pincha hasta que te entran ganas de estrangularlo. Con una sonrisa permanente en el rostro. Pero la persona que yo conocía era distinta. Yo conocía al chico que le preparaba el desayuno a su madre cada sábado por la mañana, que discutía conmigo sobre arte, música y el sentido de la vida. La única persona que, si me mostraba pretenciosa o ingenua, me lo diría; podía contar con ello. Me pregunté si sería yo la única que tenía acceso a esa parte del él. Que tenía acceso a todo su yo.

—Ahora, al volver la vista atrás, me doy cuenta de que también es uno de los recuerdos que menos me gustan. —Retiró la mano, desvió la vista—. No porque sea doloroso, sino porque me recuerda que, en una época complicada de mi vida, tú me apoyaste…, pero yo te abandoné en tu peor momento.

La franqueza de la frase me arrancó una mueca de dolor, como si me hubiera abofeteado.

—Tú no… —empecé a decir—. Yo no te lo puse fácil. Soy muy consciente.

Guardamos silencio nuevamente. La lluvia seguía cayendo, incansable, contra el capó del coche. Me quedé mirando cómo rebotaba en el parabrisas, que había convertido el mar en una pintura abstracta, un borrón de color.

—Estaba preocupado por ti —me confesó—. Debería habértelo dicho, en vez de enfadarme.

Traté de pronunciar las palabras que quería decirle: *No te preocupes por mí. Estoy bien.* Quería soltarlas con una sonrisa, posarle la mano en el brazo y hacer un chiste. Al fin y al cabo, estábamos compartiendo su Última Visita. Él era el protagonista, no yo, y estos eran los últimos momentos que íbamos a vivir juntos, pues estaba a punto de morir.

—Sigo preocupado por ti —añadió cuando no respondí.

No lo llevé conmigo a ese recuerdo; *el* recuerdo. Fue raro constatar hasta qué punto la intención influía en la técnica de la visita, en la creación de ese espacio extraño a caballo entre las dos consciencias. Yo tenía que rescatar una remembranza, como si tirase de un sedal, para transportarnos a los dos al mismo. En caso contrario, me quedaba a solas en mi mente durante instantes que parecían mucho más largos, pequeñas vidas en sí mismos.

Después de que muriera el padre de Matt se celebró el velatorio y el funeral. La gente de la iglesia de Matt y los compañeros de trabajo de su madre acudían de visita, cargados de comida. Se sucedieron intentos de sacar a Matt de casa, tentativas que nos involucraban a Lacey, a Jack y a mí y una pistola de agua apuntada a la ventana de su sala de estar. El largo y lento proceso de revisar las posesiones de su padre y decidir qué conservaban y qué no. Recuerdo que su madre lloraba ante el montón de ropa, mientras Matt y yo fingíamos no darnos cuenta. Con el tiempo, el dolor se atenuó, la madre de Matt empezó a sonreír más a menudo y Matt regresó al mundo, no tan alegre como antes, pero sereno en cualquier caso.

Y entonces mi madre volvió.

Yo tenía dos madres: la que me había criado desde la infancia y la que dejó a mi padre de la noche a la mañana cuando yo tenía cinco años, pertrechada con una maleta y el viejo Toyota. Regresó cuando cumplí los catorce, más rechoncha y mayor que cuando mi padre la vio por última vez, pero la misma en todo lo demás.

Mi padre me insistió en que pasara un rato con ella, y mi madre me llevó a su cuarto oscuro, a una hora de nuestra casa, para enseñarme sus fotografías. Casi todas eran retratos de personas capturadas en mitad de un gesto, o inconscientes de que alguien las estuviera mirando. Algunos desenfocados, pero siempre interesantes. Mi madre tocaba las esquinas de las fotos bajo la luz roja del cuarto oscuro mientras me hablaba de cada una, de sus favoritas y de aquellas que no le gustaban tanto.

Las fotografías me encantaron y me odié por ello. Detestaba verme a mí misma en aquel cuarto oscuro, coincidiendo con ella a la hora de escoger las mejores, compartiendo con mi madre el lenguaje secreto del arte. Sin embargo, no podía evitar amarla, como si compartir unos mismos genes implicara también compartir un corazón y no se pudiera luchar contra ello.

La vi unas cuantas veces más y un día se volvió a marchar. De nuevo sin previo aviso, otra vez sin decir adiós, sin dejar una dirección, ninguna explicación. El cuarto oscuro vacío, la casa alquilada a unos desconocidos. Ninguna prueba de que alguna vez hubiera estado allí.

En realidad nunca la tuve, así que no era justo pensar que la había perdido. Y mi madrastra, que era mi VERDADERA madre en todos los aspectos que contaban, seguía allí, una pizca distante, pero dispuesta a amarme. Yo no tenía derecho a sentir nada, me dije. Y, lo que es más, no quería hacerlo.

Y pese a todo me retiré aún más al interior de mí misma, como un animal que se refugia bajo tierra y se acurruca para conservar el calor. Empecé a dormirme en clase, a dormirme encima de los deberes. A despertar en mitad de la noche con retortijones en la barriga y presa de un sollozo incontenible. Dejé de salir los viernes por la noche y luego los sábados, y luego todos los días de la semana. Abandoné por completo el escritorio que destinaba exclusivamente a los proyectos artísticos. Mi madre —madrastra, lo que fuera— me llevó a especialistas en fatiga crónica; pidió que me hicieran analíticas para saber si sufría anemia; pasó horas investigando dolencias en internet. Hasta que un doctor sugirió depresión por fin. Dejé la consulta con una receta que, en teoría, lo arreglaría todo. Pero nunca compré las pastillas.

Fue en el colegio, precisamente, donde Matt y yo rompimos nuestra amistad. Tres meses atrás. Corría el mes de abril y estábamos los dos solos. El aire acondicionado funcionaba a toda potencia en el interior, así que nos habíamos sentado debajo de un manzano en el jardín delantero. Yo llevaba unas semanas escondiéndome en la biblioteca para echar una cabezada a la hora de la comida, alegando que tenía deberes, pero ese día Matt insistió en que comiera con él.

Intentó hablar conmigo, pero a mí me costaba concentrarme en sus palabras, así que me limitaba a masticar. En cierto momento dejé una naranja en el suelo y la fruta salió rondando hasta alojarse entre las raíces de un árbol, a cosa de un metro de donde estábamos. Alargué el brazo para recuperarla, la manga se desplazó por mi brazo y una herida, cerrada pero inconfundible, quedó a la vista. Yo llevaba un tiempo pasándome una cuchilla por la piel para sentirme llena de algo en lugar de vacía: la descarga de adrenalina, el dolor, se me antojaban preferibles a la carencia. Había investigado de antemano cómo esterilizar el filo y hasta dónde podía llegar sin pinchar nada esencial. Quería saber, obligar a mi cuerpo a decirme, que seguía viva.

No me molesté en inventar una excusa. Matt no era idiota. No se tragaría que me había cortado depilándome o algo así. Era obvio que no me afeitaba el vello de los brazos.

—¿Has dejado las pastillas? —me preguntó con severidad.

—¿Quién eres, mi padre? —Me bajé la manga y deposité la naranja en mi regazo—. No fastidies, Matt.

—Di, ¿las has dejado?

—No. No las he dejado. Porque nunca empecé a tomarlas.

—¿Qué? —Frunció el ceño—. ¿No te dijo el médico que tenías un problema? ¿Por qué no haces nada por solucionarlo?

—El médico quiere que sea como todo el mundo. Yo soy como soy. A MÍ no me pasa nada.

—No, solo eres una cría que no quiere tomar sus vitaminas —replicó él con incredulidad.

—¿Me estás diciendo que tengo que medicarme sencillamente porque a los demás no les parece bien mi manera de actuar?

—¿A los demás? ¿A mí, por ejemplo?

Me encogí de hombros.

—Ah, me estás diciendo que te sientes fatal todo el tiempo porque te da la gana. —Matt tenía el rostro congestionado—. Perdona, no me había dado cuenta.

—¿Crees que me apetece atiborrarme de sustancias químicas que me van a dejar aplatanada? —le espeté—. ¿Y cómo se supone que voy a ser yo misma si se altera la química de mi cerebro? ¿Cómo voy a crear nada, a decir nada, a hacer nada que valga la pena si estoy prácticamente *lobotomizada*?

—Eso no es lo que…

—Deja de discutir conmigo como si supieras lo que me pasa. Solo porque lleves el carné de chico desconsolado en el bolsillo del pantalón no significa que puedas diagnosticar el estado mental de los demás.

—¿El CARNÉ de chico desconsolado? —repitió, con las cejas enarcadas.

—¡Sí! —exclamé—. ¿Qué voy a saber yo acerca de mis problemas comparada con Matt «mi padre ha muerto» Hernández?

Sencillamente… me SALIÓ. No me paré a pensar lo que decía.

Sabía que Matt no utilizaba la muerte de su padre para manipular a los demás. Lo había dicho únicamente para hacerle daño. Hacía un año de su pérdida, pero el dolor seguía vivo en él, a un milímetro de la superficie, y se sentía azorado por ello. Eso también lo sabía. Entre nosotros planeaba el recuerdo de su llanto desconsolado en el coche, aferrado a mi mano con fuerza.

Después de varias semanas sin responder a sus mensajes de texto, de darle excusas para no quedar con él y de contestarle mal a la más mínima, supongo que usar la muerte de su padre contra él fue la gota que colmó el vaso. Ni siquiera se lo reproché. Estaba demasiado acostumbrada a culparme a mí misma, en cualquier caso.

—Matt —empecé a decir.

—¿Sabes qué? —Me soltó, y se levantó—. Haz lo que quieras. Estoy harto.

—Cometí un error —reconoció Matt, y su boca fue lo primero que se materializó en mi nuevo recuerdo: el labio inferior más grueso que el superior, su gesto al hablar de medio lado, que destacaba el hoyuelo de la mejilla—. Debería haber empezado la historia por esta parte.

Nos encontrábamos en el aula de plástica. Estaba pintada de un blanco brillante y siempre olía a pintura y a ceras. Había estantes a lo largo de la pared del fondo, donde los alumnos ponían a secar sus proyectos al final de cada clase. Antes de que empezara a suspender plástica por no presentar los trabajos, acudía a diario después de las clases. Me gustaba el zumbido de los fluorescentes, la paz que se respiraba. No era una sensación que experimentase con facilidad.

Mis compañeros de clase formaban un semicírculo a mi alrededor. Yo estaba sentada en una silla, con un pupitre a mi derecha y unos cables que iban de los electrodos que llevaba en la cabeza a la máquina que había dejado en el pupitre. La pantalla vuelta hacia mis compañeros. Aun sin los electrodos habría sabido en qué curso estaba por el color de mis uñas: en primero de secundaria me entró la manía de pintarme las uñas de colores cada vez más chillones y feos: verde lima y morado brillante, azul fosforescente y naranja tostado. Me gustaba convertir las cosas supuestamente bonitas en algo feo. O interesante. A veces no era capaz de distinguir la diferencia entre ambas cosas.

Este era mi segundo gran proyecto de plástica de aquel primer curso, después de las fotografías de rocas con mensajes de amor. Últimamente estaba obsesionada con los mecanismos del cerebro, pensando tal vez que este órgano albergaba la clave de las cosas que me habían pasado y de todo aquello que sucedía en mi interior. Una extraña fuente de inspiración, y había solicitado una beca para jóvenes artistas con el fin de adquirir ese aparato portátil, el último grito en investigación neurocientífica. Un médico pasó varias horas conmigo un día después de las clases para enseñarme a usarlo y, poco después, lo arrastré en su carrito al aula de plástica.

No di ninguna explicación previa. Me limité a conectarme a la máquina y a mostrar a la clase mis ondas cerebrales y cómo podía alterarlas. Primero llevé a cabo un ejercicio de relajación para demostrar cómo funcionaba mi cerebro en estado de meditación. Luego resolví unos problemas de matemáticas. A continuación, escuché a uno de mis cómicos favoritos. Por último, evoqué mi recuerdo más embarazoso: el de aquella vez que estornudé y se me cayeron los mocos durante una presentación, en sexto. Las ondas de mi cerebro se desplazaban y cambiaban en función de lo que yo pensaba.

Mantuve mis ondas cerebrales libres de tempestades emocionales: el horror que experimenté aquel día, a mis cinco años, al descubrir que mi madre no bajaba a desayunar; el espacio vacío en el aparcamiento de casa que solía ocupar su coche. Mantuve en secreto el caos de mi corazón y mis entrañas. Únicamente me interesaba mostrar los mecanismos de mi mente, igual que si fueran los engranajes de un reloj.

Cuando terminé, en el aula resonaron cuatro aplausos. Desganados, pero no me sorprendió. Nunca les gustaba nada de lo que yo hacía. Una niña levantó la mano y le preguntó al profesor:

—Mmm… Señor Gregory, ¿esto se puede considerar arte siquiera? O sea, lo único que ha hecho ha sido enseñarnos su cerebro.

—Se considera una representación artística —respondió el señor Gregory al mismo tiempo que se retiraba las gafas—. Medita lo que acabas de decir: «Nos ha enseñado su cerebro». Un acto de vulnerabilidad. Y eso es algo sumamente infrecuente, en la vida y en el arte. El arte es, por encima de todo, valiente y vulnerable al mismo tiempo.

Me hizo un guiño. La paz que me inspiraba esa aula se debía en parte al señor Gregory. Siempre parecía entender lo que yo trataba de expresar, aun cuando a mí me costaba comprenderlo.

—¿Qué hacemos aquí? —le pregunté a Matthew en el presente, frunciendo el ceño—. En esta época ni siquiera nos conocíamos.

Matt estaba sentado al fondo del aula, a un lado, con la cabeza reclinada sobre una libreta. Me sonrió en la visita. Marcas en las mejillas, ojos risueños, un destello de blanquísima dentadura.

—Aquí empezó nuestra historia —respondió—. Eras tan… O sea, sus opiniones te importaban un comino. Parecía como si todos los demás oyeran una canción y tú estuvieras oyendo otra distinta. Me quedé flipando. Yo también quería ser así.

Me sentí rara, cada vez más ingrávida, como si estuviera transformando un pañuelo de papel en alas de mariposa.

—¿Crees que no me importaba lo que pensaran de mí? —Sacudí la cabeza. No podía dejar que creyera una mentira, ahora no—. Pues claro que me importaba. Todavía no puedo recordar aquel día sin sonrojarme.

—Te creo —afirmó—. Pero acudí a la fiesta de tercero porque me enteré de que tú irías y... quería conocerte. Me encantó ese proyecto. Me encantaba todo lo que hacías en clase de plástica. Tenía la sensación de que me habías mostrado tu alma y quería devolverte el favor.

Noté un cosquilleo en las mejillas.

—Nunca me lo dijiste.

—Bueno, antes has dicho que te abochorna hablar de tus antiguos proyectos de arte —respondió a la vez que se encogía de hombros—. Por eso nunca los saqué a colación.

—Por eso estaba tan preocupada, ¿sabes? —confesé con voz queda—. Con el asunto de la medicación. Tenía miedo de no poder hacerlo más; de no poder expresarme a través del arte. O sea, son los sentimientos, a veces muy intensos, los que me impulsan a crear.

—¿Y piensas que si te sintieras mejor dejarías de hacerlo?

—No lo sé. —Me mordí el labio—. Estoy acostumbrada a sufrir altibajos. Soy un atajo de nervios andante. Tengo la sensación de que, si prescindo de los momentos álgidos, incluso de los malos, SOBRE TODO de los malos, dejaré de ser interesante.

—Claire. —Se puso de pie, sorteó las sillas y, acuclillándose delante de mí, me posó las manos en las rodillas—. Ese atajo de nervios no eres tú. Solo es algo que vive en tu cabeza y te cuenta mentiras. Si te deshaces de eso..., imagina la de cosas que podrías hacer. Imagina lo que podrías llegar a ser.

—Pero ¿y si...? ¿Y si empiezo a tomar la medicación y me convierto en una persona sosa y gris? —objeté, a punto de llorar.

—No creo que sea el caso. Pero si sucede, pues pruebas otra cosa. —Sus manos apretaron mis rodillas—. ¿Y me estás diciendo de verdad que ahora mismo no te sientes un tanto «gris»?

No respondí. Pasaba tanto tiempo a punto de caer en la oscuridad, en el abismo que llevaba dentro, que procuraba no sentir nada en absoluto. Así que la única diferencia entre esto y algún tipo de sopor inducido por las drogas era que en mi estado actual podía bajar a esa región sombría si me hacía falta, aunque no lo hiciera. Y en esa zona oscura, me había contado a mí misma, estaba mi verdadero yo. Y también el arte.

Ahora bien, era posible…, era posible que eso no fuera verdad. Estaba convencida de que alterar mi cerebro me impediría crear, pero a lo mejor sencillamente me permitía llevar a cabo otro tipo de obras. Puede que, si me libraba del monstruo que habitaba en mi mente, fuera capaz de hacer más y no menos. Las probabilidades eran las mismas en un sentido y en el otro. Sin embargo, creía más en mi posible condena que en mi posible curación.

—No pasa nada por querer sentirse mejor. —Matt me acarició la mano.

Y no sé por qué. Solo fue una frase, pero esas palabras me llegaron tan hondo como antes lo hacía la música. Como una aguja en el esternón que me hubiera penetrado hasta el corazón. No me molesté en contener las lágrimas. En lugar de apartarme de ellas con todas mis fuerzas, de rehuir la mera sensación, dejé que me inundara. Cedí el paso al dolor.

—Pero ¿cómo me voy a sentir mejor? —Me tapé los ojos—. ¿Cómo me voy a sentir mejor algún día… si tú mueres?

Estaba llorando igual que él había llorado en el coche conmigo, aferrada a sus manos, que seguían sobre mis piernas. Él entrelazó los dedos con los míos y me las estrechó.

—Porque —dijo— tienes que hacerlo.

—¿Quién lo dice? —lo desafié—. ¿Quién dice que tengo que sentir nada?

—Lo digo yo. Te escogí para la Última Visita porque… quería tener la oportunidad de decirte que vales mucho más que tu dolor. —Recorrió mis nudillos doblados con los dedos—. Llévate estos recuerdos contigo. Durarán más que tu pena, te lo prometo, y algún día pensarás en ellos y tendrás la sensación de que estoy ahí, de nuevo contigo.

—Me parece que subestimas mi capacidad de superar el duelo —dije, riendo entre sollozos—. Tienes delante a una sufridora *superpro*.

—Es posible que algunas personas te abandonen —prosiguió él, haciendo caso omiso por una vez a una broma para optar por algo real—. Pero eso no significa que merezcas que te dejen. En absoluto.

No le creía del todo. Pero casi.

—No te marches —le susurré.

Tras eso, lo llevé de vuelta al mar, a la zona en la que habíamos chapoteado después de saltar del precipicio. Las ondas reflejaban el brillo de la luna.

El agua había empapado mis deportivas; los pies me pesaban y me costaba permanecer a flote.

—Tienes maquillaje por toda la cara —me dijo entre risas—. Parece como si te hubieran atizado un puñetazo en cada ojo.

—Ya, bueno, pues a ti se te transparentan los pezones.

—Claire Lowell, ¿me estás mirando los pezones?

—Como siempre.

Reímos juntos, grandes carcajadas que resonaron sobre el agua. Me abalancé sobre él, no para hundirlo —aunque se apartó como si se lo temiera—, sino para echarle los brazos al cuello. Él me aferró, sosteniéndome en alto, con los brazos alrededor de mi espalda, los dedos tensos en la curva de mi cintura.

—Te echaré de menos —le confesé, mirándolo desde arriba. Pegada a él como ahora, yo era papel otra vez, cáscara de huevo y azúcar candy, hojas de otoño. ¿Cómo era posible que no hubiera advertido esos sentimientos la primera vez?

Me sentía más poderosa de lo que me había sentido en días, semanas, meses.

—No estuvo mal, ¿verdad? —dijo—. Nuestra historia, me refiero.

—Fue la mejor.

Me dio un beso en la mandíbula y, sin despegar la mejilla de la mía, susurró:

—Sabes que te quiero, ¿verdad?

Y dejó de patear el agua para dejarse llevar conmigo por las olas.

Cuando desperté en la salita del hospital, una enfermera que no había visto hasta entonces me retiró la vía del brazo y me pegó un esparadrapo con una bolita de algodón en el hueco del codo. La doctora Albertson entró para asegurarse de que había superado el procedimiento con las facultades intactas. Clavé la vista en sus uñas azules para tranquilizarme mientras ella hablaba, mientras yo hablaba, otro baile.

En cuanto me dio permiso, me marché. Dejé allí la inservible sudadera, al igual que Cenicienta abandonó su zapato de cristal. Y tal vez, pensé, no lo dejara para que el príncipe lo encontrara…, sino porque tenía tanta prisa por dejar atrás el dolor de saber que sus sueños nunca se cumplirían que le dio igual perder algo por el camino.

Casi estaba amaneciendo cuando escapé del hospital por una salida trasera para no cruzarme con la familia de Matt. No podía soportar la idea de volver a casa en ese momento, así que puse rumbo a la playa y aparqué en el mismo sitio en el que

Matt y yo estuvimos contemplando la tormenta. Ahora, sin embargo, estaba sola y notaba ese extraño ahogo en el pecho que tan bien conocía, como si estuviera a punto de desmayarme.

Tenía un mantra para momentos como ese. *Procura no sentir nada,* decía. *Procura no sentir nada y todo será más fácil.*

Excava, decía, *y escóndete bajo tierra. Acurrúcate para conservar el calor,* decía, *y finge que el mundo no sigue girando. Imagina que estás sola, enterrada, y el dolor no te afectará.*

Unos ojos ciegos clavados en la oscuridad. El corazón late más despacio. Un cadáver viviente es mejor que un corazón muerto.

Lo malo del mantra era que, una vez me había enterrado, me costaba encontrar el camino de salida, salvo en el filo de la cuchilla, que alcanzaba mi estupor y me devolvía las sensaciones.

Pese a todo, según contemplaba las olas, me di cuenta de que no quería apagar las emociones que me inspiraba Matt. Ni siquiera durante un ratito. Cargaría con mi pena, por fin, ya que era lo único que podía ofrecerle.

Alargué una mano temblorosa hacia el volumen de la música y pulsé la señal de «más» hasta que una canción atronó en los altavoces. El tema que yo buscaba estaba seleccionado, claro que sí, las campanillas y la guitarra eléctrica discordantes en contraste con el suave murmullo del mar.

Apoyé la cabeza en el volante y escuché *Pánico tradicional* mientras salía el sol.

El móvil me despertó. El timbre me arrancó del sueño de golpe. Me había dormido sentada en el coche con la cabeza apoyada en el volante. El sol brillaba alto, el calor iba apretando y yo estaba empapada en sudor. Eché una ojeada a mi reflejo en el espejo retrovisor al mismo tiempo que respondía. Las puntadas del volante se me habían marcado en la frente. Me la froté para borrar las marcas.

—¿Qué pasa, mamá? —pregunté.

—¿Todavía estás en el hospital?

—No, me he dormido en el aparcamiento de la playa.

—¿Es sarcasmo? Por teléfono no lo distingo.

—No, va en serio. ¿Qué pasa?

—Te llamo para decirte que Matt ya ha salido de la operación —me explicó—. Ha sobrevivido. Todavía no saben si despertará, pero la cosa tiene buena pinta.

—Que él… ¿Qué? —balbuceé. Entorné los ojos para protegerlos del resplandor del sol—. Pero las analíticas…

—Las estadísticas también se equivocan, cielo. En el «uno de cada diez» siempre cabe una esperanza y esta vez le ha tocado a él.

Es raro estar sonriendo tanto que te duela la cara y llorando al mismo tiempo.

—¿Va todo bien? —me preguntó mi madre—. Te has quedado muy callada.

—No —respondí—. La verdad es que no.

Nadie me había explicado nunca que los antidepresivos fueran tan pequeños, así que me quedé de una pieza cuando dejé caer la pastilla en la palma de mi mano por primera vez.

¿Cómo era posible que me asustara una cosa tan minúscula, un verde pálido tan bonito? ¿Cómo era posible que esa pastilla de nada me diera más miedo que el ataque de llanto que me había hundido de rodillas en la ducha?

Ahora bien, él tan solo me había pedido que probase, a su manera. SOLAMENTE que probase.

Y me quería. No sabía si como amigo o como algo más. No podía saberlo. Pero sí sabía que el amor era una minúscula luciérnaga a lo lejos, que había parpadeado cuando yo necesitaba que lo hiciera. Aun en su inconsciencia inducida, con el cuerpo roto del accidente y luego reparado mediante varias cirugías consecutivas, me había hablado.

Tú pruébalo.

Así que lo hice, mientras todos esperábamos a saber si despertaba. Lo probé, lo justo para meterme la pastilla en la boca. Lo probé, lo justo para acudir a la consulta del médico cada semana, para obligarme a no mentir cuando me preguntaba cómo me encontraba. Para comer y ducharme y asistir a clases de verano. Para levantarme después de ocho horas en lugar de dejar que el sueño me devorara durante todas las vacaciones.

Cuando le conté al médico lo de la Última Visita, únicamente pude hablarle de mis remordimientos. La visita me había mostrado cosas en las que nunca antes había reparado, por más obvias que se me antojaran ahora, al mirar atrás. Y me arrepentía de todo aquello que no le había dicho a Matt, por si no despertaba. Ahora tan solo me quedaba pedirle al cielo que ya lo supiera.

Despertó.

Despertó la última semana de verano. Hacía tanto calor, que yo me cambiaba de camiseta dos veces al día simplemente para sentirme más seca. El sol me había llenado de pecas la nariz y había arrancado a mis ojos un guiño permanente. El último curso empezaba la semana siguiente, pero eso para mí no significaba nada sin él.

Cuando la madre de Matt dio permiso para que acudiera a visitarlo, guardé mi proyecto de arte en el coche y me dirigí al hospital. Aparqué junto a la letra J, como hacía siempre para acordarme de dónde lo había dejado. «J» por mi palabrota favorita.

Entré en el edificio cargada con la caja y me inscribí en el mostrador, como te pedían. La aburrida mujer que lo atendía imprimió el adhesivo identificador sin alzar la vista siquiera. Me lo pegué a la camiseta, que había decorado yo misma vertiéndole lejía para que adquiriera un desigual tono anaranjado. Era mi segundo intento. En el primero había decolorado sin querer las zonas de debajo de los pechos con un resultado un tanto extraño.

Me encaminé despacio a la habitación de Matt, respirando profundamente para serenarme. Su madre me había indicado el número de habitación cuatro veces como mínimo, y me había explicado dos veces cómo llegar, pero las dos explicaciones no cuadraban. Pregunté en la zona de las enfermeras y me señalaron la última habitación a la izquierda.

La doctora Albertson estaba plantada junto a la puerta de otra habitación, pasando las hojas de un sujetapapeles. Echó un vistazo en mi dirección sin reconocerme. Debía de pasar tanta gente por allí para las últimas visitas que se le olvidaban las caras. Cuando se dio la vuelta, atisbé fugazmente sus uñas, que ya no mostraban un color azul cielo sino un verde veneno, eléctrico. Casi el mismo tono que se pelaba en mi pulgar.

Entré en la habitación de Matt. Estaba allí, tendido boca arriba con los ojos cerrados. Pero durmiendo, no en coma, me habían dicho. Había despertado la semana anterior, demasiado desorientado al principio como para que supieran si se recuperaría. Y luego, despacio, había vuelto a ser el que era.

Al parecer. Yo lo creería cuando lo viera, y puede que ni siquiera entonces.

Dejé la caja en el suelo y abrí la tapa. Aquel proyecto en particular constaba de distintas piezas. Usé la mesa en la que dejan la bandeja de la comida y la mesilla de noche para alinearlas todas. Encontré un enchufe para los altavoces y el viejo reproductor de CD que había comprado en internet. Era de color lila brillante y estaba cubierto de pegatinas.

En algún momento de este proceso, Matt abrió los ojos y los desplazó hacia los míos. Tardó lo suyo en girar la cabeza —su columna todavía se estaba recuperando del accidente—, pero pudo hacerlo. Agitó los dedos. Yo me tragué una sonrisa y un sollozo, que sustituí por una expresión impertérrita.

—Claire —dijo, y todo mi cuerpo se estremeció de emoción al oír mi nombre. Me reconocía—. Creo que he soñado contigo. O puede que fuera una serie de sueños, en un orden determinado, escogido por el menda...

—Chss. Estoy en mitad de un proyecto artístico.

—Ah —replicó—. Perdona. Yo estoy en plena recuperación de una muerte de nada.

—Demasiado pronto —contesté.

—Lo siento. Mecanismo de supervivencia.

Me senté a su lado y procedí a desabrocharme la camisa.

Enarcó las cejas.

—¿Qué haces?

—Multitarea. Tengo que pegarme esos electrodos al pecho. ¿Los recuerdas? —Le mostré los electrodos con los cables prendidos. Eran los mismos que había usado para mostrar mis mecanismos cerebrales en clase de arte—. Y también quiero sumar puntos.

—¿Sumar...? ¿Me han drogado otra vez?

—No, pero, si estuvieras alucinando, ¿me estarías viendo sin camisa?

Sonreí y me pegué un electrodo a la parte derecha del pecho y otro a la parte inferior. Juntos registrarían los latidos de mi corazón.

—Sin comentarios —suspiró él—. Llevas un sujetador sorprendentemente femenino.

Era azul marino, con un estampado de pequeñas flores blancas y rosas. Lo había reservado toda la semana para ese día, aunque era mi favorito y siempre me lo ponía en el instante en que volvía a estar limpio.

—Solo porque odie los vestidos no significa que no me gusten las flores —observé—. Vale, calla.

Enchufé los altavoces, que estaban conectados directamente a los electrodos de mi pecho. Mi pulso, firme y regular, se dejó oír a través de estos. Inspiré profundamente, por la nariz y por la boca. A continuación encendí el reproductor de CD y busqué el segundo tema: *Inercia,* de Chase Wolcott.

Inercia
Me arrastra en línea recta hacia ti
Una fuerza que no puedo parar, no quiero parar
En línea recta hacia ti

La batería palpitaba al mismo ritmo que el latido de las guitarras, que le daban a la melodía un sonido propulsivo y circular. El latido de mi corazón reaccionó en consecuencia, más acompasado según iba avanzando el tema.

—Tu corazón —dijo—. ¿Ahora te gusta esta canción?

—Ya te dije que las pastillas me provocarían efectos raros —le solté con voz queda—. Me voy acostumbrando, pero no te emociones. Puede que algún día vuelva a cogerle manía a este álbum.

—Las pastillas —repitió él—. ¿Las estás tomando?

—Aún estamos ajustando la dosis, pero sí. Las estoy tomando, en parte gracias a lo mucho que me animó un chico que conozco —confesé—. De momento, los efectos secundarios incluyen dolor de cabeza, náuseas y la sensación de que a lo mejor la vida no está tan mal. Este último es el más molesto.

El hoyuelo apareció en su mejilla.

—Y si ESTE cambio de ritmo en mi corazón te ha parecido chulo, te voy a enseñar otro todavía más fascinante.

Apagué la música.

—Vale —asintió Matt con los ojos entornados.

Me levanté y apoyé la mano en la cama, cerca de su hombro. Mi corazón latió más deprisa a través de los altavoces. Me incliné hacia él y posé los labios en los suyos.

La boca de Matt se movió contra la mía, reaccionando por fin. Llevó la mano a mi mejilla, me apartó el pelo de la cara. Encontró la curva de mi cuello.

El corazón me latía como un tren a toda máquina. Esa parte de mí misma —ese órgano pulsátil que expresaba que estaba viva, que estaba bien, que mi vida estaba cobrando una forma mejor— fue la banda sonora de nuestro primer beso, y resultó mucho mejor que cualquier música, por buena que fuera la banda.

—El arte —sentencié cuando nos separamos— es valiente y vulnerable al mismo tiempo.

Me senté en el borde de la cama, junto a su cadera, con mucho cuidado. Sus ojos castaños seguían cada uno de mis movimientos. Había un atisbo de sonrisa en su rostro, en su ceño fruncido.

—Se supone que la Última Visita te ofrece la oportunidad de decir todo eso que necesitas expresar antes de perder a alguien —declaré—. Pero cuando volví del hospital, pensando que estaba a punto de perderte para siempre, comprendí que me quedaba una cosa por decirte.

El corazón se aceleró otra vez, más y más rápido.

—Bueno —respondió él en voz muy baja—. Pues dila.

—Vale. —Carraspeé—. Vale. La diré. La voy a decir.

Él sonrió, contento, de medio lado.

—Claire... ¿me quieres?

—Sí —respondí—. Te quiero.

Cerró los ojos, solo un segundo, y una dulce sonrisa asomó a sus labios.

—El sujetador ha sido un toque interesante —asintió—, pero no te hacía falta ganar puntos. —Su sonrisa se ensanchó aún más si cabe—. Todo me ha arrastrado siempre hacia ti.

Yo sonreí también. Alargué la mano para pulsar la tecla de reproducción del CD. Me acomodé a su lado, en la cama del hospital, con cuidado de no lastimarlo.

Él me recorrió el cabello con los dedos, posó los labios en mi boca de nuevo.

En silencio, porque no nos hacían falta palabras, escuchamos *Inercia* una y otra vez.

EL AMOR ES EL ÚLTIMO REFUGIO

JON SKOVRON

Querido lector, ante todo me gustaría asegurarte que el relato que estás a punto de leer no es una historia de amor, ni tan siquiera romántica, diga lo que diga la cubierta del libro. Hay relatos de ese estilo para dar y tomar, muchas gracias. No, la historia que estás a punto de leer trata de dos personas convencidas de que únicamente los necios se enamoran.

El primer miembro de nuestra pareja protagonista es Lena Cole. Tenía los ojos de un azul intenso, unas facciones tan rotundas como hermosas y una larga melena negra que llevaba recogida en un peinado práctico pero no carente de atractivo. Se movía por las instalaciones del Hotel del Arte Spa y Resort con la seguridad que otorgan la experiencia y la rutina. Si bien aún no había cumplido los dieciocho, se había convertido en un miembro indispensable del equipo.

Cruzó el comedor, que ya estaba preparado para el desayuno.

—Buenos días, señora Nalone.

Una mujer mayor que ella, de cabello rubio platino y piel intensamente bronceada, tomaba una Mimosa sentada a una mesa.

—Buenos días, Lena.

Lena Cole conocía el nombre y las costumbres de todos y cada uno de los invitados que habían pasado por el hotel en los últimos tres años, e incluso habría sido capaz de identificarlos a primera vista. La señora Nalone, divorciada varias veces, era una habitual. Su hijo, Vito Nalone, de diecinueve años, no se levantaría hasta dentro de una hora.

Lena prosiguió su avance por el pasillo. Cuando pasó por delante del salón de juegos, gritó a través de la puerta:

—Tendrías que ir pensando en ponerte a trabajar, Zeke.

El chico, un muchacho de dieciséis años con el oscuro cabello de punta y aire de duende, estaba sentado en un puf de pera matando zombis en una enorme pantalla plana. Lucía el polo blanco y los pantalones color caqui que señalaban a los empleados del complejo turístico. Apagó el juego y saludó a Lena al estilo militar.

Ella sonrió y siguió avanzando, dando los buenos días a los huéspedes y saludando a los otros miembros del personal con cordiales gestos de cabeza. Al llegar al vestíbulo, se topó con el gerente. Al igual que Lena y Zeke, Brice Ghello lucía el consabido uniforme. Llevaba el pelo muy corto, salvo por un pequeño flequillo que se le disparaba de la frente en paralelo al suelo.

—Lena, qué bien, estaba a punto de enviarte un mensaje. —Brice revisó su sujetapapeles como si albergara todos los secretos del universo, cosa que, en su caso, era la pura verdad—. Necesito que recojas a Arlo Kean en la estación del tren.

—Ah, sí —se acordó Lena—. El chico nuevo. ¿Ya has decidido a qué puesto lo vas a destinar?

Brice negó con la cabeza.

—Llévalo a dirección a mediodía. Entonces lo decidiré. Ah, pero asegúrate de pasar a ver a los Ficollo antes de marcharte.

—Ahora mismo iba para allá.

Lena tomó el ascensor para subir a la suite del ático. Magnus Ficollo era el propietario del complejo. No se trataba de uno de esos empresarios que reservan el ático para los invitados

VIP. Para él, la gracia de poseer un complejo turístico radicaba en poder ocupar el ático cada vez que a su hija y a él se les antojara. Y a comienzos del verano —cuando las lluvias primaverales habían cesado, pero el intenso calor estival todavía no apretaba—, se les antojaba enormemente.

La responsabilidad principal de Lena consistía en asegurarse de que el señor Ficollo y su amada hija, Isabella, tuvieran cuanto necesitaban. Cuando llamó con los nudillos, Isabella abrió la puerta.

La chica miró a Lena con unos ojos como platos antes de echarle los brazos al cuello.

—¡Cuánto me alegro de verte! ¿Qué tal te ha ido el curso?

Lena sonrió con cariño y se concedió un momento para devolverle el abrazo, antes de despegarse con suavidad. En los años que llevaba trabajando para los Ficollo, había descubierto que Isabella, como muchas de las billonarias herederas de la jet set internacional, tenía cuanto necesitaba excepto una buena amiga.

—Ha sido muy productivo, como siempre, señorita Ficollo.

—Pero ¿te has DIVERTIDO?

A Isabella le brillaban los ojos y exhibía una sonrisa tan tenazmente vivaracha como el verano anterior.

—Desde luego que sí, señorita Ficollo.

La muchacha le estrujó las manos.

—¿Has visto? Mi laberinto ya está terminado.

—Ha quedado precioso.

Isabella arrastró a Lena al balcón, desde donde se apreciaba el alzado de todo el complejo. Allí estaban la piscina y el chiringuito, las canchas de tenis y de baloncesto, los jardines, la pista de golf y la última adición a las instalaciones: el laberinto de setos, construido especialmente para Isabella. La joven suspiró con felicidad.

—Es tal y como yo soñaba. Va a ser un verano alucinante.

—Tan maravilloso como el anterior —asintió Lena.

—¿Te viene bien que juguemos un partido de tenis esta mañana?

—Me temo que no será posible. Tengo que recoger a un nuevo empleado en la estación del tren —se disculpó Lena—. ¿Podemos dejarlo para la tarde?

—Pues claro que sí —exclamó Isabella—. ¿Un nuevo empleado? ¡Qué emocionante! Me encanta conocer gente nueva.

Lena arrugó su perfecta nariz.

—Las personas nuevas traen cambios consigo.

Por si todavía no lo habéis adivinado, el segundo miembro de nuestra pareja protagonista es el nuevo empleado en cuestión, Arlo Kean. A diferencia de Lena, Arlo estaba totalmente habituado a los cambios. Tres colegios en tres años, cada cual más estricto que el anterior. Tal vez su madre se habría sentido molesta por las frecuentes expulsiones de su hijo, de no haber sido porque ella misma cambiaba de trabajo y de novio cada dos por tres. Arlo y su madre compensaban la inconsistencia con una gran capacidad de adaptación. Gracias a esta, la madre de Arlo había empezado a salir con uno de los hombres más ricos de Nueva York, que a su vez le había facilitado a Arlo un empleo estival en el lujoso complejo turístico. Comparado con el empleo del verano anterior, cargar cajas en un almacén, este se le antojaba lo mismo que pasar tres meses en el paraíso.

Según se apeaba del tren, Arlo se peinó con los dedos las ondas castañas tirando a rubias. Necesitaba un buen corte de pelo, y la frecuencia con la que el flequillo le caía sobre los ojos no podía ser sino intencionada. Escudriñó el gentío de la estación buscando a la persona que debía acudir a recogerlo. Sonrió al ver a una chica más o menos de su edad que sostenía un cartel con el apellido «Kean». La joven poseía ese tipo de belleza que cambia según el ángulo desde el que la observas. Contemplada desde este lado, tenía unos rasgos elegantes y afilados como cuchillos. Desde el otro, sus ojos ardían como si albergaran fuego interior. Y resulta que a Arlo le encantaba jugar tanto con cuchillos como con cerillas.

Sonriendo, se encaminó hacia la chica y señaló el cartel.

—Ese soy yo.

Ella lo evaluó con la mirada.

—Bueno, como mínimo nos alegrarás la vista, supongo. Vamos. El resto del personal se encuentra ya en el hotel. Tendríamos que estar allí antes del mediodía.

Mientras la seguía al pequeño aparcamiento que había detrás de la estación, Arlo decidió que eso de que les alegraría la vista era un cumplido.

—¿Trabajas en el hotel?

—Ajá. —Ella pulsó el botón del llavero para desbloquear un pequeño todoterreno híbrido, de color negro.

—En ese caso, no me imagino nada que pueda mejorar el panorama —observó según se encaramaba al asiento del copiloto.

Ella esbozó una leve sonrisa al mismo tiempo que arrancaba el coche.

—Todo es mejorable.

—¿Y qué? ¿Tienes novio?

—No —respondió ella, lacónica, sin desviar los ojos de la carretera.

—¿Y estás en ello?

—No.

—Ah —dijo Arlo—. Claro. A mí tampoco me gusta comprometerme.

Ella le lanzó una mirada severa.

—No lo dudo.

—Eh, no lo decía en ese sentido.

Ella devolvió la vista a la carretera.

—¿Y en qué sentido lo decías?

—Pues… —Arlo consideró varias respuestas posibles y las fue rechazando una a una—. Me parece que calladito estoy más guapo.

—Estaba a punto de decir eso mismo —le espetó la joven.

Y así concluyó el primer encuentro de nuestros dos protagonistas, querido lector. Nada de chico conoce a chica, ni de amor a primera vista. Al fin y al cabo, esas cosas únicamente suceden en las peores novelas de amor. Y, aunque esta fuera una historia romántica —cosa que sin duda no es—, sé que ningún lector con criterio me perdonaría un giro tan banal.

La señora Patricia Nalone reposaba junto a la piscina. El médico le había dicho, más de una vez, que a su edad debería abstenerse de tomar el sol. Que hacerlo era algo así como abrirle la puerta al cáncer de piel e invitarlo a entrar. Pero, si se privara de un intenso bronceado, la señora Nalone se sentiría tan rara como si renunciara al cabello rubio para aceptar su gris natural. Así que descansaba en la tumbona con la avejentada piel empapada en loción y una copa de vino frío en la mano, aunque todavía no habían dado las doce del mediodía.

—En serio, Vito —le reprochó a su hijo con una voz que fue sensual en sus tiempos, pero que ahora acusaba los estragos de medio siglo macerada en humo y alcohol—. No sé qué demonios te pasa.

—A mí no me pasa nada, madre —respondió Vito Nalone con aire ausente. Tenía casi toda la atención centrada en su postura mientras alzaba una mancuerna. El entrenamiento con pesas no consistía únicamente en cargar el máximo peso posible. Subir y bajar mancuernas no servía de nada si no adoptabas la postura perfecta para maximizar tanto el tamaño como la definición.

En algunos aspectos, Vito se parecía mucho a su madre. La loción solar iluminaba su bronceada piel, aunque en su caso fuera una piel suave y tersa en un cuerpo joven y muy trabajado. No se teñía su cabello oscuro, no del todo, pero se permitía unos cuantos reflejos rubios.

—¿Y por qué no invitas a salir a Isabella Ficollo? —La madre habría fruncido el ceño si su reciente sesión de bótox no se lo hubiera impedido.

Vito encogió los musculosos hombros.

—No me interesa.

—¿Cómo no te va a interesar la heredera única de miles de millones de dólares?

Vito dejó la mancuerna en el suelo y volvió a recostarse en la tumbona. Observó al jefe de personal, Brice Ghello, que ahora pasaba por delante de él examinando una tablilla portapapeles con el ceño fruncido. Brice emanaba un aire casi obsesivamente honesto que a Vito se le antojaba extremadamente atractivo.

—No sé, madre. No me gusta.

El personal del Hotel del Arte se reunió en la pista de baloncesto a las doce en punto del mediodía. Constituía un nutrido grupo formado por estudiantes de secundaria y universitarios, principalmente. Arlo volvió la vista hacia las canastas con expresión anhelante. Se preguntó si a los empleados se les permitía jugar. No porque las restricciones al respecto fueran a detenerlo, pero suponían un factor a tener en cuenta.

Un chico joven, de unos quince o dieciséis años, se plantó a su lado. También miraba los aros con atención.

—¿Qué te parece? —le preguntó Arlo—. ¿Crees que nos dejarán echar unas canastas por las noches?

El chico unió las manos como si rezara o suplicara.

—Te presento a Zeke Zanni —intervino Lena, que estaba allí cerca.

—Hola, Zeke. —Arlo le tendió la mano.

Zeke se la estrechó y sonrió, pero no dijo nada.

—Zeke no habla —explicó Lena.

—¿Por qué no?

Lena se encogió de hombros.

—Nunca lo ha dicho. —Señaló hacia el frente—. Brice está a punto de empezar.

Brice Ghello parecía un poco mayor que Arlo. Debía de rondar los veinte.

—Hola a todos. ¿Os parece que empecemos? —Echó un vistazo a su tabla portapapeles mientras esperaba a que las conversaciones se apagaran—. Como director del Hotel del Arte, quiero daros la bienvenida al primer día del verano y al inicio de nuestra temporada alta. Algunos de los huéspedes ya han llegado. Otros lo harán en los próximos días. Los pocos nuevos de este año pasad a verme cuando termine la reunión, para que os entregue el uniforme y os comunique el puesto que os he asignado. Deberíais llevar el uniforme puesto siempre que estéis trabajando, con el fin de que los huéspedes sepan que estáis ahí para ayudarlos.

Arlo echó una ojeada al polo blanco y a los ajustados —y en su opinión demasiado cortos— pantalones. Le susurró a Lena:

—¿Es normal que los pantalones del uniforme queden tan justos?

Ella le dedicó una sonrisa lobuna.

—Es una de las cosas que más me gustan de trabajar aquí.

—Pensaba que no buscabas novio.

—Hay todo un abanico de posibilidades entre mirar a un chico mono con pantaloncitos cortos y buscar novio.

—¿Y dónde me colocarías a mí en ese abanico?

Lena se echó hacia atrás y le miró el trasero.

—Si demuestras no ser un completo imbécil, a lo mejor tienes alguna posibilidad.

Zeke propinó un codazo a Arlo y le dedicó una sonrisa de complicidad.

—¿Esta es su versión de un cumplido? —preguntó Arlo.

Zeke asintió.

—Tened muy claro —estaba diciendo Brice— que, al margen de vuestras responsabilidades individuales, la satisfacción de los huéspedes debe ser vuestro principal objetivo. Sea lo que sea lo que estéis haciendo, si un huésped os solicita ALGO, tenéis que complacerlo. ¿Entendido? Vale, los nuevos conmigo, los demás ya podéis volver a vuestros puestos.

La concurrencia se dispersó y Lena le propinó un codazo a Arlo.

—A ver qué puesto te asigna. Brice posee un extraño don para adjudicarle a cada persona su trabajo ideal.

Caminando contra corriente, se acercaron a Brice. Arlo se percató de que Zeke los seguía.

—¿Y tú de qué trabajas, Zeke? —le preguntó Arlo. No sabía si el chico le podría contestar, pero le parecía una grosería preguntarle a Lena estando presente el aludido.

Zeke unió los puños como si sostuviera un palo de golf invisible, fingió golpear la pelota y se llevó la mano a la frente al modo de una visera mientras seguía la trayectoria de la supuesta bola con la mirada.

—¿*Caddie?* Qué chollo. Ojalá me toque algo parecido.

—Eh, Brice. —Lena señaló a Arlo con el pulgar—. El chico nuevo. Todavía no ha demostrado ser un completo idiota.

—Vale.

Brice se frotó la barbilla y observó a Arlo con los ojos entornados.

—¿Cómo, no hay sombrero seleccionador? —preguntó Arlo.

—Encargado de la limpieza de la piscina —dictaminó Brice.

—¿Me tomas el pelo?

Arlo fingió no oír a Lena y a Zeke, que se reían por lo bajo.

—Para nada —respondió Brice con seriedad—. La piscina es una de las zonas más frecuentadas del complejo. Necesito a una persona atractiva, pero también lo bastante inteligente como para controlar el recinto. Sabes nadar, ¿no?

—Bueno, sí…

—Perfecto —zanjó Brice—. Es un puesto importante. De hecho, es posible que te forme yo en persona.

Arlo comprendió que su jefe hablaba en serio y se obligó a sonreír.

—Genial.

—¡Eh, Lena! —gritó una voz vivaracha desde el otro lado de la cancha. Una chica de la edad de Arlo, enfundada en un polo rosa y una minifalda blanca, agitó una raqueta de tenis. El sol la iluminaba por detrás y Arlo se vio forzado a entornar los ojos para mirarla, lo que otorgó a la joven un misterioso aire angelical—. ¿Te viene bien jugar ahora?

Lena sonrió con cariño.

—Pues claro, señorita Ficollo. Enseguida voy. —Se volvió hacia sus compañeros—. Bueno, chicos. El deber me llama.

Arlo la siguió con los ojos cuando ella se alejó a trote ligero, y comprendió que los ajustados pantaloncitos del uniforme tenían también sus ventajas. Exhaló un suspiro.

Brice siguió la trayectoria de la mirada de Arlo hasta posarse en Lena.

—Lo tienes claro.

—Me considero un optimista —replicó Arlo.

—Pues, buena suerte. —Agarró a Arlo por los hombros y le obligó a dar media vuelta—. Pero ya verás como el trabajo de encargado de la piscina te va a resultar increíblemente satisfactorio en otros sentidos. Caray, yo mismo fui chico de la piscina el primer año que trabajé aquí. Te sorprenderá lo interesante que puede llegar a ser.

—Lo estoy deseando —fue la respuesta de Arlo. Mientras Brice lo empujaba hacia el agua, Arlo miró a Zeke por encima del hombro y articuló—: ¿Unas canastas después del trabajo?

Zeke le mostró los dos pulgares.

—Bueno —empezó Brice con los ojos brillantes de la emoción—. El trabajo consta de dos tareas: asegurarse de que el agua tenga el pH adecuado y limpiar la superficie para que ofrezca siempre un aspecto impecable.

—¿El chico con el que hablabais Brice y tú es el nuevo miembro del equipo? —preguntó Isabella según efectuaba el saque con una desenvoltura que le había costado años perfeccionar.

—Sí. El nuevo chico de la piscina —dijo Lena al tiempo que devolvía la pelota.

—¿Intentas hacerme creer que no sabes cómo se llama? —Isabella golpeó la bola—. ¿Tú, Lena Cole, la que lo sabe todo?

Lena falló un revés. Se encaminó hacia la pelota, que había caído junto a la valla, con tranquilidad.

—Se llama Arlo Kean.

—Es mono —comentó Isabella.

—Es un liante.

Si la hubieran presionado, Lena habría reconocido que lo consideraba atractivo. Y su facilidad para comunicarse con Zeke también le llamaba la atención. Pero Arlo Kean emanaba algo que la desestabilizaba un poquito. Y esa sensación no le gustaba nada de nada.

—¿Sabes cuál es tu problema, Lena?

—Dígamelo, por favor, señorita Ficollo —la invitó Lena, que hacía rebotar la pelota contra la raqueta.

—Que te precipitas en tus conclusiones. Puede que te haya parecido un liante a primera vista. A veces hay que mirar a los chicos dos veces para ver su verdadero fondo.

—¿Como al joven señor Elore?

Lena apuntó con la raqueta a la entrada del complejo, que en ese momento cruzaban Franklyn Elore y su madre.

—Ay, Franklyn… —Cuando lo vio, el talante vivaracho de Isabella se derritió como un caramelo al sol—. Parece aún más ensimismado que el verano pasado, ¿no crees?

—Si por *ensimismado* se refiere a que tiene la cabeza en las nubes…

A Lena, Franklyn le recordaba a un poeta romántico del estilo de Byron y Shelley. Exhibía una mirada atormentada, un atuendo perpetuamente arrugado y un aire de melancólica inocencia, combinado con una absoluta falta de contacto con el mundo exterior. Ahora lo veía haciendo esfuerzos por arrastrar un carrito cargado de libros por la acera sin que se desviase al jardín. Llevaba el pelo alborotado, las gafas torcidas y los cordones desatados.

Lena sabía que no se le podía reprochar, no demasiado, porque su madre no era mucho mejor. La doctora Elore, que lo seguía de cerca con un libro electrónico en la mano, apenas se las arreglaba para no tropezar con nada mientras leía. Exhibía también el pelo alborotado, la ropa igual de arrugada. Pero si bien Franklyn se gastaba aires de poeta romántico, su madre parecía más bien una estirada profesora de alguna universidad privada que apenas veía la luz del sol, es decir, exactamente lo que era. Cada año, el señor Elore enviaba a su esposa y a su hijo al Hotel del Arte a pasar el verano, y Lena entendía perfectamente que él optara por quedarse en casa.

—Franklyn, querido —lo llamó la doctora Elore sin apartar los ojos del libro electrónico—. Dada la categoría superior de *De bello Gallico* de César, no entiendo que bases tu plan de estudios de latín para el verano en esa bobada sentimental de Virgilio.

—Porque, madre —alegó Franklyn, que seguía tratando de arrastrar su carro más allá de la pista de tenis—, me interesa más el ALMA del lenguaje que su contenido político.

—¿Lista para el saque, señorita Ficollo? —preguntó Lena con un atisbo de impaciencia.

Isabella salió del trance y, con un enorme esfuerzo, recogió sus trocitos de caramelo derretidos para devolverles la forma de una atractiva heredera.

—Sí, claro. Cuando quieras.

Sin embargo, en el preciso instante en el que Lena lanzaba la pelota, el carro de Franklyn tropezó hacia delante y los libros cayeron por toda la acera como una baraja de cartas en latín.

—¡Oh, no!

La suave voz de Franklyn atrapó la mirada de Isabella justo cuando la pelota de tenis llegaba a su altura. En lugar de contactar con su raqueta, la pelota contactó con la cabeza de Isabella, que cayó en la pista como un fardo en absoluto vivaracho.

—¡Isabella!

Lena saltó la red y corrió a su lado.

Franklyn se volvió al oír el nombre.

—¡Señorita Ficollo!

Sorteó los libros a trompicones y se enredó con un ejemplar de la *Eneida* antes de recuperar el equilibrio y encaminarse hacia Isabella a toda prisa.

Lena ayudó a su amiga a sentarse y le examinó la marca roja de la frente. Cabía la posibilidad de que Lena, un pelín molesta por el inagotable interés que su compañera dispensaba a Franklyn, hubiera sacado con demasiada fuerza. Un minúsculo chichón asomaba a la frente de Isabella.

El muchacho estaba plantado junto a ella con aire patoso, retorciéndose las manos.

—¡Señorita Ficollo! ¿Se encuentra bien?

Isabella abrió los ojos. Sus sonrosados labios esbozaron una dulce sonrisa cuando dijo:

—Por favor, Franklyn. Llámame Isabella.

—I-sa-be-lla. —El joven separó cada sílaba como si estudiara una pieza orquestal, sección a sección, con el fin de averiguar de qué modo encajaba en un todo hasta crear un sonido tan hermoso—. Isabella…

—¿Sí, Franklyn? —preguntó ella sin aliento.

—Me alegro de que te encuentres bien.

Y salió por piernas.

Isabella suspiró.

—Puede que yo no le guste, al fin y al cabo.

Estaba tan acostumbrada a que todo el mundo le demostrara afecto, que nunca había perfeccionado el arte de detectar señales más sutiles.

—No creo que sea eso —opinó Lena.

Isabella frunció el ceño y, aun conmocionada ligeramente y enfurruñada, se las arregló para conservar su talante vivaracho, lo que demuestra la utilidad de años de práctica y compromiso.

—Solo lo dices para que me sienta mejor.

Lena miró la amoratada frente de Isabella y la embargó un pequeño sentimiento de culpa.

—Le diré lo que vamos a hacer. Para compensarle por el pelotazo, ¿quiere que lo averigüe?

—El truco está en el juego de muñeca —decía Brice al mismo tiempo que le mostraba a su aprendiz la manera correcta de extraer insectos muertos y moribundos de la superficie de la piscina. Sosteniendo holgadamente la pértiga de metal con ambas manos, hundió la red en el agua azul y clorada—. La sumerges de lado para no crear corrientes y luego los recoges desde ABAJO.

—Ya lo pillo. —Arlo intentó acomodarse los pantalones del uniforme a una posición que le proporcionase más holgura.

—No quiero agobiarte. A lo mejor deberíamos dejar la lección del uso del aspirador para mañana.

—*Ooh,* ¿en serio? Con las ganas que tenía de aprender a aspirar el fondo de la piscina —bromeó Arlo.

Brice asintió.

—Sí, tienes razón. Mejor ahora.

El rostro de Arlo dibujó una mueca de dolor. Un día de estos aprendería a cerrar el pico. Ahora necesitaba una maniobra de distracción.

—Eh, ese musculitos requemado no te quita los ojos de encima.

Brice se sonrojó de la frente al cuello.

—No digas tonterías. Es el hijo de la señora Nalone, una de nuestras invitadas más apreciadas.

—¿Y?

—Pues que, aunque no me quitara los ojos de encima, cosa que seguramente no sea verdad…

—Venga, vuélvete. Todavía te está mirando. Y con descaro, diría.

—No voy a mirar, y de todas formas da igual, porque tenemos terminantemente prohibido… enredarnos con los huéspedes.

—Ah. —Arlo observaba cómo su jefe toqueteaba la pértiga—. Y es una regla muy estricta, ¿no?

Brice estaba tan colorado que su cara se había vuelto casi lila.

—Solo lo digo para saber si hay posibilidades de romperla o no —prosiguió Arlo.

—Yo… Uy, qué tarde es. —Brice miró su reloj haciendo muchos aspavientos—. La doctora Elore y su hijo ya deben de haber llegado. Será mejor que vaya a mirar si tienen todo lo que necesitan. —Le plantó a Arlo la pértiga de metal en las manos—. Tú…, esto…, sigue limpiando la piscina.

Y se apresuró hacia el hotel.

Arlo sonrió. El arte del aspirado, postergado un día más. Su bocaza también lo sacaba de apuros de vez en cuando, lo que explicaba por qué nunca aprendía.

—Casi se me olvida —le susurró Brice, que acababa de reaparecer—. Si ves a la doctora Elore, haz lo que haga falta para mantenerla lejos de la señora Nalone. Le prometí al señor Ficollo que este año no haría falta llamar a una ambulancia ni a la policía.

—Entendido —asintió Arlo, aunque no entendía nada. Supuso que llegado el caso, el asunto sería más que evidente.

Cuando Brice se marchó, Arlo observó la zona de la piscina. No había mucho que ver. La propia piscina estaba diseñada en forma de L, con una parte más larga para los que deseaban practicar la natación. También contaba con un jacuzzi, además de un cobertizo en el que se guardaban los utensilios de limpieza. El recinto estaba rodeado de tumbonas. Había varias personas haciendo largos y muchas más tendidas en las hamacas, entre estas la apreciada señora Nalone y su hijo.

Así pues, este era el verano que tenía por delante. Sin duda preferible a cargar cajas, pero Arlo se preguntó cómo podía mejorarlo. El primer paso y más evidente sería conseguir que su jefe se tranquilizase. Y el modo más eficaz de conseguirlo implicaba que echara un polvo.

Según iba retirando la suciedad de la superficie del agua, Arlo se fue desplazando despacio hacia los Nalone. Todavía no había urdido ningún plan, pero pensó que escuchar a hurtadillas le ayudaría a cazar alguna pista.

—Eres de lo que no hay, Vito. —Unas enormes gafas de sol cubrían la mitad del rostro de la señora Nalone. Parecía una

Barbie recién sacada de una freidora—. No te estoy pidiendo que invites a salir a una heredera fea.

—Isabella es muy guapa —convino Vito sin entusiasmo.

—Está para comérsela.

—¿Para COMÉRSELA, madre?

—¿Los chicos de hoy ya no lo dicen? —La señora Nalone se encogió de hombros—. Da igual, es un bellezón. Ojalá yo tuviera unas domingas tan tiesas de nacimiento.

—¡Madre!

—¿Qué? Me habría ahorrado una fortuna. —Bebió un largo trago de chardonnay y luego se volvió hacia Arlo—. ¡Tú! ¡Chico!

—¿Sí, señora? —preguntó Arlo.

La señora Nalone frunció el ceño debajo de sus enormes gafas.

—¿Eres nuevo?

—Sí, señora. Hoy es mi primer día.

—Vaya —exclamó la mujer de un modo que intranquilizó a Arlo—. ¿Cómo te llamas?

—Arlo, señora.

—¿Como el cantante de folk?

—Sí, señora.

La mujer resopló asqueada.

—Odio la música folk. Te llamaré «chico de la piscina».

—Como guste, señora —asintió Arlo, que recordaba bien la insistencia de Brice en complacer a los huéspedes. Le seguiría la corriente. Prefería eso a limpiar la piscina.

—Vaya, me caes bien.

La señora Nalone se humedeció unos labios profusamente pintados de rojo.

—Madre —la reprendió Vito.

La señora Nalone desdeñó la intervención de su hijo con un gesto y siguió charlando con Arlo.

—¿Conoces a la señorita Ficollo, la hija del propietario?

—La he visto de lejos, señora.

—Bien. ¿Y tú no te la comerías?

Arlo volvió la vista hacia Vito. Se había quedado a cuadros.

Vito suspiró.

—Será mejor que le sigas la corriente.

Arlo devolvió la mirada a la señora Nalone.

—Sí, señora.

—¿Hasta QUÉ punto?

—Sin pensármelo dos veces.

—¿Y a ti te molestaría —siguió preguntando la dama— heredar miles de millones de dólares?

—En absoluto, señora.

La señora Nalone se recostó en su tumbona con una expresión de satisfacción en el rostro.

—¿Lo ves? El chico de la piscina tiene más sentido común que tú, Vito.

Se desplazó las gafas hacia la frente para fulminar a su hijo con todo el impacto de sus ojos. Vito se retorció en la silla al tiempo que buscaba con la mirada la manera de escapar.

Arlo lo compadeció. Por otro lado, la conversación había sido sumamente productiva en lo concerniente a su decisión de buscarle un ligue a Brice, aunque no demasiado prometedora. El hecho de que Vito no hubiera salido del armario, o al menos de que su madre siguiera en la inopia, complicaba la situación.

Vito sonrió de oreja a oreja.

—Mira, mamá. Los Elore están aquí.

La señora Nalone se incorporó en la tumbona.

—¿De verdad?

Se puso en pie de un salto y se encaminó a toda prisa al chiringuito. Junto a la barra había una mujer vestida más para un safari que para tomar el sol, con pantaloncitos de color caqui y camisa de manga corta a juego. Llevaba gafas de culo de botella y poseía una frente interminable.

—¿Esa es la doctora Elore? —le preguntó Arlo a Vito.

—Ya lo creo que sí.

—Uf. —Las dos mujeres se sonrieron y se abrazaron bajo la atenta mirada de Arlo—. Mi jefe me ha dicho que procure poner distancia entre ambas.

—Sí, eso viene más tarde. —Vito se levantó y se dirigió a las pistas de golf—. Hoy es el primer día, así que... aguantarán hasta la hora de cenar.

—Sus labios son como... rosas biológicas. Su cabello, igual que... pasta sin gluten.

El hecho de poseer inclinaciones poéticas no implicaba que estuvieras dotado para la poesía. Sin embargo, este no era el primer poema malo que Franklyn componía sobre Isabella, y Zeke ya estaba acostumbrado. Se tendió en una suave ladera y acarició la hierba podada mientras Franklyn Elore se desplomaba sobre un banco, boli y libreta en mano. Los dos juegos de palos yacían sobre la hierba. Hoy nadie los iba a usar.

Franklyn frunció el ceño mientras repasaba lo que había escrito.

—Mejor que no sea pasta. La pasta sin gluten se amazacota. El pelo de Isabella nunca parece un mazacote. —Gimió y se dejó caer del banco a la hierba, al lado de Zeke, con los brazos y las piernas abiertos de par en par—. ¿No crees que Isabella es la chica más guapa que ha existido jamás?

Zeke sonrió y asintió con entusiasmo.

Franklyn sostuvo la libreta en alto.

—Es imposible, Zeke. Las meras palabras jamás podrán capturar un carisma tan trascendente.

Una vez más, Zeke sonrió y asintió.

El otro entornó los ojos.

—¿Me estás siguiendo la corriente?

Zeke se encogió de hombros.

Franklyn suspiró y soltó la libreta.

—Intentas aliviar mi dolor como si estuviera enfermo. ¿Acaso el amor no es más que eso? ¿Una dolencia?

Zeke le propinó unas compasivas palmaditas en la cabeza.

—Estoy enfermo de amor. Estoy harto del AMOR. —Franklyn cerró los ojos, dejando que el sol de la tarde bañara su rostro—. Ojalá encontrara la manera de decirle que... —Suspiró nuevamente—. No, es imposible. Estoy seguro de que ni siquiera le intereso. ¿Cómo iba a interesarle un tipo como yo?

Los dos chicos se quedaron tumbados en el campo de golf con los ojos cerrados. Poco a poco, cobraron consciencia de unos pasos que se acercaban.

—Vaya, vaya. Ya me imaginaba yo que encontraría aquí a Franklyn Elore, debajo de todos esos suspiros y gemidos.

Franklyn abrió los ojos y vio a Vito plantado delante de él, sonriendo. Le tendió la mano.

—¿Me ayudas a levantarme?

—En realidad, pensaba unirme a vosotros. —Vito se sentó al otro lado de Zeke—. Deduzco que ya has visto a Isabella.

—Está aún más encantadora que el verano pasado.

—Sí que está bien dotada, lo reconozco. Mi madre se muere de envidia.

—¿Todavía quiere que salgas con ella?

—Claro. Por mil millones de dólares, se tragaría los celos que hiciera falta.

—¿Y si..., ya sabes, le dices la verdad?

—Me tomas el pelo, ¿verdad?

—Eso solucionaría el problema —replicó Franklyn a la defensiva.

—Ya lo sé. He estado a punto. Lo tenía en la punta de la lengua, pero entonces… —Sacudió la cabeza—. No puedo.

Zeke le propinó a Vito unas compasivas palmaditas en la cabeza.

Este prosiguió:

—¿Sabes qué, Franklyn? Si TÚ salieras con Isabella, se arreglarían tus problemas y los míos.

—Ahora eres TÚ el que me toma el pelo a mí.

—No es tan absurdo —se defendió Vito.

—Está fuera de mi alcance.

—Es verdad —reconoció el otro.

—Y, aunque por algún milagro del cielo aceptara salir conmigo, mi madre nunca lo aprobaría.

—Las exigencias de tu madre en cuestión de nota media son un pelín exageradas —observó Vito—. No todo el mundo puede clavar un nueve en todas las asignaturas.

—En realidad, tuve que convencerla de que se conformara con un nueve y medio, arguyendo que una nota regular de vez en cuanto fortalece el carácter.

—De todos modos, me han dicho que Isabella ronda el ocho y medio, que es una nota mejor que cualquiera de las mías. No es tonta, que digamos.

—Pues claro que no. Pero cuéntaselo a mi madre…

Ahora le tocaba a Franklyn recibir la palmadita compasiva de Zeke.

Se quedaron allí escuchando el canto de los pájaros, el rumor del viento entre las hojas y, muy a lo lejos, el golpe de un palo de golf contra una bola.

—Hoy he visto a Brice con el nuevo chico de la piscina —comentó Vito—. Se lo toma todo tan en serio. Es adorable.

—Deberías salir con él —sugirió Franklyn.

—¿Después de decirle a mi madre que soy gay?

—Podríais veros en secreto. En los viejos tiempos se hacía constantemente.

—Mi madre se enteraría —afirmó Vito—. Y aunque no fuera así, lo pasaría fatal si tuviera que mentirle. Además, ni siquiera sé si le gusto a Brice.

—¿Con ese cuerpazo que tienes?

Franklyn alargó la mano por delante de Zeke y pellizcó el enorme bíceps de Vito.

—Ya lo sé, ¿vale? —replicó Vito—. Pero nunca me mira. Es posible que... no le gusten los tíos cachas.

—Tanto trabajo para nada. Qué injusto...

—El amor es injusto —sentenció Franklyn.

Zeke les propinó palmaditas a ambos a la vez.

—Siempre te estamos contando nuestras penas, Zeke —se compadeció Franklyn—. A veces me siento culpable.

—Ah, a Zeke no le importa, ¿verdad? —le preguntó Vito.

Zeke sonrió con aire complacido. Querido lector, si alguna vez hubieras tenido que patearte un campo de golf a pleno sol durante horas, cargado con una desgalichada bolsa de golf llena de largos objetos metálicos, sin duda preferirías tenderte al sol a escuchar por encima las quejas de dos niños ricos.

Lena e Isabella tomaban una sauna en bañador. A Lena no la volvían loca las salas diseñadas para inducirte un desagradable calor. Y la idea de saltar después a una piscina de agua sobrecogedoramente fría le atraía aún menos. Pero la doctora Elore le había sugerido a Isabella el verano anterior que la sauna les venía bien a las chicas con su tipo de piel y, aunque Lena había señalado que la mujer era doctora en Historia Antigua y no en Dermatología, los baños de vapor se habían convertido en un ritual diario que las dos amigas compartían a última hora de la tarde.

—¿Por qué no me has contado nada del nuevo chico de la piscina? —preguntó Isabella. Ni siquiera ella podía conservar su talante vivaracho. Dentro de una sauna, se conformaba con ser vivaz.

—No hay gran cosa que contar —respondió Lena desdeñando el asunto—. Únicamente lo conozco desde esta mañana.

Lo malo de la vivacidad es que te puede llevar a insistir en temas que la otra persona, obviamente, desea evitar.

—¿De dónde es? ¿A qué colegio va? ¿Tiene novia?

—Procede de la ciudad, pero se muda a menudo. Y cambia de colegio cada año. Sinceramente, viendo su currículo, yo no lo habría contratado. Pero parece ser que lo recomendó un amigo de su padre, el señor Ficollo.

—Entonces está bien relacionado —adivinó Isabella—. Qué misterioso.

Lena se enjugó el exceso de sudor de la frente.

—¿Por qué le interesa tanto?

Isabella hizo un mohín.

—Porque sería mucho más divertido soñar con Franklyn si tú también tuvieras a alguien con quien soñar.

—Vale, pues supongamos, solo hipotéticamente, que el joven señor Kean me hace tilín. Aunque así fuera, yo no soy de esas chicas que se ponen a soñar con el chico que les gusta.

Isabella se frotó las sudorosas manos entre sí.

—Aun así, por darle unas POCAS esperanzas no te ibas a morir. A lo mejor nos venía bien tenerlo cerca este verano.

—¿Está hablando de utilizarlo? —quiso saber Lena.

—¡Pues claro! ¿Para qué sirven los chicos, si no? Se les puede utilizar para un montón de cosas: cargar maletas, construir, arreglar, recordar. Algunos hasta te alegran la vista.

—La idea de tener uno cerca ofrece ventajas prácticas y estéticas, es verdad —reconoció Lena.

—Tú piénsalo. ¿Lista para saltar a la piscina?

La sauna femenina daba a los vestuarios. Lena e Isabella pasaron por delante de un grupo de señoras desnudas de camino a la piscina. Según se acercaban, oyeron el inconfundible tono de voz cascado de la señora Nalone.

—Tu hijo es un pardillo que va siempre por ahí con la nariz pegada a un libro. ¡Por eso no tiene novia!

—Ya —replicó la doctora Elore, impertérrita—. Pues TU hijo es un patán incapaz de formular una frase coherente. Por eso no tiene novia.

—¿Ya estamos? —suspiró Lena.

—Espero que no hayan empezado todavía a tirarse los trastos a la cabeza —deseó Isabella.

Las dos chicas salieron a toda prisa al recinto de la piscina. La señora Nalone y la doctora Elore se fulminaban ahora con la mirada. Por lo visto, todavía no habían pasado a las manos, pero les faltaba muy poco. El pobre Arlo era el que tenía las de perder. Estaba plantado entre las dos, directamente en la línea de fuego.

Levantó las manos.

—A ver, señoras, por favor. Vamos a tranquilizarnos un poco.

—¡Vaca sabionda! —vociferó la señora Nalone.

—¡Fantoche sin seso! —aulló la doctora Elore.

—¿Qué se propone Arlo?

—Portarse como un héroe —apuntó Isabella, y le propinó un codazo a su amiga.

—El heroísmo está sobrevalorado, y la valentía a menudo indica falta de inteligencia —replicó Lena—. Además, no nos servirá de mucho si lo dejan inconsciente con esa botella.

—Siempre he pensado que el sauvignon blanc del 98 es un vino muy ligero.

—Me temo que el trompazo le dolerá igual, sea cual sea la uva y la añada.

La señora Nalone agarró la botella de vino con las dos manos, por el cuello, lista para estampársela a Arlo en la cabeza si no se apartaba. Pero él, fiel a su misión, permaneció en su puesto. No, se corrigió Lena. «Fiel a su misión» sugería admiración y encanto. Mejor sustituirlo por: «obstinado, permaneció en su puesto». Sí, eso sonaba mucho más desagradable.

—¿Fantoche yo? —rugió la señora Nalone—. Te voy a partir esa cabeza tan inteligente que tienes.

—Dudo mucho que en esos atrofiados brazos tuyos haya masa muscular suficiente para levantar la botella siquiera —le espetó la doctora Elore.

—HAZ ALGO, Lena —suplicó Isabella—. El pobre Arlo va a acabar malherido.

Lena suspiró.

—Qué remedio.

—Ahora verás, engreída garrapata abotargada —gritó la señora Nalone—. ¡Solucionemos esto de una vez por todas y para siempre!

—¡Me parece muy bien! —vociferó la doctora Elore.

—Señoras, por favor. —Lena se interpuso en la reyerta con aire tranquilo, ocupando el puesto de Arlo—. Así no se hacen las cosas.

—¡No intentes detenerme! —chilló la señora Nalone, amenazándola con la botella de vino.

—Pues claro que no —le aseguró Lena—. Pero si pretenden solucionar esto de una vez por todas y para siempre, como han dicho, tendrán que hacerlo como es debido.

La botella de la señora Nalone decayó unos centímetros.

—¿Como es debido?

—Con un duelo. ¿Cómo si no? —apuntó Lena—. Supongo que nombrarán padrinos a sus hijos. ¿Le pido a Arlo que vaya a buscar las pistolas?

Miró a las dos mujeres alternativamente. Ambas parecían anonadadas ante la sugerencia.

—Pero… yo… —farfulló la señora Nalone—. ¡Jamás en mi vida he disparado una pistola!

—Eso la colocaría en una posición de ligera desventaja —convino Lena—. ¿Prefieren floretes entonces? Están un tanto anticuados, pero disminuyen el peligro de una herida fatal. Por lo general, los duelos a espada involucran la pérdida de alguna extremidad menor, en el peor de los casos.

—¿Pérdida de una extremidad? —Los grandes ojos de la doctora Elore se abrieron aún más si cabe detrás de sus gruesas gafas.

—Yo no me preocuparía demasiado, doctora —prosiguió Lena—. Los avances en materia protésica son espectaculares hoy en día.

—Pero… tampoco he luchado nunca con espada —balbuceó la señora Nalone.

—No creo que importe demasiado —respondió Lena—. Al fin y al cabo, tampoco creo que se haya peleado con nadie armada con una botella de vino de cien dólares. Y, ni que decir tiene, sea cual sea el resultado del duelo le cargaremos la botella a su habitación en caso de que se rompa.

—¿Cien dólares? —La señora Nalone bajó la vista hacia la botella en cuestión.

—Sí —confirmó Lena—. Así que yo en su lugar elegiría un arma más resistente. ¿Qué prefiere entonces? ¿Lanzas? ¿Arcos y flechas? ¿Navajas?

La señora Nalone la miraba de hito en hito.

Lena se volvió hacia la doctora Elore.

—Por lo visto, la señora Nalone le cede la elección a usted, doctora. Todo un detalle por su parte, dadas las circunstancias. ¿Qué arma prefiere USTED? Si quiere reducir el sangrado al mínimo, sugiero algo desafilado. ¿Porras, quizás? O también bates de béisbol. Estamos en plena temporada.

La doctora Elore palideció.

—Bueno, si ninguna de las dos está dispuesta a elegir un arma, habrá que posponer el duelo.

—Sí —musitó la señora Nalone—. Habrá que posponerlo...

—Estoy de acuerdo —convino la doctora.

Se hizo un profundo silencio, en el transcurso del cual se miraron unos a otros. Nada parecido había sucedido anteriormente en el Hotel del Arte.

Brice apareció en el umbral. Miro a su alrededor, percatándose del ambiente enrarecido.

—¿Va todo bien?

—Perfectamente —respondió Lena.

—Genial. Bueno, es hora de arreglarse para la cena.

El recinto de la piscina al completó exhaló un suspiro de alivio.

—Gracias por echarme una mano —le dijo Arlo a Lena mientras los huéspedes se encaminaban al hotel para cambiarse.

—¿Echarte una mano? —repitió Lena.

—Sí. O sea, lo tenía todo controlado, pero te agradezco la ayuda.

Lena estaba a punto de informar a Arlo de que, por lo que ella había visto, no tenía absolutamente nada controlado. Pero, contemplando su sonriente semblante, el bucle que le caía sobre el ojo, recordó la sugerencia de Isabella. No perdía nada por esforzarse un poco. Así pues, en vez de hacerle un reproche, sonrió:

—Ha sido muy valiente por tu parte interponerte entre las dos el primer día. Bobo. Pero valiente.

La pequeña alabanza produjo el mismo efecto en Arlo que el agua en una planta mustia. El chico resplandeció a ojos vistas: irguió la espalda, su sonrisa se ensanchó, se le iluminaron los ojos. Lena, que no se prodigaba en elogios, consideró la reacción una secuela interesante y potencialmente útil.

—Y tú has sido muy inteligente al convencerlas como lo has hecho.

—Supongo —reconoció Lena— que formamos un buen equipo.

El pecho de Arlo se hinchó de orgullo.

—Estoy de acuerdo.

—Bueno, hay que cambiarse e ir a ver a los Ficollo —sugirió ella.

—Tengo que reconocer que no me imaginaba que eras de esas chicas que se ponen bikini —confesó Arlo.

—¿Por qué no? —Lena dio media vuelta y se encaminó a la puerta—. Resulta que soy muy consciente de que el bikini me queda fenomenal.

—Otra cosa en la que estamos de acuerdo —respondió Arlo con voz queda. A continuación, más alto—: Ah, oye, Zeke y yo estaremos en las pistas de baloncesto cuando terminemos de trabajar. Si no tienes otros planes, podrías pasarte.

Lena se detuvo y meditó la invitación. El chico la había llevado a cabo con mucho estilo, tenía que reconocerlo. Incluir a Zeke le otorgaba un tono desenfadado y amistoso que excluía el riesgo de enfrentarse a una esas incómodas declaraciones de amor que tanto la habían incomodado otras veces. Además, tenía algo que preguntarle a Zeke.

—Puede que sí —respondió.

—¡Genial!

Arlo esbozó una sonrisa tan ancha, que la cara por poco se le parte en dos.

Según se dirigía al comedor, Lena se preguntó qué fuerza acababa de poner en movimiento. Arlo reaccionaba a su amabilidad como un cachorro ávido de cariño. Un cachorro adorable, debía admitirlo. Si no dosificaba las futuras alabanzas, corría el riesgo de acostumbrarse a prodigarlas.

—Deberías haberla visto, Zeke —comentó Arlo al mismo tiempo que lanzaba la pelota—. Cómo puso en su sitio a las viejas brujas. —La pelota golpeó el tablero y cayó por el aro. Zeke atrapó el rebote y se la devolvió a Arlo—. Y no te lo pierdas. Me dijo que formamos un BUEN EQUIPO. —Sopló una risa y volvió a lanzar la pelota—. ¿Qué te parece?

La pelota rodó alrededor del aro y entró. Zeke cazó el rebote otra vez, pero en esta ocasión botó la bola hacia la zona de los triples.

—Ah, espero que no te importe, le he dicho que se pasara por aquí después del trabajo —añadió Arlo.

Zeke se encogió de hombros y clavó el triple.

—Muy buena. —Arlo cazó la pelota. La botó unas cuantas veces mientras observaba el firmamento nocturno. Había muchas más estrellas aquí en el campo—. Es que nunca había conocido a una chica como Lena. Y he conocido a muchas chicas. Es… interesante… y guapa… y me mete caña. No sé por qué, pero eso me gusta. —Le pasó la pelota a Zeke—. No digo que esté enamorado ni ninguna chorrada por el estilo. Enamorarse es lo peor que le puede pasar a un chico. Te vuelve idiota.

Zeke puso los ojos en blanco y le tiró la pelota con fuerza a Arlo, que la atrapó y la hizo girar sobre un dedo. Zeke aplaudió, con expresión de admiración.

—¿Esto te parece guay? Pues ahora verás.

La pelota siguió girando mientras Arlo se la pasaba de una mano a otra, luego por debajo de una pierna y a continuación por la espalda.

Zeke aplaudió de nuevo.

—Más Harlem Globetrotter que All-Star de la NBA. —Lena acababa de llegar y ahora los miraba desde el lateral de la cancha, con los brazos cruzados—. ¿Por qué será que no me sorprende?

Arlo lanzó la pelota hacia arriba, la saludó con una rápida reverencia y volvió a atraparla.

—¿Qué tal tu primer día? —se interesó ella.

—Más emocionante de lo que esperaba —reconoció Arlo.

—¿Y qué tal tu vuelta, Zeke? —le preguntó al chico.

Zeke le enseñó los pulgares, atrapó la pelota que le pasaba Arlo y encestó.

—Zeke, me revienta ponerte en un compromiso, pero le he prometido a Isabella que te preguntaría —empezó Lena—. Esta tarde has sido el *caddie* de Franklyn, ¿verdad?

Zeke esbozó una sonrisilla sardónica y asintió, pensando quizás que su papel, más que de *caddie,* había sido de terapeuta.

—¿Te ha mencionado a Isabella?

Zeke se llevó una mano al corazón y la otra a la frente, a la vez que adoptaba una expresión a medio camino entre el éxtasis y el desmayo.

—Ya me parecía —respondió Lena—. Sigue demasiado asustado como para invitarla a salir. Bueno. Igual que el verano pasado, supongo. Se van a pasar las vacaciones lanzándose miraditas a través de la mesa.

Zeke sacó la lengua.

—Es verdad —asintió Lena—. Pero no podemos hacer nada para remediarlo.

—¿De qué va todo esto? —quiso saber Arlo.

—Franklyn e Isabella llevan años suspirando el uno por el otro, pero ninguno se atreve a dar el primer paso.

Arlo hizo botar la pelota entre las piernas.

—Pues yo diría que necesitan un empujón.

—¿De quién? —se extrañó Lena, genuinamente perpleja.

—Nuestro, claro.

Lena y Zeke intercambiaron una mirada insegura. A continuación, la chica opinó:

—Esa me parece una actitud entrometida además de presuntuosa.

—Yo prefiero definirla como «solícita» y «proactiva» —replicó Arlo.

—Tú marea las palabras tanto como mareas esa pelota —arguyó Lena—. En el fondo viene a ser lo mismo.

—Cualquiera diría que te da miedo meter un poco de salsa.

El chico tiró a canasta y la pelota atravesó el aro limpiamente.

—Cualquiera diría que todo esto te divierte —le soltó Lena.

—Solo si me favorece —respondió Arlo—. Tú piénsalo. Isabella y Franklyn por una parte, Brice y Vito por la otra. Los cuatro suspirando mutuamente de amor y nadie hace nada al respecto.

—¿Cómo sabes lo de Brice y Vito? —se extrañó ella.

—Porque tengo ojos en la cara. No me lo digas; eso también hace años que dura.

Lena y Zeke intercambiaron una mirada culpable.

—Imagina lo felices que serían los cuatro si se emparejaran —prosiguió Arlo—. Y piensa lo mucho que nos facilitaría la vida el que dejaran de lloriquear todo el tiempo.

Zeke posó una mano en el hombro de Lena y le lanzó una mirada suplicante.

—¿Tú también quieres hacerlo? —preguntó ella.

Él asintió con vehemencia, sin sonreír.

—Si lo ves tan claro… —Lena se cruzó de brazos y miró a Arlo con recelo—. ¿Y qué se te ha ocurrido?

Arlo sonrió.

—Algo que nos va a liberar a los tres.

Al día siguiente, por sugerencia de Lena, Isabella invitó a la doctora Elore, a Franklyn, a la señora Nalone y a Vito a explorar con ella el laberinto que su padre había mandado construir para ella. Además, y también por sugerencia de Lena, Isabella insistió en que Arlo y Brice anduvieran cerca por si alguien se perdía o necesitaba ayuda.

La idea de internarse en un laberinto inspiraba cierta curiosidad a la doctora Elore y a Franklyn, siendo como eran dos enamorados de los acertijos intelectuales. Y, como es natural, Franklyn estaba encantado de participar en cualquier actividad que lo colocara en las inmediaciones de la señorita Ficollo.

La señora Nalone y Vito recibieron la invitación con menos entusiasmo. A la señora Nalone le fastidiaba perderse aunque solo fuera una hora de sol directo y, en lo relativo a Vito, el evento le impediría llevar a cabo su sesión regular de entrenamiento. Sin embargo, la señora Nalone consideró que la excursión ofrecería una oportunidad de que Vito y la señorita Ficollo se conocieran mejor, y el muchacho, por su parte, mostro mucho más interés cuando descubrió que Brice estaría presente.

Brice se moría de la preocupación pensando que cundiría el caos en el centro vacacional si desviaba por un momento su atenta mirada, pero no podía dejar de atender la sugerencia de la señorita Ficollo.

—Gracias a todos por venir —empezó Isabella cuando sus invitados se reunieron en la entrada sur del laberinto. Los obsequió con una sonrisa que, de haber sido adecuadamente registrada y documentada, podría haber entrado en el *Libro Guinness de los Récords* como la más vivaracha jamás exhibida—. ¡Que empiece la aventura!

—¿Vamos a proceder siguiendo una estrategia en concreto? —preguntó la doctora, que era una amante de los planes, las estrategias y los horarios.

—Me alegro de que me haga esa pregunta, doctora —fue la respuesta de Isabella—. Sí, no podemos internarnos en un laberinto todos en masa, así que nos separaremos en grupos.

Hay varias entradas. La señora Nalone, Vito y yo, acompañados de Lena, entraremos por la puerta sur. La doctora Elore y Franklyn, acompañados de Arlo y de Brice, accederán por la puerta oeste. Nos encontraremos en el centro del laberinto, que cuenta con una hermosa fuente y con un delicioso almuerzo ya preparado para nosotros. ¿No les parece maravilloso?

—¡Desde luego que sí! —exclamó la señora Nalone, que estaba muy contenta de que Vito y la señorita Ficollo fueran a pasar tanto tiempo juntos. Tal vez se prendieran una chispa o dos.

Las otras reacciones de entusiasmo fueron algo más forzadas. Franklyn se llevó una decepción al saber que no estaría en el grupo de Isabella, y lo mismo le sucedió a Vito, que se había hecho ilusiones de pasar un rato con Brice.

—¡Maravilloso! —exclamó Isabella—. Pues empecemos. Y procuren no perderse. Sería una pena que no pudiéramos disfrutar del almuerzo.

De modo que se formaron los grupos y todos accedieron al mismo tiempo por entradas distintas. Lo que Lena y Arlo no le dijeron a nadie fue que Zeke ya se encontraba en el interior del laberinto, aguardando la señal.

Hay laberintos de setos que son poco más que jardines maravillosos, y hay laberintos de verdad, de setos impenetrables que alcanzan los tres metros de altura. Aquellos que no conocían a Isabella se habrían sorprendido al descubrir que sentía auténtica pasión por los laberintos. No solo había solicitado su construcción, sino que lo había diseñado ella misma. Sin embargo, de eso hacía un año. Era consciente de que tal vez no recordase cada encrucijada y revuelta, así que quiso llevar consigo los planos, por si acaso alguno de sus invitados se perdía y tenía que ser rescatado. Sin embargo, no pudo encontrarlos. Lena le había asegurado que aparecerían antes o después y que, en lo concerniente a ese día, estaba segura de que Isabella sabría encontrar el camino de memoria.

Y su confianza en Isabella no flaqueó, ni siquiera cuando la señora Nalone y Vito reunieron sobradas muestras de que la hija del propietario del hotel tenía una pésima memoria.

—Habría jurado que esta calle nos llevaría a la sección siguiente —comentó Isabella principalmente para sí.

—Vito, ¿por qué no la ayudas? —propuso la señora Nalone, al mismo tiempo que le lanzaba a su hijo una elocuente mirada. Bajo su punto de vista, había pocas cosas tan atractivas como un hombre que toma las riendas. Daba por supuesto, sin razón, que Isabella pensaba igual que ella.

—Pero si yo no tengo ningún sentido de la orientación —protestó Vito, al que no le importaba tomar las riendas, siempre y cuando poseyese los conocimientos o destrezas necesarios para hacerlo.

La señora Nalone lanzó un suspiro exasperado. Cuando Isabella y Lena doblaron una esquina, retuvo a su hijo.

—¿No lo ves? —cuchicheó—. ¡Es tu oportunidad de tirarle los tejos!

—¿Y tú no ves que no lo voy a hacer? —replicó él.

La señora Nalone le soltó el brazo y corrió a reunirse con las chicas. Estaba claro que Vito no pensaba colaborar. Puede que le preocupase que Isabella lo rechazase, por absurda que fuera la idea. A lo mejor, si hablaba con la muchacha en su nombre, ella empezaría a mostrar alguna traza de interés en su hijo, y eso le proporcionaría a él la confianza necesaria para invitarla a salir. Sí, era un buen plan.

—Isabella, cariño.

Sin embargo, cuando la señora Nalone dobló la esquina, la rica heredera y su amiga habían desaparecido.

—¿Cómo es posible que conozcas este atajo? —le preguntó Isabella a Lena mientras recorrían un sendero largo y recto.

—Ah, me he acordado de la primera vez que lo exploramos.

Lena se sintió una pizca culpable. No le gustaba mentirle a Isabella, pero le había prometido a Arlo que no le confesaría que habían robado (*tomado prestados en secreto,* insistía en llamarlo él) los planos hasta después de que su plan hubiera dado fruto.

—Ojalá tuviera tan buena memoria como tú —suspiró Isabella—. De todas formas, es un poco como hacer trampa, ¿no crees?

—Yo pretendía más bien dejar atrás a la señora Nalone —alegó Lena—. Espero que no le importe.

—Para nada. Fuiste tú la que insistió en que nos acompañaran. Yo habría preferido ir en el grupo de los Elore.

—No me esperaba que la señora Nalone presionara tanto a su hijo para que le tirara los tejos —se disculpó Lena.

—¿Tirarme los TEJOS? —preguntó Isabella, perpleja.

—¿No se había dado cuenta? Lleva años intentándolo.

—Pero Vito es gay, ¿no?

—No creo que ella lo sepa.

—Dios bendito, debe de ser la única —replicó la muchacha—. ¿Crees que seguirá intentándolo todo el verano? Qué agobio.

—A lo mejor renuncia si la ve interesada en un chico del montón.

—¿En Franklyn, quieres decir? —Isabella suspiró—. Cada vez que intento hablar con él de tú a tú, sale corriendo. Me ha dejado muy claro que el tema no le interesa.

—Todo lo contrario —afirmó Lena.

—¿Qué quieres decir?

—¿Usted diría que el señor Elore es una persona discreta?

—Sí, desde luego.

—¿Y diría que posee un alma sensible?

—La más sensible del mundo.

—¿Y no le parece plausible que un alma tan delicada se sienta tan abrumada ante sus insinuaciones que sencillamente no sepa cómo afrontar su propios sentimientos?

Isabella abrió unos ojos como platos.

—¿Tú crees que mi persona le afecta hasta ese punto?

Lena sonrió.

—Lo sé de buena tinta.

—¡Oh, Lena! —Isabella estrechó las manos de su amiga—. ¿Y qué podemos hacer para conquistar un corazón tan sensible?

—¿Y si le escribe un poema? Algo que le permita expresarle sus sentimientos sin que se sienta abrumado por su belleza.

—¡Pero la poesía se me da FATAL! Me encanta, pero no podría escribir un pareado ni aunque me fuera la vida.

—Pues la ayudaré —propuso Lena.

Isabella le estrujó las manos.

—¿De verdad? ¿Y cuándo nos ponemos a ello?

—¿Por qué no ahora?

Lena se sacó una libretita y un boli del bolsillo.

Isabella entornó los ojos.

—Todo esto me huele a conspiración.

—¿Conspiración, señorita Ficollo? —preguntó Lena—. No sé a qué se refiere. Siempre llevo papel y boli a mano.

—En los tres años que hace que te conozco, nunca te he visto sacar papel y boli.

—Muy bien —replicó Lena con solemnidad—. En ese caso, tendré que pedirle que confíe en mí por una vez.

—Qué tonta eres, Lena —rio Isabella, que echó mano de la libreta y el bolígrafo—. Pues claro que confío en ti. Bueno, ¿y cómo empezamos?

—¿Qué significa que tenéis un plan? —le susurró Brice a Arlo. Los Elore les llevaban un buen trecho, pero Brice no era de los que corren riesgos. Y en ese momento, su prudencia constituía el principal problema.

—Pues eso mismo —contestó Arlo—. Lena, Zeke y yo hemos urdido un plan, para acercar a Franklyn y a Isabella, que requiere tu colaboración. —Arlo decidió que era demasiado pronto para revelarle que precisaban mucho más que su colaboración—. Y no te muerdas las uñas.

—¿Qué?

Brice alejó la mano de su boca con ademán culpable.

—Lena dice que cuando te lo explique, te entrarán ganas de morderte las uñas para tranquilizarte.

—Tonterías. —Brice levantó la nariz con desdén—. Al igual que esta idea tan deplorable. ¿Quiénes somos nosotros para decidir si Franklyn e Isabella tienen que estar juntos o no?

—No seas así, Brice —insistió Arlo—. Imagina sus expresiones de felicidad cuando por fin empiecen a salir juntos.

—Imagina los arrumacos, las risitas y las manitas —replicó Brice—. Las muestras públicas de afecto.

—Te prometo que apenas te darás cuenta —dijo Arlo, que tenía el convencimiento de que únicamente a las personas que estaban solas les desagradaban los besos de los enamorados; cosa que confiaba en poder remediar, en el caso de Brice—. Mira, lo único que te pido es que te lleves a la doctora mientras yo me ocupo de Franklyn.

Brice lo miró con fastidio.

—Esto va a acabar mal.

—Depende de si por «acabar mal», te refieres a la unión de dos personas enamoradas.

—Vale —accedió Brice—. Pero me DEBÉIS una. Los tres.

Arlo le hizo un guiño.

—Hecho. Venga, vamos a reunirnos con nuestros invitados. Se apresuraron hacia los Elore, que en ese momento doblaban una revuelta.

—Los laberintos de jardín poseen una historia sumamente curiosa —le decía la doctora a Franklyn.

—Mmm —respondió el chico, sin mostrar el menor interés.

—¿De verdad, doctora? —preguntó Brice, tal vez con más entusiasmo del que podía resultar creíble—. ¡Le agradecería mucho que me hablara de ello!

—¿Ah, sí? —preguntó la mujer.

—Me encanta comentarles ese tipo de curiosidades a los huéspedes. —Brice sonrió—. Contribuyen a enriquecer su experiencia en el Hotel del Arte.

La doctora asintió con expresión complacida.

—Un gesto muy considerado y generoso por su parte. Muy bien, pues. Creo que el primer laberinto de setos se construyó a mediados del siglo XVI, aunque ya existían algunos parques de características similares en el siglo XV…

Mientras la doctora daba inicio a su discurso, Brice y ella se adelantaron. Arlo y Franklyn, por su parte, aminoraron el paso.

—Eres el nuevo encargado de la piscina, ¿verdad? —preguntó Franklyn.

—Arlo Kean, a su servicio, señor Elore.

—Acabas de llegar, Arlo, y ya te invitan a los actos sociales. Debes de haber causado muy buena impresión.

—Me enorgullece decir que la señorita Cole me considera indispensable.

—¿De verdad? —Franklyn lo miró con admiración—. Lena Cole es una mujer inteligentísima y sumamente capaz. Su opinión dice mucho en tu favor.

Alcanzaron una encrucijada. La doctora y Brice torcieron en dirección oeste. Franklyn estaba a punto de seguirlos cuando Arlo lo detuvo.

—Señor Elore, mire allí. ¿Qué es?

Señaló una hoja de papel enrollada que sobresalía de un seto en el pasillo norte. Zeke acababa de notificarle con un mensaje de texto que lo había dejado ahí después de que Lena se lo entregara.

Franklyn se detuvo y lo miró con atención.

—Parece una nota.

—¿Y si le echamos un vistazo? —propuso Arlo.

—¿Tú crees? —preguntó el otro en tono nervioso.

—La suerte es para los valientes —declaró el chico de la piscina. Sin más preámbulos, arrancó el papel del seto. Lo desenrolló y fingió cierto grado de sorpresa. Nada demasiado exagerado—. Me parece que va dirigido a usted, señor.

—¿A MÍ? —preguntó Franklyn, tan asombrado como si acabaran de notificarle que había sido aceptado en la Escuela Hogwarts de Magia y Hechicería.

Arlo le tendió la nota.

—Véalo usted mismo.

Franklyn tomó la hoja de papel con timidez. Arlo se alegró al descubrir que Brice y la doctora ya habían doblado otro pasillo. Los habían perdido de vista. Ni siquiera se oían sus voces.

—Ay, madre… —exclamó Franklyn—. ¡Escucha esto!

—¿Está seguro? —preguntó Arlo—. Me revienta fisgonear.

—Necesito que lo oigas. Para que me digas si estoy despierto o soñando. Para estar seguro de haber entendido el contenido de la misiva, por si acaso mi propio deseo me traiciona.

—Haré lo que pueda, señor —prometió Arlo.

Franklyn carraspeó:

Querido Franklyn de mi corazón:
Estas sencillas palabras van dirigidas a tu alma.
Perdona si no soy de las que se lo toman con calma.
Ya sé que debería mostrarme tímida y vergonzosa,

pero el Amor me exige que no sea tan decorosa.
Estos versos son para ti, pues hace tiempo
que busco el modo de revelarte mis sentimientos.
Lo creas o no, sin ti me siento vacía.
Si sientes lo mismo que yo, dímelo, vida mía.
Con todo mi amor y afecto, tu queridísima Isabella

Franklyn aferró el papel, que se arrugó presa de los temblores de su pasión. Lanzó a Arlo una mirada suplicante.

—¿Será verdad? Jamás habría pensado que la vida pudiera ser tan cruel como para hacer mis sueños realidad y luego arrebatármelos. Pero tampoco me puedo creer que sea tan generosa como para cumplirlos al pie de la letra.

Arlo convino con astucia:

—Hace bien en mostrarse precavido, señor. Por lo que sabemos, otra persona podría haber escrito el poema.

Franklyn examinó el papel.

—Yo diría que es su letra. Me he fijado otras veces en que sus trazos destilan un aire tan vivaracho como su autora.

Arlo se asomó por encima del hombro del Franklyn.

—Parece su letra. Pero podría ser una falsificación.

—Podría —reconoció el muchacho—. Pero ¿con qué objeto? Además, el tono de la misiva concuerda con su forma de hablar.

Arlo pensó que concordaba más bien con el sentido del humor de Lena, pero dio las gracias por la falta de objetividad de Franklyn a la hora de analizar el contenido.

—Es verdad. En ese caso, las pruebas demuestran que la ha escrito Isabella.

Franklyn sacudió la cabeza con asombro.

—¿Cómo es posible que sea tan afortunado?

—¿Afortunado? —repitió Arlo—. A mí me parece más bien una condena.

—¿Una condena? ¿Qué quieres decir?

—Salta a la vista que le quiere solo para ella —aclaró Arlo con tristeza.

—Sí —convino Franklyn, y una sonrisa soñadora se extendió por su rostro.

—Ante una pasión tan intensa —prosiguió Arlo, cuya voz adoptó un tono lúgubre al imitar el tono poético de su compañero—, no se conformará con nada que no sea un amor de por vida.

—¿De verdad lo crees?

Con los ojos empañados y mirada beatífica, Franklyn contempló la nota largo y tendido.

—Me temo que ya puede ir diciendo adiós a su libertad. De ahora en adelante, sus labios pertenecen a la señorita Ficollo.

—Ay, Dios.

Las lágrimas brotaban ahora de los ojos de Franklyn.

—Venga, venga. —Arlo le propinó unas palmaditas en la espalda. Y luego entornó los ojos con ademán pensativo—. Un momento. Si nos marchásemos ahora del laberinto, podría librarse de toda una vida de amor en brazos de la señorita Ficollo.

Franklyn lo miró horrorizado.

—¡No lo dirás en serio!

—¿Escogería el amor y a la señorita Ficollo por encima de la libertad? —lo acusó Arlo.

—¡Escogería el amor y a la señorita Ficollo por encima de todas las riquezas del mundo! ¡De todo el conocimiento que pudiera acumular! Dices que debería escapar de su abrazo, pero desde el instante en que la vi deseo envolver su cuerpo con el mío. Sus ojos me hipnotizan. Su voz me reconforta. Sus palabras me conmueven. No hay mujer en el mundo que considere más hermosa, más noble, más sincera.

—¿De verdad siente todo eso por la señorita Ficollo? —preguntó Arlo.

—¡Multiplicado por mil! —declaró Franklyn.

—¿Y por qué nunca se lo ha dicho? —insistió Arlo.

—Porque mi maldita timidez es más fuerte que yo —reconoció el chico—. Cada vez que miro su deslumbrante rostro, me quedo sin palabras.

—Bueno —dijo Arlo—, pues se le da de maravilla expresar sus sentimientos cuando no tiene delante su deslumbrante rostro.

—¿Disculpa?

Ahora Franklyn parecía desconcertado.

Arlo asió a Franklyn por los hombros y lo obligó a darse media vuelta. Plantadas en el pasillo sur, a poca distancia de ellos, estaban Isabella y Lena.

—Queridísimo Franklyn. —Lena tenía los ojos llorosos también—. ¿De verdad sientes eso por mí?

Él se quedó helado, incapaz de moverse. Pero entonces se liberó del hielo de su propio miedo.

—La suerte AYUDA a los valientes. Y te digo que sí, Isabella. Te amo desde hace tanto tiempo, que no puedo recordar un momento en que no lo hiciera. Eres mi verdadero amor, ahora y siempre.

—Ahora viene cuando la besas —murmuró Arlo, y le propinó un empujón al chico.

Franklyn dio unos pasos a trompicones, pero luego echó a correr a los brazos abiertos de Isabella. Se besaron, con tiempo y pasión.

Lena avanzó tranquilamente hasta llegar a la altura de Arlo.

—De momento, el plan está saliendo a pedir de boca.

—Eso parece —convino Arlo—. Preciosos versos, por cierto.

—Me resultó más fácil de lo que esperaba —reconoció Lena.

—Cuidado —le advirtió Arlo—. Algunos dicen que el amor es contagioso. A lo mejor empiezas a escribir poemas por tu cuenta.

—Yo tengo la piel muy dura —afirmó Lena—, pero ¿qué me dices de ti?

—Por suerte, una mezcla de inteligencia y sentido común me ha vacunado contra el amor —le aseguró Arlo.

—Qué alivio —dijo Lena.

Observaron en silencio el beso de los enamorados.

En la humilde opinión de este autor, la gente habla demasiado. Las palabras, que las personas deberían usar para comunicarse, a menudo se emplean con el objetivo opuesto. Y mientras nuestros héroes permanecían allí codo con codo, privados de sus escudos verbales y presenciando el encuentro que juntos habían orquestado, empezaron a ser involuntariamente conscientes de la presencia del otro. Del calor del otro, de su fragancia característica, del ascenso y el descenso de los mutuos pechos. Del más mínimo movimiento de sus cuerpos. Puede que Arlo se inclinase una pizca hacia Lena. Hasta podríamos admitir que lo hiciera sin darse cuenta. Pero, como bien sabe el mundo, las partículas se atraen mutuamente y, cuanto más cerca están estas partículas, más intensa es la fuerza de atracción. De manera que ese ínfimo movimiento provocó a su vez que Lena se reclinara una pizca hacia Arlo. Y la situación se prolongó durante varios minutos, mientras el espacio iba menguando entre los dos al mismo tiempo que aumentaba la fuerza de atracción. Sin embargo, antes de que el contacto se consumara, actuó una fuerza contrapuesta.

—¿Qué demonios pasa aquí? —La doctora Elore se plantó ante ellos cruzándose de brazos y exhibiendo un ceño formidable sobre las gruesas gafas. Brice la acompañaba con expresión compungida—. Franklyn, ¿qué creéis que estáis haciendo tú y la señorita Ficollo?

Franklyn e Isabella se despegaron, abochornados.

Brice correteó hacia sus compañeros Arlo y Lena, que habían recuperado las distancias.

—¡Lo siento! Zeke nos ha pedido que regresáramos, pero parece ser que era demasiado pronto.

—En absoluto —respondió Lena—. Le he enviado un mensaje hace unos minutos para que os trajera de vuelta. —Se volvió a mirar a la madre de Franklyn—. Doctora Elore, sabe muy bien lo que están haciendo, y no debería sorprenderle, porque su hijo lleva años enamorado de la señorita Ficollo.

—Pues me sorprende —le espetó la doctora Elore—, porque le había prohibido expresamente que se viera con ella.

—¿Y eso por qué? —quiso saber Lena.

—No es asunto suyo, pero ya que lo pregunta, le diré que no es lo bastante inteligente para él.

—¡Madre! —Con ademán protector, Franklyn rodeó a Isabella con el brazo—. ¿Cómo puedes ser tan insensible?

—¿Y cómo sabe que no es lo bastante inteligente para él? —desafió Lena a la doctora.

—Pues por la media de sus notas, cómo si no —aclaró esta—. Ella misma ha reconocido que no pasó de un ocho con seis el último semestre.

—¿Y sabe a qué se debe esa nota? —le espetó Lena.

—No, Lena. —Isabella se ruborizó aún más si cabe—. No hace falta que entremos en…

Lena se volvió hacia la joven.

—Espero que disculpe mi franqueza, señorita Ficollo. —Miró de nuevo a la doctora Elore—. La razón de que su media sea de un ocho con seis se debe a que abandonó la optativa de Historia de las Mujeres. El profesor era un hombre, tan estrecho de miras que ni siquiera reconoció la trascendencia de Rosalind Franklin en el descubrimiento del ADN. A la señorita Ficollo le incomodó este enfoque y se reunió con él en privado para pedirle que ensanchara sus horizontes. El profesor se negó. Por supuesto. La señorita Ficollo podría haberse olvidado del asunto o haber cambiado de optativa. Pero no pudo soportar la idea de que la tan aclamada institución educativa albergara tal estrechez de miras. Así que organizó un abandono masivo del aula en protesta, y tres cuartas partes de la clase, tanto chicos como chicas, la secundaron. El profesor los suspendió a todos en represalia, pero gracias a las valientes decisiones de la señorita Ficollo, el claustro ha decidido repetirles el examen a todos.

La doctora Elore se volvió hacia Isabella.

—¿Es verdad eso, señorita Ficollo? ¿La integridad de la educación le importa hasta tal punto que es capaz de sacrificar sus propias calificaciones?

—Así es, doctora Elore.

La mujer miró a su hijo.

—Franklyn, me parece que te debo una disculpa. Tu gusto en materia de novias es impecable.

—¿Eso significa...? —balbuceó él.

—La señorita Ficollo y tú tenéis mi bendición.

—¡Oh, Franklyn! —exclamó Isabella.

—¡Oh, Isabella! —respondió Franklyn.

Y el besuqueo volvió a empezar. La doctora Elore juzgó que se trataba de un momento ideal para ponerse en marcha y buscar el almuerzo por su cuenta.

—Me prometiste que no tendría que presenciar esto —le reprochó Brice a Arlo.

—No te preocupes —respondió el chico de la piscina—. Muy pronto estarás demasiado ocupado como para reparar siquiera en ello.

—¿Y ESO qué significa? —se desesperó Brice.

Pero antes de que Arlo pudiera contestar, una cascada voz femenina exclamó:

—¿Qué demonios es esto?

Todos los presentes se volvieron hacia el pasillo norte, donde la señora Nalone y Vito miraban fijamente a la pareja. La mujer parecía horrorizada, mientras que Vito emanaba alegría por los cuatro costados. Tras ellos, Zeke aguardaba con una sonrisilla irónica en la cara.

—Pero... ¡No lo entiendo! —prosiguió la señora Nalone—. Señorita Ficollo, ¿le gusta más el empollón de Franklyn que mi hijo?

—Bueno... —Isabella lanzó una mirada en dirección a Vito, incómoda, y luego devolvió los ojos a su madre—. Adoro a Vito. Pero no puede decirse que haya demostrado demasiado interés en mí.

—¿Lo ves? —La señora Nalone se giró hacia su hijo—. ¡Has perdido el tren!

—Qué pena —replicó él con sorna.

—¿Por qué eres tan cabezota? ¡Cualquiera diría que te niegas adrede a complacerme! ¿Tanto me odias, que estás dispuesto a renunciar a esta joya de chica por fastidiarme?

—¡Por el amor de Dios, madre, eso no tiene nada que ver contigo! —protestó Vito—. ¡Lo que pasa es que estoy enamorado de Brice!

La señora Nalone abrió la boca de par en par, la cerró y luego la abrió de nuevo. De hecho, un derroche de emociones habría desfilado por su rostro de no ser por las famosas inyecciones de bótox.

—Pero, Vito, ¡eso es absurdo!

—¿Por qué, madre? ¿Acaso eres homófoba?

—Pues claro que no, cariño. La homofobia está terriblemente anticuada —replicó la señora Nalone—. Lo que no me parece bien es que te enamores del GERENTE de un complejo turístico. ¿Qué clase de vida es esa?

Brice, a estas alturas, había adquirido el tono colorado que suele estar reservado a los tomates.

—Señora Nalone, si me deja hablar un momento, no como jefe de personal del Hotel del Arte, sino como hombre normal y corriente, le aseguro que, si el señor Nalone y yo decidiéramos embarcarnos en una relación, podría proporcionarle el nivel de vida al que está acostumbrado.

—¿Y yo qué? —le espetó la señora Nalone.

—Madre... —Vito parecía estupefacto.

—¿Disculpe? —preguntó Brice.

—¿Quién me mantendrá a MÍ? —exigió la mujer.

Se hizo un silencio absoluto.

—Si necesita dinero, señora Nalone —intercedió Isabella con tiento—, estoy segura de que mi padre se mostraría encantado de buscarle un empleo.

La señora Nalone la miró horrorizada.

—Si me permitís —intervino Lena—, hay una cuestión más urgente que la posibilidad de que la señora Nalone trabaje.

—¿Y qué cuestión es esa? —preguntó Franklyn.

—Ha quedado claro que Vito está enamorado de Brice. Y ha quedado claro que Brice podría proporcionarle a Vito el nivel de vida al que está acostumbrado. Lo que no está claro todavía es si Brice desea hacerlo.

—GRACIAS —dijo Brice—. Es...

—¡Qué desfachatez! —saltó Arlo—. ¿Acaso creen que el personal del Hotel del Arte está aquí para complacer hasta el último de sus caprichos?

Franklyn, Isabella y Vito se miraron mutuamente, presos de la más absoluta confusión.

—Pues claro que no —replicó Isabella—. Tengo en gran estima mi amistad con Lena.

—Y yo no sé cómo habría sobrevivido todos estos veranos sin el silencioso pero incondicional apoyo de Zeke —alegó Franklyn.

—Y yo jamás daría por supuesto que Brice siente lo mismo que yo —se defendió Vito.

—¡Pues mejor! —exclamó Arlo—. ¡Porque no es así!

—Un momento… —intervino Brice.

—En primer lugar —continuó Arlo—, el Hotel del Arte prohíbe explícitamente a sus empleados involucrarse sentimentalmente con los huéspedes.

—¿Ah, sí? —preguntó Isabella.

—No recuerdo haber leído esa norma en el manual del empleado —objetó Lena.

—No, no se especifica… —reconoció Brice—. Es más bien una…, esto…, recomendación.

—Entonces, no es una regla —prosiguió Arlo—. ¿Y qué? Porque su querido señor Ghello ni siquiera está INTERESADO en salir con usted, señor Nalone.

—Yo no he dicho que… —lo interrumpió Brice.

—¡Porque es hetero! —afirmó Arlo.

—¿Lo eres? —le preguntó Vito a Brice.

—No, soy totalmente gay —respondió el gerente del hotel.

—¡Y qué más da! —gritó Arlo—. No puede dar por supuesto que le encantan esos musculitos y esa piel tan bronceada solamente porque es gay. ¡De hecho, ODIA a los tíos cachas y bronceados!

—Pero sí que me gustan los tíos cachas —alegó Brice.

—¡Pues muy bien! —continuó Arlo—. Le gustan los tíos cachas. ¿Y qué? No esperará que se sienta atraído por un chico que obedece a su madre en todo.

—En realidad, me parece una actitud muy tierna —le confesó Brice a Vito—. Fue una de las razones por las que no quería plantearte nada. No quería que tuvieras problemas con tu madre.

—¡Así que la relación con su madre le parece tierna! —vociferó Arlo—. ¿Y qué? ¿No pensará que un vividor salvaje y hedonista como él vaya a sentar la cabeza en plena juventud? ¡El señor Ghello tiene semillas que sembrar! ¡Conquistas que hacer! ¡Corazones que romper!

—La verdad es que soy más bien hogareño —objetó Brice.

—¡Sí! Pero al margen de todo eso, no quiere involucrarse en una relación con el señor Nalone porque… —Arlo miró a Brice como pidiendo ayuda—. Venga, no me puedo inventar yo TODOS los motivos. ¿Qué más?

—No se me ocurre nada —confesó Brice.

—Ah. —Arlo parecía desinflado—. ¿Seguro?

—De lo que estoy seguro —declaró Brice al mismo tiempo que tomaba la mano de Vito— es de que me encantaría invitarte a cenar fuera del complejo y conocerte mejor. Si te apetece.

Vito sonrió.

—Mucho.

Lena le propinó un codazo a Arlo. Él trató de hacer caso omiso del calorcillo que el contacto proyectó a su pecho.

—Has sobreactuado un poco —le susurró ella al oído. Ahora a Arlo le resultó imposible ignorar el estremecimiento que recorrió su cuerpo al notar el aliento de Lena en el oído, así que se tomó revancha.

—No, he estado perfecto —susurró Arlo a su vez, y advirtió con satisfacción que Lena se estremecía también.

—Sea como sea, todo ha salido a pedir de boca —concluyó Lena.

Arlo sonrió.

—Reconocerás que ha sido divertido.

Una sonrisa se extendió despacio por el rostro de ella.

—Sí. De hecho, ha sido muy divertido.

—Muy bien, señorita Cole. —Isabella la miró con una expresión severa, en absoluto vivaracha—. Y usted, señor Kean. Supongo que estarán muy satisfechos con el resultado de sus maquinaciones.

Arlo se encogió de hombros.

—Sí, supongo que sí.

—Lo hemos hecho pensando en su bien —se justificó Lena.

—No lo dudo —continuó Isabella—. Pero han pasado por alto un detalle. ¿No crees, Franklyn? —Le hizo un guiño.

—¿Ah, sí?

Isabella suspiró y le susurró algo al oído. Los ojos de él se agrandaron antes de mirar a Lena y a Arlo con una sonrisa maliciosa en el rostro.

—Ya lo creo que sí, queridísima Isabella.

—No estarás pensando que... —apuntó Brice.

—Creo que sí —asintió Vito.

—¿De qué va esto? —preguntó Arlo.

—Yo creo que está muy claro que se refieren a nosotros dos —adivinó Lena.

—¿Tú y yo? ¿Enamorados? —exclamó Arlo con incredulidad.

—Me parece a mí que es eso lo que están insinuando.

—¿Yo? ¿Enamorado? —repitió él—. ¡Qué absurdo!

—¡Desde luego! Las personas que se enamoran dejan de pensar con lógica —arguyó Lena.

—El sentido común salta por la ventana —asintió Arlo a la vez que se volvía a mirarla.

—La sensatez los abandona —prosiguió ella, haciendo lo propio.

—Dudo que pueda enamorarme nunca —afirmó Arlo, ahora más cerca de Lena—. Ni siquiera de una mujer tan brillante y atractiva como tú.

—Totalmente de acuerdo —convino ella, ahora más cerca de Arlo—. Aun si reconociera que estás prácticamente a mi altura intelectual, y que tienes un aspecto fantástico con esos pantaloncitos caqui. Jamás se me ocurriría dejarme llevar por algo tan banal como el amor.

A estas alturas, se encontraban totalmente absortos el uno en el otro, mirándose a los ojos. Todavía no se habían rozado, pero el resquicio que los separaba echaba chispas. Si el deseo pudiera tornarse electricidad, habrían sido capaces de alimentar el complejo durante un año entero.

—Me atrevería a decir —apostilló Arlo mientras su respiración se aceleraba, obviamente de tanto hablar, y no a causa del esfuerzo que le costaba mantener intacta la pequeña rendija que aún los separaba— que la única persona con la que podría pasar toda mi vida sería alguien que odiara el amor tanto como yo.

—Tienes razón —concedió Lena, cuyo aliento se había alterado tanto como el de Arlo, sin duda para demostrar que podía respirar tan deprisa como él—. Y ahora que hemos constatado que ninguno de los dos consideraría jamás la posibilidad de enamorarse, supongo… —Tomó las manos del chico y experimentó un chisporroteo en todo el cuerpo— que no correríamos peligro si nos involucráramos en algún tipo de relación íntima.

Arlo le entrelazó los dedos con tanta fuerza que notó la estridencia del pulso de Lena.

—Puesto que somos las dos únicas personas sensatas sobre la Tierra, es de sentido común concluir que estamos hechos el uno para el otro.

—Pero queda una prueba final antes de que podamos afirmarlo con seguridad.

Los labios de ambos prácticamente se rozaban.

—¿Y cuál es? —preguntó Arlo con mirada vidriosa.

—Odio a los chicos que besan mal. Así que, sintiéndolo mucho, tendré que evaluarle en este aspecto.

—Evalúe —dijo Arlo.

Y lo hizo. Y el proceso de evaluación se prolongó un buen rato. Que no se dijera que Lena Cole no era una chica concienzuda. Para cuando Arlo le hubo demostrado sus sobradas cualidades en el arte del beso, casi todo el mundo estaba almorzando en el centro del laberinto.

—Es más que suficiente, señor Kean —declaró ella sin aliento, con los labios pegados a la mejilla de Arlo.

—No sabe cuánto me alivia haber pasado la prueba, señorita Cole —suspiró él, también contra su piel.

Un aplauso pausado y delicado sonó a espaldas de la pareja. Cuando se volvieron a mirar, descubrieron a Zeke, que se reía en silencio allí cerca.

—Parece ser que el señor Zanni preveía este desenlace —observó Arlo—. Puede que desde el principio.

—Eso explicaría por qué se empeñó en que cooperásemos de buen comienzo —adivinó Lena—. Supongo que se cree muy listo, señor Zanni.

Zeke asintió.

—No se preocupe, señorita Cole —resolvió Arlo—. El verano acaba de empezar. Estoy seguro de que entre los dos encontraremos una pareja adecuada para el joven señor Zanni.

Zeke sacudió la cabeza con vehemencia.

—Haré todo cuanto esté en mi mano, señor Kean —prometió Lena.

Lamento informarte, querido lector, de que cumplieron su promesa. Pues nadie proclama con tanta insistencia las virtudes del amor como aquellos que ya se han precipitado a sus redes. De ahí que haya decidido poner por escrito esta historia.

Verás, soy Zeke Zanni, y me sabe mal reconocer que te he engañado. Como sin duda ya habrás deducido, esta es, en efecto, una historia de amor. Y como estoy enamorado, he escrito este relato con la esperanza de que te unas a mí en este disparate que implica enamorarse. Porque, si todos somos necios, puede que enamorarse sea de sabios.

ADIÓS Y BUENA SUERTE

BRANDY COLBERT

Audrey y yo estamos tumbadas en la playa de Foster Avenue cuando me dice que se va a San Francisco.

Puede que algunas personas difieran, pero, en mi opinión, Foster Beach es la mejor playa de todo Chicago. Sopla una brisa procedente del lago que nos acaricia los brazos y las piernas antes de rodar hacia la extensión de césped, sombreada por árboles altos y frondosos, que usa la gente para tostarse al sol y jugar a la pelota. Allá abajo, los niños chapotean en la orilla mientras sus padres, a pocos metros, hunden la nariz en libros de bolsillo comprados en el supermercado. No es la típica playa en la que uno piensa cuando oye la palabra «playa»; el agua no es salada y la ciudad no se parece en nada a un paraíso tropical. Pero resulta agradable sentarte aquí, sobre una manta, en pleno mes de julio, a comer pastas de hojaldre y a broncearte las piernas en compañía de tu prima.

—¿A San Francisco? ¿A una manifestación? —le pregunto mientras hundo la mano en la bolsa que descansa entre las dos para echar mano de una tartaleta de cereza. Es mi pasta favorita del Horno Sueco, un milhojas relleno de mermelada oscura y pegajosa. He quedado con Audrey en la calle Clark a las diez de esta mañana y hemos ido directas del horno a la playa, paseando tranquilamente y comiendo bollitos y rollitos de canela con pecanas.

—No —contesta Audrey. Estaba recostada sobre los codos, con las piernas extendidas ante ella, pero se incorpora cuando lo dice.

Yo le tiendo la bolsa; todavía queda un panecillo de plátano en el fondo. Ella niega con la cabeza, y únicamente entonces me doy cuenta de que tiene los puños cerrados sobre el regazo. De que sus labios, casi siempre pintados de un rojo frambuesa que destaca contra su piel oscura, carecen de color y dibujan una línea fina. Yo espero, también. No me atrevo a lamer el grumo de mermelada que me ensucia la yema del meñique, porque la presiento, percibo la mala noticia en el cálido aire estival.

—Me marcho a vivir allí… con Gillian.

La pasta resbala de mis dedos y aterriza en la arena, por el lado de la cereza. Cómo no.

—Ha encontrado un empleo —prosigue Audrey despacio, como si intentara adivinar cuál va a ser mi reacción—. Un BUEN empleo.

Lo que hago es recoger la pasta sucia de arena. No me molesto en sostenerla por los bordes. Se marcha. La única persona, además de mi madre, que ha llegado a entenderme —que DE VERDAD me ha comprendido— se muda a más de tres mil kilómetros de distancia. California se me antoja otro planeta, comparado con Chicago. Ni siquiera viviremos en la misma zona horaria.

Aprieto el puño, dejo que la mermelada rezume entre mis dedos y me ensucie la palma de la mano.

—Rashida… —empieza a decir Audrey, pero no la dejo seguir.

Me duele la garganta porque un nudo se acaba de alojar en ella, pero me las arreglo para decir:

—Me alegro por ti.

Porque es lo único que le puedo decir a la prima que siempre me ha apoyado en todo. Es lo que diría una persona madura, pienso, algo que me repito demasiado a menudo a mis diecisiete años. Son cosas que pasan cuando te ves obligada a crecer demasiado pronto, supongo.

—¿De verdad? —Audrey se relaja, aliviada por mi mentira, aunque mira de reojo la tartaleta espachurrada—. Me daba miedo que te enfadaras conmigo.

«Enfadarse» no es la palabra. ¿Estoy decepcionada? Es posible. Pero expresar algo que no sea alegría ahora mismo no nos va a ayudar a ninguna de las dos. Se marcha porque Gillian quiere marcharse, y ella quiere estar con Gillian. Y Audrey, en realidad, no es mi madre, aunque asumiera oficiosamente el papel hace cuatro años.

—En realidad solo será un año, ¿no? —la tranquilizo—. O sea, dentro de un año iré a la universidad, de todas formas. A lo mejor acabo también en la costa oeste.

Jamás me he planteado la posibilidad de vivir en California; la idea nunca ha cruzado mi mente y mucho menos ha salido de mi boca. Pero es lo que tengo que decir para convencer a Audrey de que no me desmoronaré cuando se vaya, y eso es más importante que una mentirijilla de nada.

—Voy a tirar esto —le digo, y me levanto con el triste milhojas de cereza en la mano. La papelera está donde termina la playa, allí donde la arena cede paso al césped. Me sacudo la arena de los vaqueros cortados, me alejo de Audrey descalza y tiro la tarta a la papelera.

Extiendo el brazo ante mí según camino. La mermelada me ha resbalado por el brazo y noto la piel pegajosa a la altura del codo. Niños que gritan y bañistas que dormitan flanquean mi camino al agua, aparte de unas cuantas personas enfundadas en vaqueros y camisas de manga larga, como si hubieran llegado a la playa por casualidad y hubieran decidido quedarse a sudar la gota gorda.

El agua del lago está fría. Lame la punta de mis pies y luego se encrespa en torno a mis tobillos. Yo me interno un poco más en la orilla antes de hundir las manos. Mientras me retiro el pringue, contemplo la superficie, las pequeñas olas, tan perezosas que apenas se mueven. Tal vez debería seguir andando; internarme en el lago Michigan y alejarme flotando. No me refiero a hacer lo mismo que mi madre, que se alejó flotando en un frasco entero de antidepresivos, sino tan solo… a una vida en la que no tenga que presenciar cómo todos mis seres queridos me abandonan.

Cuando regreso, veo a Gillian allí de pie. Está ayudando a Audrey a sacudir la arena de la manta. ¿Qué hace aquí? ¿Y cómo ha llegado tan deprisa? No llevo ausente ni cinco minutos. Tiene un don para presentarse en los momentos más inoportunos. Al fin y al cabo, Audrey y ella apenas llevan un año juntas. Inspiro hondo, finjo no reparar en las sonrisas falsas que se han pegado a los labios.

—Qué tal, Rashida —dice Gillian, y su sonrisa se ensancha—. ¿Cómo estás?

—Muy bien —digo.

Audrey se encaja la gruesa manta doblada debajo del brazo. Me está mirando otra vez y yo sé que debería decir algo para que Gillian y ella se sientan más cómodas, pero no puedo.

—Estaba por aquí cerca y he pensado que os podría acercar a casa —me informa Gillian.

—Guay —le digo. Luego—: Gracias.

No intenta darme más conversación. Yo me encamino hacia el coche arrastrando los pies, entre las dos, y la miro mientras me muerdo el pulgar. Tiene físico de atleta —Audrey me dijo que corría con el equipo de la universidad— y lleva trencitas gruesas y oscuras que le llegan a la cintura. Su piel muestra un clarísimo tono castaño, tan ambiguo que, si no la conocieras, te preguntarías si procede acaso de una familia mixta. Pronuncia su nombre con una «G» oclusiva que siempre me hace pensar en una guillotina.

Gillian sube al asiento del conductor de su viejo Toyota y desbloquea la portezuela del copiloto, que al parecer no se abre desde fuera. Me pregunto si viajarán a San Francisco en ese coche, si se averiará en todos y cada uno de los estados que crucen, y si entonces Audrey se arrepentirá de haber accedido a marcharse con ella ante lo que sin duda será un mal presagio de su nueva vida en común.

—Eh —me dice Audrey con voz queda antes de abrir la portezuela. Me acaricia el hombro para que la mire a ella y no el suelo—. La quiero. Necesito que sepas que no me marcharía si no estuviera segura de eso. Pero lo estoy. La quiero demasiado como para no acompañarla.

AMOR.

Qué palabra más tonta. A mí me quiere, pero es un tipo de amor distinto y no basta para que se quede.

Tres semanas después, cuando el piso de Audrey se encuentra atestado de cajas y en la nevera solo queda un huevo y un frasco de pepinillos en conserva, estoy en casa de sus padres, picoteando cubitos de queso junto a la mesa del comedor.

Audrey no quería que la despidiéramos por todo lo alto. No es su estilo. Odia llamar la atención, seguramente porque trabaja de activista. Está acostumbrada a hacer tantas cosas por los demás: organizar mítines, contactar con políticos, recaudar fondos para luchar contra la injusticia. Pero su madre insistió en organizarle una fiesta como Dios manda, así que, dentro de un rato, los amigos de Audrey y Gillian, su familia y sus ahora excompañeros de trabajo se reunirán en la casa de Rogers Park de mi tía Farrah y mi tío Howard.

Todavía falta un rato para que lleguen los invitados y yo sigo comiendo queso cuando veo a Audrey al otro lado de la habitación, apretujada con Gillian delante del tocadiscos, revisando un montón de vinilos. Gillian grita y extrae un álbum, y yo veo a Audrey inclinarse hacia su novia para echarle un vistazo a la portada. Tomo un bocado de cheddar seco y lamento que me cueste tanto mostrarme agradable con la pareja de mi prima. Y no me resultaría tan complicado si el amor de Audrey por Gillian no involucrase que mi prima se marche.

La música empieza a sonar en los altavoces y mi tío Howard se acerca a la mesa de la comida moviendo la cabeza al compás de la canción.

—Y dicen que los jóvenes de hoy no saben apreciar la buena música. No lo dirán por mi hija. MI hija —hace chasquear los dedos para enfatizar el posesivo— conoce a todos los grandes.

—Pues yo no conozco este grupo —apostillo a la vez que me encojo de hombros, sin sonreír, porque delante de mi tío no tengo que fingir que estoy de buen humor.

Él es un optimista empedernido, pero no una de esas personas que te recuerdan constantemente que debes dar las gracias por lo que tienes. De verdad ve el lado bueno de las cosas, pese a todas las situaciones penosas que ha presenciado después de casi sesenta años viviendo en Chicago.

—¿Ah, no? Pues te voy a enseñar cuatro cosas de la Motown clásica. —Se encasqueta aún más si cabe la boina de tweed con la que se cubre la oscura cabeza afeitada—. Las Marvellettes son el mejor grupo de chicas de todos los tiempos.

—¿Mejores que las Supremes?

Coge aire y finge mirar por encima del hombro. Luego se arrima a mí como para hablarme al oído.

—Que tu tía no te oiga decir eso. El tema provoca un encendido debate por estos lares. —Yo sonrío, pero solo un poco, así que me apoya la mano en el hombro y dice—: Será agradable ir de visita a San Francisco, ¿no? Nos escaparemos cuando el tiempo por aquí se vuelva insoportable.

Le lanzo a Audrey una mirada fugaz. Ahora se ha quedado sola delante del tocadiscos, mirando su móvil. Siempre está guapa, pero esta noche se ha arreglado. Lleva un vestido mini de encaje, de manga larga, y el cabello liso, recogido en un moño alto. Y el lápiz de labios vuelve a brillar en su boca.

—Pensaba que en San Francisco hacía bastante frío —señalo, porque recuerdo que mi madre viajó a esa ciudad en agosto con motivo de una exposición y me dijo que había tenido que comprarse un jersey.

El tío Howard me dedica una sonrisa, con la que pretende informarme de que no se toma mi mal humor como algo personal, antes de atacar el cuenco de las aceitunas.

Yo me encamino a la cocina en busca de un vaso de agua, pero me detengo en seco en el umbral. Gillian está detrás de la barra acompañada de un chico, ambos de espaldas a mí, y yo me planteo si dar media vuelta y marcharme antes de que me vean. Al fin y al cabo, esta también es su fiesta de despedida y yo no tengo nada agradable que decirle a Gillian, así que tal vez sea mejor evitarla.

Y entonces, el linóleo chirría a mis pies y ambos se giran súbitamente. Ahora ya no me puedo marchar.

—Ah, hola, Rashida. —Los ojos de Gillian brillan tanto como su voz. Un vaso de plástico azul descansa en la barra, cerca de su codo. Al lado hay una botella de vodka abierta y una jarra de zumo de naranja—. Te presento a mi hermano, Pierre.

Al principio únicamente me fijo en el hoyuelo de su barbilla. Es tan exquisitamente profundo que me entran ganas de tocarlo para comprobar si me cabe el dedo allí dentro. Pero el resto de su anatomía merece un segundo vistazo también, desde su oscura y untuosa piel, hasta las gafas de montura negra y los ojos castaños que asoman detrás.

—Hola. —Cruza la cocina y me tiende la mano—. ¿Rashida? Encantado de conocerte.

Ya sabía que Gillian tenía un hermano, pero ignoraba que fuera de mi edad. Y que tuviera ESTA pinta. Echo una ojeada a su peinado afro, corto y bien definido, y me pregunto hasta qué punto será suave su pelo. Cuando sonríe, muestra unos dientes que parecerían obra de la ortodoncia si no fuera porque un incisivo inferior está una pizca torcido.

Gillian tose y suelta una risita desde el fregadero, y entonces yo me doy cuenta de que Pierre sigue ahí de pie, con la mano tendida, y que yo no me he movido ni he pronunciado palabra. Me limito a mirarlo con atención. Me paso los dedos por la tela de la falda, de vuelo y con un estampado de flores, que se interrumpe a pocos centímetros de mis rodillas, y le estrecho la mano. Le dedico una sonrisa fugaz y le devuelvo la mirada a Gillian, que toma un trago del vaso azul, antes de responder:

—Lo mismo digo.

Gillian señala el vodka.

—¿Te apetece una copa?

La miro con incredulidad.

—No lo dirás en serio.

—Bueno, no es por presumir, pero mis destornilladores están de muerte —responde entre risas.

—¿De qué vas, Gillian? Mi FAMILIA está aquí.

A excepción de mi padre, claro. Ya debería haber llegado, pero ayer por la noche debió de pasarlo demasiado bien con Bev. Lo que me incita a aceptar la oferta de Gillian, pese a todo. Pero es que la bebida no me vuelve loca. He tomado alguna que otra cerveza y un par de cócteles, preparados a hurtadillas con los restos del mueble bar, pero el alcohol me da sueño, mayormente.

Pierre me mira enfurruñado, como si no se pudiera creer que le haya contestado tan mal a su hermana.

Ella, en cambio, se queda tan ancha o, si se ha ofendido, el vodka lo disimula. Me dedica la misma sonrisa que exhibió en la playa, tapa la botella y abandona la habitación, no sin antes soltarme:

—Si cambias de idea, ya sabes dónde encontrarme.

Yo tuerzo el cuerpo para pasar junto a Pierre y echar mano de una botella de agua. Debería decirle algo —lo que sea, con el fin de borrar esa expresión de su rostro—, pero no se me ocurre nada, así que me marcho también.

De camino al cuarto de baño, veo a la tía Farrah sentada al fondo de la escalera. No hace nada, únicamente está allí mirándose las manos, pero su modo de recostar el cuerpo contra la barandilla sugiere tristeza, así que me siento a su lado. Un enorme retrato de familia rodeado con un marco de madera decora la pared opuesta: Farrah, Howard y la pequeña Audrey cuando todavía llevaba lacitos rosa en el pelo.

Apoyo la cabeza en su hombro.

—Por un lado tengo ganas de que termine esta noche, pero por el otro no, porque entonces solo quedarán dos días antes de su partida.

Estar cerca de Farrah me resulta más fácil ahora, pero al principio, tras la muerte de mi madre, mirarla me incomodaba. Eran hermanas y se parecían mucho. No tanto de aspecto; mi tía es voluptuosa, como yo, con unos buenos pechos y un buen trasero, mientras que mi madre era alta y delgada. Yo tengo la piel cobriza de mi madre, marrón con matices rojizos, y Farrah posee la misma tez dorada que Audrey. Sin embargo, comparten montones de gestos en los que nunca antes había reparado, como la manía que tiene mi tía de estirarse el lóbulo de la oreja cuando está concentrada, o su costumbre de mordisquear la patilla de las gafas si se pone nerviosa.

Debería haber sido Farrah la que adoptase el papel de madre, pero Audrey dio un paso al frente antes de que nadie más pudiera reclamar la plaza. Me lleva siete años, lo que parecía una gran diferencia en su momento, pero la distancia se ha estrechado ahora que estoy a punto de terminar la secundaria. Puede que por eso se marche. Tal vez piense que ya soy mayor y no la necesito.

—Ya lo sé, nena. —La tía Farrah suspira—. No dejo de pensar que cambiará de idea o nos dirá que todo ha sido una broma. Howard dice que debo dejarla marchar; tiene veinticuatro años. Pero para las madres no es tan fácil. Nunca lo es.

Se percata de lo que acaba de decir en el instante en el que mi cuerpo se crispa. Y yo quiero salir corriendo, dejar de ser la que obliga a todo el mundo a andar siempre con pies de plomo, pero ella me rodea con el brazo y me estrecha contra sí.

—Sabes que me tienes, nena. —La tía Farrah huele a fresas—. Cada vez que la eches de menos, te vienes a casa, o me llamas, o las dos cosas, ¿vale?

El pronombre podría referirse a mi madre o a Audrey, y me preocupa que el efecto de añorarlas a ambas al mismo tiempo sea demasiado para mí.

Pocos minutos después, en el baño, paso los dedos por debajo del chorro de agua fría y me los llevo a las mejillas, a la parte alta de la frente. Me ahueco el pelo, que llevo corto, y es negro, abundante y rizado. Luego hurgo por el botiquín de mi tía, como hago cada vez que voy a su casa.

Contengo el aliento mientras compruebo si algo ha cambiado. Veo el frasco color sepia de la melatonina. Multivitaminas para mujeres. Pastillas para la presión alta. Pero no hay antidepresivos.

Respiro aliviada. Estoy devolviendo el frasco anaranjado a su sitio cuando la puerta del baño se abre de golpe. Doy un respingo y el frasco me resbala de la mano. La tapa salta y las pastillas para la presión arterial de la tía Farrah se desperdigan por todo el suelo.

—Mierda.

Ni siquiera alzo la vista antes de agacharme a recogerlas. Ya es bastante penoso que inspeccione el botiquín de mi tía con regularidad, pero que me pillen in fraganti…

—Deja que te ayude.

Sus pies lo delatan. Converse altas negras, con cordones blancos sucios y una inscripción a boli en los laterales de las suelas de goma. Me he fijado en la cocina, pero estaba demasiado lejos como para leer las palabras. Y ahora estoy demasiado abochornada, así que ni lo intento.

—Gracias.

Desplazo la cortina de la ducha para recuperar las pastillas.

Esperaba que Pierre se disculpara por no haber llamado a la puerta, pero en la media hora que hace que nos conocemos se ha vuelto tan antipático como yo.

—Mira, por muy disgustada que estés…, no deberías tomarla con mi hermana —me dice al mismo tiempo que recorre con la mano los alrededores del pie de la pila.

—¿Disculpa? —El comentario sí merece una mirada por mi parte—. Le ha ofrecido alcohol a una adolescente en una fiesta familiar. ¿Te parece buena idea?

—En primer lugar, no es una fiesta familiar; es una fiesta. También es la despedida de Gillian. —Se levanta y deposita unas cuantas pastillas en el borde ancho del lavamanos—. Y el asunto del alcohol te da igual, en realidad. Solo pretendías chincharla.

Abro la boca para soltarle que se equivoca, pero todo el mundo en la cocina se ha dado cuenta de que era yo la que estaba chinchando, yo más que nadie. Sin embargo, no estoy dispuesta a reconocerlo en voz alta, y ante él todavía menos.

—Tengo derecho a sentir lo que siento —le espeto. Consigo que el frasco deje de temblar lo justo como para devolver las pastillas al interior.

Pierre frunce el ceño y se empuja las gafas al puente de la nariz.

—Nunca he dicho lo contrario, pero no hace falta que trates mal a mi hermana. No eres la única que lo está pasando mal con todo esto. Estás dramatizando. No se van a morir.

Al oír eso, todo mi cuerpo empieza a temblar. Pese a todo, consigo tapar el frasco y devolverlo al botiquín. Pero él se da cuenta. Y se dispone a decir algo, busca mi brazo, pero yo me deslizo por su lado en silencio por segunda vez esta noche.

Y, no sé ni cómo, me las ingenio para salir del baño sin enviar a Pierre a la mierda.

Un gentío considerable inunda ahora la casa. Comen, bailan, ríen y charlan a un volumen digno de una fiesta en toda regla. Reconozco a los amigos de Audrey y Gillian de las manifestaciones, y a algunas personas de la iglesia baptista de tía Farrah y tío Howard, a cuyas misas he acudido alguna que otra vez a lo largo de los años. Pero también hay mucha gente que no conozco. Recuerdo el comentario de Peter, eso de que también es la despedida de Gillian, y me muero de rabia.

Mi padre ha llegado por fin, lo que debería hacerme sentir más cómoda, pero no es así. Ha venido acompañado de su nueva novia, Bev, una secretaria del Instituto de Arte de Chicago, donde él trabaja como profesor de Historia del Arte. Bev es una mujer del montón. Maja, supongo, pero sigo sin entender qué ve mi padre en ella. ¿Le gusta que sea estable? ¿Predecible? ¿Reservada? Mi madre no poseía ninguna de esas cualidades y yo nunca las eché en falta.

Mi padre me hace señas desde lejos, así que me reúno con ellos junto al tocadiscos, tras abrirme paso entre invitados pertrechados con copas de vino y botellas de cerveza aún empapadas en agua helada, recién sacadas de la nevera. Dejo atrás a Gillian, que charla con alguien que no conozco junto al ventanal de detrás del sofá. Gillian siempre ha sido una persona enérgica, pero nunca la he visto comportarse de un modo tan vehemente. Remarca cada palabra con ademanes exagerados y retuerce la cara con gestos demasiado cómicos como para ser intencionados. Echo un vistazo a sus manos y ahí está el vaso azul, bien agarrado.

—¿Qué tal la cena? —les pregunto a mi padre y a su novia con la intención de mostrarme educada.

Me invitaron a acompañarlos, pero rehusé con la excusa de que les había prometido a mis tíos que acudiría temprano para ayudarles con los preparativos. Cosa que era verdad, pero para cuando he llegado ellos ya habían acabado de limpiar, colgado la pancarta («¡ADIÓS Y BUENA SUERTE!») y sacado el picoteo, así que yo me he dedicado a mordisquear galletas saladas y a ayudar a mi tía a elegir modelito para la reunión. Pero no hace falta que mi padre lo sepa, porque todavía prefiero pasar el rato mano sobre mano esperando a que empiece la fiesta de despedida de la persona que más quiero en el mundo, a sentarme en un restaurante con él y con su novia.

—Ah, hemos ido a una marisquería nueva de River North. Es fantástica —dice Bev una pizca sobreexcitada, y nunca la había visto hablar con tanta pasión acerca de nada—. ¡Los mejillones estaban de muerte!

—Te lo has perdido, Rashida. —Mi padre se inclina para besarme la coronilla—. Nunca había probado unas ostras tan buenas.

—Soy alérgica al marisco —le recuerdo—. Menos mal que no he ido.

—No, si ya lo sé —replica él a toda prisa al mismo tiempo que se acaricia la barba. Su barba de profesor, la llamaba mi madre. Las canas empezaron a asomar entre el vello oscuro después de que mi madre muriera—. Escogimos ese restaurante después de saber que no vendrías.

No me lo creo. Mi padre es distraído en el mejor de los casos, pero últimamente parece más y más olvidadizo en lo que respecta a mí. Dentro de un año me marcharé a la universidad, y en ocasiones me pregunto si estará deseando que yo desaparezca.

—Bueno, ¿y tú qué tal, Rashida? —Bev se recoge un mechón de su media melena castaña detrás de la oreja—. ¿Estás pensando ya en la universidad?

Parece más nerviosa que de costumbre. La he visto echar un vistazo a derecha y a izquierda tres veces como mínimo, y me percato —solamente después de que se relaje visiblemente al ver a un chico rubio— de que le provoca ansiedad ser una de las pocas personas blancas de la fiesta. Me pregunto si se fija también cuando sale por ahí con mi padre y él es uno de los pocos negros del local. ¿Alguna vez se le pasa por la cabeza que él podría sentirse igual de incómodo?

—Sí, más o menos —respondo, y hago ademán de encogerme de hombros, pero me contengo. Cómo no pensar en ello siendo mi padre un profesor universitario. No me presiona para que estudie ninguna materia en particular, pero a menudo saca el tema a colación y me pregunta si ya he decidido qué universidad voy a escoger en primer lugar y cuáles como segunda y tercera opción. Estudie lo que estudie, él no pondrá objeciones, siempre y cuando el programa se lleve a cabo fuera de Chicago. Creo que tenerme cerca le recuerda demasiado a mi madre.

—¿Ya sabes lo que vas a estudiar? —me presiona Bev. Obviamente, no se da cuenta de que no me apetece comentar el tema con ella ahora mismo. Ni nunca, en realidad.

—No estoy segura —le contesto—. Puede que Lingüística. O Sociología.

U Horticultura, para ser sincera. No pasaba ni una semana de primavera y verano sin que mi madre y yo disfrutáramos de un rato en el jardín trabajando en el huerto. Ocuparme del jardín me relajaba y me ayudaba a sentirme en paz. Lo dejé morir todo cuando ella lo hizo.

Ladeo la cabeza.

—¿Y TÚ qué estudiaste, Bev?

Mi padre se vuelve a mirarme a la velocidad del rayo, pero yo evito sus ojos porque no quiero ver su expresión. Sabe que el comentario es fruto de la mala intención, que soy muy consciente de que, cualesquiera que fueran sus estudios, Bev no los necesita para trabajar de recepcionista.

Audrey me rescata. Aparece de la nada para saludar a mi padre con un beso en la mejilla y un cariñoso:

—¡Cuánto me alegro de verte, tío! —Le da la bienvenida a Bev también, y luego se vuelve hacia mí—. Vamos a jugar a la petanca en el jardín trasero y nos falta una persona. ¿Te apuntas?

Me apresuro a decir que sí. Y mientras le tomo la mano y me encamino al jardín, me pregunto cómo me las voy a arreglar cuando ella ya no esté para rescatarme.

Mi ánimo decae aún más si cabe cuando salimos. Audrey no me ha dicho que Pierre estaría ahí.

Está plantado al borde del césped, una sombra alta recortada contra la luz que surge del porche para proyectarse sobre las bolas que se alinean sobre el césped recién cortado. Su mirada topa conmigo, y ninguno de los dos sonríe antes de que él desvíe la vista. Gillian se balancea al ritmo de una música imaginaria junto a la balaustrada de la terraza, aún con la copa en la mano. Su mirada parece desenfocada, un poco ida incluso, cuando la desplaza por el jardín.

Reina un ambiente húmedo y cálido, impregnado de la dulce fragancia de los rosales de tía Farrah, cuyas enormes rosas color pastel salpican el emparrado del fondo. El tío Howard ha tendido lucecitas blancas a lo largo del porche, que proyectan el suave brillo de la Navidad muchos meses antes de tiempo. La noche es preciosa. Hasta podría ser romántica si me hallara en compañía de alguien más aparte de mi prima, su achispada novia y un chico que me odia.

Ni siquiera Audrey y Gillian se están divirtiendo. Audrey sujeta a su compañera por el codo, y yo no sé si lo hace para mostrarle afecto o para ayudarla a conservar el equilibrio. Gillian planta el vaso en la balaustrada con un golpe seco y rodea la cara de Audrey con las manos para estamparle un beso en los morros. No resulta una estampa agradable, y mi prima se zafa a toda prisa a la par que niega con la cabeza. Dice algo en voz tan queda que no lo oigo. Pierre ha clavado la vista en el garaje que asoma al fondo del jardín, atormentado.

Instantes después, estamos desperdigados por el césped, formando dos equipos. Audrey pretendía emparejarse con Gillian, pero le he lanzado tal mirada que ha desistido. Pierre debe de estar agradecido, aunque tampoco parece feliz de formar equipo con Gillian. Ella se ha atado las trenzas alrededor de la barbilla a modo de barba y está parloteando sobre el discurso de Gettysburg.

Me vuelvo hacia mi prima.

—¿Está…?

Audrey me corta a media frase.

—Está bien. No pasa nada. Vamos a jugar.

Oh. Audrey nunca me contesta mal. Es una persona equilibrada y siente debilidad por mí. Pero ahora una profunda arruga le surca el entrecejo, sus labios dibujan un inmenso mohín y ni siquiera me dedica una sonrisa de disculpa.

Audrey y yo abrimos el juego. Yo le indico por señas que empiece ella. Gillian vocifera «¡Venga, nena, venga!» con tanta fuerza, que sin duda su voz resuena por toda la manzana, y yo pienso que a lo mejor su arranque de entusiasmo le saca una sonrisa a Audrey, pero mi prima hace caso omiso mientras lanza la pequeña bola blanca por la hierba.

Superamos la primera ronda sin incidentes, si excluimos los gestos de Pierre, que hace callar a su hermana cada dos por tres. Gillian habla en voz alta, sin parar. Miro a Audrey de reojo. Con los brazos cruzados y la mirada clavada ante sí, ni siquiera intenta disimular su mal humor. Lanzo la bola roja con demasiada fuerza. Rueda a la parte trasera del jardín y rebota contra la valla.

—Nulo —suelta Pierre con suficiencia.

Lo fulmino con la mirada. Seguro que se alegra de que la atención no esté centrada en su hermana, por una vez.

Ahora le toca a Gillian, que tropieza con el grupo de bolas verdes y rojas, desplaza unas cuantas y se parte de risa por más que haya arruinado la partida. Es un cohete que surca el cielo días antes del Cuatro de julio, un payaso con resorte que ha escapado de su caja, un niño de pañal que acaba de descubrir las piernas. Gillian está oficialmente borracha.

Audrey suspira.

—Bueno, pues ya está.

—Esta noche no podemos contar con ella para nada —concluye Pierre.

Gillian brinca hacia la parte trasera del jardín y gira bajo el tendedero vacío, al tiempo que canta una canción tan desafinada y pastosa que resulta irreconocible. Sus trenzas vuelan desenfrenadamente en torno a su cara y se le enrollan en la sudorosa frente mientras ella se mueve entre el coro de grillos que chirrían a su alrededor. ¿Será esta la pauta cuando Audrey y ella estén en San Francisco? ¿Es esto nuevo para mi prima? O puede que Gillian siempre haya tenido problemas con la bebida y yo me acabe de enterar.

—Tenemos que sacarla de aquí —decide Audrey—. Podría llevarla a mi casa, pero si me marcho todo el mundo se dará cuenta.

—Yo la llevaría a la nuestra, pero no tengo carné. —Pierre hunde las manos en los bolsillos de sus vaqueros oscuros—. Podríamos coger un taxi, pero…

Audrey niega con la cabeza.

—¿Cómo vais a coger un taxi para ir a las afueras? Os costaría un ojo de la cara y a ninguno de nosotros le sobra la pasta ahora mismo. —Se queda callada un momento y luego me señala con un gesto de la cabeza—. Rashida, ¿por qué no os vais los tres a mi casa?

Abro la boca de par en par.

—¿Y por qué nos tenemos que marchar todos?

—Porque está borracha perdida. —Audrey lo expresa con tanta claridad que lamento no haber cerrado el pico—. Hará falta más de una persona para llevarla hasta allí y meterla en la cama.

—¿Y qué le vamos a decir a nuestra familia? ¿Y a sus amigos? —pregunta Pierre, tan preocupado como yo ante la idea de afrontar este problema en equipo. Señala con gestos la casa, donde el bullicio de la fiesta empieza a derramarse por el porche—. ¿Entro a decirles algo?

Audrey se muerde el labio mientras mira de soslayo la puerta trasera. Las siluetas de los invitados se perfilan desde la cocina a través de la mosquitera de la puerta.

—Yo les diré que le ha sentado mal la cena.

—Pero ¿y si no quiere quedarse a dormir en tu casa? —pregunto. Pierre y yo nos estamos esforzando a tope en formular todas las excusas posibles para zafarnos, pero la verdad es que

Gillian no parece dispuesta a marcharse. A juzgar por su actitud, aún tiene cuerda para rato.

—Oh, en diez minutos se habrá dormido. —Mi prima se lleva las manos a sus delgadas caderas—. No creo que oponga mucha resistencia.

Ni nosotros tampoco, como Audrey sabía desde el principio, porque es de esas personas a las que todo el mundo obedece sin chistar. La he visto tomar el mando de una multitud formada por cientos de manifestantes.

Entre los tres, llevamos a Gillian al lateral de la casa justo cuando los primeros invitados empiezan a salir al jardín. Pierre y Audrey sostienen a Gillian, uno por cada lado. Basta la más mínima aparición para distraerla: un sombrero de fiesta brillante, rojo, blanco y azul, espachurrado en la acera; los pétalos color crema que caen despacio de un árbol; un gato vagabundo que cruza la calle por delante de nosotros.

—¡GATITO! —exclama, y echa a correr tras el escuálido minino.

El gato escapa ágilmente, los ojos abiertos de par en par, y llevamos a Gillian al coche. Audrey tenía razón. Se le están cerrando los párpados y arrastra las palabras más y más según se va adormeciendo.

Pierre abre la portezuela y Gillian se desploma en el coche, despatarrada sobre el asiento trasero. Sus piernas son un peso muerto, igual que espaguetis hervidos. Pierre las deja colgando del borde un instante, hasta que dice:

—Debería subir detrás con ella.

Me encojo de hombros para dejar bien claro que todo este asunto me trae sin cuidado. Estoy aquí por obligación.

Audrey aguarda a que se acomoden en el asiento trasero y echa un vistazo a Gillian por la ventanilla antes de volverse hacia mí. Hunde los hombros con ademán fatigado, pero sus ojos reflejan gratitud.

—Buena suerte. Hasta luego. —Me planta las llaves de Gillian en la palma y cierra un momento la mano en torno a la mía—. Y gracias.

Una vez dentro del coche me abrocho el cinturón. Gillian ya no está despierta. Pierre ha desplazado a su hermana para que pueda apoyar la cabeza en los muslos de él. No me apetece hablarle, pero le pregunto:

—¿Cinturones?

—Sí —responde él con idéntica brusquedad. Calla un instante antes de preguntar—: ¿A dónde vamos?

—A Andersonville.

—¿Está muy lejos?

Ah, claro. La familia de Gillian procede de las urbanizaciones del oeste, de la zona de Oak Park. Me pregunto con qué frecuencia acude Pierre a la ciudad; si conoce otras zonas y si será esta únicamente la que no suele frecuentar. Y luego me enfado conmigo misma por sentir curiosidad. Sé todo lo que necesito saber acerca de Gillian y su familia.

—Tardaremos unos diez minutos —le digo a la vez que vuelvo a comprobar mi cinturón.

Asiente a través del espejo retrovisor mientras yo me ajusto el cinto. Enciendo los faros. Y sigo sin arrancar el coche.

—¿Qué pasa? —me pregunta Pierre.

—Es que… hace tiempo que no conduzco. Sobre todo de noche.

Mi padre me deja conducir su coche siempre y cuando él no lo necesite, pero vivimos en Bucktown, cerca de la línea azul y de los autobuses, y nunca faltan taxis si de verdad tengo prisa. Últimamente se queja de que hay mucho jaleo en la zona, de que estaríamos mejor en un barrio más tranquilo. Pero esa es la casa que compartíamos con mi madre, jardín muerto incluido, y creo que se da cuenta de que nuestra frágil relación resistirá un poco más si nos quedamos allí hasta que me marche a la universidad.

—No hay prisa —me tranquiliza Pierre—. Y has dicho que no está lejos.

—Claro —respondo. No está lejos.

Giro la llave de contacto y una música clásica inunda el coche cuando el motor cobra vida. Me sorprende, porque no conozco a nadie que escuche música clásica aparte de las personas de la edad de mi padre. Habría pensado que a Gillian le iba más el hip-hop o la música electrónica; algo con mucho ritmo, a la altura de su infinita energía. Pero escucho con agrado los compases de cuerda que flotan en el coche. Me reconfortan.

Planto las manos a las diez y a las dos y conduzco unos kilómetros por debajo del límite de velocidad. Me adelantan unos cuantos coches, pero nadie parece enfadado. Empiezo a sentirme cómoda cuando Gillian gime en sueños, un gemido que se torna más y más alto por momentos. Echo un vistazo al asiento trasero cuando paramos en un semáforo, pero Pierre parece tenerlo todo controlado. A la tenue luz de las farolas que se filtra en el coche, le veo frotarle el hombro y susurrarle con una voz apenas audible:

—Tranquila, Gilly. Ya casi hemos llegado.

Sigue consolándola hasta que los gemidos cesan, remplazados por suaves ronquidos. La irregular respiración de Gillian se mezcla con la música clásica que surge de los altavoces y, en cierto momento, sus ronquidos se ajustan tan perfectamente a una parte especialmente dramática de la pieza que Pierre y yo nos echamos a reír sin poder evitarlo. Nos miramos por el espejo retrovisor en el instante en el que la risa se apaga.

—Conduces muy bien —me dice con voz queda, y mira por la ventanilla durante el resto del trayecto.

Lo que me parece de maravilla, porque tardo demasiado en librarme del tremendo rubor que me provoca un cumplido tan inocente. Y no entiendo qué ha cambiado desde que hemos subido al coche. Porque hace cinco minutos apenas soportaba su estampa, y ahora me arden las mejillas. Audrey siempre dice que debería conceder el beneficio de la duda a los demás, y no siempre le doy la razón, pero puede que Pierre no sea tan horrible como yo pensaba. Puede.

Milagrosamente encuentro aparcamiento a pocas puertas de la finca de Audrey, y el espacio es tan amplio que ni siquiera me toca maniobrar. Suspiro aliviada —si Pierre me viera intentando aparcar un coche que no es el mío en un espacio reducido sin duda retiraría lo dicho hace un rato—, pero la sensación de alivio pronto se esfuma. Porque Gillian no se despierta el rato suficiente como para bajarla del coche. Manotea con los ojos cerrados cuando Pierre le propina palmaditas en la cara para que se siente. Y no reacciona en absoluto cuando la llamo y le estiro el borde de los pantalones.

—Audrey vive en el tercer piso —le digo a Pierre, una vez que tenemos claro que habrá que cargar con ella—. Y no hay ascensor.

—Mierda. —Pero suspira y se ajusta las gafas—. ¿Me ayudas a cargármela al hombro?

La tarea se revela engorrosa de principio a fin. Puede que Gillian siga estando tan en forma como cuando hacía atletismo, pero es un peso muerto cuando tratamos de acomodarla en el hombro de Pierre. De vez en cuando recupera la consciencia e intenta que la dejemos en paz. Me empuja con tanta fuerza que estampo el pie contra el suelo y retrocedo.

—Vaya marrón —protesto, y me seco la sudorosa frente.

—Soy yo el que va a tener que cargar tres pisos con ella —replica Pierre, que rodea con fuerza la cintura de Gillian.

—No estaríamos en esta situación si... —Me muerdo la lengua, pero no a tiempo.

Pierre me mira molesto.

—¿Si qué?

—Da igual.

—A mí tampoco me apetece estar aquí. —Se está conteniendo para no gritarme, y comprendo que la tregua de silencio del coche, si acaso la hubo, acaba de expirar—. ¿Podemos dejar de quejarnos y subirla para acabar de una vez?

Nunca me había fijado en la cantidad de entradas que hay que atravesar para llegar a la puerta de Audrey —la verja, el portal, la puerta interior que lleva a la escalera—, pero para cuando estoy introduciendo mi llave en la cerradura de su casa, quince minutos más tarde, opino que tal vez se han pasado con las medidas de seguridad.

—¿Cómo es posible… que una persona tan menuda… PESE… tanto… cuando está dormida? —gruñe Pierre mientras lleva a Gillian al dormitorio, situado al fondo de la casa.

La cama ha desaparecido junto con el resto de los muebles. Tan solo queda el colchón hinchable en el que dormirá Audrey hasta que se marchen a San Francisco. Pierre deja caer a Gillian en el inestable colchón y yo la tapo hasta la barbilla. Ella retira el edredón de una patada y se gira en la cama, cosa que nos ahorra una maniobra, porque he aprendido en la tele que una persona borracha no debe dormir boca arriba.

—Joder —dice Pierre mientras salimos de la habitación—. Qué horror.

Respira con un ritmo regular pero pesado mientras se dobla sobre sí mismo y apoya las manos en los muslos.

—¿Quieres beber algo antes de irnos? —Me parece la sugerencia más educada ahora mismo.

Asiente, y nos encaminamos a la minúscula cocina de Audrey, con la esperanza de que haya algo para beber. Unos cuantos vasos de papel apilados descansan sobre la encimera, junto a un rollo de papel de cocina sin soporte.

—Supongo que no te puedo ofrecer nada más que agua del grifo.

—El agua del grifo también es agua —dice, y lleno un vaso. Lo apura a toda prisa, y su nuez se desplaza arriba y abajo por su cuello mientras va tragando.

Me retiro a un lado para que pueda rellenar el vaso y abro la nevera de Audrey. El tarro de pepinillos en vinagre ha desaparecido. Solo el huevo oscuro sigue en su sitio, en la bandeja superior. A Audrey le encanta cocinar. Me siento rara al ver su cocina tan vacía.

Un gemido surge del fondo del pasillo, gutural y urgente.

—Aud… —grazna Gillian, con una voz apenas lo bastante alta como para que la oigamos—. Audie, necesito… AUD…

Corremos de vuelta al dormitorio, donde la hermana de Pierre intenta levantarse de la cama sin conseguirlo. Renuncia, asoma la cabeza por el borde del colchón hinchable.

—Voy a…

Corro a buscar la papelera del baño y se la deslizo debajo justo a tiempo. Le entran arcadas y vomita un líquido apestoso. Me retiro a un lado mientras Pierre le aparta las trenzas de la cara. La piel dorada de Gillian se ha vuelto casi pálida, pero él le dice que todo va bien con el mismo tono de voz que ha empleado en el coche.

Se sienta a su lado mientras ella gime y escupe. Le entran arcadas otra vez, pero secas, y por fin se deja caer en el colchón. Yo le traigo un vaso de agua y Pierre la convence de que tome un par de tragos antes de seguir durmiendo.

—Oye, no quiero que pienses que Gilly es una idiota que se emborracha cada dos por tres —me dice Pierre cuando se levanta—. A veces bebe demasiado cuando está nerviosa, y esta noche estaba muy nerviosa.

Frunzo el ceño, desconcertada.

—¿Por la fiesta?

—Por tener que estar presente en la despedida de Audrey. Piensa… —Baja la voz, pese a los sonoros ronquidos que surgen del colchón—. Piensa que la odiáis por llevarse a tu prima.

Debería asegurarle que no la odiamos, claro que no, porque Audrey es una mujer hecha y derecha, y si se marcha será porque quiere. Pero no lo digo. Por injusta que sea mi actitud, una parte de mí odia a Gillian. Se lleva a mi prima. Audrey se quedaría en Chicago si nunca hubiera conocido a esa chica, porque a Audrey le encanta Chicago. Aunque las calles se cubran de hielo y de montones de nieve pringosa y negra, aunque la temperatura baje de los diez bajo cero cuando sopla el viento. Audrey siempre dice que es su ciudad favorita.

—Ah. —Pierre enarca las cejas—. No se equivoca.

—Nadie odia a Gillian. —En realidad, no. Titubeo, porque me da miedo que se me salten las lágrimas, como sucede cada vez que pienso en la partida de Audrey—. Es que queremos a Audrey, nada más.

Asiente. No con desdén. Asiente y me mira a los ojos. Lo entiende.

—Bueno, no podemos dejarla así. —Pierre suspira cuando nos encaminamos a la sala—. Se va a sentir muy desorientada si se despierta aquí sola. Y si le pasa algo por mi culpa… Debería quedarme. O sea, si a tu prima le parece bien.

—Seguro que le parece bien, pero ¿qué vas a hacer?

Echo un vistazo al apartamento vacío. No hay televisor, ni siquiera una revista olvidada o un libro. Ya se han llevado los muebles, y todo lo demás está guardado en cajas que aguardan contra la pared. Mi voz rebota contra el vacío e imagino lo deprimente que le va a resultar quedarse aquí a solas.

—El silencio no está tan mal. —Se encoge de hombros—. Y seguro que quieres volver a la fiesta…

Una parte de mí lo desea; en un par de días, Audrey se habrá marchado. Pero no es una de esas fiestas en las que lo pasas bien. La petanca, las bebidas y la alegría Motown resultaban forzadas, como si estuviéramos fingiendo que se trataba de una reunión cualquiera un sábado por la noche. Y ni siquiera puedo buscar refugio en mi padre, no con Bev allí, sintiéndose incómoda y formulando preguntas inoportunas.

Considerando cómo ha empezado todo entre nosotros, no me puedo creer que pasar un rato con Pierre supere a la otra alternativa. Sin embargo, pienso en el viaje en coche, en lo bien que ha tratado a su hermana. Y no puedo pasar por alto el hecho de que los únicos instantes de toda la noche en que no me he sentido paralizada por la ansiedad han sido los que he pasado con él. Puede que discutir no sea mucho mejor, pero cualquier emoción me parece preferible a una tristeza insoportable. Y, bueno... ahora mismo no estamos discutiendo.

—O podría quedarme —le digo, sorprendida por el aplomo que destilan las palabras en mi boca.

Como si me sintiera a gusto.

Como si NOS sintiéramos a gusto. Juntos.

Una sonrisa se extiende despacio por la piel tersa y oscura de Pierre.

—O podrías quedarte.

He cometido un error.

Pocos minutos después, todavía estamos plantados en el salón mirando la tarima del suelo, el techo. A todas partes menos al otro. ¿Y si nuestra silenciosa tregua no es nada más que eso..., eficaz a condición de que guardemos silencio?

—Me muero de hambre —suelta Pierre sin previo aviso, quebrando así la tensión—. He visto una pizzería en la calle. ¿Sabes si son buenas?

—No están mal.

Mi respuesta le arranca una sonrisa.

—¿Compartimos una? Me gustan todas menos las de masa gruesa.

Agrando los ojos.

—¿Qué? ¿Va en serio?

La pizza es objeto de una gran polémica en Chicago. Cuando tu ciudad es conocida por un plato en concreto, se considera casi una traición escoger cualquier otra cosa. Pero la verdad es que no me gusta la pizza de masa gruesa y nunca me gustará.

—Ya sé que eso me convierte en un friki, pero la detesto. —Hace una mueca—. Tanto pan.

—Pues ya somos dos —declaro con una sonrisa tímida.

Se marcha y yo me acerco a mirar a Gillian. Duerme como un tronco, acostada de lado, pero la habitación todavía huele fatal, así que rodeo el colchón para abrir la ventana hasta arriba. En el cielo estival, una luna llena brilla con tanta intensidad que veo las marcas cuadradas en la pared, allí donde antes estaban los dibujos de Audrey. He pasado tanto tiempo en esta habitación que soy capaz de visualizarla tal como era antes de que lo guardase todo, desde la cita de Fannie Lou Hamer que tenía enmarcada en la mesilla de noche («Qué harta y cansada estoy de estar harta y cansada»), hasta las estanterías repletas de James Baldwin, y los percheros, y a Lorde y a Morrison, pasando por el rústico elefante de peluche llamado Freddie que descansaba sobre su cama.

Un recuerdo subyace en cada rincón de esta casa: la mesa de cafetería en la que yo hacía ecuaciones y devoraba los restos de la comida de tía Farrah, el sofá en el que me he echado incontables siestas, el espacio entre la mesita de café y el sillón donde me sentaba con las piernas cruzadas mientras Audrey me hacía retorcidos en el pelo.

Todo eso ya no está. Pero puede que sea mejor así; no poder volver aquí cuando Audrey se haya marchado. Porque algunos días, en casa, pienso que todo va bien y de repente, todo se desmorona: un arañazo en la baldosa del baño, allí donde a mi madre se le cayó la plancha del pelo; una tarjeta de cumpleaños, enterrada bajo un montón de papeles, que reza: «Te quiero infinito, Rah». Y entonces doy un respingo, sobresaltada, presa de la sorpresa más terrible que existe, el permanente recordatorio de que la vida es temporal.

Pierre regresa pertrechado con una enorme caja de pizza y dos bolsas de la tienda, llenas de bebidas.

—No sabía qué querrías beber, así que he traído todo lo que he encontrado.

Ha comprado dos bebidas deportivas, azul y lila, tres tipos de refrescos, una lata de bebida energética, zumo de manzana y agua con gas. Le doy las gracias, pero me largo a toda prisa a guardarlas en la nevera, porque su consideración me cohíbe. Mi padre me conoce de toda la vida y jamás se habría tomado tantas molestias. Si no supiera qué bebida escoger para mí —y no lo sabría a menos que preguntase—, sin duda pasaría de largo por delante de la nevera.

Pierre se queda con la bebida azul y yo elijo el zumo de manzana. Nos sentamos en el suelo del desierto salón con la caja de pizza y el rollo de papel de cocina entre los dos. Cuando abre la caja aparece una gloriosa pizza de masa fina, champiñones y pimientos rojos en mi mitad, salchichas y pepperoni en la suya.

—¿Eres vegetariana? —me pregunta al mismo tiempo que toma una porción.

—Antes sí. —Extraigo mi triángulo y lo sostengo en el aire—. Mi madre no comía carne, pero mi padre es algo así como el mayor carnívoro del planeta. A veces nos facilita las cosas comer lo mismo, siendo solo dos.

—¿Tu madre está…?

—Muerta.

Pierre toma un bocado y bebe un trago de agua azul.

—Lo siento.

—No pasa nada —le digo.

Y esta es la parte de la conversación en que el otro espera que le expliques cómo murió, también conocida como la parte en que yo empiezo a albergar resentimiento. Pero no percibo esas vibraciones por parte de Pierre. Sigue aquí, en el presente, y no me pide una explicación. Su actitud me proporciona una especie de consuelo, inquietante pero agradable.

Guardamos silencio mientras devoramos las primeras porciones de pizza, y a lo mejor debería preocuparme la posibilidad de mancharme la barbilla de aceite, pero tengo demasiada hambre como para eso.

Vamos por la mitad de la segunda cuando Pierre me dice:

—Yo tenía un hermano mayor.

Me enjugo la boca con una servilleta de papel y lo miro, confusa, pero antes de que pueda responder nada él prosigue:

—Le dispararon en nuestra calle. Murió cuando yo tenía quince años.

—Dios mío.

No pretendía decirlo, pero estoy sorprendida, claro…, por el modo en que murió su hermano y por el hecho de que yo no lo supiera, pero también al descubrir que Pierre pertenece al mismo club que yo. Muchas personas han perdido a sus abuelos para cuando llegan al instituto, pero la muerte de un padre o una madre es distinta. Seguramente se parece a perder a un hermano. Nadie habla del club secreto, pero las personas que pertenecen a él se reconocen entre sí.

—Lo siento —le digo. Porque sé la sensación que uno tiene cuando la gente se horroriza al descubrir cómo ha muerto uno de tus seres queridos, y tú acabas intentando que no se sientan mal por haber reaccionado así—. No lo sabía… Gillian nunca ha dicho nada.

Termina de comer la porción, arruga una servilleta de papel entre los dedos y se sienta con las rodillas dobladas delante de él y los brazos colgando sobre las rodillas con languidez.

—No sucedió en Oak Park. Yo nací en el Lado Sur. Mis padres no estaban casados, y mi padre aparecía de vez en cuando, pero no muy a menudo. Mi madre trabajaba de enfermera en la sala de maternidad de un hospital.

¿El Lado Sur? Sé menos acerca de Gillian de lo que pensaba, porque Audrey nunca me ha mencionado que su novia hubiera vivido allí. Puede que se mudaran cuando nació Pierre. Aunque habría jurado oírla decir que los padres de Gillian siguen juntos.

Pierre carraspea.

—Después de lo que le pasó a mi hermano, mi madre quiso que yo cambiase de barrio. Alguien de nuestra calle vio al que disparó a Braden, pero nadie dijo nada. NADIE. Mi hermano era algo así como el chico de oro. Alumno de sobresaliente, bueno en todos los deportes, amable con la gente que lo merecía. Mi madre no quería que a mí me pasara lo mismo, así que me fui a vivir con Gillian y su familia. En realidad no es mi hermana; somos, en plan, hermanos adoptivos. Mi madre conoce a su padre del hospital.

Me sorprende no haberme dado cuenta; no se parecen en nada. Pero hay muchos hermanos que no se parecen. Y Audrey y Gillian se han referido a él como su «hermano», sin aclarar nada.

—¿Te resulta raro? —le pregunto—. ¿Vivir con ellos?

—Al principio, sí. —Mira fugazmente al dormitorio, como si Gillian pudiera oírle, pero sigue dormida—. Echo de menos mi casa y a mi madre. Ojalá no se culpara por lo que le pasó a Braden. Todavía sigue diciendo que a lo mejor si no hubiera trabajado tanto y… Dios, me revienta que haga eso. Ella no pudo evitarlo. Braden no pudo evitarlo. Lo estaban haciendo todo bien. A veces las desgracias ocurren sin más.

—Sí —reconozco, con voz queda—. Es verdad.

—La familia de Gillian es genial. Me hacen sentir parte de ellos. Y… solo para que lo sepas, si vivo con ellos es gracias a Gilly.

—Pero ¿no habías dicho que vuestros padres se conocían?

—Se conocen, pero no lo sabíamos. Al principio, no. Ella formaba parte del grupo de apoyo que algunas personas organizaron cuando murió Braden. Vino a mi casa y se presentó. Todo el mundo nos conocía a mi madre y a mí de las noticias. —Se interrumpe un momento—. Me estuvo ayudando. Pasaba por casa después de las clases, me llevaba a la biblioteca o a los partidos de los White Sox los fines de semana. Todo el mundo hablaba de la gran desgracia que había sufrido mi familia, pero Gilly fue la única que dio un paso al frente y se aseguró de que yo estuviera bien.

Puede que Gillian se parezca más a Audrey de lo que yo creía. Todo el mundo expresó preocupación por la hija que mi madre dejaba atrás cuando se tomó un frasco de pastillas, pero su inquietud se extinguió a lo largo de las semanas que siguieron al funeral. Aparte de mi padre, Audrey era la única que pasaba a verme a diario, que se aseguraba de que comiera e hiciera los deberes, que me llevaba al lago y a visitar museos para mantenerme ocupada y sacarme de casa.

—Siento lo de Braden.

Planto la mano en el brazo de Pierre sin pensar y luego la retiro a toda prisa, aunque me resulta agradable el contacto de su piel contra los dedos.

Ahora me mira, con una expresión seria, pero sus ojos reflejan ternura detrás de las gafas. Asiente, con un movimiento rápido, como si puntuara el final de una frase.

—Gracias. El mes que viene se cumplirán tres años.

—A veces, me enfado cuando los demás no recuerdan el día que mi madre murió —confieso—. Antes, mi padre y yo pasábamos juntos el aniversario, pero el año pasado desperté y él no estaba, y yo me sentí tan...

—¿Abandonada?

—Sí. —Me aprieto los rizos con la mano—. Exactamente así.

Nos levantábamos temprano, compartíamos el desayuno favorito de mi madre, champiñones con espinacas fritas, y luego nos acercábamos a la floristería más cara del barrio y comprábamos tulipanes para llevar a la tumba.

A mi madre le encantaban las flores, en particular los tulipanes que inundaban el centro de Chicago en primavera. Pero su amor por ellos se convirtió en una broma familiar, porque tenía una mano increíble para las plantas, pero siempre olvidaba plantar los bulbos de tulipán en primavera. Así que recolectábamos delicados espárragos, acelgas y rúcula, y remolachas bulbosas rojo sangre que nos manchaban los dedos cuando las cortábamos. Y después de pasar varios días en el jardín cavando y arrancando, plantando y regando, cogíamos el tren al barrio de Magnificent Mile para ver los tulipanes, las flores de brillantes colores y alargadas hojas, que decoraban con su belleza sencilla las aceras atestadas de turistas. Y ella se arrimaba a mí mientras caminábamos entre la multitud para decirme: «Tú espera a que tengamos los nuestros el año que viene; a su lado, estos serán una birria». Y cada año olvidaba plantarlos hasta que la tierra estaba demasiado dura para excavarla y enterrar los bulbos en su seno.

Pierre y yo seguíamos allí sentados en silencio, y me pregunté si lo habíamos estropeado todo. Incluso mis amigos y los miembros de mi familia se sienten incómodos cuando saco a mi madre a colación. Intentan disimularlo, pero el lenguaje corporal los traiciona en cada ocasión. Pierre, sin embargo, no da muestras de sentirse mal, de manera que sigo hablando.

—Mi madre era pintora —le cuento—. No tengo hermanos, y la verdad es que mis padres me mimaron mucho. Todo fue perfecto hasta que… Yo no sabía que sufría una depresión. Mi padre sí, claro, y recuerdo que a veces mi madre no se levantaba de la cama, pero yo no entendía por qué. Nadie me habló de ello. Y un día se murió. Yo solo tenía trece años. Ahora estoy obsesionada con revisar el botiquín de mi tía… —Lo miro de reojo para comprobar si ha atado cabos, pero su expresión no se altera—. Quiero saber si siente ansiedad o si se deprime, porque ¿y si es hereditario?

—¿Tú crees? —Pierre se yergue en el sitio cuando me mira.

Yo me concentro en el hoyuelo de su barbilla y me pregunto si alguna vez tendré ocasión de acariciarlo.

—No. O sea, no creo. Pero fui tan tonta como para no darme cuenta de que mi madre estaba enferma. ¿Y si soy demasiado tonta como para darme cuenta de que mi tía está deprimida…? ¿O yo?

Pierre resopla y yo comprendo al instante que he dicho algo demasiado trascendente para esta situación, para esta noche. Aunque se lo haya confesado a alguien que pertenece al club secreto, aunque estemos compartiendo la historia de nuestras vidas.

—¿Sabes? A veces tengo la sensación de que se da por supuesto que nosotros no tomamos medicación para las enfermedades mentales por el hecho de ser negros. En plan, se supone que somos más fuertes. Y eso es una chorrada de mierda —dice con absoluto convencimiento—. No somos más fuertes que nadie. Yo estuve tomando antidepresivos un tiempo, después de que mi hermano muriera. Y nunca pensé que me ayudarían…, pero lo hicieron.

—Yo creo que eso es lo peor. —Tengo los ojos secos, pero hablo con un hilo de voz—. Ella intentaba ponerse mejor. Sabía que necesitaba ayuda, pero no fue suficiente.

—Pero tú sabes que lo intentó. Yo sabía que debía ser fuerte, por mi madre. Los medicamentos me ayudaron… Y tú estabas muy unida a tu madre, ¿verdad?

Asiento, mirándome los pies.

—Si se esforzó tanto, fue por ti. Estoy seguro.

Siempre lo he sabido, muy en el fondo, pero oírselo decir, y a mí directamente... Significa mucho más que todas las tarjetas de condolencias, llamadas de teléfono o frases de pésame que he recibido a lo largo de los últimos cuatro años. Significa muchísimo.

—Es horrible perder a alguien —dice Pierre, y noto que me está mirando, así que le devuelvo la mirada, ahora con más respeto que antes. Porque busca mis ojos. No los evita, mientras que cualquier otra persona se sentiría incómoda—. Pero no dejo de decirme que no voy a perder a Gillian. Se marcha, pero seguirá formando parte de mi vida.

—Sí.

Pero entonces rompo el contacto visual, porque estoy abrumada. Es demasiado... AUTÉNTICO. Sabe qué decir y cuándo decirlo. No entiendo cómo es posible, si apenas me conoce.

—Y me juego algo a que..., bueno, sé que tú también puedes contar con Audrey. He oído hablar tanto de ti incluso antes de conocerte. No te va a olvidar, Rashida.

—¿Qué has oído de mí? —le espeto.

El ambiente se aligera. Mi pregunta le arranca una sonrisa.

—Bueno —concede—. Solo cosas buenas. Que eres inteligente. Y dulce, aunque intentes ocultarlo. Y que Audrey te quiere más que a nada.

No respondo a eso. Me concentro en respirar, parpadeo con fuerza e intento ignorar el ahogo que experimento, una extraña presión, como si se me fuera a romper el esternón igual que una presa agrietada. Miro sus zapatillas para distraerme, la tinta azul que corre por los resquebrajados costados blancos. Al principio, tomo las letras por garabatos, palabras o frases sin sentido. Pero entonces distingo «nunca te mientas».

—¿Son frases de la Biblia?

—No. —Esboza una sonrisa avergonzada—. Es una frase de *Hamlet.* Soy… fan de Shakespeare. Iré a la universidad DePaul en primavera, y a veces creo que debería ser práctico y estudiar Biología, pero lo que de verdad me gustaría es entrar en el programa de teatro.

—¿Y qué dice la cita?

—Dice… —Se interrumpe mientras sopesa la respuesta—. Es una cita que dice: «Por encima de todo, no te mientas a ti mismo». Me salvó cuando Braden murió. Yo quería encontrar a la persona que le había disparado, hacer lo que hiciera falta para vengar su muerte. Pero yo no… No podría haber vivido conmigo mismo si me hubiera tomado la revancha. Y podría haberlo hecho. Conocía a gente que… —Se encoge de hombros. Intenta quitarse el recuerdo de encima—. Pero yo no soy así. Así que miraba esa cita a diario para recordarme que la venganza solo me serviría para acabar en la cárcel, o quizás muerto también.

No he leído nada de Shakespeare aparte de *Romeo y Julieta,* pero podría oír hablar a Pierre de *Hamlet* y de lo que Shakespeare significa para él durante toda la noche.

Nos miramos largo y tendido. Bajamos los ojos —los suyos de nuevo a sus Converse, los míos a la grasienta caja de pizza—, pero cuando levanto la vista me está mirando otra vez. Me parece que…, no, estoy segura de que me gustaría que nos besáramos. Y por su modo de contemplar hasta el último centímetro de mi rostro con esos ojos oscuros y tiernos que tiene, de las mejillas a las pestañas y a los labios —sobre todo los labios—, creo que él está pensando lo mismo.

Trago saliva con fuerza, pero no tanto como para ahogar el rápido latido de mi corazón. Late tan fuerte que él debe de oírlo también, debe de ver el movimiento de mi pecho, arriba y abajo, arriba y abajo, a través de mi camisa color magenta.

Deberíamos haber oído los pasos que se acercaban por las escaleras, o el ruido en el rellano, o el tintineo de las llaves en la puerta. Pero Pierre se acerca a mí. Se arrima tanto que distingo los tirabuzones de su cabello, el aroma a jabón de su piel.

Así que cuando Audrey irrumpe en el piso con un estrepitoso «Ay, Dios, ¿todavía estáis aquí?», nos llevamos un susto de muerte, como poco. Cuando veo a mi padre plantado tras ella, la sorpresa se transforma en horror. No hacíamos nada, pero salta a la vista lo que estábamos a punto de hacer.

—Bueno, como mínimo ya sé por qué no contestabais mis mensajes —suelta Audrey, y una sonrisa asoma a su rostro ahora que nos sabe a todos sanos y salvos.

—Estábamos…, esto…

No sé cómo terminar la frase. Pierre y yo estábamos a punto de besarnos y todos los presentes se han dado cuenta. Me arde la cara de vergüenza.

Pierre se levanta y tiende la mano para ayudarme a levantar.

—Gillian se encontraba mal —explica, y no sé cómo se las ingenia para hablar en un tono tan sereno—. No queríamos dejarla sola y se nos ha olvidado llamar.

Audrey se dirige al dormitorio a echar un vistazo a Gillian. La mataría por dejarnos a solas con mi padre. Le dedico una pequeña sonrisa.

—Siento que te hayas preocupado, papá.

—No puedes desaparecer sin más y no decirle a nadie a dónde vas, Rashida. —Sacude la cabeza—. ¿Y si no te hubiera encontrado aquí? Entonces ¿qué?

Alza la voz y sigue hablando, pero no quiero que se tranquilice. Mi padre está disgustado y eso significa que le importo. Se PREOCUPA por mí, y yo no pensaba que volvería a verlo nunca interesado en mi bienestar. Aunque esta no sea quizás la expresión de interés por su parte que yo habría escogido.

—Seré más considerada la próxima vez —prometo—. He olvidado mirar el teléfono y…, bueno, no creía que nadie me echara de menos.

—¿Cómo has podido pensar eso? —Camina hacia mí. Ahora está tan cerca que veo preocupación genuina en sus ojos, una inquietud que habría mudado en desesperación si no me hubiera encontrado en casa de Audrey—. Rashida, tú… Siempre te echo de menos cuando no estás. Siempre.

Y la seriedad de su voz me lleva a pensar en su costumbre de asomarse a mi habitación cada noche antes de meterse en la cama, todavía ahora, incluso si ya le he dado las buenas noches. O en la tristeza que le embarga si dejo que los hierbajos crezcan en el huerto, y cómo cada año me propone que vayamos a comprar semillas al vivero para volver a plantarlo. Y recuerdo que, el día que conocí a Bev, ella me explicó que una de las primeras instrucciones que le dio mi padre cuando empezó a trabajar en la universidad fue que le avisara de mis llamadas en cualquier momento, aunque estuviera en clase.

Mi padre no expresa su amor de manera efusiva; ese territorio pertenecía a mi madre. Ella amaba a lo grande y en color, un amor que transmitía a sus cuadros, al jardín y, por encima de todo, a mi padre y a mí. Pero él siempre ha estado a mi lado. A su manera, siempre ha estado ahí.

Mi padre sonríe detrás de la barba antes de volverse hacia Pierre y preguntar:

—¿Y este quién es?

—Soy Pierre, señor. —Da un paso adelante para estrechar la mano de mi padre con fuerza—. El hermano de Gillian. Lamento que no hayamos avisado de que estábamos aquí, pero quiero que sepa que Rashida está a salvo conmigo.

Mi padre no parece más tranquilo, pero responde al saludo de Pierre. Audrey regresa del dormitorio y anuncia que Gillian sigue «durmiendo como un tronco».

—¿Queréis que os lleve de vuelta a la fiesta? —Mi padre se frota la parte trasera de la cabeza según retrocede hacia la puerta. Está claro que la situación lo supera.

Y entonces advierto por fin que Bev no aguarda nerviosa a su lado. No me puedo creer que la haya dejado sola en una reunión en la que no conoce a nadie y que le provoca tanta ansiedad. Puede que mi padre haya alegado que se trata de un asunto familiar y le haya pedido que lo esperase. O es posible que la iniciativa haya partido de ella. En cualquier caso, no se me escapa que mi bienestar se considera más importante que su comodidad.

Audrey bosteza y se rasca la nariz.

—Debería volver a despedirme de unos cuantos amigos, pero no puedo dejar a Gillian aquí…

—Podemos quedarnos nosotros —propongo, sin mirar a mi padre ni a Pierre. Pero deseando con toda mi alma que mi padre acceda, porque a pesar de todo lo sucedido durante estos cinco minutos, no he olvidado lo que ha estado a punto de pasar entre Pierre y yo. Y quiero regresar a ese instante. No quiero que se haya estropeado para siempre.

Audrey se encoge de hombros.

—¿Por qué no? Volveré pronto, tío, y me aseguraré de que Rashida llegue bien a casa.

A mi padre no le hace gracia. Lo noto en su manera de acariciarse la barba. Pero accede.

Tal vez porque ya tengo diecisiete años. O quizás porque se da cuenta de que, desde hace cosa de un año, ya no puede tomar las decisiones por mí. O a lo mejor se ha percatado de que Pierre podría ser alguien que me hiciera feliz.

Abrazo a mi padre y a Audrey antes de que se marchen, haciendo muchos menos aspavientos que cuando han llegado. Audrey me mira por encima del hombro al salir y articula: «Será mejor que me lo cuentes todo», moviendo los labios de un modo tan exagerado que para el caso podría haberlo gritado.

Me sonrojo, la puerta se cierra, y Pierre alza la vista hacia mí.

Sonrío, aunque me invade la timidez ahora que volvemos a estar solos.

—Vaya, ha sido…

—¿Incómodo? —termina por mí.

—Como poco.

La cacofonía de ronquidos vuelve a empezar en el dormitorio, y nos partimos de risa. Pierre señala las puertas correderas de cristal que hay en la cocina.

—¿Eso se abre?

—Sí, hay un balcón —digo, y cuando nos acercamos, me sorprende descubrir que la pequeña mesa y las dos sillas de plástico siguen allí, sobre las planchas de madera.

—¿Y nos hemos pasado toda la noche encerrados? Vamos.

Me posa la mano en la cintura para acompañarme al exterior, y la sensación de antes, cuando apenas le he rozado el brazo, queda superada con creces. Su mano es cálida, suave y seca, y no me suelta, ni siquiera cuando estamos de pie en el balcón.

La guirnalda de lucecitas que decoraba la barandilla ha desaparecido, para ir al porche de mis tíos, pero la luna brilla a través de los listones y el efecto es parecido. El balcón da al callejón, así que las vistas, cubos de basura llenos y desigual asfalto, no son nada del otro mundo, pero tenemos intimidad. Y reina la tranquilidad ahí fuera, incrementada todavía más por la música de piano que suena en el edificio de enfrente. La interpretación no es tan buena como la que hemos oído en el coche de Gillian, pero se trata de una pieza clásica, bonita y perfecta para esta noche.

Pierre se sienta en la silla más alejada de la puerta, no sin antes sacudir el polvo del asiento, y yo me dispongo a ocupar la otra, pero me estira del brazo con suavidad para que tome asiento en su regazo.

—¿Te parece bien? —me pregunta cuando lo miro.

—Sí.

Y entonces le hundo el meñique en el hoyuelo de la barbilla, con cuidado.

—¿Te parece bien?

—La verdad es que no. —Pero lo dice con una sonrisa, y sigue sonriendo cuando recorre mi labio inferior con la yema del pulgar.

Me estremezco, dividida entre el deseo de que este hormigueo en particular dure para siempre y el anhelo de mucho más. Nuestras cabezas se aproximan al mismo tiempo. Despacio, pero convencidas. Y cuando nos besamos por fin, me siento en el séptimo cielo. Las manos de Pierre deslizándose por mi cintura y luego más abajo, sus dedos rozando el nacimiento de mi espalda. Sus labios, tiernos y dulces sobre los míos, pero empapados de una energía que me convence de que desea esto tanto como yo. Nos separamos un instante, pero solo para que se despoje de las gafas.

—Espera —le digo, porque quiero ver el aspecto que tiene sin ellas.

Pestañea, y me alivia comprobar que sigue siendo el mismo Pierre. El mismo Pierre que ama a Shakespeare, que odia la masa doble de la pizza y que entiende cómo te sientes cuando pierdes a una persona que siempre debió estar ahí. Y cómo amar a los que se esfuerzan por restar dolor a la ausencia.

Mientras mis labios buscan los suyos para compartir el segundo beso, pienso que tal vez decir adiós no esté tan mal.

Puede que signifique dejar espacio a algo nuevo.

UNA ATRACCIÓN RECIÉN ESTRENADA

CASSANDRA CLARE

Era una feria de las tinieblas. Ya sabes de lo que hablo. Payasos asesinos agazapados en las sombras con los enormes guantes blancos manchados de sangre. Andrajosas carpas que revolotean con la cálida brisa de verano. Niños siniestros que corretean por aquí y por allá entre risitas. Una sala de los espejos que proyecta reflejos aterradoramente distorsionados. Un hombre tatuado cuyos tatuajes se mueven y reptan por su piel, el tiovivo que hace retroceder el tiempo, la mujer barbuda que te acecha con un cuchillo de carnicero, la pitonisa que únicamente augura malas noticias.

Ya sabes, la típica feria del terror. Las has visto miles de veces en el cine o en la tele, has leído libros en los que se citan, las has oído nombrar en las canciones. Pero es poco probable que sepas tanto acerca de ellas como yo. Porque yo me crie en una.

Sí, esa soy yo. Lulu Darke, hija única de Ted Darke, el propietario de la Feria de Terror, Magia, Misterio y Aquello Que Nadie Debería Contemplar de Ted Darke. Mi madre murió cuando yo era una niña y mi padre me crio viajando de pueblo en pueblo con la feria. Sobre todo pueblos pequeños, cuyos habitantes están deseando que les peguen un buen susto. El verano es la mejor época para las ferias como la nuestra, cuando hace calor por las noches y las parejas buscan una excusa para aferrarse el uno al otro en cualquiera de los dos túneles, el del amor o el del terror, dependiendo de su estado de ánimo. El resto del año nos refugiamos en cualquier parte, contratamos al personal que hace falta para el verano, y yo estudio secundaria por internet.

A algunas personas les extraña que no tenga amigos de mi edad. Cuando era pequeña, mis colegas más queridos eran la mujer barbuda y Otto, el forzudo. Mucha gente alberga el prejuicio de que los forzudos son tontos, pero Otto es prácticamente un genio que lee a Proust en francés y que me enseñó geometría cuando yo tenía diez años. La feria y mi padre me daban cuanto yo necesitaba.

Y siguió siendo así hasta poco antes del mes de mayo, cuando mi padre hizo las maletas y desapareció.

Y conste que no me apetecía ponerme a pensar en él ahora mismo. Acabábamos de llegar a un pueblo nuevo. Era sábado por la noche, el día de la inauguración, y la feria estaba a rebosar. Nos habíamos instalado en un prado, lo bastante cerca del pueblo como para que la gente pudiera acudir a pie, pero no tan cerca como para que alguien llamara a la policía para quejarse del ruido.

Unos gritos espeluznantes surgían de la carpa principal, lo que implicaba que el espectáculo iba como la seda. Melvin el Gimiente vendía las entradas. No poseía ningún talento, aparte de gemir como un fantasma, pero lo conservábamos en la feria por bondad.

Si bien la gente lo estaba pasando bien, se vendían pocas entradas. Las ventas llevaban flojeando un tiempo, desde antes de que mi padre se largara. Dejó una nota en la típica tarjeta Hallmark, decorada con unos globos. La nota decía que debía dinero por todo el país y que tenía que fugarse. «No te culpes», me dijo. «Y no esperes que me ponga en contacto contigo». No lo hizo.

Si la feria seguía en marcha era gracias a las inyecciones de fondos de mi tío Walter, el hermano mayor de mi padre. Él había dirigido el cotarro, hasta que se casó con una mujer rica que tenía un hijo adolescente y optó por una vida de estable mediocridad. La única vez que vi al hijastro de Walter, el niño había comido demasiado algodón de azúcar y vomitó encima de mí. Hacía diez años de eso.

Ahora íbamos tirando a base de dinero prestado y de la promesa de Walter de regresar pronto para echarnos un cable. Su mujer había muerto y, por lo visto, estaba deseando recuperar el negocio. Puede que lo hiciera, puede que no. Yo solo sabía que el negocio de mi familia, MI feria de las tinieblas, estaba a punto de irse a pique. No es de extrañar que me mordiera las uñas hasta hacerme daño.

—Lulu. —Era Ariadne, la sirena sexy. Había abandonado el tanque por esa noche y se paseaba por la feria en su silla motorizada—. Reggie tiene la gripe. Necesita que te ocupes del túnel.

—¿El del terror? —pregunté.

—¿Acaso has visto alguna vez a Reggie en el túnel del amor?

Gemí. Estaba enfrascada en mi trabajo favorito, encargarme de la Caseta Piruleta. Cabría pensar que los payasos asesinos quitan el apetito, pero sucede a la inversa. A la gente le entra hambre cuando se asusta, igual que le entran ganas de darse el lote. Vendíamos montones de chucherías, incluidos churros, piruletas en forma de calavera, azúcar de algodón de colores fosforitos y granizados de color rojo brillante «¡DE AUTÉNTICA SANGRE HUMANA!»

La sangre no era más que sirope de maíz, pero da igual. La gente se lo tragaba, metafórica y literalmente.

—¿No puedes ir tú? —le pregunté.

Ariadne agitó la cola y me lanzó una mirada elocuente.

El trabajo de Reggie consistía en agazaparse entre las sombras y abalanzarse sobre el público con un grito ensordecedor. Resultaba agotador. Suspiré.

—Vale. Pero me llevo un granizado.

Aun sabiendo que dentro de un momento me estaría muriendo de asco, me puse de buen humor según recorría la zona de las casetas. Se respiraba verano por doquier. Verano, mi época del año favorita. Me encantaban las noches cálidas, el tufillo a palomitas y a loción antimosquitos, la ocasional brisa, que me revolvía el cabello y me refrescaba la nuca. Me encantaba saltar al tanque de Ariadne durante el día, cuando la feria estaba cerrada, y tomar el sol sobre la hierba pertrechada con un libro.

Advertí que la gente me miraba con curiosidad cuando me agaché para entrar en el túnel. Debían de pensar que me estaba colando para hacer el gamberro. En la feria no llevábamos uniforme, y además mi vestidito negro calado, las medias con motivos de telarañas y las Doc Martens tampoco gritaban exactamente: «¡Trabajo aquí!». Asimismo, hacía poco me había teñido el pelo en mechas color arcoíris, sobre todo porque mi padre siempre me había prohibido teñirme y era mi modo de hacerle la peineta ahora que se había ido.

Me abrí paso por el túnel, sin salir de la zona de empleados, donde las máquinas chirriaban y la grasa ensuciaba el suelo. A través de la pared oía gritar a los pardillos —perdón, clientes— que disfrutaban de su accidentado trayecto a oscuras, acompañados de esqueletos que resplandecían en las paredes, y de vampiros, espectros y demonios que se abalanzaban sobre sus coches en movimiento.

La feria siempre había sido la vida entera de mi padre. Recuerdo el brillo de sus ojos cuando me hablaba de ella, de pequeña. «La gente viene a ver espectáculos como el nuestro para asustarse, es verdad. Pero también acuden para sentirse VIVOS. Para creer en la magia. Los típicos circos de pueblo no te ofrecen algo así. Vienen para sentirse audaces, para tener la sensación de que han vencido fuerzas oscuras. —Me tiraba del pelo—. Hay ferias por ahí fuera que lo llevan demasiado lejos —proseguía con voz más queda—. Dicen que si la gente busca oscuridad, aun creyendo que es de pega, pues que la tengan. Pero el precio que vas a pagar por un terror como ese, Lulubee…, es muy alto. Yo digo que si la gente pide oscuridad, dale sombras proyectadas entre la luz del sol».

«Terror y risa al mismo tiempo —decía yo—. Como los payasos».

Él se reía y me revolvía el pelo, y yo pensaba que le importábamos más que nada, la feria y yo. Pero se largó sin mirar atrás, y tanto la feria como yo estábamos pagando las consecuencias. Últimamente yo dormía poco y apenas comía. Me despertaban pesadillas en las que la feria cambiaba de dueños, se llevaban los decorados y me dejaban en un prado vacío con dos payasos en el paro.

El paro no es ninguna broma para los feriantes. Cuesta mucho encontrar otro trabajo; ya no quedan muchas ferias como la nuestra. Yo consideraba a las personas que trabajaban aquí parte de mi familia, incluso a Mephit, el escamoso demonio que vivía debajo del tiovivo. Y toda mi siniestra familia estaba deprimida: Ariadne no quería quedarse en su tanque, los acróbatas siempre estaban borrachos y no podían caminar por la cuerda floja, a Otto le daba pereza levantar pesas y Etta, la mujer barbuda, sufría alopecia y estaba perdiendo la barba. Únicamente los payasos estaban contentos, porque se habían enamorado el uno del otro y andaban por ahí flotando a dos palmos del suelo, lo que es una faena tratándose de un payaso, habida cuenta de que, en teoría, debería encarnar tus peores pesadillas.

Mi estado de ánimo volvía a estar a la altura del betún.

Acababa de llegar al rincón en el que suele esconderse Reggie, un hueco entre un tesoro pirata maldito y un montón de ataúdes abiertos, cuando oí unas voces.

—Esta feria es un desastre —decía una voz de hombre, estirada y arrogante—. ¿Has visto a la mujer barbuda? Se diría que tiene sarna.

—Tienes toda la razón. —Otra voz masculina, más profunda, y aún más estirada si cabe. Me puso de los nervios al instante—. El tiovivo está roto, el salón de los espejos pide a gritos limpiacristales, y ¿dónde se ha metido el hombre que arranca cabezas de pollo a mordiscos?

Grrr. Ya no lo hacía nadie, eso de arrancarles la cabeza a los pollos. Demasiadas protestas de horrorizados clientes vegetarianos. Ese tío era un imbécil.

—La feria al completo se cae a pedazos —respondió la primera voz, ahora más cerca. Genial. Su vagón se aproximaba hacia mí, así que me tocaba pegarles un buen susto. ¿Y si me lo saltaba? De todos modos, seguro que no los iba a asustar—. Su demonio familiar debe de ser patético a más no poder.

Seguramente os estaréis preguntando qué parte es real en una feria de las tinieblas y qué parte es de mentirijillas. La respuesta es: un poco de cada. La respuesta es: tan real como queráis y tan falsa como esperéis. Y la respuesta es que todo eso que no se podía explicar —todo eso que respiraba auténtica magia— se lo debíamos a Mephit. Él era algo así como la energía que nos iluminaba.

Patético. La rabia estalló dentro de mí. Mephit no era patético. Era la encarnación de una maldad primigenia. ¡Cómo se atrevían!

Sin pensarlo dos veces, abandoné el nicho de un salto justo cuando el vagón doblaba la curva. Lanzando un grito espeluznante, les tiré el granizado encima a los dos pasajeros.

Los ocupantes bramaron con rabia. El vagón se detuvo y yo me quedé mirando los furiosos rostros, empapados de escarlata, de mi tío Walter y su hijastro, Lucas, el chico que me había vomitado encima diez años atrás.

Quince minutos más tarde, yo seguía conmocionada. El tío Walter me había llevado a la superequipada caravana que había traído a la feria. Era muy elegante, tenía que reconocerlo. Las paredes estaban forradas de madera de verdad y los apliques de cromo y latón relucían por todas partes.

El tío Walter me ayudó a sentarme en un sofá de terciopelo. Lucas, por su parte, se alejó rabiando para lavarse los restos del granizado. Se dejó oír un portazo, y al momento corrió el agua de la ducha.

—Lo siento mucho —me disculpé.

—Tonterías. —El tío Walter era el vivo retrato de mi padre, solo que tomado a través de una lente desenfocada. Todo él parecía borroso, incluidos los turbios ojos tirando a marrones y la indefinida barbilla. Poseía unas manos blandas y rosadas—. Solo ha sido una travesura infantil. No tienes que disculparte por nada.

Sonaron nuevos pisotones en la parte trasera de la caravana. Lucas se había quedado dos pasos por detrás de nosotros durante todo el camino de vuelta, sin hablarme y sin mirarme. Él se había llevado la peor parte del granizado de cereza. El hielo había salpicado al tío Walter, pero Lucas tenía el aspecto de haber estado matando teleñecos.

El tío Walter se inclinó hacia mí.

—Espero que me consideres un segundo padre.

—Mi padre no ha muerto.

—No, claro. No pretendía remplazarlo. Más bien... ofrecerte un extra.

—¿Y no te puedo seguir considerando mi tío? —pregunté esperanzada.

Lucas escogió ese momento para entrar en la sala dando fuertes pisotones. Se ajustaba una camiseta con ademán enfurruñado. Soy una chica sincera, así que reconozco que lo miré. Llevaba vaqueros de cintura baja y una camiseta gris, muy desgastada, de algún grupo musical que se le ceñía por las zonas adecuadas. No me había fijado en sus músculos durante el regreso del túnel, ni en el hecho de que tuviera el pelo negro y los ojos verdes, mi combinación favorita. Una cadena de plata con toda clase de colgantes y medallones le pendía del cuello, pero la joya no le daba un aspecto femenino. Todo lo contrario.

Cerré la boca para que el tío Walter no me viera babear delante de su hijastro. No recordaba que Lucas emanara un atractivo tan apabullante la última vez que nos vimos, pero nadie está en su mejor momento cuando te vomita encima.

—Has echado a perder mi camiseta —me acusó—. Era mi favorita.

—Lucas —lo regañó el tío Walter—. Lulu está pasando por un momento muy difícil ahora mismo. ¿No crees que deberías mostrarte más generoso?

Lucas lo consideró.

—No.

Alguien llamó con los nudillos a la puerta. Frunciendo el ceño, Lucas abrió. Era Strombo, el domador. Principalmente se encargaba de los felinos —los leones y los tigres—, pero también enseñaba a las ratas a ejecutar la «danza de la muerte». A todo el mundo le asustan las ratas, no sé por qué. A mí me gustan.

—Jefe —dijo, y se me encogió el corazón cuando vi que miraba al tío Walter. Mi padre siempre había sido el jefe—. Hemos cerrado por esta noche. Todos esperan en la carpa para la reunión.

—Gracias, buen hombre —respondió el tío Walter—. Acudiré en un instante. Estoy seguro de que encontrarán mi charla acerca del rumbo que tomará la feria a partir de ahora... inspiradora.

—Si usted lo dice, jefe.

Strombo estaba a punto de marcharse cuando Walter le plantó una mano en el hombro.

—Mañana pasaré revista a los animales. —La voz de Walter descendió un tono—. Decidiré cuáles se quedan y cuáles no. Prepárese para un cambio de trayectoria.

Strombo se quedó preocupado. Nunca se deshacía de ningún animal, ni siquiera de Throckmorton, la pantera desdentada. Y seguramente ignoraba el significado de la palabra «trayectoria».

Se hizo un silencio incómodo cuando la puerta se cerró a espaldas de Strombo. Walter se puso de pie. Era delgado, pero al mirarlo tenías la sensación de que cargaba un gran peso sobre los hombros.

—Necesito quedarme a solas un momento. Lulu, Lucas, ¿por qué no vais tirando hacia la carpa para la reunión? —Rio entre dientes—. Lulu y Lucas. Se diría que estáis hechos el uno para el otro.

Noté un cosquilleo en las mejillas. Lucas se enfurruñó aún más si cabe. Todavía llevaba el pelo empapado. Me recordó a una taza de café: mojado, caliente y amargo. Me pregunté si sería inmoral sentirte atraída por tu primo. Supuse que no. En realidad, no estábamos emparentados. No compartíamos lazos de sangre.

Me levanté de un salto.

—Claro.

Hacía una preciosa noche de verano. Las luciérnagas titilaban en los prados que rodeaban la feria. Guie a Lucas hacia el centro del recinto zigzagueando entre las casetas.

—¿Cuándo habéis llegado? —le pregunté pasados unos segundos de silencio. Sobre todo porque me moría por decir algo. Él miraba a un lado y a otro, impertérrito, fijándose en todo. Las ferias destilan un aire siniestro a horas intempestivas, y en el caso de las ferias de las tinieblas el efecto se multiplica. Escalofriantes sombras se desplazaban entre las carpas.

—Hace un par de horas —respondió. Los últimos visitantes, chicas con tops sin tirantes y chicos con pantalones cortos, desfilaban hacia la salida. La hierba estaba sembrada de cajas de palomitas vacías, servilletas y cucuruchos, aunque ya lo habrían limpiado todo por la mañana.

—¿Y la gente que viene a esta feria piensa que todo es de mentirijillas? ¿O de verdad?

—Piensa lo que piensa. —Me encogí de hombros—. ¿Creen que de verdad están bebiendo sangre, viendo vampiros y presenciando cómo a Strombo se lo come un león? No pueden pensarlo o se morirían de miedo.

—Entonces ¿es peligroso? ¿Muere gente?

—¡Pues claro que no! —Me sentí mortalmente ofendida—. Mi padre siempre dice que se requiere mucha magia para que algo auténtico parezca falso en el buen sentido.

Lucas sacudió la cabeza y el oscuro flequillo le cayó sobre la frente.

—No lo pillo.

—Bueno, si no te gustan las novias cadáver o las siniestras risitas de los niños, siempre está el Túnel del Amor.

Señalé la centelleante entrada, un oasis rosa en un mar de oscuridad.

Sonrió. El gesto transformó todo su semblante. Se me aceleró el corazón.

—¿Y qué se supone que hay allí dentro?

—El aire transporta poción amorosa —expliqué según nos deteníamos delante de la Caseta Piruleta. Abrí la portezuela que separaba la zona de detrás del mostrador y entré—. No mucha. La suficiente para que te sientas cariñoso.

Hurgué en la gran nevera de acero hasta encontrar lo que estaba buscando —un granizado rojo, ya preparado— y le encajé una tapa.

Lucas me miró con el ceño fruncido.

—¿Tienes sed?

—No exactamente.

—¿No te has podido acabar el otro granizado porque me lo has tirado a la cara?

—Estabas criticando la feria. —Me encaminé nuevamente a la noche—. No permito que nadie critique la feria. Además, la última vez que nos vimos me vomitaste encima, así que estamos empatados.

—Vomité por nervios —dijo Lucas en su defensa—. Era un niño muy nervioso.

Dejamos atrás el Misterioso y Macabro Laberinto de Espejos. Cuando era niña, era mi atracción favorita, con sus pasillos forrados de espejos que llevaban a un enorme salón central en el que te veías muy alta o muy bajita, doble o cortada por la mitad, joven y vieja en un instante. Ahora procuro no mirar mi reflejo si alguna vez tengo que entrar. Las plateadas lunas podrían sorprenderte, y no en el buen sentido.

—¿Y por qué estabas tan nervioso? —le pregunté. El tiovivo se cernía inmóvil bajo la luna. Los caballos enseñaban los dientes, se encabritaban, mostraban expresiones asustadas. La barandilla circular y el cilindro central exhibían motivos de rostros que gritaban.

Ofrecía un rincón ideal para estar a solas y pensar.

Lucas me miró con incredulidad.

—¿Por el terrorífico demonio contra el que me empujó tu padre, a lo mejor?

Me reí.

—Ese era Mephit. Pensaba que lo encontrabas patético.

La incredulidad de Lucas no hizo sino aumentar.

—¿Mephit es el demonio de vuestra feria?

Así pues, Lucas sabía más de lo que yo creía. La pura verdad es que toda feria de las tinieblas posee un familiar. Un demonio. Uno de verdad, que constituye el corazón de la feria, que alimenta su oscuridad, que inyecta a las atracciones una sensación de amenaza y pone nerviosos a los visitantes.

—Así es. —Subí al tiovivo y me abrí paso entre los caballitos hasta llegar al cilindro central. Resplandecía intensamente cuando la feria estaba en funcionamiento, pero ahora ya lo habían apagado. Golpeé con los nudillos un panel, que se abrió hacia fuera. Al otro lado, una escalera se hundía en la penumbra. Estaba dentro cuando me di la vuelta para mirar a Lucas—. ¿Vienes?

Se encogió de hombros con aire resignado y me siguió.

La escalera llevaba a un subterráneo excavado a toda prisa e iluminado con dos lámparas alimentadas por un generador. Hacía calor ahí abajo, incluso en la cornisa. El bochorno era todavía más intenso en el foso que se abría debajo.

—¡Mephit! —grité—. ¡Mephit, la comida!

Lucas me miró horrorizado, aunque debo reconocer en su honor que no se largó por piernas.

—¿La COMIDA soy yo?

—No digas tonterías —repliqué mientras Mephit asomaba de las profundidades.

Resulta complicado describir a un demonio. Todos son distintos y ninguno se parece a nada que hayas visto jamás. Mephit recordaba bastante a un gigantesco felino sin pelo con enormes ojos azules y orejas triangulares. Si, bueno, existiera un felino sin pelo con unas fauces plagadas de colmillos, alas negras como de murciélago y una cola larga y escamosa que azotara el piso con impaciencia. Le tendí el granizado rojo. A diferencia de los granizados que vendíamos en la Caseta Piruleta, este estaba hecho de sangre de verdad. Sangre de vaca, pero a Mephit no le importaba. Siempre y cuando estuviera fría, ya le parecía bien. La lengua del demonio salió disparada como la de una rana y me arrancó el vaso de la mano. Se tomó el granizado de un solo trago, machacó el sangriento hielo con los dientes y sonrió.

—Hala —exclamó Lucas mientras yo rascaba a Mephit entre las orejas. Su piel, al tacto, recordaba a goma caliente. Mephit llevaba entre nosotros el tiempo suficiente como para haberse encariñado de la humanidad. Lucas se acercó.

—¿Puedo... acariciarlo?

—Claro —asentí sorprendida. Me aparté. Lucas se aproximó a Mephit y le frotó con suavidad el hocico y la zona entre las orejas. El demonio emitió un ronroneo que sonó como un motor oxidado. ¿Un atractivo deslumbrante y encima a Mephit le caía bien? Problemas a la vista.

Llegamos tarde al discurso del tío Walter en la carpa principal. Cuando entramos, nos fulminó con la mirada. El personal de la feria ocupaba las gradas, todos con expresiones sombrías. Otto me saludó con un guiño, pero advertí que estaba de mal humor. Los payasos se abrazaban entre lágrimas. Strombo estaba acuclillado en el suelo con Throckmorton. Ariadne nos miró y le pegó un repaso a Lucas.

Walter se encontraba de pie ante un enorme cubo tapado con una tela de terciopelo.

—Así pues —decía—, aquí comienza una nueva era para la Feria de lo Sobrenatural, Irreal, Terrorífico y Grotesco de Walter Darke.

Reggie levantó la mano.

—¿Sí, buen hombre? —preguntó mi tío. Yo empezaba a sospechar que dedicaba ese apelativo a todo el mundo para no tener que recordar sus nombres.

—Me parece genial y tal —titubeó Reggie—, pero ¿de dónde vamos a sacar tanto poder? O sea, usted ha hablado de números espectaculares, de mal en estado puro. Eso queda fuera de nuestro alcance, ¿sabe? Haría falta un demonio equivalente a un generador de diez toneladas.

Walter esbozó una sonrisilla de suficiencia.

—Afortunadamente, contamos con ello. —Arrancó la tela de la jaula. Fue un gesto digno del mejor feriante, hay que reconocerlo—. ¡Os presento a Azatoth!

Lucas me agarró por los hombros como si le preocupara que yo soltara un grito. No lo hice, pero me agradó el cálido contacto de sus manos.

El ser de la jaula no era demasiado grande, pero sí viscoso y con un aire que recordaba a un tiburón, de un modo sutil y desagradable. A diferencia de buena parte de los demonios, carecía de garras, púas o algo parecido; no era más que un cuerpo de piel gris acero, sin rasgos, rematado por una cabeza dominada por la boca. Los dientes parecían sacados de mil lugares distintos. Aserrados, en punta, colmillos semejantes a picahielos y dientes iguales a esquirlas de cristal. Tenía unos ojos negros y tan muertos como un cráter de la Luna. Me mareé solo de mirarlos. Me mareé y me entraron náuseas.

Otto se puso de pie.

—No.

Walter le lanzó una mirada funesta.

—¿Qué significa «no»?

—Eso es un demonio Keres. —Otto recogió su chaqueta y se la colgó del hombro—. No trae nada bueno alimentar una feria con esa clase de energía. Una cosa es la oscuridad y otra el mal, y ambas son muy distintas.

Pensé en mi padre. *Pero el precio que vas a pagar por un terror como ese, Lulubee…, es muy alto.*

El semblante de Walter se agrió.

—¿Hay alguien más que piense así? Porque les agradeceré que sigan al señor…

—Otto —apuntó el mismo.

—Al señor Otto por esa puerta —prosiguió Walter—. Y no esperen volver nunca.

Yo notaba algo frío y viscoso en su voz. Como si hubiera aprendido a expresar con el tono el aspecto de su demonio.

Unas cuantas personas se pusieron de pie. Ariadne hizo rodar su silla hacia el exterior, con la cabeza alta. Strombo siguió a Otto, llevándose a Throckmorton consigo. En conjunto, sin embargo, se marchó menos gente de la que yo esperaba. Casi todos se quedaron en su sitio. Es curioso, quizás; o puede que, igual que yo, no tuvieran adónde ir.

Lucas me acompañó a mi remolque. El resto de los feriantes se desperdigaron a sus propias caravanas y tiendas, arrastrando los pies como zombis.

Según cruzábamos la zona de las casetas, atisbé a Walter a lo lejos. Llevaba a Azatoth atado a una cadena larga y negra de metal que titilaba a la luz de la luna. Lo arrastraba hacia la estructura en la que yo me había fijado un rato antes, una extraña cúpula de metal cepillado que se erguía junto a su caravana y que brillaba como una nave espacial.

—¿De dónde ha sacado tu padre a Azatoth? —le pregunté.

—No es mi padre —me corrigió Lucas—. Mi padrastro. —Pese a todo, su tono de voz no delataba hostilidad; tan solo parecía triste—. No sé. Después de que mi madre muriera, se puso muy raro. Salía mucho por ahí, desparecía en plena noche. Yo pensé que tal vez estuviera deprimido. Y un día volvió a casa con Azatoth. Dijo que quería dedicarse otra vez al negocio de las ferias. Fue la primera vez que lo vi contento desde la muerte de mi madre.

—¿Y eso fue antes de que mi padre se marchara?

Lucas asintió.

—Walter estaba deseando organizar su propio espectáculo, pero se enteró de que tu padre se había fugado y decidió que viniéramos para asegurarnos de que estabas bien. Dijo que siempre le había encantado esta feria.

Yo sabía que debía sentirme agradecida. Pero no podía. Todo estaba cambiando, y no de un modo que me gustase.

—Siento mucho lo de tu madre. Mi padre sigue vivo, pero... sé lo que se siente cuando pierdes a alguien. —Tragué saliva y las siguientes palabras me salieron solas—. Cuando alguien te abandona de la noche a la mañana, adrede, acabas por preguntarte qué has hecho mal. Para provocar su marcha.

Su mirada se enterneció.

—Nada. Tú no has hecho nada. —Se interrumpió—. ¿Esta es tu casa?

Habíamos llegado a mi remolque. No costaba nada reconocerla. Otto había pintado «Lulu» con purpurina dorada en los costados. Sentí el impuso de invitar a Lucas a entrar, quizás para sentarnos un rato a charlar, pero él ya estaba dando media vuelta.

—Buenas noches, Lulu.

Me posó la mano en el brazo con suavidad y desapareció entre las sombras.

La feria sufrió grandes cambios a lo largo de las semanas siguientes.

Se instalaron sirenas carnívoras en un enorme tanque, con un cartel que decía: «Atracción recién estrenada». Nuestros felices payasos fueron remplazados por otros pertrechados con cuchillos de carnicero y un brillo asesino en los ojos. Walter contrató una bruja con la cara llena de verrugas y una voz chirriante, para que se paseara por la feria diciéndole a la gente que iba a morir. Las parejas salían del Túnel del Terror con paso tambaleante y marcas de mordiscos en el cuello. El precio de las entradas aumentó un cien por cien. Ganábamos dinero —mucho—, pero yo no me sentía bien.

Seguí trabajando en la Caseta Piruleta, pero empecé a notar algo distinto en los clientes que compraban perritos y refrescos. Les temblaban las manos. Tenían los ojos vidriosos. Algunos lloraban, especialmente aquellos que salían a trompicones del Laberinto de Espejos.

Cuando abandonaban la feria, temblorosos e impresionados, pasaban por delante de Walter, que sonreía y les estrechaba la mano. «Lo han pasado muy bien —les decía—. Cuéntenselo a sus amigos». Y ellos asentían, convencidos, los ojos tan oscuros e inexpresivos como los de Azatoth.

En aquel entonces guardaba un montón de folletos universitarios debajo del mostrador. Tenía pensado matricularme en Empresariales para poder hacerme cargo de la feria cuando regresara. Quería ponerla al día, animarla un poco, quizás incluir fuegos artificiales, baile y algo de tecnología; nada raro, tan solo modernizarla. Pero ahora me preguntaba si tendría un sitio al que volver. Los alegres jóvenes de las portadas de los folletos parecían burlarse de mí. ¿Entenderían de dónde procedía yo? ¿Me encontrarían rara? ¿Encajaría entre ellos? Y, aún más importante, ¿quién lo pagaría?

El verano únicamente contaba con un aspecto positivo. Lucas me acompañaba cada noche a dar de comer a Mephit. Walter no había intentado deshacerse de nuestro demonio, pero ahora que Azatoth proporcionaba la energía a la feria, nuestro viejo familiar no tenía gran cosa que hacer. Lucas y yo nos escabullíamos al tiovivo y bajábamos al foso de Mephit con su vaso de sangre helada. Él desplegaba los resplandecientes ojos azules y nos miraba con tristeza, como si añorase ser el corazón de la feria. Como si echase de menos a mi padre y los viejos tiempos.

Yo le acariciaba el hocico.

—No eres el único.

Tras eso, Lucas y yo nos quedábamos charlando por ahí. No fue nada que yo hubiera previsto, pero el hecho de tenerlo cerca me llevó a darme cuenta de lo poco que sabía de las chicas normales de mi edad. A veces, cuando veían perder a sus novios en los juegos de las casetas y maldecir y pegar patadas al suelo, volvían la vista hacia mí y nuestras miradas se encontraban durante un escaso segundo. Entonces me caían bien y me preguntaba cómo sería ir a un instituto en un edificio de verdad, en lugar de estudiar por internet.

Pese a todo, no me moría de ganas de salir de allí. Había crecido entre el polvo, los olores y la música de la feria, y todo eso era lo que yo consideraba un hogar. De ahí que los folletos de las universidades me asustaran tanto, pero también por eso ansiaba que llegara la noche, para poder charlar con Lucas.

Nos sentábamos en la hierba seca, bajo la gran luna de verano, a comer granizado hawaiano de la Caseta Piruleta o pegajoso algodón de azúcar. Teníamos el pacto tácito de no hablar de nada relacionado con nuestros padres o con la feria. Charlábamos de música —yo sabía un poco, porque atronaba en los altavoces de las atracciones— y de los lugares que habíamos visitado. Yo había viajado por toda Norteamérica, había visto todos y cada uno de los estados, desde el puente Golden Gate hasta el Tappan Zee.

Lucas, por su parte, había viajado por todo el mundo. Me habló de la Torre Eiffel y yo le hablé a mi vez del casino París de Las Vegas. Él me describió Stonehenge y yo le describí Carhenge. Él me contó que había tomado limón helado en la costa de Amalfi y yo le conté que había visto una mancha de petróleo en la costa del Golfo de México. Descubrí que se reía mucho, de hecho, y que sabía cómo hacerme reír también. Tanto que no me importaba quedarme despierta hasta las tantas, a veces hasta el amanecer.

Un miércoles por la noche, intentaba disimular un bostezo mientras servía cucuruchos de granizado hawaiano cuando oí un grito de terror. El grito de alguien que CONOCÍA.

Tiré al suelo el cucurucho de papel lleno de hielo y dejé allí al aturdido cliente para salir corriendo hacia las casetas, de donde procedía el grito.

Era Lucas.

Walter le había estado encomendando los trabajos más cutres: limpiar la carpa central después del espectáculo, fregar el tiovivo y frotar los espejos del laberinto.

Esa noche le había tocado hacer de víctima en el tanque de agua, y muchas chicas del pueblo se habían puesto en la cola para remojar al chico mono. No se lo reprochaba. Pero sí a la sirena carnívora que se había escondido en el tanque. Se había quedado allí, agazapada y, cuando Lucas había caído, le había clavado los dientes en el tobillo.

Para cuando llegué, la gente gritaba y Lucas salía del recipiente por el borde. Había arrancado el asiento plegable y lo había usado para alejar a la sirena. Ella se desplazaba ahora de un lado a otro y se sujetaba el codo, enfurruñada.

—¡Todo va bien, amigos! ¡No hay nada que ver aquí! —grité al mismo tiempo que ayudaba a Lucas a sostenerse en pie. Le sangraba el tobillo, aunque no era fácil distinguir si poco o mucho, porque la sangre se mezclaba con el agua. Él parecía conmocionado—. Ven conmigo —le susurré, y me lo llevé tan deprisa como pude a mi caravana.

Lucas estaba sentado sobre unas cuantas toallas apiladas a los pies de mi cama mientras yo daba los últimos toques a su vendaje. Él había utilizado el resto de mis toallas para secarse, y su pelo negro despuntaba alrededor de su cabeza como las plumas de un patito.

—Walter se va a enfadar —comentó cuando di el vendaje por bueno. Se trataba de una engorrosa combinación de tiritas y gasa, pero supuse que resistiría.

—Se alegrará de que estés bien —repliqué, sorprendida. Lucas echó una ojeada a mi caravana. Qué raro que nunca antes hubiera entrado, pensé. Era mi santuario, mi espacio privado, donde nadie podía molestarme. Una colcha de terciopelo cubría la cama, y el resto del espacio estaba repleto de telas, cintas y accesorios de costura. Cuando siempre estás en movimiento, resulta difícil comprar ropa, así que había aprendido a coser. Esa noche llevaba una falda de vuelo al estilo de los años cincuenta, con lunares rosa, y un jersey corto de color rojo.

Me pregunté si Lucas la encontraba rara, distinta a la habitación de cualquier adolescente normal. Al fin y al cabo, se trataba de un remolque, pensado para ser enganchado y transportado por la autopista. Por otro lado, si Lucas no había comprendido a estas alturas que yo no era una adolescente normal, nunca lo haría.

Él sacudió su oscura cabeza.

—Mi padrastro no se preocupa por mí. En realidad, no.

Me senté en la cama, no muy cerca de él.

—Lamento que te haya dado los trabajos más cutres. Pero eso no significa que no le importes.

Se volvió a mirarme. Sus ojos me recordaron a un granizado de sirope de lima.

—¿Te puedo contar una cosa que nadie más sabe?

Asentí.

—Mi madre no murió. Se fugó. Nos abandonó a Walter y a mí. —Se quedó mirando el vendaje que llevaba en el tobillo—. Sucedió hace años, pero nunca se ha puesto en contacto conmigo ni ha preguntado por mí ni nada.

La sorpresa me dejó sin palabras.

—Desde entonces, no he sido nada más que una carga para Walter. Lo único que él quería era volver al negocio de las ferias. Pero tenía que esperar a que yo hubiera acabado el instituto. Me gradué en mayo.

—Entonces… ¿en otoño irás a la universidad?

—No lo sé. Todavía no lo he decidido.

Sus ojos se habían oscurecido. Ahora mostraban un color más parecido a las agujas de pino.

Le tomé la mano.

—No me creo que nadie te considere una carga. He visto lo mucho que te esfuerzas en ser útil. Haces esos trabajos horribles sin rechistar. Alguien que fuera una carga no pondría tanto empeño.

Nos miramos a los ojos. Se inclinó hacia mí. Me incliné hacia él. Apenas un milímetro separaba nuestros labios. Notaba su respiración. No me podía mover. Tenía la sensación de que todo mi cuerpo se había paralizado de la emoción.

Soltó un ruido impaciente.

—Ven aquí.

Me atrajo hacia sí y empezamos a besarnos.

Cerré los ojos y vi luces de feria. Lucas sabía a azúcar y a agua. Su boca se movía sobre la mía, dulce y caliente. Yo alargué la mano para rodearle la mejilla. Era blandita y suave, apenas un amago de barba bajo mi palma. Deslicé los dedos hacia su hombro y nos despegamos, temblorosos y sonrientes.

—Me siento como si hubiera entrado en el Túnel del Amor y hubiera inhalado la pócima esa —me confesó Lucas con un tono de voz tierno y cálido.

Me reí, todavía temblorosa.

—No lo has hecho, créeme. Yo me colé una vez cuando era pequeña y fue como… —Arrugué la nariz—. Mi cabeza se llenó de algo que parecía poesía mala y cajas de chocolate. Le dije a Otto que lo amaba. Y a Throckmorton.

—Así pues… —Me besó la oreja—. Lo que hay en ese túnel es amor de tarjeta Hallmark. No amor de verdad.

—Exacto. —Quería besarlo otra vez, pero la imagen de una tarjeta Hallmark, esa que llevaba un racimo de globos en la parte delantera, se apoderó de mi mente.

Me separé de Lucas.

—Espera un momento.

Él parecía aturdido. Llevaba marcas de pintalabios en la piel.

—¿Qué? ¿Qué pasa?

—Nada. O puede que todo. —Le planté ambas manos en el pecho—. ¿Cómo sabes que tu madre se fugó?

—¿Mi MADRE? —Me miró con atención—. ¿Quieres hablar de mi madre? Vale. Me dejó una nota.

—¿Recuerdas lo que decía?

Todavía observándome como si yo hubiera perdido un tornillo, hundió la mano en su bolsillo y extrajo su cartera. Era una de esas que llevan un montón de pequeños compartimentos de plástico. En uno de ellos, a salvo del agua, guardaba un papel doblado.

Me lo tendió. Estaba arrugado, aplastado y un poco roto, pero distinguí las palabras con claridad: *No puedo quedarme… No te culpes… No esperes que me ponga en contacto contigo.*

Me llevé la nota al pecho y lo miré a los ojos.

—Lucas. Tenemos un problema.

Por la mañana, un fuerte golpe me despertó. A continuación, llegó a mis oídos un gruñido creciente. Me encaminé a la puerta envuelta en una bata rosa de felpa y armada con un candelabro, dispuesta a atizarle en la cabeza a cualquier bicho que se atreviera a amenazarme.

Abrí la puerta de golpe. El tío Walter estaba plantado en los peldaños de la entrada. Azatoth se agazapaba tras él atado a su cadena de metal negro, un malsano surco de oscuridad en mitad de la hierba pisoteada.

—Tengo una cosa para ti, Lulu. —El tío Walter me tendió un sobre de manila—. El hecho de que tu padre se marchara como lo hizo, bueno, creó cierto desbarajuste legal. Tú y yo tendremos que tomar algunas decisiones en relación a la feria. Estaba pensando en mantenerla abierta durante todo septiembre, por ejemplo, quizás desplazarnos al sur, donde el tiempo será más cálido.

—Vale. —¿Era yo o Walter hablaba en un tono más campechano que de costumbre? Tomé el sobre, que albergaba un grueso fajo de papeles. En principio, no me parecía mal mantener la feria abierta hasta el otoño—. Lo firmo y te lo devuelvo más tarde.

Él sonrió; una sonrisa no demasiado agradable.

—¿Por qué? ¿Tienes compañía?

Súbitamente me alegré de que Lucas se hubiera marchado. Habíamos dejado de besarnos la noche anterior para comparar las notas de nuestros padres y decidir qué hacer a continuación. Cuando lo eché del remolque a las tres de la madrugada, aún seguíamos comentando el tema.

—Eso no es asunto tuyo —le espeté, y empecé a cerrar la puerta.

Él aferró el pomo y me lo impidió. Yo intenté empujar la hoja, pero no pude. Walter era mucho más fuerte de lo que parecía.

—Te veo en la Caseta, Lulu —se despidió por fin, y soltó el pomo. La puerta se cerró de golpe. A través de la chapa, oí sisear a Azatoth.

—¿Rápido Eddie? —me preguntó Lucas—. ¿Conoces a un tipo llamado RÁPIDO EDDIE?

—Sí —respondí. Había caído la noche y yo estaba trabajando en la Caseta Piruleta. Planté un cartel escrito a mano que decía: «TODO AGOTADO, NO HAY COMIDA», para que la gente me dejara en paz—. Es abogado. Redacta contratos a la velocidad del rayo.

—Lulu...

Se inclinó hacia mí a través del mostrador. Lucas llevaba una camiseta negra esa noche, y no sé por qué, pero el color acentuaba el bronceado de su piel y el color verde de sus ojos. Quería saltar el mostrador y besarlo, pero los negocios son lo primero.

—Esto me huele a chamusquina. Mi padre huyó y tu madre huyó. Dejaron notas prácticamente idénticas. Ambos nos dijeron que no esperásemos que se pusieran en contacto con nosotros. —Me crucé de brazos—. ¿Y sabes qué más es muy raro? Otto me dejó su número y una dirección cuando se marchó, pero por más que lo llamo nadie responde.

—La gente no es de fiar —afirmó Lucas—. No se puede contar con ellos. Y hablando de cosas raras, Walter ha estado escamoteando pociones. Está claro que trama algo. Pero no sé qué.

—¡Lulu! ¡Aquí, Lulu!

Era Rápido Eddie, que me llamaba.

Rápido Eddie procedía de la feria. Cuando yo era pequeña, se encargaba del tiovivo. Más tarde se marchó a estudiar Derecho. Dijo que la feria de las tinieblas le había brindado un aprendizaje perfecto. Sus padres también eran feriantes; la gente decía que tenían algo de vampiros. Puede que sí. Yo solo veía a Eddie por las noches y siempre mostraba una palidez moral. Pero procuro no juzgar a nadie.

—Hola, Eddie. ¿Te apetece un cucurucho de granizado hawaiano? Invita la casa.

Negó con la cabeza.

—¿Qué pasa? ¿A qué viene tanta urgencia?

—Se trata de mi padre. Y…

—¡Veloz Edward! —Era mi tío Walter. Alargué la mano para quitar el cartel de «TODO AGOTADO», pero Lucas ya lo había hecho. Lo tiró detrás del mostrador y se volvió hacia su padrastro. Walter sonreía de oreja a oreja, pero con su sonrisa viscosa de tiburón—. Edward, cuánto tiempo.

Rápido Eddie se tocó el ala del sombrero.

—Me llamo Eddie, gracias. Rápido Eddie.

—Me han dicho que ahora te dedicas a la abogacía —prosiguió Walter—. Vaya, aún recuerdo cuando te encargabas del tiovivo. —Volvió la vista hacia mí—. Así que has decidido pedirle a un abogado que les eche una ojeada a esos papeles que te he dado, ¿eh?

Lucas me miró con extrañeza. Yo todavía no le había hablado de los papeles. Le había comentado el asunto a Eddie por teléfono.

—Miro todo lo que firma Lulu —explicó Rápido Eddie, aunque no era verdad—. Por ser amigo de la familia y todo eso.

—Me alegro de saber que tienes sentido de los negocios. No como tu padre. —Asintió como para indicar que aprobaba mi decisión, pero no parecía contento—. Deja los papeles en mi caravana cuando hayas terminado con ellos, ¿me oyes?

Hice una mueca. A nadie le gustaba ir a la caravana de Walter porque Azatoth dormía allí cerca, encadenado a un enorme tocón de árbol. En mitad de la noche aullaba como un tren solitario. Yo no entendía cómo Lucas podía soportarlo.

Walter se alejó con los hombros encorvados. Yo saqué el sobre de manila de debajo del mostrador y se lo tendí a Eddie. Él extrajo el grueso fajo de papeles y silbó.

—Lulu, ¿qué es esto? ¿Por qué te entrega tu tío un contrato en el que renuncias a la feria en su favor? La feria no es tuya; es de tu padre. ¿Y dónde está, por cierto?

—Se marchó. ¿No lo sabías? Por lo visto, debía dinero a todo el mundo.

Sin embargo, Rápido Eddie ya estaba negando con la cabeza.

—Ni hablar. Tu padre era un hacha con el dinero. Tenía un fondo universitario para ti, un PPI de aportación definida, un PPE mixto…

—Parece una sopa de letras, Eddie —lo interrumpí—. ¿De qué estás hablando?

—Tu padre no debía nada —afirmó con convicción—. Y, por cierto, si le sucediera algo, la feria te pertenece a ti siempre y cuando Mephit siga vivo.

—¿Siempre y cuando Mephit siga vivo? —repetí—. ¿De verdad?

Rápido Eddie asintió.

—El demonio de una feria es aquello que le da sentido. Un demonio distinto implica una feria distinta. Pero Mephit es uno de los más antiguos; debería vivir mil años. Así pues, ¿por qué ibas a renunciar a la feria?

—No lo haría. —Desvié la vista para observar la reacción de Lucas, pero él se había escurrido entre las sombras para seguir a su padrastro. Me volví hacia Eddie otra vez—. Jamás renunciaría a este sitio, ni a Mephit, ni a nada.

—Ya me parecía. —Me devolvió el sobre—. Lleva cuidado, Lulu, ¿me oyes? Todo esto me da mala espina.

Estreché el sobre contra mi pecho. La mente me iba a mil por hora y lo que estaba deduciendo no me gustaba ni un pelo.

—A mí también.

Lanzó una mirada fugaz a mi espalda.

—Y otra cosa, hay agua bendita en la máquina de granizados. ¿Lo sabías?

Se dio media vuelta y desapareció entre las sombras.

Agua bendita.

Me quedé mirando la máquina de granizados a medida que el horror se apoderaba de mí. Un horror real, no el que te provocan los payasos maquillados para dar miedo, ni los espectros que se abalanzan sobre ti en el Túnel del Terror. La clase de horror que produce la traición.

Me vi a mí misma extrayendo una parte de ese hielo a diario, vertiendo la sangre por encima, llevándoselo a Mephit…

Corrí hacia el tiovivo. Era una noche cálida y se respiraba bochorno. Aun a buena distancia, oí cómo el carrusel elevaba sus fanfarrias al cielo. Cuando estaba a mitad de camino, una figura surgió de entre las sombras y me cortó el paso. Grité.

—Lulu —me espetó una voz ronca. Era Lucas. Estábamos en la zona de las casetas, entre el Tiro con Ballesta y la Máquina del Forzudo, la torre de la que Otto solía encargarse. Un tipo siniestro con un enorme mazo lo había remplazado. De vez en cuando descargaba el martillo, el timbre sonaba y la multitud aplaudía con desgana. Quise decirle que la idea era dejar que los clientes probasen suerte, pero no había tiempo.

—Tu padrastro le ha estado dando a Mephit agua bendita. —Agarré a Lucas de la mano y lo arrastré hacia el tiovivo—. No sé cuánto tiempo lleva haciéndolo. Mephit es un demonio. Lo ha estado envenenando.

—Lulu —repitió Lucas, y me obligó a dar media vuelta para que lo mirara—. Olvídalo.

—¿Cómo quieres que lo olvide? Mephit es…, ¡es un miembro de mi familia! Y tu padrastro está intentando que renuncie a la feria en su favor…

—Lulu. —Me clavó una mirada intensa—. Te quiero.

Eso me hizo callar.

—¿QUÉ?

—Te quiero. Te quiero desde el primer instante en que te vi.

Me atrajo hacia sí. Los ruidos de la feria nos rodeaban, los gritos de las atracciones y de la carpa principal, la estrepitosa música. La noche era cálida y nuestros cuerpos se unieron. Sus manos recorrieron mi espalda.

—Lulu —susurró—. Dime que me quieres.

Parpadeé. Ningún chico me había gustado nunca tanto como Lucas y me encantaba charlar con él y su manera de hacerme reír, pero…

Pero parecía aturdido. Ofuscado. Como si se hubiera estampado contra una farola. Entorné los ojos.

—¿Qué te pasa, Lucas? —le pregunté—. ¿Estás borracho?

Negó con la cabeza.

—Walter ha intentado convencerme de que lo ayudara. Se ha dado cuenta de que no iba a enredarme y me ha dado… algo.

—¿Qué era?

—No lo que él pensaba. Había dos frascos sobre la mesa y los he cambiado cuando se ha dado la vuelta. Creo que pretendía dejarme fuera de combate…

Entonces reconocí la mirada embelesada.

—Filtro amoroso. Era el filtro amoroso del túnel.

Se frotó los ojos.

—Sabía a chicle de fresa. He fingido estar inconsciente hasta que mi tío ha salido de la caravana. Ya debía de saber que si se deshacía de Mephit no necesitaría tu firma…

—Ay, Dios mío.

Me libré de Lucas de un empujón y salí andando a toda prisa hacia el tiovivo. Él me siguió, gritando mi nombre.

Un montón de gente empezó a vociferar con él, sobre todo visitantes enfadados que pensaban que me estaba colando.

Algunos niños lloraban también. Tal vez pensasen que les iba a quitar sus caballitos favoritos. O puede que la mirada enloquecida de Lucas los asustase.

Corrí hacia el cilindro central de la atracción y abrí la puerta. Lucas seguía llamándome. Salté al interior y él entró detrás de mí al tiempo que cerraba la puerta a su espalda.

—Lulu —jadeó mientras yo me precipitaba escaleras abajo—. Mira, no quiero formar parte de los planes de mi padrastro. Yo nunca haría nada que te perjudicase.

—Ve a acostarte. Duerme la mona.

Jamás en mi vida había pasado una noche tan rara. Llegamos a la cornisa y miré hacia abajo. Mephit yacía acurrucado en el fondo del foso. El terror me estrujó el corazón.

—¡Mephit! —grité—. ¡MEPHIT!

El demonio levantó la cabeza despacio. Tenía el azul de los ojos empañado, casi blanco. Pobre Mephit. Lo habían envenenado, y yo había contribuido a ello sin saberlo. Si le pasaba algo, jamás me lo perdonaría.

Caí de rodillas.

—Mephit, tienes que expulsar el agua bendita de tu organismo. Tienes que vomitar.

Mephit emitió un sonido triste y agachó la cabeza.

—No le puedes pedir a un demonio que vomite —arguyó Lucas, casi con su voz normal—. No creo que puedan hacerlo a voluntad.

Lo fulminé con la mirada.

—Lulu —prosiguió él con dulzura—. Amor mío. Ojalá no tuvieras que pasar por esto.

Mephit gimió como si las palabras le dolieran. Estudié a Lucas con la mirada y le tendí la mano.

—Ayúdame a levantarme.

Lo hizo. Caí contra su pecho, no sin querer. Su mirada se enterneció.

—¿Me quieres? —le pregunté.

—Te adoro.

Mephit gimió, esta vez sin lugar a dudas, un quejido de asco manifiesto.

Cerré los ojos y rogué al cielo que me perdonase por lo que estaba a punto de hacer.

—Bésame. Bésame, Lucas.

Lucas me atrajo hacia sí para besarme.

—Te quiero —declaró al mismo tiempo que me iba plantando besitos a lo largo de la mejilla—. Eres la chica más guapa que he visto jamás. Me encantan tus vestidos locos, tu pelo color arcoíris, tu manera de hacerme reír y tu aroma a rosas…

Mephit soltó una terrible arcada. Me despegué de Lucas justo cuando el demonio vomitaba lo que parecía un jarabe dorado y fosforescente en el suelo del foso.

—¡Es asqueroso! —exclamó Lucas.

—¿De verdad huelo a rosas? —le pregunté, intrigada, mientras Mephit miraba la sustancia dorada con recelo. El color azul ya le estaba retornando a los ojos y la piel le volvía a crecer allí donde se le había pelado.

—Lulu… —Lucas agrandó los ojos—. Me parece que se me está pasando el efecto.

Solté una risita. Puede que fuera un ramalazo de histeria, por estar atrapada con un chico colocado de filtro amoroso y un demonio que acababa de vomitar.

—Ay, porras. ¿Qué te he dicho? —quiso saber Lucas, que ahora se mesaba el cabello—. Lulu, ¿qué?

—Únicamente que me querías y… ¡Mephit!

Grité esta última palabra, porque Mephit había salido del foso. En todos los años que hacía que lo conocía, jamás había usado las alas de murciélago. Pero las estaba empleando ahora para saltar a la cornisa y subir la escalera con una expresión implacable en el semblante.

—¡Oh, no!

Salí corriendo detrás del demonio, que se movía a toda mecha. Escapó del tiovivo arrancando la puerta de sus goznes y planeó por encima de los caballitos.

Lucas y yo nos precipitamos tras él entre los gritos de los encargados del carrusel. En la feria reinaba una calma extraña. Walter debía de haber cerrado las atracciones mientras estábamos debajo del tiovivo. La zona de las casetas estaba desierta cuando salimos disparados detrás de Mephit, que volaba directo al Laberinto de Espejos.

—¡Para! —gritó Lucas. Tal vez pensó que el demonio se disponía a devorar a alguien. Y puede que tuviera razón.

Se estaba congregando un gentío… Trabajadores de la feria, atraídos por nuestros gritos y por la imagen de un demonio surcando el aire. Mephit se internó en el laberinto.

Al llegar a la entrada, titubeé. Oía los gruñidos del demonio en el interior, y también algo más; un siseo que me heló la sangre. Segundos más tarde, Lucas apareció a mi lado. Se había detenido para echar mano del mazo del forzudo, que ahora portaba en la mano derecha.

—Yo iré —declaró con lúgubre determinación—. Tú quédate aquí.

—Pensaba que se te había pasado el efecto de la poción.

Antes de que Lucas pudiera replicar, se dejó oír un ruido de cristales rotos. Lucas entró como una flecha en el laberinto y yo lo seguí.

Esperpénticas versiones de nosotros mismos nos flanqueaban según corríamos hacia la sala central. Cuando llegamos, encontramos a Mephit y a Azatoth frente a frente en el centro exacto de la sala. Los demonios no proyectaban reflejos en los enormes espejos que forraban las cuatro paredes, pero Lucas y yo sí. Por un instante creí ver a mi padre en una de las lunas, pero también es verdad que creía verlo a todas horas. Los espejos no siempre dicen la verdad. Por eso odiaba yo entrar allí.

—Ya veo —dijo una voz desde el umbral. Un tercer reflejo se interpuso entre los nuestros cuando Walter apareció en la entrada. Todos nos volvimos a mirar, incluso los demonios. Sorpresa y desagrado cruzaron el semblante del hombre cuando vio a su hijastro, pero borró la expresión de su rostro a toda prisa.

—Me has desobedecido, Lucas. Has traicionado a nuestra familia. Y has ayudado a esta chica a salvar a ese desagradable y tiñoso demonio suyo.

Mephit gruñó.

Los ojos de Walter se tornaron feos y mezquinos.

—Esta feria es mía. Siempre ha sido mía. Yo era el hijo mayor, pero nuestros padres fueron demasiado estúpidos como para entender lo que eso implicaba. Se lo dejaron todo a Ted. Yo tuve que casarme con una mujer rica para poder sobrevivir. Y cargar con su mocoso.

Fulminó a Lucas con la mirada. El chico agarró el mazo con fuerza. Me dio mucha pena, en aquel momento, que tuviera que sufrir el desprecio del único padre que había conocido. Yo, en su lugar, le habría estampado a Walter el mazo en la cabeza. Pero Lucas es una buena persona.

—Se acabó, Walter —sentenció—. Sabemos que envenenaste a Mephit. Sabemos que falsificaste las notas de nuestros padres.

Si aún me quedaba alguna sombra de duda, la expresión de odio y sorpresa que asomó al enjuto rostro de Walter la disipó.

—¿Los mataste? —preguntó Lucas—. ¿Fue eso lo que pasó? ¿Están muertos?

Acababa de formular la pregunta que yo no quería plantear.

Una sonrisa retorció las facciones del hombre.

—Prepárate. Porque estás a punto de ir al mismo sitio que ellos, chico.

Lucas lanzó el mazo.

Walter se agachó para esquivarlo. El martillo voló por encima de su cabeza y se estrelló contra el espejo que tenía detrás.

Y del hueco resultante salió… mi padre.

Ofrecía el mismo aspecto que antes de desaparecer. Holgados pantalones de camuflaje, jersey con coderas de piel. Chaquetón de marinero. Hacía frío la noche que se marchó. Le lanzó dagas a Walter con la mirada.

—Comadreja —lo acusó—. Mira que pensar que me podías arrebatar la feria… Mira que encerrarme así, atraparme con tu magia negra…

—Thadeus. —Walter palideció y se echó hacia atrás—. Te lo puedo explicar. —Giró la cabeza a toda prisa—. ¡Azatoth! ¡Ataca! ¡Ataca a mi hermano!

Azatoth siseó y se precipitó hacia mi padre… hasta que las mandíbulas de Mephit se lo impidieron. Los ojos del demonio con alas de murciélago destellaban como candilejas cuando echó la cabeza hacia atrás y devoró al otro en dos bocados.

Mephit empezó a hincharse. Fue como si el hecho de zamparse a uno de su especie lo hubiera conectado a algún tipo de suministro eléctrico demoniaco. Creció y creció, y sus ojos se tornaron del color del firmamento nocturno, y sus dientes se transformaron en filas y filas de serrados colmillos, como los de un tiburón. Un rugido grave surgió de su boca cuando arremetió contra Walter.

El hombre aulló de terror y saltó hacia atrás…, al hueco del espejo roto. Resonó un grito lejano y el espejo se cerró por sí mismo. Ahora volvía a mostrar una superficie lisa y plateada.

—¡Papá!

Me eché al cuello de mi padre, que me rodeó con sus brazos envueltos en lana y me estrechó con todas sus fuerzas. Mephit se sentó en el suelo y se lamió la espátula del pie.

—Lulu. —Mi padre me frotó la coronilla—. Lulu, nena.

Yo me volví sin romper el abrazo para mirar a Lucas. Mostraba una expresión tensa y triste.

—Tu padre ha vuelto, ¿eh? Me alegro por ti, Lulu.

Y lo decía de corazón.

Mi padre sonrió.

—Venga, chaval. Hay otros espejos.

Lucas lo miró sin entenderlo..., y entonces se le encendió una bombilla. Instantes después rompía un espejo tras otro a mazazos. Todos y cada uno, menos el de Walter. Y aparecieron Otto y Strombo, y los payasos que se querían y, por fin, una mujer de cabello castaño con los ojos verdes de Lucas.

—Mamá —exclamó, y tiró el mazo a un lado para fundirse con ella en un abrazo que solo compartirían dos personas que hubieran creído que nunca volverían a verse. Y supongo que lo eran.

Al día siguiente el país celebraba el Cuatro de julio y dimos una fiesta en la zona de las casetas. Otto encontró fuegos artificiales y los disparó, y yo vi cómo el cielo se tornaba rojo, blanco y azul mientras mi familia, la feria al completo, pululaba de acá para allá, de nuevo reunida. Casi todos los que habían trabajado para Walter se largaron disimuladamente. Unos pocos se quedaron, pero le prometieron a mi padre que se portarían bien; o, al menos, que se portarían mal según sus reglas.

El tiovivo —con ayuda de Mephit— tocó *La bandera tachonada de estrellas* y *La rosa amarilla de Texas,* el himno de los Estados Unidos y el de Texas.

Mi padre me contó que hacía unos meses, estando en su caravana, Walter apareció de repente. Su hermano le dijo que había gastado el dinero de su mujer en la compra de Azatoth, un demonio tan malvado que podía alimentar cualquier cosa.

Le ordenó a mi padre que le entregara la feria y que se marchara, o lo lamentaría. Mi padre replicó que jamás renunciaría a la feria y que, además de eso, la desaparición de su esposa le parecía muy sospechosa. Y eso fue todo. Con ayuda de Azatoth, Walter encerró a mi padre en el espejo. Cada vez que alguien lo contradecía, lo enviaba allí dentro, incluida su mujer.

Mi padre había trabado amistad con la madre de Lucas mientras estaban dentro del espejo.

—Es una buena persona —afirmó.

Walter también la había manipulado. Como feriante no valía gran cosa, pero era un gran embaucador.

—Sin embargo, mi hermano no tuvo en cuenta dos cosas —prosiguió mi padre al tiempo que apoyaba la mano en mi cabeza con cariño. Estábamos sentados en una ladera de hierba, comiendo palomitas dulces—. La primera, subestimó a Mephit. Solo porque nuestra feria no vaya por ahí lastimando a la gente no significa que nuestro demonio carezca de poder. Es uno de los demonios más antiguos y poderosos del mundo. No me sorprende que devorara a Azatoth en cuanto recuperó las fuerzas.

—¿Y la segunda? —le pregunté.

—Tú. —Mi padre retiró la mano—. La inteligente Lulu, que no solo desenmascaró a Walter, sino que desentrañó sus maquinaciones. Estoy tan orgulloso de ti.

Lo abracé.

—Gracias, papá.

Nos despegamos al cabo de un ratito.

—He visto esos folletos que guardas en la Caseta Piruleta. No sé muy bien qué hacer con el dinero que ha ganado la feria mientras la dirigía Walter. Es posible que lo done para obras benéficas. Pero seguro que podré separar un poco para que vayas a la universidad.

Asentí.

—Quiero estudiar Ciencias Empresariales. Aprender a dirigir la feria para poder heredarla algún día.

Mi padre sonrió con orgullo, pero antes de que pudiera responder una voz nos interrumpió.

—¿Podría... hablar un momento con Lulu?

Era Lucas. Se había despojado de su camiseta y sus vaqueros de costumbre y ahora llevaba unos pantalones de color caqui y una camisa blanca. Estaba moreno y tenía un aspecto de lo más veraniego.

Mi padre se volvió a mirarme. Asentí. Se levantó y le lanzó a Lucas una exagerada mirada de advertencia antes de alejarse a charlar con los demás. Otto les estaba explicando a Strombo, a la madre de Lucas y a Ariadne quiénes eran los sajones y los normandos. Mientras lo escuchaba, Strombo acariciaba a Throckmorton.

Lucas se sentó a mi lado. Los fuegos artificiales seguían estallando en lo alto y las miles de lucecitas me dejaron ver su rostro: los ojos verdes, la boca seria, el pelo peinado hacia atrás. Parecía un buen chico, pero yo recordaba haberlo besado y sabía que no era tan bueno.

—Todo eso que te he dicho antes —empezó—, cuando he tomado el filtro amoroso. Yo...

—No lo decías en serio —me apresuré a responder—. Ya lo sé. Lo he pillado.

—No, deja que me explique. —Miró al infinito y se mordió el labio—. Recuerdo que me contaste que una vez probaste el filtro amoroso y te sentiste como si tuvieras la cabeza llena de poesía mala. Y he entendido a qué te referías, porque estoy convencido de que el amor de verdad no haría vomitar a Mephit.

Solté una risa nerviosa.

—Vale, eso no ha sonado bien —reconoció—. Pero he visto cómo has luchado por esta feria. Para que siguiera funcionando, para defender a tus amigos, cómo has luchado por tu padre e incluso por Mephit. Y me encanta… lo mucho que amas este sitio. Y me he dado cuenta de que el amor de verdad, no el de las postales Hallmark, ni el de los filtros amorosos, es terrorífico, fiero y sorprendente. Y creo…, creo que me estoy enamorando de ti.

Mi corazón repicó como la campana del forzudo.

—¿De verdad?

Lucas me miró. Sonrió con dulzura.

—De verdad.

Posé la mano en su mejilla.

—Yo también.

Y le besé. Y creo que estropeé un poquito su aspecto de niño bueno, porque su pelo acabó de punta y la camisa llena de arrugas. Y seguramente él me hizo lo mismo a mí.

Cuando por fin nos despegamos, ambos sonreíamos.

—Pero te vas a marchar —le dije, súbitamente aterrada—. Te volverás a casa con tu madre. No volveré a verte.

Lucas negó con la cabeza.

—Mi madre quiere invertir en la feria. Le he confesado que he sido realmente feliz mientras estaba aquí. Es el único lugar en el que me he sentido dichoso en todo el tiempo que he vivido con Walter. —Sonrió, y ese gesto iluminó la noche—. Me ha dicho que puedo quedarme, y tu padre me enseñará a dirigir una feria. Si no te importa.

Lo agarré con fuerza para besarlo.

—Siempre y cuando no tenga que rescatarte del tanque otra vez.

Lucas se rio con ganas.

Yo me acurruqué en sus brazos mientras los últimos fuegos artificiales se desvanecían y, allá en lo alto, Mephit surcaba el cielo, sus alas recortadas contra la luna.

LAS MIL CIRCUNSTANCIAS QUE PODRÍAN ESTROPEAR LO NUESTRO

JENNIFER E. SMITH

Cuando lo avisto al otro lado del pasillo del supermercado, me quedo helada. No porque no tuviera ganas de verlo. De hecho, llevo todo el verano deseando cruzarme con él. Al vislumbrarlo ahora —con los pantalones color caqui de siempre, la camisa azul claro, las chanclas de talones gastados y el pelo un poco más largo que la última vez que se lo estuve mirando, durante toda la clase de francés—, me cuesta creer que solo hayan transcurrido seis semanas.

Me parece una eternidad.

Últimamente me pasaba el día fantaseando con situaciones en las que coincidía con él, imaginando elaboradas escenas en las que yo me encontraba en la playa con amigos y él pasaba por allí, y entonces decidíamos ir a dar un paseo junto al lago para ponernos al día de nuestras cosas; o él entraba en la tienda de sándwiches del pueblo justo cuando yo acababa de hacer un chiste superdivertido, y todos mis compañeros de mesa se estaban riendo de mi increíble ingenio cuando él se acercaba a la mesa a saludar.

Ahora, en cambio, acabo de salir de trabajar y eso significa que voy hecha un desastre. Un helado de hielo me ha estampado su huella morada junto al borde de la camiseta blanca del campamento y llevo una mancha de hierba en el hombro, porque esta tarde, durante una sesión particularmente agresiva del juego del pañuelo, Andrew Mitchell me ha tirado al suelo. Tengo suciedad en las rodillas y he tenido que pegar la tira de una sandalia con cinta aislante, porque se me ha roto persiguiendo a Henry Ascher mientras jugábamos a «Ratón, que te pilla el gato». Estoy sudada y quemada del sol, por no mencionar que todavía llevo pegada la etiqueta con mi nombre que he confeccionado en artes y manualidades y que dice «Annie», con unas letras mayúsculas tan irregulares como si la escritura fuera obra de uno de los niños.

Pese a todo, cuando veo a Griffin Reilly al final del pasillo, no me decido a dar media vuelta y marcharme.

Está examinando una bolsa de caramelos y, creyéndose solo, le da una vuelta en las manos como si fuera una pelota de baloncesto, se gira y la lanza a su carrito del supermercado, que se encuentra a casi dos metros de distancia. La bolsa golpea un costado del carro y la rejilla resuena casi al mismo tiempo que los caramelos caen al suelo.

—Buen tiro —le digo según me acerco, y él esboza una sonrisa antes de inclinarse para recuperarla. Yo tiendo las manos hacia él.

—Déjame probar.

Sin decir nada, la recoge y luego, con un movimiento fluido, la lanza en mi dirección. Yo consigo atraparla al vuelo, pero por los pelos. Sin más dilación, levanto los brazos y me preparo para encestar, pero él niega con la cabeza.

—Demasiado cerca.

Retrocedo unos pasos, nerviosa bajo la atenta mirada de sus ojos grises. Esta vez la bolsa surca el aire limpiamente para aterrizar en el centro del carro, y yo me vuelvo a mirarlo con una expresión victoriosa.

Asiente.

—No ha estado mal.

—Se me da mejor el baloncesto de verdad.

—¿Ah, sí?

—En realidad, no —reconozco—. Se me da fatal. Pero soy la caña con las máquinas de los salones recreativos.

—¿Como el Aro Loco?

—Exacto —asiento—. Soy brutal con el Aro Loco.

—Y no muy modesta —señala, todavía impertérrito.

—Bueno —respondo, y me encojo de hombros—. Es difícil ser modesta cuando eres tan buena como yo.

Alarga un brazo para apoyarse en un estante lleno de alegres paquetes de galletas.

—Eso habrá que verlo —dice, sin mirarme del todo. Tiene la manía de agachar la cabeza cuando te habla, así que nunca sabes qué está pensando. Resulta desesperante, interesante y desconcertante al mismo tiempo. En clase de francés solía formularle preguntas únicamente para obligarle a que se diera la vuelta, y sus ojos claros se deslizaban, desde mi frente al pupitre, sin llegar a posarse en los míos del todo, y yo intentaba adivinar si le gustaba, o me tenía miedo o algo del todo distinto.

Durante meses y meses, eso fue lo único que hubo entre nosotros: preguntas sobre conjugaciones verbales y pasados perfectos, *salut*, *merci* y *au revoir*. No teníamos amigos en común; era difícil saber si teníamos siquiera algo en común. Se trataba de un colegio grande y nunca habíamos coincidido hasta entonces, en la asignatura de francés de *monsieur* Mandelbaum, a tercera hora. Pero pronto me entraron ganas de conocerlo mejor.

No me lo puso fácil. Solía mostrarse extrañamente cauto y demasiado directo al mismo tiempo. Era más bien callado y supereducado, pero en ocasiones podía ser franco hasta extremos chocantes. Una vez le pregunté si tenía algo en el ojo, y él se dio media vuelta, me miró con atención y por fin se encogió de hombros.

—Sí —fue su respuesta—. Restos de maquillaje.

No obstante, lo más característico de Griffin era un físico que tiraba de espaldas. Tenía el pelo castaño y revuelto, la mandíbula cuadrada y unos ojos increíbles, de un gris azulado, y con su tremenda altura —me sacaba treinta centímetros, como poco, con las piernas siempre encajadas contra el fondo del pupitre— podría haber pasado por un surfista o un esquiador, o el típico héroe despampanante de una película.

Si no fuera porque, por alguna razón que no entiendo, se las arreglaba para estropear el efecto eligiendo un mismo atuendo más o menos a diario: pantalones de color caqui y camisa azul claro, una especie de uniforme que le daba aspecto de boy scout o de vendedor de biblias, o de alguien que tiene un trabajo sumamente aburrido.

Sin embargo, su ropa no bastaba para desanimar a las chicas, que le lanzaban descaradas miraditas a la hora del almuerzo, el segundo momento del día en el que coincidíamos. Él solía sentarse solo y con los auriculares puestos, los ojos fijos en el teléfono, de modo que no sabías decir si acaso se le daba de maravilla ignorar el interés que despertaba, o sencillamente no se daba cuenta.

Le envolvía un aura magnética. Cada vez que lo veía, yo sentía la incomprensible necesidad de agarrarlo por los hombros, sentarlo en una silla y obligarlo a abrirme su corazón. Ese chico se me antojaba un misterio que, por razones que no acababa de entender, deseaba con toda mi alma resolver. Sin embargo, poco se puede averiguar sobre nadie chapurreando en francés. Ansiaba pasar más tiempo con él. Y quería que fuese en mi idioma.

Ahora, los ojos de Griffin resbalan sobre mí para posarse en las cajas registradoras, y yo no sé si tiene prisa o se está aburriendo. Pero el hecho de verlo allí, fuera de contexto —lejos del conocido entorno del instituto—, me presta un valor momentáneo.

—¿Alguna vez has ido a Hal? —le pregunto, antes de que me dé tiempo a echarme atrás.

—¿El bar de McKinley?

—También es un centro recreativo. A lo mejor podríamos...

Dejo la frase en suspenso con la esperanza de que me eche un cable, pero no lo hace. Se limita a desplazar los pies por el suelo de linóleo, y la idea se queda flotando entre los dos, incómoda e incompleta.

Yo nunca lo había hecho antes, lo que sea que intento hacer. Nunca he dado el primer paso. Y ahora, sin poder evitarlo, siento una pizca de remordimiento al pensar en todas las veces en que sido yo la que ha titubeado en esta misma situación: mirando largo y tendido un mensaje de texto en el que me invitan a salir, carraspeando cuando un chico me ha preguntado si quería acompañarlo al cine, guardando silencio ante una invitación formal al baile de fin de curso. Ojalá pudiera borrarlos, todos esos segundos de más. Porque esto —esta espantosa pausa, este horrible silencio— es demoledor.

Señalo la bolsa de caramelos, que yace en el fondo del carro, y lo intento por última vez.

—Podríamos averiguar quién gana en una partida de verdad...

Durante un segundo, todo indica que se dispone a rehusar. Su rostro se instala en una especie de impavidez y parece inexplicablemente tenso, y yo me armo de valor porque sé que me va a rechazar allí mismo, en el pasillo ocho. Pero entonces parece salir del trance; parpadea unas cuantas veces y sus rasgos se suavizan.

—Vale —acepta por fin—. ¿Qué te parece mañana?

Esa noche, mientras me lavo los dientes, mi hermana pequeña, Meg —que tiene once años y me sigue a todas partes—, se apoya contra la jamba de la puerta en el baño que compartimos.

—¿Y qué? —empieza, y pestañea unas cuentas veces con una expresión exageradamente soñadora—. ¿Salís juntos?

Lo pienso un momento antes de escupir la pasta a la pila.

—No creo —le digo.

Por la mañana estoy a miles de kilómetros de distancia, imaginando el momento en que Griffin entre en el aparcamiento dentro de unas horas, evocando el vestido que he guardado en el baño de los monitores para no tener que llevar mi roñoso uniforme otra vez, recordando la alegría que me llevé cuando lo vi ayer; pensando en casi todo excepto en el juego de «plantados» que se despliega a mi alrededor, mientras veinticinco críos de seis y siete años trastabillan, se tambalean y dan trompicones por el campo de fútbol como borrachos en miniatura. En ese momento, un grito resuena con fuerza.

Yo reacciono al instante y miro a un lado y a otro hasta que veo a Noah, que está agachado en el suelo con las rodillas recogidas ante sí y tapándose los oídos con las manos, la cabeza tan hundida que tan solo asoma una maraña de cabello pelirrojo.

A su lado, una niña llamada Sadie Smith lo observa con unos ojos como platos.

—Si yo solo lo he agarrado por detrás —se apresura a decirme, conteniendo las lágrimas.

Le propino una palmadita en el hombro, para tranquilizarla.

—No pasa nada —le digo—. Ve a pillar a otro.

Ella, sin embargo, se queda allí, con la vista clavada en Noah, que ahora se mece adelante y atrás. Me doy la vuelta y descubro que somos el centro de atención. Es imposible saber quién está plantado y quién no, porque todos los niños se han quedado quietos como estatuas.

Cerca del edificio escolar, que el campamento usa durante el verano, atisbo a Grace, una de las supervisoras, que se acerca con el tentempié de mediodía: una gigantesca caja de polos, que dejan a los niños cubiertos de manchas y exultantes de azúcar, pero que siempre constituyen el momento estelar del día.

—¡La hora del polo! —grito, y al momento todos echan a correr por el campo hacia Grace, con más energía de la que han exhibido en cualquiera de los juegos de la mañana.

En cuanto nos quedamos solos, me siento en la hierba junto a Noah, que suelta un suave gemido, pero por lo demás no reacciona a mi presencia. Llevo cosa de un mes con él y he descubierto que esta es la mejor táctica. Al principio, cuando se daban este tipo de situaciones, intentaba hablarle o razonar con él, o tranquilizarlo de algún modo. Una vez incluso traté de tomarle la mano, que resultó ser la peor idea del mundo. La retiró a toda prisa y empezó a berrear.

Ahora me asomo por debajo de sus brazos, que están aferrados a sus rodillas, buscando su cara. Está sofocado, tuerce la boca y una sola lágrima brota de su ojo derecho, cosa que me parte un poquito el corazón.

—Eh, Noah —le digo con suavidad, y él se crispa.

Vuelvo a sentarme. Arranco unas cuantas hojas de hierba seca y dejo que se escampen con la brisa que viene del lago. A lo lejos, los demás niños corretean de acá para allá con sus polos en la mano, las barbillas pegajosas y las camisetas ya manchadas. En el asfalto, los mayores juegan al baloncesto, con el ruido del rebote de la pelota regular como el latido de un tambor.

El primer día de campamento, el señor Hamill, el director —un hombre de mediana edad que trabaja de profesor de gimnasia buena parte del año y que nunca se deja ver sin su silbato al cuello— me pidió que acudiera con una hora de antelación. Era el tercer verano que trabajaba de monitora, y supuse que se disponía a ascenderme. Cuando empecé a trabajar aquí, unos años atrás, lo hice principalmente porque necesitaba ganar dinero para mis gastos. Me encantaban los campamentos de verano en mi niñez, y me pareció una alternativa mejor que meter comida en una bolsa, servir helados o cualquiera de los empleos que podía llevar a cabo una chica de catorce sin otra experiencia que cuidar niños.

Ahora, sin embargo, tras un par de años agrupando niños y poniendo tiritas, dirigiendo canciones tremendamente desafinadas y supervisando el uso de la purpurina a la hora de las manualidades, el trabajo me gusta de verdad. No obstante, de todos es sabido que el trabajo con los niños mayores es más sencillo, porque son más autónomos y menos propensos a estallar en lágrimas, perderse u olvidar que han de aplicarse crema solar. Así que albergaba la esperanza de que me destinara a ese grupo.

En vez de eso, resultó que el señor Hamill quería hablarme de Noah.

—Oye, Annie —dijo con un fuerte acento de Chicago que pocas veces se oía en esta zona remota de las afueras—. Vamos a probar una cosa este verano. Y si no funciona, no funciona.

Asentí.

—Vale…

—Se trata de un niño nuevo —prosiguió, mostrando un nerviosismo nada habitual en él—. Tiene, bueno, un trastorno del espectro. Ya sabes. Un diagnóstico de autismo. Solo quería ponerte sobre aviso, porque podría suponer un desafío. No habla demasiado, en primer lugar, pero supongo que eso ya lo están trabajando. Y es muy activo. Por lo que parece, el año pasado lo llevaron a un campamento especializado, pero no lo mantenían suficientemente ocupado. Parece ser que tiene mucha energía.

—¿Y estará en mi grupo?

—Sí, tiene seis años, así que irá con los tuyos. La idea es que seas paciente, pero también que lo involucres en las actividades tanto como sea posible, ¿sabes? Vamos a probar, siempre y cuando te parezca bien, y luego ya veremos.

—Vale —respondí animada, porque eso es lo que hago en todas las ocasiones. Sonrío, asiento y me esfuerzo al máximo. Siempre he sido así. Si dos amigos míos se pelean, soy yo la que hace de intermediaria. Si alguien se enfada conmigo, voy por ahí con un nudo en el estómago hasta que arreglamos las cosas. Si alguien me pide un favor, me propone un desafío o necesita algo de mí, asiento sin excepción.

Y si los niños del campamento no se están divirtiendo, lo vivo como un fracaso.

De ahí que el trato con Noah me resulte tan duro. He hablado con su madre repetidamente a lo largo de este mes y ya sé que tengo que darle tiempo. Pero aquí sentada sobre la hierba calentita, viendo cómo sus hombros se agitan…, apenas puedo soportarlo. Y lo peor de todo es esta sensación de que, por más que lo intente, no conseguiré conectar con él.

Y que conste que a mí se me dan bien los niños. Sé que Emerson es alérgico a los cacahuetes y nunca olvido reservar un polo de fresa para Connell. Sé que Sullivan, si tiene elección, prefiere jugar al *kickball*, y que a Ellis le gusta sentarse en mi regazo después de comer. Caroline lleva un conejo de peluche en la mochila, y Will se pone sus calcetines de astronauta de la suerte a diario. Georgia canturrea cuando está nerviosa, y Elisabeth se pone de buen humor cuando aplaudes sus volteretas laterales.

Hay una llave para cada cerradura, un truco que funciona con cada niño.

Con todos menos con Noah.

Nos quedamos allí sentados un buen rato. Los demás se encaminan al gimnasio para jugar al balón prisionero, acompañados de uno de los monitores, y el sol asciende en el cielo, liso y blanco. Pero Noah sigue encogido en el suelo, acurrucado como una cochinilla. De vez en cuando, intento posarle la mano en el hombro, pero da un respingo en cada ocasión.

Por fin, justo antes de la hora de marcharnos —casi como si lo supiera— levanta la cabeza.

—¿Estás mejor? —le pregunto, pero no me responde. Tiene los ojos clavados en el edificio del colegio, donde los otros niños hacen fila para salir.

Como sigue sin responder, le digo:

—Te prometo que mañana jugaremos a otra cosa.

No sé si ha sido el juego de «plantados» lo que ha desencadenado su reacción, o el hecho de notar una mano en la espalda cuando no se lo esperaba, o simplemente el sol y la hierba y el largo día. Podría ser cualquier cosa. Es horrible no saber qué.

Pese a todo sigo hablando en un tono que incluso a mí me suena desesperado.

—Jugaremos al pañuelo —le prometo, aunque cada día probamos un juego distinto y todos terminan igual—. O al escondite inglés. ¡O al rey! Seguro que te gusta jugar al rey…

Noah no dice nada. Se levanta, impávido, se sacude la hierba de las rodillas y se encamina al aparcamiento.

No es gran cosa, pero me lo tomo por un sí. Y lo sigo.

Al final de la jornada llega el caos de la recogida: media hora durante la cual intentamos dirigir el tráfico y mantener el orden entre los críos, mientras sus madres asesinan con la mirada a los coches que tienen delante, las niñeras les gritan a los niños a su cargo que no olviden las fiambreras y los monitores hacemos lo posible por asegurarnos de que nadie sea atropellado por un monovolumen marcha atrás.

Hoy me toca a mí encargarme de que todo vaya como es debido, lo que básicamente implica plantarme en medio del mogollón y rezar para no recibir el golpe de un espejo retrovisor. Solo son las dos y siete minutos, y más de la mitad de los niños se han marchado ya. Los demás, sentados con las piernas cruzadas debajo de los árboles que custodian la entrada del colegio, hurgan en las mochilas, intercambian pulseras o les tiran cosas a los monitores.

Voy bien de hora, pero no dejo de echar ojeadas nerviosas al reloj. He quedado con Griffin a las dos y media, y si bien hacia las dos y veinte la recogida ya suele haber concluido, únicamente tendré diez minutos para cambiarme, si todo va bien. Me he traído mi vestido favorito, uno de color amarillo que seguramente resulta excesivo para un salón recreativo, pero ni en sueños pienso aparecer ante él enfundada en las sudadas prendas del campamento. Esta vez, no.

A las dos y dieciocho quedan tres niños: dos gemelos de ocho años que visten igual de la cabeza a los pies, incluidas las deportivas color calabaza, y Noah, que aguarda con su mochila en el aparcamiento toqueteando con gran atención el tronco de un árbol.

Casi todos los monitores se han marchado ya. Además de mí, solo Alex Sánchez sigue allí, un chico mayor que siempre se burla de mis pecas, cada día más abundantes, y que me trata mucho mejor de lo que es habitual en estos casos, habida cuenta de que es un año mayor que yo y la estrella del equipo de fútbol americano.

Es lo que tiene el verano. Las jerarquías se van a pique como castillos de arena. Todo cambia y se reordena y adquiere una nueva forma.

Esta estación nos hace a todos iguales.

Al cabo de poco rato llega la madre de los gemelos —deshaciéndose en disculpas— y Alex se pone en camino al tiempo que me lanza una mirada compasiva.

—Nos vemos mañana, Pecas —se despide, según corre hacia su coche a paso ligero.

Son las dos y veintidós y reina el silencio en el aparcamiento. Noah está sentado, encorvado, todavía de cara al árbol, y los nudos de la columna vertebral se le marcan en el fino algodón de la camiseta oficial del campamento. El viento le revuelve el cabello rojo mientras él examina los deshilachados cabos de sus cordones.

La puerta del colegio se abre a mi espalda y aparece el señor Hamill con un papelito rosa pegado al dedo. Me lo tiende con expresión contrita y veo que lleva escrito un número de teléfono.

—He intentado contactar con su madre unas cuantas veces —se disculpa—. Pero no me contesta, y tengo cita en el dentista. —Se señala la boca y hace una mueca—. Se me ha roto un empaste.

Desplazo la mirada a la entrada del aparcamiento, que el coche de Griffin está a punto de cruzar.

—Me sabe muy mal —prosigue el señor Hamill con un suspiro—, pero su madre no suele retrasarse, así que no creo que tarde. ¿Te importa esperar con él?

Noah se da la vuelta sin levantarse. Cuando lo miro, nuestros ojos se encuentran y me sostiene la vista una milésima de segundo antes de desviarla otra vez.

Son las dos y veintiocho.

—Claro que no —respondo, porque es así como reacciono siempre—. Encantada.

Para cuando el coche de Griffin —un modelo anticuado, ruidoso y azul— entra en el aparcamiento a las dos y media en punto, estoy llamando a la madre de Noah por segunda vez. Interrumpo la llamada, presa del pánico. No era así como había previsto el encuentro. Noah camina en círculos alrededor del árbol mientras arrastra los dedos por la rugosa corteza, y yo vuelvo a pensar en el macuto de mi taquilla, que no contiene únicamente una muda, sino también desodorante, perfume y un cepillo, todo lo cual me vendría de perlas ahora mismo.

Por desgracia, no hay tiempo para nada de eso: Griffin ya se encamina hacia mí, levantando una mano con timidez. Me mira a mí y luego a Noah, que ha dejado de dar vueltas y ahora permanece quieto con la vista clavada ante sí.

—Hola —saludo, y Griffin sonríe. Lleva la camisa azul y los pantalones caqui de costumbre, pero se ha cepillado el cabello, que sigue una pizca húmedo, y si bien debemos de estar como a cuarenta grados a la sombra, se las ingenia para ofrecer una apariencia incomprensiblemente fresca.

Cosa que me lleva a sentirme aún más andrajosa si cabe.

—Hola —dice.

—Lo siento mucho —empiezo a decir antes incluso de que haya recorrido todo el trayecto que nos separa. Señalo a Noah con un gesto y me encojo de hombros, impotente—. Su madre aún no ha llegado, así que tengo que esperar con él y no puedo…

—No pasa nada —me interrumpe Griffin—. Esperaré contigo.

—No tienes que hacerlo si no quieres —le suelto automáticamente, y él enarca las cejas.

—Ya lo sé —dice con formalidad—. Pero quiero hacerlo. De no ser así, no me habría ofrecido.

Sus palabras quedan flotando entre los dos durante un instante demasiado largo, hasta que por fin respondo:

—Vale.

—Vale —repite él, asintiendo con la cabeza. Ya se está acercando a Noah, que sigue de pie debajo del árbol. Ambos se miran durante un segundo y los dos apartan la vista de inmediato. Griffin da un paso adelante y Noah retrocede, como dos bailarines que practicaran un paso. Durante un rato, permanecen como están, y yo los observo con curiosidad, preguntándome qué pasará a continuación. Por fin, Griffin levanta la mano como saludando a medias.

—Hola —dice—. Soy Griffin.

Noah alza la vista hacia él con los ojos entrecerrados y la cabeza ladeada. Y entonces, para mi sorpresa, responde:

—Hola.

Yo no digo que Noah nunca hable. Solo que rara vez contesta cuando te diriges a él. Si le haces una pregunta, suele desviar la vista. Si le dices «hola», te hace caso omiso. Si intentas que participe en un juego que implica cantar, recitar o hablar, tiende a cerrarse en banda. Cuando habla, suele hacerlo para sí.

Así que ahora, cuando le oigo responder a un saludo como si lo hiciera a diario, un inesperado nudo se me aloja en la garganta.

—¿Qué podemos hacer mientras esperamos? —pregunta Griffin, sin apartar los ojos del pequeño y sobresaltado niño que tiene delante.

Contengo el aliento, esperando, mientras el silencio parece alargarse hasta el infinito.

Pero justo cuando estoy a punto de interrumpirlos —de acudir al rescate, de cortar la quietud, de ayudar sugiriendo un juego—, Noah se pone de pie y dice:

—Baloncesto.

Resulta que a Griffin se le da mejor la pelota que la bolsa de caramelos. Yo permanezco al borde del asfalto con el teléfono en la oreja, oyéndolo sonar por enésima vez, mientras él encesta otro triple sin esfuerzo y Noah atrapa el rebote.

—No sé si aceptar el desafío de la máquina de baloncesto —digo, renunciando a la llamada. He dejado varios mensajes y ya no puedo hacer nada salvo esperar.

—No sé —responde Griffin sin mirarme—. Alguien me dijo que eras brutal.

—¿Y quién te lo dijo?

Esboza una sonrisa con la comisura de los labios.

—Tú.

—Ah. —Me sonrojo—. Es verdad.

Noah intenta botar, una maniobra que ejecuta golpeando la pelota con la palma abierta, pero Griffin se acerca y le muestra cómo hacerlo con la mano relajada. Yo me cruzo de brazos y observo la escena con interés. Sigo esperando a que Griffin haga algo que dispare a Noah, igual que me sucede a mí cuando le toco el hombro o le hablo en voz demasiado alta, o me acerco demasiado. Pero no lo hace. Parece saber instintivamente qué gestos evitar y, debido a eso, Noah se ha comunicado más con él en los últimos veinte minutos que conmigo en todo el verano.

Reconozco que estoy un poquito celosa.

—¡Eh, Noah! —Doy una palmada y él adopta un rictus de dolor—. Pásala.

Deja de botar la pelota y mira en mi dirección con expresión impasible. A continuación, se vuelve hacia Griffin y le pasa la pelota.

—Gracias, colega.

Griffin lo esquiva y sale disparado hacia la canasta. Todos sus movimientos emanan fluidez cuando tiene el balón en las manos. Es alto y flaco, y toda la tensión, toda la prevención que suele acompañarle, desaparece.

—Me toca —dice Noah, y Griffin le pasa la pelota con delicadeza.

—Se te da bien —le digo cuando acude corriendo para hacerme compañía. A nuestro alrededor reina el silencio, salvo por el sonido de un cortacésped lejano. Al borde de la pista de fútbol, el sol se enreda con los árboles—. ¿Tienes hermanos pequeños?

Él niega con la cabeza.

—Soy hijo único.

—Bueno, eso lo explica.

—¿Qué?

—Por qué nunca hablabas en clase de francés.

Me mira de reojo.

—Sí que hablaba.

—Ya, cuando *monsiuer* Mandelbaum te preguntaba directamente.

En la pista, Noah lanza la pelota hacia la canasta, pero la esfera apenas asciende un metro antes de caer al asfalto con pesadez.

—Tú tampoco hablabas nunca —señala Griffin.

—Sí.

—*Est-ce que je peux aller aux toilettes?* Eso no cuenta.

—Eh —le digo, riendo—. No es culpa mía si tenía que *aller aux toilettes.*

Enarca una ceja.

—¿Dos veces en cada clase?

—*Monsieur* Mandelbaum era muy, pero que muy aburrido —reconozco—. Casi siempre acababa leyendo en el pasillo.

—*En anglais?* —pregunta Griffin, y yo me río.

—*Oui* —le digo—. *En anglais.*

Nos quedamos allí en silencio, mirando cómo Noah lanza la pelota a la canasta una y otra vez. Se queda más corto con cada tiro, hasta que básicamente la tira al aire y luego la esquiva cuando vuelve a caer.

Cuando la pelota rueda hacia mí, la recojo y pruebo a lanzar, pero no lo hago mucho mejor que Noah y la pelota apenas roza la orilla de la red.

—¿Lo ves? —digo, enfurruñada—. Por eso prefiero el Aro Loco.

Le lanzo una ojeada a Griffin, que parece contento, y me asalta la idea de que esto, sea lo que sea —esta *casi* cita, que fue rara desde el comienzo, antes incluso de dar un giro tan extraño—, debería ser un desastre. Con una pista vacía por escenario y un secuaz de seis años, ¿qué se podría esperar? Yo, desde luego, no me imaginaba nada parecido cuando le miraba la nuca en clase de francés.

Sin embargo, a saber por qué, Griffin parece encantado ahora mismo.

Y me doy cuenta de que yo también lo estoy.

—Juguemos una partida de *cheval* —propone, y Noah suelta una inesperada carcajada.

—*Cheval!* —grita al mismo tiempo que hace girar el brazo en el aire—. *Cheval, cheval!*

—¿Qué juego es ese? —le pregunto a Griffin, que ya se está acercando a la canasta, y cuando se da la vuelta se echa a reír sin poder evitarlo.

—Caballo —dice con una sonrisa—. *En français.*

Son casi las cuatro en punto cuando empiezo a comprender que esto no es un retraso normal y corriente y que algo grave le podría haber pasado a la madre de Noah.

Lo bueno es que él no parece darle importancia. Cansado por fin del baloncesto, está tendido de espaldas en la hierba, con un brazo sobre los ojos para protegerlos del sol y moviendo el pie al compás de algún ritmo desconocido.

—Han pasado dos horas —le digo a Griffin, que está sentado a mi lado, a la sombra, de espaldas a la pared de ladrillos del colegio. Apenas unos centímetros separan nuestros hombros, las rodillas prácticamente en contacto, y yo estoy deseando que Griffin se acerque más. Pero no lo hace.

—Eso es mucho tiempo. —Asiente con la mirada perdida en los desiertos campos de fútbol que se extienden a lo lejos—. En dos horas pueden pasar muchas cosas.

Yo echo la cabeza hacia atrás y cierro los ojos. Acaba de formular la idea que llevo todo este rato intentando ahuyentar de mi mente. Noto que Griffin me observa el perfil y me cuesta mucho no volverme a mirarlo. Pero sé que, si lo hago, volverá a desviar la vista, esos pálidos ojos grises que parecen peces tropicales de tan esquivos que son.

—Puede que le haya pasado algo —observa, y yo lo miro enfadada.

—No digas eso.

—¿Por qué no?

—Porque… —empiezo, antes de dejar la frase en suspenso.

—Porque podría ser verdad —termina, y lo dice con tal tranquilidad, con tal franqueza, que resulta inquietante. No termino de saber si me inquieta porque tiene razón, o porque yo rara vez soy tan sincera conmigo misma.

Carraspeo.

—Estoy segura de que todo va bien.

—¿Basándote en qué? —pregunta, pero la frase no contiene un desafío. Ni siquiera deja traslucir una emoción. Sencillamente está preguntando.

—Pues porque… —digo, farfullando un poco—. Porque sí.

Griffin medita mi respuesta.

—Eso no es lógico.

—¿Quién está hablando de lógica? —replico y en ese mismo instante mi teléfono suena, temblando contra el asfalto. Lo recojo, aliviada al ver en la pantalla el número al que llevo llamando toda la tarde, y me aparto una pizca de Griffin.

En cuanto respondo me inunda una marea de palabras, precipitadas, frenéticas y contritas.

—Su hermana se ha roto el brazo en los columpios —me explica la madre de Noah—. Se estaba columpiando tan tranquila y de golpe y porrazo estaba volando por los aires, y todo ha sido un caos, la ambulancia, el hospital, ponerle la férula, y yo no llevaba encima el número del campamento, y mi marido está de viaje de negocios y…

—No pasa nada —digo por enésima vez esa tarde—. Estamos con él. Se encuentra perfectamente.

—Llegaré en tres minutos —promete, y corta la comunicación. Yo lanzo un largo suspiro de alivio.

—¿Lo ves? —Me vuelvo a mirar a Griffin, que estaba escuchando, lo he notado—. Todo va bien.

—Bueno —responde, y se encoge de hombros—, solo había dos opciones. O todo iba bien o no.

Pocos minutos después nos encaminamos al aparcamiento. Me quedo de una pieza al ver que Noah busca la mano de Griffin.

Sin pretenderlo, me detengo en seco.

Es la primera vez que veo a Noah entablar contacto físico con alguien por iniciativa propia. Ahora que lo pienso, tampoco he visto a Griffin hacerlo nunca.

Y sin embargo, toma la mano del niño como si se conocieran desde siempre, como si esto sucediera a diario, como si no fuera lo más alucinante del mundo.

Por la noche, mi hermana asoma la cabeza en mi habitación.

—¿Y qué? —pregunta, con los ojos brillantes—. ¿Ha sido una cita?

Pienso en Griffin con su camisa azul claro, el parpadeo sorprendido cuando Noah ha buscado su mano, su cercanía cuando nos hemos sentado contra la pared de ladrillos del colegio, y recuerdo las nubes que recorrían el cielo y el silencio que nos rodeaba.

Pienso en nuestra despedida en el aparcamiento. Se había hecho tarde para ir al salón recreativo y hemos decidido dejarlo para otro día. Según se alejaba hacia su coche, sin embargo, me ha invadido el pánico ante la inmensa incertidumbre que implicaba la posposición y, sin pararme a pensar, le he gritado:

«¿Mañana?».

Se ha detenido.

«Demain», ha asentido con una sonrisa que me ha provocado vértigo».

—ANNIE —se impacienta Meg, y me doy cuenta de que todavía está esperando una respuesta.

—¿Sí?

—¿Ha sido una cita? —repite, y yo niego con la cabeza.

—No —respondo—. Ha sido mejor.

Por la mañana, cuando estamos reunidos en el gimnasio para preparar las actividades del día, les pregunto a los niños a qué les gustaría jugar en primer lugar.

—*Kickball!* —grita Nadim Sourgen.

—¡Martín pescador! —exclama Gigi Gabriele.

—¡Nada! —suelta Tommy King.

Deliberan unos con otros; cabezas unidas, susurros quedos, alguna que otra carcajada. Y entonces, sin previo aviso, Noah interviene:

—*Cheval!*

Un silencio estupefacto sucede a su sugerencia. Los otros niños lo miran como si hubieran olvidado que estaba allí.

—¿Qué significa *«cheval»*? —quiere saber Jake Down.

—Caballo —digo—. En francés.

—¿Quiere montar a caballo? —pregunta Lucy Etherington.

—No, jugar al baloncesto —respondo yo, sonriendo a Noah, que ya está de pie con los brazos en jarras, listo para empezar—. Venga, todos, cada fallo es una letra. El último en completar la palabra «caballo» gana.

Esta vez no me pienso arriesgar. Cuando termina la jornada, aun antes de que salgamos en manada al aparcamiento para la recogida diaria, dejo a Grace y a otro monitor a cargo de los niños y corro al cuarto de baño para enfundarme el vestido.

Cuando salgo del fresco edificio para internarme en el calor de la tarde, todos los niños se vuelven a mirarme. Únicamente me han visto con el cabello recogido en una desastrada coleta y vestida con la camiseta blanca y los pantaloncitos verdes del uniforme. Siempre cansada, sudorosa y agobiada.

Ahora, en cambio, llevo un vestido amarillo que susurra cuando camino, y me he soltado el pelo, que cae sobre mis hombros. Me he puesto perfume, desodorante e incluso una pizca de maquillaje. Y a juzgar por la expresión de sus caras, está claro que parezco otra persona.

—Hueles bien —dice Tommy O'Callaghan como si le sorprendiera.

—A flores —confirma Wells von Stroh.

—Gracias —les digo. Espero que Griffin reaccione como ellos.

Todos los padres han llegado puntuales hoy, incluida la madre de Noah, que me dedica un saludo un pelín culpable todavía. La hermana del chico viaja detrás y levanta el brazo para mostrar la férula rosa. Noah guarda las distancias mientras lo acompaño al coche, pero cuando su madre baja la ventanilla para preguntarle si lo ha pasado bien, el niño la mira.

—Hemos jugado a *cheval* —dice, a la vez que se sienta detrás.

—¿Qué quiere decir *cheval*? —oigo preguntar a la madre mientras se alejan, y yo sigo sonriendo de cara al coche cuando veo a Griffin al otro lado del aparcamiento.

Lo primero que advierto es que lleva una camisa distinta. Entrecierro los ojos para asegurarme de que la vista no me engaña, pero es verdad. Es del mismo estilo que las anteriores, pero a cuadros azules y blancos en lugar de azul cielo. Tardo un instante en percatarme de que se ha puesto vaqueros también; le quedan un poco largos y lleva los bajos doblados, pero todavía los arrastra por el suelo. El roce de la tela se deja oír cuando se acerca.

—Hala —le digo cuando llega a mi altura. Ni siquiera se molesta en disimular el hecho de que está mirando mi vestido, y de repente me siento como si de verdad hubiera quedado para salir con un chico—. Estás muy guapo.

—Ah. —Levanta la mirada y vuelve a bajarla—. Sí, mi madre… —Se calla antes de soltar una risa tímida—. Mi madre me ha aconsejado que no te dijera que me ha ayudado a escoger la ropa. Pero acabo de hacerlo, supongo.

Yo también me río.

—Supongo que sí.

—También me ha recordado que te dijera que estás guapa.

—Tú madre debe de ser muy lista —le respondo, y él se ruboriza, y todo se me antoja tan adorable: este chico, cuyo físico le permitiría ser un rompecorazones y tenerlo todo controlado en cuestión de chicas, pero que en realidad escucha los consejos de su madre. Su torpeza resulta encantadora y del todo inesperada, pero en lugar de tranquilizarme, me pone aún más nerviosa, porque me estoy dando cuenta de lo mucho que me gusta.

—¿Listo?

Me vuelvo a mirar a los niños que quedan, que nos miran con descaro, y a los otros monitores, que sonríen y nos silban. Sé que mañana me freirán a preguntas. Solo espero ser capaz de responderlas a esas alturas.

En el coche, Griffin me abre la portezuela y yo pienso: ¡cita! Pero luego se retira como para asegurarse de que nuestros brazos no se rocen inadvertidamente mientras subo al vehículo, y de nuevo no estoy segura. Una vez abrochados los cinturones se hace un poco de lío con las llaves y luego enciende la radio mientras abandonamos el aparcamiento. Me sorprende oír la voz de un locutor de la radio nacional haciendo un resumen de las noticias del día.

—Habría jurado que te gustaba el rock clásico —le digo, y él de inmediato busca el mando del volumen para bajarlo—. O puede que sencillamente la música clásica.

—Me gustan las noticias —reconoce tras un largo silencio, tan largo que me cuesta discernir si está respondiendo a mi comentario anterior, o tan solo expresando un pensamiento—. Me gusta saber lo que pasa en el mundo.

—Sabelotodo —le suelto, y él se encoge de hombros.

—Prefiero los hechos. Y las estadísticas. Tienen algo que me tranquiliza.

—¿Las estadísticas? Tienen algo que me provoca dolor de cabeza.

—Fue por eso por lo que me aficioné al baloncesto al principio. —Hace tamborilear los dedos en el volante, los ojos fijos en la carretera. He pasado tanto tiempo observando su nuca o tratando de que me mirara a los ojos, que nunca había tenido ocasión de contemplar su perfil: la suave curva de su nariz, la cicatriz debajo del ojo derecho, los perfectos pómulos y la caída de su pelo sobre la oreja—. Por los números.

—Desde luego es lo más emocionante del juego —comento con falso entusiasmo, y él se dispone a decir que sí con la cabeza antes de reparar en la ironía.

—Estás bromeando —dice, y yo asiento.

—Sí.

—Pero va en serio —prosigue—. Las estadísticas son alucinantes, pero se trata de algo más. El juego se basa en los ángulos. O sea, piénsalo. Si eres capaz de situarte en un punto y darle a la pelota la trayectoria exacta una vez, deberías ser capaz de hacer lo mismo en todas las ocasiones, ¿no? En teoría, deberías encestar una y otra vez.

—Ya, pero las cosas no funcionan así —alego—. Porque no eres un robot. Das un respingo y la pelota se tuerce a la izquierda. O levantas la mano un poco más que la última vez sin darte cuenta. Las cosas se pueden torcer de mil maneras distintas.

—Exacto —asiente—. Pero eso es lo más alucinante: también puedes modificar un montón de factores y encestar desde el mismo sitio, aunque lances de forma completamente diferente. Así que las cosas pueden ir bien de mil maneras distintas también.

Lo miro de reojo.

—¿Me estás diciendo que me vas a dar una paliza?

—¿Al Aro Loco? —Niega con la cabeza—. No, estoy seguro de que vas a ganar tú.

—Tengo que decírtelo, teníamos una máquina de esas en el sótano, así que he practicado mucho. Pero fue hace tiempo.

—¿Ya no la tienes?

—No. —Parpadeo unas cuantas veces mientras él guía el coche por un desvío. A lo lejos, el sol desciende en el cielo y los edificios que nos flanqueaban a ambos lados de la carretera ceden el paso a los árboles, que desfilan a toda prisa—. Tuvimos que… mudarnos hace unos años. Así que… ya no tenemos sitio para esas cosas.

Ambos guardamos silencio un instante, y Griffin reajusta la posición de las manos en el volante.

—No es tan chulo como el baloncesto de verdad de todas formas. Las pelotas son demasiado pequeñas.

—A lo mejor tus manos son demasiado grandes.

—Eso también —asiente—. Pero es difícil calcular el ángulo de tiro.

—¿Así que vas a echarles la culpa a las mates de tu inminente derrota?

—Más o menos.

Allá delante, un anticuado cartel de madera anuncia «Bar Restaurante Hal» y Griffin se interna en el camino de grava. Solo hay dos coches más en el aparcamiento. Griffin estaciona y nos encaminamos juntos a la entrada.

En el interior, la oscuridad es tan profunda que nuestros ojos tardan un momento en acostumbrarse. El camarero nos lanza una ojeada y desvía la vista otra vez. Los demás ni se molestan. El Hal es un híbrido extraño, en parte restaurante familiar y salón recreativo y en parte bar de mala muerte. Los fines de semana está atestado de niños ansiosos de canjear sus vales por premios chulos. Pero en los días laborables reina un ambiente algo sórdido, salpicado de clientes habituales que se sientan encorvados junto a la barra, beben despacio y miran el béisbol en el viejo televisor de tubo del rincón.

Dejamos atrás la barra para dirigirnos al salón trasero, que está repleto de enormes máquinas de juegos tipo *Pac-Mac,* minibolos y *pinballs,* además de una enorme urna de cristal llena de peluches con una garra de metal que no agarra nada. El lugar está desierto, silencioso y polvoriento, lo que no resulta sorprendente siendo como es un miércoles por la tarde de pleno verano. A nadie se le ocurre pasar un precioso día estival en el interior de un salón recreativo sumido en penumbra. Salvo, por lo que parece, a nosotros.

—Monedas de veinticinco —digo. Me encamino a la máquina del cambio y Griffin me sigue. Inserto unos cuantos billetes de dólar en la ranura y las monedas tintinean al caer en el cajón de metal. Noto su presencia a mi espalda mientras las recojo y el corazón se me acelera. Por alguna misteriosa razón, la quietud de este sitio —pensado para estar lleno de gente, luces y ruido— me infunde la sensación de que hemos abandonado el mundo real.

—Eh —dice con voz queda, y yo doy media vuelta con las manos cargadas de monedas.

—¿Sí?

A la luz difusa que se filtra por la ventana, sus ojos parecen más azules que nunca, y la pequeña cicatriz que tiene debajo del derecho se ve más pronunciada.

—Es que… —empieza, pero se interrumpe.

Espero a que continúe. Hay un partido de los Chicago Cubs en la sala contigua y los aplausos y gritos quiebran de tanto en tanto el silencio. Griffin mueve el brazo y, por un instante, pienso que va a tomarme la mano. Pero ambos bajamos la vista y me percato de que todavía estoy sosteniendo el montón de monedas. En vez de buscar mi mano, toma una y la lanza al aire con un golpe de pulgar. Aterriza en mitad de su palma.

—Cruz —escoge con aire distraído.

—¿Qué probabilidades hay? —bromeo. Me tiembla un poco la voz y Griffin me mira con extrañeza.

—Un cincuenta por ciento —constata. Se encamina a una máquina de Aro Loco y la magia se esfuma al instante. Con Griffin, siempre sucede lo mismo. Cualquier progreso que crees estar haciendo tiende a evaporarse de inmediato. O sea, por más que creas estar conectando, por mucho que te esfuerces, no avanzas nada. La próxima vez te tocará volver a empezar desde el principio.

Lo sigo hacia el juego, que cuenta con dos pequeños aros alineados y una red que discurre hacia los jugadores de tal modo que, cada vez que lanzas la pelota, esta regresa rodando, un mecanismo infinito que únicamente se agota cuando el cronómetro marca el final del tiempo y suena el timbre.

Griffin ya se está arremangando. Cuando termina de prepararse, echa mano de una de las pelotas, cuyo volumen equivale a las dos terceras partes de un balón reglamentario, lo que es genial para el tamaño de su mano.

—Son muy ligeras —comenta mientras la examina.

—¿Sabes a quién le irían bien? —le pregunto al tiempo que tomo la otra—. A Noah. ¿Te diste cuenta de los problemas que tenía ayer con la pelota? Esta tarde hemos echado unas canastas y las pelotas normales pesan demasiado para él. Pero es posible que con una de estas fuera capaz de encestar y todo.

—Y a la hora de botarla —dice Griffin al tiempo que bota la pelota contra el suelo de madera un par de veces—, podría controlarla mejor.

—A lo mejor podemos ganar una para él. —Señalo la vitrina de cristal del rincón, que está llena de premios. Por lo general no me molesto, porque la cantidad de monedas de veinticinco que requiere ganar cualquier cosa supera diez veces el coste del objeto en una tienda. Sin embargo, incluso de lejos alcanzo a ver unas pelotas de baloncesto verdes y blancas medio escondidas junto a un elefante de peluche del estante inferior—. Hasta llevan los colores del campamento.

Griffin mira las canastas.

—Bueno, si jugar se te da tan bien como hablar, diría que tenemos alguna posibilidad.

—El secreto —le instruyo al tiempo que me alineo con el aro— radica en colocarte justo delante.

—No —dice a la par que introduce la moneda en la ranura—. El secreto radica en introducir la pelota en la canasta.

La máquina cobra vida, se llena de luces parpadeantes y musiquitas estridentes, y el cronómetro del panel de puntuaciones empieza a contar hacia atrás desde diez. Echo mano de la primera pelota, adopto la postura de tiro y me preparo para lanzar. A mi lado, Griffin hace lo propio con una expresión concentrada.

En cuanto suena el timbre, lanzo la primera pelota. La esfera rebota en el aro, pero antes incluso de que haya aterrizado en el tobogán ya he lanzado la segunda, que cruza la canasta con un grato zumbido, aunque yo estoy demasiado ocupada como para apreciarlo. Ya estoy disparando otra vez, y luego otra, hasta adoptar un ritmo constante, un rápido toma y daca semejante a la memoria muscular, un viaje en el tiempo a las horas que pasábamos jugando en el sótano, antes de que mi padre perdiera el trabajo y tuviéramos que vender los juegos, antes de que nos mudáramos a una casa más pequeña y luego a un minúsculo apartamento, antes de que empezaran las peleas, las noches hasta las tantas y los gritos y los insultos, y mi hermana se acurrucara en la cama conmigo, con una almohada alrededor de la cabeza. Antes de todo eso: antes de que aprendiéramos a poner buena cara, antes de que entendiéramos que te podías esconder detrás de una sonrisa, que las palabras se podían usar como escudos, cuando únicamente estábamos nosotros cuatro en el sótano y las luminosas risas y aplausos rebotaban contra las paredes de hormigón.

Ahora, una vez más, retomo el movimiento constante, como un máquina, ciega e implacable, y cuando la partida termina, después incluso de que los relojes lleguen a cero y el timbre haya sonado, yo sigo disparando a la canasta, hasta que las pelotas desaparecen y yo me quedo allí, con las manos vacías y parpadeando.

—Hala —exclama Griffin, que mira con atención el marcador.

No me he limitado a ganar; lo he machacado. 88 a 42.

—Hala —repite—. Has entrado en modo maniaco.

—Sí —respondo, sin estar del todo segura de haber abandonado ese estado, sin estar del todo segura de querer hacerlo—. Supongo que sí.

Jugamos toda la tarde.

—Revancha —repite Griffin una y otra vez, pero le gano en cada ocasión, y aunque el margen de mi victoria se va reduciendo con cada partida, también me divierto más y más.

—Esto es absurdo —exclama, riendo, tras la undécima ronda, que he ganado por 76 a 62. Se reclina contra la mesa de billar y niega con la cabeza.

—Y tú que pensabas que solo me estaba dando humos —le digo con una sonrisa.

—Y lo hacías —afirma él—. Pero resulta que tus humos estaban justificados.

Me siento en la mesa de billar, a su lado, con las piernas colgando.

—Bueno, gracias por tomártelo con tanta deportividad.

Parece sorprendido.

—Sí… Es raro. Normalmente odio perder.

—A quién se lo vas a contar —asiento, pero él niega con la cabeza.

—No, lo digo en serio. Detesto perder, con toda mi alma. Detesto hacer cosas que no se me dan bien. Si algo me gusta me empleo a fondo, pero si no es así, ni me molesto. Soy más bien de todo o nada.

—No me parece un defecto.

—Lo es —afirma Griffin al tiempo que se rasca la nuca—. A nadie le gustan los malos perdedores.

—A mí no me pareces un mal perdedor.

—Ya, bueno, esa es la cuestión —dice, y se vuelve a mirarme, a mirarme de verdad, por primera vez, y el hecho de verle los ojos se me antoja igual que ganar un premio, no sé por qué—. Estando contigo, no me molesta tanto.

La vitrina alberga una gran variedad de premios dudosos. En el estante superior hay cestas de pelotas de goma dura y caramelos, llaveros y anillos de plástico. Debajo están los premios gordos, animales de peluche y bates hinchables, futbolines y máquinas de chicles; todo sobrevalorado y un poco polvoriento.

Griffin y yo nos inclinamos juntos hacia el cristal. Cuando nuestros hombros se rozan, se me acelera el corazón. Quiero que se dé cuenta, que se deje llevar, que se vuelva a mirarme otra vez o me sostenga la mano, que me atraiga hacia sí o me bese; algo.

No lo hace.

En vez de eso, frota el mugriento cristal con la manga de la camisa. A la luz que se filtra por la ventana, su belleza se me hace imposible y su lejanía insalvable.

Guardamos silencio mucho rato, demasiado, y yo empiezo a ponerme de los nervios. Busco algo con lo que llenar el silencio, porque es lo que hago siempre. Pero echo el freno, me digo que le toca a él, y eso me intranquiliza aún más si cabe. Porque súbitamente me parece importante lo que vaya a decir a continuación. De improviso, tengo la sensación de que posee el poder de inclinar esta *tal vez-posible-cita* en un sentido o en el otro.

Clavo la vista en una rana de plástico naranja mientras espero, y ella me devuelve la mirada a través del turbio cristal. *Por favor, que sea significativo,* pienso. *Por favor, que sea romántico.*

No obstante, al cabo de un momento se enfurruña.

—Esto es una estafa —protesta, y mis esperanzas se van al traste. Señala la pelota de baloncesto, que está enterrada cerca del fondo—. ¿En qué cabeza cabe que te pidan quinientos puntos por eso?

Juntamos nuestros vales y los contamos. Tras horas de juego, únicamente sumamos ciento cincuenta entre los dos.

—A lo mejor podemos pagar la diferencia —sugiero, pero Griffin niega con la cabeza.

—Consiguen mucho más dinero si te obligan a jugar para ganarlo.

—Bueno, es todo un detalle por tu parte, de todas formas —le digo—. Pensar en Noah.

—No es para Noah —replica con los ojos clavados en la vitrina—. Es para mí.

—Ah —respondo, mirándolo de hito en hito—. Ah. Yo no... Vale.

—Annie —dice, y se vuelve a mirarme. Está sonriendo—. Era broma.

Suelto una carcajada, aliviada.

—Perdona. Es que normalmente tú no... O sea, eres siempre tan... Supongo que no...

Ladea la cabeza.

—¿Intentas decirme que no soy muy divertido?

—No —me apresuro a contestar, pero luego me detengo y reconsidero mi respuesta—. Bueno..., sí.

Griffin sonríe.

—No pasa nada. La verdad es que no lo soy.

—Bueno, tienes un montón de cualidades —afirmo mientras le veo apoyar las dos manos en la vitrina e inclinarse hacia delante—. Eres distinto.

Una expresión extraña cruza su rostro y la mandíbula se le tensa una pizca.

—En el buen sentido —añado deprisa y corriendo—. No eres como los otros chicos. Eres bueno. Pero no te haces el bueno; eres bueno de verdad. Y no eres nada creído, aunque...

Me mira de reojo con un interrogante en el rostro.

Niego con la cabeza.

—Da igual. Lo que intento decir es que no te andas con jueguecitos como los otros chicos, y eso es un alivio. Eres sincero. Quizás la persona más sincera que he conocido nunca.

—Annie.

—Lo digo en serio —continúo, presa de un extraño mareo. No suelo soltar discursos como este y no me puedo creer que le esté diciendo estas cosas, pero algo en Griffin me induce a confesarle lo que llevo en la cabeza. Y lo hago.

—Y ayer estuviste genial con Noah. Llevo todo el verano tratando de conectar con él sin conseguirlo, pero apareces tú y…

—Porque tengo Asperger.

—… lo tratas con tanta naturalidad y habéis conectado… —Me detengo en mitad de la frase, sin saber si le he oído bien—. ¿Qué?

Griffin se vuelve hacia mí, aunque mira al suelo.

—Tengo Asperger. O… autismo, supongo. O sea, ahora lo llaman así.

Se hace un largo silencio, y si bien estoy desesperada por llenarlo, no se me ocurre qué responder. Tengo que escoger mis palabras con cuidado. No quiero que me interprete mal. Pero al final tan solo me las arreglo para soltar un quedo:

—Ah.

Me arrepiento al momento. Mi respuesta cuelga entre los dos como un punto que hubiera irrumpido demasiado pronto en una conversación que ansío que sea más larga.

—Sí —responde, sin mudar de expresión.

—Y, pues…

—Pues por eso me comporto como lo hago, supongo. —Hunde las manos en los bolsillos de los vaqueros—. No se me da muy bien conversar. Y a veces tiendo a ser demasiado sincero. —Se encoge de hombros—. Por eso en ocasiones me resulta duro ir al colegio, y no tengo muchos amigos, y por eso no me gusta hablar de ello y…

Cuando deja la frase en suspenso, me muerdo el labio, deseosa de que prosiga. Nunca le había oído pronunciar tantas frases seguidas, y la idea asalta mi mente como una bombilla que se enciende, como la pieza de un puzle que de repente encaja en su lugar: *por eso.*

Por eso está siempre tan callado en clase. Por eso está tan obsesionado con las cifras y los datos. Por eso le cuesta saber si bromeo. Por eso se muestra siempre tan reservado, tan cerrado. Por eso le cuesta tanto mirarme a los ojos.

Griffin inspira hondo y, cuando sigue hablando, tengo la sensación de que me ha leído el pensamiento.

—Por eso —prosigue, arrastrando los ojos para posarlos en los míos— no suelo tener citas.

—Entonces ¿esto es una cita? —le pregunto, sin pararme a pensar, y Griffin parece ahora doblemente azorado.

—No —dice, y luego sacude la cabeza—. No sé.

Me arde la cara y me rasco la frente.

—Ah, bueno, quería decir…

—No quiero dar por supuesto…

—No, yo tampoco…

Se produce un breve silencio en el que ambos nos miramos los pies con fascinación, y entonces Griffin suspira.

—Quería que lo fuese.

Alzo la vista hacia él.

—¿Te gustaría…?

—Una cita contigo —termina. El camarero escoge este momento para asomar la cabeza en el salón. Pasa la vista de Griffin a mí y luego a él otra vez con manifiesto recelo.

—¿Todo va bien por aquí? —pregunta, y yo no sé bien qué responder.

Griffin asiente.

—Muy bien.

—Últimamente hemos sufrido algún que otro robo. —Señala la vitrina, como si estuviera llena de diamantes y no de pulseras de goma y yoyós—. Así que si queréis un premio, tenéis que venir a hablar conmigo.

—Muy bien —le digo, en el mismo momento exacto en que Griffin responde:

—Ya nos íbamos.

—Vale —asiente el camarero, obviamente encantado con la respuesta—. Nos vemos la próxima vez.

—Claro —apostilla Griffin, pero no parece muy convencido.

Durante el camino de vuelta, el silencio en el coche resulta asfixiante y presiento que tendría fácil remedio, si encontrase las palabras oportunas o formulase la pregunta adecuada.

Sin embargo, me da demasiado miedo meter la pata.

Griffin sostiene el volante con una mano, la otra apoyada en el cambio de marchas, entre los dos, y es inquietante hasta qué punto desearía rodearla con la mía. Pero no lo hago. Mi limito a mirar las venas que asoman del dorso de su mano, la mordisqueada uña de su pulgar, los bultos de los nudillos, la curva de la muñeca.

Esta suele ser mi especialidad. A algunas personas se les dan bien las mates, a otras los deportes. A mí se me da bien decir las palabras adecuadas en el momento oportuno. Soy la persona que quieres tener cerca cuando la ira todavía planea en una habitación después de una pelea, o si necesitas que alguien te sonría con empatía y escuche tus penas. Soy capaz de aligerar hasta el más incómodo de los silencios, de animarte si estás deprimido, de aportar buen humor por pura fuerza de voluntad. Para bien o para mal, soy una oyente de primera, una aliada infatigable, una compañera fiel hasta la médula.

Ahora mismo, sin embargo, me he quedado sin palabras.

Quiero decir: *Eso no cambia nada.*

Quiero decir: *No es para tanto.*

Quiero decir: *Todo irá bien.*

Pero sí cambia. Sí es para tanto. Y puede que no vaya bien.

Carraspeo, sin saber muy bien cómo empezar.

—Oye, siento mucho si…

Pero Griffin da un respingo hacia delante en el asiento, pulsa el botón de la radio y sube el volumen a tope. La conversación ha terminado, y si bien sigue sentado en el coche en el mismo sitio exacto que antes, a idéntica distancia de mí, noto cómo se retira, cada vez más lejos, hasta que apenas lo veo.

Me deja en el colegio, donde mi coche es el único que sigue en el aparcamiento, a solas debajo de un haz de luz amarillo. Griffin detiene el suyo, pero no apaga el motor, y nos quedamos sentados en el silencioso automóvil, sin hablar.

—Lo he pasado bien —afirmo por fin, y aun a la luz azulada del atardecer lo veo torcer la comisura del labio. Es obvio que no me cree—. De verdad —insisto con tozudez—. Ha sido muy divertido.

No responde. Tan solo asiente enfurruñado.

Suspirando, abro la portezuela y bajo del coche. Cuando la vuelvo a cerrar, me inclino hacia la ventanilla abierta.

—De verdad —le digo—. Gracias.

Esta vez suelta un gruñido, como si yo hubiera dicho algo absurdo, y me doy cuenta de sopetón de que no soy yo la que lo está haciendo mal. Es él.

Pone la primera y empieza a alejarse, pero corro detrás del coche.

—¡EH! —grito, e introduzco una mano por la ventanilla. Él me mira, asustado, antes de clavar los frenos. Me inclino hacia él otra vez, mirándolo con atención, y esta vez me devuelve la vista. Pero con una expresión de desafío. Me desafía a hacer un comentario desafortunado, y yo comprendo súbitamente que este iba a ser el desenlace fuera cual fuese mi reacción. Griffin lleva tanto tiempo preparándose para este momento que en realidad daba igual el curso que tomaran los acontecimientos. Él había decidido de antemano lo que iba a pasar. Había decidido de antemano cómo me iba a sentir yo, antes de que tuviera la oportunidad de sentirlo.

Sin embargo, por una vez, no me da la gana de comportarme como se espera de mí. No me apetece seguirle la corriente a nadie, ni ser agradable ni poner buena cara.

Por una vez, deseo ser sincera.

—Yo también pensaba que era una cita —le confieso, y me arde la cara—. O al menos, sé que me gustaría.

—No tienes que…

—Griffin —lo interrumpo con tanta brusquedad que se vuelve a mirarme. Me cuesta distinguir su expresión en la creciente oscuridad—. No lo digo por decir. No lo digo para ser educada. De verdad me gustas, ¿vale?

Es verdad. No se lo he dicho para que se sienta mejor. Ni porque lo compadezca, ni siquiera porque su físico me haga perder la cabeza. Lo digo porque es un hecho. Y si dedico tanto tiempo a decir cosas agradables cuando no las pienso, ¿por qué no decirlas cuando sí?

—Me gustas desde el primer día en que te vi en clase de francés —prosigo, a pesar de que ahora ha desviado la vista otra vez, y eso me impide comprobar hasta qué punto me considera una idiota. *Je plais toi.*

Alza la vista frunciendo el entrecejo.

—*Tu me plais.*

—Vaya, gracias —le sonrió, pero su rostro sigue siendo impenetrable y mi sonrisa se quiebra—. Mira, la cuestión es que antes no tenía ni idea de que tuvieras Asperger y no podía dejar de pensar en ti. Así que ¿por qué iba a ser distinto ahora?

—Lo es —musita él.

Niego con la cabeza.

—No para mí.

—¿Cómo es posible?

—Porque me gustas. TÚ. La misma persona que me ha gustado todo el curso. —Me río. Tanta honestidad me arranca risitas tontas. O puede que sea Griffin el que lo hace—. ¿Cuántas veces me vas a obligar a decirlo?

—No es tan fácil —replica, pero si espera que le dé la razón esta noche, lo tiene claro.

Le sonrío y propino un golpe a la capota del coche antes de dar media vuelta para marcharme.

—¿Y si lo es?

En cuanto subo a mi coche, mi teléfono se ilumina con un mensaje de mi hermana.

Las luminosas letras blancas dicen: *Cita, ¿sí o no?*

Le respondo: *Ambiguo.*

Pero luego, al cabo de un momento, cambio de idea y escribo: *Sí.*

Al día siguiente, me encuentro en mitad de la pista de asfalto rodeada de niños que corretean a mi alrededor. A lo lejos veo a los mayores, que juegan al *kickball* en equipos bien coordinados. Normalmente sentiría celos de su proceder ordenado, de la tranquila sensación de finalidad que emanan sus actividades. Pero hoy, no sé por qué, los pequeños —mi alborotado, frenético y sobreexcitado grupo— me arrancan carcajadas. En teoría están dibujando con tizas, aunque solo dos siguen sentados en el asfalto con una barra de tiza en la mano. Elan Dwyer dibuja un elefante alado y Bridget DeBerge repasa el contorno de su pie. Los demás han improvisado un juego de pilla-pilla, y saltan de acá para allá con palpable alegría, sofocados, risueños y absolutamente encantados de la vida.

Todos menos Noah, que ha encontrado una canasta de baloncesto.

Me inclino a su lado para que ambos podamos observar la canasta desde el mismo ángulo. Él ya jadea de calor, un bochorno húmedo y pesado, y desprende el mismo tufillo que emanan todos los niños en verano, a loción antimosquitos, crema solar y sudor. Sostiene la pelota con ambas manos según medita el siguiente tiro con los brazos ya cansados.

Recuerdo la pequeña pelota de ayer con una punzada de dolor.

—¿Cómo va? —le pregunto mientras él sigue mirando la canasta con los ojos entornados como si no me hubiera oído—. ¿Sabes? —le digo, al mismo tiempo que señalo el aro—. El truco está en colocarte en el sitio preciso.

—No, no es ese —dice una voz a mi espalda—. El truco está en introducir la pelota por el aro.

Me doy media vuelta a toda prisa y veo a Griffin plantado en la hierba, al borde del asfalto, con sus ropas de costumbre y sosteniendo la pelota verde y blanca de la vitrina en una enorme mano.

—Eh —lo saludo, pasando la vista de la pelota a su rostro y luego otra vez a la esfera—. ¿Qué haces aquí?

Saluda a Noah, que también lo está mirando, con un gesto de la cabeza.

—He pensado que con esta pelota podrías jugar mejor —dice, y se la ofrece. Noah no se mueve; se limita a observar a Griffin durante lo que se me antoja una eternidad. Y entonces, de sopetón, sale del trance, su rostro se ilumina y corre a buscar el balón.

—¿Qué se dice? —le grito de lejos a Noah, que corre hacia la cesta con la pelota debajo de un brazo.

—De nada —grita el niño por encima del hombro, y yo me río.

—Casi.

Griffin sigue allí plantado, a unos metros de distancia, nervioso y desplazado. Entre el jaleo de voces agudas, carcajadas y pies que corren, él crea un oasis de paz: quieto, silencioso y concentrado.

Carraspea.

—¿Podemos hablar un momento?

—Claro. —Miro a mi espalda y encuentro los ojos de Grace. Señalo con un gesto la esquina del edificio y articulo sin voz: «Vuelvo enseguida». Cuando asiente, me vuelvo hacia Griffin—. Vamos —le indico, y me sigue a la vuelta de la esquina, donde se está más fresco y las voces suenan apagadas y lejanas.

Nos encontramos frente a frente y él da un paso adelante hasta quedar muy cerca de mí. Esta vez soy yo la primera en desviar la vista para mirar al suelo con ademán reflexivo, y descubro que llevo una mancha de zumo de manzana en la camiseta del campamento. Levanto la barbilla nuevamente y me obligo a clavarle los ojos, sorprendida cuando él no flaquea.

—Ha sido un gesto muy, muy amable por tu parte —señalo, tratando de aferrarme a mis pensamientos bajo su mirada clara—, eso de comprarle la pelota.

Un amago de sonrisa asoma al semblante de Griffin.

—No la he comprado.

—¿Y de dónde…? —me interrumpo y abro la boca—. No.

Asiente.

—Volví ayer por la noche después de dejarte aquí.

—Debiste de pasarte horas.

—Sí.

—Y gastar un montón de monedas.

—Sí.

—Vaya, pues gracias —respondo—. No sé cómo lo conseguiste, con lo mal que se te da el Aro Loco, pero…

—Tengo que decirte una cosa —me interrumpe Griffin. Se arrepiente al instante—. Perdona, no quería... Bueno, ¿lo ves? A esto me refiero. Por eso tengo tan pocos amigos. Interrumpo constantemente. Y no siempre tengo en cuenta a los demás tanto como debería. Una vez dejé a mi abuela sola en unos grandes almacenes porque estaba concentrado leyendo sobre micología en el teléfono.

—¿Qué es la micología?

—El estudio de los hongos.

Entorno los ojos.

—¿Y eso qué tiene que ver con tu abuela?

—Nada —replica con impaciencia—. Pero estaba tan absorto que, cuando me levanté para marcharme, olvidé que ella estaba allí.

—Ah.

—Estoy trabajando en ello. Pero estoy trabajando en muchas cosas, y llevo toda la vida haciéndolo. No siempre escucho. Y a veces me pongo a hablar de ciertas cosas que...

—¿Como la micología?

—¡Es fascinante! —exclama con tanto entusiasmo que cuesta no sonreír—. Y no siempre me doy cuenta cuando alguien está enfadado, así que si te enfadaras tendrías que decírmelo. Porque seguramente no te preguntaría. Y me cuesta mirar al otro a los ojos...

—Ya —lo animo con una sonrisa—, pero lo estás haciendo.

—Ya lo sé, pero me cuesta mucho. Tanto como aguantar un estornudo o algo así. —Desvía la vista a toda prisa, al tiempo que abre mucho los ojos. Luego los cierra con fuerza y vuelve a mirarme—. Y que conste que el problema no son tus ojos, porque tus ojos me gustan. Son muy bonitos. —Se detiene para respirar y se columpia un momento adelante y atrás sobre los talones antes de proseguir con precipitación—. Y soy demasiado sincero. Aunque dijiste que eso te gusta, no sabes hasta qué punto...

—Griffin.

—¿Sí?

—¿Era eso lo que querías decirme?

Me mira sin entender.

—Has dicho que querías decirme algo…

—Ah, sí. —Se acuerda, y avanza un paso aturullado—. Esto.

Sucede tan deprisa que ni siquiera tengo tiempo de sorprenderme. De golpe y porrazo, Griffin me está dando un beso, un beso suave e inseguro y demasiado rápido. Se aparta casi de inmediato y parpadea.

—No sé si te ha parecido bien…

Antes de que termine la frase, lo agarro por la camisa y lo arrastro hacia mí, y esta vez soy yo la que lo beso. Durante una milésima de segundo noto cómo se crispa, pero luego, con idéntica rapidez, se relaja y entonces —como si hubiera olvidado sus motivos para sentirse inseguro, como si hubiéramos hecho lo mismo un millón de veces— me rodea con los brazos, el espacio que nos separa desaparece y todos los interrogantes se desvanecen. Súbitamente, solo es un chico que me gusta mucho, muchísimo, nada más, y yo solo soy una chica que por fin se ha armado de valor para compartir un beso. Sigue habiendo millones de circunstancias que podrían estropear lo nuestro. Pero también hay millones de cosas que podríamos hacer para arreglarlo. Y, de momento, ninguna importa. Solo estamos él y yo. Yo y él. Los dos.

Hasta que dejamos de estar solos.

Cuando oigo agudas risitas, me obligo a despegarme de Griffin. Durante un segundo, me quedó en el sitio, paralizada, incapaz de darme la vuelta. Él parpadea unas cuantas veces con una sonrisa adormilada, pero se hace la luz en su expresión también y echa un vistazo a mi espalda.

—Ups —dice con una sonrisa tímida, y yo me tapo la cara con las manos.

—Qué asco —suelta Nikko Heyward, muerto de risa.

—Puaj —añade Jack Doyle.

—Asqueroso —apostilla Henry Sorenson.

Detrás de ellos, Noah nos está mirando también. Lleva la pelota que le ha regalado Griffin debajo del brazo y la tiende con expresión suplicante.

—*Cheval?* —pregunta, y Griffin sonríe.

—¡Vamos! —exclama, meciéndose otra vez. Bate las palmas y se encamina a la cancha de baloncesto a un trote ligero. Noah y los otros niños corren tras él—. ¡Vamos a jugar!

Yo me quedo en el sitio, mirándolo: cómo se detiene para chocarle a Noah los cinco, cómo espera a que los demás lo alcancen, cómo me mira y sonríe, cosa que me provoca una descarga eléctrica en todo el cuerpo.

Y yo pienso: *por eso.*

Y justo cuando llegan a la pista —en el instante en el que Noah lanza la pequeña esfera y salta arriba y abajo como si hubiera clavado un triple, aunque la bola ha rebotado en el aro—, Griffin da media vuelta, de nuevo un poco aturullado, y regresa corriendo.

—Casi se me olvida una cosa —dice. Me tiende la mano para que lo siga y yo la tomo.

EL MAPA DE LAS PEQUEÑAS COSAS PERFECTAS

LEV GROSSMAN

Corría el 4 de agosto, y supongo que lo mismo se llevaba repitiendo desde hacía algún tiempo. Apenas me percaté del cambio al principio. De todos modos, mi vida ya se había transformado en una serie de asfixiantes días de verano que se sucedían el uno al otro con monotonía, cada cual prácticamente idéntico al anterior..., pero tal vez una persona más observadora y despierta habría advertido el fenómeno mucho antes que yo.

Qué queréis que os diga, era verano. Hacía calor. En fin, lo voy a soltar de una vez: el tiempo se había detenido.

O quizás no se había detenido exactamente, pero se había instalado en un bucle.

Por favor, creedme si os aseguro que no hablo en un sentido metafórico. No trato de expresar que me aburría y el verano se me antojaba eterno ni nada parecido. Estoy diciendo que, cuando tenía catorce años, el calendario alcanzó el 4 de agosto y decidió pararse ahí: literalmente, cada uno de los días posteriores seguían siendo 4 de agosto. Me iba a la cama la noche del 4 y me levantaba la mañana del mismo día, una y otra vez.

La cadena se había soltado del plato del cosmos. El gran iTunes de los cielos se había instalado en «repetir una».

En lo que se refiere a fenómenos sobrenaturales, ni siquiera era demasiado original, habida cuenta de que ese mismo prodigio exacto le sucede a Bill Murray en *Atrapado en el tiempo.* De hecho, una de mis primeras estrategias consistió en ver esa película unas ocho veces, y si bien admiro su cáustico pero tierno enfoque de los desafíos emocionales que conlleva una relación sentimental, también debo constatar que como guía práctica para escapar de la inmovilidad cronológica deja mucho que desear.

Y sí, también vi *Al filo del mañana.* De modo que si me hubiera topado con un Omega Mimic, creedme, habría tenido muy claro lo que debía hacer. Pero nunca me crucé con ninguno.

La principal diferencia entre mi situación y la de *Atrapado en el tiempo* radicaba en que a mí, a diferencia de a Bill Murray, la situación no se me antojaba demasiado molesta, al menos al principio. No hacía un frío horrible. No tenía que trabajar. Soy bastante solitario, de todos modos, así que la consideré más que nada una oportunidad para leer montones de libros y jugar a videojuegos hasta extremos infames. En todo caso, por poner una pega, me molestaba el hecho de que nadie más supiera lo que estaba pasando, porque no se hablaba de ello. A mi alrededor, todo el mundo creía estar viviendo ese día por primera vez. Yo tenía que esforzarme mucho en fingir que no sabía lo que estaba a punto de suceder y mostrar sorpresa cuando se producían los pequeños acontecimientos del día.

Y además hacía un calor asfixiante. En serio, cualquiera pensaría que habían aspirado el aire del mundo para remplazarlo por un jarabe caliente, transparente y viscoso. A menudo me sorprendía empapado en sudor antes de desayunar siquiera. Estábamos en Lexington, Massachusetts, por cierto, y yo no solo me sabía atrapado en el tiempo, sino también en el espacio, porque mis padres no querían apoquinar la segunda temporada del campamento estival y en el trabajillo temporal que me habían ofrecido en la gestoría de mi madre no me esperaban hasta pasada una semana. Así que ya estaba matando el tiempo, en cualquier caso, cuando los días empezaron a hacer de las suyas.

Solo que ahora, cuando lo mataba, el tiempo no se moría sin más. Se levantaba de la tumba y volvía a empezar. Era un tiempo zombi.

Lexington es una población de los alrededores de Boston, y como tal consta de grandes explanadas de asfalto gris, abundantes extensiones de hierba, numerosos pinos, unas cuantas *McMansiones* que imitan el estilo colonial y un centro salpicado de tiendas tan coquetas como respetables. Y unos cuantos monumentos de interés histórico; ya que Lexington tuvo un papel memorable pero tácticamente insignificante en la Revolución americana, así que la autenticidad histórica se prodiga en nuestra ciudad, como se encargan de recordar las abundantes y útiles placas informativas.

Pasada cosa de una semana, me había instalado en una rutina inamovible. Por la mañana, dormía hasta que mi madre ponía rumbo al trabajo, un trayecto que incluía dejar a mi hermana menor, atlética hasta extremos casi inquietantes, en el campamento de fútbol. A partir de ese momento estaba completamente solo. Desayunaba Cheerios con frutos secos y miel, una elección que en principio podría parecer un tanto repetitiva, pero que en realidad disfrutaba más y más con el paso de los días. Hay infinitos matices en un tazón de Cheerios con frutos secos y miel. Capas y capas de sabores por descubrir.

Aprendí cuándo poner pies en polvorosa. Busqué estrategias para estar ausente desde las 5:17 de la tarde a las 6:03, que era cuando mi hermana repetía diecisiete veces seguidas la parte difícil del tercer movimiento del *Concierto para violín en La menor* de Vivaldi. Por lo general, me escabullía después de comer, mientras mis padres (se divorciaron un par de años atrás, pero ese día mi padre estaba en casa, no sé por qué, seguramente para hablar de dinero) discutían a gritos más altos que de costumbre si mi madre debía o no llevar el coche al taller, para averiguar por qué el tubo de escape tintineaba al pasar por una zona de baches.

Me ayudó a ver las cosas con perspectiva. Nota mental: no desperdiciar la vida discutiendo por tonterías.

En cuanto al resto del día, mis estrategias para permanecer ocupado durante toda la eternidad incluían: (a) ir a la biblioteca e (b) ir a la piscina.

Por lo general escogía la opción (a). La biblioteca me ofrecía seguramente el entorno más confortable de todo Lexington, y eso contando mi hogar, la casa donde dormía por las noches. En la biblioteca dominaba el silencio. Había aire acondicionado. Reinaba la calma. Los libros no tocan el violín. Ni discuten por tubos de escape.

Por si fuera poco, huelen bien. Por eso no soy partidario de la tan cacareada revolución del libro electrónico. Los libros electrónicos no huelen a nada.

Con una cantidad de tiempo prácticamente infinita a mi disposición, me podía permitir pensar a lo grande, y lo hice: decidí leer la sección entera de fantasía y ciencia ficción, libro a libro, en orden alfabético. En aquel entonces, esa posibilidad venía a constituir para mí la definición de la felicidad misma. (La definición estaba a punto de cambiar, por cierto, y completamente, pero no adelantemos acontecimientos). Al comienzo de esta historia, el 4 de agosto llevaba corriendo cosa de un mes, día arriba, día abajo, y yo iba por *Planilandia*, escrita por un tal (va en serio) Edwin Abbott Abbott.

Planilandia se publicó en 1884 y trata de las aventuras de Cuadrado y Esfera. Cuadrado es una forma plana, bidimensional, mientras que Esfera es redonda y tridimensional, así que, cuando se encuentran, la Esfera tiene que explicarle al Cuadrado en qué consiste la tercera dimensión. En plan, qué significa poseer volumen además de longitud y anchura. La existencia de Cuadrado se limita a un solo plano y él jamás ha levantado la vista para mirar más allá, así que, cuando por fin lo hace, alucina en colores como es natural.

Esfera y Cuadrado emprenden un viaje y llegan a un mundo unidimensional, cuyos habitantes son líneas infinitamente delgadas. Más tarde visitarán un mundo cerodimensional, habitado por un punto, ínfimo y solitario, condenado a pasarse toda la eternidad cantando para sí mismo y que no tiene la menor idea de que exista algo más, o alguien.

Tras eso, deciden averiguar cómo sería una cuarta dimensión, momento en el cual mi cerebro dijo basta y decidí acercarme a la piscina.

A estas alturas, es posible que os estéis planteando señalarme: «Eh. Chaval (Me llamo Mark). Vale, Mark. Si el mismo día se repite una y otra vez, si cada mañana todo comienza de cero y el día se despliega del mismo modo exacto que el anterior, podrías hacer lo que quisieras, ¿no?». O sea, claro, podrías ir a la biblioteca, pero te podrías presentar desnudo, por decir algo, y daría igual porque todo se borraría al día siguiente, como cuando agitas un Telesketch. Podrías, no sé, asaltar un banco o viajar por ahí colándote en los trenes de mercancías, o decirles a los demás lo que piensas de ellos en realidad. Podrías hacer lo que quisieras.

Y en teoría tendrías razón, es verdad. Pero sinceramente, con este calor, ¿quién quiere hacer algo así? A mí solo me apetecía sentarme a leer en un sitio fresquito.

Además, ya sabéis, siempre existe la remota posibilidad de que en esa única ocasión el fenómeno no se repita, de que el hechizo se esfume tan misteriosa y súbitamente como llegó, y en ese caso el 5 de agosto tendría que afrontar las consecuencias de mis locuras del día anterior, cualesquiera que fuesen.

O sea, a día de hoy mi vida carecía de consecuencias. Pero las consecuencias no se pueden burlar para siempre.

Como iba diciendo, me acerqué a la piscina. El detalle es significativo porque fue allí donde conocí a Margaret, y eso también es importante, porque después de conocerla todo cambió.

La piscina de mi barrio se llama Paint Rock. Cuenta con una zona de natación, una zona de juegos, una cascada que a veces funciona y un montón de tumbonas para que los padres se tumben a tomar el sol como morsas. (¿Por qué morsa y foca son palabras femeninas? ¿Por qué no *morso* o *morse*? Esos eran los dilemas que ocupaban mi ociosa mente).

La propia piscina está hecha de un hormigón increíblemente tosco que, va en serio, te arranca la piel a tiras si resbalas en el borde.

De verdad. Me crie aquí y me he caído en infinidad de ocasiones. Ese piso te despelleja.

Enormes pinos flanquean el recinto que, en consecuencia, está sembrado de agujas y de un finísimo polen color amarillo canario que, si te paras a pensarlo, es la expresión sexual de los pinos. Yo procuro no pensarlo.

Me fijé en Margaret porque no debería estar allí.

O sea, al principio reparé en ella porque llamaba la atención. La mayoría de gente que acude a Paint Rock son clientes habituales, del barrio, pero a ella nunca la había visto. Era alta, tanto como yo, uno setenta y pico tal vez, delgada y muy pálida, con el cuello largo, la carita redonda y una melena oscura, abundante y rizada. No era guapa en un sentido convencional, supongo; no poseía el tipo de belleza que ves en la tele o en el cine. Pero ¿nunca os ha pasado que veis a una persona —y esa persona es distinta para cada cual— y ya no podéis desviar la vista, y de repente os sentís diez veces más despiertos que antes y tenéis la sensación de ser un arpa que empieza a sonar?

Ese fue el efecto que me produjo Margaret.

Pero si me fijé en ella fue también porque no encajaba en la escena.

La regla número uno de un bucle temporal dicta que todo el mundo va a comportarse exactamente igual que el día anterior a menos que interactúes con ellos de un modo que afecte a su conducta. Todos tomaban las mismas decisiones y decían las mismas cosas. La regla se aplicaba también a los objetos inanimados: las pelotas rebotaban igual, las gotas salpicaban del mismo modo, las monedas caían del mismo lado. Es posible que el fenómeno contradiga alguna ley fundamental relativa a la arbitrariedad cuántica, pero, oye, a las pruebas me remito.

Así que, cuando me plantaba en la piscina a las, pongamos, dos de la tarde, sabía perfectamente dónde estaría cada persona y qué estaría haciendo, en todas las ocasiones. En parte, resultaba tranquilizador. Nada de sorpresas. Y la verdad es que ese conocimiento me hacía sentir poderoso, en cierto modo: literalmente conocía el futuro. *¡Yo, emperador divino del 4 de agosto, sabía sin lugar a dudas lo que iba a hacer cada cual antes de que sucediera!*

En consecuencia, me habría fijado en Margaret en cualquier caso, aunque no hubiera sido ella; nunca la había visto por allí. Era un factor sorpresa. En realidad, la primera vez que posé los ojos en su persona no me lo podía creer. Pensé que tal vez alguna de mis acciones hubiera provocado una cadena de eventos tipo efecto mariposa que hubiera desembocado en la presencia de esa chica en la piscina, donde no debía estar, pero no se me ocurría qué podía haber hecho. Dudaba si decirle algo o no hacerlo, y para cuando decidí que sí, ya se había marchado. No la vi al día siguiente. Ni al otro.

Al cabo de un tiempo, renuncié. O sea, yo tenía mi propia vida. Cosas que hacer. Montones de helados que comer sin engordar ni un gramo. Además, albergaba la idea de que, con una cantidad de tiempo infinita a mi disposición, a lo mejor encontraba la cura del cáncer, si bien pasados unos días empecé a reconocer que tal vez carecía de los recursos necesarios para lograrlo, por más tiempo que tuviera.

Y que me faltaban algo así como cien puntos de cociente intelectual para reunir la inteligencia necesaria. En cualquier caso, siempre podía volver a ello más adelante.

Pese a todo, cuando Margaret apareció por segunda vez, decidí que en esta ocasión no la dejaría escapar. El mismo día se había desplegado en la piscina unas veinte veces, a esas alturas, y empezaba a resultar un tanto aburrido. Gran peso soporta la cabeza que sostiene la corona del emperador divino. Estaba listo para algo inesperado. Hablar con hermosas desconocidas no es mi especialidad, pero en este caso se me antojaba importante.

Y además, si hacía el ridículo, al día siguiente se le habría olvidado.

Al principio la estuve observando. Uno de los elementos perpetuos de nuestro 4 de agosto en Paint Rock era el desaforado vuelo de una pelota de tenis, que cada día sin falta, a las 2:37, uno de los niños de la piscina lanzaba con pésima puntería, lo que no solamente impedía que su amigo la cazase al vuelo, sino que la enviaba al otro lado de la verja de detrás de la piscina, momento en el cual la pelota se volvía irrecuperable, porque había ido a parar a un escarpado barranco rematado por la carretera 128. Nada que traspasara esa verja se recuperaba nunca.

Sin embargo, ese día fue distinto, porque Margaret apareció —como quien no quiere la cosa, diría yo— vestida con un bikini por arriba, unos vaqueros cortos y una pamela de paja, y cuando el niño lanzó la bola ella se puso de puntillas y —mostrando por un instante la axila, afeitada y aún más pálida que su tez— cazó la pelota en el aire con su esbelto brazo. Ni siquiera la miró. Sencillamente la atrapó, volvió a tirarla a la piscina y siguió andando.

Casi como si supiera lo que iba a pasar. El niño la siguió con la vista mientras ella se alejaba.

—Gracias —le gritó, llevando a cabo una imitación curiosamente buena de Apu de *Los Simpson*—. ¡Vuelva pronto!

La vi mover los labios según caminaba. Pronunció esas mismas palabras —«Gracias, vuelva pronto»— a la vez que el niño. Como si las hubiera estudiado en el mismo guion. Se desplomó en una tumbona y se tendió, pero luego cambió de idea e incorporó el respaldo una pizca. Yo me encaminé hacia ella y me senté en la tumbona contigua. En plan tranqui.

—Hola.

Volvió la cabeza y se protegió los ojos del sol con la mano. De cerca era todavía más guapa y más turbadora de lo que yo pensaba, con una galaxia de pecas desperdigadas por el puente de la nariz.

—Hola —dijo.

—Hola. Soy Mark.

—Vale.

Como si me diera la razón: vale, muy bien, es posible que te llames Mark.

—Mira, no sé muy bien cómo plantear esto —empecé— pero ¿por casualidad no estarás atrapada en una anomalía temporal? En plan ¿ahora? Como si el tiempo se comportara de forma rara.

—Ya sé lo que es una anomalía temporal.

La luz del sol arrancaba destellos al agua color zafiro de la piscina. Los niños gritaban y reían.

—Quiero decir que…

—Ya sé lo que quieres decir. Sí, a mí también me pasa. Eso de que se repiten los días. El mismo día.

—Ay. ¡Ay, por favor! —Una inmensa ola de alivio me inundó. No me lo esperaba. Me recosté en la tumbona y cerré los ojos un momento. Creo que solté una carcajada—. Ay, Dios mío. Dios mío. Ay, por favor.

Me parece que hasta ese momento no me había dado cuenta de lo aterrado que estaba ni de lo solo que me sentía. O sea, lo estaba pasando bien, pero también empezaba a asustarme la posibilidad de quedar atrapado por siempre en el 4 de agosto y que nadie excepto yo llegara a saberlo nunca. Nadie lo creería. No a menos que alguien más lo supiera.

Sin embargo, ella no se mostraba ni de lejos tan emocionada como yo. Casi diría que parecía un tanto hastiada.

Me senté otra vez.

—Soy Mark —repetí, sin acordarme de que ya se lo había dicho.

—Margaret.

Le estreché la mano, va en serio.

—Qué locura, ¿verdad? O sea, al principio no me lo podía creer. O sea, ¿tú te lo puedes creer? —Estaba desvariando—. Es rarísimo. ¿Verdad? Como magia o algo así. En plan, ¡no tiene ni pies ni cabeza!

Inspiré profundamente.

—¿Sabes si alguien más está al corriente?

—No.

—¿Tienes idea de por qué sucede?

—¿Cómo quieres que lo sepa?

—No sé. ¡No sé! Perdona, es que estoy muy emocionado. Me alegro tanto, tanto de que tú también estés en el ajo. A ver, no me alegro de que estés atrapada en el tiempo ni nada, pero, por Dios, ¡pensaba que era el único! Perdona. Enseguida me tranquilizo. —Una inspiración profunda—.

¿Y qué has estado haciendo todo este tiempo? ¿Aparte de venir a la piscina?

—Mirar películas, principalmente. Y estoy aprendiendo a conducir. Da igual que escacharre el coche, porque por la mañana estará reparado, ¿no?

No acababa de entender su actitud. Qué raro. Es verdad que yo estaba histérico, pero ella parecía la tranquilidad personificada. Su calma se me antojaba extraña. Casi cabría pensar que me hubiera estado esperando.

—¿Y qué? —quise saber—. ¿Lo has escacharrado?

—Sí, la verdad. Y el buzón de mi casa. La marcha atrás se me da fatal. Mi madre se enfadó mucho, pero el universo al completo se reinició por la noche y ya no se acuerda. Bueno. ¿Y qué has estado haciendo tú?

Le conté lo de mi proyecto en la biblioteca. Y mi idea de curar el cáncer.

—Hala, eso no se me había ocurrido. Supongo que no tengo tanta imaginación.

—No llegué a ninguna parte.

—De todas formas. Un diez por intentarlo.

—A lo mejor debería ser más modesto e investigar el pie de atleta o algo así.

—O la conjuntivitis.

—Así se habla.

Permanecimos en silencio un ratito. Ahí estábamos, el último chico y la última chica sobre la faz de la Tierra, y no se me ocurría nada que decir. Esas piernas tan largas enfundadas en unos pantaloncitos tan cortos me distraían. No llevaba las uñas pintadas, pero sí las de los pies, de negro.

—No eres de por aquí, ¿verdad? —le pregunté—. ¿Acabas de mudarte o algo así?

—Hace un par de meses. Vivimos en esa urbanización nueva de Tidd Road, al otro lado de la autopista. En teoría ni siquiera cumplimos los requisitos para venir a esta piscina, pero mi padre lo amañó. Mira, tengo que irme.

Se levantó. Me levanté. Esa era una de las cosas que pronto descubriría acerca de Margaret: siempre parecía a punto de marcharse a otra parte.

—¿Me das tu número? —le pedí—. O sea, ya sé que no me conoces, pero tengo la sensación de que sería mejor que, o sea, estuviéramos en contacto. Quizá para averiguar qué está pasando. Puede que desaparezca sin más. Pero también es posible que no.

Lo meditó un momento.

—Vale. Dame tu número.

Lo hice. Ella me envió un mensaje para que tuviera el suyo. El texto decía: *soy yo.*

Dejé pasar unos días antes de ponerme en contacto con Margaret. Tenía la sensación de que necesitaba espacio personal, y que no saltaba de alegría precisamente ante la perspectiva de pasar la eternidad con alguien como yo, un pardillo lo mires por donde lo mires. No soy uno de esos pringados que van por ahí compadeciéndose de sí mismos ni nada parecido; me siento cómodo en el papel que me ha otorgado el universo social. Pero soy consciente de que no todo el mundo me va a considerar el chico ideal a la hora de compartir una cantidad de tiempo infinita.

Aguanté hasta la tarde del cuarto día d. M. (después de Margaret).

Hacia las cuatro de la tarde solía ser cuando la monotonía de todo el asunto empezaba a pasarme factura. En la biblioteca, veía al mismo viejecito acercarse con su andador a la mesa de préstamos. Oía pasar al mismo chupatintas con el mismo carrito chirriante. La misma mujer de ojos congestionados discutía una multa en pleno ataque de estornudos. El mismo niño de cuatro años sufría un descalabro emocional y era sacado a rastras del edificio.

Lo peor es que el mundo se estaba tornando más y más insustancial; la repetición constante lo estaba privando de realidad. Los actos perdían importancia. Me gustaba eso de hacer siempre lo que me viniera en gana, sin responsabilidades, pero las personas que me rodeaban se me antojaban menos sujetos dotados de pensamientos y sentimientos, por más que lo fueran, y más robots extremadamente realistas.

Así que le envié un mensaje a Margaret. Ella no era un robot. Era una persona de verdad, como yo. Una persona despierta en un mundo de sonámbulos.

¡Eh! Soy Mark. ¿Qué tal?

Pasaron unos cinco minutos antes de que me respondiera. Para entonces yo había reanudado la lectura de *El restaurante del fin del mundo,* de Douglas Adams.

No me puedo quejar.

Me estoy muriendo de asco. ¿Estás en la piscina?

Estaba conduciendo. He chocado contra el bordillo. Y me he cargado otro buzón.

Ay. Menos mal que el tiempo se ha averiado.

Menos mal.

Pensé que eso constituía un cierre simpático y redondo, y no esperaba nada más, pero al cabo de otro minuto el teléfono me indicó que estaba escribiendo otra vez.

¿Estás en la biblioteca?

Sí.

Me paso en 10 minutos.

Huelga decir que el resultado sobrepasaba mis expectativas más optimistas. La esperé en la escalinata de la entrada. Ella llegó al volante de una ranchera Volkswagen negra, que lucía un arañazo de pintura naranja en la portezuela del pasajero.

Me alegré tanto de verla que me entraron ganas de abrazarla. De nuevo la sensación me pilló por sorpresa. Me aliviaba tanto no tener que seguir fingiendo —que no sabía lo que venía a continuación, que las cosas no habían sucedido anteriormente, que no me estaba aferrando con la punta de los dedos a la idea de que la realidad era trascendente—. Enamorarse se debe de parecer un poco a eso: a conocer a una persona que entiende algo que nadie más parece comprender, que el mundo está hecho trizas y nunca jamás podrá ser reparado. Puedes dejar de fingir, al menos durante un tiempo. Ambos podéis admitirlo, aunque solo sea mutuamente.

O puede que no siempre sea así. No lo sé. A mí únicamente me ha sucedido esa vez. Margaret se apeó del coche y se sentó a mi lado.

—Hola.

—Hola —respondí.

—Y qué. ¿Has leído algún libro bueno últimamente?

—Pues resulta que sí. Pero espera. Espera. Mira esto.

El tropiezo se producía a diario, allí mismo. Lo había presenciado un mínimo de cinco veces. Chico que mira el móvil se encamina hacia otro chico que mira el móvil y pasea a su perro, un pequeño salchicha. La correa se le enreda al primero en el tobillo, que tiene que agitar los brazos y saltar un poquito para no caer, cosa que solo le sirve para enredarse aún más en la correa. El perro se vuelve loco.

Todo se desplegó a la perfección, como siempre. Margaret se partió de risa. Era la primera vez que la oía reír.

—¿Alguna vez se ha caído?

—Que yo haya visto, no. Una vez les grité: «¡Cuidado! ¡Perro salchicha! ¡Pónganse a salvo!». Y el primer tío me miró en plan: «Por favor, ya lo he visto. Eso no va a pasar ni en un MILLÓN de años». Así que ahora les dejo que se tropiecen. Además, me parece que al perro le divierte.

Observamos el tráfico.

—¿Quieres conducir un rato? —me preguntó.

—No sé. —Me hice el interesante. Porque soy así de guay—. Por lo que dices, no es la actividad más segura del mundo.

—¿Qué quieres que te diga? La vida nos da sorpresas. —Margaret ya se encaminaba al coche—. O sea, no me refiero a nuestras vidas. La vida en general.

Montamos en la ranchera. En el interior flotaba el aroma de Margaret, solo que más intenso. Pasamos por delante de las muchas tiendas de toda la vida que han brotado como setas en el centro de Lexington.

—Da igual —concluye—. Si morimos entre metal retorcido, seguramente nos reencarnaremos por la mañana.

—Seguramente. Verás, lo que me preocupa es ese «seguramente».

—En realidad lo he pensado largo y tendido y estoy segura de que estaríamos aquí otra vez. Está sucediendo. O sea, piensa en la cantidad de gente que muere en el mundo a diario. Si no regresaran al día siguiente como si nada, esas personas aparecerían muertas en sus camas cuando todo se reinicia. O desaparecerían, o estarían en éxtasis o algo así. En cualquier caso, alguien se habría dado cuenta. Ergo, deben resucitar.

—Y luego volver a morir. Dios mío, hay gente que está muriendo una y otra vez. Me pregunto cuánta.

—Ciento cincuenta mil —respondió Margaret. Lo he buscado. Es la cifra de gente que muere a diario, de media.

Traté de imaginarlo. Mil personas en fila delante de un precipicio. Y luego ciento cincuenta filas iguales a esa.

—Dios mío, imagina que sufres una muerte dolorosa —observé—. O sencillamente que tienes un día horrible, que estás enfermo y sufriendo. O que te disparan. O que te dejan. Te estarían dejando una y otra vez. Sería horrible. En serio, tenemos que arreglarlo.

No parecía interesada en compartir mis tribulaciones. De hecho, permaneció impertérrita mientras yo hablaba, y entonces caí en la cuenta de que tal vez el 4 de agosto no fuera un día tan sencillo para ella como para mí.

—Perdona, esto se está poniendo muy tétrico.

—Sí —dijo ella—. Y seguramente montones de cosas buenas se repiten a diario también.

—Así me gusta.

Llegamos al final del pueblo. No es una localidad muy grande. Margaret tomó una rampa de acceso a la carretera 2.

—¿A dónde vamos? —le pregunté.

—A ninguna parte en especial.

Hacía, como siempre, un calor abrasador y el tráfico de la tarde abarrotaba la autopista.

—Antes escuchaba la radio —comentó Margaret—, pero estoy harta de oír siempre las mismas canciones.

—¿Qué zona estará afectada? O sea, ¿el bucle temporal afectará únicamente a Lexington o a todo el planeta? ¿O a la totalidad del universo? ¿No sería más lógico que afectara a la totalidad del universo? ¿Agujeros negros, quásares y exoplanetas, todos reiniciándose a diario, con nosotros dentro? ¿Y somos los únicos seres humanos en todo el universo que lo sabemos?

—Eres un pelín egocéntrico, ¿no crees? —me reprochó—. Debe de haber algún que otro alienígena por ahí que se haya dado cuenta también.

—Tienes razón.

—En realidad estaba pensando que, si se trata de un fenómeno localizado, bastará con que salgamos del campo de influencia o la zona, o lo que sea, para que el tiempo vuelva a discurrir hacia delante.

—Vale la pena intentarlo —asentí—. En plan, apretar el acelerador y a ver qué pasa.

—Yo estaba pensando más bien en un avión.

—Ya.

Si bien, para ser sincero, en ese momento me sentía tan bien en el coche con Margaret que no estaba seguro de querer que el tiempo volviera a la normalidad. No me habría importado revivir esos cinco minutos cientos de veces. Abandonó la autopista.

—No te he dicho la verdad. Acerca de nuestro destino. Quiero enseñarte una cosa.

Se internó en un aparcamiento con el suelo de tierra. La gravilla crepitó bajo los neumáticos. Ya sabía dónde estábamos: en la presa Wachusett. Mi padre me llevaba constantemente cuando era pequeño para enseñarme a pescar. Alberga trillones de percas sol. Después de la pubertad empecé a identificarme con los peces y me negué a volver.

Margaret miró su reloj.

—Mierda. Vamos, nos lo vamos a perder.

Echó a correr por el pinar que rodeaba la presa. Era rápida —esas piernas tan largas— y no pude alcanzarla hasta que se detuvo a pocos metros de una playa de arena oscura. Me posó la mano en el brazo. Era la primera vez que me tocaba. Recuerdo la ropa que llevaba: una camiseta naranja tan gastada que había mudado en un tono sorbete de melocotón, con el viejo logo de un campamento estival estampado. Noté sus dedos sorprendentemente fríos.

—Mira.

A la luz del atardecer, el agua titilaba como cuentas de oro fundido. Reinaba el silencio, aunque de fondo se dejaba oír el zumbido de la autopista.

—Yo no…

—Espera. Ya viene.

Llegó. Un halcón bajó en picado, un haz denso y peligroso de plumas negras. Se hundió en el agua como una flecha, agitó frenéticamente las alas proyectando a su alrededor una lluvia de diamantes, volvió a ascender al firmamento, con furia, portando una inquieta perca sol entre las garras, y se perdió de vista.

La cálida y brumosa tarde seguía siendo tan silenciosa y desierta como antes. La aparición no había durado más de veinte segundos. Era el tipo de experiencia que te recordaba que en un día aún caben las sorpresas, por más que lo hayas vivido cincuenta veces. Margaret se volvió a mirarme.

—¿Y bien?

—¿Y BIEN? ¡Ha sido alucinante!

—¿Verdad? —Su sonrisa podría haber detenido el tiempo por sí misma—. Lo vi por casualidad el otro día. O sea, hoy, pero tú ya me entiendes. Hace unos días.

—Gracias por enseñármelo. ¿Sucede a diario?

—A la misma hora exacta. A las 4:22:30. Ya lo he visto tres veces.

—Casi vale la pena estar atrapado en el tiempo por ver algo así.

—Casi. —Una idea cruzó su pensamiento y su sonrisa decayó—. Casi vale la pena.

Margaret me dejó en la biblioteca —tenía la bici aparcada allí— y eso fue todo. No le pedí salir ni nada parecido. Supuse que con estar atrapada en el tiempo conmigo ya tenía suficiente. Estábamos condenados a estar juntos. Éramos igual que dos náufragos, solo que, en lugar de estar perdidos en una isla, habíamos naufragado en un día.

Como poseo una extraordinaria fuerza de voluntad, tardé dos días en enviarle un mensaje.

He encontrado otro. En las escaleras traseras de la biblioteca (las que dan al aparcamiento) a las 11:37:12.

¿Otro qué?

Otro. Ven.

No respondió, pero yo la esperé igualmente, por si acaso. Tampoco tenía nada mejor que hacer. Y acudió. La ranchera en forma de barco dobló la entrada del aparcamiento a las 11:30. Aparcó en la sombra.

—¿De qué se trata? —preguntó—. ¿Otro halcón?

—No grites, no quiero fastidiarlo.

—¿Fastidiar qué?

Señalé.

La entrada trasera de la biblioteca poseía una escalinata de cemento que daba al aparcamiento. Los peldaños no tenían nada de particular, pero por gracia de alguna extraña cualidad *pitagorense* atraía a los *skaters* de catorce años igual que un imán atrae limaduras de hierro. Revoloteaban por allí como buitres alrededor de un cadáver. Seguramente aparecieron en el instante en que el cemento se secó.

—¿Es esto lo que me querías enseñar? —preguntó ella—. ¿Frikis del monopatín?

—Tú mira.

Los críos y las crías descendían por los peldaños por turnos, uno tras otro, cada cual con su truco particular. Cuando llegaban abajo, subían por la rampa de minusválidos y se ponían a la cola otra vez. Nunca se cansaban.

—Vale —le dije—. ¿Qué tienen de especial estos *skaters*?

—¿A qué te refieres? —Margaret estaba visiblemente intrigada.

—¿Qué tienen en común?

—¿Que, paradójicamente y a pesar de que el monopatín define la esencia de su identidad, a todos se les da fatal?

—¡Exacto! —exclamé yo—. La regla de oro del *skater* dicta que nunca jamás llegarán a clavar el truco que están practicando. Ahora mira.

Un *skater* patinó hacia lo alto de las escaleras, dobló las rodillas, saltó y su monopatín salió disparado en un ángulo extraño sin él. Le tocaba al siguiente. Y al siguiente. Y al siguiente.

Miré el reloj. Las 11:35.

—Dos minutos más —dije—. Perdona. Supuse que llegarías tarde. ¿Cómo va todo?

—Bien.

—¿Qué tal las prácticas?

—Genial. Necesito un nuevo reto. Estoy entre los malabarismos y la ingeniería electrónica.

—Hay que ser práctico. Los malabares son el futuro.

—Es la elección más sensata.

Una *skater* cayó. Se podría haber hecho daño, pero rodó y se levantó sin un rasguño. El siguiente se acobardó antes de llegar siquiera a lo alto de las escaleras.

—Vale, dos más. —Fallo—. Uno más. —Fallo—. Vale. ¡Empieza el espectáculo!

El siguiente en probar fue un niño rechoncho de cara redonda con un casquete de cabello oscuro bajo el casco de verdad, al que ya habíamos visto pifiarla varias veces. Su rostro mostraba decisión y concentración. Se dio impulso, buscó el equilibrio, colocó los pies, se agachó, llegó a las escaleras y saltó.

El monopatín giró una vez y aterrizó con fuerza en la barandilla con un *grind* perfecto. En serio, era como estar viendo un videojuego; igual que los X Games nivel *superpro.* El niño recorrió toda la barandilla, tres metros en un largo segundo con los brazos en cruz. La primera vez que lo vi supuse que ahí acababa todo. Había clavado el truco y con eso se conformaría; la historia recordaría su nombre por siempre. Pero no, no había terminado. Iba a por todas: el *flip* de 360 grados a la salida del *grind.*

Con una flexibilidad nada propia de su complexión pálida y patosa, abandonó la barandilla y salió volando, levitando en el aire mientras su monopatín giraba enloquecido sobre ambos ejes. Y entonces, ¡fump!, aterrizó sobre la tabla, con los dos pies. Y lo clavó.

¡Lo clavó! El monopatín se hundió hasta amenazar con romperse, pero él mantuvo el equilibrio y cuando se irguió... ¡su rostro! ¡No se lo podía creer! Su expresión reflejaba la máxima felicidad que un ser humano es anatómicamente capaz de expresar.

—¡SÍ! —Levantó ambos puños al mismo tiempo—. ¡YA TE DIGO!

Los *skaters* corrieron hacia él. Se le echaron encima. Era, y tal vez fuese por siempre, el mejor momento de su vida.

—Dime si no ha valido la pena —exclamé.

Margaret asintió solemnemente. Ahora me miraba de manera distinta. Parecía como si me viera, como si de verdad me prestara atención, por primera vez.

—Ha valido la pena. Tenías razón. Ha sido perfecto.

—Como el halcón.

—Como el halcón. Venga, vamos a comer algo caro y grasiento.

Pedimos lo más graso que encontramos: hamburguesa con beicon y queso, con doble de beicon y doble de queso. Ese fue el día en que se nos ocurrió la idea del mapa de las pequeñas cosas perfectas.

No es fácil ir por la vida buscando aquello que no sea un asco para poder disfrutarla; y hablo de la vida normal, que cada veinticuatro horas te brinda un flamante nuevo día por explorar. Nosotros nos encontrábamos en una situación aún más complicada si cabe, porque nos teníamos que apañar con las mismas veinticuatro horas un día sí y otro también, y el periodo se estaba tornando cada vez más inconsistente.

Nos lo tomamos muy en serio. El halcón y el *skater* no fueron más que el comienzo. Nos habíamos propuesto encontrar todos y cada uno de los instantes bellos, todas y cada una de las pequeñas cosas perfectas que ese 4 de agosto en particular nos pudiera brindar. Sin duda había más: instantes en los que, apenas por unos segundos, el carbón mate de la realidad mudara por efecto del azar en el diamante de lo fantástico. Si queríamos seguir cuerdos, tendríamos que localizarlos todos. Nos habíamos propuesto arrancar al 4 de agosto hasta la última gota de perfección que poseyese.

—Debemos ser superobservadores —señaló Margaret—. Estar muy atentos. No podemos limitarnos a estar vivos. Tenemos que estar supervivos.

Aparte de estar supervivos debíamos organizarnos. Compramos una vistosa pluma y un gran mapa de Lexington, que desplegamos sobre una mesa de la biblioteca. Margaret encontró la presa Wachusett y escribió encima «HALCÓN» y «16:32:30» en vistosa tinta morada. (Expresar la hora a la manera militar le daba al asunto un cariz más oficial). En la zona de la biblioteca yo escribí: 11:37:12 y «SKATER».

Retrocedimos para admirar nuestra obra. Era un comienzo. Formábamos un equipo: Mark y Margaret contra el mundo.

—¿Te das cuenta de que cuando el mundo se reinicie por la mañana el mapa desparecerá? —me preguntó.

—Habrá que acordarse. Dibujarlo otra vez desde cero a diario.

—¿Y cómo los encontraremos? ¿Los instantes únicos?

—No sé —fue mi respuesta—. Manteniendo los ojos abiertos, supongo.

—Viviendo en el presente.

—Solo porque sea un tópico no debemos descartarlo.

—A lo mejor podríamos proceder por sectores —propuso ella—. Dividir el pueblo en secciones, repartirlas entre los dos y asegurarnos de observar cada una de las secciones a lo largo de las veinticuatro horas, para no perdernos nada.

—O podríamos limitarnos a pasear.

—Eso también.

—¿Sabes a qué me recuerda esto? —dije—. Al mapa de *Los héroes del tiempo.*

—Vale. No tengo ni idea de qué es eso.

—¡Ay, Dios! Vale la pena que el universo se detenga aunque solo sea para ver *Los héroes del tiempo.*

Entonces me puse a explicarle lo que exponía *Planilandia* acerca de la cuarta dimensión, pero quedé como un listillo, porque Margaret no solo había leído *Planilandia,* sino que además lo había entendido. Así que me lo explicó ella a mí.

—Nosotros vivimos en un mundo de tres dimensiones, ¿vale?

—Hasta ahí te sigo.

—Ahora mira nuestras sombras —prosiguió—. Nuestras sombras son planas. Bidimensionales. Están una dimensión por debajo de nosotros, igual que, en un universo plano, la sombra de un ser bidimensional sería una línea. Las sombras siempre tienen una dimensión menos que el cuerpo que las proyecta.

—Todavía te sigo. Creo.

—Así pues, si quieres imaginar la cuarta dimensión, tendrás que visualizar algo que proyecte una sombra tridimensional. Nosotros seríamos las sombras de esos seres cuatridimensionales.

—Uf, vaya. —Mi pobre mente plana, como la del Cuadrado, estaba flipando—. Yo pensaba que la cuarta dimensión era el tiempo o algo así.

—Sí, eso resultó ser falso. Incluso se ha creado una representación tridimensional del aspecto que tendría un cubo de cuatro dimensiones. Se le llama un «hipercubo». Mira, te lo dibujaré. Pero ten en cuenta que mi dibujo será solo bidimensional.

Tuve en cuenta su advertencia. Lo dibujó. Era así:

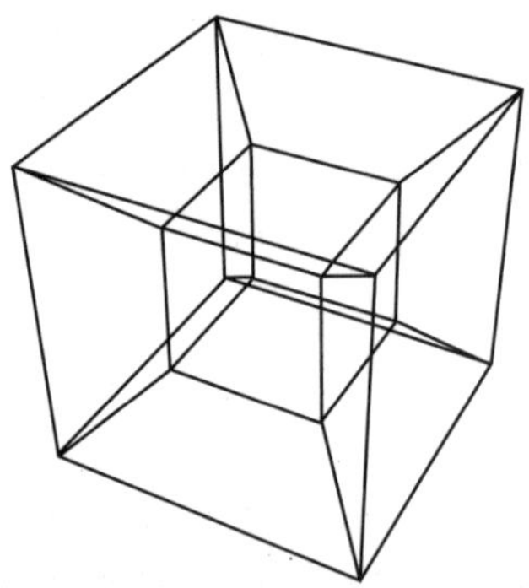

Me quedé mirando el dibujo mucho rato. No parecía tan cuatridimensional, pero ¿qué se yo, al fin y al cabo?

—¿Tú crees —le pregunté— que toda esta historia del bucle temporal será obra de unos seres superiores, cuatridimensionales, que poseen la capacidad de manipular el espacio-tiempo tridimensional? ¿Que han creado un bucle en nuestro universo con la misma facilidad con que nosotros confeccionaríamos una cinta de Möbius usando un trozo de papel?

Frunció los labios. Se estaba tomando la idea más en serio de lo que seguramente merecía.

—Me sentiría un poco decepcionada si fuera así —declaró por fin—. Me gustaría pensar que tienen mejores cosas que hacer.

Me envió un mensaje de texto dos días más tarde.

Esquina de Heston y Grand, 7:21:55

Llegué a las 7:20 de la mañana siguiente, con café. Margaret ya estaba allí.

—Has madrugado mucho —le dije.

—No he dormido. Quería ver si sucedía algo raro en mitad de la noche.

—¿Raro como qué?

—Ya sabes. Quería estar despierta cuando el mundo volviera a empezar.

Lo más absurdo de todo era que a mí nunca se me había ocurrido. Siempre había pasado ese momento durmiendo. Supongo que soy más bien diurno.

—¿Y cómo ha sido?

—Ha sido rarísimo. Todos los días deben comenzar del mismo modo exacto, así que si el 4 de agosto te despertaste en tu cama, lo que supongo que hiciste a menos que te haya infravalorado…

—No me infravaloras.

—Pues si despertaste en la cama aquel primer día, tienes que despertar en la cama todas las veces consecutivas, para que el comienzo del día sea idéntico en cada ocasión. Lo que significa que si estás levantado a media noche, apareces súbitamente en tu cama. Estaba sentada en el suelo entreteniéndome con el teléfono y, cuando me quise dar cuenta, me encontré tapada y con las luces apagadas. Igual que si una niñera cósmica invisible me hubiera llevado a la cama.

—Tienes razón. Es rarísimo —convine.

—Además, la fecha del teléfono no cambia a medianoche.

—Ya.

—Supongo que eso no es tan raro.

—¿Y qué vamos a ver aquí?

—No te quiero estropear la sorpresa —consideró—. Deberíamos incluirlo en las reglas. Hay que presenciarlo como si fuera la primera vez que sucede.

Heston con Grand es un cruce muy transitado, o al menos lo bastante transitado como para que haya un semáforo. Resultaba raro estar en la calle en plena hora punta; la gente corriendo al trabajo, tan apurados y concentrados, con su Frappuccino de moca en el portavasos, a punto de repetir lo mismo que hicieran ayer sin saber que a medianoche todo se esfumaría. Con la intención de ganar un dinero que perderían en unas horas sin saberlo.

Las 7:26.

—No sé por qué estoy nerviosa —confesó ella—. O sea, no depende de mí.

—Sucederá. Sea lo que sea.

—Vale. Atento al momento en que el tráfico se despeja. Allá vamos.

Un semáforo cambió más arriba y la calzada se vació. Un solitario Prius negro giró una vía adyacente y se detuvo en el semáforo que teníamos delante.

—¿Es este?

—Sí. Mira quién conduce.

Entorné los ojos. El conductor me sonaba de algo.

—Un momento. ¿No es…?

—Estoy segura de que sí.

—Es…, cómo se llama, ¡Harvey Dent, de *El caballero oscuro*!

—No —me corrigió ella con tono paciente—, no es Aaron Eckhart.

—Espera. No me lo digas. —Hice chasquear los dedos un par de veces—. ¡Es el tío ese al que le cortan la cabeza en *Juego de Tronos*!

—¡Sí!

Era Sean Bean. El de verdad, el actor. Al percatarse de que lo habíamos reconocido, nos dedicó su cruel sonrisa característica, de medio lado, y levantó la mano. El semáforo cambió y se alejó en su coche.

Lo seguimos con la mirada.

—Qué raro verlo con la cabeza en su sitio —comenté.

—Ya lo sé. Pero ¿qué? ¿Qué te parece?

—Me gusta más en el papel del tío que echa la pota en *Ronin.*

—Te pregunto qué piensas. ¿Lo incluimos en el mapa?

—Ah, claro. Incluyámoslo.

Volvimos a su casa para rehacer el mapa y ver *Los héroes del tiempo,* que Margaret todavía tenía pendiente. Sus padres no estaban; su madre se había marchado a un viaje de negocios y su padre se encontraba en el mismo retiro de yoga de siempre, por toda la eternidad.

Sin embargo, Margaret estaba agotada tras haber permanecido despierta toda la noche y se quedó dormida en el sofá a los cinco minutos de empezar la película, antes de que los enanos aparecieran siquiera. Antes de que el niño se diera cuenta de que vive en un mundo mágico.

Era igual que buscar huevos de Pascua. Margaret fue también la que encontró el siguiente: una niña que creó una pompa de jabón enorme, de esas que se consiguen con dos palos y una cuerda y que siempre estallan a los dos segundos, solo que esta no lo hizo. Era inmensa, más o menos del mismo tamaño que ella, y planeó por el parque Lexington flotando como una extraña y translúcida ameba fantasma, cada vez más lejos, mucho más de lo que habrías creído posible, sin estallar, hasta que por fin llegó a la acera y se evaporó contra un coche aparcado.

Yo encontré otro dos días más tarde: una nube aislada en el cielo que durante un minuto, vista desde la esquina de Hancock y Greene, mostró la forma exacta de un interrogante. Y quiero decir EXACTA. Como si alguien lo hubiera escrito en el cielo.

Cinco días más tarde Margaret vio dos coches detenidos juntos en un semáforo. Matrículas «997 MAG» y «ICO 799». A la mañana siguiente yo encontré un trébol de cuatro hojas en el campo de detrás de mi colegio, pero lo rechazamos. No era lo bastante efímero. No contaba.

Esa noche, sin embargo, hacia las ocho, estaba paseando en bici sin rumbo fijo cuando vi a una mujer caminando sola. Gruesa, de unos treinta y pico, vestida como la recepcionista de una agencia inmobiliaria. Debía de haber recibido un mensaje, porque miró el móvil y se detuvo en seco. Durante un horrible segundo se acuclilló y se tapó los ojos con una mano, como si la noticia le doliera tanto que no pudiera seguir de pie.

Sin embargo, se incorporó otra vez sin previo aviso, levantó el puño y echó a correr por la noche cantando *Eye of the Tiger* a voz en grito. Y tenía buena voz. Nunca supe lo que decía el mensaje, pero daba igual.

El instante resultó ser particularmente frágil. La primera vez que intenté mostrárselo a Margaret acabamos distrayendo a la mujer, que ni siquiera miró el mensaje. La segunda vez leyó el texto pero, por lo visto, no quería cantar *Eye of the Tiger* delante de nosotros. Al final tuvimos que escondernos detrás de un seto para que Margaret pudiera apreciar el momento en su totalidad.

Los anotábamos todos. GATO EN COLUMPIO NEUMÁTICO (10:24:24). SCRABBLE (14:01:55): un chico que jugaba en el parque escribió «quijotesco» en triple tanto de palabra. NIÑO SONRIENDO (17:11:55): solo estaba ahí, sonriendo; tenías que verlo.

No nos limitábamos a coleccionar instantes perfectos. Hacíamos otras cosas también, que no tenían nada que ver con eso. Concursábamos: quién podía reunir más dinero en un día sin sacarlo del banco. (Fui yo. Vendí el coche de mi madre en Craigslist mientras ella estaba trabajando. ¡Perdona, mamá!). Quién podía aprender una destreza nueva que no hubiera practicado ni una vez. (Yo gané esa también. Toqué *El vals de las velas* muy mal al saxofón; ella se pasó todo el día intentando montar en monociclo y cayendo, cada vez más furiosa). Quién podía salir en la tele. (Ganó ella. Se coló en el canal municipal haciéndose pasar por una becaria y entrando en el plató «sin querer», mientras emitían el informativo en directo. Recibieron tantos correos electrónicos de gente encantada con el cameo que acabaron ofreciéndole unas prácticas de verdad. Un aplauso para Margaret).

A mí me traía sin cuidado ganar o perder. Con todas las disculpas al resto de la humanidad que se veía obligada a revivir el mismo 4 de agosto una y otra vez igual que autómatas animatrónicos hiperrealistas, estar atrapado en el tiempo con Margaret se me antojaba mejor que nada de lo que hubiera vivido en la vida real. Yo era el Cuadrado de *Planilandia* y por fin había conocido a Esfera y, por primera vez en mi vida, alzaba la vista y veía hasta qué punto el mundo que me albergaba sin que yo lo hubiera sabido nunca era loco, enorme y hermoso.

Y Margaret también se estaba divirtiendo. Lo sé. Pero para ella era distinto, porque conforme pasaba el tiempo —o sea, no pasaba, pero ya me entendéis—, más me asaltaba la sospecha de que algo sucedía en su vida, algo de lo que no hablaba y por lo que no sabía cómo preguntarle. Lo notaba en pequeños detalles, cosas que hacía y que no. Constantemente echaba ojeadas al teléfono. De vez en cuando, su mirada se tornaba vidriosa y se quedaba ensimismada. Nunca permanecía conmigo hasta muy tarde. Cuando estábamos juntos, yo tan solo pensaba en ella, pero en su caso era distinto. Su mundo era más complicado que el mío.

Por fin vimos juntos *Los héroes del tiempo,* en cualquier caso. Ha resistido muy bien el paso de los años, pero no creo que a ella le gustara tanto como a mí. Puede que haya que verla siendo un niño, la primera vez. Pero le gustó Sean Connery.

—Por lo visto, en el guion decía: «Este personaje es igual que Sean Connery, pero mucho más tacaño» —le expliqué—. Sean Connery leyó el guion, los llamó y dijo: «Venga, adelante».

—Debió de ser un momento perfecto. Pero no entiendo por qué vuelve al…

—¡Basta! ¡Nadie lo sabe! Es uno de los grandes misterios del universo. Conocimiento prohibido. Ni siquiera deberíamos estar hablando de eso.

Nos encontrábamos en su casa, sentados en el sofá de espuma de la sala de juegos, que tenía el suelo de cemento, cubierto por una moqueta muy fina, y una pared de cristal con vistas a un gran jardín trasero.

Yo me había pasado buena parte de la hora previa deslizándome imperceptiblemente por el sofá, nanómetro a nanómetro, y luego desplazando mi peso con sutilidad con el fin de que mi hombro descansara contra el suyo. Habíamos acabado prácticamente recostados el uno encima del otro. Tenía la sensación de que Margaret me transmitía una especie de energía fresca y rutilante que entraba en mí para iluminarme por dentro. Me sentía resplandecer. Resplandecíamos juntos.

No creo que nadie en toda la historia del cine haya disfrutado tanto una película como yo disfruté *Los héroes del tiempo* ese noche. Roger Ebert no disfrutó viendo *Casablanca* ni la décima parte que yo.

—Margaret, ¿te puedo preguntar una cosa? —le dije.

—Claro.

—¿Echas de menos a tus padres? O sea, yo puedo pasar un rato con los míos siempre que quiero… y, de todas formas, en lo que concierne a mis padres, con un poco tengo de sobra. Pero tú apenas ves a los tuyos. Debe de ser muy duro.

Asintió, con la mirada clavada en el regazo.

—Sí. Es duro.

La ensortijada melena le tapaba la cara. Me recordó a las dobles hélices del ADN, y pensé que en el interior de cada tirabuzón había moléculas ensortijadas que contenían una fórmula mágica capaz de crear tirabuzones. Capaz de crear a Margaret.

—¿Te gustaría ir a buscarlos? O sea, veinticuatro horas darían para encontrarlos. Podríamos acercarnos a ese retiro de yoga.

—Olvídalo. —Sacudió la cabeza, sin mirarme—. Olvídalo. No hace falta.

—Ya sé que no hace falta, pero pensaba…

Ella seguía sin levantar la vista. Había tocado una fibra sensible, un punto delicado que le afectaba de algún modo incomprensible para mí. Me dolía que no se sincerase conmigo, pero también es verdad que no me debía ninguna explicación.

—Claro. Vale. Es que me gustaría que te hubiera tocado un día mejor, nada más. No sé quién escogió este, pero su gusto en materia de días es más que dudoso.

Sonrió a medias; literalmente la mitad de su boca sonrió y la otra mitad no.

—Siempre habrá alguien que tenga un mal día —fue su respuesta—. O sea, desde un punto de vista estadístico. Si no, la campana de Gauss se iría a pique. Es mi pequeña contribución.

Me tomó la mano; la recogió de mi regazo para estrecharla entre las suyas. Yo hice lo propio según trataba de respirar con normalidad. El corazón se me hinchó en el pecho hasta alcanzar cien veces su tamaño normal. Se hizo el silencio y creo que podría haber pasado algo —que ese pudo ser nuestro momento único—, si no fuera porque yo rompí la magia de inmediato.

—Oye —dije—, se me ha ocurrido una idea que podríamos probar.

—¿Requiere montar en monociclo? Porque, te lo juro, no quiero volver a ver uno de esos artilugios diabólicos en mi vida.

—No creo. —Yo seguía esperando a que me soltara la mano, pero no lo hacía—. ¿Te acuerdas de aquella idea que tuviste hace tiempo de viajar lo más lejos posible para ver si podíamos escapar de la influencia del bucle temporal? ¿O sea, suponiendo que se limite a una zona definida?

No respondió al momento. Se limitó a seguir mirando el jardín trasero, que el ocaso estival iba devorando por momentos.

—¿Margaret? ¿Te encuentras bien?

—No, sí, ya me acuerdo. —Me soltó la mano—. Es un buen plan. Deberíamos probar. ¿A dónde vamos?

—No sé. No creo que importe demasiado. Podríamos ir al aeropuerto y subir al avión que se dirija al destino más alejado. A Tokio o a Sidney. Algo así. Pero ¿seguro que te encuentras bien?

—Sí. Estoy perfectamente.

—Si no quieres, no lo hacemos. Ni siquiera creo que funcione. Es que pensaba que deberíamos probarlo todo.

—Pues claro que sí. Todo. Desde luego. Pero mañana no, si no te importa.

—No hay problema.

—Pasado mañana quizás.

—Cuando tú quieras.

Asintió, tres veces, como si hubiera tomado una decisión.

—Pasado mañana.

No podíamos salir antes de media noche, a causa del efecto niñera cósmica, pero acordamos que, en cuanto dieran las doce, nos levantaríamos y ella reservaría al instante dos billetes a Tokio en un vuelo de Turkish Airlines que salía del aeropuerto Logan a las 3:50 de la madrugada. Era el primero de todos los que partían hacia destinos realmente lejanos. Debía ser ella la que lo hiciera porque poseía una tarjeta de débito de una cuenta que compartía con sus padres, cosa que yo no tenía. Le prometí que le devolvería el dinero si la estrategia funcionaba.

Me interné en la noche, cálida y fragante, para esperarla y sufrir el ataque de incontables mosquitos. La luna brillaba por su ausencia; el 4 de agosto había luna nueva. Margaret llegó en el coche con las luces apagadas.

Se me antojó íntimo y emocionante viajar con ella en plena noche. De hecho, fue la vez que me sentí más cerca de Margaret, casi como si fuera su novio, y si bien no lo era en realidad, la sensación me ponía la piel de gallina igualmente. Guardamos silencio hasta que llegamos a la desierta autopista y empezamos a recorrer las onduladas laderas que llevaban a Boston, bajo la mirada anaranjada, indiferente e insípida, de las farolas de sodio.

—Si esto funciona, mis padres van a pensar que nos hemos fugado —comentó.

—Ni se me había pasado por la cabeza. Yo les he dejado una nota a los míos diciendo que iría a Boston en autobús a pasar el día.

—Pues yo me imagino a mi padre repitiendo una y otra vez que no pasa nada si estoy embarazada, pero que lo hablemos.

—Lo de Tokio es lo más raro de todo. En plan, ¿por qué a Tokio?

—Yo les diré que ha sido idea tuya —me soltó Margaret—. Que estabas cansado de leer manga importado y que querías acudir directamente a la fuente.

—Es todo un detalle por tu parte que apoyes mis aficiones hasta ese punto.

Bromeábamos, pero yo sabía —no tenía la menor duda— que estaba enamorado de Margaret. Yo no bromeaba. Iba totalmente en serio. Me habría fugado a Tokio con ella en cualquier caso, con los ojos cerrados, sin un motivo concreto. Pero me prometí no decir nada, no hacer nada, hasta que el asunto del tiempo se hubiera arreglado. No quería que sintiera que estaba atrapada conmigo. Deseaba que todo fuera auténtico.

Y, sí, estaba aterrorizado. Nunca antes me había enamorado. Nunca había puesto en juego mi corazón hasta ese punto. Por más que quisiera ganar, me asustaba aún más si cabe perder.

Contemplando por la ventanilla del coche los árboles negros recortados contra el grisáceo cielo velado por la polución, pensé en lo mucho que añoraría el 4 de agosto, nuestro día, si lo que estábamos a punto de emprender funcionaba. El día de Mark y Margaret. La piscina, la biblioteca, las pequeñas cosas perfectas. Tal vez estuviera acometiendo una locura. Al fin y al cabo, tenía tiempo y tenía amor. Lo tenía todo, y lo iba a mandar a paseo, ¿a cambio de qué? ¿De la vida real? ¿A cambio de envejecer y morir como todo el mundo?

Pero sí: todo el mundo. Esas personas que no podían seguir con sus vidas. Que se veían privadas de su verdadera existencia, a diario. Mis padres, que se levantaban día tras día tras día para hacer las mismas cosas, una y otra vez. Para volver a mantener su estúpida pelea por el coche. Mi hermana, que tocaba a Vivaldi sin descanso y sin posibilidad de mejorar. ¿Importaba, si no lo sabían? Yo quería pensar que quizás no. Pero sabía que sí.

Y también era consciente, muy en el fondo, de que estaba cansado de vivir sin consecuencias. Una vida de mínimo riesgo, en la que nada importaba y todas tus heridas aparecían curadas al día siguiente, sin cicatrices. Necesitaba algo más. Estaba listo para volver a la existencia real. Estaba listo para ir a cualquier parte, si Margaret me acompañaba.

Y tenía ganas de ver la luna otra vez.

A esas horas intempestivas, el aeropuerto se encontraba casi vacío. Recogimos los billetes y nos encaminamos hacia el control de seguridad. No había colas. Todos los aviones deberían salir a las 3:50 de la madrugada. No llevábamos equipaje de mano, así que pasamos los controles como si nada y nos sentamos junto a la puerta de embarque a esperar. Margaret no tenía ganas de hablar, pero apoyó la cabeza en mi hombro. Estaba cansada, dijo. Y no le gustaban los aviones.

Al cabo de un rato fui a buscar unos refrescos. Nos avisaron para embarcar. Bajamos de la jardinera con un montón de pasajeros de aspecto tan fatigado y desastrado como el nuestro.

Nos sentamos juntos. Margaret parecía cada vez más ausente, más replegada en sí misma mientras miraba fijamente el asiento de delante. La notaba muy lejos por más que estuviera sentada a mi lado.

—¿Estás asustada? —le pregunté—. Porque, ya sabes, si nos estrellamos todavía nos queda la baza de la reencarnación. Y de todos modos, si un avión se hubiera estrellado el 4 de agosto ya nos habríamos enterado.

—No llames a la mala suerte.

—¿Sabes qué? En parte espero que la estrategia no funcione, porque si lo hace deberemos un montón de dinero. ¿Compraste billetes de ida y vuelta?

Estaba desvariando, como el día que nos conocimos.

—Ni siquiera lo había pensado —reconoció ella—. Aunque, por buscarle un lado positivo al asunto, si funciona habremos salvado el mundo.

—Sí, al menos eso.

Cerré los ojos. Me escocían las picaduras de los mosquitos. No habíamos dormido mucho. Me atraía la idea de dormirme junto a Margaret.

—Pero ¿y si…? —proseguí, todavía con los ojos cerrados—, ¿y si el 5 de agosto llega el fin del mundo? ¿Y si esa es la explicación de todo? ¿Y si alguien creó un bucle temporal porque un asteroide iba a chocar contra la Tierra o algo así, y esa persona ha salvado el mundo en realidad al detener para siempre el paso del tiempo —a un coste terrible, eso sí—, y al deshacer el bucle estamos condenando a la Tierra a una destrucción segura?

Margaret no respondió. Las preguntas eran retóricas, en cualquier caso. Cuando abrí los ojos de nuevo, unos asistentes de vuelo turcos estaban cerrando las puertas. Tardé un segundo en percatarme de que Margaret no se encontraba en su asiento. Pensé que habría ido al baño, e incluso me levanté a buscarla, pero al momento los empleados de Turkish Airlines me obligaron a sentarme otra vez.

Al cabo de unos minutos tuve que aceptar la realidad: Margaret ya no estaba en el avión. Debía de haberse marchado justo cuando cerraban las puertas.

Mi teléfono emitió una señal.

Lo siento, Mark, pero no puedo, lo siento.

¿No puedo qué? ¿Viajar a Tokio? ¿Viajar a Tokio conmigo? ¿Abandonar el bucle temporal? Me dispuse a contestarle, pero al momento un asistente de vuelo me pidió por favor que apagara el teléfono y cualquier aparato electrónico, o que los pusiera en modo avión. Lo repitió en turco, para remarcarlo. Apagué el móvil.

Recorrimos la pista y despegamos. El vuelo se me hizo eterno. Catorce horas. Vi *Al filo del mañana* tres veces.

Después de tantas molestias, la estrategia no funcionó. Aguardé en el aeropuerto de Narita —que se parece de un modo sorprendente a cualquier otro aeropuerto, salvo que todo está escrito en japonés y las máquinas expendedoras son más futuristas— hasta que llegó la medianoche en Massachusetts y la niñera cósmica me recogió de la otra punta del mundo para llevarme a mi casa y meterme en la cama.

Cuando desperté por la mañana, le escribí un mensaje a Margaret, pero no me respondió. Tampoco tuve noticias suyas al día siguiente. La llamé y no contestó.

Yo no sabía qué pensar, salvo que Margaret no quería que el bucle temporal se deshiciera y que, fuera cual fuese la razón, desde luego no era yo. Todo mi mundo se reducía a la pequeña burbuja que compartía con ella, pero el suyo era más grande. A lo mejor había otro chico, era lo único que podía pensar, porque por supuesto todo giraba en torno a mí. Había otro chico y no quería dejarlo atrás. Para mí, la vida que llevábamos juntos era perfecta y no me podía imaginar deseando otra cosa. Pero ella sí.

Me dolió. Me había asomado a la gloriosa tercera dimensión y ahora me hallaba condenado a la horizontalidad por siempre.

Por primera vez deseé ser uno más, un zombi que se olvida de todo por la mañana y se ocupa de sus asuntos como si todo sucediera por primera vez. *Suéltame,* le pedí a la niñera cósmica. *Deja que olvide. Deja que sea uno de ellos. Ya no quiero saber. Quiero ser un robot.* Pero no podía olvidar.

Retomé mi vieja rutina, en la biblioteca. Todavía me quedaban dos libros de la *Guía del autoestopista* por leer y no había terminado ni de lejos la sección de la A. Tenía por delante a Lloyd Alexander y a Piers Anderson y, más allá, las vastas extensiones de Isaac Asimov, que se perdían a lo lejos. Pasaba el día encerrado allí dentro, pero salía un momento a las 11:37:12 para contemplar cómo el *skater* clavaba su combinado.

De hecho, me acostumbré a presenciar un par de nuestros pequeños momentos perfectos cada día, cosa que fue fácil porque, obviamente, contaba con un útil mapa para recordarlos. En ocasiones marcaba los momentos de nuevo; otras veces acudía de memoria. Presencié cómo el halcón atrapaba su pescado. Saludé a Sean Bean en la esquina de Heston con Grand. Observé a la niña crear su enorme burbuja. Siempre esperaba encontrarme con Margaret, pero nunca sucedió. Yo iba de todos modos. Me ayudaba a sumirme en la tristeza, lo que forma parte quizás del proceso de recuperación, del desenamoramiento que había llegado el momento de acometer. Se me daba cada vez mejor eso de estar triste.

O puede que sencillamente me estuviera regodeando en la autocompasión. Es muy fina la línea que separa ambas cosas.

Atisbé a Margaret de lejos una vez, por casualidad. Sabía que sucedería antes o después, solo era cuestión de tiempo (o de ausencia de este). Yo viajaba en coche por el centro, de camino a la partida de Scrabble, cuando avisté una ranchera Volkswagen doblando una esquina a una manzana de distancia. Lo elegante y respetuoso habría sido mantenerme al margen, porque era obvio que ella no quería saber nada de mí, pero prescindí de la elegancia. Elegí la otra opción. Apreté el gas a fondo y llegué a la esquina justo a tiempo de verla torcer por la avenida Concord. Aceleré otra vez. Siga a ese coche.

La seguí por la carretera 2 nada menos que hasta el hospital Emerson.

Yo no sabía que Margaret hubiera ido nunca al hospital. Jamás había mencionado nada al respecto. Me asusté un poquito. Me entró frío por dentro, y cuando más nos acercábamos, más frío tenía. No me podía creer que hubiera albergado esos celos impresentables. Puede que Margaret estuviera enferma; puede que hubiera estado enferma todo el tiempo y no me lo hubiera dicho. No quería que yo tuviera que cargar con ello. Ay, Dios mío, ¿y si tenía cáncer? ¡Debería haber perseverado en la busca de la cura! A lo mejor en su enfermedad radicaba la explicación de todo esto: Margaret sufre una enfermedad rara, pero empezamos a trabajar juntos y, puesto que los días se repiten sin fin, contamos con todo el tiempo del mundo y por fin encontramos la cura y ella se salva y se enamora de mí...

Pero no; la historia no era esa. Se trataba de otro tipo de historia.

Aguardé hasta que la vi entrar y entonces aparqué y me dispuse a seguirla. A ver, ya sé que me porté como un cerdo fisgón, pero es que no pude evitarlo. *Por favor, que no esté enferma,* pensaba. *No hace falta que estemos juntos, que me ignore durante el resto de la eternidad si hace falta, pero que no esté enferma, por favor.*

En el vestíbulo reinaba el silencio y un ambiente de trabajo. No veía a Margaret por ninguna parte. Leí las indicaciones que había junto al ascensor: radiología, cirugía, maternidad, traumatología, consultas externas... Después de semanas de atemporalidad, me resultaba extraño estar allí, el lugar al que van a parar buena parte de los estragos del tiempo. No hay nada menos atemporal que un hospital.

Probé en todas la unidades. Por fin la encontré en oncología.

No le dije nada. Me limité a observar. Estaba sentada en un banco, las rodillas pegadas a una mujer que iba en silla de ruedas y que era demasiado joven para parecer tan vieja. Calva y delgada hasta lo imposible, estaba apoltronada en un rincón de la silla como un vestido vacío, la cabeza gacha, despierta únicamente a medias. Inclinada hacia ella, Margaret le hablaba con suavidad, aunque era difícil saber si la mujer la oía o no, y le sostenía las manos, grises y delgadas, entre las suyas, jóvenes y lozanas.

La enferma no era Margaret, sino su madre. No estaba de viaje de negocios. Se estaba muriendo.

Hice el trayecto de vuelta despacio. Sabía que no debería haber seguido a Margaret al hospital, que no tenía derecho a entrometerme en su tragedia personal, pero al menos ahora entendía lo sucedido. Todo cobraba sentido: por qué Margaret siempre parecía inquieta y como con prisa. Por qué se mostraba tan distraída. Por qué no quería escapar del bucle temporal. El bucle era la única razón de que su madre siguiera viva.

Seguía sin comprender la razón de que lo hubiera guardado en secreto, pero daba igual en realidad. Esto no tenía nada que ver conmigo. Me había considerado a mí mismo el protagonista de esta historia, o al menos el secundario principal, pero me equivocaba por completo. Apenas si tenía un pequeño papel. No era más que un figurante.

Yo no sabía qué hacer, así que me detuve en el centro del pueblo, compré un mapa y lo rellené. Eché un vistazo a las pequeñas cosas perfectas para saber si estaba a tiempo de ver algo. Demasiado tarde para la PELOTA QUE REBOTA (09:44:56). Demasiado tarde para las OBRAS (10:10:34). Aún podría llegar a la PUERTA GIRATORIA (17:34:19). Y a nuestra vieja amiga la ESTRELLA FUGAZ (21:17:01).

Comprendí que llevaba muchos días sin encontrar un nuevo instante perfecto. En algún momento había dejado de buscar. Ya no estaba supervivo. Había renunciado al ahora. Me había rendido al pasado.

Sin embargo, ¿con qué objeto? Súbitamente toda nuestra empresa se me antojaba una tontería. Instantes perfectos, ¿qué significaban siquiera? No eran sino suerte pura y dura, nada más. Coincidencias. Anomalías estadísticas. Busqué en Google y descubrí que alguien se había molestado en hacer los cálculos al respecto, un matemático de Cambridge llamado John Littlewood (1885-1977; gracias Wikipedia). Sostenía que si definimos el milagro como algo cuyas probabilidades de producirse son de una entre un millón y considerando que uno presta atención al mundo que le rodea durante ocho horas al día, los siete días de la semana, y que los instantes se producen a razón de uno por segundo, cada persona observa unos treinta mil acontecimientos a diario, lo que significa un millón al mes. En consecuencia, estadísticamente, uno debería presenciar un milagro al mes de media (o cada treinta y tres días y ocho horas, hablando con propiedad). Se conoce como «la Ley de Littlewood».

Así que, ya ves, un milagro al mes. Ni siquiera son tan especiales. Miré el mapa de todos modos, prestando especial atención a los pequeños milagros que Margaret había encontrado, cosas del amor. Y yo la quería. Ayudaba a entender por qué no podía amarme, ni ahora ni seguramente nunca, pero no voy a fingir que no dolía.

Los instantes perfectos se encontraban distribuidos con una regularidad sorprendente. Había menos por la noche, porque entonces no pasaba nada y tampoco estábamos mirando de todos modos, pero se sucedían a lo largo del resto del día. Únicamente quedaba un hueco en el horario, alrededor del alba; un vacío en el que, estadísticamente, cabía esperar un momento perfecto, pero nunca lo encontramos.

Cuanto más miraba el mapa, más creía ver una pauta. Jugué conmigo mismo: imagina que los puntos del mapa son una constelación. ¿Qué aspecto tendría? Verás, nadie debería estar obligado a justificarse por hacer tonterías cuando la persona amada ha salido de su vida y tiene demasiado tiempo entre manos. Y yo poseía una eternidad. Dibujé las líneas con el fin de unir los puntos imaginarios. A lo mejor dibujaba… ¿qué? ¿Su nombre? ¿Su rostro? ¿Nuestras iniciales entrelazadas en un maravilloso y romántico lazo de amor?

No. Cuando conecté los puntos apareció este dibujo:

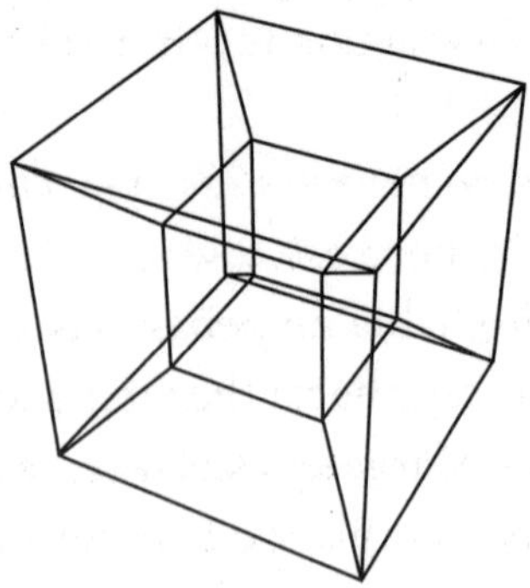

Aunque no estaba completo. Faltaba un punto en la esquina inferior izquierda.

Lo observé largo y tendido y se me ocurrió una idea. ¿Y si usara el mapa no solo para recordar dónde y cuándo habían sucedido las cosas perfectas, sino para predecir dónde y cuándo iban a suceder? Se trataba de una idea estúpida, infame, pero completé el dibujo igualmente con una regla. El punto que faltaba coincidía con el monte Blue Nun, que casualmente yo conocía porque ofrecía una ladera perfecta para bajar en trineo en invierno, que a este paso nunca volvería a disfrutar. Algo debía de estar sucediendo allí, y a juzgar por el resto del horario, tenía que coincidir con el alba.

El 4 de agosto, el sol salía a las 5:39, como bien sabía yo. Aguardé al cambio de la medianoche y puse el despertador a las cinco para levantarme a tiempo de presenciar el último de los instantes perfectos.

Puse rumbo al monte Blue Nun entre la cálida oscuridad del verano. Las calles estaban desiertas, las farolas aún encendidas, las casas ocupadas por personas que dormían para despertar por la mañana descansadas, animadas y listas para afrontar un nuevo día de sonambulismo. La noche aún era cerrada, sin una traza de azul en el horizonte. Aparqué al pie de la montaña.

No estaba solo. Había una ranchera plateada aparcada allí también.

Nunca he visto a un marine ni a ningún miembro del ejército subir una montaña, pero estoy seguro de que ascendí como un soldado. En lo alto había un peñasco que algún glaciar despistado había dejado caer hacía diez mil años, durante la última Edad del Hielo, y Margaret estaba sentada encima, con las rodillas abrazadas, contemplando la oscuridad que envolvía la ciudad.

Me oyó acercarme porque yo resoplaba como una cafetera tras mi carrera hasta la cima. Ya no me sentía un marine.

—Hola, Mark —me saludó.

—Margaret —dije cuando pude empezar a farfullar—. Hola. Me alegro. De verte.

—Yo también me alegro.

—¿Te parece bien que me siente contigo?

Ella propinó unas palmaditas a la piedra, a su lado. Yo me encaramé tomando impulso. La ladera miraba al este y por el horizonte asomaba ahora un resplandor azul cerúleo. Permanecimos un rato en silencio, pero no porque nos sintiéramos incómodos. Sencillamente nos estábamos preparando para hablar, nada más.

—Siento haber desaparecido como lo hice —dijo por fin.

—No pasa nada —fue mi respuesta—. Tienes derecho a desaparecer.

—No, debería explicarte por qué.

—No tienes que hacerlo.

—Pero quiero.

—Vale. Pero antes de que lo hagas, me gustaría confesarte algo.

Le conté que la había seguido al hospital y la había espiado mientras estaba con su madre. Me sonó aún peor si cabe cuando lo expresé en voz alta.

—Ah. —Lo meditó—. No, lo entiendo. Seguramente yo habría hecho lo mismo. Aunque es una actitud un tanto siniestra.

—Ya lo sé. Tuve esa misma sensación todo el tiempo, pero no podía detenerme. Oye, lo siento mucho. Lo de tu madre.

—Ya. No te preocupes.

Sin embargo, le falló la voz al pronunciar la última palabra, su rostro se desencajó y apoyó la frente contra las rodillas. Sus hombros se sacudían en silencio. Yo le froté la espalda. Ojalá hubiera podido gastar todos mis milagros mensuales en borrar su tristeza, pero las cosas no funcionan así.

—Margaret, lo siento mucho. Lo siento muchísimo. Lo siento mucho.

Los pájaros empezaban ya a gorjear alegremente a nuestro alrededor, sin el menor tacto. Ella se enjugó las lágrimas con el dorso de la mano.

—Tengo que explicarte algo más —declaró—. El día antes de que todo empezara, fui a ver a mi madre al hospital y los médicos me dijeron que iban a interrumpir el tratamiento. No tenía sentido…

Soltó esta última palabra en un tono agudo, como un gritito, y la tristeza volvió a estrangularla. No pudo continuar. Le rodeé los hombros con el brazo y ella sollozó contra mi cuello. Aspiré el aroma de su cabello. Se me antojaba tan delicada y preciosa en mis brazos, con toda esa pena dentro. Y había cargado con ella tanto tiempo, en solitario. Con gusto la habría relevado, pero sabía que no podía. Era su dolor. Solo uno mismo puede albergarlo.

—Cuando me fui a dormir esa noche, no paraba de pensar que no estaba lista. —Tragó saliva. Todavía tenía los ojos enrojecidos, pero secos, la voz firme—. No estaba lista para dejarla marchar. Solo tengo dieciséis años. No concebía la vida sin mi madre. La necesitaba muchísimo.

»Esa noche, cuando me acosté, me repetía una y otra vez que no sería capaz de soportar el día de mañana. "El tiempo no puede continuar. Tengo que echarle el freno de mano al tiempo", pensaba. Incluso llegué a decirlo en voz alta: "Por favor, que no llegue el día de mañana".

»Y cuando desperté mi deseo se había hecho realidad. El tiempo se había detenido, tal como había suplicado. No sé por qué; supongo que se compadecieron de mí. Alguien en alguna parte decidió que necesitaba más tiempo con mi madre. Por eso salí corriendo del avión que iba a llevarnos a Tokio. Me daba miedo que la estrategia funcionase, y no estaba lista».

Guardamos silencio durante un buen rato tras esa confesión, mientras yo pensaba en el amor que Margaret albergaba, en la intensidad de un sentimiento capaz de detener el tiempo. No había seres de cuatro dimensiones. Tan solo el corazón de Margaret, nada más, tan fuerte que había doblegado el espacio-tiempo a su alrededor. Continuó:

—Pero yo sabía que tenía truco. Siempre lo supe. Y el truco era que, si me enamoraba, todo volvería a la normalidad. El tiempo discurriría hacia delante de nuevo, como siempre ha hecho, y se llevaría a mi madre consigo. Y no sé por qué, pero sabía que ese era el trato. Cuando fuera capaz de enamorarme, habría llegado el momento de decir adiós. Y creo que por eso estás tú aquí. Para que me enamore. Por eso te viste arrastrado a esto. Lo supe en cuanto te vi.

Ya había amanecido, el cielo brillaba cada vez más azul, y fue como si notase salir el sol dentro de mí también, cálido y brillante, para llenar todo mi ser de amor. Porque Margaret me quería. Y al mismo tiempo estaba llorando; la tristeza no había desaparecido, ni lo más mínimo. Estaba triste y contento a la vez. Pensé en la idea del tiempo, en cómo nos empobrecemos segundo a segundo, cómo perdemos instantes constantemente, derramándolos a nuestro paso como un animal de peluche que perdiera el relleno, hasta que un día se han esfumado y ya no queda nada. Pero también, al mismo tiempo, estamos ganando segundos, momento a momento. Y cada uno es un regalo, y hasta el final de los días estamos sentados sobre toda una montaña de momentos. Una montaña abundante hasta extremos inimaginables. El tiempo supone perder y ganar todos esos instantes.

Tomé las manos de Margaret entre las mías.

—¿Ha llegado el momento? ¿Es hoy el último día?

Ella asintió con solemnidad.

—Es el último. El último 4 de agosto, quiero decir, hasta el año que viene al menos. —Las lágrimas corrían por sus mejillas otra vez, pero se las arregló para sonreír—. Estoy lista. Ha llegado la hora.

El sol asomó por el borde del mundo y fue ascendiendo.

—¿Sabes qué es lo más extraño? —dijo—. Aún estoy esperando que suceda. Ya sabes, el instante perfecto, el último. Tal como indicaba el mapa. Pero puede que nos lo hayamos perdido mientras hablábamos.

—Yo no creo que nos lo hayamos perdido.

La besé. Te puedes pasar la vida esperando y buscando momentos perfectos, pero en ocasiones has de ser tú el que los incite.

Al cabo de unos segundos, los mejores de mi vida hasta ese instante, Margaret se retiró.

—Espera —dijo—. No creo que fuera este.

—¿Ah, no?

—No ha sido perfecto. Tenía un pelo en la boca.

Se recogió la melena a un lado.

—Vale, vuelve a besarme.

Lo hice. Y esa vez, todo fue perfecto.

AGRADECIMIENTOS

Gracias a todas y cada una de las personas que se animaron a leer mi primera antología. No es fácil encontrar público para los relatos breves y estoy encantada de que tantos lectores les dieran una oportunidad. Espero que esta antología os guste tanto como la otra. Estoy orgullosísima de ella.

Gracias a Kate Testerman. Por todo. Gracias a Sara Goodman por ser tan enrollada y por enseñarme tanto de este oficio. Gracias a Michelle Cashman, Alicia Clancy, Angie Giammarino, Anna Gorovoy, Olga Grlic, Brant Janeway y Jessica Katz por el apoyo extra y el trabajo duro. Gracias a Venetia Gosling, Kat McKenna y Rachel Petty por hacerlo genial en el Reino Unido. Gracias a Jim Tierney por otra colección de maravillosas ilustraciones. Gracias a los autores de mi primera antología por los ánimos constantes. Y gracias, especialmente, a los autores de esta antología por ser brillantes, divertidos, ambiciosos y generosos: Brandy, Cassie, Francesca, Jen, Jon, Leigh, Lev, Libba, Nina, Tim y Veronica. Me ha encantado trabajar con vosotros.

Gracias a mi familia. Siempre.

Y gracias a Jarrod Perkins. Siempre + siempre x siempre.

Este libro se terminó de imprimir
en el mes de mayo de 2017

El papel utilizado para la impresión de este libro
ha sido fabricado a partir de madera
procedente de bosques y plantaciones
gestionados con los más altos estándares ambientales,
garantizando una explotación de los recursos
sostenible con el medio ambiente
y beneficiosa para las personas.
Por este motivo, Greenpeace acredita que
este libro cumple los requisitos ambientales y sociales
necesarios para ser considerado
un libro «amigo de los bosques».
El proyecto «Libros amigos de los bosques» promueve
la conservación y el uso sostenible de los bosques,
en especial de los Bosques Primarios,
los últimos bosques vírgenes del planeta.